ullstein

LILLY BERNSTEIN ist das Pseudonym der Kölner Journalistin und Autorin Lioba Werrelmann, deren Debütroman *Hinterhaus* 2020 mit dem Friedrich-Glauser-Preis ausgezeichnet wurde. Ihr letzter Roman, *Trümmermädchen*, war ein großer Presse- und Publikumserfolg. Mit *Findelmädchen* erzählt sie die Geschichte der Trümmerkinder weiter.

Von Lilly Bernstein ist in unserem Hause außerdem erschienen
Trümmermädchen. Annas Traum vom Glück

Lilly Bernstein

FINDEL MÄDCHEN

Aufbruch ins Glück

Roman

Ullstein

Besuchen Sie uns im Internet:
www.ullstein.de

Wir verpflichten uns zu Nachhaltigkeit
- Papiere aus nachhaltiger Waldwirtschaft und anderen kontrollierten Quellen
- ullstein.de/nachhaltigkeit

MIX
Papier
FSC® C021394

Originalausgabe im Ullstein Taschenbuch
1. Auflage August 2022
4. Auflage 2024

Umschlaggestaltung: bürosüd° GmbH, München
Titelabbildung: © AKG Images, BBWA Holzmann-Bildarchiv / HDB (Stadt); www.buerosued.de (Himmel, Steg, Brücke, Kopf, Steine, Rock);
Trevillion Images, © Joanna Czogala (Mädchen);
Trevillion Images, © Magdalena Russocka (Frau)
Gesetzt aus der Quadraat Pro powered by *pepyrus*
Druck und Bindearbeiten: ScandBook, Litauen
ISBN 978-3-548-06568-7

Für meine Mutter,
die eine große Erzählerin war

In einigen Dialogen des vorliegenden Romans kommt das N-Wort vor. Leider war es in den Fünfzigerjahren des 20. Jahrhunderts noch absolut üblich, es zu benutzen, weshalb wir uns entschieden haben, diese Wirklichkeit, diesen alltäglichen Rassismus und seine Niederträchtigkeit in seiner grausamen Gänze abzubilden.

TEIL 1

Dezember 1954 – Februar 1955

1. Kapitel

»Wunderbar«, murmelte Tante Claire und strich ein letztes Mal mit den Zinken einer Gabel durch die Schokoladencreme, die den Kuchen rundum bedeckte. »Schau, *ma chérie*, das ergibt ein hübsches Muster. Jetzt sieht unsere Biskuitrolle aus, als sei sie der Ast eines Baumes. Meinst du nicht auch?«

»Ein *Bûche de Noël*«, flüsterte Helga, »ein Baumstammweihnachtskuchen.«

Der heutige Heilige Abend war der achte, den sie in Frankreich verbrachte, und immer noch verschlug es ihr beim Anblick der Köstlichkeiten, die Tante Claire zu diesem Anlass zauberte, den Atem.

Seit dem frühen Morgen standen sie in der großen Küche im Kellergewölbe des alten Herrenhauses und bereiteten das Festmahl für den Abend vor. Linette, das Küchenmädchen, hatte wie alle anderen Bediensteten an diesem Tag frei. Sie würden erst am Nachmittag wiederkommen, zum gemeinsamen Kirchgang. Helga genoss diese stillen Stunden mit Tante Claire über alle Maßen. Niemand, der sie hinter vorgehaltener Hand *boche* schimpfte, dickschädelige Deutsche. Und Tante Claire ganz für sich allein.

Mit vor Eifer geröteten Wangen flitzte Helga zwischen dem bullernden Herd und der Speisekammer hin und her und brachte alles herbei, was Tante Claire benötigte. Sie fachte das Feuer an und spülte die kupfernen Töpfe und Schüsseln, bis sie blitzblank glänzten. Sie probierte die Buttercreme und die Maronenfüllung für den Braten, durfte ein wenig von den Crevetten naschen und sogar eine kleine Auster. Und obwohl Helga dafür eigentlich schon zu groß war, strich Tante Claire ihr immer wieder zärtlich über die blonden Locken und lobte sie für ihre Hilfe. Was Tante Claire jedoch niemals tat, war, ihr einen Rührlöffel oder gar ein Messer in die Hand zu geben. Helga hatte nämlich das, was die Tante *deux mains gauches* nannte, zwei linke Hände. Jedes Stückchen Fleisch, das Helga in eine Pfanne legte, war im Nu verbrannt, jeder Kuchen, den sie aus dem Rohr zog, fiel in sich zusammen, jeder Brei entwickelte sich unter ihrem Rühren zu einem festen Klumpen.

Helga hasste sich für ihre Ungeschicklichkeit, gerade heute. Die Tante schien ihr noch blasser als in den letzten Tagen, und hatte sie nicht auch Gewicht verloren?

»Wenn ich doch nur kochen könnte«, jammerte sie leise. »Ich wäre dir eine viel bessere Hilfe.«

»Das ist doch nicht schlimm, meine süße kleine *Elgette*«, entgegnete Tante Claire. »Du hast einfach keine Geduld, ein feines Essen zuzubereiten. Bei dir muss es immer schnell gehen. Ich denke, es liegt daran, dass ihr als Kinder gehungert habt.« Behutsam begann sie, ein paar Pilze aus Marzipan zu formen und sie rund um den *Bûche de Noël* zu verteilen, damit der Kuchen noch ein wenig mehr wie ein Baumstamm aussah. »Im neuen Jahr gehst du aufs *lycée*, und wenn du damit fertig bist, wirst du eine berühmte Schriftstellerin. Dann brauchst du nicht zu kochen.«

Helga senkte den Kopf und merkte, wie ihre Ohren heiß wurden. Sie tat nichts lieber, als zu lesen und zu schreiben. Ganze Nächte verbrachte sie damit, sich Geschichten auszudenken. Sehnsüchtig wartete sie auf den Sommer, wenn sie endlich aufs Gymnasium durfte. Ganz bei sich hoffte sie sogar darauf, studieren zu dürfen, selbstverständlich Literatur. Aber nur Tante Claire wusste von Helgas großem Traum, Schriftstellerin zu werden. Sie hatte ihn ihr von den Augen abgelesen. Denn niemals wäre es Helga in den Sinn gekommen, diesen Wunsch laut zu äußern. Wer würde schon lesen wollen, was sie schrieb?

Polternde Schritte auf der Treppe rissen sie aus ihren Gedanken. Die Küchentür wurde mit einem so großen Schwung aufgerissen, dass sich ein paar lose Blätter aus dem aufgeschlagenen Kochbuch wie Papierflieger erhoben und langsam zu Boden segelten.

»Was zum Teufel –?«, entfuhr es Tante Claire, doch sie verstummte sofort.

Denn es war Onkel Albert, der in die Küche stürzte. Er war leichenblass und schien vollkommen außer sich. In der Hand hielt er ein aufgerissenes Briefkuvert.

»Helga!«, rief er. »Wo ist dein Bruder? Das Christkind hat euch geschrieben!« Dann ließ er sich auf den Schemel fallen, auf dem Linette immer butterte, und schluchzte laut auf.

Um Himmels willen, was war denn bloß geschehen? Onkel Alberts Anblick traf Helga mitten ins Herz. Und als Tante Claire sie nun anwies, Jürgen zu holen – »lauf, *ma petite*, meine Kleine, lauf und hol deinen Bruder!« –, da riss sie mit einem Ruck die Hintertür auf und stürmte los.

Auf den Stufen, die hinauf in den Hof führten, schlug ihr ein strenger Wind entgegen, der sich in ihren Zöpfen verfing und an ihrer Schürze zerrte. Helga sog scharf die Luft ein. Sie fürchtete die Kälte. Am liebsten wäre sie gleich wieder zurück in die warme Küche gelaufen. Doch von drinnen hörte sie nun Tante Claire einen erstickten Schrei ausstoßen. Sie musste Jürgen finden, auf der Stelle! Und so schlang sie die Arme um sich selbst und trat bibbernd in den Hof hinaus.

Das Gut schien wie jeden Winter in einen tiefen Schlaf gefallen. Die Lese war eingebracht, Wagenladungen voller Trauben gekeltert. Nun gärte der Wein in großen Fässern in unterirdischen Gängen. Eine feine Eisschicht hatte sich wie eine schimmernde Decke auf das Kopfsteinpflaster gelegt, auf das Efeu, das sich hoch hinauf bis unters Dach schlängelte, auf die steinerne Bank unter der Platane. Es war beinahe vollkommen still. Nur aus der Scheune vernahm Helga ein Hämmern. Sie raffte den weiten Rock und eilte quer über den Hof darauf zu.

Als sie das große Tor aufschob, bot sich ihr ein vertrautes Bild. Jürgen lag wie so häufig unter dem Traktor, nur seine langen Beine ragten darunter hervor. Sie steckten wie immer in dreckverkrusteten Stiefeln, auch seine Arbeitshose war voller Flecken.

»Helgalein!«, rief er sogleich, er musste ihr Kommen bemerkt haben. »Kannst du mir bitte den Zehnerschlüssel anreichen? Dieses alte Schätzchen leistet einen solchen Widerstand, aber ich sag's dir, ich habe es gleich …«

»Vergiss den Traktor, du musst sofort mitkommen!«

»Aber –«

»Es ist etwas passiert. Komm, schnell!«

»Es ist etwas passiert?« Im Nu war Jürgen unter dem Traktor hervorgekrochen und strich sich mit einem Lappen die Ölschmiere aus dem Gesicht. In der eiskalten Luft konnte Helga seinen Atem sehen, und ihr war, als spiegele sich ihr Erschrecken in seinem Antlitz. Sie hatten die gleichen grünen Augen, die gleichen blonden Locken, sie waren sogar fast gleich groß, über eins siebzig. Und es gab kein Gefühl, das sie nicht miteinander teilten. Wortlos wischte er sich die Hände an der Hose ab und folgte ihr ins Haupthaus.

Helga hatte die Küche nur für wenige Minuten verlassen, und doch hatte sich in diesem kurzen Moment alles verändert. Der Duft nach Kuchen, Braten und frisch gekochtem Maronenpüree war verflogen, das Feuer im Herd nahezu erloschen. Etwas vollkommen Neues lag in der Luft. Als sei ein kühler Windstoß durch den Raum gefahren.

Nun saß Tante Claire auf dem niedrigen Schemel, nun war sie es, die den aufgerissenen Brief in den Händen hielt. Immer wieder strich sie darüber, als wolle sie ihn glätten. Onkel Albert stand neben ihr, eine Hand auf ihrer Schulter, die andere in einer hilflosen Geste von sich gestreckt. Als

Helga und Jürgen die Küche betraten, schreckten sie auf, als hätten sie nicht so bald mit ihnen gerechnet.

»Kinder«, brachte Onkel Albert heraus, dann versagte ihm die Stimme.

Helga nahm Jürgens Hand und spürte, wie sie von Kopf bis Fuß zu zittern begann. Was hatte die beiden so erschüttert? Was stand in dem Brief? Sie entdeckte ein ihr unbekanntes Emblem auf dem Umschlag und glaubte, ihr Herz müsse stillstehen. War etwas mit Horst, mit dem sie hier im Haus gemeinsam aufgewachsen waren? Er war doch hoffentlich wohlauf?

»Der ... der Brief«, stotterte sie, »ist er von der Fremdenlegion?«

»Aber nein!« Tante Claire schrak auf. »Mach dir keine Sorgen, *ma petite*. Horst hat vorgestern aus Algerien geschrieben, wir wollten euch seine Nachricht heute Abend vorlesen. Es geht ihm gut. Nein« – sie fuhr sich durch das dunkle Haar, ihre kunstvolle Hochsteckfrisur hatte sich mit einem Mal halb gelöst – »nein, das ist es nicht.«

Ein Seufzer der Erleichterung entwich Helga. Sie war immer noch wütend auf Horst, weil er sich die Fremdenlegion nicht hatte ausreden lassen. Was musste er in Algerien in einem Krieg kämpfen, mit dem sie nichts zu tun hatten? Wenn ihm etwas geschähe, würde sie nie mehr froh werden. Was aber stand dann in dem Brief, Himmel, was konnte es sein? Tante Claire war in der vergangenen Woche in der Stadt beim Arzt gewesen. Sie hatte kein Aufheben darum gemacht, aber was, wenn sie ernstlich krank wäre?

»Bitte«, flehte Helga, »nun sagt schon, was ist das für ein Brief?«

Onkel und Tante sahen sich lange an. Und dann, endlich, begann Onkel Albert zu sprechen. So leise, dass Helga die Luft anhielt, um nur ja kein Wort zu verpassen.

»Der Brief«, setzte er an und räusperte sich, »kommt aus Hamburg. Vom Kindersuchdienst des Deutschen Roten Kreuzes. Erinnert ihr euch – damals, als wir euch hierherholten? Ich gab euch ein Versprechen.«

Helga hielt immer noch die Luft an. Ihr Kopf war mit einem Mal vollkommen leer. Ein Versprechen? Was für ein Versprechen? Da vernahm sie neben sich Jürgens Stimme, fast noch leiser als die von Onkel Albert.

»Du versprachst uns, niemals aufzuhören, unsere leiblichen Eltern zu suchen.«

Was sagte Jürgen da? Helga schnellte zu ihm herum, doch der Bruder sah sie nicht an, er hing an Onkel Alberts Lippen. Ihr schien, als habe auch Jürgen aufgehört zu atmen.

»Ich habe mein Versprechen gehalten«, raunte Onkel Albert. Er sprach jetzt so leise, das Zischen des Feuers, das doch nur noch glomm, überdeckte beinahe seine Worte. »Seit mehr als sieben Jahren sind eure Bilder beim Kindersuchdienst hinterlegt. Ich hatte nicht mehr damit gerechnet. Ich –«

Seine Stimme erstarb. Etwas raschelte. Tante Claire erhob sich von ihrem Schemel, reckte das Kinn und trat einen Schritt auf Helga und Jürgen zu. Sie lächelte, doch Helga sah die Tränen in ihren Augen.

»Es ist ein Weihnachtswunder«, flüsterte sie. »Euer Vater lebt. Er ist in Köln und erwartet euch.«

Helga war, als beginne die Küche sich zu drehen, schneller und immer schneller. Mit einem Mal tanzten die kupfernen Töpfe, und die Fliesen auf dem Boden wirbelten in einem wilden Strudel.

»Unser Vater?«, keuchte sie. »Ist das wahr? Wir haben einen Vater? Vielmehr – er lebt?«

Jürgen neben ihr stieß einen Schrei aus. Dann schlang er beide Arme um sie, drückte sie fest an sich und vergrub sein Kinn in ihrer Halsbeuge. Heiße Tränen rannen ihren Hals hinab, waren es ihre, waren es Jürgens? Vielleicht waren sie auch von Tante Claire, die die beiden nun ebenfalls fest umarmte. Aus der Ecke neben dem Ofen hörte sie Onkel Albert schluchzen.

Den Rest des Tages verbrachte Helga wie hinter einem Schleier. Sie lasen den Brief alle gemeinsam, ein ums andere Mal. Sie studierten den Briefkopf, die Unterschriften, sogar die deutschen Briefmarken. Es gab keinen Zweifel, der Brief war echt. Ihr Vater lebte, und er hatte sie gefunden.

Während sie einander in den Armen hielten, wanderten Helgas Gedanken zurück.

Sie wusste nichts über ihre frühe Kindheit. Womöglich, hatte Tante Claire gemutmaßt, war ihr etwas so Grauenhaftes widerfahren, dass ihr Gehirn wie eine Art Schutzfunktion jede Erinnerung daran gelöscht hatte. Jürgen ging es genauso. Ihrer beider Erinnerungen reichten nur zurück bis in die Zeit nach dem Krieg. Damals hatten sie mit anderen

Kindern, die auch alle ohne Eltern und Verwandte waren, in einem Keller in der Kölner Ehrenstraße gehaust. Helga und Jürgen waren die Jüngsten. Ihre Anführerin war Hilde, ein junges, kühnes Mädchen. Horst, der nun im Algerienkrieg kämpfte, war damals Hildes rechte Hand gewesen. Zu ihrer Bande zählten außerdem Hans und Günter, beide ebenfalls noch halbe Kinder. In den letzten Kriegstagen hatte man sie zum Volkssturm in die Eifel geschickt. Hans verlor einen Arm, Günter ein Auge.

Ganz auf sich allein gestellt, froren und hungerten die Kinder. Im eisigen Winter 1946/47 verloren sie Hilde und schienen dem Tod geweiht. Da hielt an einem Januartag ein sehr ungewöhnlicher Wagen in der Ehrenstraße, mit ausländischem Kennzeichen und über und über mit Weintrauben bemalt. Heraus kletterten eine elegante Dame und ein Mann mit Augen voller Angst. Der Mann kam gerade aus der französischen Kriegsgefangenschaft, er und seine französische Geliebte suchten in dem Viertel, in dem er einst gewohnt hatte, den Sohn des Mannes. Und dieser Sohn war niemand anders als ihr Freund Günter.

Tante Claire und Onkel Albert hatten ein Kind gesucht und fünf gefunden. Und sie nahmen sie alle mit zu sich nach Frankreich. In jener Nacht steuerte Tante Claire den Lieferwagen mit stoischer Gelassenheit erst durch die britische und dann durch die französische Besatzungszone, vorbei an Posten und Grenzkontrollen. Die Kinder hockten auf der Ladefläche, unter dicken Decken verborgen. Keins besaß Papiere. Keins hatte noch Hoffnung gehabt, jemals seine Familie zu finden. Onkel Albert saß auf dem Beifahrersitz und drehte sich immer wieder zu ihnen um, schob voller Zärtlichkeit seine raue Hand unter die Decken und strich ihnen durch die verfilzten, vollkommen verlausten Haare. Sie waren alle abgemagert bis auf die Knochen, ihre Körper von Ekzemen übersät. Seit Jahren hatte niemand sie in den Arm genommen, gar gestreichelt. Onkel Albert aber streichelte ihre verschorften Gesichter. Und er weinte. Er weinte, bis sie zu Hause angekommen waren.

Seither hatte Helga ihn nie wieder weinen gesehen. Bis zum heutigen Tag.

»Ich gehe ins Dorf«, murmelte er nun, »zum Pfarrer. Ich muss mich mit ihm besprechen.«

Tante Claire griff zärtlich nach seinem Arm und begleitete ihn hinauf in die Halle, Jürgen und Helga blieben in der Küche zurück.

»Hast du noch daran geglaubt?«, murmelte der Bruder, eng an Helga geschmiegt.

»Nein«, gab sie zurück. »Nicht mehr.«

»Und jetzt?«, fragte Jürgen.

Helga gab keine Antwort. Sie wusste es nicht.

Die Nachricht verbreitete sich wie ein Lauffeuer. Als die Glocken zum Weihnachtsgottesdienst riefen, schien das ganze Dorf Bescheid zu wissen. Die Findelkinder, wie sie sie nannten, *les enfants trouvés*, waren keine Findelkinder mehr. Helga hörte die Leute tuscheln und spürte ihre Blicke, doch diesmal berührte es sie nicht. Jahrelang hatte sie sich zerrissen gefühlt, weil sie nirgendwo dazugehörte. Sie war keine echte Französin, doch sie fühlte sich auch schon lange nicht mehr als Deutsche. An diesem Abend jedoch war alles, was sie wahrnahm, Tante Claires Hand. Sie hielten sich aneinander fest, die ganze Messe hindurch.

Rechtzeitig zum Essen traf Hans ein, er lebte ganz in der Nähe. Seine Frau Giselle steuerte den 4CV, Hans hielt mit seinem einen Arm den kleinen Léon auf dem Schoß. Auch er wusste schon Bescheid, der Tankwart hatte es ihm erzählt. Der Einzige, der ahnungslos und wie immer zu spät aus Toulouse eintrudelte, war Günter, an seiner Seite eine neue Studienfreundin, wie er seine Begleiterinnen stets nannte, eine kleine Brünette, die Lou gerufen werden wollte. Da saßen sie bereits lange um den festlich geschmückten Tisch im Salon, und der Brief, den jeder sehen und betasten wollte, war schon ganz zerknittert.

Helga bekam kaum einen Bissen herunter. Um sie herum wurde gelacht und geweint. Der Brief, so schien es ihr, brachte die Augen aller zum Leuchten und bescherte zugleich einem jeden einen unerwarteten, scharfen Schmerz. Diese Familie, geboren in größter Not, würde es bald nicht mehr geben. »Keinen Tag länger als nötig«, hatten Tante Claire und Onkel Albert unter Tränen erklärt, »wollen wir euren Vater auf seine Kinder warten lassen.« Und so war die baldige Abreise nach Köln bereits beschlossene Sache. Doch was würde Helga und Jürgen dort erwarten?

Jürgen trank so viel Champagner, dass Onkel Albert und Günter ihn schon vor Mitternacht in sein Zimmer hinauftragen mussten. Nachdem Lou beim Verzehr des Baumstammkuchens so sehr gekleckert hatte, dass Schokoladencreme auf dem Brief landete, und Léon daraufhin versuchte, ihn aufzuessen, gab Helga ihm einen Kuss, nahm den Brief an sich und erklärte, sie ginge ebenfalls zu Bett.

Oben setzte sie sich an den kleinen Tisch, den Onkel Albert für sie getischlert hatte, und knipste ihr minzgrünes Kofferradio an. Für gewöhnlich lauschte sie jeden Abend Radio Luxembourg, weil sie dort oft diese neue, unerhört aufregende Musik aus Amerika spielten. Gerade sangen die Chordettes mit ihren glockenhellen Stimmen *Mr. Sandman*, einen Titel, den Helga auswendig konnte, auch wenn sie kaum ein Wort verstand. Heute aber war ihr nicht danach.

Sie stellte das Radio wieder aus, legte den Brief vor sich auf den Tisch und strich ihn glatt, so, wie Tante Claire es getan hatte. Dann las sie ihn noch einmal, ganz für sich allein.

Und erst jetzt drangen die Worte vollkommen zu ihr durch.

Ein Vater. Wir haben einen Vater. Er hat uns gefunden. Die Wörter wirbelten durch Helgas Kopf, machten Purzelbäume und Handstand. Helga liebte Wörter. Sie konnte Stunden damit zubringen, sie vor sich hin zu flüstern, ihrem Klang zu lauschen, sie auf der Zunge zu schmecken. Dieses eine Wort jedoch schien ihr unaussprechbar. Vater! Wie konnte das sein, nach all den Jahren?

Ein Vater.

Helga begann, von Kopf bis Fuß zu beben. Wie oft hatte sie als kleines Mädchen nachts in dem unwirtlichen Keller, in dem sie lebten, wach gelegen, der Hunger eine eiserne Faust in ihrem Bauch, die Angst ein finsteres Wesen in ihrem Nacken. Wie oft hatte sie sich diesen Moment ausgemalt, wie sehr ihn herbeigesehnt. Den Moment, in dem wie aus dem Nichts ihre unbekannten Eltern auftauchten, sie in ihre Arme schlossen und an einen besseren Ort brachten. Stattdessen waren Tante Claire und Onkel Albert gekommen. Helga liebte sie von Herzen. Doch in der Sicherheit ihres neuen Zuhauses waren die Fragen gekommen. Wer war sie? Und warum hatten ihre Eltern sie im Stich gelassen?

Alles, was Helga und Jürgen noch wussten, waren ihre Vornamen. Ein französischer Standesbeamter hatte damals »Müller« in ihre Ersatzpapiere geschrieben. In der Schule und auf dem Nachhauseweg wurden sie von ihren französischen Mitschülern gepiesackt. Die Deutschen hatten während des Krieges schlimm gewütet in diesem Teil Frankreichs. So liebevoll ihr neues Zuhause war – sobald die Kinder das Gut verließen, waren sie üblen Attacken ausgesetzt.

Helga griff nach einer der hellblauen Kladden, denen sie Abend für Abend ihre Gedanken anvertraute. Normalerweise füllte sie vor dem Zubettgehen viele Seiten mit den Erlebnissen des Tages. Diesmal schrieb sie nur ein einziges Wort.

Vater.

Ganz krakelig war ihre Schrift, so sehr zitterten ihre Finger.

Helga schlug die Kladde wieder zu. Der Traum, den sie sich schon vor langer Zeit verboten hatte zu träumen, war in Erfüllung gegangen. Doch die Fragen, die sie quälten, waren noch lange nicht beantwortet.

Sie trat ans Fenster und sah hinaus in den stillen Hof. Der strenge Wind hatte nachgelassen, und es hatte zu schneien begonnen. Hans' 4CV, das Kopfsteinpflaster, die Scheune, alles verschwand unter einer pudrigen Hülle.

»Vater«, sagte sie vorsichtig. Und dann gleich noch einmal: »Vater.« Schließlich rief sie es in die Nacht hinaus. »Vater! Wer bist du? Wo hast du so lange gesteckt? Und was ist mit unserer Mutter?«

Der Januar begann mit grimmiger Kälte. Am Abend vor der Abreise kam Tante Claire in Helgas Zimmer. Sie sprachen nicht viel, sie hielten einander nur umschlungen. Helgas Koffer war längst gepackt, ihre Reisetasche, bunt kariert, stand am Fußende des Bettes. Zärtlich betrachtete Helga die Tante. Sie schien ihr kleiner geworden in den letzten Tagen, dünner. Und hatte ihr Keuchen, wenn sie die Treppe hinauflief, nicht zugenommen?

»Ich mache mir Sorgen um dich«, begann Helga, »geht es dir gut?«

Doch Tante Claire legte ihr den Zeigefinger auf die Lippen und machte »tsch«, so, wie sie es früher getan hatte, als Helga klein war und nächtens von Albträumen geplagt wurde.

»Tsch, *ma petite*, alles ist gut. Ihr werdet ein wundervolles Leben in Köln haben, bei eurem Vater. Und wie hieß noch das liebe Mädchen, das euch Kindern, die ihr im Keller leben musstet, immer seine Schulspeisung gebracht hat, obwohl es selbst hungerte? Anna, nicht wahr?«

Helga nickte. Die Erinnerung an ihre Freundin Anna zauberte ihr ein Lächeln aufs Gesicht. Sie würde sie gleich nach ihrer Ankunft aufsuchen, sie und den kleinen Karl, die ihnen damals in den dunkelsten Stunden geholfen hatten.

»Schau, ich möchte dir etwas geben.«

Tante Claire griff in die Tasche ihres blau-samtenen Kleides, es saß ihr so weit um die Hüften, als sei es mindestens zwei Nummern zu groß. Sie hat wirklich sehr abgenommen, schoss es Helga durch den Kopf. Im Grunde kann ich sie nicht allein lassen, nein, es geht nicht ...

»Erkennst du sie, *Elgette?*«

Tante Claire öffnete ihre Hand. Darin lagen drei hölzerne Murmeln. Sie waren alt und rissig, ihre bunte Farbe längst verblasst. Und doch. Helga zog scharf die Luft ein.

»Du hast –?«

»Sie aufbewahrt, aber ja, natürlich. Sie waren euer einziges Spielzeug damals, in diesem abscheulichen Keller. Du hattest sie in deiner kleinen Faust, als wir hier ankamen. Wie hätte ich sie wegwerfen können?« Sanft strich Tante Claire mit dem Zeigefinger über die Murmeln, dann legte sie sie in Helgas Rechte, schloss ihre Hände darum und zog Helga an ihr Herz. »Ich glaube, diese Murmeln haben dir und Jürgen Glück gebracht«, flüsterte sie in ihr Haar. »Sie werden euch auch weiterhin beschützen.«

Damit ließ sie Helga los, stand auf und ging hinaus. Helga blieb zurück, die Murmeln fest umklammert. Tante Claires Hände waren furchtbar kalt gewesen.

Am Morgen zeigte das Thermometer im Hof minus fünfzehn Grad. Als das Pferd des Nachbarn schnaubte, sprühten kleine Eisflocken aus seinen Nüstern. Helga trug den steingrauen Mantel, den Tante Claire ihr geschneidert hatte, nachdem sie im letzten Jahr so schnell gewachsen war, über ihrem guten kunstseidenen Kleid sowie ihre gefütterten Stiefel. Jürgen steckte ein wenig steif in seinem besten Anzug, er war von Onkel Albert und an den Ärmeln und den Beinen ausgelassen. Die Winterjacke, auch vom Onkel, war ihm ein bisschen zu kurz und zu weit. Den Schal, den er zu Weihnachten bekommen hatte, hatte er sich so oft um den Kopf geschlungen, dass nur noch Nase und Augen herausschauten. Sie zitterten beide von Kopf bis Fuß, und das nicht allein wegen der Kälte.

»Sie kommt nicht herunter, nicht wahr?«

Onkel Albert zuckte in einer unbeholfenen Bewegung, die nicht zu ihm passte, mit den Schultern, und Helga verstand. Am Morgen hatte er den Arzt gerufen, er war auf dem Weg hierher. Tante Claire ging es schlecht. Der gestrige Besuch in ihrem Zimmer, als sie Helga die Murmeln brachte, war ihre Art gewesen, adieu zu sagen.

Einen Moment lang dachte Helga darüber nach, ins Haus zu laufen und die Rückkehr nach Deutschland zu verschieben. Sie konnte Tante Claire doch jetzt nicht verlassen! Da spürte sie Jürgens Hand auf ihrem Arm. Er kannte ihre Gedanken, immer.

Das Pferd schnaufte noch einmal, und der Nachbar gab ein unwirsches Brummen von sich. Er hatte den Wagen voller gefüllter Milchkannen und wollte zur Molkerei. Nur mit Mühe hatte er sich überreden lassen, sie bis zum Bahnhof mitzunehmen. Und da ließ man ihn auch noch warten.

Hans und Günter waren am Tag nach Silvester abgereist,

nicht ohne viele Umarmungen und Küsse und das feste Versprechen, einander zu schreiben. Von Horst war ein weiterer Feldpostbrief gekommen. Die Großen führten längst ihre eigenen Leben. Nur sie und Jürgen, die Kleinen, waren bei Onkel und Tante geblieben. Doch nun war der Moment des Abschieds gekommen, und Helga wurde es so schwer ums Herz, dass sie die Tränen nicht länger zurückhalten konnte. Sie umarmten einander ein letztes Mal, Jürgen weinte nun auch, und Onkel Albert strich ihnen über die Köpfe. Helga konnte nicht anders, sie ergriff seine Hand, die groß war und schwer und voller Schwielen, schmiegte ihre Wange hinein und küsste sie inniglich.

»Ich danke dir«, flüsterte sie. »Ich danke dir so sehr.«

Als sie aufschaute, sah sie in Onkel Alberts Antlitz einen Schmerz, der ihr den Atem raubte. Da schnalzte der Nachbar mit der Zunge und gab dem Pferd die Peitsche, er wendete bereits das Fuhrwerk. Onkel Albert schloss die Augen, entzog sich Helga mit einem Ruck, und Jürgen und sie sprangen, so schnell sie konnten, auf die Ladefläche des Milchwagens. Es schepperte, als sie sich zwischen die Kannen quetschten.

»*Ils occupent trop de place, les boches*«, schimpfte der Mann auf dem Kutschbock. Sie brauchen zu viel Platz, diese blöden Deutschen.

Helga lehnte sich an Jürgen, es war eng und schmutzig hier, und ihr klapperten schon jetzt die Zähne. Der Nachbar schnalzte noch einmal, das Pferd fiel in einen unruhigen Trab. Am Horizont sah sie das Gutshaus verschwinden, davor, immer kleiner werdend, mit geschlossenen Augen, Onkel Albert. Und oben, in ihrem Zimmer, Tante Claire, dünn und blass.

Sie wusste, in diesem Moment verlor sie beinahe alles, was sie liebte. Aber sie würde niemals wieder eine *boche* sein, eine verhasste Deutsche.

2. Kapitel

Im ersten Zug gab es nur eine vierte Klasse, und die hölzernen Bänke waren bis auf den allerletzten Platz besetzt. Ein paar Hühner hatten es geschafft, aus ihren Käfigen zu entweichen, laut gackernd stolzierten sie über die Füße der Reisenden. Auch der zweite Zug war völlig überfüllt. Den vorletzten Teil der Strecke schließlich legten Helga und Jürgen in einem Omnibus zurück. Sie saßen mit einem Mädchen in ihrem Alter zu dritt auf einem Zweiersitz, und je weiter sie kamen, desto aufgeregter wurden sie.

Am späten Nachmittag schließlich erreichten sie Paris. Am *Gare du Nord*, dem großen Bahnhof im Norden der Stadt, wartete auf Gleis eins der Paris-Ruhr-Express.

»Ihr habt Deutschland verlassen wie die Bettler«, hatte Onkel Albert erklärt, als er ihnen feierlich die Tickets überreichte. »Wenn ihr nun heimkehrt, sollt ihr reisen wie die Könige.«

Helga hatte nicht gewusst, was er damit meinte, doch nun, wo sie den Zug sah, verstand sie es.

»*Vite, vite!*«, rief der Schaffner, »schnell, schnell!«

Und ehe sie sich's versahen, befanden sie sich in einer neuen Welt.

Es gab eine schmale Küche, in der zwei Köche mit hohen Stoffmützen gerade dabei waren, in Blechfiltern so groß wie kleine Eimer verführerisch duftenden Kaffee aufzubrühen. Direkt dahinter befand sich ein lang gezogener Speisesaal mit weiß eingedeckten Tischen fürs *dîner*. Einen Waggon weiter, unter einem Schild mit der Aufschrift »Zugsekretariat«, tippte eine junge Frau rasend schnell auf einer fest an den Tisch geschraubten Schreibmaschine einen Brief, den ein Herr in feinem Zwirn ihr diktierte. Helga staunte mit offenem Mund, und Jürgen hatte alle Mühe, sie sanft weiterzuschieben bis in ihr Abteil.

Ehrfürchtig strich sie dort über das samtene grüne Sitzpolster. Es fühlte sich so straff an, als habe vor ihr noch nie jemand darauf Platz genommen. Der helle Bezug der Kopfstützen duftete wie frisch gestärkt. Und die messingfarbene Fensterkurbel glänzte mit den Gepäckkörben um die Wette.

»Der Paradezug der deutschen Bundesbahn«, raunte Jürgen, dabei waren sie ganz für sich allein. »Ein VT null acht. Hast du gesehen? Außen ist er tiefrot lackiert. Sie nennen ihn den Eierkopf, weil er vorn und hinten ganz rund ist. Mensch, Helgalein, in genau so einem Zug sind die Deutschen letzten Sommer nach Hause gefahren, nachdem sie in Bern Fußballweltmeister geworden sind!«

»Soso, die Deutschen«, entgegnete Helga und stupste ihn liebevoll in die Seite. »Was du nicht sagst. Und du bist keiner?«

»Ja doch, du Naseweis.« Jürgen gab ein theatralisches Stöhnen von sich. »Du weißt schon, wie ich es meine.«

Helga nickte und schmiegte sich in den Sitz, die karierte Reisetasche fest an sich gedrückt. Sie wusste ganz genau, wie er es meinte. Mehr noch, sie fühlte es. Und während der Zug aus Paris hinausschoss wie ein nasses Stück Seife auf einem blank gewienerten Steinboden, spürte sie, wie es sie innerlich zerriss. Eine Hälfte ihres Herzens blieb in Frankreich zurück. Die andere eilte dem Zug voraus, voller Neugier und Ungewissheit.

Die bange Sorge, die für einen Moment dem Staunen über den luxuriösen Zug gewichen war, machte sich wieder breit. Helga fasste die Reisetasche noch ein bisschen fester. Darin befand sich ihr heiß geliebtes minzgrünes Kofferradio sowie ein Stapel hellblauer Schreibhefte, die meisten noch blütenrein. In einer Seitentasche steckten die drei hölzernen Murmeln. Und obenauf lag der Brief, der ihr Leben von jetzt auf gleich vollkommen durcheinandergewirbelt hatte.

Für einen Moment war sie versucht, ihn herauszuholen und noch einmal zu lesen. Dabei kannte sie ihn längst auswendig, jedes Wort, jedes winzige Detail. Auf ihre drängende Frage jedoch gab das amtliche Schreiben des Deutschen Roten Kreuzes keine Antwort. Was würde das Schicksal in Köln für sie bereithalten?

Der Zug hatte die Pariser Vororte kaum hinter sich gelassen, als vor dem Fenster eine tintenblaue Dämmerung aufzog, unterbrochen nur von fern flackernden Lichtern. Helga ahnte den eisigen Wind, der plötzlich aufkam und sie durch den hereinbrechenden Abend begleitete. Unwillkürlich zuckte sie zusammen. Da war sie wieder, die Furcht vor der Kälte.

»Ich wette, dieser formidable Zug hat sogar eine Heizung.«

Jürgen, der immer wusste, was in ihr vorging, war schon aufgesprungen.

»Meinst du?«, wunderte sich Helga. »Aber wie …?«

»Schau, hier!«, rief Jürgen und legte nach kurzem Suchen einen Hebel um, der in der holzgetäfelten Wand aus einem schmalen Messingblech herausragte. Augenblicklich strömte herrlich warme Luft ins Abteil.

»Wir müssen nicht mehr frieren, Helga, niemals mehr.«

Jürgen setzte sich wieder und streckte seine langen Beine aus. Sie teilten sich das letzte Stück Baguette, das Linette am Morgen für sie gerichtet hatte, tranken ein wenig selbst gemachte Limonade dazu. Dann schlang Jürgen die Arme um seinen Oberkörper und war noch vor Lille tief und fest eingeschlafen.

Zärtlich betrachtete Helga ihren Bruder. Immer schon schlief er so, sich selbst umarmend. Vor langer Zeit, als sie noch klein waren, hatte er die Arme in den Nächten auch um sie geschlungen. Er hatte sie beschützt vor Kälte, Hunger und Tod. Er würde sie auch in Zukunft beschützen, dessen war sie sich ganz gewiss.

Aber dass er jetzt schlafen konnte! Helga spürte, wie die Unruhe in ihr wuchs. Sie wurde größer und größer, je weiter sie nach Osten gelangten. Und während der Zug mehr und mehr Fahrt aufnahm, wünschte sie sich, er würde langsamer werden, ihr noch ein bisschen Zeit lassen.

Leise, um Jürgen nicht zu wecken, klappte sie den kleinen Tisch vor dem Fenster hoch und öffnete den Verschluss der karierten Reisetasche. Sanft strich sie mit dem Finger über den Brief. Dann holte sie eines der Schreibhefte hervor, legte sorgfältig das Löschblatt zwischen die Seiten und nahm den Füllfederhalter zur Hand. Beinahe augenblicklich begann er, wie von selbst über die Seiten zu gleiten.

Man fand uns im Sommer nach dem Krieg vor einem Hochbunker in Köln, schrieb Helga. *Hilde, das Mädchen, das sich unserer annahm, schätzte unser Alter auf sechs und sieben Jahre. Wie sich nun herausstellt, lag sie damit richtig, obwohl wir so klein und unterernährt waren. Beinahe zwei Jahre verbrachten wir mit ihr …*

Die Worte strömten aus ihr heraus. Und mit jedem Wort, mit jedem Satz wurde sie ruhiger. Immer schon war sie schreibend ihren Ängsten entkommen.

Plötzlich stoppte der Zug. Im Gang vor der glänzend polierten Schiebetür waren schwere Schritte zu hören, ein Mann schob sich ins Abteil.

»Die Pässe, bitte!«

Helga wischte vor Schreck das Heft samt Löschblatt vom Tisch. Als Kind war sie davongerannt, sobald sie Männer in Uniformen erblickte. Ein Impuls, der immer noch in ihr steckte. Der Grenzbeamte jedoch hatte ein freundliches Gesicht, das sich zu einem breiten Lächeln verzog, als er sich bückte und ihr Heft und Löschblatt reichte.

»Sie schreiben wohl gern?«

»Sie tut nichts anderes«, murmelte Jürgen schlaftrunken.

»Soso«, erwiderte der Grenzer. »Und worüber schreiben Sie?«

»Über nichts Besonderes, über gar nichts.« Hastig schlug Helga das Heft zu und reichte ihm die Ersatzpapiere, die der Dorfvorsteher auf Onkel Alberts Drängen hin erst gestern ausgestellt hatte. Wie hätten sie sonst so schnell an neue Pässe kommen können? Die dicke Pappe war noch steif, sie quietschte ein wenig, als der Grenzer sie aufschlug und stempelte.

»Na dann«, rief er fröhlich, »willkommen in Deutschland, Herr und Fräulein van Beek!«

»Danke schön«, antwortete Jürgen und war schon halb wieder eingeschlafen.

Helga aber schnappte nach Luft. Es war das erste Mal, dass jemand sie so ansprach. Sie nahm ihr Heft und schlug eine neue Seite auf.

Seit der Brief kam, notierte sie mit fliegenden Fingern, *besitze ich einen Nachnamen. Ich kenne mein Geburtsdatum.* Kurz hielt sie inne. Draußen war es ein wenig heller geworden, leichtes Schneetreiben hatte eingesetzt. Helga setzte den Füller neu an. *Und noch heute Abend*, schrieb sie in ihr Heft, *werde ich einen Vater haben.*

Helga atmete tief aus. Das Schneetreiben draußen vor dem Fenster wurde dichter. Der Zug sauste durch die Dunkelheit. Mit einem Mal wurde ihr leichter ums Herz. Und als sie wenig später Aachen erreichten, bemerkte sie, wie sie innerlich zu vibrieren begann.

Die letzten anderthalb Stunden fuhren sie durch eine verschneite Märchenlandschaft. Ein Feld reihte sich an das nächste, weiter weg konnte Helga Wälder erahnen und ein paar milchig erleuchtete Bauernhöfe. Eine Rotte Wildschweine begleitete den Paris-Ruhr-Express ein Stück. Ein Hirsch sprang in hohen Bögen davon. Die Heizung lief auf Hochtouren, langsam beschlug das Fenster. Jürgen schlief immer noch.

Dieser Landstrich, dachte Helga, ist unsere Heimat. Unsere unbekannte Heimat.

Und dann kam Köln in Sicht. Aber es war nicht das dunkle, zerstörte Köln der Nachkriegszeit, an das Helga sich so schmerzhaft erinnerte. Es war ein vollkommen neues Köln. Denn diese Stadt leuchtete. Schon von Weitem erhob sich ein feines Schimmern aus der Kölner Bucht. Je näher sie kamen, desto heller wurde es. Bald konnte Helga die ersten Häuser erkennen, die ersten Straßenzüge.

»Jürgen!« Helga streckte die Hand nach dem Bruder aus, schüttelte ihn erst sanft, dann fester. »Wach auf! Guck doch mal!«

Jürgen gab ein kleines Stöhnen von sich, rieb sich die Augen und war einen Moment später hellwach.

»Ist das Köln?«, rief er. »Kann das sein?«

»Ich glaube schon«, murmelte Helga und wischte gedankenverloren mit dem Ärmel ihres Kleides ein Stückchen Fenster frei. Der Zug wurde langsamer, fuhr durch einen kleinen Bahnhof. »Ehrenfeld« stand auf einem Schild am Gleis.

Die Geschwister warfen sich einen Blick zu. Am Ehrenfelder Bahnhof hatte einst der Schwarzmarkt geblüht. Wie oft waren sie hier herumgeschlichen, auf der Jagd nach einem Stückchen Brot, das sie einem Händler aus der Tasche stehlen konnten, auf der Flucht vor der Militärpolizei. Jetzt lag der Bahnhof in tiefem Frieden. Auf einem Plakat an einer hell strahlenden Litfaßsäule balancierte ein Affe eine Apfelsine auf seiner Nase. In ihrem orangefarbenen Schein hielt ein junges Paar unauffällig Händchen.

Direkt hinter dem Ehrenfelder Bahnhof pulsierte das Leben. Es gab noch einige Trümmergrundstücke, doch an jeder Ecke wurde gebaut. Die Stadt funkelte im Licht der Geschäfte und Werbetafeln. Über einen Straßenzug hatte man sogar Girlanden gespannt, an denen noch golden blinkende Weihnachtssterne hingen.

Staunend drückten Helga und Jürgen sich die Nasen an der feuchten Fensterscheibe platt.

»Hättest du das für möglich gehalten?«, fragte Jürgen.

»Niemals«, antwortete Helga.

Schon näherten sie sich dem Hauptbahnhof. Helga spürte, wie ihr Herz noch schneller schlug. Nur wenige Minuten noch.

»Und wenn er nun nicht kommt?«, stöhnte sie mit einem Mal. »Oder wenn er uns nicht mag?«

Jürgen blieb stumm, und in seinen Augen sah sie die gleiche Angst. Sie fassten sich an den Händen, legten die Köpfe aneinander, sodass ihre Stirnen sich berührten. Sie sagten kein einziges Wort und erneuerten ein stummes Versprechen, das sie begleitete, solange sie denken konnten. Niemals würde einer den anderen im Stich lassen.

Da nahm der Zug eine letzte Biegung und donnerte, als wolle er gar nicht stoppen, in den Bahnhof hinein. Und auf dem Bahnsteig, der plötzlich ganz nah war, sahen sie einen Wimpernschlag lang die Silhouette eines Mannes. Er war sehr groß, sehr dünn und hatte die gleichen Locken wie sie beide, nur dass seine grau waren.

Helga entfuhr ein Schrei. Hektisch verrenkte sie ihren Kopf, versuchte, einen zweiten Blick auf den Mann zu erhaschen, doch der Zug fuhr weiter und kam erst ganz am Ende des scheinbar endlos langen Bahnsteigs zum Halten.

Jürgen hatte den Mann auch gesehen, ganz bleich war er geworden.

»Komm«, sagte er nur. »Komm schnell.«

Und so packten sie ihre Koffer und Helgas Reisetasche und eilten aus dem Zug. Helga hatte keinen Blick mehr für die Köche mit den hohen Mützen, die nun Schnitzel brieten. Sie sah nicht den Champagner, der gerade im Speisewagen serviert wurde, und auch nicht die junge Frau im Schreibabteil, die immer noch Briefe tippte. Alles, was sie sah, war die Silhouette eines Fremden vor ihrem inneren Auge. Eine Silhouette, die ihr so vertraut erschien, dass sie glaubte, ihr Herz müsse zerspringen.

Sie stolperten auf den Bahnsteig, beinahe wäre Helga gestürzt. Jürgen ergriff rasch ihren Arm, und dann rannten sie los. Doch es war kein Vorankommen. So viele Menschen verließen den Zug! Gepäckträger priesen ihre Dienste an. Ein Junge mit einer dicken Pudelmütze auf dem Kopf, einer karierten Bäckerhose und einer Lade vor dem Bauch verkaufte durch die geöffneten Zugfenster dick mit Käse belegte Brötchen an die Reisenden, die weiterfuhren. Mitten auf dem Bahnsteig saßen zwei vornehm gekleidete Damen in Pelzmänteln auf einem riesigen Berg aus Koffern und rauchten Zigaretten mit langen Spitzen. Es war ein heilloses Gedränge. Als Helga und Jürgen endlich das andere Ende des Bahnsteigs erreichten, sprangen dort gerade ein paar Nachzügler in den Zug. Ein Schaffner rief etwas, ein Pfiff ertönte. Die Dampflok gab ein gewaltiges Schnauben von sich. Der Paris-Ruhr-Express rollte in einer eleganten Bewegung von dannen. Nicht mehr lange, und er würde seinen Zielbahnhof erreichen, Dortmund. Schnell waren die Rücklichter auf dem letzten eierkopfrunden Waggon verschwunden. Der Bahnsteig leerte sich. Helga und Jürgen blieben zurück, allein. Ratlos blickten sie sich um. Sie umrundeten das Häuschen des Gleiswärters und sogar die Schautafel, auf der mit bunten Plättchen die Waggonreihung der Züge angezeigt wurde. Mit jedem Schritt, den sie taten, wuchs ihre Verwirrung.

Hier schien niemand auf sie zu warten.

Schließlich schleppte Helga ihren Koffer und die Reisetasche bis zu einer Wartebank und ließ sich darauf nieder. Jürgen tat es ihr nach. Sie schauten einander nicht an. Helga wusste, dass sie die Enttäuschung, die sie fühlte, nicht ertragen würde, sähe sie sie in Jürgens Augen gespiegelt. Etwas Feuchtes berührte ihre Stirn. Als sie aufblickte, sah sie, dass die Bahnhofshalle, deren Eisenkonstruktion sich so majestätisch über die Gleise spannte, komplett ohne Glas war. Es schneite hinein.

»Hier ist doch noch alles kaputt«, flüsterte sie und bemühte sich, nicht zu weinen. »Immer noch.«

Jürgen nickte stumm.

Zeit verging. Die Sekunden fühlten sich an wie Minuten, die Minuten wie Stunden. Helga war, als fließe alle Lebensenergie aus ihr hinaus. Sie war mit einem Mal unendlich müde. Was sollte nun mit ihnen werden?

Und dann geschah es. Erst war es nur ein Schatten, der Hauch einer Bewegung außerhalb ihres Blickfeldes. Sie spürte es, noch bevor sie aufsah. Und als sie aufsah, konnte sie zunächst nichts erkennen, denn ein feuchter Schleier hatte sich über ihre Augen gelegt. Helga blinzelte. Blinzelte noch einmal. Wischte sich mit einer trotzigen Bewegung die Tränen weg. Und dann sah sie ihn kommen, ganz vom anderen Ende des Bahnsteigs. Ein Mann, vollkommen fremd und zugleich auf eine verstörende Weise vertraut, bewegte sich auf sie zu. Da war etwas an seinem Gang, das ihr bekannt vorkam. An der Art, wie er sich umsah. Wie er sein Haar trug.

Helga saß wie versteinert. Eine Hand grub sich in ihren Arm, es war die ihres Bruders. Er hatte ihn auch gesehen.

Der Mann kam näher. Eine Taube flog auf, ein neuer Zug fuhr ein. Jetzt sah sie sein Antlitz, seine Augen, flaschengrün. Der Mann sah aus wie Jürgen, nur deutlich älter.

In dem Moment, als sie das Erkennen auf seinem Gesicht ahnte, hielt der einfahrende Zug. Pfiffe ertönten. Türen öffneten sich, Reisende stiegen aus, schoben sich zwischen sie.

Weg war er. Schon wieder hatte die Menge ihn verschluckt.

Helga glaubte, den Verstand zu verlieren. Sie riss sich von Jürgen los und schnellte hoch.

»Bitte«, flüsterte sie. »Bitte, nicht noch einmal verschwinden …«

Blind vor Tränen versuchte sie, sich einen Weg durch die vielen Menschen zu bahnen. Sie lief gegen Gepäckstücke, trat einem kleinen Hund auf die Pfote, der furchtbar jaulte, prallte gegen eine Männerbrust.

»Ich weiß, dass du es bist«, schluchzte sie. »Ich habe so lange gewartet. Du kannst doch jetzt nicht …«

»Ihr seid es, ihr seid es wirklich!«, rief da eine Stimme. Sie klang fast wie die Stimme von Jürgen, nur tiefer und ein wenig weicher. Und sie war direkt vor ihr.

Helga erstarrte. Blickte auf die Männerbrust, gegen die sie gerade geprallt war. Ein Mantel noch aus Vorkriegsbestand, der Kragen bis auf das Futter abgewetzt. Ein dicker, grob gestrickter Schal. Ein kantiges Kinn. Ein Mund, der zuckte. Eine gerade Nase. Und Augen voller Tränen, voller ungläubiger Freude und tiefem Schmerz.

»Ich … ich sah euch durch das Zugfenster«, stammelte der Mann, und seine Stimme drohte, sich zu überschlagen. »Da rannte ich, so schnell ich konnte, zum Bahnsteigende. Ich …« Er verstummte, wischte sich über das Gesicht und breitete seine Arme aus, sie waren so lang wie Jürgens.

Helga vergaß die Menschen auf dem Bahnsteig, den jaulenden Hund und den lärmenden Zug. Sie vergaß, dass sie schon fast eine junge Frau war, sie vergaß sogar Jürgen. Sie warf sich in die Arme des Fremden und weinte so bitterlich, als sei sie noch ein ganz kleines Mädchen. Und der Fremde fühlte sich kein bisschen fremd an.

3. Kapitel

»Wir gehen zu Fuß nach Hause«, sagte der Vater und nahm Helgas Koffer. »Euer Elternhaus ist ganz in der Nähe.«

Immer wieder hatte er Helga und Jürgen an seine Brust gezogen und dabei ein Geräusch wie von trockenem Husten von sich gegeben. Er hatte ihre Gesichter studiert, ihre Augen, ihr Haar, und in jedem seiner Blicke hatte Helga das ungläubige Staunen gesehen, das auch sie empfand.

»Nach Hause?«, fragte Jürgen.

»Unser Elternhaus?«, wunderte sich Helga.

Aber ihre Worte gingen unter im Getöse eines vorbeidonnernden Güterzuges und im Stimmengewirr der Reisenden um sie herum.

In der hohen Bahnhofshalle, in die es weiter hineinschneite, gab es eine Bahnhofsbuchhandlung, in deren Regalen Bücher und grellbunte Zeitschriften aus aller Welt um Aufmerksamkeit heischten. Es gab eine Drogerie und sogar ein Aktualitäten-Kino. Ein viele Meter hohes Wandgemälde warb für Lippenstifte und Gesichtspuder. Helga schwindelte es. Da ergriff der Vater ihre Hand und hielt sie ganz fest. Seine Hand war genauso kalt wie ihre, sie fühlte sich ein bisschen rau an, und doch spürte Helga ein Wohlgefühl in sich aufsteigen, das ihr völlig unbekannt war. Nie zuvor in ihrem Leben hatte sie sich so geborgen gefühlt.

Draußen vor dem Bahnhof sauste eine bimmelnde Straßenbahn an ihnen vorbei, ein Volkswagen hupte sie aus dem Weg. Von links vernahm Helga ohrenbetäubendes Glockengeläut, es kam vom Dom, dessen Zwillingstürme direkt neben dem Bahnhof in den Himmel ragten.

»Heute ist der Tag der Heiligen Drei Könige«, erklärte der Vater, und wieder fiel Helga seine besondere Sprechweise auf, sehr weich klang sie, beinahe, als singe er die Worte. »Die Stadt ist voller Pilger, die die Reliquien sehen wollen, selbst jetzt noch, am späten Abend. Eure Mutter ist auch immer …« Er stockte, und Helga meinte, für einen Moment einen Schatten über sein Gesicht huschen zu sehen. »Kommt«, sagte er dann. »Eure Tante Meta wartet mit dem Essen.«

Welche Tante?, wollte Helga fragen, und, vor allem, was hatte er über die Mutter sagen wollen? Doch kein Laut verließ ihre Lippen. Sie kannte ihren Vater erst wenige Minuten, und doch ahnte sie bereits, dass er nicht auf alle Fragen antworten würde.

Er führte sie über den Bahnhofsvorplatz, vorbei an hochherrschaftlichen Häusern, die schon wiederaufgebaut waren, nur an einer Seitenwand zeugten Einschusslöcher noch von den Schrecken des Krieges. Die Menschen, die ihnen begegneten, waren so fein gekleidet, dass Helga sich nur wundern konnte. Nach dem Krieg hatten abgerissene Gestalten die Straßen Kölns bevölkert, in Mänteln aus Armeedecken, die halb erfrorenen Füße in Lumpen gewickelt. Nun trugen fast alle Männer Anzug und Hut, und die Frauen wirkten, als seien ihnen die Röcke und Jacken auf den Leib geschneidert. Gerade trat aus einem mit goldglänzendem Blech verkleideten Portal eine Dame mit einem Fuchspelz um den Hals, über ihr verkündete ein eleganter Schriftzug, dass hier das Verkehrsamt der Stadt Köln residierte, sogar auf Französisch stand es dort, *Office Touristique*. Daneben warb eine Pappfigur – ein Mädchen in kurzen Hosen und hohen weißen Pumps, das sich verführerisch lächelnd zurücklehnte – für ADOX-Filme. Helga und Jürgen schauten sich ungläubig an. Aus dem Köln, das sie kannten, waren die Menschen in Scharen geflohen. Nun kamen Touristen hierher?

Wenige Schritte weiter gähnten leere, von Schutt befreite Trümmergrundstücke, und ein paar Ratten huschten über die Straße. Köln, so schien es Helga, war dabei, sich herauszuputzen, doch in den dunklen Ecken der Stadt lauerte noch die hässliche Fratze der Vergangenheit.

Bald schon tauchten sie ein in die engen Gassen der nördlichen Altstadt, in den Eigelstein. Helga kannte dieses Viertel nur aus Erzählungen. Direkt nach dem Krieg galt es als verrucht und gefährlich. Hilde, die Anführerin ihrer Bande, nahm die beiden Jüngsten, Helga und Jürgen, niemals mit, wenn es zum Eigelstein ging. Hier fand man damals nicht nur die berüchtigtsten Schwarzmärkte. Kriminelle Banden, vor deren Brutalität die Kinder sich fürchteten, trieben ihr Unwesen. Und dann geschah hier auch noch anderes, über das die Großen nur leise tuschelten, wenn die

Kleinen in der Nähe waren. Aber Helga hatte doch eine Ahnung gehabt, worum es ging. Nun schaute sie sich neugierig um, die Hand fest in der des Vaters, neben sich Jürgen.

Schmale Häuser schmiegten sich aneinander, als müssten sie sich gegenseitig stützen. Zwischen ihnen klafften zahlreiche Lücken. Der Krieg musste schlimm gewütet haben in diesem Viertel. Selbst die Häuser, die noch standen, hatten oft keine oberen Stockwerke mehr. Durch leere Fensterhöhlen schien der Mond.

Doch hier unten, auf der Straße, war der Eigelstein quicklebendig. In fast jedem Erdgeschoss befand sich ein kleiner Laden. Helga entdeckte einen Uhrmachermeister, ein Geschäft für Radios und eine Apotheke. Daneben gab es eine Gastwirtschaft, die »Beim Mäus« hieß, und nicht weit entfernt davon ein Brauhaus. Auch jetzt, zu dieser späten Stunde, waren noch viele Menschen unterwegs. Besonders viele standen am Eingang zum Stavenhof, einer engen, abschüssigen Seitenstraße. Helga meinte, den Namen schon einmal gehört zu haben, und als sie sah, dass es nur Männer waren, die dort herumlungerten, wusste sie wieder ganz genau, worüber die Großen damals nicht laut gesprochen hatten. Schnell drehte sie sich weg und bemerkte, dass Jürgen puterrote Ohren bekommen hatte.

»Kommt, ihr beiden, kommt weiter!«, rief der Vater und beschleunigte seinen Schritt.

Schon bald tauchte vor ihnen ein mächtiges Gemäuer auf, eine Art viereckiger Turm, ziemlich hoch und sehr breit, in dessen Mitte ein eisernes Tor eingelassen war.

»Das ist die Eigelsteintorburg«, erklärte der Vater hastig,

als er sah, wie Helga den Kopf in den Nacken legte. »Eines der mittelalterlichen Stadttore. Es hat den Krieg fast gänzlich unbeschadet überstanden. Ganz im Gegensatz zu eurem Elternhaus.«

Er wandte sich um und zeigte auf etwas, doch dort, wo er hinwies, befand sich gar kein Haus – oder doch? Helga blinzelte. Blinzelte noch einmal. Neben sich hörte sie Jürgen scharf die Luft einziehen. Und dann, endlich, sah sie es.

Nicht weit von der Eigelsteintorburg entfernt stand ein Haus, das im Dunkel der angebrochenen Nacht beinahe unsichtbar war. Einst musste es ein prächtiger Bau gewesen sein, mit Erkern und Balkonen und opulentem Stuck an der Fassade. Reste davon waren im Licht der Straßenlaternen zu erkennen, aber auch nur, wenn Helga die Augen zusammenkniff und ganz genau hinschaute. Denn das Haus war vollkommen schwarz. Vom Erdgeschoss bis unters Dach war es über und über mit Ruß bedeckt. Als trage es Trauer, dachte Helga und spürte, wie ihr ein Schauer den Rücken hinunterlief.

»Ihr erinnert euch nicht an diesen Ort, oder?«, fragte der Vater, und in seiner Stimme schwang ein so hoffnungsloser Ton, dass es Helga einen Stich versetzte. Als der Vater sie forschend ansah, brachte sie kein Wort heraus und senkte den Blick. Wie konnte es sein, dass sie mitten in Köln ein Zuhause hatten und nichts davon wussten?

»Was ist mit den Fenstern?«, hörte sie Jürgen fragen. »Warum sind überall Bretter davor?«

»Das hat Meta veranlasst«, antwortete der Vater. »Nach

dem Krieg gab es kaum Glas, und sie stand ganz allein mit allem da …« Er unterbrach sich. »Lasst uns hineingehen.«

Helga warf einen letzten Blick auf die schwarze Fassade. Tatsächlich, alle Fenster waren vernagelt, bis auf ein paar im ersten und im zweiten Stock, hinter denen sie schwachen Lichtschein sah. Aber schien da nicht auch etwas Licht durch die Ritzen im Erdgeschoss? Nein, sie musste sich getäuscht haben. Helga griff ihre Reisetasche ein bisschen fester und folgte dem Vater und Jürgen ins Haus.

Die Eingangstür war schwer und knarzte bedenklich, als der Vater sie aufschloss. Doch das war nichts im Vergleich zu den Tönen, die die hölzerne Treppe von sich gab, während sie sie hinaufstiegen. Sie ächzte, als sei sie eine uralte Dame.

Eine etwas heruntergekommene, aber sehr schöne uralte Dame, schoss es Helga durch den Kopf, während sie die zerschossenen Läufer und die aufwendigen Schnitzereien am Geländer betrachtete. Der Handlauf war ganz glatt gewetzt. Waren sie als Kinder diese Treppe hinauf- und hinabgerannt? Wenn sie sich doch bloß erinnern könnte!

Im ersten Obergeschoss hielt der Vater inne und klopfte zögerlich an eine Tür. Eine ganze Weile blieb es still.

Warum klopft er?, fragte Helga sich. Er ist doch hier zu Hause.

Da schallte ein »Herein!« zu ihnen heraus.

Die Tür öffnete sich zu einem breiten, schummrig beleuchteten Gang. Es roch nach feuchten Kleidern und nach verbranntem Fleisch. Der Vater ging voraus, er zog mit einem Mal den Kopf ein, dabei war der Gang mindestens drei Meter hoch. Helga und Jürgen folgten ihm.

Lauter verschlossene Türen, nur eine war angelehnt, dahinter brannte Licht. Sie gelangten in ein Zimmer, das beinahe leer war, bis auf einen alten Holztisch mit vier krummen Stühlen. Im Hintergrund stand ein ziemlich durchgesessenes Sofa, daneben lag eine mit einem gräulichen Tuch bezogene Matratze. Von der Decke hing ein Kronleuchter, dem die Hälfte der Arme fehlte.

In seinem dunstigen Schein stand eine Frau in einem altertümlichen dunkelgrünen Kleid. Helga erkannte sofort, dass der Frau das Kleid eigentlich zu groß war, es war unten und an den Ärmeln umgenäht. Über dem Bauch hingegen spannte es ein wenig. Die Frau hatte auffallend glänzendes schwarzes Haar, das sie zu einem festen Dutt aufgetürmt trug. Ihr Gesicht war das einer Porzellanpuppe, zart und weiß, die Wangen hatte sie mit einem Hauch rosafarbenem Puder betont. Am beeindruckendsten jedoch waren ihre Augen, sie waren von einem ganz hellen Blau, wie ein zufrierender See.

»Guten Abend«, sagte die Frau und verzog ihren Mund, der die Farbe einer reifen Kirsche hatte, zu einem kleinen Lächeln. Ihre Augen blieben dabei vollkommen unbewegt.

»Kinder«, sagte der Vater ein wenig atemlos, »darf ich vorstellen, dies ist eure Tante Meta, die Schwester eurer Mutter.«

Helgas erster Impuls war, die Tante zu umarmen, so wie sie auch dem Vater auf dem Bahnsteig um den Hals gefallen war. Doch etwas hielt sie zurück. Und so traten sie und Jürgen nacheinander auf die Tante zu und gaben ihr die Hand. Meta war ganz klein, sie reichte Helga gerade einmal bis zur Schulter. Ihre Hand war weich und warm, was Helga erstaunte, denn das Zimmer, bemerkte sie nun, war kaum geheizt.

»Ihr müsst hungrig sein.« Der Vater nahm Helga und Jürgen die Mäntel ab und bedeutete ihnen, sich zu setzen. »Meta hat gekocht, ihr werdet Augen machen!«

Der Tisch war für vier gedeckt. Die spitzenverzierte Decke war recht vergilbt, und auch das bunt zusammengewürfelte Porzellan hatte schon bessere Zeiten erlebt. Die Teller sahen ein wenig so aus, als hätten Mäuse an ihren Rändern geknabbert. Messer und Gabel bestanden aus einfachem Blech.

»Ihr seid bestimmt Besseres gewohnt, da, wo ihr herkommt«, meinte die Tante.

»Nein, nein«, beeilte Helga sich zu sagen. »Auch wenn wir in Frankreich auf einem Weingut gelebt haben, so haben Tante Claire und Onkel Albert uns sehr bescheiden erzogen. Warte«, fügte sie hinzu, als die Tante sich anschickte, das Zimmer zu verlassen, »ich helfe dir.«

Meta drehte sich zu ihr herum, und in ihren eisblauen Augen sah Helga ein gefährliches Blitzen.

»Ich helfe *Ihnen*, bitte schön«, erwiderte die Tante. »Und danke, ich brauche keine Hilfe.« Damit rauschte sie hinaus.

»Nimm es ihr nicht übel«, raunte der Vater und legte seine Hand auf Helgas. »Sie hatte nach Ostpreußen geheiratet und dort ein großes Gut unter sich. Da herrschten andere Sitten. Und dann bei Kriegsende die Flucht vor den Russen … Wir wissen nicht, was sie durchgemacht hat.«

Helga nickte schnell. Sie wusste genau, was Frauen und

Mädchen nach dem Krieg hatten erleiden müssen. Und immerhin war Tante Meta die Schwester ihrer Mutter. Sie würde sie mögen, beschloss sie, egal, was kam.

Meta servierte halb gare Kartoffeln und kleine, in Mehl und Semmelbrösel gebratene Stückchen Fleisch, die außen eine schwarze Kruste hatten und sich im Mund anfühlten wie ein Stück Gummireifen. Helga kaute und kaute, doch sie bekam sie kaum herunter. Sie würgte beinahe und schämte sich in Grund und Boden dafür. Wie sehr hatte sie sich in den Jahren, in denen sie hungerten, nach einem Stückchen Fleisch gesehnt! Und nun saß sie hier, mit Jürgen, ihrem Vater und ihrer Tante, und statt vor Freude zu jubilieren, ekelte sie sich vor dem Essen. Aus den Augenwinkeln nahm sie wahr, wie auch Jürgen angestrengt auf dem Essen herumkaute. Die Tante aß nur ganz wenig und der Vater überhaupt nichts. Er schob das Essen auf seinem Teller hin und her, ohne hinzusehen, denn er hatte nur Augen für Helga und Jürgen. Er sagte kein einziges Wort. Er betrachtete sie beide und wischte sich ein ums andere Mal verstohlen eine Träne aus dem Auge.

Helga erwiderte seinen Blick und spürte, wie ihr ganz warm ums Herz wurde.

»Und es ist wirklich wahr?«, fragte Meta plötzlich. »Ihr habt keine Erinnerung an eure Mutter? An das, was geschehen ist?«

Jürgen schüttelte stumm den Kopf. Helga schien es, als sei er irgendwie kleiner geworden, seit sie hier waren.

»Nein«, entgegnete sie. »Wir haben nach dem Krieg jahrelang mit anderen Kindern in einem Keller gelebt, uns durchgeschlagen. Daran erinnern wir uns. Was davor war –« Sie verstummte für einen Moment, um dann leise hinzuzufügen: »Bitte, was immer es ist, wir möchten es erfahren. Wir leben schon so lange mit dieser Ungewissheit ...«

Sie hob das Kinn und blickte zum Vater, doch er wich ihr aus und schaute vor sich auf die vergilbte Tischdecke.

»Wir wissen nicht, was euch und eurer Mutter widerfahren ist, Helgalein«, flüsterte er. »Wir wissen es wirklich nicht.«

Der Rest des Essens verlief schweigend. Helga spürte den prüfenden Blick Metas auf sich ruhen.

Nachdem sie fertig waren, verabschiedete Meta sich und verschwand durch eine Tür, die Helga zuvor gar nicht bemerkt hatte, denn sie war mit derselben verschossenen Tapete beklebt wie der Rest des Raumes.

»Sie hat oben ihre eigenen Zimmer«, erklärte der Vater. »Und sie erträgt es nicht, über den Krieg zu sprechen oder über die Zeit danach. Doch nun ... Nun erzählt mir bitte alles, woran ihr euch erinnern könnt.«

Und Helga und Jürgen erzählten. Von Hilde, die sie im Spätsommer 1945 vor dem Hochbunker in Ehrenfeld fand und sich ihrer annahm. Von Horst, Günter und Hans, mit denen sie in einem Keller hausten, von Anna und Karl, Trümmerkinder wie sie, die sich ihrer Bande anschlossen. Sie erzählten nicht, wie sehr sie gehungert hatten, wie verzweifelt sie gewesen waren, wie oft dem Tode nah. Doch Helga sah dem Vater an, dass er sehr wohl hörte, was sie nicht aussprachen.

»Meine lieben, lieben Kinder«, flüsterte er. »Niemals werde ich mir verzeihen, dass ich nicht für euch da sein konnte.«

Er stöhnte und schüttelte sich, als wolle er einen quälenden Gedanken verscheuchen. »Es ist spät, ich zeige euch, wo ihr schlafen werdet.«

Helga hatte sich schon halb erhoben, als sich eine Hand um ihren Unterarm schloss.

»Nein«, sagte Jürgen. Helga sah, dass er mit der anderen Hand den Vater festhielt. »Ich möchte, dass du uns von unserer Mutter erzählst. Von dir. Von uns.«

»Jetzt?«, fragte der Vater.

»Jetzt«, antwortete Jürgen.

Helga hielt die Luft an.

Der Vater setzte sich wieder. Schaute sie beide an. Schluckte.

»Natürlich«, sagte er schließlich. »Lasst mich ganz von vorn beginnen.«

Sie waren sich im Karneval begegnet, der junge Ruud van Beek aus dem holländischen Leuven und die Kölnerin Elisabeth Daubendahl. Elisa, wie sie von ihren Freundinnen genannt wurde, ging als Blumenmädchen, und Ruud, den seine Kommilitonen von der Philosophischen Fakultät nur mit Mühe überredet hatten, sie nach Köln zu begleiten, war vom ersten Augenblick an verzaubert.

»Sie war das schönste Mädchen im Gürzenich«, erzählte der Vater. »Jeder wollte mit ihr tanzen. Sie wies mich zweimal ab, doch ich forderte sie ein drittes Mal auf. Und von dem Moment an, in dem ich sie in den Armen hielt, war es um uns beide geschehen. Wir tanzten die ganze Nacht.«

»Und dann?«, fragte Helga, die jedes seiner Worte aufsaugte, als seien sie reinster Honig.

»Im Morgengrauen kniete ich vor ihr nieder und bat sie um ihre Hand. Sie lachte nur. Später gestand sie mir, sie habe nicht damit gerechnet, mich jemals wiederzusehen.«

»Doch sie täuschte sich«, soufflierte Jürgen.

»Und wie sie sich täuschte!«, entgegnete der Vater, und zum allerersten Mal an diesem Abend sah Helga ihn lachen. »Ich war am Palmsonntag wieder in Köln, an Ostern und an Pfingsten. Elisas Vater, also euer Großvater, ein Witwer, der seine Töchter allein aufzog, war nicht begeistert. Ein Philosophiestudent! Und dann noch ein Holländer! Zu meinem Glück hatte ich eine deutsche Mutter und nur einen leichten Akzent, das half. Und bald darauf hatte ich auch meinen Abschluss in der Tasche und ein, zwei Arbeiten hier in Köln, die recht angesehen waren. Der alte Daubendahl, Gott hab ihn selig, hat mich trotzdem ein ganzes Jahr lang um seine Tochter freien lassen. Erst im Frühjahr darauf durften wir heiraten. Ich glaubte, dies sei der glücklichste Tag meines Lebens. Doch ein Jahr später kamst du zur Welt, mein Junge, und nur elf Monate später du, mein Mädchen.« Der Vater schluckte schwer, und Helga merkte, dass seine Augen schon wieder feucht geworden waren.

»Ich hatte nicht geahnt«, fuhr er leise fort, »dass man so glücklich sein kann …«

Helga und Jürgen sahen einander an. Keiner von beiden wagte mehr, ein Wort zu sagen.

Zeit verging. Längst war es draußen rabenschwarze Nacht geworden. Die Straßenlaternen mussten verloschen sein, vor dem Fenster lag tiefste Dunkelheit. Der Vater hatte begonnen, lautlos vor sich hin zu weinen.

»Was ist geschehen?«, fragte Jürgen in die Stille hinein.

Der Vater fuhr sich mit dem Handrücken über das Gesicht und seufzte schwer.

»Ich ging in den Krieg«, sagte er endlich. »Eure Mutter blieb zurück. Im Juni 1942, nach dem ersten schweren Bombenangriff auf Köln, flüchtete sie mit euch und eurem Großvater aufs Land. Euer Großvater wollte nicht fort, ihr müsst wissen, eure Familie lebte seit Generationen hier in diesem Haus, im Erdgeschoss gab es eine Tischlerei ...«

Er strich sich noch einmal über das Gesicht.

»Die Flucht muss die reinste Strapaze gewesen sein. Wie ich von Meta weiß, starb euer Großvater in der Fremde. Meta lebte da schon lange in Ostpreußen, Elisa schrieb es ihr. Als Elisa nach dem Krieg endlich heimkehrte, war ihr Elternhaus von den Besatzern konfisziert.«

»Und so ging sie mit uns in den Bunker«, raunte Jürgen.

»Ich denke, sie wusste nicht, wohin sonst«, erklärte der Vater. »Die Stadt war voller Gestrandeter. Der Hochbunker in Ehrenfeld war, soweit ich weiß, der letzte Zufluchtsort für jene, die gar nichts mehr hatten. Ein Gebäude ohne Fenster, so sagt man, mit meterdicken Wänden, in das niemals die Sonne schien. Ein Hort des Elends und der Gewalt. Man erzählt sich noch heute in Köln, dass die Bewohner starben wie die Fliegen, an Entkräftung, Seuchen und Hunger.«

»Aber was ist dort geschehen?«, fragte Helga. »Warum

fand unsere Freundin Hilde uns ganz allein vor dem Bunker? Du musst wissen, sie ist tagelang hindurchgestreift und hat die Menschen gefragt, ob sie uns kennen. Niemand wusste etwas! Wie kann das sein?«

»Wenn ich das bloß wüsste!«, stöhnte der Vater. »Meta sagt, eure Mutter habe den Bunker morgens verlassen, um Lebensmittel zu besorgen, und euch mitgenommen. Ihr muss etwas zugestoßen sein, ich habe keine andere Erklärung.«

Wieder breitete sich Schweigen aus.

Wenn sie nicht tot ist, dachte Helga mit plötzlicher Klarheit, dann hat sie sich davongemacht. Und ließ uns, ihre Kinder, allein zurück.

Der Gedanke nahm ihr den Atem. Und sie wusste, sie würde ihn nicht aussprechen, niemals.

»Und du?«, brachte sie schließlich heraus. »Wo warst du, Vater? Der Krieg war doch vorbei!«

»Ich war in russischer Gefangenschaft«, antwortete er. »Über zwölf Jahre behielten sie mich, bis zum letzten Oktober. Jeden Morgen bin ich mit der Hoffnung aufgestanden, euch und eure Mutter wieder in meine Arme schließen zu können, und jeden Abend bin ich damit eingeschlafen. Um mich herum sah ich, wie die Männer sich aufgaben. Am Ende war ich einer von elf, die das Lager überhaupt noch verließen. Die Hoffnung hat mich am Leben gehalten. Sie hat mich zurück nach Köln getragen bis in dieses Haus, wo ich Meta fand, meine mir völlig unbekannte Schwägerin. Sie hatte ja lange bevor ich Elisa begegnete nach Königsberg geheiratet. Aber es gab keine Spur von Elisa und keine Spur von euch. Das war der Moment, in dem ich glaubte, dass alles umsonst gewesen sei. Ich wollte nicht mehr, ich …«

Er unterbrach sich.

»Verzeiht. Das gehört hier nicht her. Als ich erfuhr, dass das Rote Kreuz in Hamburg einen Suchdienst eingerichtet hatte für Familien, die im Krieg auseinandergerissen worden waren, habe ich mich sofort auf den Weg gemacht. Meta riet mir ab, doch nichts konnte mich aufhalten. Ich wusste, die Chance, euch oder eure Mutter zu finden, war winzig. Und doch. Ich konnte euch nicht aufgeben, ich konnte es nicht.«

»Und so hast du uns gefunden«, flüsterte Helga.

»Mehr als zwölf Jahre waren vergangen, seit Elisas letzter Brief mich an der Front erreicht hatte, mit Fotos von euch beiden. Zwölf entsetzliche Jahre! Trotzdem habe ich euch auf den Bildern, die euer französischer Ziehvater nach Hamburg geschickt hatte, sofort erkannt. Zwei Findelkinder aus Köln, die nicht einmal mehr ihren Nachnamen wussten. Ich konnte das Muttermal, das du, Helga, auf deinem linken Schulterblatt hast, genau beschreiben. Es ist das gleiche, das deine Mutter hat. Und du, Jürgen, hast am linken Schienbein immer noch die Narbe, wo dich einst das Pferd getreten hat, das den Eiswagen zog. Und als sie mir dann noch ein Foto von den Murmeln zeigten …«

»Unsere Murmeln?«, fragte Helga atemlos.

»Euer Großvater, der alte Tischler, hat sie für euch gedrechselt, eure Mutter hat sie bunt lackiert. Ihr habt sie geliebt –«

»Und wir haben sie immer noch!« Helga sprang auf und

holte die drei Murmeln, die Tante Claire für sie aufbewahrt hatte, aus der Reisetasche. Ehrfürchtig legte sie sie auf den Tisch. Die Murmeln hatten ihnen tatsächlich Glück gebracht, mehr noch, als Tante Claire geahnt hatte.

Es war längst Zeit, schlafen zu gehen. Der Vater führte sie durch den schummrigen Flur nach nebenan in die Küche. Eine ausladende Küchenhexe stand dort, ein gusseiserner Herd, die Herdringe schwarz vor Schmutz, die Handtücher, die auf einer umlaufenden Stange hingen, fleckig und voller Löcher. Die Küchenhexe stieß ein altersschwaches Röcheln aus, im Nu hatte Jürgen die Ofenklappe aufgerissen und das Holz, das darin schwelte, neu angefacht.

»Gut, gut«, murmelte der Vater. »Meta tut sich schwer mit den Pflichten einer Hausfrau, sie hatte Personal. Ich will auch nicht, dass sie sich überanstrengt. Schau, Helga, das habe ich für dich eingerichtet, meinst du, das ginge so fürs Erste?«

Er zog einen Vorhang beiseite. Dahinter befand sich ein fensterloser Raum, in den gerade so ein Bett und ein winziges Schränkchen passten. Das musste das Dienstbotenzimmer gewesen sein, erkannte Helga. Das Bett war alt, der Vorhang zerknittert, die Bettwäsche fadenscheinig, doch sie duftete wie frisch gewaschen. Und auf dem Schränkchen stand neben einer Lampe eine kleine Vase mit Schneeglöckchen.

Behutsam ließ sie ihren Zeigefinger darübergleiten, sodass die Glöckchen fröhlich nickten.

»Danke, Papa!«

Es war das erste Mal, dass sie dieses Wort aussprach, und für einen Augenblick war sie selbst darüber erschrocken. Da sah sie, wie dem Vater erneut die Tränen in die Augen traten.

»Gute Nacht, Helgalein.« Er zögerte kurz, dann zog er sie in seine Arme. »Jürgen und ich nehmen das Sofa und die Matratze im Wohnzimmer. Schlaf gut und träum was Schönes.«

Noch eine ganze Weile, nachdem Helga sich ausgezogen hatte und unter die Decke gekrochen war, hörte sie Jürgen und den Vater nebenan leise miteinander sprechen. Und auch, als sie verstummt waren, lag sie noch lange wach. Ein wenig Licht fiel in ihre Kammer. Der Mond war aufgegangen und sandte seinen Schein durchs Küchenfenster und durch den dünnen Vorhang bis zu ihr.

Ich habe eine Familie, dachte sie, bevor sie endlich in einen unruhigen Schlaf fiel. Eine richtige, eigene Familie. Doch ich weiß immer noch nicht, was mit meiner Mutter geschehen ist.

30. April 1945, kurz vor 5 Uhr morgens

Mein Liebster, ich bin so wütend auf Dich! Wenn Du wüsstest, in welch fürchterlicher Lage wir sind, Du würdest Dich in Grund und Boden schämen. Ach was, schämen. Du würdest Deines Lebens nicht mehr froh. Wie konntest Du nur!

So viel Dummheit, so viel Verblendung. Hast Du vergessen, was Du mir einst versprochen hast? Niemals wolltest Du uns im Stich lassen. Und doch bist Du gegangen, hast Dich verlocken lassen. Wie konntest Du nur glauben, dieses Abenteuer, wie Du es nanntest, könnte ein gutes Ende nehmen?

Seit gestern sind wir zurück in Köln. Die Waffen schweigen, die Amerikaner haben die Stadt eingenommen. Doch unser Haus ist zur Hälfte zerstört. Den noch bewohnbaren Teil haben die Besatzungstruppen konfisziert, ein paar Generäle logieren dort. Die Wache schaute bedauernd, als ich, von Kopf bis Fuß bebend, Helga und Jürgen an der Hand, Einlass verlangte.

Wir waren so erschöpft, wir verbrachten die Nacht im Hauseingang einer Ruine in der Weidengasse, eng aneinandergekuschelt.

Jetzt sind wir ohne Obdach und beinahe ohne Hoffnung.

Schon so lange habe ich keine Kraft mehr. Es ist allein die Sorge, die mich treibt, die Sorge um unsere Kinder. Die Kinder, die Du verlassen hast.

Seit Jahren sind wir ohne Nachricht von Dir. »Vermisst seit dem 30. Juni 1942«, das ist die letzte offizielle Verlautbarung, die ich erhielt. Seither schreibe ich Tagebücher in der Hoffnung, dass Du sie irgendwann findest, dass Du erfährst, wie es uns ergangen ist. Die allermeisten habe ich auf der Flucht verloren, ein einziges besitze ich noch. Ich nehme es mit an den unbekannten Ort, an dem wir Zuflucht finden, hoffentlich.

Oh Liebster, wärest Du bei mir, ich würde Dir den Kopf waschen, dass Dir Hören und Sehen verginge. Doch hätte ich Gewissheit, Du kämst nicht zurück, ich würde auf der Stelle sterben.

So aber bleibt mir nur eins: Dich voller Verzweiflung zu lieben und zu hoffen, dass wir einander wiederfinden.

4. Kapitel

In der Nacht meinte Helga Schritte zu hören. Ihr war, als kämen sie aus dem Hausflur und als liefe jemand zwischen den Stockwerken auf und ab. Sie erkannte das Ächzen der alten Treppe. Kurz überlegte sie, aufzustehen und nachzugucken. Dann aber übermannte der Schlaf sie mit einer solchen Wucht, dass sie zurück in das duftende Kissen sank und wieder einschlief.

Als Helga das nächste Mal geweckt wurde, kitzelte ein so köstlicher Duft sie in der Nase, dass sie augenblicklich hellwach war. Es duftete nach frisch gemahlenem Kaffee. In der hell erleuchteten Küche, deren Licht durch den dünnen Vorhang in ihre kleine Schlafkammer fiel, drehte jemand die Kurbel einer Kaffeemühle und summte dazu eine Melodie. Das kann nur Tante Meta sein, dachte Helga und war im Nu auf den Beinen. Hastig holte sie das minzgrüne Kofferradio aus der Reisetasche und stellte es auf das Schränkchen, um an ihr Reisenecessaire zu kommen. Dann fuhr sie sich mit der Bürste durch die Locken und flocht sie zu zwei ordentlichen Zöpfen. Sie konnte Tante Meta ja wohl kaum mit aufgelöstem Haar und im Nachthemd gegenübertreten. Im Koffer fand sie ihren hellblauen Hausmantel, den Tante Claire für sie genäht hatte und der am Kragen und an den Bündchen eine hübsche weiße Spitzenborte hatte. Er war ein wenig zerknittert, aber das musste so gehen. Helga schlüpfte hinein, trat an den Vorhang und zog ihn vorsichtig beiseite.

Wohlige Wärme strömte ihr entgegen, die Küchenhexe bullerte auf Hochtouren. Aber an der Anrichte stand nicht Tante Meta, sondern eine junge Frau. Sie goss gerade mit der einen Hand heißes Wasser aus einem Kessel in einen Porzellanfilter, der auf einer hohen Thermoskanne stand, während sie mit der anderen Hand das Fleisch vom Vortag durch einen Fleischwolf trieb. Die Frau hatte ihr Haar voller Haarnadeln und darüber ein dünnes Tuch geknotet. Sie trug einen eng anliegenden, tannengrünen Rippenpullover mit hohem Kragen, der ihre schlanke Taille betonte, und darunter schmale Hosen.

Helga blinzelte und staunte. Seit der Nachkriegszeit hatte sie keine Frau mehr in Hosen gesehen. Und noch nie hatte sie so schicke Hosen gesehen, hellgelb und knöchellang!

Nun stellte die Unbekannte den Kessel zurück auf den glühenden Herdring, um mit beiden Händen den Fleischwolf zu bedienen. Helga musste an das gestrige Abendessen denken. Die harten Fleischstückchen ließen sich nicht nur nicht kauen, sie leisteten auch der Maschine Widerstand.

»Kuheuter«, hörte Helga die Frau murmeln. »Diese geizige Hexe!«

Helga zuckte zusammen. Sie hatte bei Tante Claire und Onkel Albert gelernt, dass man kein Tier tötete, ohne möglichst alle Teile zu verwerten. Sie war es gewohnt, Innereien aller Art zu essen, auch Schweinefüße und Zungen. Aber Euter? Sie konnte nicht sagen, warum, aber allein bei dem Gedanken wurde ihr speiübel.

Sie musste ein Geräusch gemacht haben, denn die Frau drehte sich zu ihr um.

»Guten Morgen!«, rief sie. »Jetzt habe ich dich geweckt, entschuldige. Aber ich wollte gar nicht allzu leise sein, ich war so neugierig! Willkommen zu Hause, Helga!«

»Danke«, antwortete Helga und mühte sich, nicht auf den Fleischwolf zu starren. »Das ist sehr nett von Ihnen. Ich muss gestehen, dass ich leider nicht weiß, wer Sie sind …«

»Du«, lachte die Frau, ließ den Fleischwolf los und ergriff Helgas Hände. »Ich bitte dich, sag du zu mir! Ich bin Fanny, ich lebe unten im Haus und helfe deinem Vater mit dem Kaffee. Bitte schön, das erste Tässchen ist für dich.«

»Danke«, murmelte Helga noch einmal, ließ sich auf einem ziemlich durchgesessenen Küchensofa nieder und schnupperte an der kleinen Mokkatasse, die Fanny ihr reichte. Hm, wundervoll! Die Gedanken an die Kuheuter verschwanden augenblicklich.

Gerade als sie den ersten Schluck nehmen wollte, stieß Fanny einen solchen Schrei aus, dass Helga vor Schreck ein wenig Kaffee auf ihren Hausmantel schüttete.

»Ein Radio!«, rief Fanny und zog den Vorhang zu dem kleinen Raum, in dem Helga geschlafen hatte, ein Stückchen weiter auf. »Jetzt sag bloß, du hast ein Radio! Das ist ja dufte!«

Und ehe Helga sich's versah, hatte Fanny das minzgrüne

Kofferradio aus der Kammer geholt, auf den Küchentisch gestellt und drehte bereits an dem kleinen Rädchen, an dem man die Sender einstellen konnte. Es rauschte und knackte, und dann begann jemand auf eine Art zu singen, dass Helga das Gefühl hatte, seine Stimme schlängelte sich durch ihr Ohr direkt in ihren Bauch. Sie war so perplex, dass sie sich gleich noch einmal bekleckerte.

»Sie spielen Elvis«, frohlockte Fanny und fing an, ihre Hüften zu wiegen. »Der is gut rocking tuneit«, trällerte sie, während sie gleichzeitig weiter Kaffee aufbrühte, bald füllte sie die dritte Thermoskanne. »So kann der Tag beginnen!«

Singend und tanzend zerbröselte sie ein paar trockene weiße Brötchen, schnitt Zwiebeln und Petersiliengrün klein, mischte alles mit dem, was aus dem Fleischwolf kam, zu einer festen Masse, gab Salz und Pfeffer dazu und rollte diesen Teig zu einem Viereck aus. Gleichzeitig kochte sie vier Eier, pellte sie, reichte ein Ei mit einem Stück Brot Helga zum Frühstück und wickelte die drei anderen in den Fleischteig. Das Ganze gab sie in eine gut gefettete Kastenform und schob sie ins heiße Rohr der Küchenhexe. Nebenbei hatte Fanny eine vierte Kanne Kaffee gekocht.

Helga kaute und vergaß beinahe, den Mund zu schließen. Die Geschwindigkeit, in der Fanny arbeitete, nahm ihr den Atem, und die Musik machte, dass sie ihren Puls plötzlich am ganzen Körper spürte. Und wie schnell er war!

Da wurde mit einem Mal die Küchentür aufgerissen. Tante Meta schob sich ins Zimmer. Sie trug einen Hausmantel wie Helga, doch ihrer war cremefarben mit roten Rauten.

Ihr Haar hatte sie unter einem Turban verborgen, und ihr Gesicht hatte die Farbe einer Pflaume.

»Ruhe!«, brüllte sie. »Ich dulde keine obszöne Affenmusik!«

Schon stürzte sie sich auf das Kofferradio, brachte es mit einem Hieb auf den Ausschaltknopf zum Verstummen und wollte es anscheinend gegen die Wand knallen, als sie plötzlich innehielt.

»Von wem ist das?«, fragte sie mit eisiger Stimme.

»Von mir«, gab Helga zurück. »Wir wollten nicht …«

Doch Tante Meta gebot ihr mit erhobener Hand zu schweigen.

»Das ist nichts für ein junges Mädchen«, erklärte sie, und ihre Stimme hatte auf einmal einen ganz zuckrigen Klang. »Ich nehme es lieber mit nach oben.«

Und schon war sie wieder zur Tür hinaus, das Kofferradio unterm Arm.

Helga starrte ihr nach. Tante Meta konnte doch nicht einfach –

»Es tut mir leid.«

Fanny hatte ihr eine Hand auf die Schulter gelegt. Ihr dünnes Kopftuch war verrutscht, darunter blitzten ein paar Strähnen kastanienbraunes Haar hervor. Ihre Augen, genauso kastanienbraun, allerdings mit einem goldenen Schimmer, schauten betrübt.

»Sie kommt sonst nie vor Mittag herunter. Hätte ich geahnt …«

»Schon gut.« Helga stand auf und stellte die leere Mokkatasse auf die Anrichte. Ihr minzgrünes Kofferradio einfach so verschwinden zu sehen, hatte sich angefühlt wie ein Schlag in die Magengrube. Aber sie wollte nicht, dass Fanny deshalb traurig war.

»Wir können ja oben Radio hören, bei Tante Meta«, sagte sie und versuchte, das Zittern in ihrer Stimme zu verbergen.

»Wie du meinst.« Fanny schüttete den letzten Rest heißen Wassers in den Filter und murmelte etwas, was Helga nicht verstand. Dann bückte sie sich, öffnete das Ofenrohr, pikste mit einer Gabel in den Fleischklops und schloss die Herdklappe wieder.

»Der Hackbraten ist in einer halben Stunde gar«, erklärte sie, als sei nichts gewesen. »Wenn du mitwillst, deinem Vater den Kaffee bringen, musst du dich beeilen.«

»Wie, Papa ist schon auf?«

»Es ist nach sieben«, lachte Fanny. »Da steht er schon seit über einer Stunde im Büdchen!«

»Welches Büdchen?«

»Mach schnell, dann siehst du es.«

»In Ordnung«, erwiderte Helga, rannte hinaus, fand in Windeseile das Bad und hörte so gerade noch, wie Fanny wieder zu summen begann.

Das Bad bestand aus einer Toilette mit Wasserspülung und einem winzigen Handwaschbecken auf dem ersten Treppenabsatz. Jürgen kam gerade heraus. Er trug wieder den guten Anzug von Onkel Albert und hatte sich die blonden Locken streng aus der Stirn gekämmt.

»Kommst du mit?«, fragte Helga sogleich. »Wir bringen Papa Kaffee!«

»Heute nicht, Helgalein«, antwortete er und strich sich das Jackett glatt. »Ich bin auf dem Weg zu Ford, fragen, ob sie Arbeit für mich haben. Das haben Papa und ich heute Nacht besprochen«, fügte er schnell hinzu, als er Helgas fragenden Blick sah. »Während du schön geschlafen hast.«

Helga spürte einen Stich und fragte sich verwundert, ob sie jemals zuvor eifersüchtig auf ihren Bruder gewesen war.

Als sie wenig später hinter Fanny aus dem Haus trat, war es noch stockdunkel, doch der Eigelstein erwachte bereits. Mochten die Häuser auch noch so mitgenommen sein von Krieg und Zerstörung, hinter fast jedem Fenster sah Helga Licht. Ein einzelnes Auto bretterte über das hubbelige Kopfsteinpflaster, ein müdes Pferd zog einen Brauereiwagen. Die meisten Geschäfte hatten noch geschlossen, doch ein paar Häuser weiter war ein Kohlenhändler schon dabei, seinen offenen Lastkraftwagen zu beladen. Gleich daneben beugte sich hinter einem Schaufenster ein Scherenschleifer über seine surrenden Schleifsteine. Vor einer Bäckerei standen die Kunden Schlange.

In Helga stieg eine Erinnerung auf, so voller Sehnsucht und voller Angst, dass sie zusammenzuckte. Unwillkürlich verlangsamte sie ihren Schritt. Sie musste an ihre Kinderfreunde Anna und Karl denken. Karls Mutter, die Tante von Anna, hatte auch einst eine kleine Bäckerei gehabt. Was wohl aus den dreien geworden war? Ob sie die bittere Zeit nach dem Krieg überlebt hatten?

»Kommst du?«, rief Fanny. Jede von ihnen trug zwei der Kannen, Helga spürte, wie ihr die Arme lang wurden.

»Ja, natürlich«, beeilte sie sich zu sagen und rannte ein bisschen schneller.

So mancher Mann auf der Straße schaute ihnen nach, was Helga kein bisschen wunderte. Fanny hatte das Kopftuch abgenommen und die Nadeln aus ihrem Haar entfernt, nun fiel es ihr in weichen Wellen ins Gesicht. Sie hatte ein wenig Lippenstift aufgetragen, was Helgas Ansicht nach gar nicht nötig gewesen wäre, denn mit den langen Wimpern, der zierlichen Nase und dem herzförmig geschwungenen Mund war Fanny sowieso eine Schönheit. Und wie sie sich bewegte! Fanny ging nicht, sie schien zu schweben. Und während Helga über einen Bordstein stolperte und beinahe schon wieder einem Hund auf die Pfoten trat – warum gab es in dieser Stadt so viele Hunde? –, wich Fanny mit schlafwandlerischer Sicherheit einem Moped aus, tänzelte den Bürgersteig entlang und grüßte jeden, der ihnen begegnete, mit einem strahlenden Lächeln.

Helga fühlte sich plötzlich plump und unbeholfen, und das, wo sie doch den guten steingrauen Mantel trug.

Das Straßenbild änderte sich. Die schmale Gasse stieß auf einen breiten Boulevard, Helga erkannte den Hansaring. Links und rechts standen neu aufgebaute Häuser, so hoch, dass sie sich den Hals verrenken musste, um bis zu den oberen Stockwerken zu schauen. Der Ring selbst war schon um diese frühe Zeit voller Autos, ein breiter Mittelstreifen trennte die Fahrbahnen. Mitten auf diesem Streifen stand ein seltsames Gebilde und verbreitete einen honigfarbenen

Schein. Es war eine kleine Bude, aus Brettern zusammengezimmert. Keins schien zum anderen zu passen, sie hatten alle unterschiedliche Farben und verschiedene Größen. Und doch wirkte das winzige Häuschen auf eine rührende Art heimelig.

Fanny lief quer über die Fahrbahn darauf zu, Autos hupten, und Helga mühte sich, mit ihr Schritt zu halten.

Beim Näherkommen erkannte sie, dass die Bude vorn offen war, durch eine heruntergeklappte Ablage. Diese war voller Zeitungen und Zeitschriften. Und dahinter stand, ein verblüfftes Lachen im Gesicht, der Vater.

»Helga!«, rief er, da hatten sie ihn noch lange nicht erreicht. »Wie schön, dass du Fräulein Fanny begleitest!«

Helga merkte, dass ihr Herz einen kleinen Hüpfer machte. Der Vater sah so froh aus! Und irgendwie auch ein bisschen jünger als gestern Abend.

Er nahm ihnen die vier Thermoskannen ab und platzierte sie auf einem rohen Holzregal an der Rückwand der Bude. Ineinandergestapelte Kaffeetassen, ein gläserner Zuckerstreuer und ein paar Dosen *Glücksklee*-Kondensmilch standen schon bereit. Eine einzelne Glühbirne beleuchtete das Innere des Büdchens, ein kleiner Holzofen sorgte für behagliche Wärme.

»Ich muss wieder los«, murmelte Fanny, »den Hackbraten aus dem Rohr holen. Und dann zur Arbeit. Helga, was ist mit dir, kommst du mit?«

»Ich weiß nicht.« Helga konnte kaum den Blick abwenden von all den Zeitungen. Wo sie doch so gern las! Die Bücher in der kleinen Pfarrbücherei in Frankreich hatte sie alle mehrfach verschlungen. »Vielleicht darf ich noch ein bisschen bleiben?«

»Aber klar doch!«

Der Vater öffnete eine schmale Tür, sodass sie zu ihm ins Innere der Bude schlüpfen konnte. Fanny lief schon davon, wie zuvor einfach mitten über die Fahrbahn, die Autos bremsten und hupten, aber Helga schien es, als hupten sie ganz freundlich.

Die ersten paar Minuten standen sie nebeneinander und wussten sich nichts zu sagen. Es war so eng im Büdchen, dass sie sich beinahe berührten. Der fremde Vater. Gestern war er Helga so vertraut erschienen. Jetzt fühlte sie plötzlich eine Befangenheit, die ihre Brust eng werden ließ. Ihm schien es ähnlich zu gehen, beflissen ordnete er die Zeitungen, dabei lagen sie schon ganz akkurat nebeneinander in der Auslage.

»Kann ich dir mit etwas helfen?«, fragte sie schließlich.

»Gern«, gab er zurück. »Vielleicht magst du Kaffee ausschenken? Du musst wissen, ich habe zwei linke Hände.«

»*Deux mains gauches*«, flüsterte Helga. Und als der erste Kunde, ein Mann in Hut und Mantel, zur *Kölnischen Rundschau* einen Kaffee verlangte, griff sie nach einer der Kannen, angestrengt bemüht, bloß nicht zu kleckern.

Mit dem Morgenrot kamen Büroangestellte, die auf dem Weg zur Arbeit waren, und holten sich ihre Tageszeitungen. Danach waren es zwei Polizisten, müde von der Nachtschicht. Helga spürte, wie ihre Hand verdächtig zitterte, als sie ihnen Kaffee einschenkte. Würde sie jemals diese Angst verlieren? Kaum waren die Polizisten weg, erschienen drei ältere Dirnen, die sie nicht als solche erkannt hätte, hätte der Vater ihr nicht die Thermoskanne aus der Hand genommen und sehr bestimmt erklärt, diese Kundinnen solle sie ihm überlassen.

Bald hatten sie bis auf einen kleinen Rest den ganzen Kaffee verkauft, zwanzig Pfennig die Tasse. Sie arbeiteten gut miteinander, Hand in Hand, als hätten sie nie etwas anderes getan.

»Als ich im Oktober heimkehrte«, erzählte der Vater, als es einen Moment lang ruhig wurde, und zog für Helga unter der Ablage ein Höckerchen hervor, »hatte ich nichts mehr. Immerhin erlaubte Meta mir, in ihrem und Elisas Elternhaus zu wohnen, sie hat es in den letzten Jahren leidlich instand setzen lassen. In meinen alten Beruf wollte ich nicht zurück. Also habe ich dieses Büdchen gebaut. Das Schwerste war, die Genehmigung zu bekommen. Mitten auf den Ringen wollten viele einen Verkaufsstand haben. Aber ich hatte Glück, in der Stadtverwaltung erinnerte man sich an mich. Auch wenn mir fast lieber gewesen wäre, sie hätten es nicht getan.«

Sein Blick verlor sich in der Ferne, dann schüttelte er sich, als wolle er einen unangenehmen Gedanken loswerden.

»Es ist ein Provisorium. Ich bin nicht besonders begabt darin, etwas zu bauen.«

Deux mains gauches, dachte Helga wieder, zwei linke Hände, genau wie ich, und sie lächelte still in sich hinein. Dass sie dies miteinander teilten! Laut fragte sie: »Was hast du denn früher gemacht?« Und als er nicht gleich antwortete, fügte sie hinzu: »Ich meine, vor dem Krieg, was hast du gearbeitet?«

»Ach, Helga.« Wieder verlor sich sein Blick. »Ich habe auch damals geholfen, Zeitungen zu verkaufen.«

Helga wollte fragen, wie er das meinte, doch ein Kreischen unterbrach sie, so laut und schrill, dass es sogar den brausenden Verkehr rechts und links des Mittelstreifens übertönte.

»Eine gemischte Tüte, bitte!«, rief ein Junge, er war bestimmt schon dreizehn, aber gerade so groß, dass er über die Auslage gucken konnte. Hinter ihm drängelten sich seine Kameraden, und alle schrien laut durcheinander.

»Einmal Brausepulver, bitte!«

»Zwei Mambas!«

»Einen Kreisellutscher!«

»Das sind die Jungs vom Hansa-Gymnasium«, erklärte der Vater und zog schmunzelnd unter der Ablage eine Schublade auf. Helga spitzte die Ohren. Es gab also ein Gymnasium in der Nähe!

»Hier, nimm!« Der Vater reichte ihr eine Gebäckzange und ein braunes Papier, das er fix zu einer spitz zulaufenden Tüte gedreht hatte. »Eine gemischte Tüte, das ist was für Mädchen.«

Vollkommen perplex blickte Helga in die Lade. Sie war voller Süßigkeiten. Es gab nicht weniger als fünf verschiedene Sorten Weingummi sowie eine ganze Reihe Naschzeug, das sie noch nie gesehen hatte. Als Kind hatte sie gehungert und von Süßigkeiten nicht einmal zu träumen gewagt. Und bei Tante Claire und Onkel Albert hatte es Süßes nur zu besonderen Anlässen gegeben. Immerhin, sie erkannte die *Ahoj*-Tütchen mit Brausepulver, die gab es nämlich auch in Frankreich. Aber was waren das für komische viereckige Päckchen aus silbernem Papier, auf denen außen bunte Beeren aufgedruckt waren? Und lagen da tatsächlich weiße Mäuse? Angewidert schrak sie zurück.

»Dalli, dalli!«, riefen da die Jungs. »Die Pause ist gleich vorbei!«

Der Vater nickte ihr aufmunternd zu, Helga packte die Zange ein bisschen fester und mühte sich, das Gewünschte in die Tüte zu bugsieren.

Es war ein heilloses Unterfangen. Die Jungen zählten aufgeregt ihre Groschen und beratschlagten, was sie sich wofür leisten konnten. Kaum hatte Helga goldene und rosafarbene Bonbons in die Tüte gesteckt, wollten sie doch lieber Lutscher. Helga musste sich umständlich erklären lassen, was süße Ketten sind – auf Gummibänder gezogene Mini-Bonbons – und dass diese streng zu unterscheiden waren von Zuckerperlen-Uhren, die genauso aussahen, aber ein deutlich größeres Bonbon zwischen den kleinen hatten, das mit viel Fantasie aussah wie das Zifferblatt einer Armbanduhr. Mit hochroten Ohren füllte Helga die Papiertüte, sie spürte, wie ihr der Schweiß ausbrach. Die Jungen drängelten und lärmten. Als sie zu guter Letzt drei Schaumgummi-Mäuse verlangten – immerhin, sie waren nicht echt – und eine der Mäuse, als Helga sie mit der Zange erwischte, kurz zuckte, als wäre sie doch echt, ließ Helga vor Entsetzen die ganze Tüte fallen.

Mäuse, Bonbons und Lutscher ergossen sich auf den Boden des Büdchens.

»Das essen wir nicht mehr!«, erklärten die Jungen und zogen laut schimpfend ab.

Helga wäre am liebsten in Tränen ausgebrochen. Sie kniete nieder und sammelte alles ein, mühsam um Fassung ringend.

»Es tut mir so leid«, stammelte sie. »Das können wir nicht mehr verkaufen …«

»Schon gut, Helgalein.« Der Vater war neben ihr auf die Knie gegangen, strich ihr zärtlich übers Haar. »Es ist noch kein Meister vom Himmel gefallen. Schau, das Brausetütchen ist noch zu. Magst du es haben?«

Helga nickte, nahm das Tütchen, auf dem vorn ein Matrose abgebildet war, riss eine Ecke davon ab, beugte sich tief darüber, damit der Vater ihren hochroten Kopf nicht sah, ließ ein wenig von dem grünen Pulver in ihre offene Hand rieseln und steckte die Zunge hinein. Dabei bekam sie das meiste davon in die Nase und musste kräftig niesen.

»Gesundheit!«, sagte der Vater lachend und half ihr hoch. »Du wirst sehen, aus dir wird noch eine richtig gute Süßigkeiten-Verkäuferin!«

Es kamen noch viele Schüler vom Hansa-Gymnasium und verlangten gemischte Tüten. Helga mühte sich, doch je mehr die Jungen drängelten, desto stärker zitterten ihre Hände und umso länger brauchte sie. Die süßen Ketten verhedderten sich, und die weißen Mäuse sprangen ihr von der Zange. Sie musste sich manches gehässige Wort wegen ihrer

Ungeschicklichkeit anhören. Doch sie tat so, als bemerke sie es nicht, und so hielt es auch der Vater.

Gegen Mittag brachte Fanny ihnen etwas vom Hackbraten. Er schmeckte so vorzüglich, dass es Helga leichtfiel, den Gedanken an die Kuheuter abermals zu verscheuchen.

Aus den umliegenden Bürogebäuden strömten die Angestellten in ihre Pause, und zu Helgas Erstaunen kauften sogar erwachsene Männer *Ahoj*-Brause und Kreisellutscher.

»Darf ich etwas vorschlagen?«, fragte sie den Vater.

»Aber natürlich!«

»Wie wäre es, wenn wir die Süßigkeiten in großen Gläsern ganz vorn auf die Lade stellen? Damit machen wir ein Riesengeschäft.«

»Wenn du meinst«, antwortete der Vater und zwinkerte ihr verschwörerisch zu.

Helga zwinkerte zurück. Im Stillen dachte sie: Ich darf sie dann bloß nicht umschmeißen.

Als am frühen Nachmittag der Strom der Schüler und der Büroangestellten abnahm, atmete Helga erleichtert auf. Sie ließ ihren Blick schweifen. Immer noch konnte sie sich nicht sattsehen an all den Zeitschriften. Was es alles gab! Daheim in Frankreich kaufte Onkel Albert am Wochenende *L'Équipe*, aber darin ging es vor allem um Sport, und das fand Helga furchtbar langweilig. Hier gab es Zeitschriften, die *Hör Zu!*, *Quick* und REVUE hießen, vorne drauf hatten sie knallbunte Bilder und versprachen Geschichten über Filmschauspieler, von denen Helga noch nie gehört hatte, sie warben mit Rätseln und Fortsetzungsromanen.

»Darf ich?« Zaghaft streckte sie die Hand nach einer Zeitschrift aus, auf der eine Frau mit blendend weißen Zähnen in ein Törtchen biss.

»Natürlich, aber bitte pass auf – wenn wir sie später verkaufen, darf keiner merken, dass sie bereits gelesen wurde.«

Helga merkte, dass sie schon wieder rot wurde. Ganz vorsichtig nahm sie die Zeitschrift vom Stapel, setzte sich auf das Höckerchen, lehnte sich dabei nur leicht gegen die Rückwand des Büdchens – man konnte nicht sicher sein, ob sie hielt – und begann zu lesen.

Als sie das nächste Mal aufschaute, dunkelte es bereits. Wieder tauchte die Glühbirne das Büdchen in einen honigfarbenen Schein. Der kleine Ofen bullerte. Der Vater verkaufte immer noch Zeitungen, die Stapel waren deutlich geschrumpft. Sie hatte nichts davon mitbekommen.

Dafür wusste sie nun, dass eine erst 16 Jahre alte Schauspielerin im Dezember in Köln einen neuen Film vorgestellt hatte, der hymnisch gefeiert wurde. Der Film hieß *Mädchenjahre einer Königin* und die Schauspielerin Romy Schneider. Helga hatte erfahren, dass an einer Oper in New York zum ersten Mal eine farbige Sängerin auftreten sollte. Und sie hatte Tränen gelacht über die Abenteuer eines gezeichneten Detektivs mit eckigem Kinn und dem Namen Nick Knatterton, der mit List und übermenschlichen Kräften Kriminalfälle löste.

Behutsam legte sie die Zeitschrift wieder in die Auslage, die Kanten fein säuberlich aufeinander. Sie hatte keinen einzigen Knick hineingemacht.

»Darf ich noch eine?«

»Aber ja doch«, sagte der Vater lächelnd.

Er arbeitete bis spät in den Abend. Helga saß neben ihm auf dem kleinen Hocker und las. Sie hörte die Stimmen der Kunden, den Straßenlärm, spürte die Nähe des Vaters, vertraut nach nur einem Tag. Vor allem aber war sie abgetaucht in eine vollkommen neue, aufregende Welt.

Erst als die Nacht hereinbrach, räumte der Vater die Zeitungen zusammen, klappte die Auslage ein und verrammelte das Büdchen. Helga war, als erwache sie aus tiefer Benommenheit. Sie hatte nicht gewusst, dass es Geschichten gab wie die, die sie an diesem Tag in der *Quick*, im *Stern* und in der *Neuen Illustrierten* verschlungen hatte. Die Bücher in der Pfarrbücherei ihrer französischen Heimat hatten sich gelesen wie ein schweres, etwas zu dunkel geratenes Brot: Man musste eine Weile darauf herumkauen, um sie gut zu verdauen. Die Geschichten dieser Zeitschriften aber flutschten in ihren Kopf wie geschmolzene Schokolade: süß und leicht, und sie hinterließen ein Verlangen nach mehr.

Im Schein der Straßenlaternen machten sie sich auf den Heimweg. Die Läden am Eigelstein hatten schon wieder geschlossen. Am Stavenhof standen die ersten Männer Schlange. Und an der Ecke zur Weidengasse ließen Jungs, wenig älter als Helga, ihre Motorräder aufheulen. Sie hatten Lederjacken an und waren schon eine ganze Weile nicht mehr beim Friseur gewesen. Vor allem aber schienen einige von ihnen genau die Hosen zu tragen, von denen Helga gerade erst im *Stern* gelesen hatte. Himmel, waren das etwa Bluejeans?

»Komm weiter.« Der Vater beschleunigte seinen Schritt. »Mit den Halbstarken haben wir nichts zu tun.«

Der Vater sah müde aus, und Helga schämte sich ein bisschen. Morgen, beschloss sie, werde ich nicht so viel lesen und ihm mehr helfen.

Zu Hause wartete im kalten Rohr der Küchenhexe ein gräulicher Brei, der nichts mit Fannys köstlichem Hackbraten gemein hatte. Tante Meta hatte sich wohl schon schlafen gelegt, von Fanny war nichts zu sehen. Doch an dem wackligen Holztisch im Wohnzimmer saß Jürgen, die Ohren feuerrot.

»Sie haben mich genommen!«, rief er, kaum dass er Helga und den Vater erblickt hatte. »Bei Ford können sie sich vor Aufträgen kaum retten, da fackeln sie nicht lange. Morgen fange ich an!«

»Wunderbar!« Der Vater tätschelte ihm etwas unbeholfen die Schulter, der Stolz war ihm ins Gesicht geschrieben.

»Sie lernen mich erst an«, erzählte Jürgen weiter. »Stellt euch vor, die einzelnen Bauteile hängen an Deckenschienen und flitzen von ganz allein durch die Werkshallen. Wir Arbeiter müssen sie nicht tragen, wir nehmen sie ab, wenn wir sie zusammenbauen, und hängen sie wieder auf, wenn wir damit fertig sind. Und zack!, sausen sie weiter. Sie nennen es Fließbandproduktion, und ein Arbeiter schafft so viel wie früher acht.«

Die Worte sprudelten nur so aus ihm heraus, und Helga wurde schon beim Zuhören schwindelig. Sie staunte und dachte daran, wie Jürgen noch vor Kurzem in Frankreich den alten Traktor repariert hatte. Tage konnte er damit zubringen, dies und das auszutüfteln, eine Lösung zu verwerfen und eine bessere zu finden. Irgendwie vermochte sie sich ihn nicht vorzustellen, wie die Bauteile um ihn herumflitzten.

»Und du, Helgalein?«, fragte Jürgen nun. »Was hast du den ganzen Tag gemacht?«

»Sie hat gemischte Tüten verkauft«, antwortete der Vater. »Sie macht das ganz ausgezeichnet.«

In seinem Blick lag so viel Zärtlichkeit, dass Helga das Herz aufging. Doch zugleich war sie beschämt. Jürgen hatte jetzt eine richtige Arbeit, und sie versagte schon dabei, süße Ketten in eine Tüte zu stecken. Kann es sein, fragte sie sich bang, dass sie bereits zum zweiten Mal an diesem Tag eifersüchtig auf den geliebten Bruder war?

Sie aß den gräulichen Brei und ging zu Bett. Nebenan hörte sie Jürgen und den Vater noch eine Weile reden. Plötzlich sehnte Helga sich so sehr nach Tante Claire, dass es schmerzte. Wie wunderbar wäre es, jetzt mit ihr zu sprechen!

Dann dachte sie an ihre unbekannte Mutter. Würden sie je erfahren, was geschehen war in jener dunklen Zeit direkt nach dem Krieg?

Rastlos wälzte Helga sich hin und her. Wie in der vergangenen Nacht vernahm sie Schritte, jemand schien die ächzende Treppe hinauf- und hinabzulaufen. War das Fanny? Doch die Schritte klangen schwer, so, als bewege sich jemand nur mit Mühe. Das konnte nicht Fanny sein. Schlich Tante Meta durchs Haus? Der Gedanke an ihr minzgrünes Kofferradio versetzte Helga erneut einen Stich.

Es wurde tiefe Nacht. Die Straßenlaternen vor dem Küchenfenster waren längst erloschen, der Mond hatte sich hinter dicken Wolken verborgen. Helga fiel in einen unruhigen Schlaf. Sie träumte von riesigen weißen Mäusen, von einem Matrosen in einem geringelten Hemd und von Jürgen, der an einer Deckenschiene hing und durch eine Werkshalle sauste.

Mit einem Schrei fuhr sie hoch. Und noch während sie erwachte, während der Albtraum von ihr wich und sie nach Luft schnappte, brannte sich ein Gedanke feuerglühend in ihr Bewusstsein.

Ich muss Papa sagen, dass ich aufs Gymnasium gehen will, dachte sie. Sonst wird nie etwas aus mir mit meinen beiden linken Händen. Ich muss mit ihm sprechen und ihn bitten, dass er mich dort anmeldet.

5. Kapitel

Als Helga und Fanny am nächsten Morgen den Kaffee zum Büdchen brachten, schneite es wieder, und der Eigelstein hatte sich über Nacht in eine glitzernde Wunderwelt verwandelt. Die schiefen Häuser und das an vielen Stellen schadhafte Pflaster funkelten mit den Straßenlaternen um die Wette.

»Herrlich!«, juchzte Fanny und schlitterte vergnügt über eine kleine Eispfütze, in jeder Hand eine Thermosflasche balancierend. Helga mühte sich wieder, mit ihr Schritt zu halten. Sie spürte, dass ihre Stiefel auf dem rutschigen Kopfsteinpflaster kaum Halt fanden, und als vor ihnen ein alter Mann mit gebeugtem Rücken drohte das Gleichgewicht zu verlieren, packte sie die beiden Thermosflaschen, die sie trug, schnell mit dem linken Arm und fasste rechts den Alten unter.

»Vorsicht, stützen Sie sich bei mir auf.«

Fanny hakte den Mann ebenfalls unter, und er ließ sich dankbar bis zur Ecke Gereonswall führen, den Kopf tief gebeugt. Doch als er sich mühsam aufrichtete, um sich zu verabschieden, verzog sich sein zahnloser Mund plötzlich zu einem geringschätzigen Grinsen, er spuckte vor ihnen aus und trippelte so schnell davon, als sei es kein bisschen glatt.

Helga warf Fanny einen verblüfften Blick zu. Fanny war kreidebleich geworden. Einen Moment schien sie nach Worten zu suchen, dann schüttelte sie sich, als wolle sie die Erinnerung an den Alten abstreifen.

»Blöder Trottel«, schimpfte sie. »Komm, lass uns keine Zeit verlieren.«

Und so eilten sie weiter, der Vater wartete.

Von nun an stand Helga jeden Tag neben ihm im Büdchen. Sie liebte den Geruch von Kaffee und Druckerschwärze; fast jede Zeitung, die sie verkauften, hatte Helga vorher vorsichtig durchgeblättert und von der ersten bis zur letzten Seite gelesen. Vor allem aber liebte sie es, die Tage mit dem Vater zu verbringen. Er sorgte dafür, dass sie es immer schön warm hatten, und wenn Fanny ihnen mittags etwas zu essen brachte, gab er Helga stets die größere Portion. Er hatte eine so liebevolle Art, Helga anzusehen, dass sie spürte, wie sich von Kopf bis Fuß tiefes Wohlbehagen in ihr ausbreitete. In seinem Blick fühlte sie sich geborgen.

Da machte es auch fast nichts, dass er oft in sich gekehrt war und still, immer wieder verlor sich sein Blick, als sei er ganz woanders. Helga merkte, dass der trockene Husten, der ihr schon auf dem Bahnsteig aufgefallen war, ihn dauerhaft quälte. Ein Überbleibsel der Jahre in russischer Gefangenschaft, vermutete sie, doch sie fragte nicht nach. Er sprach nicht über diese Zeit, und Helga hatte selbst genug Schlimmes erlebt, um zu wissen, dass man Vergangenes lieber nicht wieder hervorholte.

Was zählt, ist die Gegenwart, sagte sie sich. Und in der schien der Vater trotz seiner grauen Locken jeden Tag ein bisschen jünger auszusehen.

Das Büdchen brummte. Die Leute standen Schlange, um Zeitungen und Kaffee zu kaufen. Vor allem der Kaffee war sehr beliebt, weil Fanny ihn nicht, wie es üblich war, mit Ersatz-Kaffee streckte, einem Gemisch aus Getreide und Malz, das kein bisschen nach Kaffee schmeckte. Die Menschen hatten die Ersatzprodukte der Nachkriegszeit offensichtlich satt. Und dass es bei Rudi, wie sie den Vater nannten, echten Bohnenkaffee gab, hatte sich längst herumgesprochen.

Neben dem Vater hinter der Auslage stehend, genoss Helga ihren Logenplatz. Ihre liebsten Kundinnen waren die Chauffeurinnen des »Dom-Hotels«, drei elegante Damen in Rock und Kostümjacke, die auf dem Kopf keck seitlich aufgesetzte Käppchen trugen und immer blendender Laune waren. Ihre glänzend polierten Limousinen, zwei schwarz, eine weiß, waren, wie sie der ahnungslosen Helga erklärten, zwei Mercedes 180 Ponton und ein Opel Kapitän.

»Die Zeiten, in denen wir Frauen hinter dem Herd standen, sind vorbei«, lachte Gerti, unter deren Käppi sich die schwarzen Haare kräuselten. »Jetzt können wir so ziemlich alles.«

Dabei warf sie dem Vater einen Blick zu, den Helga beim besten Willen nicht deuten konnte. Doch der tat so, als bemerke er nichts, und ordnete geflissentlich die Zeitungen.

Gerti und ihre Kolleginnen konnten atemberaubende Geschichten über ihre Kundschaft erzählen. Sie verrieten keine Namen, aber Helga wusste, dass sie ab und an eine traurige persische Prinzessin durch Köln kutschierten sowie eine blutjunge, wunderschöne Schauspielerin, von der Helga fest annahm, dass es sich dabei nur um die sagenhafte Romy Schneider handeln konnte.

Gerti liebte die Kreisellutscher, und das war wohl auch der Grund, glaubte Helga, dass sie fast täglich vorbeikam. Denn echten Bohnenkaffee gab es doch bestimmt auch im »Dom-Hotel«, oder etwa nicht?

Jetzt gerade steckte sie sich einen Lutscher in den Mund, lief mit wiegenden Hüften zu ihrem Wagen und hupte lange, bevor sie in einer eleganten Kurve davonsauste.

Helga ordnete nun auch überflüssigerweise die Zeitungen. Heute zeigten sie auf ihren Titelbildern den jungen spanischen Thronfolger Juan Carlos in kurzen Hosen, der sich bereit machte, aus dem Exil heimzukehren, und von dem man hoffte, er werde in ferner Zukunft General Franco ablösen. Helga konnte gar nicht genug bekommen von all den Neuigkeiten von nah und fern. Ihre Neugierde war grenzenlos. Einst war Helga ein Kind gewesen, dem Spielball des Weltenschicksals hilflos ausgeliefert. Jetzt, das spürte sie deutlich, wollte sie wissen und verstehen, was in der Welt vor sich ging.

Aber das würde ihr nicht gelingen, wenn sie weiter Kreisellutscher verkaufte.

Seit Tagen dachte sie nun schon darüber nach, wie sie den Vater wegen des Gymnasiums fragen könnte. Abends, wenn sie heimkamen, wartete Jürgen auf sie und sprudelte nahezu über von neuen Geschichten aus den Ford-Werkshallen. Die Arbeit war hart, und an so manchem Tag musste er länger bleiben, weil er das Pensum noch nicht erfüllt hatte. Aber Jürgen liebte es, Autos zusammenzuschrauben, und hoffte auf eine feste Anstellung als Lehrling. Manchmal kam auch Tante Meta zu ihnen herunter, deren Laune meist genauso ungenießbar war wie ihr Essen. Nein, Helga wollte mit dem Vater sprechen, während sie allein im Büdchen waren. Sie musste sich nur trauen.

»Ich möchte dir«, murmelte sie und gab dem spanischen Prinzen einen kleinen Schubs, damit er noch ordentlicher lag, »gern etwas zeigen.«

»Da bin ich gespannt«, entgegnete der Vater und zwinkerte ihr zu.

Helga holte tief Luft, griff in die Innentasche ihres Mantels und holte eine ihrer hellblauen Kladden hervor. Sie hatte lange überlegt, welche sie nehmen sollte, und sich schließlich für die entschieden, in der sie den Alltag auf dem Weingut in Frankreich beschrieb. Kleine Geschichten, von denen sie hoffte, dass sie gut genug gelungen waren, um den Vater zu überzeugen.

»Vielleicht«, flüsterte sie, mit einem Mal schwand ihre Stimme, »möchtest du das lesen.« Als sie dem Vater die Kladde reichte, zitterten plötzlich ihre Hände.

Er nahm das Heft und blätterte darin. »Was ist das?«, fragte er.

»Geschichten.« Verdammt, ihre Stimme funktionierte immer noch nicht richtig. »Ich habe sie geschrieben.«

»Du?«

»Ja.« Ein Krächzen.

»Und ich soll sie lesen? Jetzt?«

Helga konnte nur noch nicken. Ihre Hände waren schweißnass.

»Na gut. Im Moment ist ja nicht viel los.«

Der Vater zog das Höckerchen heran, setzte sich darauf, seine Knie reichten ihm fast bis ans Kinn, und begann zu lesen.

Und so las er und las. Kunden kamen und gingen. Helga schenkte Kaffee aus, verkaufte Zeitungen. Ihre Hände zitterten noch mehr als sonst, aber sie biss sich auf die Unterlippe, verschüttete kein einziges Tröpfchen, ließ nichts fallen. Sogar als die Jungen vom Hansa-Gymnasium, kreischend und drängelnd wie stets, süße Ketten und weiße Mäuse verlangten, bugsierte sie alles sauber in die flink gedrehte Papiertüte.

Der Vater las immer noch.

Es war schon beinahe Zeit, das Büdchen für den Abend zu schließen, als er endlich aufsah. Doch sein Blick war nicht liebevoll wie sonst. Er war ganz und gar leer.

»Warum hast du mir das zu lesen gegeben?«

»Weil ...« Helga stockte. Warum sah er sie so seltsam an? »Weil ...« Beinahe konnte sie nicht weitersprechen. Doch dann nahm sie all ihren Mut zusammen. »Ich lese und schreibe sehr gern«, sagte sie hastig, plötzlich purzelten die Worte schneller aus ihr heraus als beabsichtigt. »Ich möchte alles darüber lernen, mich immer weiter verbessern. Ich möchte«, sie holte noch einmal tief Luft, »dass du mich auf dem Gymnasium anmeldest.«

Sie schaute zu ihm hinab, wie er vor ihr auf dem Höckerchen saß, und im Licht der Glühlampe konnte sie genau sehen, wie sich sein Gesicht veränderte. Erst sah sie den Schrecken, dann die Abscheu.

»Das kannst du vergessen«, sagte er und begann, die Zeitungen zusammenzuräumen.

Das Abendessen verlief schweigsam. Jürgen schien noch ausgelaugter als sonst, und der Vater sprach fast gar nicht. Aus dem oberen Stockwerk war Musik zu hören: *Ja grün ist die Heide, die Heide ist grün, aber rot sind die Rosen, wenn sie da blüh'n.* Helga dachte voller Bitterkeit an ihr pfefferminzgrünes Kofferradio, das sie nie wieder zu Gesicht bekommen hatte und das offenbar nun Meta erfreute. Verbissen kaute sie auf den Fleischrollen, die lauwarm im Rohr der Küchenhexe gestanden hatten. Der umhüllende Kartoffelteig war hart und bröselte, die Fleischreste im Innern rochen nicht mehr ganz frisch. Wie immer hielt das Abendessen, das Meta kochte, keinen Vergleich aus mit dem, was Fanny ihnen mittags zum Büdchen brachte.

Aber das war es nicht, was Helga beschäftigte. Es war das Verhalten des Vaters, das ihr völlig unverständlich schien. Schlimmer noch, es ängstigte sie.

Später im Bett zermarterte sie sich das Hirn, was ihn so aufgebracht haben mochte. Er hatte sie auf eine Art angesehen, als habe sie etwas Schreckliches getan. Was konnte schlimm daran sein, Geschichten zu schreiben? Helga wälzte sich hin und her und machte kein Auge zu. Wenn sie doch nur mit jemandem darüber sprechen könnte! Mit jemandem, der ihr vertraut war. Jürgen wollte sie damit nicht belasten. Wieder wurde die Sehnsucht nach Tante Claire übermächtig. Aus dem kleinen Schränkchen neben ihrem Bett holte sie die drei Murmeln hervor, ließ sie durch ihre Hand gleiten. Ganz rissig fühlten sie sich an und zugleich warm und vertraut. Hatte Tante Claire nicht gesagt, sie würden ihr Glück bringen?

Wenn ich nur mit jemandem reden könnte, der mich versteht, dachte Helga, während sie die Murmeln zurücklegte.

Doch während sie endlich einnickte, traurig und erschöpft, begann in ihrem Kopf ein Gedanke Form anzunehmen.

Und als sie am nächsten Morgen mit Fanny auf dem Weg zum Büdchen an der Bäckerei vorbeikam, fasste Helga sich ein Herz und blieb stehen.

»Ich gehe heute nicht mit«, sagte sie und gab Fanny die beiden Kannen, die sie trug. »Ich habe etwas zu erledigen.«

»Was hast du denn vor?«, fragte Fanny verblüfft.

»Ich muss in die Altstadt, jemanden suchen.«

»Ganz allein?«, entgegnete Fanny. »Das kommt nicht infrage. Ich begleite dich.«

»Aber musst du nicht zur Arbeit?«

»In einer Stunde. Bis dahin sind wir zurück.«

»Aber ...«

»Papperlapapp. Wir bringen schnell den Kaffee zum Büdchen und machen uns auf den Weg.«

Der Vater sagte kein Wort, als Helga sich gleich wieder verabschiedete. Doch um seine Augen legte sich ein Schatten, und Helga war versucht, ihr Vorhaben wieder abzublasen. Fanny aber war schon vorausgeeilt, und so machte sie, dass sie hinterherkam.

Sie liefen die Weidengasse entlang und dann den Eigelstein hinab in Richtung Hauptbahnhof. Es war der gleiche Weg, auf dem der Vater sie nach Hause geführt hatte. Helga mochte kaum glauben, dass das noch nicht einmal zwei Wochen her war. Wieder war sie versucht, ihr Unterfangen aufzugeben. Er brauchte sie doch im Büdchen …

»Wen suchst du eigentlich?«, rief Fanny über ihre Schulter hinweg.

»Einen Freund. Und eine Freundin.«

»Du hast Freunde in der Altstadt? Das ist ja dufte!«

»Ja«, antwortete Helga und blieb abrupt stehen. Vorsichtig sprach sie die Worte noch einmal aus, kostete sie auf der Zunge.

»Ich habe einen Freund. Und eine Freundin. Nach dem Krieg lebten sie in der Altstadt.«

Wunderbar, wie sich das anfühlte. Doch zugleich stahl sich ein banges Gefühl in ihr Herz. Was, wenn Anna und Karl gar nicht mehr dort waren? Wenn sie wie so viele in den Nachkriegswirren verloren gegangen waren, wenn gar etwas noch viel Schlimmeres passiert war?

»Dann mal los«, trällerte Fanny und beschleunigte ihren Schritt.

Helga rannte hinter ihr her, holte auf, lief mit einem Mal genauso schnell wie Fanny. Verbot sich jeden trüben Gedanken.

Als sie die Stufen des Doms passierten, fuhr ein Polizeiwagen mit Blaulicht und Sirene an ihnen vorbei, gefolgt von drei laut hupenden Feuerwehrautos. Helga zuckte zusammen. Diese verflixte Angst vor Uniformen.

»Erzähl mir von deinen Freunden!«, brüllte Fanny über den Lärm hinweg.

»Sie haben uns geholfen, damals, als wir in dem Keller hausten«, keuchte Helga. »Unsere Freundin Anna hat uns jeden Tag ihr Schulessen gebracht, dabei hatte sie selbst nichts. Du musst wissen, die Bäckerei ihrer Tante war nach dem Krieg komplett zerstört. Und mit Annas Cousin, mit Karl, haben Jürgen und ich immer gespielt, wenn die Großen loszogen – Essen organisieren, Kohle, was wir so brauchten. Wir drei waren ja noch so klein damals.«

Helga merkte, dass Fanny auf einmal gar nicht mehr schnell rannte. Im Gegenteil, sie drohte zu straucheln wie der unfreundliche Mann gestern Morgen auf dem Weg zum Büdchen.

»Anna«, sagte sie vor sich hin, als sei Helga gar nicht da. »Karl.« Sie fasste sich an den Hals, als bekäme sie schlecht Luft. Ganz blass war sie geworden. »Wann hast du deine Freunde zum letzten Mal gesehen?«

»Im Januar 1947. Vor acht Jahren. An dem Tag, an dem Tante Claire und Onkel Albert uns mitnahmen nach Frankreich.«

Mittlerweile hatten sie den Alter Markt erreicht. Verblüfft schaute Helga sich um. Nach dem Krieg hatten hier noch genau zwei Häuser gestanden, der Rest waren Schuttberge gewesen. Nun hatte man fast alles wiederaufgebaut. Wo war denn bloß die Hafengasse, die direkt zur Bäckerei von Annas Tante am Buttermarkt führte? Da drüben musste sie sein. Nur noch wenige Schritte.

Helga prallte zurück. Wo sie die schmale Gasse vermutete, die sie so oft entlanggelaufen war, plätscherte eine braune, stinkende Brühe. Träge schwappte sie zwischen den engen Mauern hin und her. Ein bisschen weiter Richtung Rhein stand das Wasser sogar so hoch, dass die unteren Stockwerke der Häuser komplett verschwunden waren. Der mächtige Strom war über seine Ufer getreten und hatte einen Großteil der Altstadt überflutet.

»Hochwasser«, flüsterte Fanny. »Das hatte ich vollkommen vergessen.«

»Weg da!«, schrien zwei Männer, die ein Ruderboot herantrugen und es in der Hafengasse zu Wasser ließen. »Hier sind Menschenleben in Gefahr, hier gibt es nichts zu gucken!«

Helga stand wie versteinert.

»O nein«, jammerte sie. »Warum bin ich nicht gleich nach unserer Ankunft hierhergekommen?«

»Komm.« Fanny packte den Ärmel ihres steingrauen Mantels und zog sie davon. »Lass uns zurückgehen.«

Am Abend erzählte Helga Jürgen vom Hochwasser, und als er hörte, dass sie ohne ihn losgezogen war, um ihre alten Kinderfreunde wiederzusehen, war er erst ein wenig beleidigt.

»Anna und Karl – ich habe schon so lange nicht mehr an sie gedacht. Aber hättest du bloß etwas gesagt, wir hätten doch gemeinsam hingehen können!«

»Bitte entschuldige. Es ist, weil ... Papa will nicht, dass ich aufs Gymnasium gehe. Er hat ganz komisch reagiert, als ich ihm meine Kladden gezeigt habe. Da war er mir plötzlich ganz fremd, und ich habe mich so nach jemand Vertrautem gesehnt ...«

»Ach, Helgalein.« Helga spürte, auch diesmal würde Jürgen ihr nicht lange böse sein. »Du kannst doch mit mir über alles sprechen.«

»Ich weiß.« Sanft legte sie ihren Kopf auf seine Schulter. Der Vater, der den ganzen Tag still und in sich gekehrt gewesen war, war hinaufgegangen zu Tante Meta. Sie saßen allein in dem spärlich möblierten Wohnzimmer. Ob sie Jürgen mehr von ihrer Sehnsucht, aufs Gymnasium zu gehen, erzählen sollte? Helga zögerte. Der Bruder war in Frankreich ein genauso guter Schüler gewesen wie sie, und das, obwohl ihnen einige Schuljahre fehlten und sie erst die Sprache erlernen mussten. Doch niemals hatte er den Wunsch geäußert, die höhere Schule zu besuchen. Im Gegenteil, nichts machte ihn glücklicher, als einen Motor auseinanderzunehmen oder, wie jetzt bei Ford, zusammenzubauen. Wobei er auch an diesem Abend sehr erschöpft schien. Der Vorarbeiter bei Ford musste ein echter Schinder sein.

Und so verlor Helga über das Gymnasium kein weiteres Wort.

Sie stand weiter neben dem Vater im Büdchen. Die Kunden kamen und gingen, das Hochwasser war tagelang Gesprächsthema Nummer eins. Gerti kaufte ihre Kreisellutscher und zwinkerte dem Vater zu, was dieser stoisch ignorierte. Helga wiederum versuchte, den Stich zu ignorieren, den sie jedes Mal verspürte, wenn sie die Jungen vom Hansa-Gymnasium bediente.

Ein einziges Mal noch suchte sie mit dem Vater das Gespräch.

»Kannst du denn gar nicht verstehen«, fragte sie, »dass ich etwas aus mir machen möchte? Dass ich später einmal jemand sein möchte? Vielleicht«, fügte sie leise hinzu, »sogar jemand, der etwas zu sagen hat?«

Da verengten sich die grünen Augen des Vaters zu ganz schmalen Schlitzen.

»Mein Kind«, sagte er, und seine Stimme war so leise, dass Helga die Ohren spitzen musste, um ihn überhaupt zu verstehen. »Bitte, sprich nie wieder davon. Ehrgeiz ist etwas so Entsetzliches, er führt direkt ins Verderben. Haben wir denn nicht alles, was wir brauchen?«

Er schaute zu ihr hoch, und sein Blick war so flehentlich, dass Helga schnell nickte.

»Doch, natürlich.«

Als in der *Kölnischen Rundschau* zu lesen war, das Hochwasser sei zurückgegangen, wollte Helga schnurstracks in die Altstadt rennen, doch der Vater war dagegen.

»Ein junges Mädchen ist nicht allein in der Stadt unterwegs.«

»Fanny kann mich begleiten!«

»Na gut«, meinte der Vater.

»Wir sehen mal«, druckste Fanny herum, als sie ihnen das Mittagessen brachte, und wurde blass.

Als sie an diesem Abend zu Hause waren, kam Fanny ganz gegen ihre Gewohnheit zu ihnen nach oben in die

Wohnung. Der Vater war zu Tante Meta hinaufgegangen, sie konnten seine Schritte durch die Holzbalkendecke hören.

»Ich kannte Anna«, sagte Fanny leise. »Auch ihrer Tante bin ich begegnet. Und von dem Kleinen – wie sagst du, hieß er? Karl? Auch von ihm habe ich gehört.«

»Du kanntest Anna und Karl?«, riefen Helga und Jürgen wie aus einem Mund.

»Es gab jemanden, der uns allen damals übel mitgespielt hat«, antwortete Fanny ausweichend. »Einen Jungen namens Willibald. Aber das tut nichts zur Sache.«

»Nein?«, fragte Helga. Mit einem Mal beschlich sie ein ganz komisches Gefühl. Fanny war noch viel blasser als am Mittag.

»Was«, flüsterte Helga, »was ist geschehen?«

»Der Weiße Tod«, sagte Fanny und blickte starr an ihnen vorbei. »Er hat sie alle geholt.«

»Nein!« Helga griff nach Jürgens Hand. Sie beide wussten nur zu gut, was der Weiße Tod bedeutete. Die Tuberkulose hatte in den Nachkriegsjahren unzählige Menschen dahingerafft. Es gab kaum Penizillin. Wer arm war und ohne Beziehungen, starb.

»Es tut mir leid«, raunte Fanny und schlich zur Tür. Dort drehte sie sich noch einmal zu ihnen um. »Geht nicht zum Buttermarkt. Ihr werdet dort niemanden mehr finden.«

Und damit war sie hinaus.

Helga und Jürgen blieben zurück. Mit einem Mal war die Vergangenheit wieder ganz nah. Der tägliche Kampf ums nackte Überleben. Der Tod, der mit ihnen in dem Keller hauste, der so lange ihre eiskalte Heimstatt gewesen war.

Jürgen vergrub das Gesicht in seinen Händen, und Helga fühlte, wie ihr die Tränen über die Wangen rannen.

»Die tapfere Anna«, schluchzte sie. »Und der liebe kleine Karl! Er war immer so lustig, trotz allem …«

Da öffnete sich die Tapetentür, und Tante Meta kam herein, gefolgt vom Vater.

»Helga«, sagte die Tante, »wir haben dir etwas mitzuteilen.«

Hastig fuhr Helga sich mit dem Handrücken über das Gesicht. Auch Jürgen saß plötzlich stocksteif und kramte nach einem Taschentuch.

»Dein Vater macht sich Sorgen, dass bei dir die Bäume in den Himmel wachsen«, fuhr Meta fort und tat, als sehe sie die Tränen nicht. »Deshalb haben wir dich auf der Haushaltungsschule angemeldet.«

»Haushaltungsschule?«, japste Helga. »Ich verstehe nicht …«

»Du heiratest ja eh irgendwann«, fiel die Tante ihr ins Wort. »Und ein bisschen Schliff kann dir nun wirklich nicht schaden.«

Helga hatte das Gefühl, ihr Kopf sei ein Kreisellutscher, den jemand auf seine Spitze gestellt hatte und der sich nun wie irre drehte. Anna, Karl, der Weiße Tod. Und nun die Haushaltungsschule. Sie kannte nicht einmal das Wort.

»Wann?«, war alles, was sie hervorbrachte.

»Nächste Woche Dienstag, am Ersten«, antwortete die Tante. »Sie machen eine Ausnahme und nehmen dich noch auf, obwohl der Lehrgang schon begonnen hat. Also gib dir Mühe und enttäusche uns nicht.«

Meta wandte sich zum Gehen, der Vater folgte ihr. Helgas Blick wich er aus.

»Bei uns auf der Arbeit nennen sie es die Bräuteschule«, murmelte Jürgen, nachdem beide hinter der Tapetentür verschwunden waren. »Ach, Helgalein, das tut mir leid. Ich weiß, wie gern du liest und schreibst. Und da schicken sie ausgerechnet dich auf die Haushaltungsschule! Aber sieh es mal so: Wir haben großes Glück, wir beide. Wir sind wieder zu Hause, wir haben unseren Vater wiedergefunden. Wollen wir da nicht das Beste aus allem machen?«

Helga nickte. Wischte sich noch einmal die Tränen ab. Jürgen hatte vollkommen recht. Sie würde aus allem das Beste machen. Das war sie ihren Freunden schuldig, die die Nachkriegszeit nicht überlebt hatten.

6. Mai 1945, in der Nacht

Sie schlafen endlich, unsere geliebten, süßen Kinder. Jürgen hält seine Schwester im Arm, wie er es jede Nacht tut, seit wir hier im Bunker Obdach gefunden haben. Weißt Du, Liebster, dass er sie Helgalein nennt, so wie Du es immer getan hast? Die Kleine kratzt sich im Schlaf den Kopf, die Läuse müssen sie fürchterlich quälen. Ich weiß es genau, ich habe sie auch.

Ich schleiche mich aus dem muffigen Verschlag, um Dir ein paar Zeilen zu schreiben. Der Hochbunker in Ehrenfeld ist eines der wenigen Gebäude, die noch stehen. Meterdick sind die Mauern, es gibt keine Fenster. Hier vor der eisernen Tür, in den Gängen, verbreiten elektrische Lampen rund um die Uhr ein gelbliches Notlicht. Es erinnert mich an die vielen Nächte, die wir vor unserer Flucht aus Köln in anderen Bunkern verbracht haben. Nächte voller Angst, Nächte ohne Dich.

Seit einer Woche sind wir nun hier, und was mir zuerst erschien wie Dantes Inferno, wird zur Normalität. Ich schimpfe nicht länger auf das Schicksal und alles, was uns hierhergeführt hat. Ich organisiere unser Überleben.

Die Enge ist entsetzlich. Wir teilen uns den Verschlag mit vier weiteren Frauen, jede hat eine Schlafstatt in den dreistöckigen eisernen Betten, die Kinder müssen sich eine teilen. Unsere armseligen Kleider hängen an einfachen Garderobenhaken. Ich trage das wenige Bargeld, das ich noch besitze, versteckt am Körper, ebenso Vaters goldene Uhr, unsere Pässe und die Abschrift des Grundbucheintrags, der uns als Besitzer des Hauses ausweist. Es mag im Moment eine halbe

Ruine sein, in der die Amis hausen, doch eines Tages werde ich es mir zurückholen.

Morgen will ich herausfinden, wo man sich registrieren lassen kann. Wenn Du heimkommst, musst Du doch wissen, wo Du uns findest! Und noch immer hoffe ich auf Metas Ankunft. Vor Wochen erhielt ich ihren letzten Brief, hastig niedergeschrieben, sie verließ Hals über Kopf ihr Gut, sie konnte das Donnergrollen der herannahenden Front schon hören.

In manchen Momenten packt mich eine so eiskalte Angst, dass ich kaum noch atmen kann.

Wenn nur Vater noch bei uns wäre! Ich verbiete mir, an ihn zu denken, an seinen ausgemergelten Körper, den wir zurückließen in der Fremde. Später werde ich trauern, nicht jetzt.

Dantes Inferno. Zwei Kammern weiter sind ein Mann und eine Frau in Streit geraten, ich vernehme Schreie und ein Klatschen wie von Fäusten. Eine andere Bewohnerin beschwert sich lautstark wegen des Lärms, ein Baby beginnt zu greinen. Nun höre ich Helga leise nach mir rufen. Mein geliebtes Mädchen. Morgen geht es den Läusen an den Kragen, ich werde uns allen die Köpfe kahl scheren. Mein Haar hat längst seinen Glanz verloren, büschelweise fällt es mir aus seit jenem Tag vor drei Jahren, an dem wir Köln verließen. Aber die blonden Locken der Kinder! Ich ahne schon jetzt ihre Tränen. Doch alles, was zählt, ist, dass wir gesund bleiben. Dass wir ausharren und guten Mutes bleiben, bis wir uns wiedersehen, mein Liebster. Der Krieg ist so gut wie vorbei. Und wo immer Du bist, lange kann es doch nicht mehr dauern, bis Du heimkommst.

6. Kapitel

Der Februar begann mit nasskaltem Wetter und Temperaturen um null Grad. Als Helga sich am Ersten des Monats auf den Weg machte, spürte sie, wie der gute steingraue Mantel sich so sehr mit Feuchtigkeit vollsog, dass er schwer wie nie zuvor auf ihren Schultern lastete. Die Haushaltungsschule lag im südlichen Eigelstein unweit des Doms. Um dorthin zu gelangen, musste sie am Klingelpütz vorbei, dem Stadtgefängnis. Hier war der Bürgersteig so schmal, dass Helga mit der Schulter beinahe die Gefängnismauer berührte. Als ihr jemand entgegenkam, trat sie schnell auf die Straße. Sofort ertönte über ihr lautes Johlen und Klatschen. Ihr Blick irrte die alte Backsteinfassade des Gefängnisses hinauf. Weit oben, hinter den vergitterten Fenstern, standen Dutzende Männer. Sie streckten ihre Arme durch die Gitterstäbe und machten obszöne Bewegungen, die Helga nicht recht zu deuten wusste, die ihr aber trotzdem die Schamesröte ins Gesicht trieben. Schnell rannte sie weiter, das Klappern der Absätze ihrer Stiefel vermischte sich mit dem dröhnenden Lachen aus rauen Männerkehlen.

Kaum hatte sie das Gefängnis hinter sich gelassen, fuhr

ihr ein frischer Kräuterduft in die Nase. *Klosterfrau Melissengeist* stand in blauer Farbe auf einem niedrigen, weiß angestrichenen Fabrikgebäude. Frauen mit Kopftüchern, unter deren Mänteln bunte Kittelschürzen hervorlugten, strebten dem Eingang zu.

Was für eine seltsame Stadt, dachte Helga. Da hinten sitzen die schweren Jungs, und direkt daneben stellen Fabrikarbeiterinnen einen hochprozentigen Schnaps her, der auf seiner Verpackung mit einer Nonne wirbt. Sie vergrub ihre Hände in den Manteltaschen und stapfte weiter über das unebene Kopfsteinpflaster, in dessen Ritzen noch schmutzige Reste von Schnee klebten.

Die Trauer um ihre Freunde Anna und Karl saß auf ihrer Brust wie ein riesiges Insekt, das ihr die Luft zum Atmen nahm. Wie hatten sie gekämpft, um Hunger und Kälte zu überleben! Obwohl der Krieg damals schon vorbei gewesen war, hatte er noch unzählige Opfer gefordert. Dass Anna und Karl darunter waren, ließ Helga laut aufschluchzen und zugleich vor Wut die Fäuste ballen. Sie waren doch noch Kinder gewesen!

Helga bog rechts ab in die enge Gereonsmühlengasse und zwang sich, noch ein bisschen schneller zu rennen. Die aufsteigenden Tränen schluckte sie hinunter. Bloß nicht am ersten Tag verweint in der Haushaltungsschule erscheinen, und bloß nicht zu spät. Mit roten Augen und ein wenig atemlos betrat sie ein schlichtes, braun verputztes Gebäude.

Der Kräuterduft wich augenblicklich einem strengen Durinol-Geruch, was Helga kein bisschen wunderte, denn der grau gesprenkelte Linoleumboden in dem langen Flur glänzte, als sei er eben erst mit der Wurzelbürste geschrubbt worden. Vom Flur gingen vier schlichte Türen ab, hinter einer war seltsames Knattern zu hören. Helga klopfte, und als von innen keine Antwort kam, drückte sie nach kurzem Zögern die Türklinke herunter. Ein Schwall warmer Luft schwappte ihr entgegen, vermischt mit den leicht verschmort riechenden Ausdünstungen von einem Dutzend Nähmaschinen, über die sich die Köpfe ebenso vieler junger Frauen beugten.

»Guten Morgen«, sagte Helga. Doch die Nähmaschinen ratterten so laut, dass niemand von ihr Notiz nahm.

»Guten Morgen«, wiederholte sie noch einmal und, da auch dies niemand zu bemerken schien, ziemlich laut ein drittes Mal.

Schlagartig verstummte der Lärm, und alle schauten gleichzeitig zu Helga auf. Mucksmäuschenstill wurde es, und in diese Stille hinein sagte eines der Mädchen: »Zöpfchen.«

Daraufhin brach ein ungestümes Kichern aus.

»Ruhe!«

Eine Frau, so winzig, dass Helga sie zwischen den Schülerinnen gar nicht wahrgenommen hatte, kam nach vorn.

»Du musst die Neue sein. Dienstags fangen wir früher an. Hat dir das niemand gesagt?«

»Nein«, antwortete Helga und tastete nach ihren geflochtenen Zöpfen. Was war falsch daran?

»Setz dich dort hinten hin. Deine Sitznachbarin wird dir alles zeigen.«

Die Sitznachbarin erwies sich als ein pummeliges Mädchen mit einem freundlichen Lächeln, das Helga einen schmalen Streifen karierten Stoffes abgab, ihn in eine freie Nähmaschine spannte, ihr kurz das Fußpedal zeigte sowie das Rädchen, an dem man die verschiedenen Sticharten einstellte, und ihr anriet, erst einmal das Säumen zu üben.

Helga saß vor der Nähmaschine und kam sich schrecklich dumm vor. Sobald sie das Pedal auch nur antippte, flog die Nadel mit einem solchen Tempo über den Stoff, dass der Stofffetzen hinten hinunterfiel. Ihre Finger kamen ihr zu dick vor, ihr Fuß zu ungeschickt. Sie spürte, wie ihr die Röte den Nacken hinaufkroch. Möglichst unauffällig ließ sie ihren Blick schweifen. Wie machten die anderen Mädchen das?

Sie nähten alle Schürzen, wie Helga feststellte, mit aufgesetzten Taschen und üppigen Volants, ihre Stoffe flitzten nur so unter der Nadel hin und her. Allein vom Hinsehen wurde Helga schon schwindelig. Doch Aufgeben galt nicht. Und so mühte sie sich. Nach einer Weile hatte sie heraus, wie fest sie auf das Fußpedal drücken musste – ganz leicht –, wie der Stofffetzen zu halten war – mit beiden Händen, sonst sauste er davon –, wie der Zickzackstich eingestellt wurde.

Als die Lehrerin das Ende der Stunde verkündete, zog Helga mit einem stillen Seufzer den fertig gesäumten Fetzen aus der Maschine. Doch o Schreck! Auf der Vorderseite sah der Stich wenn auch ein wenig krumm, so doch einigermaßen anständig aus, aber auf der Rückseite hatte sich der Faden zu einem hässlichen Wulst verschlungen. Beschämt ließ Helga das Ergebnis ihrer Mühe in ihrer Rocktasche verschwinden.

Als Nächstes stand Kochen auf dem Stundenplan. Die Mädchen streiften sich blütenweiße Kittel über, die auf dem Rücken akkurat mit Schleifen gebunden wurden, und begannen sofort, durch die riesengroße, mit resopalbeschichteten Arbeitsplatten ausgestattete Lehrküche zu wuseln. Kartoffeln wurden geschält, Blumenkohlröschen und Möhrchen klein geschnitten, Erbsen gepult. Alles wurde gekocht, aber zu Helgas Erstaunen nicht gleich verzehrt, nein, die Kartoffeln wurden gestampft und mit weicher Butter, Eigelb und Muskat verrührt. Dann wurde Eischnee untergehoben, das Ganze in einen gefetteten und bemehlten Puddingring gefüllt und bei Mittelhitze ins Rohr geschoben. Danach rösteten die Mädchen dicke Scheiben Weißbrot, legten sie in eine feuerfeste Form und verteilten darauf Champignons, die sie zuvor gebraten und mit Gustin angedickt sowie mit Petersilie und Zitrone verfeinert hatten. Auf die Champignons kam eine Schinkenscheibe und darauf eine Käsescheibe, dann kam die Form ebenfalls ins heiße Rohr. Den mit dem Kartoffelgemisch gefüllten Puddingring holten sie heraus, stürzten ihn auf eine vorgewärmte Platte, streuten geriebenen Käse darüber und füllten das Loch in der Mitte mit Blumenkohlröschen, Möhren und Erbsen. Helga, die alles genau verfolgt und aufgepasst hatte, nicht im Wege zu stehen, lief das Wasser im Munde zusammen.

»Hmm«, entfuhr es ihr. »Das wird köstlich schmecken!«

Daraufhin begannen die Mädchen wieder zu kichern.

»Zöpfchen!«, rief eine von ihnen. »Denkst du wirklich, wir würden das selber essen?«

Das Kichern schwoll an zu einem schrillen Quieken, bis plötzlich die Küchentür aufflog und eine Frau im weißen Kittel hereinstürmte.

»Still!«, brüllte sie. »Seid ihr nicht bald fertig?«

Augenblicklich trat Ruhe ein. Die Champignon-Toasts wurden aus dem Ofen gezogen, flink mit Petersiliensträußchen und zu Röschen geschnittenen Radieschen dekoriert und gemeinsam mit dem gefüllten Kartoffelring aus der Küche getragen.

»Das ist für die Lehrerinnen«, klärte eines der Mädchen Helga hinter vorgehaltener Hand auf. »Wir essen Butterbrote.«

Helga hatte kein Butterbrot dabei, aber die anderen teilten großzügig mit ihr.

»Zöpfchen«, wollte ein anderes Mädchen wissen, »hast du schon einen Verlobten?«

Helga schüttelte den Kopf und sagte, ihr Name sei Helga.

»Egal«, lachte ein drittes. »Uns gefällt Zöpfchen viel besser!«

Am Nachmittag ging es weiter mit Säuglingspflege. Unter Anleitung einer Kinderschwester tauchten die Mädchen lebensgroße Babypuppen in Schüsseln mit warmem Wasser, badeten sie, wuschen ihnen die harten Köpfchen und trockneten sie so zärtlich ab, als seien sie lebendig. Wieder mühte Helga sich, alles richtig zu machen, auch wenn sie sich reichlich seltsam dabei vorkam. Sie konnte sich nicht daran erinnern, jemals eine Puppe besessen zu haben, damals im Keller gab es nur die hölzernen Murmeln. Und der Gedanke, ein Kind zu haben, lag ihr noch viel ferner.

»Wie war's?«, fragte Fanny, als Helga nach Hause kam.

»Sie nennen mich Zöpfchen«, brach es aus ihr heraus. »Und ich bin schrecklich ungeschickt.«

»Nun ja, gegen Ungeschicklichkeit weiß ich auch keinen Rat«, lachte Fanny. »Aber die Zöpfe müssen weg.«

»Weg?«, japste Helga verblüfft.

»Unbedingt! Es sei denn, du sagst mir, dass außer dir noch irgendein anderes Mädchen in der Haushaltungsschule Zöpfe trägt.«

Helga überlegte lange. »Nein«, antwortete sie dann. »Die anderen tragen ihre Haare wie du, höchstens schulterlang. Oder sie haben Pferdeschwänze.«

»Na also!« Fanny bewegte Zeige- und Mittelfinger wie eine Schere. »Du kannst dich entscheiden: entweder schnipp, schnapp oder Pferdeschwanz.«

»Pferdeschwanz«, flüsterte Helga.

Fanny zeigte Helga nicht nur, wie sie den Pferdeschwanz zu binden hatte – hoch oben auf dem Hinterkopf, sodass er bei jeder Bewegung vergnügt auf und ab wippte –, sie schnitt ihr auch kurzerhand einen Pony und erklärte ihr, wie sie diesen über Nacht eindrehen musste, damit er sich am Morgen hübsch nach innen wölbte. Sie hatten sich dazu in das kleine Klo auf dem Treppenabsatz zurückgezogen, als Jürgen nach Hause kam und sie dort überraschte.

»Granate!«, rief er, als er seine Schwester erblickte, und

zog die Luft durch die Zähne. »Aber dieses winzige Kabuff, also, das geht gar nicht. Samstagnachmittag, wenn ich frei habe, fange ich an, ein richtiges Badezimmer zu bauen, gleich neben der Küche.«

»Dein Bruder kann ein Badezimmer bauen?«, fragte Fanny, als Jürgen wieder fort war.

»Ich denke schon«, antwortete Helga und zupfte behutsam an der Rolle, über die ihr neuer Pony gespannt war. »Jürgen kann so ziemlich alles.«

»Was du nicht sagst«, gab Fanny zurück und bekam einen träumerischen Gesichtsausdruck.

In der Nacht tat Helga wieder einmal kaum ein Auge zu, so sehr drückte die harte Gummirolle auf ihre Stirn. Als sie endlich eingeschlafen war, wurde sie abermals von den seltsamen Geräuschen aus dem Treppenhaus geweckt. Doch im nächsten Moment hatte der Schlaf sie erneut übermannt.

Die neue Frisur erntete auf der Haushaltungsschule begeisterten Beifall. »Fetzig«, befanden die Mädchen. Ihren Spitznamen »Zöpfchen« wurde Helga trotzdem nicht mehr los. Doch sie merkte, dass die Mädchen sich durchweg mit neckischen Namen ansprachen, manche wie »Mucki« oder »Hendi« waren so albern, dass sie beschloss, ihren mit Würde zu tragen. Sowieso waren die Schülerinnen ein so munterer Haufen, dass Helga ihre anfängliche Scheu schnell verlor. Sie erfuhr, dass einige bereits in echten Berufen gearbeitet hatten, als Sekretärin oder als Verkäuferin. Jetzt bereiteten sie sich mit Hingabe auf ihre Aufgaben als Hausfrauen und Mütter vor. Manche waren sogar von ihren Bräutigamen angemeldet worden. Dass Helga noch nicht einmal verliebt war, stieß auf großes Unverständnis. Helga wiederum lauschte dem aufgeregten Getuschel der Mädchen mit offenem Mund. Von früh bis spät drehten sich alle Gespräche um junge Männer, um Verabredungen und Küsse und manch anderes, worauf Helga sich keinen Reim machen konnte.

Sowieso war sie heilfroh, dass kein Bräutigam auf sie wartete. Das Essen, das sie anrichtete, wurde von den Lehrerinnen prompt zurückgeschickt wegen Saucentropfen auf dem Tellerrand. Die von ihr gehäkelten Untersetzer waren uneben, kein Topf fand darauf Halt. Und am Heimbügler verbrannte sie sich so schlimm die Finger, dass sie mehrere Tage einen Verband tragen musste.

»Du brauchst einen Mann, der euch die Laken bügelt«, ulkte eines der Mädchen, und die anderen hielten sich schnell die Hände vor die Münder, um ihr prustendes Lachen zu verbergen.

Helga brillierte jedoch in Haushaltskunde, weil sie sich blitzschnell jedes noch so kleine Detail aus dem Lehrbuch einprägen konnte. So wusste sie bald alles über Eiweiße, Fette und Kohlenhydrate, über Mineralstoffe und Vitamine. Auch im Rechnen machte ihr niemand etwas vor. Wenn es galt, das Wirtschaftsgeld für eine Woche einzuteilen, hatte Helga die Aufgabe so fix gelöst, dass die anderen Mädchen heimlich bei ihr abschrieben.

Die Trauer um ihre Freunde Anna und Karl blieb. Helga verbarg sie tief in ihrem Herzen. Und sie spürte, dass dort noch ein anderes Gefühl lauerte. Es war die Wut über das, was

Kinder noch wenige Jahre zuvor in dieser Stadt hatten erleiden müssen.

Nachmittags, wenn die Schule aus war, half sie weiterhin dem Vater im Büdchen. Er war liebevoll und fürsorglich wie immer. Über die blauen Hefte und Helgas Wunsch, aufs Gymnasium zu gehen, verlor er kein Wort mehr, und auch Helga wagte es nicht, das Thema noch einmal aufzubringen. Der Vater erkundigte sich auch nicht nach der Haushaltungsschule. Er wirkte noch in sich gekehrter als zuvor, und manchmal, wenn er sie anschaute, meinte Helga einen so großen Kummer in seinem Blick zu sehen, dass es ihr ins Herz schnitt. Sie war sich sicher, dass er sie liebte. Und genauso sicher ahnte sie, dass er, was auch immer ihn bedrückte, nicht mit ihr teilen würde.

Eines Abends, als alle schliefen und Helga sich wie so oft rastlos in ihrem Bett hin und her wälzte, stand sie leise auf, holte eine ihrer hellblauen Kladden hervor, setzte sich in der Küche an den Tisch und begann zu schreiben. Sie schrieb sich alles von der Seele: den Kummer wegen Anna und Karl, das Schweigen des Vaters, die Kälte der Tante Meta, die Sehnsucht nach ihrem alten Zuhause in Frankreich, die quälenden Fragen nach dem Verbleib ihrer Mutter. Sie vergoss manch bittere Träne, doch als sie das Heft zuschlug, es war schon tiefe Nacht, fühlte sie sich getröstet. Sie ahnte, dass der Vater es nicht gutheißen würde, doch von nun an saß sie immer öfter nachts am Küchentisch und schrieb. Mehr und mehr spürte Helga, dass das Schreiben ihr Weg war, das Leben zu meistern. Sie würde nicht damit aufhören, niemals.

Oft schrieb sie auch an Tante Claire. Doch es war ein anderes Schreiben. Die Tante vor Augen, ihre Blässe, berichtete Helga nichts von dem, was sie bedrückte. Stattdessen schilderte sie ihr Leben in Köln in den schillerndsten Farben. Und Helga erkannte: Schreibend konnte man so tun, als sei die Welt eine andere.

Mitte Februar ergriff eine große Unruhe die Mädchen in der Haushaltungsschule. Bügeln und Waschen waren kurzerhand vom Stundenplan gestrichen, stattdessen wurden die jungen Frauen angehalten, sich Strohhüte zu basteln sowie Kittel, die sie mit breiten schwarzen Strichen verzierten.

»Was wird das?«, fragte Helga. »Und warum bemalt ihr die Kittel?«

»Biste dusselig?«, gaben die Mädchen zurück. »Nächste Woche ist Karneval, wir gehen alle zusammen als Chinesen! Und das sind natürlich chinesische Schriftzeichen!«

In den Jahren nach dem Krieg hatte Helga an den Karnevalstagen beobachtet, wie andere Kinder um die Häuser zogen und auf Tröten Krach machten. Ihre selbst gebastelten Fantasie-Kostüme waren ärmlich anzusehen gewesen, und sie konnte sich beim besten Willen nicht vorstellen, was daran lustig sein sollte. Nun wunderte sie sich, was ihre Mitschülerinnen wohl vorhatten.

Zu Hause waren auch Jürgen und Fanny in heller Aufregung. Jürgen verkündete, er gehe als Pirat. Fanny verkleidete sich als Hexe, und obwohl sie sich dicke Warzen ins Gesicht malte, fand Helga, dass man sich keine hübschere Hexe vorstellen konnte.

Karneval selbst kam über Helga wie ein wilder Wirbel, der sie mit sich riss und sie schwindelig werden ließ. Ihre Mitschülerinnen wussten genau, in welchem Saal getanzt wurde und wie man möglichst ohne zu zahlen hineinkam. Die Kostüme verstauten sie ordentlich zusammengefaltet in ihren Handtaschen, auf der Toilette schlüpften sie hinein und malten sich gegenseitig die Gesichter gelb. Und dann wurde getanzt!

Helga hatte in Frankreich von Onkel Albert das Tanzen gelernt, aber das war nichts gegen das wilde Gehüpfe, das sie nun erlebte. Jungen tanzten mit Mädchen, Mädchen mit Mädchen, die Partner wurden schneller gewechselt, als das Lied vorbei war, es wurde geschunkelt und gebützt. Helga hatte nie zuvor einen Jungen geküsst, doch als der erste Tag, Weiberfastnacht, vorbei war, zählte sie auf dem Heimweg nicht weniger als siebzehn Jungen, die ihre feuchten Lippen auf ihre Wangen gedrückt hatten. Sie stellte fest, dass sie kein einziges Mal von den heftigen Gefühlen überwältigt worden war, von denen die anderen Mädchen hinter vorgehaltener Hand flüsterten. Manche Jungen hatten sehr feuchte Münder gehabt, andere echte oder falsche Schnurrbärte, die ein wenig kitzelten. Von den allermeisten wusste sie nicht einmal die Namen. Aber ein Mordsspaß war es auf jeden Fall gewesen. Vergnügt sprang Helga über eine zerdrückte Clownsmaske, die jemand mitten auf dem Bürgersteig verloren hatte. Himmel, was war dieses Köln doch für eine verrückte Stadt!

Vollends das Sehen und Hören verging ihr, als sich am Rosenmontag der Karnevalsumzug einem Tatzelwurm gleich durch die Innenstadt schlängelte. Tausende und Abertausende Menschen, so kam es ihr vor, säumten die Bürgersteige, um die bunt bemalten Festwagen zu bejubeln, nach Kamelle zu schreien und zu den Klängen der zahlreichen Musikgruppen mitten auf der Straße zu tanzen.

Die Mädchen aus der Haushaltungsschule hatten sich ihre Chinesenhüte auf die Köpfe gesetzt und sprachen ein lustiges Kauderwelsch, weil sie jedes »r« durch ein »l« ersetzten. Helga lachte und lachte, und als sich das Ende des Zugs näherte, tat ihr beinahe der Bauch davon weh. Den Abschluss bildete der Wagen des Dreigestirns aus Prinz, Bauer und Jungfrau, und während Helga sich noch ungläubig darüber aufklären ließ, dass die Jungfrau mit den schweren blonden Zöpfen ein Mann sei, sah sie hinter dem Zug einen Piraten vorbeihuschen, beide Arme um die Hüften eines Tanzmariechens geschlungen. War das etwa Jürgen? Nein, antwortete sie sich selbst, das konnte doch wohl nicht sein.

Nachdem die Menschenmenge sich aufgelöst hatte, servierten die Mädchen in der Haushaltungsschule ein besonderes Gebäck. Es bestand aus einem süßen Hefeteig, der zu Kugeln geformt, in heißem Fett ausgebacken, anschließend mit gelber Marmelade gefüllt und noch warm in Staubzucker gewälzt wurde. Ausnahmsweise aßen nicht nur die Lehrerinnen davon, auch jede Schülerin bekam einen Berliner, wie sie die köstlichen Ballen nannten. Genüsslich biss Helga in ihren, er war herrlich fettig und verführerisch süß zugleich, seitlich troff die gelbe Marmelade heraus.

Auch wenn diese Schule nicht das ist, was ich mir erträumt habe, dachte sie bei sich, so hätte ich es schlimmer treffen können.

»Hmm«, seufzte das Mädchen neben ihr, als habe es ihre Gedanken gelesen. »Wenn ich erst mal im Krankenhaus bin, wird es solche Genüsse nicht mehr geben.«

»Oje!«, rief Helga mit vollem Mund. »Was hast du denn?«

»Ach, Zöpfchen«, grinste ihre Nachbarin, das Gesicht voller Staubzucker. »Sei doch nicht so schwer von Kapee. Ich bin nicht krank, ich rede vom Praktikum.«

»Was für ein Praktikum?«, fragte Helga und kam sich wieder einmal schrecklich dumm vor.

»Sag bloß, du hast das noch nicht mitgekriegt. Ja, haben sie dich denn in der Baumschule aufgezogen? Nach Ostern schicken sie uns in die Betriebe, wir sollen zeigen, was wir können. Danach kommen wir zurück in die Haushaltungsschule, legen unsere Prüfung ab und sind reif für den Heiratsmarkt.«

»Ich ... ich weiß von nichts«, stammelte Helga.

»Sie haben uns Briefe nach Hause geschickt, wo alles drinstand«, murmelte das Mädchen. Helga wollte noch einmal nachfragen, da öffnete sich die Tür, und eine Lehrerin brachte eine weitere Ladung Berliner herein.

»Unsereins muss auf die Linie achten«, erklärte sie schmunzelnd, »aber ihr dürft noch welche haben.«

Mit Geheul stürzten sich die Mädchen auf die gebackene Leckerei. Helga fragte nicht mehr nach dem Praktikum.

Müde und glücklich lief sie am späten Nachmittag nach Hause. Dieser Karneval war ein Phänomen, von dem sie unbedingt Tante Claire schreiben musste. Dass ein paar Tage ausgelassenen Feierns so froh machen konnten! Sie fühlte sich so beschwingt, ihr war, als schwebe sie über die Bürgersteine im Eigelstein.

Zu Hause angekommen, hörte sie, wie jemand im zweiten Stock die Wohnung verließ. Der Brief wegen des Praktikums, schoss es Helga durch den Kopf. Vielleicht weiß die Tante etwas. Schnell stürmte sie die Treppe hinauf, immer zwei Stufen auf einmal nehmend.

Die Frau, die gerade sorgfältig ihre Wohnung verschloss, schien Helga zunächst vollkommen fremd. Erst auf den zweiten Blick erkannte sie, dass es tatsächlich ihre Tante war. Sie war in einen langen, altmodischen Mantel gehüllt und trug ungewöhnlich hohe Schuhe, die sie fast einen halben Kopf größer machten. Das Gesicht hatte sie hinter einem dunklen Schleier verborgen.

»Tante Meta«, kicherte Helga, immer noch ganz beseelt. »Haben Sie sich heute auch verkleidet?«

Doch die Tante musterte sie nur stumm von oben bis unten und bedachte sie durch den Schleier hindurch mit einem so hasserfüllten Blick, dass Helga meinte, sie müsse darunter ganz klein werden.

»Spar dir dein dummes Gerede«, zischte Meta schließlich. »Wisch dir die Farbe aus dem Gesicht und zieh den Fetzen aus. Genug der Albernheiten!«

Damit wollte sie an ihr vorbei, doch noch ehe Helga recht nachdenken konnte, hatte sie sich der Tante in den Weg gestellt. Sie wunderte sich über sich selbst. War es das närrische Treiben, das ihren Widerspruchsgeist geweckt hatte? Mit einem Mal war sie es leid, sich so herumkommandieren zu lassen.

»Es muss ein Brief gekommen sein«, sagte Helga mit fester Stimme. »Von der Haushaltungsschule. Haben Sie ihn gesehen?«

Meta musterte sie wieder so abschätzig, dass Helga sich zwingen musste, nicht die Augen zu senken. Sie standen einander in der Stille des Treppenhauses gegenüber, nur von unten, dort, wo Fanny lebte, waren Geräusche zu hören. Ganz kurz meinte Helga einen Schatten am oberen Treppenabsatz zu sehen, aber das konnte nicht sein, dort schien es so staubig und still, dort wohnte doch bestimmt niemand.

»Ach der«, meinte Meta schließlich und begann widerstrebend, die Tür zu ihren Räumen wieder aufzuschließen. »Warte einen Moment.«

Helga spürte einen Schwall warmer Luft zu ihr herausströmen. Metas Wohnung war offenbar vollkommen überheizt, und das, wo Brennstoff so teuer war. Neugierig versuchte sie, einen Blick hineinzuwerfen. Tante Metas Räume zu betreten, hatte sie schnell feststellen müssen, war tabu. Für die Länge eines Wimpernschlags konnte sie in einen Flur schauen, der vollkommen mit Möbeln vollgestellt schien, dann war Meta zurück und reichte ihr einen Brief, an der Seite nachlässig aufgerissen.

»Bitte schön.«

Helga musste ihren Zorn bezwingen, als sie ihren Namen auf dem Umschlag entdeckte. Mit fahrigen Fingern zog sie ein Blatt aus dem Kuvert, sie wusste nicht, wieso, doch plötzlich hatte sich eine seltsame Unruhe ihrer bemächtigt.

Im fahlen Licht war das Dokument kaum zu lesen, dennoch erkannte Helga sofort, was darin stand. Ihr Herz schien kurz zu stolpern. Sie überflog die Worte. Einmal, zweimal, dreimal. Die Brust wurde ihr eng.

»Wie passend, nicht wahr?«, säuselte Meta. Ihre Stimme hatte einen so falschen Klang, dass Helga spürte, wie sich die feinen Härchen auf ihren Unterarmen aufrichteten. Meta stöckelte bereits die Treppe hinab, gefährlich schwankend auf den hohen Absätzen.

Helga stolperte ein paar Schritte auf dem zerschossenen Läufer den Treppenabsatz entlang, dann sank sie auf die oberste Stufe. Welch eine bittere Ironie, dachte sie und spürte, wie die Tränen in ihr aufstiegen. Mit einer wütenden Bewegung wischte sie sich über das Gesicht, die Schminke machte ihre Finger ganz gelb. Sie würde nicht weinen, auf keinen Fall.

Unten fiel die Haustür hinter Meta ins Schloss. Aus Fannys Räumen war jetzt das Geräusch einer Säge zu hören. Hier oben war es totenstill.

Helga starrte immer noch auf den Brief. Das durfte doch wohl nicht wahr sein.

Die Haushaltungsschule schickte sie, das Mädchen, das ohne Eltern aufgewachsen war, zum Praktikum ins Waisenhaus.

TEIL 2

März 1955 – Dezember 1955

7. Kapitel

Ratlos stand Helga vor dem mannshohen schmiedeeisernen Zaun, der das Gelände des Kinderheims zur Straße hin abgrenzte. Mehrfach hatte sie auf die Klingel gedrückt, die sich am pompösen Haupteingang mit dem geschwungenen Vordach befand – vergebens. Es war kurz vor sieben, es dämmerte gerade erst. In ihrem Rücken brandete der Verkehr über den Sülzgürtel. Sie fror. Fanny hatte ihr aus einem weichen, hellen Stoff, den sie günstig im Kaufhof erstanden hatte, einen neuen Mantel genäht, in Trapez-Form, mit Stehkragen und halblangen Ärmeln.

»Tollhübsch«, hatte Jürgen gemurmelt, als er sie darin sah, und auch der Vater hatte anerkennend genickt. Helga war Fanny vor Begeisterung um den Hals gefallen, nie zuvor hatte sie etwas ähnlich Schickes besessen. Jetzt allerdings wünschte sie sich kurz den warmen steingrauen Mantel aus Frankreich zurück, dessen Ärmel reichten ihr immerhin bis zu den Handgelenken.

Aus den Augenwinkeln nahm sie wahr, wie sich plötzlich ein Tor inmitten des Zauns öffnete. Ein Junge auf einem Lastenfahrrad fuhr hindurch, vorn am Lenker hatte er einen

Korb voller Brote. Irgendetwas an dem Jungen, der einen dicken Anorak trug und eine Wollmütze, die ihm bis über beide Ohren reichte, kam ihr vage bekannt vor. Noch während sie darüber nachdachte, fiel das Tor langsam wieder zu. Helga schlüpfte schnell hinter dem Jungen hinein. Im nächsten Augenblick war er um eine Ecke verschwunden.

»Fräulein van Beek?« Gleich hinter dem Zaun saß der Pförtner und schaute durch ein halb geschlossenes Fenster zu ihr heraus. Umständlich kramte er in seinen Papieren. »Ah ja, hier habe ich Sie. Warten Sie, jemand wird Sie abholen.«

Helga nickte und stellte sich dicht neben die Pförtnerloge. In dem spiegelnden Glas sah sie ihren Pferdeschwanz unruhig auf und ab hüpfen. Keine Bange, sagte sie sich, so schlimm wird es schon nicht werden.

Ein eiskalter Wind fuhr ihr unter den neuen Mantel. Das Gelände des Heims wirkte wüst und öd. Zu ihrer Linken, wo der Pförtner saß, hatte man einige Gebäude instand gesetzt. Rechts von ihr ruhte eine zerbombte Kirche einem Skelett gleich auf einem leeren Platz. Einzig der Kirchturm war halbwegs heil geblieben. Dahinter gähnte auch jetzt noch, zehn Jahre nach dem Krieg, ein Trümmerfeld.

Nervös zupfte sie an ihrem Pony. Irgendwo im Haus klingelte penetrant ein Telefon. Hinter einem gekippten Fenster tippte jemand rasend schnell auf einer Schreibmaschine, jedes Mal, wenn er eine neue Zeile begann, gab die Maschine ein schrilles Klingeln von sich. Ein Fenster weiter hörte sie einen Mann aufgeregt auf jemanden einreden. Aus den vergitterten Kellerschächten drangen Geräusche, als wenn Arbeiter schwere Möbel hin und her schieben würden. Und vom Sülzgürtel her mischte sich das tiefe Hupen eines Lastkraftwagens mit dem Geknatter von Motorrädern.

Ungeheuer laut war es im Hof des Kinderheims in Köln-Sülz, doch zugleich kam es Helga gespenstisch still vor. In der Haushaltungsschule hatte man ihr gesagt, dieses Heim sei das größte in Deutschland, wenn nicht sogar in ganz Europa. Warum, fragte sie sich, hörte sie dann keine Kinder? Kein Lachen, kein Weinen, kein Getrappel von kleinen Füßen? Die Beklemmung, die sie empfand, seit sie den Brief gelesen hatte, wuchs.

Direkt neben der Pförtnerloge hing ein emailliertes Schild. »Besuchszeiten jeden ersten und dritten Sonntag im Monat von 14 bis 16 Uhr«, stand darauf. Helga wunderte sich. Wenn es Angehörige gab, die die Kinder hier besuchten, warum waren sie dann im Heim?

Plötzlich tauchte hinter ihr ein Schatten auf. Helga wandte sich um und sah in das unbewegte Gesicht einer Nonne. Sie trug eine Art weiße Haube, die sie so fest um den Kopf gebunden hatte, dass Stirn und Kinn darunter fast verschwanden, und darüber einen schwarzen Schleier.

»Komm mit«, sagte sie und wandte sich bereits zum Gehen. »Ich bringe dich zu Schwester Jovana.«

Helga beeilte sich, ihr zu folgen.

»Dies hier ist das Verwaltungsgebäude«, erklärte die Nonne und wies nach links, ohne sich auch nur einmal nach Helga umzusehen. Ihr dunkles Gewand flatterte wie das Gefieder eines Raubvogels. »Der Krieg hat so manches zerstört, der Wiederaufbau dauert noch an. Die Pforte ist zugleich Telefonzentrale, dahinter befinden sich die Räume für die Verwaltung und natürlich das Büro des Direktors. Er wird übrigens hier im oberen Stockwerk mit seiner Familie eine Wohnung beziehen, sobald alles hergerichtet ist.«

Sie bog um eine Ecke, öffnete eine Tür und rannte Helga voraus durch einen menschenleeren Flur.

»Und dies ist das Aufnahmegebäude. Zwei Ärzte haben hier ihre Räume, die Zöglinge bekommen die bestmögliche medizinische Versorgung. Im Keller befindet sich die Kleiderkammer. Über uns« – sie wies mit einem knöchernen Finger auf die hohe Flurdecke – »sind die Aufnahmegruppen. Kinder und Jugendliche, die auf der Straße aufgegriffen wurden, werden hier erst einmal untergebracht. Du weißt schon, Streuner.«

Das letzte Wort sprach sie, als spucke sie es aus, und Helga zuckte zusammen. Streuner. Einst war sie so ein Kind gewesen. Und eine ihrer größten Ängste war es damals, in einem Heim wie diesem zu landen. Hilde, die Anführerin ihrer Kinderbande, war kurz nach dem Krieg aus einem Kinderheim weggelaufen. Bevor ich mich dort wieder einsperren lasse, hatte sie oft gesagt, verhungere ich lieber.

Helgas Angst vor Uniformen rührte aus jener Zeit. Der Polizei in die Hände zu fallen hieß, ins Heim zu kommen. Und dort warteten Prügel, Kerker und Schlimmeres.

Unwillkürlich war Helga stehen geblieben und spitzte die Ohren. Immer noch herrschte Totenstille. Warum gaben die Kinder, die hier lebten, keinen Mucks von sich? Sie merkte, wie ihr eiskalt wurde.

»Bist du festgewachsen?«, donnerte die Nonne. »Trödelei können wir nicht gebrauchen!«

Helga gab sich einen Ruck und folgte ihr.

Das alles ist Jahre her, versuchte sie sich erneut zu beruhigen. Bestimmt ist es mittlerweile ganz anders.

Schwester Jovana erwies sich als kleine, rundliche Person, die Helga in einem spartanisch eingerichteten Wohnraum erwartete, wo eine Gruppe von Kindern bewegungslos um einen Tisch saß. Bei Helgas Anblick trat sie schnell einen Schritt zurück, um sie aus blassgrauen Augen zu fixieren.

»Gott segne dich, mein Kind, du kommst gerade richtig«, lispelte sie mit hoher Stimme. »Deine Vorgängerin hat uns wegen einer privaten Angelegenheit verlassen, und ich bin dringend auf Unterstützung angewiesen. Ich leite eine Gruppe von insgesamt zwanzig Mädchen, und ein jedes braucht unsere und des Allmächtigen Hilfe. Du wirst schnell erkennen, dass nur wenige dieser Kinder überhaupt die Anlagen haben, zu anständigen Mitgliedern unserer Gesellschaft heranzuwachsen. Der Rest hingegen – nun ja, wie heißt es bei Matthäus? Was ihr meinem geringsten Bruder getan habt, das habt ihr mir getan.« Schwester Jovana schlug schnell ein Kreuzzeichen. »Gelernt hast du nichts?«

»Ich ... ich besuche die Haushaltungsschule«, stammelte Helga, die das Gefühl hatte, von Schwester Jovanas Blick durchbohrt zu werden. »Und ich kann fließend Französisch, ich habe einige Jahre in Frankreich gelebt ...«

»Was du von den Franzmännern gelernt hast, interessiert mich nicht«, fuhr ihr die Schwester über den Mund.

»Meine Aufgabe ist es, eine anständige deutsche Frau aus dir zu machen. Am besten, du beginnst mit dem Abwasch. Renate wird dir helfen.«

Sofort löste sich aus der Gruppe ein Mädchen und lief Helga voraus in eine schmale Spülküche, in der sich neben einem tiefen Becken das Frühstücksgeschirr stapelte. Die Kleine mochte etwa zehn Jahre alt sein, sie hatte das Gesicht voller Sommersprossen und trug die kinnlangen braunen Haare straff gescheitelt.

»Wie schön, dich kennenzulernen, Renate«, sagte Helga und beugte sich zu dem Mädchen hinunter. »Ich heiße Helga.«

Doch das Mädchen hielt den Kopf gesenkt, reichte ihr stumm einen grauen Kittel, band sich selbst auch einen um und begann augenblicklich, Teller und Tassen zu spülen.

Na gut, dachte Helga und tat es ihr gleich. Wir werden uns schon noch miteinander anfreunden.

Die Teller waren alle so sauber, als seien sie gar nicht benutzt worden. Kaum ein Krümel fand sich darauf. Nur auf einem sah Helga gelbliche Schlieren.

»Gab es heute Morgen Brei?«, fragte sie Renate, doch das Kind senkte seinen Kopf nur noch tiefer über das Spülbecken und gab keine Antwort.

Helga schnüffelte kurz an dem Teller. Igitt, das roch ja entsetzlich! Was gaben sie den Kindern denn hier zu essen?

»Seid ihr bald fertig?« Schwester Jovana steckte ihren Kopf herein. »Nun mach schon, Renate, ab in den Unterricht. Und du, Helga, kannst die Wohnräume säubern. Um eins, wenn es Mittagessen gibt, musst du fertig sein.«

Helga spülte und schrubbte den ganzen Tag. Schwester Jovana wurde nicht müde, ihr Anweisungen zu geben. Helga mühte sich, alles ordentlich zu erledigen, und geriet mächtig ins Schwitzen. Nebenher erfuhr sie von der Schwester, die sie genau im Blick behielt, dass immer eine Ordensschwester eine Gruppe von Kindern betreute, Jungen und Mädchen waren streng getrennt. Im Haus nebenan befand sich das Säuglingsheim, zwei Häuser weiter lebten größere Kinder, die bereits in die Lehre gingen.

Mit den Mädchen aus Schwester Jovanas Gruppe wechselte Helga kein Wort. Sie schienen ihr so sittsam, als seien sie gar keine richtigen Kinder, sondern allesamt kleine Erwachsene. Ihre Kleider waren viele Male getragen, aber sauber. Sie schliefen in großen Schlafsälen voller eiserner Stockbetten. In jedem Raum hing ein einfaches Kreuz.

Wie wäre es mir ergangen, wenn ich hier aufgewachsen wäre?, fragte Helga sich, während sie, müde von den Anstrengungen des Tages, das Abendbrotgeschirr abspülte. Wäre ich froh gewesen, ein warmes Bett zu haben und täglich etwas zu essen? Vielleicht. Aber ich wäre niemals zu Tante Claire und Onkel Albert gekommen. Sie spürte ein schmerzliches Ziehen im Bauch, als sie an den Lärm und das Gelächter dachte, die das Gut in Frankreich erfüllt hatten, während sie und Jürgen dort mit den anderen Kindern aufwuchsen. Die Kinder hier waren auf eine so beunruhigende Weise still, dass es Helga das Herz abschnürte.

Sie warf einen schnellen Blick auf Bärbel, das Mädchen, das Schwester Jovana ihr diesmal zum Spülen eingeteilt hatte. Die Kleine war sechs oder vielleicht auch schon sieben

Jahre alt, hatte ein ganz fein gezeichnetes Gesicht und den Kopf voller schwarzer Löckchen. Ihre Haut hatte die Farbe von Milchschokolade. Helga wusste aus den Zeitungen im Büdchen, dass diese Kinder Besatzungskinder genannt wurden, manche Leute schimpften sie Bankerte.

Auch Bärbel sprach kein einziges Wort. Sie war gerade dabei, eine hektisch im Spülwasser strampelnde Fliege herauszufischen. Mit großer Sanftheit setzte sie sie auf den Tisch, wo das Tierchen zitternd seine feucht glänzenden Flügel ausbreitete. Helga meinte, ein zufriedenes Lächeln in Bärbels Mundwinkeln zu ahnen, dann spülte das Kind mit einem solchen Feuereifer weiter, als gelte es, einen Rekord aufzustellen. Dabei waren auch diesmal fast alle Teller so sauber, als habe niemand davon gegessen. Auf dem, den Bärbel gerade ins heiße Wasser tauchen wollte, entdeckte Helga jedoch ganz ähnliche gelbliche Spuren wie am Morgen. Rasch nahm sie ihn dem Mädchen ab und roch daran.

»Pfui Teufel! Bärbel, was ist das? Das riecht ja ekelerregend.«

Helga hatte keine Antwort erwartet, doch Bärbel hielt mitten in der Bewegung inne, hob den Kopf und sah sie geradeheraus an. Ihr Blick war so wach, als entginge ihr nichts. Auf ihrer Oberlippe sah Helga feine Linien, wie von einem spitzen Bleistift gezeichnet.

»Fräulein Helga«, raunte Bärbel so leise, dass Helga sich unwillkürlich hinabbeugte, um sie zu verstehen, »in der Fastenzeit sprechen wir nur, wenn Schwester Jovana uns dazu auffordert. Und wir essen auf, was auf den Teller kommt.«

Dann nahm sie ihre Arbeit wieder auf und tat, als habe sie nichts gesagt.

Helga hielt inne. Roch noch einmal an dem Teller. Erinnerte sich an etwas, was Hilde damals erzählt hatte. Spürte, wie sie zu würgen begann.

Und dann verstand sie.

Fassungslos streckte sie den Teller von sich. Bärbel spülte weiter, den schmalen Rücken aufrecht, die kindlichen Schultern weit nach vorn zusammengezogen.

»Oh ... nein«, stammelte Helga und ließ den Teller ins heiße Spülwasser gleiten.

Die gelblichen Spuren waren Erbrochenes. Jemand hatte eines der Kinder gezwungen, es aufzuessen.

Den Geruch wurde sie nicht mehr los. Es kam ihr so vor, als habe er sich in ihren Kleidern eingenistet. Wie konnte man Kindern so etwas antun?

Tief betrübt lief sie am Abend heim durch das Belgische Viertel, vorbei an kleinen Geschäften und einst prächtigen Gründerzeithäusern, an denen der Putz von den Fassaden bröckelte. Sie sparte sich das Fahrgeld für die Bahn, die übervoll war und in der sich auf der Hinfahrt ein älterer Mann viel zu dicht neben sie gestellt hatte.

Am Beginn der Venloer Straße duckten sich niedrige Werkstätten mit Einschusslöchern an den Außenwänden. Helga wusste, dass hier in den letzten Kriegstagen die Amerikaner einmarschiert waren, die Spuren waren immer noch vorhanden. Beinahe in Sichtweite reckte sich im Klapperhof strahlend weiß und kühn ein Hochhaus empor. Gedankenverloren zählte Helga die Geschosse der nagelneuen Gerling-Zentrale und kam auf nicht weniger als siebzehn. Ein Stückchen weiter, am Kaiser-Wilhelm-Ring, reihte sich ein vornehm renoviertes Bürogebäude an das nächste, auf der Straßeninsel in der Mitte des Rings plätscherten imposante Fontänen in einem weit geschwungenen Wasserbecken.

Normalerweise konnte Helga nicht genug bekommen von den tausend Gesichtern ihrer alten und neuen Heimat. Heute jedoch nahm sie alles nur am Rande wahr, schlimmer noch, sie war so sehr in Gedanken, dass sie beinahe über eine Leine gestolpert und gestürzt wäre, an der eine Dame in kurzem Jäckchen und mit flügelartig abstehenden Rockschößen drei aufwendig frisierte Pudel spazieren führte.

Die gelblichen Reste auf den Tellern gingen Helga nicht mehr aus dem Kopf. Ihr waren die Jahre, in denen sie gehungert hatte, noch genau in Erinnerung. Sie hatte damals alles gegessen, was auch nur im Entferntesten essbar schien, auch wenn es längst verdorben und verschimmelt war. Aber Erbrochenes? Niemals.

Erst als Helga sich dem Hansaring näherte und schon von Weitem den honigfarbenen Schein des Büdchens erblickte, hellte sich ihr Inneres ein wenig auf. Der Vater hatte noch geöffnet. Vielleicht konnte sie ihm zur Hand gehen.

Sie ging ein wenig schneller, die letzten Meter bis zum Büdchen lief sie und schlüpfte schließlich durch die schmale Tür hinein.

»Helgalein.« Der Vater sah nur kurz zu ihr herüber, er füllte gerade eine gemischte Tüte für einen Herrn im Straßenanzug, doch sein Blick war so voller Zärtlichkeit, dass der Druck auf Helgas Herz sogleich nachließ. »Wie war dein erster Tag?«

Während er weiter bediente, zog er den niedrigen Schemel für sie hervor. Helga spürte mit einem Mal, wie erschöpft sie war. Als könne sie jeden einzelnen Knochen fühlen. Sie ließ sich auf das Höckerchen sinken, lehnte sich vorsichtig gegen die unebene Bretterwand und sog tief den Duft von Druckerschwärze und Kaffee ein. Der kleine Ofen bullerte freundlich. Und für einen Moment strich der Vater ihr sanft über das Haar.

Helga war danach, sich in seine Hand hineinzuschmiegen, so sehr genoss sie seine Berührung.

»Gut«, antwortete sie zögernd. Und als sie sah, wie sich das Gesicht des Vaters erhellte, fügte sie schnell hinzu: »Doch, es war wirklich ganz prima.«

Helga blieb, bis sie das Büdchen gemeinsam abschlossen. Wie immer blätterte sie sich vorsichtig durch die Zeitungen. Sie las vom Besuch der persischen Prinzessin Soraya in Deutschland und von einer Ausstellung, die sich *Grüne Woche* nannte und die der Bundespräsident, ein Mann namens Theodor Heuss, gerade in Berlin eröffnet hatte. Auf einem Foto in der *Kölnischen Rundschau* stand er neben einem Tisch, auf dem sich dicke Würste beinahe bis zur Decke stapelten.

Weiß Herr Heuss, fragte sich Helga auf dem Heimweg, dass in einem Waisenheim in Köln Kinder ihr Erbrochenes aufessen müssen? Wohl kaum, gab sie sich selbst zur Antwort. Aber einer müsste es ihm mal sagen.

9. Mai 1945, später Abend

Jetzt ist der Krieg tatsächlich vorbei. Als wir heute Morgen in aller Frühe den Bunker verließen, um uns in die langen Schlangen vor den wenigen noch offenen Bäckereien und Lebensmittelläden zu reihen, tanzten mitten auf der Kreuzung Klarastraße und Venloer amerikanische Soldaten mit russischen Zwangsarbeiterinnen. Die Mädchen hielten zu Sträußen gebundene Wiesenblumen in den Händen, auf einem Armeewagen stand ein Fotograf und machte Fotos.

Nun ist es also überstanden. Dieser ganze sinnlose, barbarische Krieg.

Ich empfinde keine Freude. Alles, was ich empfinde, ist Scham. Und Angst. Wie soll ich die Kinder durchbringen in dieser völlig zerstörten Stadt?

Die Menschen strömen zurück nach Köln, die Straßen sind voll. Sie kommen zu Fuß und mit Handkarren, zerlumpte, erschöpfte Gestalten. Mit leerem Blick stehen sie vor Trümmerbergen, irren umher. Köln ist nicht mehr wiederzuerkennen.

Die Amerikaner haben eine wirklich zupackende Art, im Nu haben sie mit Hilfe von Pferdekarren eine provisorische Wasserversorgung auf die Beine gestellt. Und gestern ist es mir gelungen, uns zu registrieren. Es gibt tatsächlich im alten Allianz-Gebäude auf dem Kaiser-Wilhelm-Ring eine neue Verwaltung. Dort herrschte ein solches Gedränge, ich hatte Angst, die Kleinen würden mir niedergetrampelt. Aber hätte ich sie allein im Bunker zurücklassen sollen? Die anderen Frauen dort sind mir suspekt. Es ist, als belauere jede die andere. Das bisschen Platz, die wenigen Habseligkeiten. Ich lasse die Kinder nicht aus den Augen. Die Lebensmittelmarken, über die wir dank der Registrierung endlich verfügen, habe ich in meinen Unterrock eingenäht, den einzigen, den ich noch besitze.

»Kommt Papa jetzt, wo der Krieg aus ist, nach Hause?«, fragt Helga, ich nicke vage und versuche, meine Tränen zu verbergen. Da sehe ich Jürgen sie leise flüsternd beiseitenehmen. »Frag nicht mehr, Helgalein«, raunt er ihr zu. »Das macht die Mama so traurig.«

Es zerreißt mir das Herz. Und ich beginne zu ahnen, dass wir noch lange allein sein werden. Dass uns niemand hilft. Ich muss es allein schaffen, die Kinder durchzubringen, das Haus wiederzubekommen. Sonst sind wir verloren.

8. Kapitel

Wenn Jürgen abends von der Arbeit nach Hause kam, verschlang er das von Meta lieblos zubereitete Essen und eilte gleich darauf zu Fanny ins Erdgeschoss. Oft war dann bald ein ungeheurer Lärm zu vernehmen, wie von Hämmern und Sägen. Zwischendurch herrschte absolute Stille. Ab und zu hörte man Fanny lachen. Helga saß in der Küche über ihre blaue Kladde gebeugt und zermarterte sich den Kopf, was die beiden da unten anstellten. Sie schienen die alte Werkstatt des Großvaters instand zu setzen, das war klar, aber wozu? Hatte Jürgen nicht vor wenigen Tagen stolz verkündet, dass man ihm bei Ford einen Lehrvertrag als Autoschlosser angeboten hatte? Und was hatte Fanny damit zu tun?

Bei den gemeinsamen Abendessen wagte sie es nicht, ihn darauf anzusprechen, denn Tante Meta schien ständig eine Laus über die Leber gelaufen zu sein. Sobald Helga oder Jürgen sich nur räusperten, bedachte sie sie mit einem so eiskalten Blick, dass beide verstummten. Der Vater lächelte dann entschuldigend und löffelte Helga noch mehr von den ungenießbaren Speisen auf den Teller.

»Bitte schön, mein Mädchen, in deinem Alter kann man gar nicht genug essen.«

Helga nickte und würgte und fragte sich, ob ihre Ungeschicklichkeit womöglich ein Erbe ihrer Familie mütterlicherseits war. Denn Meta kochte nicht nur grauenhaft, auch ihre dunklen Haare, die sie sich offensichtlich färbte, schimmerten so metallisch, als habe sie das Mittel falsch angerührt, und ihre Stirn war am Haaransatz voller roter Pusteln.

An einem Abend erwischte Helga Jürgen endlich einmal auf dem Treppenabsatz.

»Was macht ihr da unten?«, zischte sie.

»Wir bauen um.«

»Das sehe ich. Aber was wird das?«

»Eine Milchbar.«

»Eine Milchbar?«

»Pscht, nicht so laut. Fanny konnte Tante Meta nur mit Mühe überzeugen. Und Papa war auch lange dagegen, er macht sich Sorgen um dich.«

»Um mich?«

»Ja klar, Helgalein. Wegen der Halbstarken, du weißt schon, die jungen Männer auf ihren Mopeds. Er fürchtet, wenn die hier ein und aus gehen, könnte das ein schlechter Umgang sein für seine Prinzessin.«

»Ich bin nicht Papas Prinzessin«, gab Helga zurück und merkte, wie sie ein bisschen rot wurde.

»Klar bist du das«, lachte Jürgen, gab ihr einen Kuss auf die Wange und eilte die Treppe hinab. »Muss wieder runter, weitermachen.«

Helga sah ihm neugierig hinterher. Eine Milchbar!

»Bitte mach nicht so viel Aufheben darum«, bat Fanny, als Helga sie am nächsten Morgen mit Fragen bestürmte. »Ich habe ständig Angst, dass Meta mir im letzten Moment doch noch einen Strich durch die Rechnung macht. Sie ist so undurchschaubar!«

»Das wird sie nicht wagen«, gab Helga zurück und mühte sich, beim Kaffeekochen nichts zu verschütten. »Schließlich ist Jürgen ja auch dabei.«

»Dein Bruder«, erklärte Fanny, »ist ein wunderbarer junger Mann. Ich musste immer alles allein schaffen. Er ist der Erste, der mir hilft.«

»Ich helfe dir auch!«, entschied Helga. »Gleich nach der Arbeit im Waisenhaus komme ich runter –«

»Bloß nicht«, fiel Fanny ihr ins Wort. »Das würde deinem Vater nicht gefallen.«

»Ach was, er wird sich schon beruhigen.«

»Helga, ich bitte dich!« Fannys Stimme hatte einen flehentlichen Ton angenommen. »Diese Milchbar ist sehr wichtig für mich. Und ich habe so hart dafür gearbeitet. Ich führe deiner Tante den Haushalt, nur das Abendessen macht sie selbst, und sieh, wie sie die Küche danach hinterlässt.« Fanny wies auf den schmutzstarrenden Herd und die verdreckten Küchentücher. Helga nickte beschämt. Fanny konnte die Küche noch so oft putzen, Meta schaffte es, sie innerhalb kürzester Zeit in einen Saustall zu verwandeln. »Ich koche den Kaffee für das Büdchen, das Mittagessen. Ich pule nachmittags bei Afri Cola in der Dagobertstraße Orangen für die *Bluna*, und wenn ich da abends fertig bin, putze ich bei Kleinmanns in der Ritterstraße und koche für die alte Witwe Scheuermann das Essen für den nächsten Tag vor. Ich habe so hart dafür gearbeitet. Ich muss unbedingt ...« Sie biss sich auf die Zunge, als habe sie zu viel gesagt. »Bitte«, fuhr sie dann fort, »gefährde es nicht! Gedulde dich noch ein wenig, ja?«

»Ist schon gut, ich bin ja still«, murmelte Helga, die Fanny noch nie so außer sich gesehen hatte. Doch ihre Neugierde auf die Milchbar wuchs.

Wenn Helga morgens zum Kinderheim lief, bekam sie, kurz nachdem sie das Gerling-Hochhaus passiert hatte, Bauchgrimmen. Es wurde schlimmer, sobald sie den Sülzgürtel erreichte. Und wenn sie nach mehr als einer Stunde Fußweg endlich dem Pförtner einen guten Morgen wünschte, fühlte sie eine eiserne Hand in ihren Eingeweiden wühlen.

Der Vater hatte ihr angeboten, ihr ein Monatsticket für die Straßenbahn zu kaufen, doch Helga hatte abgelehnt. Vor allem abends brauchte sie den langen Fußweg, um all das, was sie während des Tages erlebt und gesehen hatte, zu überdenken.

Die Arbeit im Kinderheim war hart und ließ ihr kaum einen Moment Ruhe. Sie spülte und putzte und stellte bald fest, dass auch die Kinder oft putzten – die langen Flure, die Schlafsäle, die Aufenthaltsräume der Nonnen. Sogar die alten, schäbigen Klos wurden täglich geschrubbt, obwohl man es ihnen nicht ansah. Den Ordensschwestern schien Sauberkeit eines der höchsten Gebote.

Direkt dahinter kam das Beten. Helga hatte mit Tante Claire gebetet, bevor sie abends schlafen ging. In ihrer französischen Heimat war sie jeden Sonntag zur Messe gegangen, sie kannte alle Kirchenlieder auswendig, wenn auch auf Französisch. Doch dass man so viel beten konnte wie im Kinderheim, das hatte sie sich nicht vorstellen können. Es wurde morgens, mittags und abends gebetet und bei jeder Gelegenheit zwischendurch. Die Nonnen stimmten ein Gebet an, und die Kinder fielen sofort ein. Nur bei diesen Gelegenheiten hörte Helga sie überhaupt sprechen. Es war ein unheimlicher, monoton vorgetragener Singsang aus Kehlen, die klangen, als seien sie uralt.

Am schlimmsten aber war das Essen. Helga holte es für ihre Gruppe aus der Großküche, wo die liebe, wenn auch etwas einfältige Schwester Regelinda tagein, tagaus über dampfende Kochtöpfe gebeugt stand. Sie füllte das Essen in blecherne Kübel, die so verbeult waren, als seien sie schon seit Jahrzehnten im Einsatz.

Mittags wurde erst gegessen, wenn alle Kinder aus der Schule zurück waren, und das dauerte. Die meisten Mädchen besuchten die Schule auf dem Heimgelände, wo es eine Klasse für die jüngeren Kinder gab und eine für die älteren. Die Jungen saßen rechts, die Mädchen links. Wenn Helga für Schwester Jovana einen Botengang zu machen hatte, hörte sie die Lehrer mit eintöniger Stimme dozieren. Eine Handvoll Kinder aber besuchte die Grundschule außerhalb des Heims, zwei gingen sogar aufs Gymnasium.

»Diese Kinder sind noch formbar«, hatte Schwester Jovana Helga erklärt. »Wir sind es dem Herrgott schuldig, Talente zu fördern. Sie sind wie Diamanten in einem Haufen Schmutz.«

Helga erschrak, wenn sie die Schwester so reden hörte, doch sie nickte nur stumm. Die Ordensfrau, obwohl mehr als einen Kopf kleiner als sie selbst, wirkte mit ihrem taxierenden Blick so einschüchternd auf sie, dass sie sich nicht traute, ihr Widerworte zu geben.

Würde Schwester Jovana auch sie als Schmutz bezeichnen, wenn sie von ihrer Zeit im Keller wüsste?

Oder zählte sie zu den Diamanten, obwohl ihr Traum, aufs Gymnasium zu gehen, sich nicht erfüllt hatte?

Jede von uns ist ein kleiner Diamant, gab Helga sich selbst trotzig zur Antwort, während sie sich in der Runde der Kinder umschaute, die wie so oft bereits über eine Stunde um den spärlich gedeckten Tisch saßen. Tag für Tag mussten sie warten, bis auch die letzte Schülerin eingetroffen war. Wenn das Essen endlich ausgeteilt wurde, war es nicht nur vollkommen verkocht, sondern auch nur noch handwarm.

Helga, die in der Haushaltungsschule alles über Nährstoffe gelernt hatte, wusste, dass im Essen der Kinder kaum noch welche vorhanden sein konnten. Darüber hinaus schmeckte es jeden Tag gleich – abgestanden und fad. Sie sah, wie die Kinder trotzdem ihre Teller bis auf den letzten Rest leer kratzten. Das Essen war nicht nur nährstoffarm, es war auch viel zu wenig.

Nur einmal, es gab Bohnensuppe mit einem gräulichen Belag, rührte ein Kind lange und verzweifelt in seinem Teller. Es war die kleine Bärbel.

Auf Schwester Jovanas Stirn bildete sich eine steile Falte, doch sie sagte kein Wort. Plötzlich stand eines der größeren

Mädchen, Ulrike, auf, trat hinter Bärbel, schlug ihr fest mit der flachen Hand auf den Hinterkopf, setzte sich wieder und aß weiter. Helga hielt die Luft an. Bärbel aber senkte den puterroten Kopf, stopfte in Windeseile die Suppe in sich hinein, würgte, erbrach einen Teil auf den noch halb vollen Teller, aß weiter davon, würgte wieder, schlang es hinunter, als sei sie ein wildes Tier, so lange, bis der Teller leer war. Zurück blieben wenige gelbliche Schlieren.

Die Nonne und die anderen Kinder taten, als sei nichts geschehen.

Helga war so entsetzt, sie spürte, wie sie nun selbst zu würgen begann, sprang auf, rannte zur Toilette und erbrach sich. Anschließend wusch sie sich das Gesicht, betrachtete sich selbst in dem halb blinden Spiegel, der über dem stumpf gescheuerten Waschbecken hing, und sah in ihren Augen den Schreck und den Ekel, den sie in Bärbels Augen gesehen hatte, und auf ihren Wangen die Tränen, die die kleine Bärbel nicht vergossen hatte.

Das durfte doch alles nicht wahr sein! Plötzlich war ihr, als sei sie wieder klein und vegetierte in jenem Keller vor sich hin, in dem sie so viele Monate verbracht hatte. Wie elend sie sich damals gefühlt hatte! Und nun war sie schon beinahe eine junge Frau und fühlte sich genauso hilflos wie einst.

Helga schluchzte, trocknete sich das Gesicht und lief zurück in den Essensraum.

Nach dem Mittagessen erledigten die Mädchen ihre Hausaufgaben. Helga hatte sich angewöhnt, zu ihnen hinüberzuschleichen, sobald sie mit dem Spülen fertig war. Sie hätte jetzt eigentlich eine kurze Pause gehabt. Doch es trieb sie zu den Kindern, die so still waren, als gäbe es sie nur halb.

Die Mädchen schraken zusammen, sobald sie den Raum betrat. Geschwind beugten sie sich über ihre Bücher und Hefte und taten, als hätten sie sie nicht bemerkt.

»Kann ich jemandem helfen?«, fragte Helga wie jeden Tag und setzte sich zu ihnen. Wie immer gab es als Antwort ein abwehrendes Kopfschütteln. Das einzige Geräusch war das Kritzeln von Bleistiften auf Papier.

Dieses fürchterliche Schweigegebot, dachte Helga. Wie sollte sie das Vertrauen der Kinder gewinnen, wenn sie nicht mit ihr sprechen durften?

Sie setzte sich trotzdem Nachmittag für Nachmittag zu ihnen. Sie begleitete sie, wenn sie zum Spielen hinausgingen. Sie reichte ihnen Pinsel und Farben, wenn sie am frühen Abend hölzerne Osterhäschen bemalten. Die Jungen einer anderen Gruppe hatten sie geschnitzt, erfuhr sie von Schwester Jovana. Die Nonnen würden sie auf dem Osterbasar des Waisenhauses verkaufen.

Am Abend verschwanden die Kinder eins nach dem anderen im Schlafsaal. Schwester Jovana folgte ihnen und schloss von innen die Tür. Helga zog ihren neuen Mantel über, eilte durch die langen Gänge, wünschte dem Pförtner einen guten Abend und lief den langen Weg zurück nach Hause.

Der Frühling war dabei, die Stadt zu verwandeln. Die ersten Bäume entlang der Ringe trugen ihr hellgrünes Kleid, die Birken auf dem Friesenplatz blühten und verströmten einen betörenden Duft. Helga lief und lief. Die Welt um sie herum nahm sie nur wie durch einen Schleier wahr. Es war warm geworden in den letzten Tagen, doch Helga zog den hohen Kragen noch etwas enger um ihren Hals. Wenn sie das Waisenhaus verließ, fror sie immer entsetzlich.

»Die Nonnen machen eine wichtige Arbeit«, erklärte Jürgen, dem Helga sich anvertraute. »Wer würde sich sonst um die Waisen kümmern? Und sie haben es sicherlich nicht leicht. Die Kinder sind verwahrlost, verroht, was weiß ich. Ach, Helgalein, kannst du nicht versuchen, dich ein wenig einzufügen?«

»Meinst du wirklich?«

»Aber ja doch«, antwortete er. »Schau, wir bauen dieses Land wieder auf, jeder an seinem Platz. Und deiner ist an der Seite dieser Nonne mit dem komischen Namen – Jovana, genau. Apropos aufbauen, bevor ich gleich zu Fanny gehe, baue ich noch schnell den Boiler im neuen Badezimmer ein. Stell dir vor, er erhitzt das Wasser elektrisch! Bald können wir uns morgens waschen, ohne dass Fanny vorher einheizen muss.«

Damit schob er seinen Stuhl zurück, drückte Helga einen Kuss auf die Wange und eilte hinaus.

Helga sah ihm hinterher. Jürgen hatte sich verändert in den letzten Wochen. Seine Arme waren muskulöser, sein Kreuz war breiter geworden, dafür hatten die Fließbänder bei Ford gesorgt, die ihm offensichtlich noch viel mehr abverlangten als die Arbeit auf dem Gut von Onkel Albert und Tante Claire. Sein Gesicht war zugleich hagerer geworden, die Nase stach schärfer hervor, die Wangen schienen hohl. Das, vermutete Helga, lag an dem miserablen Essen von Tante Meta. Jürgens Augen jedoch hatten einen Glanz bekommen, der Helga ganz und gar neu war. So, als schimmerten Tränen darin, doch zugleich umspielte von früh bis spät ein leises Lächeln seine Lippen.

Zunächst hatte Helga vermutet, dass dieses andauernde Lächeln mit Fanny zu tun hatte, zu der Jürgen nach wie vor jeden Abend ins Erdgeschoss verschwand. Dann aber bemerkte sie, dass Jürgen sonntagmittags seinen besten Anzug hervorholte – den von Onkel Albert –, beinahe eine Stunde in dem neuen Badezimmer verbrachte, das er in einem der vielen unbewohnten Räume auf ihrer Etage baute, um dann frisch rasiert, die Locken feucht zurückgekämmt und mit rosigen Wangen für den restlichen Sonntag zu verschwinden. Wenn er abends zurückkam, glänzten seine Augen noch mehr, und seine Wangen hatten die Farbe von überreifen Tomaten.

Helga war in ihrem ganzen Leben noch nie verliebt gewesen, doch sie hatte viel darüber gelesen. Und wenn sie die Anzeichen richtig deutete, dann war ihrem Bruder nun genau das geschehen.

Sie musste immer wieder an die Szene mit dem Piraten und dem Tanzmariechen denken, die sie am Ende des Rosenmontagszuges beobachtet hatte. War das womöglich tatsächlich Jürgen gewesen? Und wer mochte das Tanzmariechen sein? Helga platzte beinahe vor Wissbegier, nur mit Mühe hielt sie sich im Zaum. Jürgen würde ihr nichts sagen, solange er nicht dazu bereit war, das wusste sie ganz genau.

Aber dass er ihr riet, sich einzufügen, passte ganz und gar nicht zu ihm. Was immer dieses neue Leben bei Ford am Band und die mysteriösen Sonntagsausflüge mit Jürgen gemacht hatten, ihr Bruder war nicht mehr der, den sie ihr Leben lang gekannt hatte.

Nachdenklich begann sie, das Abendbrotgeschirr abzuräumen. Sie band sich Fannys Schürze um und spülte ab. Ihre Hände waren schon ganz rissig von all der Schufterei. Auch heute Abend würde sie wieder viel zu müde sein, um noch in ihre blaue Kladde oder gar einen Brief an Tante Claire zu schreiben. Doch das alles war nichts angesichts der Erkenntnis, die sich in ihr festsetzte wie schwarzer Teer. Das Band, das Jürgen und sie seit so langer Zeit eng miteinander verband, war dabei, brüchig zu werden.

Ostern kam, und Helga erbat sich von Schwester Jovana ein Paar alter Oberschenkelstrümpfe, die diese erst nicht herausrücken wollte.

»Als wenn ich nicht wüsste, was du damit tun willst. Das ist hier kein Ort, wo wir die Zöglinge verwöhnen!«

Helga schlug die Augen nieder und biss sich auf die Lippen. Sie hatte nicht vor, sich einzufügen, wie Jürgen es vorgeschlagen hatte. Doch sie ahnte, dass sie mit Widerspruch nicht weiterkam. Also schluckte sie all das, was sie der Nonne am liebsten laut ins Gesicht gesagt hätte, hinunter. In den letzten Tagen hatten die Kinder noch mehr beten müssen als sonst. Heute, am Karsamstag, sollten sie wie am Vortag sogar von Sonnenauf- bis Sonnenuntergang fasten. Zugleich zierte kein österlicher Schmuck das Waisenhaus, kein Blümchen, gar nichts. Nicht einmal ein einziges der Osterhäschen, die die Mädchen für den Basar bemalt hatten, hatten sie behalten dürfen. Helga schäumte innerlich. War Ostern denn kein Fest der Freude für alle Kinder? Wie, bitte schön, sollten die Waisen an diesem trostlosen Ort die Auferstehung Jesu Christi feiern, von der Schwester Jovana ständig redete?

Spar dir deine Litanei, dachte Helga, während die Schwester weiter lamentierte, und gib mir endlich, was ich brauche.

»Da.«

Die beiden Fetzen, die Schwester Jovana ihr widerwillig reichte, waren voller Laufmaschen und rochen nach altem Fußschweiß.

»Danke schön«, erwiderte Helga, schnappte sich die Strümpfe, rannte damit in den kahlen Waschraum und wusch sie so lange mit Seife, bis sie so frisch dufteten, als seien sie nagelneu.

Dann rief sie die Kinder zusammen und lief mit ihnen in den nahen Beethovenpark, wo sie sie anwies, ein jedes möge ein besonders hübsches Gras oder Blatt pflücken.

Die Mädchen taten wie geheißen und stellten keine einzige Frage. Nach wie vor war ihnen das Sprechen während der Fastenzeit verboten.

In der kleinen Spülküche brachte Helga einen Topf mit Wasser zum Kochen und legte Zwiebelschalen hinein, die sie von Schwester Regelinda in der großen Küche bekommen hatte. Nachdem das Wasser eine dunkle Farbe angenommen hatte, förderte Helga eine Stiege mit zwanzig frischen weißen Eiern zutage, ebenfalls ein Geschenk der Köchin. Schwester Regelinda hatte als einzige Nonne im Waisenhaus keine eigene Kindergruppe unter sich, und zu Helgas Erstaunen hatte sie ihr das Gewünschte sofort mit einem fröhlichen Zwinkern ausgehändigt.

Gemeinsam mit den Kindern steckte Helga die Eier nacheinander vorsichtig in die Strümpfe, auf jedes wurde vorher ein Blatt oder ein Gras gelegt. Damit nichts verrutschte, kam hinter jedes Ei ein Knoten. Dann wurden die Strümpfe mit den Eiern behutsam in das kochende Zwiebelwasser gelegt. Die Mädchen machten große Augen, sagten aber immer noch kein Wort. Doch als Helga nach zwanzig Minuten den ersten Strumpf herauszog, die Knoten löste und ein Ei nach dem nächsten hervorkam, ein jedes satt rotbraun gefärbt und mit den zarten Mustern der Blätter und Gräser auf der Schale, da begannen sie leise zu juchzen.

»Schön, nicht wahr?«, flüsterte Helga, die sich selbst auch beinahe das Sprechen abgewöhnt hatte, und strich den Mädchen über die Köpfe. Da streckten sich ihr mit einem Mal lauter kleine Arme entgegen und umfingen sie in einer stillen Umarmung.

Nur Ulrike, mit 14 Jahren die älteste in der Gruppe, wie Helga mittlerweile wusste, sagte verächtlich: »Na dufte, lauter Negereier. Die stinken bestimmt.«

Helga zuckte zusammen, und sie sah, dass auch Bärbel die Worte wohl vernommen hatte, aber so tat, als sei nichts geschehen. Da beschloss sie, es ihr gleichzutun, und zeigte den Kindern, wie sie die Eier sanft mit einem Stückchen Speckschwarte einreiben mussten, damit sie schön glänzten. Die Speckschwarte war winzig, doch sie reichte, um alle zwanzig Eier zum Funkeln zu bringen.

Als Helga an diesem Abend ihre Arbeit im Waisenhaus beendete, lag auf dem bereits gedeckten Frühstückstisch auf jedem Teller ein fröhlich glänzendes Ei mit einem hübschen Muster. Schwester Jovana hatte die Augenbrauen hochgezogen, aber kein Wort verloren. Und sogar Ulrike hatte ihr Ei andächtig auf ihren Platz gelegt.

Zum ersten Mal seit langer Zeit war Helga leicht ums Herz, als sie zu Fuß nach Hause lief. Zu ihrem Erstaunen stellte sie fest, dass ihr kein einziges Ei zerbrochen oder auch nur angeknackst war. Hatte all die Arbeit, die sie im Heim mit ihren Händen verrichtete, ihre Ungeschicklichkeit beendet? Wenn ich das nächste Mal Tante Claire schreibe, dachte sie schmunzelnd, erzähle ich ihr, dass ich mir gerade die *deux mains gauches* erfolgreich abgewöhne.

Zu Hause war Jürgen dabei, in die Fenster im Erdgeschoss Glasscheiben einzusetzen. Die Bretter, die sie bislang verschlossen hatten, lagen in einem großen Stapel auf dem Bürgersteig.

»Warte, ich helfe dir!«, rief Helga, kletterte auf den Bretterstapel und versuchte, einen Blick ins Innere des Erdgeschosses zu erhaschen, doch zu ihrem Leidwesen versperrten bunt gemusterte Vorhänge die Sicht. Der Stapel geriet unter großem Radau ins Rutschen, und hätte Jürgen sie nicht aufgefangen, sie wäre gestürzt.

»Schämt euch!«, keifte plötzlich jemand weit über ihr. Tante Meta lehnte sich aus einem Fenster im zweiten Stock und fuchtelte wild mit den Armen. »An Karsamstag einen solchen Lärm zu machen! Schluss jetzt! Und räumt den Unrat vom Bürgersteig, sofort!«

Helga sah, wie Jürgen sich unter ihren Beschimpfungen duckte.

»Verdammt«, murmelte er so leise, dass nur Helga es hören konnte. »Hilfst du mir, Helgalein, die Bretter in den Flur zu tragen?«

Helga packte schnell mit an, doch als sie die Tür aufstieß, prallte sie verwundert zurück. Im Hausflur stand ein todschickes Damenrad. Es war feuerwehrrot und hatte auf dem Rücksitz einen Korb, der so gelb war wie das Gefieder eines Kanarienvogels. Wie war das hierhergekommen?

»Oh, verdammt«, murmelte Jürgen noch einmal. »Jetzt ist die Überraschung dahin.«

»Überraschung?«, hauchte Helga, die den Blick gar nicht abwenden konnte von dem Fahrrad. In Frankreich war sie mit dem alten Drahtesel von Tante Claire die Weinberge hinauf- und hinabgedüst. Ein so fabelhaftes Rad wie dieses hatte sie noch nie von Nahem gesehen.

»Na, die Osterüberraschung«, schmunzelte Jürgen. »Ich habe es günstig bekommen, es musste ein wenig instand gesetzt werden. Schau, es hat sogar einen Rockschutz, damit dir der neue Mantel nicht zwischen die Speichen gerät. Morgens und abends zu Fuß bis nach Sülz und zurück, das geht doch auf Dauer nicht.«

Helga glaubte ihren Ohren kaum zu trauen.

»Es ist für mich?«, japste sie schließlich ungläubig. »Das Rad, es ist meins?«

»Aber klar doch«, antwortete Jürgen. »Weißt du was, ich mache hier weiter, und du drehst eine Runde, einverstanden?«

Helga hielt die Luft an. Strich ehrfürchtig mit den Fingerspitzen über den ledernen Sattel. Und dann sprang sie vor Freude mitten im Flur in die Luft, drückte Jürgen einen schmatzenden Kuss auf die Wange, schwang sich auf das Rad und flog geradezu zur Haustür hinaus.

Es war ein stiller Karsamstagabend, der Eigelstein schien wie leer gefegt. Alle Geschäfte waren geschlossen. Sogar die Häuschen im Stavenhof waren verrammelt, kein einziger Mann stand auf dem buckligen Bürgersteig Schlange. Helga trat fest in die Pedale und sauste die Straße hinab. Der Fahrtwind pfiff ihr um die Nase. Gierig sog sie den Duft des beginnenden Frühlings ein und, als sie die etwas belebteren Ringe erreichte, sogar den Geruch der Abgase und des Benzins, das so manches klapprige Auto verlor. Am liebsten hätte sie laut gejuchzt. Wie frei sie sich plötzlich fühlte! Wie unbeschwert! Sie juchzte nun doch, und als ein Motorrad mit einem Jungen in Bluejeans sie schnittig überholte, klingelte sie ihm vergnügt hinterher.

Als sie das Fahrrad zurück zur Eigelsteintorburg lenkte, begannen die Vorhänge hinter den neuen Fenstern im Erdgeschoss zu leuchten. Fanny, vermutete Helga, hatte das Licht eingeschaltet. Die Milchbar, die Helga immer noch nicht von innen gesehen hatte, ließ das alte Haus erstrahlen, als erwache es zu neuem Leben. Ihr Blick wanderte die alte, kaputte Fassade hinauf. Auf einmal sah das ganze Haus viel heimeliger aus. Im ersten Stock brannte nun auch Licht, ebenso darüber bei Tante Meta, in der Wohnung, die sie und Jürgen nicht betreten durften. Einen Wimpernschlag lang glaubte Helga, sogar aus einem kleinen Fenster unter dem Dach einen goldenen Schimmer fallen zu sehen. Aber das konnte ja nicht sein.

»Und?« Jürgen erwartete sie mit einem breiten Grinsen vor der Haustür.

»Danke!«, rief Helga und fiel ihm um den Hals. »Dieses Fahrrad ist einfach eine Wucht!«

Das Dachfenster hatte sie gleich wieder vergessen.

9. Kapitel

Später am Abend fiel Helga glücklich in ihr Bett. Kurz noch nahm sie die Murmeln aus dem Schrank, streichelte das alte, rissige Holz. Einst waren sie ihr kostbarster Besitz gewesen. Und jetzt hatte sie sogar ein Fahrrad! Sie nickte selig ein – und war gleich darauf wieder hellwach. Direkt hinter ihrem Kopf ächzte etwas. Helga setzte sich auf und spitzte die Ohren. Das Geräusch wiederholte sich in rhythmischen Abständen. Es war die alte Treppe! Wieder einmal lief jemand mitten in der Nacht zwischen den Stockwerken auf und ab.

Hätte ich doch mal Papa oder Jürgen gefragt, ob sie das auch hören, dachte Helga. Oder Fanny.

In ihrem kleinen Verschlag war es stockdunkel. Kein Mond schien in dieser Osternacht durch die Küche zu ihr herein, die Straßenlaternen waren längst erloschen. Sollte sie nach nebenan laufen, Jürgen und den Vater wecken?

Nein, entschied sie. Sie würde endlich selbst nachschauen.

Hastig schlüpfte Helga in ihren hellblauen Hausmantel, zog leise den Vorhang beiseite und tastete sich durch die

Küche, vorbei an der röchelnden Küchenhexe, in den Flur. Die Wohnungstür war fest verschlossen, doch der Schlüssel steckte. Ganz vorsichtig, um nur ja niemanden aufzuschrecken, öffnete sie das Schloss und drückte die Klinke hinunter.

Im Treppenhaus brannte Licht. Jetzt in der Nacht wirkten die Läufer noch verschlissener als am Tag. Von den Wänden blätterte der Putz. Es war ein trostloser Anblick. Und keine Menschenseele zu sehen. Helga wollte gerade wieder zurück in ihre Kammer, als sie oben auf der Treppe durch die geschnitzten Stäbe des hölzernen Geländers ein Paar lange Beine auftauchen sah. Sie steckten in wollenen Unterhosen und ausgetretenen Lederschuhen, die der Person, die sie trug, mindestens zwei Nummern zu groß waren, so sehr rutschten die Füße darin hin und her. Jetzt kam ein langes Hemd in Sicht, das dem Träger über die Hüften hing. In den Armen hielt er eine Emailleschüssel, aus der ein wenig Wasser schwappte. Was kein Wunder war, denn die Person, die da gerade die Treppe herunterkam, schleppte außerdem ein riesiges Bündel Kleider. Es war ein Junge, wie Helga nun erkannte, womöglich etwas älter als sie selbst und äußerst angestrengt damit beschäftigt, nicht das Gleichgewicht zu verlieren.

»Warte!«, rief sie. »Ich helfe dir!«

Schon war Helga, ohne lange nachzudenken, ins Treppenhaus und die Stufen hinaufgeflitzt, um dem Unbekannten das Bündel abzunehmen. Doch kurz bevor sie ihn erreichte, stolperte sie über den Läufer, schlug hin, versuchte noch, sich festzuhalten, griff mit der einen Hand ins Leere und mit der anderen in etwas Nachgiebiges, Kratziges. Der Junge stieß einen leisen Schrei aus, Helga sah Wasser spritzen und Kleidungsstücke auf sich niederregnen, dann traf sie etwas Hartes an der Schulter, und sie stürzten beide die Treppe hinab. Erst auf dem Absatz blieben sie liegen. Helga starrte auf ihre Hand. Sie hielt die wollene Unterhose des Jungen fest gepackt.

»O nein«, jammerte sie leise, »*deux mains gauches.*«

»Zwei linke Hände«, gab der Unbekannte zurück. »Das kann man wohl sagen.«

»Du sprichst Französisch?«

»*Un peu*, ein bisschen. Und du musst die wiedergefundene Tochter sein.«

»Woher weißt du das?« Helga setzte sich auf. Der Unbekannte hatte rabenschwarzes Haar, das ihm wirr in die Stirn hing, sowie einen ebenso rabenschwarzen Bartschatten. Seine Augen waren nicht braun und nicht grün, sondern irgendetwas dazwischen. Er war wohl doch um einiges älter als sie. Und er sah sehr gut aus, wie Helga fand. Wenn auch ein bisschen furchteinflößend.

»Na ja, euer Vater hat vor eurer Ankunft tagelang das Haus geputzt und versucht, alles instand zu setzen. Und eure Tante ist seitdem noch unleidlicher als sonst.«

»Sie hat viel durchgemacht«, wies Helga ihn zurecht. Tante Meta mochte ihre Fehler haben, aber immerhin war sie die Schwester ihrer Mutter. Niemand durfte schlecht über sie reden. »Man muss Verständnis haben.«

»Ja, klar doch«, murmelte der Fremde und sammelte die Kleider auf, die überall auf dem nassen Boden verstreut lagen. Es waren vor allem Nachthemden und Damenunterhosen. Helga bemerkte, dass sich hoch auf den Wangenknochen des jungen Mannes zwei rote Flecken abzeichneten, was ihm ausgezeichnet stand. Ihr Ärger verflog. Einen Moment lauschte sie, ob auch niemand wach geworden war. Dann half sie ihm wortlos beim Aufsammeln und folgte ihm ins Erdgeschoss. Sie platzte beinahe vor Neugier, aber dieser junge Mann schien ihr ziemlich zugeknöpft.

Unten befand sich im Gang, der in den Hof führte, ein einfaches Waschbecken. Daneben stand schon ein grüner Karton Persil bereit.

»Du willst das alles waschen?«, entfuhr es Helga. »Gibt es hier unten überhaupt heißes Wasser?«

»Erste Frage: Ja«, gab er zurück. »Zweite Frage: Nein.«

Er leerte den Rest Wasser, der sich noch in der Emailleschüssel befand, in das Becken, steckte einen Stöpsel in den Abfluss, ließ frisches Wasser einlaufen und begann, die Wäsche einzuweichen. Dabei hielt er die Augen gesenkt und presste die Lippen fest aufeinander. Helga war vollkommen klar, dass er weitere neugierige Fragen nicht beantworten würde. Ohne lange nachzudenken, stellte sie sich neben ihn und tauchte ihre Hände in das eiskalte Wasser.

Sie arbeiteten bis tief in die Nacht. Helga mühte sich, die Wäsche ordentlich einzuweichen und zu wringen, ohne allzu viel Wasser zu verspritzen. In ihrem Rücken hatten sie die fest verschlossene Tür zu den Räumen im Erdgeschoss, in denen Fanny und Jürgen schon so lange werkelten, ohne sie einen Blick in die neue Milchbar werfen zu lassen. Helga bedachte den jungen Mann an ihrer Seite mit einem verstohlenen Blick und spürte ein vergnügtes Glucksen in ihrem Bauch aufsteigen.

»Was hast du?«, fragte der Fremde.

»Nichts«, gab Helga schnell zurück und wrang beherzt ein spitzenbesetztes Nachthemd aus. Im Stillen jedoch sagte sie sich: Jetzt habe ich auch ein Geheimnis.

Draußen auf der Straße fuhr ein Auto vorüber. Ein früher Fußgänger rülpste vernehmlich. Ein Pferdewagen rumpelte über das unebene Pflaster, ein Hund jaulte. Sie waren fertig, die Hände krebsrot, die Nachthemden und Unterhosen beinahe blütenweiß.

»Danke«, sagte der Unbekannte knapp, schnappte sich den Wäschestapel, die Emailleschüssel und den Persil-Karton und eilte damit die Treppe hinauf.

»Gern geschehen«, antwortete Helga und schlich ihm leise hinterher.

Der junge Mann sah sich kein einziges Mal nach ihr um. Er lief bis unters Dach, öffnete dort eine niedrige Tür, bückte sich tief und verschwand auf dem Boden.

Helga stand mit klopfendem Herzen auf dem obersten Treppenabsatz. Nie zuvor war sie hier hinaufgelaufen. Das Dachgeschoss hatte auf sie öd und leer gewirkt. Nun zögerte sie einen Moment, merkte, wie die Neugier in ihr die Oberhand gewann, zog den Kopf ein und tat es ihm nach.

Kühl war es hier oben, viel zu kalt für ein Mädchen im Hausmantel. Helga schlang die Arme um ihren Oberkörper. Und erstarrte.

Der Speicher war voller Kisten und Gerümpel. Doch ganz hinten in der Ecke hing eine einzelne Lampe an einem

Dachbalken und erhellte eine seltsame Wohnstatt. Eine abgewetzte Kommode stand dort, ein schäbiger Tisch mit zwei wackligen Stühlen. Hinter einem Paravent schien sich eine Art Abort zu befinden. Quer durch den Raum war eine Leine gespannt. Der junge Mann war dabei, die Wäschestücke aufzuhängen, die sie gerade gemeinsam gewaschen hatten. Dabei unterhielt er sich leise. Denn in einem schmalen Bett am Ende des Dachstuhls lag jemand. Eine alte Frau.

»Da war ein Mädchen«, sagte der Fremde gerade. »Sie hat mir geholfen. Aber, meine Güte, sie hat so viel Wasser verschüttet, ich muss gleich noch mal runter, es aufwischen. Sie hat es noch nicht einmal bemerkt.«

»Du bist zu gutmütig«, hörte Helga die alte Frau sagen. »Wenn sie dich fragt, ob du sie einstellst, sagst du Nein. Du musst streng sein bei der Auswahl des Personals. Sonst tanzen sie dir auf der Nase herum.«

Helga schnaubte. Personal? Was sollte das denn?

Da sah sie, wie der junge Mann erschrocken zu ihr herumfuhr, er hatte sie gehört. Die roten Flecken auf seinen Wangenknochen schienen plötzlich noch schärfer hervorzutreten, dabei verbreitete die Lampe nur wenig schummriges Licht. Die Augen weit aufgerissen, schüttelte er kaum merklich den Kopf, als wolle er ihr bedeuten zu schweigen.

In seinem Rücken jedoch richtete sich die alte Frau mühsam ein wenig auf.

»Oksana?«, rief sie und klang dabei so flehentlich, dass Helga ihren Anflug von Unmut sofort vergaß. »Bist du es?«

»Nein, nein«, antwortete der junge Mann schnell. »Es ist nicht Oksana, es ist …«

»Helga. Mein Name ist Helga.« Helga trat einen Schritt vor. »Entschuldigen Sie bitte, ich wollte Sie nicht belauschen. Ich hatte keine Ahnung, dass hier oben jemand wohnt …«

»Nein, du bist nicht Oksana«, flüsterte die alte Frau und sank auf ihr Kissen zurück. »Aber vielleicht magst du mir ein wenig Gesellschaft leisten?«

»Gern«, antwortete Helga und ignorierte den jungen Mann, der ihr unentwegt Zeichen machte, sie möge verschwinden. Vorsichtig setzte sie sich auf die Bettkante und staunte, wie schön die alte Frau war, trotz ihres Alters und der unzähligen Fältchen, die fein wie ein Netz aus Seide ihr Gesicht überzogen. Die hohe Stirn war alabasterfarben, die Nase schmal und gerade, der Mund sanft geschwungen. Das dichte weiße Haar fiel wie ein Schleier auf das verwaschene Kissen. Ihre Augen jedoch waren halb geschlossen, so, als seien ihr die Lider schwer geworden.

»Ich kann mich gar nicht erinnern, wann wir das letzte Mal Besuch hatten«, fuhr die alte Frau fort. »Nur noch selten verirrt sich jemand hierher. Dabei sollten wir bald wieder einmal eine Jagdgesellschaft geben, meinst du nicht auch, Konradin?«

Der Fremde, der also den seltsamen Namen Konradin trug, war an die andere Seite des Bettes getreten und strich der Alten zärtlich über den mageren Arm.

»Das machen wir, Großmutter, ganz bald, wir geben eine Jagdgesellschaft.«

Dabei warf er Helga einen eindringlichen Blick zu. Helga

nickte. Sie hatte verstanden. Konradins Großmutter lebte offensichtlich in ihrer eigenen Welt.

»Darf ich?« Die Frau streckte beide Arme aus. Erst glaubte Helga, sie wolle sie umarmen, doch alles, was sie tat, war, Helgas Rechte in ihre Hände zu nehmen. Eine Berührung, so sanft und liebevoll, wie Helga sie nicht mehr gespürt hatte seit jenem letzten Abend in Frankreich, als Tante Claire an ihrem Bett gesessen und sie ein letztes Mal liebkost hatte.

Ohne zu wissen, warum, begann Helga zu weinen. Die Tränen liefen ihr stumm übers Gesicht. Die alte Frau holte ein winziges, spitzenbesetztes Taschentuch hervor und reichte es ihr.

»Danke«, murmelte Helga und trocknete ihr Gesicht. »Darf ich fragen, wer Sie sind?«

Die alte Dame kicherte, das feine Netz aus Fältchen ließ ihr zartes Gesicht erstrahlen, dann begann sie, leise zu lachen. Sie hatte, wie Helga fand, ein wundervolles Lachen, wie der Klang einer altmodischen Glocke.

»Du musst von weit her kommen«, sagte sie, »dass du mich fragst, wer ich bin. Ich bin Freifrau Auguste zu Lärchenburg. Willkommen auf unserem Gut. Ich gestatte dir, mich Auguste zu nennen, mein liebes Kind.«

»Danke.«

Helga hatte das Gefühl, sich in dem sanften Lächeln der alten Frau verlieren zu mögen. Wie liebevoll sie sie betrachtete!

Im nächsten Moment war Auguste eingeschlafen. Helga blieb noch ein Weilchen sitzen, ihre Hand in den Händen der alten Dame. Sie genoss ihre Berührung so sehr, sie konnte sich gar nicht losreißen.

Doch Konradin zog sie hoch. »Komm.«

»Was macht ihr hier?«, wisperte Helga.

»Man hat uns hier einquartiert«, antwortete Konradin, und Helga verstand augenblicklich. Flüchtlinge aus den früheren deutschen Ostgebieten, schoss es ihr durch den Kopf.

»Aber warum wohnt ihr in diesem zugigen Speicher?« Mit einem Mal hatte sie das Gefühl, die ganze Ärmlichkeit dieses Ortes kaum ertragen zu können. »Und warum wäschst du mitten in der Nacht eure Wäsche?«

»Das musst du deine Tante fragen.« Konradins Mund verzog sich zu einem gequälten Grinsen. »Die Behörden fragen diejenigen, denen sie Flüchtlinge zuteilen, nicht um Erlaubnis. Deine Tante war nicht gerade, sagen wir, begeistert. Sie nimmt die Miete, die wir zahlen müssen, aber sie erlaubt uns nicht, das Waschbecken unten im Flur zu benutzen. Zumindest nicht tagsüber.«

»Und deswegen geisterst du nachts durchs Haus?«

»So ist es.«

Helga konnte kaum fassen, was sie hörte. Schlagartig verstand sie, weshalb Konradin nicht gut auf Tante Meta zu sprechen war. Und zugleich schämte sie sich entsetzlich. Wie konnte man nur so hartherzig sein!

Sie warf einen letzten zärtlichen Blick auf Auguste. Die alte Dame schlief mit einem seligen Lächeln auf den anmutig geschwungenen Lippen. Sie schien im Wachen wie im Träumen ganz in ihren Erinnerungen zu leben.

»Wie siehst du denn aus?«, rief Fanny, als Helga zur Küche hineinkam. »Und wo kommst du her? Hast du gar nicht geschlafen?«

»Ich war nur früh auf«, schwindelte Helga und fasste sich, als sie Fannys fragenden Blick sah, an die Stirn. Mist, da hing ganz schief die Plastikrolle, mit der sie nachts ihren Pony in Form brachte. Sie hatte sie vollkommen vergessen. Was Konradin wohl gedacht haben musste? Schnell, damit Fanny nicht merkte, wie sie errötete, schlüpfte Helga in ihre Kammer und zog den Vorhang hinter sich zu. Wenn Fanny sie nicht mitmachen ließ beim Bau der Milchbar, würde sie ihr eben nicht sagen, wen sie oben unter dem Dach angetroffen hatte, dachte Helga und spürte ein ihr völlig neues Gefühl heimlicher Genugtuung.

Als Helga am Dienstag nach Ostern ins Waisenhaus kam, war das Schweigegebot, das die ganze Fastenzeit hindurch gegolten hatte, endlich aufgehoben. Solange Schwester Jovana in der Nähe war, sprachen die Mädchen weiterhin fast gar nicht. Doch nach dem Mittagessen, wenn die Nonne sich zurückzog und Helga ihnen bei den Hausaufgaben half, plapperten sie so aufgeregt durcheinander, als müssten sie alles nacherzählen, was sie während der langen Fastenzeit nicht hatten sagen dürfen.

»Meine Mama hat mir ein Häschen genäht«, krähte Bärbel und zeigte voller Stolz ein niedliches weißes Plüschtier mit langen, seidigen Ohren und feuerroten Knopfaugen.

»Deine Mama?«, entfuhr es Helga. »Ich dachte, du hättest keine.«

Im nächsten Moment biss sie sich beschämt auf die Zunge. Bärbel war ganz blass geworden.

»Natürlich hat sie eine«, kreischte eins der anderen Mädchen. »Eine Asphaltantilope!«

»Eine ... was?«, stammelte Helga und streckte hilflos einen Arm nach Bärbel aus. Die Kleine hatte sich mit dem Gesicht zur Wand gedreht.

»Na, eine, die ihr Tässchen schwenkt«, erklärte Ulrike, klimperte mit den Augen und kreiste aufreizend mit dem Po. Die anderen Mädchen quiekten vor Vergnügen. Bärbel warf das Häschen auf den Boden und rannte zur Tür hinaus.

Helga stutzte, dann begriff sie. Sie merkte, wie ihr ganz schummrig wurde vor Verlegenheit. Schon wollte sie aufspringen, um Bärbel hinterherzulaufen, doch eines der anderen Kinder hielt sie am Arm fest. Es war Renate, das Mädchen mit den vielen Sommersprossen.

»Nun sei nicht so ein Trollo, Fräulein Helga. Wir haben fast alle Eltern oder zumindest irgendwelche Erwachsenen, die mit uns verwandt sind.« Renate begann, nacheinander auf die Kinder zu zeigen, als sage sie einen Abzählreim auf. »Da haben wir noch 'ne Asphaltantilope. Und da 'nen Vater, der trinkt. Ne geschiedene Mutter. Die vier da vorne sind alles Geschwister, die Nonnen sagen, die Familie ist asozial, du weißt schon, sieben Kinder, und das achte ist unterwegs. Noch ein trinkender Vater. Die da wurde von der Tante hier abgegeben, wo die Mutter ist, weiß keiner. Und der ihr Großvater ist zugleich ihr Papa.«

So ging es in einem fort. Helga merkte, wie sich in ihrem

Kopf alles zu drehen begann. Sie wusste kaum, wohin sie gucken sollte, so sehr beschämten sie Renates Worte.

»Unsere einzige echte Waise ist Ulrike, weil die Eltern beide tot sind«, kam das Mädchen zum Ende. »Mich hat meine Mutter halb erschlagen, dass das Blut nur so spritzte. Dafür sitzt sie jetzt.«

»Ich …«, stammelte Helga, »ich hatte keine Ahnung.«

»Macht doch nichts«, tröstete Renate sie. »Kannste ja nicht wissen, wo wir so herkommen. Manche von uns haben echt Heimweh. Für andere ist das hier wie 'ne Erholungsanstalt. Einigermaßen genug zu essen und keiner, der dich nachts aus dem Bett zerrt. Kaum Haue, mal abgesehen von der Abendrunde. Na ja, wir nennen die Schwester nicht umsonst Jovana Diabola.«

»Ihr nennt sie wie?«

»Jovana Diabola«, kicherte Renate, und sofort fielen alle anderen ein. »Jovana Diabola«, sangen die Mädchen und kringelten sich dabei vor Lachen. »Jovana Diabola.«

Helga musste nun auch lachen. Sie wusste gar nicht recht, wieso. Vielleicht, dachte sie später, weil Renates Schilderungen sie so sehr erschreckt hatten. Weil sie gern mit den Mädchen, denen so viel Schlimmes widerfahren war, gemeinsam lachen wollte. Sie lachte, bis sie eine Hand auf ihrer Schulter spürte. Federleicht und eiskalt.

»Ruhe«, sagte Schwester Jovana.

Die Mädchen verstummten augenblicklich. Einige hatten den Mund noch halb offen.

Die Nonne schwieg ebenfalls, holte einmal mit der Hand aus und schlug Ulrike so heftig ins Gesicht, dass das Kind quer durch den Raum flog. Dann knetete sie ihre Finger, als hätte ihr der Schlag Schmerzen bereitet, und ließ den Blick schweifen.

»Wo ist Bärbel?«, fragte sie mit ihrer hohen Lispelstimme. Helga merkte, wie sich die feinen Härchen auf ihren Unterarmen aufstellten.

»Ich hole sie«, flüsterte sie, schnappte sich den Stoffhasen, der immer noch auf dem Boden lag, und rannte hinaus.

Sie fand Bärbel ganz am Ende des Waisenhaus-Geländes, dort, wo der Beethovenpark begann. Die Nonnen hielten hier ein paar Hühner und Schweine. Bärbel hockte mitten unter ihnen im Schlamm, zärtlich ein junges Hühnchen streichelnd, das sie im Arm hatte, die abgestoßenen, von Generationen von Kindern vor ihr getragenen Schuhe vollkommen nass und verdreckt.

Oje, dachte Helga, das gibt Ärger. Laut sagte sie: »Entschuldige bitte, Bärbel. Ich habe etwas furchtbar Dummes gesagt. Ich wusste nicht, dass die Kinder, die hier leben, Eltern haben. Schau, ich habe dir dein Häschen gebracht. Es ist wirklich wunderhübsch.«

Das war es tatsächlich. Die Mutter von Bärbel musste über außerordentliches Talent verfügen, so akkurat waren die Nähte gesteppt, so liebevoll waren Nase und Mund aufgemalt. Es schien, als lächele der Stoffhase. Das Beste aber, fand Helga, waren die roten Augen. Sie bestanden aus zwei runden Knöpfen, die funkelten wie echte Rubine.

Bärbel ließ das Hühnchen los, das gackernd davonflatterte, nahm ihr stumm das Stofftier aus der Hand und drückte es an ihr Herz. Helga sah, wie ihre Mundwinkel zuckten. Die Kleine kämpfte mit den Tränen.

»Ach, Bärbel«, seufzte Helga, hockte sich zu ihr in den Schlamm und zog sie an sich. Das Mädchen fühlte sich so zart an, als könnten seine Knöchelchen unter der leisesten Berührung zersplittern. Zärtlich strich Helga Bärbel über den Kopf, streichelte ihre Schultern, ihren Rücken. Das Kind blieb so steif, als erdulde es die Berührung nur mit großem Widerwillen.

»Es tut mir leid«, flüsterte Helga noch einmal. »Ich dachte wirklich, die Kinder, die hier leben, haben keine Eltern mehr.« Sie stockte. »Es tut mir auch leid, was die anderen Kinder gesagt haben«, fuhr sie fort. »Ich bin sicher, deine Mama hat dich sehr lieb.«

»Aber natürlich hat sie das!«, rief Bärbel und riss sich los, als habe sie Helgas Umarmung lange genug ertragen. »Und sie holt mich hier raus, ganz bald!«

»Bestimmt«, murmelte Helga, nahm Bärbels Hand und zog sie sachte zurück zum Wohngebäude, »ganz bestimmt.«

Schwester Jovana schickte Bärbel sofort in den sogenannten Wichsraum, einen Kellerverschlag, in dem die Mädchen ihre Schuhe zu putzen hatten. Helga hatte Kinder dort für Stunden verschwinden sehen, und als Bärbel bis zum Abendessen nicht zurück war, ging sie hinunter. Auf dem Weg begegnete ihr Ulrike, über deren Gesicht sich ein feuerroter Striemen zog.

»Du meine Güte«, entfuhr es Helga. »Lass mich mal sehen –«

Doch Ulrike drehte sich von ihr weg und verschwand wortlos hinter der nächsten Tür.

Unten im Keller war es so dunkel, dass Helgas Augen sich erst an das Dämmerlicht gewöhnen mussten, bevor sie überhaupt etwas wahrnahm. In einer Ecke auf einer roh behauenen Bank hockte Bärbel, die eine Schulter abnorm hochgezogen, das Gesicht zur Wand. Vor ihr stand ein Korb voller ordentlich aufgetürmter, frisch geputzter Schuhe. Schwester Jovana war dabei, jeden einzelnen Schuh genau zu inspizieren. Sie fuhr mit dem Finger über das glänzende Leder, beäugte das Innere, prüfte die Sohlen. Schließlich griff sie zu einer der Haarklammern, die den schwarzen Schleier in ihrem Nacken hielten, pulte aus dem Profil eines Schnürschuhs, wie ihn die Schwestern trugen, ein winziges, für Helga kaum sichtbares Stückchen Lehm heraus und hielt es Bärbel vor die Nase. Dann warf sie den Schuh zu Boden, kippte den Korb darauf aus und wies Bärbel an, alle Schuhe noch einmal zu putzen.

»Auch wenn du aus der Gosse kommst, so werde ich dir doch Zucht und Anstand beibringen.«

Damit rauschte sie hinaus.

Bärbel griff stumm nach einer abgewetzten Bürste und tat wie sie geheißen. Ihre Bewegungen wirkten eckig.

Helga schnappte nach Luft. Ihr erster Impuls war, das kleine Mädchen fest an ihr Herz zu drücken. Doch Bärbel wehrte ihre Umarmung wimmernd ab.

»Bitte nicht, Fräulein Helga, bitte geh.«

Helga hätte am liebsten mit Bärbel geweint. Stumm vor

Entsetzen, schlich sie die Kellertreppe hinauf. Diese grausame Schwester!

Oben wartete Jovana bereits auf sie.

»Dieses Negerkind muss lernen, was Sauberkeit ist«, schimpfte sie. »Wobei der Herrgott allein weiß, ob unsere Mühen jemals von Erfolg gekrönt sein werden. Wenn die Anlagen schon so verdorben sind …« Sie schlug ein schnelles Kreuzzeichen und kramte in ihrem Gewand nach einem Schlüsselbund. »Ein Segen, dass ich mich auf Ulrike verlassen kann. Zumindest die meiste Zeit. Ich darf mich nicht mehr so verausgaben.« Und damit stieg sie die Kellertreppe wieder hinab, schlug die Tür zum Wichsraum zu und schloss von außen ab.

»Was tun Sie da?«, fragte Helga entsetzt.

Doch Jovana war bereits davongeeilt, ihr Gewand ein zuckender Schatten.

Helga blieb zurück, vor Schreck sprachlos. Schnell lief sie zu der verschlossenen Tür.

»Bärbel?«, rief sie. Und dann, nachdem keine Antwort kam, noch einmal: »Bärbel?«

Doch das Kind im Keller blieb stumm.

Von Kopf bis Fuß zitternd, lehnte Helga sich gegen die Wand. Ob die kleine Bärbel die ganze Nacht dort unten verbringen musste? Welch unmenschliche Sitten herrschten hier! Und was meinte die Schwester, wenn sie sagte, sie dürfe sich nicht mehr verausgaben? Plötzlich kam Helga die Szene in den Sinn, in der Ulrike Bärbel geschlagen hatte, als diese nicht aufessen wollte. Und dann verstand sie. Ulrike züchtigte die anderen Kinder anstelle von Schwester Jovana.

Und wenn es ihr nicht gelang, sie im Zaum zu halten, wurde sie selbst geschlagen.

Helga presste ihre Finger gegen die nackte Kellerwand. Ihre Beine zitterten so sehr, dass sie glaubte zu stürzen. Mit einem Mal fühlte sie sich genauso klein und machtlos wie Bärbel hinter der verschlossenen Kellertür. Wo war sie hier bloß hingeraten?

Mit jedem Tag, den Helga als Praktikantin im Kinderheim verbrachte, wurde sie kraftloser. So, als sei sie Schwester Jovana genauso ausgeliefert wie die ihr anvertrauten Kinder. Sie fühlte sich nicht mehr wie eine junge Frau an der Schwelle zum Erwachsenensein. Sie fühlte sich wie ein hilfloses Kind.

Trost fand sie beim Vater im Büdchen. Sie ahnte, dass sie mit ihm nicht über die Vorkommnisse im Waisenhaus sprechen konnte, doch allein in seiner Nähe zu sein, erfüllte sie mit stiller Sanftmut. Jeden Abend düste sie, so schnell es ging, auf ihrem feuerwehrroten Fahrrad zum Hansaring, wo sie zu Füßen des Vaters auf dem Höckerchen hockte und las, bis sie Feierabend machten. In den USA war ein berühmter Physiker namens Albert Einstein gestorben. In London trat der uralte und von Krankheit gezeichnete britische Premierminister Winston Churchill zurück. Und in Deutschland stand seit Wochen ein und derselbe Titel auf Platz eins der Hitparade: *Ganz Paris träumt von der Liebe*, gesungen von der italienischen Sängerin Caterina Valente.

Helga konnte sich nicht so recht vorstellen, wie eine Stadt von der Liebe träumte, doch allzu gern hätte sie wieder einmal Musik gehört auf ihrem minzgrünen Kofferradio. Das aber befand sich nach wie vor im zweiten Stock bei Tante Meta, und zu deren Räumen hatte niemand Zutritt.

Sie versuchte erst gar nicht, mit Jürgen über ihre Erlebnisse im Waisenhaus zu sprechen. Und als sie sich eines Morgens Fanny anvertrauen wollte, hielt die sich beide Ohren zu.

»Erzähl mir nichts vom Waisenhaus«, jammerte Fanny. »Bitte nicht, das halte ich nicht aus.«

Der einzige Ort, an dem Helga neue Kraft schöpfte, war der unwirtliche Dachboden. Jeden Dienstag und jeden Samstag traf Helga sich heimlich nachts mit Konradin, um gemeinsam zu waschen. Manchmal waren auch Sachen von Konradin dabei, doch er achtete peinlichst darauf, dass Helga sie nicht in die Finger bekam. Helga wiederum lächelte still über seine Scheu. Sie war in Frankreich das einzige Mädchen neben vier Jungen gewesen, und auch wenn sie dort Bedienstete gehabt hatten, so hatte sie in ihrem Leben doch schon zig Männerunterhosen gewaschen.

Sie wäre allerdings lieber im Boden versunken, als noch einmal im Hausmantel und mit eingedrehtem Pony zu diesen Treffen zu gehen, und auch Konradin bekam sie nie wieder in wollener Unterwäsche zu Gesicht. Im Gegenteil. So, wie sie mitten in der Nacht ihr Haar zu einem wippenden Pferdeschwanz band, hatte er die dunklen Haare stets ordentlich aus dem Gesicht gekämmt.

Helga erfuhr, dass Konradin gemeinsam mit seiner Großmutter und weiteren Verwandten aus Ostpreußen geflohen war, doch als sie Westdeutschland erreichten, waren sie nur noch zu zweit.

»Man brachte uns zunächst im Lager Friedland unter«, erzählte Konradin. »Ein Barackenlager, Männer und Frauen streng getrennt, ich konnte nicht einmal richtig nach Großmutter gucken. In dieser Zeit scheint sie ihren inneren Kompass verloren zu haben, seither ist sie so wunderlich. Wie erleichtert war ich, als wir endlich weiterreisen durften! Ich hoffte, dass sie zurückfinden würde in die Gegenwart. Ich ahnte nicht, was uns erwartete. Manchmal scheint es mir eine Gnade, dass sie sich die meiste Zeit in unserem alten Zuhause wähnt und gar nicht recht wahrzunehmen scheint, wie wir hier hausen. Und dass ich unsere letzten Wertsachen verscherbele für ein bisschen zu essen.« Sein Blick verlor sich für einen Moment. »Aber du wirst sehen, bald habe ich eine richtige Arbeit, und dann suche ich uns etwas Anständiges.«

Helga nickte und erwischte sich bei dem Gedanken, dass dies noch etwas dauern möge. Sie begann, sich an die nächtlichen Stelldicheins zu gewöhnen. Mehr noch, sie fing an, ihnen entgegenzufiebern. Und sie liebte es, nach getaner Arbeit noch ein Weilchen bei Auguste zu sitzen.

Die alte Frau mochte halb in der Vergangenheit leben, und oft hatte sie Dinge, die Helga ihr bereits erzählt hatte, wieder vergessen. Aber zwischendurch schien sie bei glasklarem Verstand. Sie wurde nicht müde, Helga nach ihren Erlebnissen zu befragen und, vor allem, nach ihrer Familie. Auguste hatte eine so mitfühlende Art, dass Helga sich schon bald ihren ganzen Kummer von der Seele redete. Sie sprach über das Waisenhaus, über ihre Zeit in Frankreich und schließlich auch über ihr Leben direkt nach dem Krieg. Auguste hörte zu und hielt Helgas Hand. Und Helga hatte das Gefühl, die alte Dame verstünde alles.

»Du bist ein feines Mädchen«, sagte Auguste. »Doch ein Mädchen ohne Mutter, das ist nicht gut. Du musst sie finden.«

»Wie denn?«, fragte Helga verblüfft. »Papa wird immer ganz traurig, wenn ich über unsere Mutter sprechen will. Er weiß ja auch nichts. Und Tante Meta sagt, Mutter habe den Bunker mit uns verlassen. Das Schlimme ist, dass Jürgen und ich uns an nichts erinnern können, obwohl wir damals schon sechs und sieben Jahre alt waren. Meine Tante Claire vermutet, dass vielleicht etwas so Furchtbares passiert ist, dass unser Gehirn die Erinnerung gelöscht hat, als so eine Art Schutz. Das macht mir Angst. Aber ich will trotzdem wissen, was damals passiert ist und warum unsere Freundin Hilde uns vor dem Bunker gefunden hat, ganz allein …«

»Ich verstehe.« Auguste richtete sich auf und hob den Kopf, als sehe sie etwas, was Helga verborgen war.

»Ein Mensch ohne Vergangenheit ist kein Mensch«, sagte sie mit Nachdruck. »Wie willst du dein Leben meistern, wenn du deine Vergangenheit nicht kennst?«

Helga nickte. Auguste hatte vollkommen recht.

15. Mai 1945, nachmittags

Liebster, stell Dir vor, Meta ist da!

Am frühen Morgen weckte mich eine Frau, die ich aus dem Bunker kenne. Sie lebt mit ihren Kindern zwei Verschläge weiter, wir hatten uns bisher nur freundlich zugenickt in diesem Inferno der Verlorenen, nie ein Wort miteinander gewechselt.

»Sind Sie Frau van Beek?«, fragte sie und rüttelte meine Schulter.

»Wer will das wissen?«

»Eine Flüchtlingsfrau aus dem Osten irrt durch die Gänge, sagt, sie sei Ihre Schwester –«

»Wo ist sie?«

Ich war sofort hellwach.

»Ein Stockwerk über uns, aber erschrecken Sie nicht …«

»Danke, ich danke Ihnen!«

»Jürgen.« Unser Großer hatte mit weit aufgerissenen Augen gelauscht. »Pass auf Helga auf, hörst du? Ich bin gleich zurück.«

Er nickte ernst, und ich stürmte hinaus.

In den Gängen hatte das übliche morgendliche Durcheinander noch nicht begonnen, nur ein paar alte Frauen drängten sich an der Kochstelle. Auf der Betontreppe schlief jemand. Ich rannte an ihm vorbei, immer zwei Stufen auf einmal nehmend.

Meta. Meine große, starke Schwester Meta hatte es aus Ostpreußen bis nach Köln geschafft. Sie lebte. Und gemeinsam würden wir alle Schwierigkeiten bewältigen.

Plötzlich spürte ich meinen Herzschlag im ganzen Körper. Am liebsten hätte ich vor Freude laut gejuchzt.

Ich fand sie im obersten Stockwerk. Doch die Frau, die dort an der Wand lehnte, hatte nichts gemein mit meiner Schwester. Ich wäre an ihr vorbeigelaufen, hätte sie nicht meinen Namen geflüstert. Allein am Klang ihrer Stimme habe ich sie erkannt.

Ich werde niemandem sagen, in welcher Verfassung Meta hier ankam, nicht einmal Dir, Liebster. Ich werde es auch diesem Tagebuch nicht anvertrauen. Es wird immer zwischen Meta und mir bleiben.

Sie hat mir alles gesagt, was geschehen ist, gleich in den ersten Minuten, noch bevor wir hinuntergingen zu den Kindern. Ich nickte und hielt ihren bebenden Körper eng umschlungen. So viele ähnliche Geschichten habe ich gehört in den Jahren der Flucht. Und doch möchte ich schreien und toben und die Täter mit bloßen Händen in Stücke reißen.

Es ist meine Schwester. Verdammt, es ist meine Schwester!

Die Kinder haben sie mit großen Augen angeschaut, ihre unbekannte Tante. Ich habe Meta in meine Koje gebettet, sie ist fast augenblicklich in einen tiefen Schlaf gefallen.

Ich werde sie beschützen müssen, genau so, wie ich die Kinder beschütze. Denn auch wenn der Krieg vorbei ist, so sind wir noch lange nicht in Sicherheit.

Liebster, wo bleibst Du?

10. Kapitel

»Es wird Zeit, dass du mich in den Nächten vertrittst«, erklärte Schwester Jovana Ende April und wies Helga an, sich am nächsten Tag erst um sechs Uhr abends im Waisenhaus einzufinden. Helga nickte beklommen. Mittlerweile hatten die Mädchen ihr das eine oder andere Geheimnis anvertraut. Sie ahnte, welches Kind Heimweh hatte und welches zu zittern begann, wenn es nur an das einstige Zuhause dachte. Sie wusste, wer mit wem gezankt hatte und welches von den älteren Mädchen sich heimlich wegschlich, um sich im Beethovenpark mit einem Jungen zu treffen. Sie hatte sogar für zwei der größeren Mädchen Zellstoffbinden der Marke *Camelia* gekauft, weil es im Heim nur Stoffbinden gab, die mühsam unter dem Wasserhahn mit Seife ausgewaschen werden mussten. Aus purer Not benutzten manche Mädchen Klopapier, wenn sie ihre Periode hatten, doch das gab es nur abgezählt, sodass damit ein reger Tauschhandel betrieben wurde.

Je länger Helga im Heim arbeitete, desto mehr ließen die Kinder sie teilhaben an ihren großen und kleinen Nöten. Doch wenn sie sie morgens fragte, wie sie geschlafen hatten, bekam sie keine Antwort. Die Mädchen schauten nur betreten zu Boden. Über ihre Nächte verloren sie kein einziges Wort.

Der 30. April 1955 war ein sonniger Samstag. Früh um sieben brachten Fanny und Helga wie immer den Kaffee zum Büdchen. Fanny hatte dunkle Ringe unter den Augen, ihr Haar war ganz verwuschelt, sie trug einen ausgeleierten Pullover, den Helga nie zuvor an ihr gesehen hatte und der überdies voller Farbflecken war.

»Geht es dir gut?«, fragte Helga, doch Fanny gab nur ein leises Stöhnen von sich, das verzweifelt und glückselig zugleich klang. Helga fragte nicht weiter, sie hatte längst begriffen, dass Fanny ihre Geheimnisse für sich behielt.

Eigentlich wollte sie dem Vater im Büdchen helfen. Vielleicht, so hoffte sie, ergäbe sich eine Gelegenheit, mit ihm über die Mutter zu sprechen. Doch er schickte sie wieder heim, nicht ohne ihr wie so häufig zärtlich übers Haar zu streichen.

»Ruh dich aus, mein Kind, du wirst die ganze Nacht wach sein müssen.«

Zu Hause verschwand Fanny ohne ein weiteres Wort hinter der Tür, die zu ihren Räumen im Erdgeschoss führte. Direkt daneben, im Hausflur, lehnte eine frisch geschlagene junge Birke an der Wand. Jürgen stand auf einer Leiter und band bunte Bänder an die Zweige des Bäumchens.

»Was gibt das?«, fragte Helga.

»Ach … nichts«, stotterte Jürgen, »ein alter Brauch, von dem ich gehört habe, es hat nichts mit dir zu tun.«

»Na dann«, murmelte Helga und stieg missmutig die

Treppe hinauf. Langsam hatte sie genug von all den Heimlichkeiten.

Oben setzte sie sich an den Küchentisch und beschloss, sich nicht länger über Jürgen und Fanny zu ärgern. Stattdessen nahm sie sich eine ihrer hellblauen Kladden und schrieb ein wenig über Konradin. In dieser Samstagnacht würde er seine Wäsche ohne sie waschen müssen. Helga merkte, wie bei diesem Gedanken etwas in ihrem Innern zu ziehen begann. Verwundert legte sie sich die Hand auf die Brust. Was war das denn für ein komisches Gefühl?

Da klopfte es an die Tür, und Konradin steckte den Kopf in die Küche.

»Um Himmels willen!«, rief Helga und schlug blitzschnell die Kladde zu. »Was machst du denn hier? Wenn Meta dich erwischt!«

»Deine liebenswürdige Tante ist ausgegangen«, antwortete Konradin und grinste sie auf eine so verschmitzte Weise an, dass Helga sich gleich noch einmal ans Herz griff.

»Ist dir schon einmal aufgefallen«, fuhr er fort, »dass sie jedes Mal, wenn sie aus dem Haus geht, aussieht, als hätte sie sich verkleidet? Mit den hohen Schuhen, dem langen Mantel und dem Schleier vor dem Gesicht? Ich denke, sie hat ihre gesamte Kindheit und Jugend in diesem Viertel verbracht, man sollte meinen, die Leute wissen, wie sie aussieht. Wem will sie etwas vormachen?«

»Weiß nicht«, antwortete Helga und bemühte sich, unauffällig die Kladde verschwinden zu lassen. Nicht dass Konradin sie noch fragte, was sie da gerade geschrieben hatte.

»Mir soll es egal sein. Ich wollte dir nur schnell etwas vorbeibringen. Falls du dich langweilst während der Nachtwache.«

Konradin trat noch etwas näher und legte ein Buch auf den Küchentisch.

»Das musst du lesen. Es ist aus Frankreich und eine Wucht in Tüten!«

Neugierig nahm Helga den schmalen Band zur Hand. *Bonjour tristesse* stand auf dem Umschlag, es war ein Roman.

»Danke schön«, sagte sie, doch Konradin war schon zur Tür hinaus. Sie hörte ihn die Treppe hinaufstürmen, ganz so, als wolle er nicht allzu viel Aufheben um sein Geschenk machen.

Als Helga am frühen Abend mit ihrem feuerwehrroten Fahrrad über die Ringe düste, sah sie zu ihrem Erstaunen zwischen den Autos eine ganze Reihe von Traktoren durch die Stadt fahren, die Anhänger hinter sich herzogen. Junge Männer saßen darauf, einige schienen ziemlich betrunken, zwischen sich auf den Ladeflächen hatten sie Dutzende mit bunten Bändern geschmückte junge Bäume. Die Bäume sahen genauso aus wie der, den Jürgen im Hausflur stehen hatte. Dieser seltsame Brauch schien wirklich weit verbreitet. Helgas Neugier wuchs.

»Entschuldigen Sie«, fragte sie gleich bei ihrer Ankunft den Pförtner im Waisenhaus. »Diese geschmückten Bäume, mit denen die jungen Männer unterwegs sind, was hat es damit auf sich?«

»Mädche«, antwortete er, »dat weeste nit? Dat is för de Fründin.«

»Bitte, was?«, stammelte Helga, die kein Wort verstanden hatte.

»Na, der Maibaum!«, rief der Pförtner, und Helga konnte ihm ansehen, wie er sich bemühte, Hochdeutsch zu sprechen. »Den stellt der junge Mann in der Nacht auf den ersten Mai seinem Liebchen vor die Tür. Verstehste mich jetzt?«

»Ja, danke«, murmelte Helga und machte, dass sie weiterkam. Tatsächlich verstand sie gar nichts. Was sollte das für ein seltsamer Brauch sein? Noch viel seltsamer jedoch kam es ihr vor, dass es in Jürgens Leben also tatsächlich ein Mädchen zu geben schien. Und dass er nicht mit ihr darüber sprach.

»Da bist du ja endlich«, wurde sie von Schwester Jovana empfangen. »Die Abendrunde beginnt gleich. Schau dir alles genau an, das nächste Mal bist du allein und machst es genauso.«

Helga nickte und folgte der Nonne in den Schlafsaal. Wenigstens würde die Arbeit ihre trüben Gedanken verscheuchen.

Im Schlafsaal erwartete sie ein seltsames Schauspiel. Die Mädchen stülpten sich, noch bevor sie sich auszogen, weite, verwaschene Nachthemden über. Wie große, unförmige Säcke hingen die Hemden über den Kindern, nur die Füße schauten darunter hervor. Nun begann ein hektisches Verrenken und Verbiegen, denn die Mädchen entledigten sich unter den Nachthemden ihrer normalen Kleidung. Neben jedem Paar kleiner Füße bildete sich in Windeseile ein

Häuflein ordentlich gefalteter Kleidungsstücke. Erst ganz zuletzt steckten die Kinder ihre Köpfe oben aus den Nachthemden und schlüpften in die Ärmel.

Helga sah ihnen mit angehaltenem Atem zu. Auch sie mochte es nicht, sich vor anderen auszuziehen. Wenn Jürgen und die größeren Jungen in Frankreich pudelnackt und kreischend vor Vergnügen in den nahen Fluss gesprungen waren, hatte sie mit schamvoll gesenktem Blick und vollkommen angezogen am Ufer verharrt. Aber die Scham der Kinder hier im Waisenhaus schien ihr noch viel mächtiger als ihre eigene, und ihr entging auch nicht der scharfe Blick, mit dem Schwester Jovana jedes einzelne Kind taxierte.

Während sie überlegte, warum diese Art, sich auszuziehen, so überaus verstörend auf sie wirkte, geschah etwas noch viel Seltsameres. Die Mädchen stellten sich alle in einer Reihe auf, streckten die rechte Hand vor und präsentierten stumm ihre Unterhosen. Helga blinzelte verwirrt. Was sollte das nun?

Da trat Schwester Jovana vor, ging die Reihe ab und kontrollierte jede Unterhose. Auf manche warf sie nur einen flüchtigen Blick, andere hob sie mit spitzen Fingern in die Höhe, sodass jeder sie sehen konnte. Die Szene war so demütigend, dass Helga kaum wusste, wo sie hingucken sollte. Die Mädchen machten einen verängstigten Eindruck, die meisten waren leichenblass, einige hatten rote Flecken auf Gesicht und Hals.

Helga spürte, wie es in ihr zu brodeln begann. Und das, wo es für die Kinder nicht einmal ausreichend Toilettenpapier gab! Was erlaubte diese Person sich?

Im nächsten Augenblick stieß Schwester Jovana ein empörtes Schnauben aus, packte mit der einen Hand den Kopf des Mädchens, das gerade an der Reihe war, und schlug ihm mit der anderen fest ins Gesicht.

»Luder«, zischte sie. »Dir werde ich noch Sauberkeit beibringen.«

Das Mädchen wäre stolpernd zur Seite gefallen, hätte Jovana seinen Kopf nicht mit einer Hand festgehalten. Auf seiner Wange zeichneten sich blutrot die Finger der Ordensschwester ab, die Ohren des Kindes glühten. Die anderen Kinder zuckten zusammen, als habe der Schlag auch ihnen gegolten.

»Jetzt reicht es!«, entfuhr es Helga. »Was fällt Ihnen ein? Kinder so zu misshandeln!«

Die Worte waren ihr schneller entschlüpft, als sie denken konnte. Schwester Jovana fuhr zu ihr herum, und einen Moment lang glaubte Helga, sie würde sie nun ebenfalls schlagen, doch dann erschien auf den Lippen der Nonne ein teuflisches Lächeln.

»Sei still, du«, zischte sie mit ihrer Lispelstimme. »Als wenn ich nicht wüsste, dass man dich auch einst aus der Gosse gezogen hat! Du gibst mir keine Widerworte, du nicht. Du wirst jetzt die Nachtwache halten. Und wenn ich auch nur einen Mucks höre, sorge ich dafür, dass du von der Haushaltungsschule fliegst.« Sie wandte sich zum Gehen, drehte sich jedoch noch einmal um. »Und glaube mir, der Ruf eines Mädchens, das von der Haushaltungsschule fliegt, ist für alle Zeiten ruiniert.«

Das Gewand der Nonne raschelte wie altes Papier, als sie

hinausging. Hinter ihr fiel die Tür mit einem rauen Knarzen ins Schloss.

Im Schlafsaal war es mucksmäuschenstill. Helga spürte die Blicke der Mädchen auf sich ruhen. Ihr Gesicht fühlte sich heiß an, ebenso ihr Hals. Nun war sie es, die rot vor Scham dastand. Sie wusste kein Wort zu sagen.

»Jetzt aber dalli«, war da eine Stimme zu vernehmen. »Wir haben noch gar nicht gebetet.«

Es war die kleine Bärbel. Ohne weiteres Aufheben lief sie zu einem der dreistöckigen Betten, kniete sich davor und begann, leise ein Abendgebet zu sprechen.

»Zu nächtlicher Stunde preiset den Herrn«, murmelte sie mit ihrer kindlichen Stimme.

Die anderen Mädchen schauten sich halb verwundert, halb feixend an. Sie schienen es nicht gewohnt, dass Bärbel den Ton angab.

»Jetzt aber wirklich dalli«, krächzte Helga und räusperte sich. Wenn sie die Mädchen nicht schleunigst ins Bett bekam, würde Schwester Jovana sie womöglich sogleich hinauswerfen.

Zu ihrer Erleichterung knieten die anderen Mädchen nun ebenfalls vor den eisernen Betten nieder und fielen in Bärbels Gebet ein.

»Wohlan, nun preiset den Herrn, all ihr Knechte des Herrn ...«

Als sie fertig waren, hatte Helga ihre Fassung halbwegs wiedergefunden. Sie ging von Bett zu Bett, zog die Decken gerade, strich den Mädchen sanft über die Haare. Sie machte es so, wie Tante Claire es immer bei ihr gemacht hatte. Einige der Kinder schraken vor ihrer Berührung zurück, andere griffen zögernd nach Helgas Händen und wollten sie gar nicht mehr loslassen.

Du meine Güte, dachte Helga, sie sind es nicht gewohnt, dass man sie liebevoll zu Bett bringt.

Zuletzt trat sie an Bärbels Bett.

»Danke schön«, raunte sie ihr ins Ohr.

Da richtete Bärbel sich auf und küsste sie blitzschnell auf die Wange.

»Wir müssen zusammenhalten, wir Mädchen aus der Gosse«, flüsterte sie und lachte dabei so drollig, dass Helga gar nicht anders konnte, als leise mitzulachen.

Nachdem Helga den Eindruck gewonnen hatte, dass alle Mädchen schliefen, schlich sie sich aus dem Schlafsaal, zog leise die Tür hinter sich zu und setzte sich im Flur auf eine hölzerne Bank. Sie war immer noch verstört. Diese Schwester Jovana stand wirklich mit dem Teufel im Bunde! Aber zugleich spürte sie noch Bärbels Kuss, leicht wie der Flügelschlag einer Libelle.

»Wir müssen zusammenhalten«, hatte die Kleine gesagt. Ein leises Lächeln stahl sich auf Helgas Gesicht. Bärbel hatte recht. Sie mussten zusammenhalten.

Und in diesem Moment, auf der hölzernen, unbequemen Bank, die Messinguhr am Ende des Gangs schlug neun, schwor Helga sich, die Mädchen im Waisenhaus niemals im Stich zu lassen. Vor allem Bärbel nicht.

Sie hatte nicht die geringste Ahnung, wie sie, ein Mädchen von nicht einmal sechzehn Jahren, gegen eine Frau wie

Jovana ankommen sollte. Aber eines Tages würde sie wissen, wie, dessen war sie sich ganz sicher.

Der Zeiger auf der großen Uhr wanderte langsam voran. Helga holte das Buch hervor, das Konradin ihr gebracht hatte. Sie würde versuchen, sich ein bisschen abzulenken. Soweit das überhaupt möglich war.

Im nächsten Moment war sie vollkommen versunken.

Die Uhr schlug zehn. Die Uhr schlug elf. Helga las. Schnell bekam sie nicht mehr mit, wie die Zeiger auf dem Ziffernblatt voranschritten. Bald hörte sie die Schläge nicht mehr.

Bonjour tristesse war, genau wie Konradin gesagt hatte, eine Wucht in Tüten. Nie zuvor hatte Helga etwas Ähnliches gelesen. Die Sprache, in der es verfasst war, war ihr vollkommen neu. Nicht, weil es auf Französisch geschrieben war, das las Helga genauso schnell wie Deutsch. Nein, diese Sprache war leicht und süß und zugleich von einer abgrundtiefen Traurigkeit. Ein junges Mädchen, siebzehn Jahre und damit nur wenig älter als Helga, schrieb über die Erlebnisse eines Sommers am Meer. Alles, was sie erzählte, war für Helga zunächst vollkommen fremd. Der große Reichtum, der sie umgab, die Gewohnheiten von Menschen, die sich um ihr Auskommen nicht scheren mussten, die Langeweile, das Nichtstun. An einigen Stellen war Helga nahezu angewidert von der Blasiertheit der Ich-Erzählerin. An anderen hielt sie unwillkürlich die Luft an, weil die starken Gefühle, mit denen die Autorin kämpfte, mit einem Mal die ihren waren. Und dann, die Nacht war bereits weit fortgeschritten, bemerkte Helga, wie ihr zum zweiten Mal an diesem Abend die Röte den Hals hinaufkroch und wie sie schneller zu atmen begann. Die Menschen in *Bonjour tristesse* taten nämlich Dinge, von denen Helga sich nicht einmal vorstellen konnte, was dabei genau geschah, und noch viel weniger, in einer so direkten Sprache darüber zu schreiben.

Die Uhr schlug drei. Helga ließ das Buch sinken. Sie hatte es in einem Rutsch ausgelesen. Ihr war schwindlig, Wortfetzen, Bilder, Gerüche und Gedanken stoben in einem wilden Wirbel durch ihren Kopf. Und während sie noch über das Unerhörte dieses Buches nachsann, sah sie mit einem Mal Konradin vor sich. Das rabenschwarze Haar, den Bartschatten, die Augen, die nicht grün und nicht braun waren, sondern irgendetwas dazwischen. Mit fast schmerzhafter Klarheit erkannte sie, dass sie ihn nach der Lektüre dieses Buches noch ein bisschen furchteinflößender fand als bei ihrer allerersten Begegnung. Und dass sie zugleich nichts sehnlichster wollte, als ihn wiederzusehen.

Da vernahm sie ein Kratzen in ihrem Rücken, begleitet von einem heiseren Flehen.

»Bitte, Fräulein Helga, darf ich zur Toilette? Bitte, ich muss ganz dringend!«

»Aber natürlich!«

Helga sprang auf und öffnete schnell die Tür zum Schlafsaal. Dahinter stand Bärbel in ihrem viel zu weiten und zu langen Nachthemd, die Kleine verschwand fast darin. Kaum hatte sie Helga erblickt, flitzte sie auch schon auf nackten Füßen den Flur hinunter, mit einer Hand das Nachthemd hochhaltend, damit sie nicht über den Saum stolperte.

Meine Güte, dachte Helga sich, warum hatte das Kind

sich nicht früher gemeldet? Oder hatte sie Bärbel womöglich nicht gehört, weil sie so vertieft in das Buch gewesen war?

»Sie verraten mich nicht, oder?«

Bärbel war schon zurück, nun stand sie vor ihr und sah ernst zu Helga herauf.

»Aber warum denn?«, antwortete Helga verblüfft. »Du hast doch nichts angestellt!«

»Aber wir dürfen nachts nicht aufs Klo.«

»Bitte, was?«

»Wir dürfen den Schlafsaal nicht verlassen«, flüsterte Bärbel und schaute dabei zu Boden, als fürchte sie Schelte. »Ich dachte, du wüsstest das, Fräulein Helga.«

»Nein, das wusste ich nicht. Und was macht ihr, wenn ihr mal müsst?«

»Wir halten ein.« Bärbels Stimme war nun so leise, dass Helga sich vorbeugen musste, um das Kind hören zu können. »Manche machen ins Bett«, fügte die Kleine hinzu. »Aber das bringt Ärger. Beim Frühstück müssen wir dann an einen extra Tisch, und wir dürfen uns nicht hinsetzen, sondern müssen im Stehen essen. Damit alle sehen, was für dreckige Bälger wir sind.«

Helga ließ sich wieder auf die hölzerne Bank sinken. Sie fühlte sich plötzlich furchtbar müde.

»Gibt es sonst noch Regeln, von denen ich nichts weiß?«, fragte sie matt.

»Wir dürfen keinen Lärm machen«, erklärte Bärbel. »Wenn doch, müssen alle aus ihren Betten und so lange in einer Reihe stehen, bis diejenige, die schuld ist, sich meldet.«

»Und was passiert dann mit ihr?«

Helga ahnte die Antwort.

»Sie muss raus zu Schwester Jovana in den Flur und bekommt eine ordentliche Tracht Prügel.«

Bärbel schwieg kurz, um dann hinzuzufügen: »Jetzt weißt du Bescheid, Fräulein Helga.«

»So ist es«, seufzte Helga. »Danke, Bärbel, dass du es mir gesagt hast.« Wieder fragte sie sich, wie dieser schrecklichen Jovana beizukommen war. »Pass auf«, sagte sie dann, »wir machen es so: Wenn ich Nachtwache habe, wird niemand geschlagen. Und alle dürfen aufs Klo. Sag das auch den anderen Mädchen. Aber verratet mich nicht, hörst du?«

Bärbel nickte ernsthaft.

»Ich sage den anderen Bescheid. Nur Ulrike nicht, die ist nämlich Schwester Jovanas Liebling.«

»Das habe ich schon gemerkt«, bemerkte Helga. »Und jetzt zurück ins Bett mit dir.«

»Aye, Aye, Käpt'n.« Bärbel zwinkerte ihr verschwörerisch zu und huschte zurück in den Schlafsaal.

Helga konnte ein winziges Schmunzeln nicht unterdrücken. Bärbel war wirklich ein außergewöhnliches Mädchen. Die Kleine schlich sich mehr und mehr in ihr Herz. Doch das, was sie erzählte, war einfach nur schrecklich.

Der Rest der Nacht verlief ruhig. Helga saß vor der Tür des Schlafsaals und horchte auf jedes Geräusch, doch die Mädchen rührten sich nicht. Bärbels Worte wirbelten in Helgas Kopf, mischten sich mit Sätzen aus *Bonjour tristesse*. Wieder tauchte Konradins Gesicht vor Helgas innerem Auge auf, sein Lächeln. Plötzlich war es nicht mehr Konradin, der lächelte, es war Cyril, der junge Verführer aus *Bonjour tristesse*. Er berührte sie ganz leicht, und genau wie die Ich-Erzählerin glaubte Helga in diesem Moment, etwas in ihr müsse zerreißen. Sie schrak auf, rutschte unruhig auf der hölzernen Bank hin und her. Nie zuvor hatte ein Geschenk solch verwirrende Gefühle in ihr ausgelöst. Wie benommen starrte sie auf die leere Wand.

Die Zeit dehnte sich jetzt. Und je langsamer sich der Zeiger auf der großen Uhr am Ende des Ganges vortastete, desto mehr wich Helgas innere Unruhe einer bleiernen Müdigkeit. Ihre Lider wurden schwer. Wenn sie die Augen nur ein wenig schlösse, nur halb, würde sie immer noch bemerken, wenn eines der Kinder nach ihr riefe ...

Sie erwachte von einem leisen Klirren. Im ersten Moment wusste sie nicht, wo sie war. Ihre Schultern waren steif, ihre Füße kribbelten. Dann erinnerte sie sich. Langsam streckte sie ihren schmerzenden Nacken. Auf dem blank gewetzten Steinboden malte die frühe Morgensonne fröhliche Kringel. Die Wanduhr zeigte sechs. Und am Rande ihres Blickfeldes näherte sich ein schwarzer Schatten.

»Fürs Schlafen werden Sie nicht bezahlt«, keifte Schwester Jovana, während sie gleichzeitig einen blechernen Rosenkranz durch ihre Finger gleiten ließ.

Helga hätte gern entgegnet, dass sie gar nicht bezahlt wurde. Das Praktikum war unentgeltlich. Außerdem gab es so manches andere, was sie der Ordensfrau gern an den Kopf geworfen hätte. Doch sie biss sich auf die Lippen. Sie war viel zu müde für eine Auseinandersetzung. Und was konnte sie schon ausrichten?

Ohne ein weiteres Wort gab Jovana Helga einen Wink, sie könne nun gehen. Helga sprang auf, schnappte sich ihren neuen Mantel und zog ihn im Laufen über. Der helle Stoff, aus dem Fanny ihn genäht hatte, schien ihr nach dieser anstrengenden Nacht noch weicher als sonst. Kurz schloss sie die Augen und kuschelte sich hinein. Dann sprang sie auf ihr Fahrrad und machte, dass sie nach Hause kam.

Draußen, auf den Ringen, spürte Helga sofort, dass sich etwas verändert hatte. Sie kräuselte die Nase, schnupperte. Der Duft des Frühlings, der sich in den vergangenen Wochen angeschlichen und unter die Autoabgase gemischt hatte, erfüllte an diesem Sonntagmorgen die ganze Stadt. Es duftete nach jungem Grün und ersten Blüten, die Sonne kitzelte Helga im Gesicht. An einigen Häusern sah sie die mit Bändern geschmückten Bäumchen, mit denen am Abend zuvor die jungen Männer unterwegs gewesen waren. In Helgas Herz machte sich eine Unruhe bemerkbar, die sie nicht zu deuten wusste. Als halte dieser Frühling auch für sie ein geheimes Geschenk bereit.

Vielleicht, dachte sie, während sie etwas schneller in die Pedale trat, treffe ich unten im Hausflur Konradin. Es ist noch früh, womöglich ist er mit der Wäsche noch gar nicht fertig.

Und während sie dies dachte, überkamen sie gleichzeitig große Vorfreude und ein seltsames Gefühl der Angst.

11. Kapitel

Das Erste, was Helga erblickte, als sie um die Ecke bog, waren Jürgen und Fanny. Sie saßen nebeneinander auf dem Bordstein und teilten sich eine *Bluna*. Beide sahen so erschöpft aus, als wären sie ebenfalls die ganze Nacht auf gewesen. Darüber hinaus trug Fanny immer noch den weiten Pullover mit den Flecken, und ihr Haar war noch zerzauster als am Vortag.

»Ist etwas passiert?« Helga kam mit quietschenden Bremsen zum Stehen. »Was macht ihr hier draußen?«

»Wir ruhen uns einen Moment aus«, antwortete Jürgen und zwinkerte dabei, als habe er einen Witz gemacht.

»Wir genießen die Ruhe vor dem Sturm«, sagte Fanny und kicherte nervös.

Helga stieg von ihrem Rad ab und lehnte es gegen die Hauswand. Dabei ließ sie die beiden nicht aus den Augen. Was war nur los mit ihnen? Vielleicht sollte sie den Vater holen?

»Vorsicht!«, brüllte Jürgen in diesem Moment und riss ihr so abrupt das Fahrrad aus der Hand, dass Helga ins Straucheln geriet.

»Was soll das?«, herrschte sie ihn an. »Bist du völlig verrückt geworden? Ich bin müde, ich möchte nur noch schlafen, ich ...«

Erstaunt hob sie den Blick. Dort, wo der Fahrradlenker die Hauswand berührt hatte, war ein verschmierter Fleck. Doch drum herum war das Haus nicht mehr schwarz und verkohlt, wie es seit Kriegstagen gegenüber der Eigelsteintorburg stand. Es war blau. Zwar nur bis zum ersten Stock, aber immerhin. Der untere Teil des zerschossenen, immer noch halb kaputten Hauses leuchtete so blau wie der Himmel an diesem ersten Mai.

»Ihr ... ihr habt das Haus gestrichen?«, stammelte Helga und verstummte. Denn das Haus war nicht nur frisch gestrichen. Die Vorhänge hinter den blitzblank gewienerten neuen Fenstern waren weit aufgezogen und gaben den Blick ins Innere frei. Helga sah kleine runde Tische und filigrane Stühle. Dort, wo gestern noch Bretter gewesen waren, befand sich nun eine neue Tür, ebenfalls blau, mit einem milchigen Glaseinsatz. Darüber prangte in weißer Farbe ein geschwungener Schriftzug. »Fannys Milchbar« stand dort.

Helga formte mit den Lippen die Buchstaben. Ganz langsam begann sie zu verstehen.

»Ihr habt«, japste sie, »ihr habt ...«

»Die Milchbar fertig gebaut«, fiel Jürgen ihr ins Wort. »Heute wird eröffnet. In zweieinhalb Stunden, um genau zu sein.«

»Und ihr ... ihr habt mir noch nicht einmal gesagt, dass heute Eröffnung ist«, stotterte Helga.

»Entschuldige, Helgalein!«, fiel Jürgen ihr abermals ins

Wort. »Wir waren so beschäftigt in den letzten Tagen, es war einfach noch so viel zu tun.«

Er streckte seine Hand nach ihr aus, berührte sanft ihren Oberarm. »Es tut mir leid, Helga, wirklich.«

»Soso.« Helga konnte nur mit Mühe ihre Wut unterdrücken. »Dann will ich nicht weiter stören«, erklärte sie schnippisch, wischte seine Hand von ihrem Arm, als sei sie ein lästiges Insekt, und rannte ins Haus.

Schon auf den ersten Treppenstufen kamen ihr die Tränen. Sie liebte Jürgen mehr als irgendeinen anderen Menschen auf der Welt. Und nun hielt er offensichtlich nicht nur ein Liebchen, wie der Pförtner es genannt hatte, vor ihr geheim, er vergaß sogar, mit ihr zu sprechen. Wie konnte das sein?

»Helga? Bist du das? Wie war deine erste Nachtwache?«

Aus dem Dunkel des Flurs trat Konradin auf sie zu. Seine Augen, nicht braun, nicht grün, suchten ihren Blick. »Was hast du? Ist etwas geschehen?«

»Es ist nichts«, antwortete Helga und fuhr sich mit dem Handrücken über das Gesicht. »Ich bin nur sehr müde, ich, ich gehe mal schnell hinauf.«

Und damit ließ sie ihn stehen, die Augen immer noch feucht, die Wangen rot vor Scham. So sehr hatte sie sich danach gesehnt, Konradin wiederzusehen! Aber dass sie ihm so aufgelöst begegnete, das hatte ihr gerade noch gefehlt.

Oben in der Wohnung war es still. Der Vater öffnete das Büdchen auch sonntags, aber erst gegen neun. Sicherlich schlief er noch. Helga merkte, dass sie am ganzen Körper bebte.

Ob aus Wut oder aus Enttäuschung oder einfach, weil sie mit einem Mal so müde war, hätte sie nicht zu sagen gewusst. Mit fahrigen Bewegungen schälte sie sich aus ihrer Kleidung, warf sie achtlos neben das Bett und kroch unter die Decke. Die kleine Plastikrolle, auf der sie für gewöhnlich nachts ihren Pony aufdrehte, feuerte sie in die Ecke. Es war ja gar nicht Nacht, und wer würde sie heute schon zu Gesicht bekommen?

Am liebsten hätte sie sich die Decke über den Kopf gezogen. Aber das, befand sie nach kurzem Nachdenken, wäre dann doch zu kindisch gewesen.

Und so lag sie ganz still und lauschte. Sie lauschte auf ihre Gedanken und auf die Geräusche aus dem Erdgeschoss. Sie fühlte, wie die Wut sich in ihr aufbäumte, und sie fühlte, wie sie langsam abebbte. Sie konnte nicht lange wütend auf Jürgen sein, das hatte sie noch nie gekonnt.

Unten im Haus schienen Jürgen und Fanny Gegenstände hin und her zu schieben. Etwas Schweres fiel zu Boden. Fanny stieß einen Schrei aus, Jürgen fluchte. Dann wurde es ruhig. So ruhig, dass Helga beinahe aufgestanden wäre, um nach dem Rechten zu sehen. Aber ganz so schnell wollte sie dann doch nicht einlenken.

Sie musste eine Weile geschlummert haben, denn das Nächste, was sie hörte, war Musik. Elvis Presley sang *Good rockin' tonight*. Helga war immer noch schrecklich müde, doch sie begann augenblicklich, mit den Zehen zu wippen. Nicht viel später wurden vor dem Haus Stimmen laut, Mopeds knatterten. Helga war versucht, aufzustehen und aus dem Küchenfenster zu gucken. Ach was. Einen Teufel würde sie tun und sich dafür interessieren, was dort unten vor sich ging.

Dann aber schlängelte sich etwas zu ihr herauf, das Helga beinahe augenblicklich aus dem Bett springen ließ. Es war ein Duft, so köstlich, dass ihr das Wasser im Munde zusammenlief. Es roch knusprig und süß, nach Vanille und geschmolzener Butter. Der Duft frisch gebackener Waffeln.

Helga zauderte nicht mehr. Energisch streifte sie sich den Rock über, den sie in der letzten Nacht getragen hatte, er war ziemlich zerknittert, genau wie die Bluse, die sie gerade erst neben das Bett geworfen hatte. Egal, das würde schon gehen. Sie eilte ins neue Badezimmer, wo Jürgen den Heißwasserboiler immer noch nicht in Gang gebracht hatte, die alten Elektroleitungen machten wohl Probleme. Aber immerhin gab es ein nagelneues Wasserklosett, eine frei stehende rosafarbene Badewanne mit einem Spritzwasserschutz davor, sodass man darin auch würde duschen können, und ein ovales Waschbecken mit einem runden, beleuchteten Spiegel darüber.

Der Pferdeschwanz saß noch einigermaßen, wenn auch ein bisschen schief, doch der Pony kringelte sich kreuz und quer über ihre Stirn. Hektisch fuhr Helga mit einer Bürste darüber, mit bescheidenem Erfolg. Der Pony lockte sich nur noch mehr. Da begann ihr Magen laut und vernehmlich zu knurren, und in Anbetracht des Waffeldufts, der nun auch das Badezimmer erreichte, schloss Helga für einen Moment die Augen und schnupperte genüsslich. Sie würde einfach so hinuntergehen. Bei dem Trubel, der dort offensichtlich im Gang war, würde sowieso keiner auf sie achten. Schon schlich sie die Treppe hinab.

Die Tür zu Fannys Räumen im Erdgeschoss war nur angelehnt, zum allerersten Mal trat Helga hindurch. Sie fand sich in einem engen, fensterlosen Raum wieder, in dessen Mitte eine Maschine vor sich hin brummte. Sie sah aus wie ein riesiges Fass, in dem ein gigantischer Rührlöffel steckte. Beides bewegte sich unentwegt. Das Fass drehte sich rechtsherum, der Rührlöffel linksherum. Neugierig trat Helga näher – und schloss schon wieder verzückt die Augen. Denn auch dieser Maschine entströmte ein betörender Duft, diesmal nach Milch und Schokolade.

»Mein ganzer Stolz«, flüsterte jemand hinter ihr. Fanny war hereingekommen und legte zärtlich einen Arm um Helgas Taille. »Schau, die Eismaschine stellt in einem einzigen Arbeitsgang zehn Liter Eis her. Es wird uns also hoffentlich niemals ausgehen!«

»Sensationell«, murmelte Helga und wusste selbst nicht, ob sie damit die Eismaschine meinte oder Fanny. Fanny trug ein flammend rotes Kleid mit einem breiten Gürtel, der ihre schlanke Taille betonte, mit schmalen, langen Ärmeln und einer angeknöpften weißen Spitzenschürze. Selbst die Knöpfe, die die Schürze hielten, waren rot und funkelten wie Edelsteine. Im Gegensatz zu Helga hatte Fanny ihren Pony hübsch eingedreht, ein rot-weiß gepunktetes Band schmückte ihr Haar. Fannys Augen blitzten, ihre Wangen glühten, und ihr Mund zauberte ein strahlendes Lächeln. Alle Müdigkeit war aus ihrem Gesicht verschwunden.

»Du siehst dufte aus«, hauchte Helga.

»Ich bin glücklich.« Fanny fasste Helga etwas fester um die Taille. »Sieben Jahre habe ich auf diesen Tag hingearbeitet, mir jeden Pfennig vom Mund abgespart. Ich wollte es unbedingt schaffen, auf eigenen Beinen zu stehen. Etwas darstellen, jemand sein. Damit ich endlich ...« Sie brach ab. »Kannst du das verstehen?«

Helga nickte. Sie verstand Fanny voll und ganz. Was würde sie alles tun, wenn man ihr nur erlauben würde, aufs Gymnasium zu gehen, zu lernen und zu schreiben!

In ihrem Rücken ertönten gedämpfte Stimmen.

»Fräulein!«, rief jemand. »Wir wollen noch eine Zitronenmilch!«

»Oje«, murmelte Fanny, »ich muss wieder nach vorn. Ich –«

Den Rest verstand Helga nicht mehr, denn Fanny war bereits durch eine Schiebetür auf der anderen Seite des Raums verschwunden. Zögernd sah Helga sich weiter um. Direkt neben dem Raum mit der Eismaschine befand sich eine ganz kleine, ebenfalls fensterlose Kammer mit einer einfachen Bettstatt. Hier schlief Fanny offensichtlich. Helga wandte sich schnell wieder ab, sie fühlte sich wie eine Voyeurin. Da hörte sie Gläserklirren und Lachen, und wie von einem unsichtbaren Band gezogen, näherte sie sich der Schiebetür, durch die Fanny entschwunden war, schob sie ein wenig weiter auf. Und wäre vor Staunen beinahe hintenübergefallen.

Helga war nie zuvor in den Räumen im Erdgeschoss gewesen, sie wusste nicht, wie die ehemalige Werkstatt ihres Großvaters nach dem Krieg ausgesehen hatte. Doch das, was sie nun erblickte, hätte sie sich in ihren kühnsten Fantasien nicht ausmalen können.

Der große Raum, in den sie am Morgen vom Bürgersteig aus nur einen kurzen Blick geworfen hatte, war mit einem babyblauen Fußboden ausgelegt, auf dem eierschalenfarbene Tische standen, umringt von den filigranen, niedrigen Stühlen in Grün, Blau und Rosa. Die Vorhänge an den Fenstern hatten dasselbe pastellfarbene Muster wie die tütenförmigen Schirme der großen Messinglampe, die den Raum in ein strahlendes Licht tauchte. Direkt neben der Tür stand eine echte Jukebox, gerade warf ein Junge in engen Hosen einen Groschen hinein. Das Sensationellste jedoch war die Theke an der Stirnseite des Raums. Sie war gestreift, und zwar sonnengelb und himmelblau, Helga schien es, als leuchte sie von selbst. Davor standen hohe Hocker, dahinter bedeckte ein riesiges Gemälde die gesamte Wand. Es schien eine Unterwasserlandschaft darzustellen mit Fischen und Pflanzen, bloß dass diese Fische und Pflanzen die verrücktesten Farben hatten, Dunkellila, Türkis, Sandfarben und Moosgrün.

Helga konnte sich nicht erinnern, jemals etwas Aufregenderes gesehen zu haben. Sie ahnte, dass Fanny alles selbst gemacht hatte, dass sie die Vorhänge genäht und die Lampenschirme gebastelt hatte, dass sie die Theke angestrichen und die Wand bemalt hatte. Was für eine Arbeit in alldem steckte! Und wie viel Liebe, dachte Helga und spürte einen wohligen Schauer, als sie sah, wie die Menschen in Trauben in die Milchbar strömten. Helga sah Nachbarn, die sie vom Sehen kannte, Blumen und Geschenke bringen. Ein älteres Paar nahm vorsichtig auf den bunten Stühlen Platz, ein junger Vater kaufte eine Kugel Eis in einem Hörnchen für seinen Sohn.

Die meisten Gäste jedoch waren junge Leute, kaum älter als Helga. Sie schossen zur Tür herein, als hätten sie ihr halbes Leben lang darauf gewartet, diese Milchbar zu betreten. Die Mädchen trugen fast ausnahmslos Tellerröcke, unter denen Petticoats hervorblitzten, die sich knisternd um ihre Beine bauschten. Einige hatten sogar Nahtstrümpfe, wie Helga bewundernd feststellte. Ihre Haare hatten sie zu Pferdeschwänzen gebunden oder kunstvoll aufgetürmt, oft mit gemusterten Bändern, wie auch Fanny eins trug. Die Jungs steckten ausnahmslos in Bluejeans, als gäbe es keine anderen Hosen mehr, und Helga wusste gar nicht, wohin sie gucken sollte, so eng saßen sie. Sie hatte Gerüchte gehört, wonach man sich mit den Nietenhosen, wie der Vater und Tante Meta die Bluejeans nannten, in die heiße Badewanne legte, damit sie einliefen und sich ganz eng an den Körper schmiegten. Auch wenn Helga sich das beim besten Willen nicht vorstellen konnte, musste es einen Trick geben, wie man überhaupt in so schmale Hosen hineinkam.

Prüfend sah Helga an sich hinunter. Hätte sie geahnt, was hier unten los war, sie hätte sich ein bisschen besser zurechtgemacht. Und die Haare ordentlich gekämmt. Aber nun war es zu spät. Fanny hatte hinter der Theke alle Hände voll zu tun, Jürgen half ihr, und auf den Tischen stapelte sich bereits das schmutzige Geschirr. Kurz entschlossen begann Helga, benutzte Gläser, Tassen und Eisschüsselchen abzuräumen. Jetzt durfte sie bloß nichts fallen lassen.

Als sie mit einem vollen Tablett Geschirr hinter die Theke trat, wäre sie vor Staunen beinahe ein zweites Mal hintenübergefallen. Die ganze Theke vibrierte. Denn sie war eine Kühltheke, bis an den Rand angefüllt mit Köstlichkeiten.

Hinter dick gepolsterten Türen verbargen sich hell glänzende Blechkanister voll mit Vanille-, Erdbeer- und Zitroneneis. Oben auf der Theke konnte man eine große Klappe öffnen und das Eis direkt entnehmen, Fanny verwendete dazu einen langen, gebogenen Löffel und formte damit kleine Kugeln. Ein gläserner Mixer mit orangefarbenem Fuß pürierte in Windeseile und mit beträchtlichem Lärm Obst, ein weiterer aus schwerem grünen Metall schäumte Milch auf. Neben den Mixern befanden sich zwei etwas kleinere, runde Klappen, und als Helga sie ein Stückchen anhob, lief ihr erneut das Wasser im Munde zusammen. Hinter der ersten Klappe entdeckte sie ein kleines Eimerchen voll mit Schokoladenstreuseln, hinter der zweiten ein ebensolches mit Liebesperlen.

»Das ... das ist ja das reinste Schlaraffenland!«, stammelte Helga, und Jürgen, der sie gehört hatte, wies lachend auf drei winzig kleine Hähne ganz am Ende der Theke.

»Du hast das Beste noch nicht gesehen! Komm, halt mal deinen Finger darunter.«

Helga tat wie geheißen, Jürgen drehte ein kleines Rädchen, und aus dem Hahn rann dunkle Flüssigkeit. Blitzschnell steckte Helga sich den Finger in den Mund.

»Hmmm!«, seufzte sie. »Schokoladensirup!«

»Und Himbeersirup und flüssiger Honig«, erklärte Jürgen und wies auf die anderen Hähne. »Für Eis, für Milchmixgetränke …«

»Und was ist das?«, unterbrach Helga ihn.

Mitten auf der Theke gab es noch einen Hahn, größer als alle anderen. Erst hatte sie ihn für einen normalen Wasserhahn gehalten, doch ein Spülbecken befand sich am anderen Ende der Theke. Und unter diesem Hahn war kein Becken. Was also kam da heraus?

»Das ist, ehrlich gesagt, das Allerbeste.« Fanny war zu ihnen getreten und blinzelte. »Schau genau hin.«

Sie nahm ein hohes Glas, stellte es unter den Hahn, hielt eine Sekunde lang inne, als hole sie ehrfürchtig Luft, dann erst drehte sie den Hahn auf. Heraus rann zu Helgas ungläubigem Erstaunen eine weiße Flüssigkeit.

»Milch?«, wisperte sie mit offenem Mund. »Es gibt einen Wasserhahn für Milch?«

»Ein Ort, wo Milch und Honig fließen«, flüsterte Fanny. »Davon habe ich immer geträumt.«

Sie nahm Jürgens Hand und drückte sie innig.

»Danke«, raunte sie, und Helga sah, wie sie mit den Tränen kämpfte. »Danke, dass du mir geholfen hast. Heute wird mein Traum wahr.«

»Ach, das habe ich doch gern gemacht«, murmelte Jürgen und knuffte Fanny freundschaftlich in die Seite, doch Helga merkte, wie sehr Fannys Worte ihn bewegten.

»Verzeih«, fügte Fanny an Helga gewandt hinzu. »Verzeih, dass wir dich ausgeschlossen haben. Es war nicht böse gemeint.«

Helga nickte. Wie hypnotisiert starrte sie auf Fanny und

das Glas vor ihr auf der Theke, randvoll mit Milch. Wie hatten sie und Jürgen gehungert in der Zeit nach dem Krieg! Was hätten sie nicht alles getan für einen kleinen Becher Milch. Und nun hatte Fanny eine Milchbar eröffnet, in der die Milch aus dem Kran kam. Helga vergaß den Rummel um sie herum, die vielen Menschen, die laute Musik. Sie hatte keine Ahnung, was Fanny während des Krieges und in der Zeit danach erlebt hatte. Beschämt stellte sie fest, dass sie sie nie gefragt hatte. Doch in diesem Augenblick ahnte sie, dass auch Fanny bittere Not gelitten hatte. Und dass diese Milchbar mehr war als ein Ort mit geschmackvollen Vorhängen, modischen Möbeln und exquisiten Getränken. Es war der Triumph einer jungen Frau über die dunkle Vergangenheit.

»Ich verstehe dich«, sagte Helga leise.

Dann schnappte sie sich die benutzten Gläser, die sie von den Tischen eingesammelt hatte, und begann zu spülen. Sie würde an Fannys Seite sein, komme, was wolle.

Bald war die Milchbar so voll, dass Jürgen einen der eierschalenfarbenen Tische vor die Tür trug, einen Blechkanister voller Eis und eine Büchse mit Kleingeld daraufstellte und begann, draußen auf dem Bürgersteig Eis zu verkaufen. Da hatte Helga längst das Backen der Hörnchen übernommen. Jedes einzelne musste, wenn es aus dem glühenden Eisen kam, rasch eingedreht werden, solange die Waffel noch weich war. Die ersten gingen Helga sofort kaputt, doch Fanny lachte nur und steckte ihr die Überreste in den Mund.

Helga verdrehte vor Wonne die Augen, so lecker schmeckten sie.

Über Mittag war Fanny plötzlich verschwunden. Helga und Jürgen sahen sich ratlos an, als sie sie nirgends finden konnten, und machten unverdrossen weiter. Gut eine Stunde später war Fanny wieder da, sie machte einen etwas atemlosen, aber sehr glücklichen Eindruck.

Ich muss sie fragen, was sie gemacht hat, dachte Helga und vergaß es gleich wieder.

Am späten Nachmittag zerstreuten sich die Nachbarn und die Familien, die jungen Leute jedoch blieben, bestellten Erdbeer- und Vanillemilch. Die Jukebox lief heiß. Freddy Quinn sang und Vico Torriani, Caterina Valente und Bibi Johns. Doch je weiter der Tag voranschritt, desto öfter erklangen Lieder, die Helga nicht kannte, deren Texte sie nicht verstand. Und die machten, dass ihre Beine ganz von selbst begannen, hinter der Theke hin und her zu hüpfen.

»Das ist Rock 'n' Roll!«, brüllte Fanny ihr ins Ohr. »Ei laav it!« Sie fasste Helga an den Händen und begann, wie wild ihre Hüften zu schwingen. Darauf schienen die Jungen und Mädchen vor der Theke nur gewartet zu haben. Im Nu waren Tische und Stühle an die Seite geräumt, ein erstes Paar fand sich, ein zweites. Und dann wurde getanzt in »Fannys Milchbar«, wild und ausgelassen und so fröhlich, dass Helga allein vom Zusehen ganz warm ums Herz wurde. Die Mädchen und Jungen tanzten kein bisschen sittsam. Sie fassten sich einfach an den Händen, zuckten mit allen Gliedmaßen gleichzeitig, ließen Po und Hüften kreisen, wirbelten herum und kreischten vor Vergnügen. Helga traute sich nicht hinter der Theke hervor, doch sie spürte eine Art elektrisches Kribbeln, das sie von Kopf bis Fuß erfasste. Eines Tages, beschloss sie, würde sie auch Rock 'n' Roll tanzen.

»Bekomme ich nun eine Erdbeermilch oder nicht?«

Den Jungen, der vor der Theke stand, hatte sie glatt übersehen. Was eigentlich unmöglich war, denn er überragte sie um gut einen Kopf, musste also weit über eins achtzig sein. Er trug wie alle anderen Bluejeans, ein seidig glänzendes Hemd mit hochstehendem Kragen und darüber eine Lederjacke. Eine Strähne seines braunen Haars fiel ihm in einer Tolle weit ins Gesicht, der Rest war in Wellen zurückgekämmt. Seine Augen waren moosgrün wie die Fische auf dem Wandgemälde hinter der Theke, seine Nase groß und eckig, der Mund voll wie der eines Mädchens. Und am Kinn hatte er ein so entzückendes Grübchen, dass Helga den völlig unsinnigen Impuls spürte, mit dem Finger darüberzustreichen.

»Ich würde auch eine Schokomilch nehmen. Oder Zitrone. Was immer Sie mir geben möchten, junges Fräulein, von Ihnen nehme ich alles.«

Er lächelte, und Helga merkte, wie sie schon wieder rot wurde. Oje, was war bloß mit ihr los? Hektisch griff sie nach einem Glas und schüttete es so voll mit Erdbeermilch, dass ein wenig davon auf ihre Hand schwappte.

»Entschuldigung.«

Sie griff nach einem Spüllappen.

»Das macht doch nichts.«

Der Junge beugte sich vor, nahm ihr den Lappen aus der

einen Hand und ergriff ihre andere. Sein Griff war sanft und zugleich so fest, dass Helga es nicht wagte, die Hand fortzuziehen. Er schnappte sich einen der bunt geringelten Strohhalme, die in einem Glas auf der Theke standen, steckte ihn sich in den Mund, beugte sich vor und saugte die übergelaufene Erdbeermilch direkt von Helgas Hand. Die Tolle fiel ihm dabei weit über die moosgrünen Augen, aber Helga merkte, dass er sie genau beobachtete.

Für einen Moment war sie wie erstarrt. Doch der Strohhalm kitzelte so sehr auf der Haut und die Situation war so komisch, dass sie unwillkürlich lachen musste.

»Was machen Sie da?«, kicherte sie.

»Ich lasse nichts umkommen«, lächelte der Fremde und leckte sich einen kleinen Rest Erdbeermilch aus dem Mundwinkel. »Hmm. Magniperb. Wie einfach alles hier. Und nun müssen Sie mir verraten, wie Sie heißen, schönes Fräulein.«

»Ich …«, stotterte Helga, die ahnte, dass ihr Kopf mittlerweile mindestens so rot war wie die Erdbeermilch, »ich bin –«

Weiter kam sie nicht.

»Peter!«, kreischte ein Mädchen, dessen kupferfarbenes Haar zu einer feschen Kurzhaarfrisur geschnitten war, »du musst mit mir tanzen, du musst einfach!«

»Verzeihung«, der Fremde deutete eine Verbeugung an, »meine Perle ruft nach mir.«

Er wandte sich um, griff nach der Hand des Mädchens, und im nächsten Augenblick wirbelten die beiden so gekonnt über den babyblauen Fußboden, dass die anderen Tanzenden einen Kreis bildeten und begannen, begeistert in die Hände zu klatschen. Helga sah ihnen atemlos zu. Die Füße des Paares bewegten sich schneller, als sie gucken konnte, sie fielen einander in die Arme und stoben wieder auseinander, das Mädchen drehte sich, dass sein Petticoat nur so flog, und zu guter Letzt sprang es mit einem Satz so hoch in die Luft, dass es in den Armen des Fremden landete, der offensichtlich Peter hieß, die Beine fest um Peters Hüften geschlungen.

Das Publikum spendete frenetischen Applaus. Helga aber strich mit dem Zeigefinger über die Stelle an ihrer Hand, von der Peter die Erdbeermilch aufgesaugt hatte. Sie kribbelte wie verrückt.

18. Mai 1945, am Abend

Liebster, ich fürchte mich. Die Frau, die ich bat, für Meta ihre Koje zu räumen, hat seither das Messer auf uns geschliffen, ich spüre es genau. Sie ist nun im Verschlag neben uns untergebracht, gemeinsam mit früheren Zwangsarbeiterinnen, das erzürnt sie über alle Maßen. Ich ahnte schon vorher, dass man sich vor ihr besser in Acht nimmt. Doch nun verfolgt sie mich mit einem so hasserfüllten Blick, dass sich mir die Nackenhaare aufstellen.

Sie ist mir so unheimlich!

Warte einen Moment… Ich bin kurz aufgestanden und habe nach den Kindern gesehen und natürlich nach Meta. Sie schlafen alle drei, und mir scheint, vor allem für Meta ist der Schlaf eine Gnade. Das Wimmern, das sie oft den ganzen Tag lang von sich gibt, verstummt. Sie sinkt zurück und scheint zu entgleiten in eine Welt, in der sie nichts fürchtet und nichts sie bedrängt.

Die Kinder haben Angst vor ihr. Kein Wunder, sie sind ihrer Tante nie begegnet. Hätten sie sie früher gekannt! Meta war so hübsch und so lebensfroh, der junge Graf von Weck, der, eigentlich nur auf der Durchreise, in Köln ihrem Charme erlag, hätte ein Lied davon singen können. Er fiel schon im ersten Kriegsjahr. Und so stand sie allein da mit einem Gut, von dessen Führung sie nichts verstand, mit Gesinde, das sich von ihr nichts sagen ließ, mit hungrigem Vieh und unbestellten Feldern. Doch Meta biss sich durch, und sie lernte. Ihre Briefe, zu Beginn voller Verzweiflung, zeugten bald von ihrem Mut und ihrem Durchhaltewillen. Wie habe ich ihre Berichte ver-

schlungen! Wenn meine Schwester im fernen Ostpreußen allein ein Gut bewirtschaftet, dachte ich damals, werde ich doch wohl mit den Kindern den Krieg in Köln überstehen.

Ich konnte mir nicht vorstellen, was diese Zeit noch an Grausamkeiten für uns bereithielt.

Und Meta hatte den Nachbarn, die vor den herannahenden Russen warnten, nicht glauben wollen. Als sie sich endlich auf den Weg machte, mit einem der letzten Trecks, wurden sie schnell überrollt.

Werden wir diese düstere, schreckliche Zeit jemals überwinden? Werden wir irgendwann wieder vergnügt miteinander sein?

Der Krieg ist vorbei, doch wir sind noch immer nicht in Sicherheit. Ich lasse die Kinder und Meta keinen Moment aus den Augen. Ich hüte unsere Habseligkeiten. Und wenn ich tief in mich hineinhöre, ist dort nichts als eiskalte Angst.

12. Kapitel

Abends um sechs waren sie ausverkauft. Die letzten Gäste verließen die Milchbar und versprachen, am Dienstag wiederzukommen, denn montags war Ruhetag. Fanny ließ sich glücklich seufzend auf einen der rosafarbenen Stühle fallen, und Helga beobachtete Jürgen, wie er ein nicht allzu großes, recht stämmiges Mädchen mit mittelblondem Bubikopf hinausbegleitete. Hinter ihm sah Helga den Vater auftauchen, der das Büdchen offenbar an diesem Sonntag etwas früher zugesperrt hatte. Flink wie ein Wiesel schlüpfte sie durch die Schiebetür, an der Eismaschine vorbei, und rannte die Treppe hinauf in die Wohnung, immer zwei Stufen auf einmal nehmend. Der Gedanke, der Vater könne sie in der Milchbar erwischen, trieb Helga den Schweiß auf die Stirn. Sie wollte ihn nicht enttäuschen, niemals.

Doch wenn Fanny morgens die Milchbar aufschloss, wenn aus der engen Gasse das Dröhnen der Mopeds zu Helga heraufschallte und das Lachen der jungen Gäste, die, kaum älter als sie selbst, die Milchbar zu ihrem neuen Fixstern erkoren hatten, dann spürte Helga oben im ersten Stock ein sehnsuchtsvolles Ziehen in der Brust. Und wenn die Musikbox, von Fanny zärtlich Groschengrab genannt, Elvis Presley spielte, dann hielt sie es nicht mehr aus und tanzte, ganz allein für sich, durch die Küche.

Immer öfter stieg Helga jetzt erst abends auf ihr feuerwehrrotes Fahrrad und fuhr zum Kinderheim, denn Schwester Jovana hatte beschlossen, dass Helga ihr einen Großteil der Nachtwachen abnehmen sollte. »Ein junges Ding wie du steckt das leichter weg als ich.«

Helga hatte sich schnell der Anweisung gefügt. Denn in der Nacht, wenn sie mit den Mädchen allein war, konnte sie so manche Pein stillschweigend abschaffen.

Niemand musste mehr seine Unterhose vorzeigen. Stattdessen wurde nach dem Abendgebet gesungen, ganz leise, damit es im Trakt der Nonnen nicht zu hören war. Helga brachte jedes Kind einzeln zu Bett, deckte es zu und strich ihm zärtlich über den Kopf. Einige schienen diese Zeremonie über alle Maßen zu genießen, andere wurden weiterhin so starr, dass Helga ihre Hand schnell wieder wegzog.

Wovon die Mädchen nicht abließen, war ihre besondere Art, ihre Kleidung zu wechseln. Nach wie vor stülpten sich alle die weiten Nachthemden über den Kopf, bevor sie sich darunter auszogen.

Nachdem im Schlafsaal das Licht gelöscht war, nahm Helga ihren Platz auf der Bank vor der Tür ein. Oft dauerte es nicht lange, und das erste Mädchen musste zur Toilette. Helga gab ihm dann einen Wink, sich zu beeilen, und stand Wache, falls Schwester Jovana auftauchte.

Am zeitigen Morgen, meist gegen halb fünf, fünf Uhr, tapste stets dasselbe Paar kleiner nackter Füße aus dem

Schlafsaal. Bärbel war eine Frühaufsteherin, und sie liebte die stille Stunde, die sie noch vor Tagesanbruch mit Helga verbrachte.

»Fräulein Helga, erzählst du mir eine Geschichte?«, fragte sie.

Helga, die oft gerade ein wenig eingenickt war, rückte dann schlaftrunken zur Seite, und Bärbel kletterte neben ihr auf die Bank.

»Es war einmal«, begann Helga und gähnte herzhaft, »ein kleines Mädchen, das lebte fern von hier in einem Land namens Frankreich …«

Und dann erzählte sie. Sie erzählte vom Gut in Frankreich, von Tante Claire und Onkel Albert. Sie erzählte von der Weinlese und den großen Eichenfässern im tiefen Keller, in denen der Wein lagerte, von Sommern, in denen die Sonne so glühend heiß war, dass man sich auf dem steinigen Boden im Weinberg die Fußsohlen verbrannte, und von Wintern, so kalt, dass die Rehe des nahen Waldes in der Nähe des Hauses Schutz suchten.

Bärbel liebte Geschichten, vor allem, wenn Tiere darin vorkamen. Und so erzählte Helga von den Katzen, die auf dem Gut in Frankreich lebten, von dem alten Jagdhund, der sie viele Jahre begleitet hatte, von den Igeln, die nachts über den Hof trippelten, ihre Schritte so laut, als schleiche ein Mensch durchs Dunkle.

In den ersten Nächten saß Bärbel kerzengerade am anderen Ende der Bank und lauschte mit weit offenen Augen. Bald aber rückte sie ein bisschen näher. Und als der Mai schon weit fortgeschritten war, als der Tag immer früher begann und die Sonne immer hellere Kringel auf den Fußboden im Flur des Waisenhauses malte, da lehnte Bärbel sich, kaum dass Helga zu erzählen begonnen hatte, an sie und schloss verträumt die Augen.

Helga stockte für einen Moment der Atem. Am liebsten hätte sie Bärbel an sich gedrückt, aber etwas in ihr hielt sie davon ab. Und so blieb sie ganz still sitzen, Arm an Arm mit der Kleinen. Vor dem Fenster begann ein früher Vogel sein Lied. Helga erzählte schnell weiter. Die Zeit eilte ihnen davon, bald würde Schwester Jovana auftauchen.

Helga erzählte und erkannte, dass die Geschichten ihr all das zurückbringen konnten, was sie verloren geglaubt hatte.

In den Nächten, in denen sie nicht im Waisenhaus war, traf sie sich mit Konradin. Jürgen war es gelungen, den Boiler im neuen Badezimmer in Gang zu bringen, doch um Wasser zu erhitzen, musste man ihn erst einschalten. Bis das Wasser dann tatsächlich heiß war, dauerte es über eine Stunde, und damit es heiß blieb, musste der Boiler unentwegt laufen. Meta hatte unmissverständlich klargemacht, dass dies zu viel Strom koste, und verfügt, dass der Boiler nur samstags angemacht werden durfte. Heißes Wasser sei eh hinausgeworfenes Geld. Helga hatte gehorsam genickt und sich auf die Zunge gebissen. Doch nachts, wenn alle schliefen, stellte sie den Boiler an. Er fing dann beinahe augenblicklich an zu röcheln und zu brodeln, und Helga lauschte mit angehaltenem Atem, ob auch niemand wach wurde. Erst wenn das Wasser heiß und die Luft rein war, klopfte sie oben an die niedrige Tür zum Dachboden und half Konradin, die Schmutzwäsche hinunterzutragen.

»Du musst das nicht tun«, flüsterte er, die Arme bis zu den Ellbogen in der mit schäumend heißem Wasser gefüllten rosafarbenen Badewanne.

»Muss ich doch«, gab Helga leise zurück. Sie schämte sich entsetzlich für ihre hartherzige Tante, die Konradin und Auguste unter so unwürdigen Umständen beherbergte. Dass sie nicht einmal das Badezimmer benutzen durften! Hinzu kam, dass Helga auf keine Minute hätte verzichten wollen, die sie neben Konradin vor der Badewanne kniend verbrachte.

Sie sprachen wenig miteinander, während sie wuschen, sie gaben sich stumme Zeichen. Zu groß war ihre Angst, entdeckt zu werden. Sie berührten sich auch nicht, obwohl sie so dicht nebeneinander arbeiteten. Und doch hatte Helga das Gefühl, kaum jemals einem Menschen so nahe zu kommen wie in jenen nächtlichen Stunden Konradin. Sie fühlte seine Bewegungen im heißen Wasser, das Eintauchen der Wäsche, das Hin-und-her-Bewegen, das Wringen. Jede kleine Welle, die Konradin erzeugte, schwappte gegen ihre nackten Arme und bereitete ihr ein Wohlbehagen, das sie bis in die Zehen spüren konnte. Fast so, als wären sie beide ganz und gar im Wasser.

Ob es ihm genauso erging? Helga wagte es kaum, Konradin anzuschauen. Wenn sie die Wäsche endlich hinauf auf den Dachboden gebracht hatten, schlief Auguste oft schon tief und fest. Und so huschte Helga mit leisem Bedauern in ihre kleine Kammer, wo sie sich so lange schlaflos in ihrem

Bett hin und her wälzte, dass sie manchmal noch hörte, wie der Vater und Jürgen morgens früh aufstanden und sich auf den Weg zur Arbeit machten.

In einer Nacht Ende Mai, die Wäsche hing bereits auf der Leine, und Helga wollte gerade wieder hinuntergehen, hockte Konradin sich vor die winzige Dachluke und klopfte leise neben sich auf den Boden. Helga betrachtete sein Antlitz, die hohen Wangenknochen, auf denen sich das silberne Mondlicht spiegelte, den Bartschatten, das dunkle Haar. Wenn sie sich zu Beginn der Nacht trafen, trug er es stets ordentlich zurückgekämmt, doch nun, nach dem Waschen der Wäsche, fiel es ihm so strubbelig in die Stirn, dass Helga am liebsten darübergestrichen hätte. Zögernd trat sie näher und hockte sich neben ihn.

Die Nacht war sternenklar. Ein sanfter Wind wehte durch die Luke und streichelte Helgas Wangen, ihre Nase, ihren Mund. Sie wagte kaum zu atmen. Szenen aus *Bonjour tristesse* kamen ihr in den Sinn. Ein junger Mann, ein Mädchen, ganz allein …

Bild dir nichts ein, schalt sie sich im Stillen, bei *Bonjour tristesse* segeln sie in einem Boot übers Mittelmeer, du aber sitzt mit rot gescheuerten Händen auf einem stickigen Dachboden.

»Wie hat es dir eigentlich gefallen?«, fragte Konradin in die Stille hinein, als habe er ihre Gedanken gelesen. »Das Buch, du weißt schon –«

Helga biss sich auf die Lippen. Seit Wochen fürchtete sie diese Frage. Sie wusste, dass Konradin in Ostpreußen Abitur gemacht und sogar zwei Semester Germanistik studiert hatte. Wie sollte sie Worte finden für das, was sie bei der Lektüre empfunden hatte?

»Wenn du es nicht mochtest, ist das nicht schlimm.«

»Doch, doch«, beeilte Helga sich zu sagen. »Es ist ganz anders als alles, was ich bislang gelesen habe …«

»Nicht wahr?« Er wandte sich ihr zu, und im Mondlicht sah sie seinen Blick, so offen, so neugierig, dass sie sich traute weiterzusprechen.

»Am Anfang«, begann sie, »habe ich mich fürchterlich geärgert. Die Ich-Erzählerin ist reich, verwöhnt, auf sich fixiert. Wozu, habe ich mich gefragt, ist solch ein Buch gut? Müssen Schriftsteller nicht von den kleinen Leuten erzählen, von ihren Sorgen und Nöten? Muss man nicht schreiben, um die Welt ein bisschen besser zu machen?«

Erschrocken hielt sie inne. Nie zuvor hatte sie so mit jemandem über Literatur gesprochen. Doch im Mondlicht sah sie ein Schimmern in Konradins Augen, das sie ermunterte fortzufahren.

»Dann aber habe ich verstanden, was die Leute an diesem Buch mögen. Es ist voller kleiner Details, sodass man meint, man sei in der Geschichte. Aber am spannendsten sind die Details, die nicht erzählt werden, die man nur ahnen kann. Sodass man ein ganz komisches Gefühl kriegt, als sei man selbst es, die …«

Helga stockte. Ahnte Konradins Blick. Fasste sich ein Herz und sprach weiter.

»Als sei man selbst diejenige, die geküsst wird. Und noch manch anderes.«

Ihre Stimme erstarb. Sie glaubte, von den Zehen bis zu

den Haarwurzeln rot werden zu müssen. Himmel, was hatte sie gesagt!

Neben sich spürte sie Konradin trocken schlucken.

»Helga.« Er flüsterte nur ihren Namen, doch er flüsterte ihn so, als liebkose er jeden einzelnen Buchstaben. Er schluckte noch einmal schwer, räusperte sich. »Helga. Du ahnst nicht, wie wundervoll es ist, dir begegnet zu sein. Großmutter und ich, wir leben in diesem Loch von Dachboden, ach was, leben, wir vegetieren. Niemand will uns hier. Deine Tante würde uns lieber heute als morgen vor die Tür setzen. Alles haben wir verloren, unsere Heimat, unsere Familie, unsere Zukunft. Ich hatte keine Hoffnung mehr. Und dann stürze ich mitten in der Nacht über ein Mädchen, das schrecklich tollpatschig ist und zugleich so lieb und hilfsbereit, wie ich noch nie einen Menschen kennengelernt habe. Und das Literatur liebt! Und genau das Gleiche fühlt wie ich. Ach, Helga, wenn ich doch nur …«

Er wandte sich ihr zu, und Helga hörte auf zu atmen. Mittlerweile, dessen war sie sich sicher, war sie nicht nur von Kopf bis Fuß puterrot, sie glühte förmlich.

»Konradin, Oksana«, war plötzlich die alte Auguste zu hören. »Kommt ihr bitte?«

Helga zuckte zusammen. Oksana. Auguste hatte sie schon einmal mit einer Frau dieses Namens verwechselt. Wer mochte das sein?

»Ich möchte kurz aufstehen!«, rief die alte Frau. »Könnt ihr mir bitte helfen?«

Konradin war leichenblass geworden, und als Helga zu Auguste eilen wollte, hielt er sie zurück.

»Geh. Bitte, geh.«

Helga erschrak. Konradin schien wie verwandelt. Doch dann nickte sie und machte, dass sie hinauskam. Was immer Konradin und Auguste mit dieser Frau namens Oksana verband, es hatte sie nicht zu interessieren.

»Gute Nacht«, flüsterte sie und schlich zur niedrigen Tür hinaus. Sie wagte es nicht, Konradin noch einmal anzusehen. Aber als sie die Treppe hinunterschlich, wiederholte sie stumm die Worte, die er zuvor gesagt hatte. Und sie spürte, wie sie in ihrem Herzen einen wahren Wirbelsturm entfachten.

13. Kapitel

»Herzlichen Glückwunsch«, lispelte Schwester Jovana an einem frühen Morgen Anfang Juni, als sie Helga nach der Nachtwache ablöste. »Ich entnehme deinen Unterlagen, dass du heute Geburtstag hast. Ich gewähre dir deshalb einen freien Tag.«

»Danke schön«, murmelte Helga und machte sich auf den Heimweg, den Kopf voller verwirrender Gedanken. Wie, fragte sie sich, fühlte es sich an, Geburtstag zu haben? Denn tatsächlich war heute, solange sie sich erinnern konnte, ihr allererster richtiger Geburtstag. Noch vor wenigen Monaten, bevor der Vater sie gefunden und sie und Jürgen neue Papiere bekommen hatten, hatte sie ihr Geburtsdatum nicht gekannt.

In Frankreich hatten sie jedes Jahr im Januar den Tag gefeiert, an dem Tante Claire und Onkel Albert die Kinder in Köln gefunden hatten. Die Größeren kannten ihre echten Geburtstage, die Kleinen, Jürgen und Helga, bekamen an diesem Tag Geschenke, als hätten sie Geburtstag. Tante Claire wies das Küchenmädchen Linette an, Kuchen zu backen, und sorgte dafür, dass am Nachmittag die Kinder aus der Nachbarschaft mit kleinen Geschenken vor der Tür standen. Wie ihr das gelang, hatte Helga nie begriffen, denn das ganze restliche Jahr über bekamen Helga und Jürgen niemals Besuch von anderen Kindern, und sie wurden auch nie zu Geburtstagen eingeladen. Sie waren von Anfang die *boches*, die verhassten Deutschen, und dabei blieb es.

Abends, wenn die anderen Kinder wieder weg waren, wenn niemand mehr schweigend oder gar feixend um ihren Geburtstagstisch saß, war Helga aufatmend und traurig zugleich zu Bett gegangen. Selbst Tante Claires aufmunternde Worte konnten sie an diesen Tagen nicht trösten.

Mehr noch, als dass sie keine Freunde hatte, bedrückte sie, dass sie nichts über ihre Herkunft wusste. Dass sie ein *enfant trouvé* war, ein Findelmädchen.

In gewisser Hinsicht, dachte Helga nun, während sie auf ihrem Fahrrad über die Ringe strampelte, bin ich immer noch ein Findelmädchen. Denn mir fehlt nach wie vor jede Erinnerung an meine frühe Kindheit. Und ich habe keine Ahnung, was mit meiner Mutter geschehen ist.

Ein Junge auf einem Motorrad überholte sie. Er hatte Ähnlichkeit mit Peter, der die Erdbeermilch von ihrer Hand gesaugt hatte. Vielleicht, dachte sie, als er ihr fröhlich winkte, war er es sogar. Ob der Vater ihr zur Feier des Tages erlauben würde, hinunterzugehen in die Milchbar? Und ob er überhaupt an ihren Geburtstag gedacht hatte?

Helga trat ein bisschen fester in die Pedale. Was immer auch passieren würde, sie nahm sich fest vor, nicht enttäuscht zu sein.

Als sie das Haus an der Eigelsteintorburg erreichte, lag

es so still wie immer um diese frühe Morgenstunde da. Leise schlich sie die Treppe hinauf, bemüht, niemanden aufzuwecken. Aus der verschlossenen Küchentür drang kein Lichtschein in den Flur. Fanny schien spät dran zu sein, sicherlich würde sie gleich kommen, um den Kaffee für das Büdchen zu kochen. Helga huschte weiter ins Bad, wusch sich Gesicht und Hände mit eiskaltem Wasser. In dieser Nacht hatte niemand heimlich den Boiler eingeschaltet. Der Gedanke an Konradin machte, dass etwas in Helgas Bauch sehnsuchtsvoll zu ziehen begann.

Zurück im Flur, stolperte sie über ein Hindernis, das mitten im Weg lag. Verwirrt knipste sie das Licht an und rieb sich sogleich verwundert die Augen. Jemand hatte auf die Schwelle zur Küche ein kleines Paket gelegt, ein blaues Büchlein mit einer blassblauen Schleife darum. Und in die Schleife gewickelt war eine einzelne rote Rose.

Helga bückte sich schnell und drückte das Geschenk an ihr Herz. Konradin! Wie konnte er wissen, dass sie Geburtstag hatte?

Als wenig später Fanny in der Küche zu rumoren begann, stellte Helga sich schlafend. Sosehr sie es liebte, mit Fanny zu scherzen und zu lachen, an diesem Morgen wollte sie allein sein. Allein mit dem Büchlein, das Konradin ihr geschenkt hatte.

Auf der Vorderseite thronte mitten auf einem See ein Märchenschloss mit Zinnen und Türmen. Darunter war der Name des Verfassers zu lesen, Kurt Tucholsky. Und darüber stand, in bunt geschwungenen Buchstaben, die aussahen, als seien sie aus Blütenkränzen gewunden, mit einer rot-weiß flatternden Schleife an ihrem Ende: *Schloß Gripsholm*.

Einen solch schönen Einband hatte Helga noch nie gesehen. Das Buch wirkte wie ein Märchenbuch für Erwachsene. Märchenhaft war auch die Geschichte, die Kurt Tucholsky erzählte. Es war, wie Helga schnell feststellte, eine Liebesgeschichte. Aber was für eine! Sie war zärtlich und verrucht, lustig und todernst und in einer so beschwingten Sprache geschrieben, dass Helga die erste Hälfte des Buches auf einmal verschlang wie einen süßen Pudding.

Der Tag war schon weit fortgeschritten, als sie selig lächelnd einschlief, *Schloß Gripsholm* unter dem Kopfkissen versteckt, die Rose und das blassblaue Band vorsichtig in die hintere Umschlagseite geschoben.

Erst war es nur ein leises Rascheln. Das Geräusch eines Zündholzes, das entflammt. Ein Kichern. Ein hastig geflüstertes »Pscht«. Dann begann es zu zischen. Durch den dünnen Vorhang, der ihre Kammer von der Küche abtrennte, ahnte Helga silberne Funken sprühen. Was war denn nun los? Schlaftrunken sprang sie aus dem Bett, warf sich ihren Hausmantel über, riss den Vorhang beiseite. Und rieb sich zum zweiten Mal an diesem Tag verwundert die Augen.

Überall zischte und blitzte es. Und zugleich begann ein vielstimmiger Chor zu singen. »Zum Geburtstag viel Glück«, sang der Chor, Helga erkannte Jürgens und Fannys Stimmen, furchtbar schief sangen sie, sie hörte den Vater, der jeden Ton traf, und eine weitere Stimme, deren glockenheller

Klang die ganze Küche ausfüllte. Das war, wie sie vor Überraschung japsend feststellte, Tante Meta.

Alle hielten sie Wunderkerzen in den Händen, und während diese abbrannten, stimmten sie »Viel Glück und viel Segen« an, sie sangen es im Chor, und obwohl Jürgen und Fanny immer noch furchtbar schief sangen, meinte Helga, seit Jahr und Tag nichts Schöneres gehört zu haben.

»Danke!« Als der Gesang verklungen war, fiel Helga jedem Einzelnen um den Hals. Nur Tante Meta trat einen Schritt zurück und hielt sie gebieterisch auf Abstand.

»Danke«, rief Helga noch einmal und vergrub ihr Gesicht, das mit einem Mal ganz nass war, an Jürgens Brust. »Ihr habt daran gedacht.«

»Was glaubst du denn, Helgalein«, murmelte Jürgen, holte aus seinem blauen Monteuranzug, der immer ein wenig nach Schmierfett roch, ein ordentlich gebügeltes Taschentuch hervor, reichte es ihr und fasste sie an den Schultern. »Vater hat sogar das Büdchen früher zugesperrt, und ich habe einen halben Tag Urlaub genommen. Schau, was Fanny gezaubert hat.«

Helga wischte sich über die Augen, blickte zum Küchentisch, und wischte sich gleich noch einmal darüber, denn schon wieder konnte sie kaum glauben, was sie sah. Auf dem Tisch stand eine doppelstöckige, über und über mit rosafarbenem Marzipan bedeckte Buttercremetorte. Jemand hatte mit blauem Fondant ihren Namen darauf geschrieben und eine geschnörkelte 16.

»Wunderbar«, flüsterte Helga und ergriff Fannys Hand. »Einfach wunderbar.«

Der Vater strich Helga zärtlich übers Haar, schluckte, als falle ihm das Sprechen schwer, und überreichte ihr ein in Geschenkpapier gewickeltes Paket, bei dem es sich augenscheinlich um ein Buch handelte. Helga bekam vor Aufregung ganz rote Ohren. Von Konradin, der ihre Liebe zur Literatur teilte, ein Buch geschenkt zu bekommen, war bereits wundervoll. Aber vom Vater, der nichts davon hielt, dass sie Geschichten schrieb, und der ihr gesagt hatte, sie solle sich das Gymnasium aus dem Kopf schlagen? Das schien ihr geradezu sensationell. Ob er seine Meinung vielleicht geändert hatte?

Mit fahrigen Fingern löste sie den Klebefilm vom Geschenkpapier, doch als sie das Buch auswickelte, spürte sie, wie sie bleich wurde. Auf dem blau-gemusterten Umschlag war ein pausbäckiger Junge abgebildet, der eine Kochmütze auf dem Kopf trug und sich einen Löffel Brei in den verschmierten Mund steckte. »Ich helf dir kochen«, stand darauf. Der Vater hatte ihr ein Rezeptbuch geschenkt.

Nun war Helga es, die schwer schluckte.

»Danke«, murmelte sie und mühte sich, ihre Enttäuschung zu verbergen.

»Helgalein!«, rief da Jürgen ein wenig zu laut. »Ich habe auch noch etwas für dich.«

Mit gesenktem Kopf wickelte Helga das Paket aus, das Jürgen ihr reichte, und als sie sah, was darin war, merkte sie, wie die Farbe auf ihre Wangen zurückkehrte. Jürgen hatte ihr drei fein gebundene Kladden geschenkt. Sie waren nicht blau wie die, die Tante Claire ihr immer gegeben hatte, aber von einem herrlichen Dunkelgrün, sie dufteten noch ein wenig nach Kleber, und ihre blütenweißen Seiten schienen nur darauf zu warten, von Helga beschrieben zu werden.

»Danke«, murmelte sie ein weiteres Mal und senkte den Kopf noch ein wenig tiefer, diesmal, um sich ihre übergroße Freude nicht anmerken zu lassen.

Aus Frankreich war ein Brief gekommen, den Jürgen abgefangen hatte. Tante Claire und Onkel Albert gratulierten ihr herzlich zum Geburtstag. Mit einem seligen Lächeln legte Helga den Brief zu dem Kochbuch und den Kladden.

Sie nahmen gleich in der Küche Platz, denn Jürgen war dabei, das Wohnzimmer zu renovieren, ebenso drei weitere Räume auf der Etage. In naher Zukunft sollten Helga, Jürgen und der Vater eigene Zimmer haben.

Ein jeder aß zwei große Stücke Buttercremetorte, Helga und Meta sogar drei. Fanny servierte dazu frisch aufgebrühten Bohnenkaffee und für jeden ein Gläschen mit einer cremefarbenen, dickflüssigen Köstlichkeit, die ein bisschen nach Alkohol schmeckte und zugleich herrlich süß.

»Eierlikör«, erklärte Fanny, die immer nur kurz aus der Milchbar heraufgerannt kam, »das trinken jetzt alle.«

Der Vater hob ein wenig die Augenbrauen, schmunzelte dann aber und erlaubte Helga und Jürgen sogar ein zweites Gläschen.

Als Helga glaubte, nun wirklich pappsatt zu sein, und auch ein bisschen betrunken – wobei sie sich größte Mühe gab, sich das nicht anmerken zu lassen –, zauberte Fanny aus dem nagelneuen Kühlschrank, den der Vater erst vor Kurzem erstanden hatte, eine Wurstplatte mit Schinkenröllchen und Butterkugeln hervor, liebevoll verziert mit Perlzwiebeln, Tomaten und eingelegten Gurken. Dazu gab es Reissalat mit Pilzen aus der Dose und eine Eierplatte, auf der die Eier aufrecht standen, obendrauf je eine halbe, mit Mayonnaise betupfte Tomate als eine Art Hut. Die Eier sahen aus wie kleine Fliegenpilze.

»Hmm, geht es uns gut«, seufzte der Vater, Jürgen stimmte ihm fröhlich mampfend zu, und sogar über Metas sonst immer so sauertöpfisches Gesicht hatte sich ein zufriedener Schimmer gelegt.

Doch mit einem Mal schien ein Schatten über das Antlitz des Vaters zu fallen, und Helga wusste sogleich, warum. Sosehr sie diesen Abend genoss, so spürte sie doch in jeder Minute, dass jemand fehlte an diesem Tisch. Jemand, über dessen Schicksal sie immer noch nicht das Geringste wusste. Ihre Mutter.

»Tante Meta«, begann sie zögernd, »meinen Sie, Sie könnten uns ein bisschen etwas über die Zeit nach dem Krieg erzählen? Ich meine, damals im Bunker …« Sie stockte, sah, wie Metas Züge sich verhärteten, und musste sich ein Herz fassen, um überhaupt weiterzusprechen. »Ich habe nie verstanden, was dort eigentlich passiert ist –«

»Schluss jetzt«, fiel Meta ihr ins Wort. Helga sah, wie ihr die Röte vom Dekolleté den Hals hinaufkroch. »Musst du uns alles verderben? Kannst du niemals damit aufhören?« In Sekundenschnelle war ihr Gesicht so rot geworden wie die Tomaten auf den Eiern. »Um Himmels willen, sei doch froh, dass du dich an nichts erinnern kannst!«, schrie sie nun. »Schreckliche Zeiten waren das! Ich will davon nichts mehr wissen!«

Und damit wuchtete sie sich hoch und stieß ihren Stuhl so heftig zurück, dass er umfiel. »Verzogenes Gör!«, schimpfte sie noch, rannte aus der Küche und schlug die Tür hinter sich zu.

Helga saß wie erstarrt. Jürgen sprang auf und stellte den Stuhl wieder ordentlich hin. Der Vater fuhr sich stöhnend mit der Hand übers Gesicht.

»Ich wollte doch nur«, murmelte Helga, »ich meine, es ist mein Geburtstag ...«

»Ich weiß, ich weiß.« Der Vater sprang auf und setzte sich zu ihr aufs Küchensofa, umschlang sie mit seinen langen Armen. »Ich ahne, wie sehr du sie vermisst«, flüsterte er, den Mund in Helgas Locken vergraben. »Sie fehlt mir auch. Sie fehlt mir morgens, wenn ich erwache, und abends, wenn ich schlafen gehe. Sie fehlt mir jede einzelne Minute des Tages. Und sie fehlt mir umso schmerzlicher, wenn ich dich ansehe, mein Kind. Weißt du, dass du ihr wie aus dem Gesicht geschnitten bist?«

»Ich?« Helga setzte sich kerzengerade hin, hielt den Vater auf Abstand, suchte seinen Blick. »Ist das wahr? Ich ähnele ihr?«

»Und wie!«, lächelte er unter Tränen. »Du bist ganz deine Mutter.«

»Und ich?«, rief Jürgen. »Sehe ich ihr auch ähnlich?«

»Aber natürlich«, antwortete der Vater, und dann sprudelte es aus ihm heraus: »Ihr habt beide ihre Augen. Du, Helga, hast auch ihren Mund und ihre Nase, und du, mein Sohn, ihre Hände. Die blonden Locken habt ihr von mir, denn ihr müsst wissen, eure Mutter war dunkel, ihr Haar lang und glatt, Schneewittchen hat ihr Vater sie genannt. Ihr Wesen habt ihr beide von ihr geerbt, denn sie war klug und freundlich, so hilfsbereit, dass ein jeder sie liebte. Aber sie konnte ziemlich störrisch sein, wenn sie sich einmal etwas in den Kopf gesetzt hatte.«

»Alles klar«, stellte Jürgen fest. »Auch in dem Punkt ist Helga ganz nach ihr geraten.«

Er stieß ein kleines, glucksendes Lachen aus, und Helga konnte nicht anders, sie fiel leise darin ein. Der Vater sah sie beide verwundert an, und dann begann auch er zu lachen. Sie lachten, und ihr Lachen mischte sich mit einzelnen Schluchzern, doch vor allem lachten sie und hielten einander in den Armen.

»Meta darf nicht so mit euch sprechen«, sagte der Vater nach einer Weile. »Aber im Grund hat sie recht. Sie hat mir wieder und wieder beteuert, sie wisse nicht, was eurer Mutter passiert ist, nachdem sie mit euch den Bunker verlassen hatte, und womöglich werden wir es nie erfahren. Doch wir müssen nach vorn schauen. Vor allem ihr, meine Kinder. Ihr habt euer ganzes Leben noch vor euch! Lasst das Grübeln, ich bitte euch. Und bedrängt Meta nicht mehr. Sie hat womöglich viel mehr durchgemacht, als wir erahnen können. Wir sollten die Vergangenheit ruhen lassen.«

Er stand auf, ging zum neuen Kühlschrank, in den Fanny die angebrochene Flasche mit dem Eierlikör gestellt hatte, holte sie heraus und füllte noch einmal ihre Gläser.

»Und nun lasst uns anstoßen auf das Geburtstagskind, auf dich, meine liebreizende Tochter Helga, und auf dich, Jürgen, meinen Sohn, der mich mit großem Stolz erfüllt.«

Helga hob ihr Glas und trank. Doch der Eierlikör schmeckte nicht mehr so gut wie früher an diesem Tag. Wie, fragte sie sich, soll ich aufhören, an meine Mutter zu denken? Das werde ich nicht, niemals.

8. Juni 1945, abends

Ein Riegel Schokolade und ein Kranz aus Gänseblümchen. Ob unsere Kleine sich eines Tages daran erinnern wird, dass dies die beiden einzigen Geschenke an ihrem sechsten Geburtstag waren? Ob sie später noch wissen wird, wie sehr sie sich darüber gefreut hat?

Beinahe hoffe ich, dass sie es vergisst. Dass sich beide Kinder, Helga und Jürgen, in ferner Zukunft kaum noch entsinnen können an diese dunklen Tage.

Ich wünschte, ich könnte es auch.

Wir sind früh aufgebrochen, Helga und ich. Wer sich nicht lange vor Tagesanbruch vor den wenigen Geschäften, die überhaupt geöffnet haben, in die Schlange stellt, geht leer aus. Die Kinder wollte ich lieber im Bunker lassen, doch Helga weinte und klammerte sich an mich. Jürgen versuchte alles, um sie zu beruhigen, vergebens. Mit seinen nicht einmal sieben Jahren benimmt er sich, als sei er meine einzige Stütze. Es bricht mir das Herz, denn er ist meine einzige Stütze.

Schließlich nahm ich Helga mit, und Jürgen blieb bei Meta. Man kann sie nicht allein lassen. Wenn sie nicht schläft oder leise vor sich hin wimmert, sitzt sie mit leerem Gesicht auf der eisernen Koje. Das wenige Essen, das wir haben, nimmt sie nicht an, wir müssen sie füttern. Den Kindern ist sie immer noch unheimlich, da kann ich ihnen noch so oft erzählen, dass sie meine Schwester ist, die lange vor ihrer Geburt nach Ostpreußen heiratete. Immer wieder sage ich ihnen, dass sie sich bald erholen und ganz normal mit ihnen sprechen wird. Doch tief in meinem Innern bezweifle ich, ob sie je wieder die sein wird, die sie einst war.

Die Schlange vor der kleinen Bäckerei am Ende der Straße reichte bereits einmal um den Block, als wir ankamen. Wir stellten uns dazu und warteten. Schon bald fing Helga an zu wanken, ich konnte sehen, dass sie kaum die Augen offen halten konnte. Im Bunker bekommt niemand ausreichend Schlaf. Ständig gibt es irgendwo Streit und Gebrüll, dazu kommen die Ratten, die durch die Ecken huschen und, wenn man nicht aufpasst, über die dreistöckigen Kojen. Ich halte immer einen eisernen Schwengel unter der Bettdecke bereit, um sie zu erschlagen. Und für andere Fälle, die ich mir nicht ausmalen mag.

Ich nahm Helga auf den Arm. Sie ist so leicht für eine Sechsjährige! Unwillkürlich wanderten meine Gedanken zurück an den Tag ihrer Geburt. Wie glücklich wir waren, mein Liebster! Nach dem Sohn eine Tochter, und das nach nicht einmal einem Jahr. Rosig und duftend lag sie in meinen Armen, ein Kind wie ein Engel mit seinem feinen blonden Haar. Damals stellte ich mir vor, sie würde eines Tages eine Schönheit sein, groß und stattlich wie ihr Vater. Nun ist ihr Gesicht genau wie das von Jürgen grau, und beide sind für ihr Alter viel zu klein. Wie soll ich die Kinder nur durchbringen, wenn es mir nie gelingt, ausreichend Nahrung für sie zu ergattern?

Auch heute gingen wir leer aus. Als wir endlich an der Reihe waren, schloss die Bäckersfrau von innen die Tür ab, ein bedauerndes Lächeln auf dem Gesicht, ein erschöpftes Achselzucken.

Ich hätte weinen mögen.

»Ist es wahr?«, fragte Helga in dem Moment. »Jürgen sagt, ich habe heute Geburtstag.«

»Ja, das stimmt«, antwortete ich und erstickte die Tränen. Ich kniete nieder. Zwischen Trümmern wuchsen Gänseblümchen. Ich pflückte zwei Dutzend und wand einen Kranz, setzte ihn Helga auf die zerzausten Locken.

»Herzlichen Glückwunsch, mein Schatz.«

Sie betastete die Blumen und strahlte über das ganze Gesicht.

»Pretty girl.«

Ich hatte die Gruppe amerikanischer Soldaten nicht kommen gehört. Einer von ihnen grinste und holte aus einer Tasche seiner Uniform einen in braunes Papier gewickelten Riegel hervor.

»Want some chocolate?«

Helga griff sofort danach. Chocolate. Jedes Kind weiß, was damit gemeint ist.

»Danke schön.« Ich verbesserte mich schnell. »Thank you.«

Der Soldat grinste noch mehr, doch nun auf eine Weise, die mir das Blut gefrieren ließ.

»Pretty woman«, sagte er, holte mit der einen Hand einen weiteren Schokoladenriegel hervor und fasste sich mit der anderen in den Schritt. »Want some more chocolate?«

Ich schnappte mir Helga, sie schrie vor Schreck, ich achtete nicht darauf, presste sie an mich und stolperte mit ihr davon, im Rücken das dreckige Lachen der Soldaten.

Zu Hause im Bunker hat Helga den Riegel – »Hershey's« stand darauf – mit Jürgen und Meta geteilt. Ich sagte, ich wolle nichts davon. Sie aßen lange daran, lutschten ein winziges Stückchen nach dem nächsten. Meta steckten sie die Schokolade ganz behutsam in den Mund. Und alle drei hatten vor Freude hochrote Ohren.

Ein Riegel Schokolade und ein Kranz aus Gänseblümchen. Gott gib, dass sich unser kleines Mädchen niemals an diesen Geburtstag erinnert.

14. Kapitel

Der Sommer begann insgesamt zu kühl und mit zu viel Regen. Helga wurde so manches Mal pitschnass, wenn sie mit ihrem feuerwehrroten Fahrrad ins Waisenhaus und zurück in den Eigelstein düste, doch sie gab nichts darum. In Frankreich war sie bei Wind und Wetter durch die Weinberge gekraxelt, hatte Onkel Albert geholfen, die Rebstöcke zu hegen und später die Trauben zu ernten, da würde ihr ein bisschen Kölner Regen ja wohl nichts ausmachen. Sogar die Arbeit im Waisenhaus ging Helga mit der Zeit leichter von der Hand, was vor allem an Bärbel lag. Sie hatte die Kleine mittlerweile so sehr ins Herz geschlossen, dass sie sie an ihren freien Tagen vermisste. Dann stand sie regelmäßig neben dem Vater im Büdchen. Helga haderte immer noch mit seiner Anweisung, sie solle die Vergangenheit ruhen lassen. Noch schwerer lag ihr seine Weigerung auf der Seele, sie aufs Gymnasium zu schicken. Doch der Vater war so lieb und fürsorglich, wie Helga es in ihrem Leben noch nicht gekannt hatte. Und das Büdchen brummte. Mittlerweile verkauften sie nicht nur Zeitschriften, Kaffee und Süßes, sondern auch Zigaretten, Alkoholika und Konservendosen.

Sobald ein bisschen Ruhe einkehrte, verschlang Helga die Zeitungen. Sie weinte, als sie las, dass im französischen Le Mans bei einem Unfall während eines Autorennens 84 Menschen gestorben waren. Sie tobte, als sie erfuhr, dass in Goslar Ewiggestrige ein sogenanntes Stahlhelm-Treffen abgehalten hatten. Und sie bestaunte die Bilder der Kölnerin Margit Nünke, die in Baden-Baden zur Miss Germany 1955 gewählt worden war und aus diesem Grund ein funkelndes Diadem auf dem Kopf trug.

»Hübsches Mädchen«, murmelte der Vater, »aber längst nicht so hübsch wie du.«

Helga fühlte sich für einen Moment geschmeichelt, doch nur so lange, bis die Jungen vom Hansa-Gymnasium kamen und laut und drängelnd wie stets gemischte Tüten verlangten. Was nützt es, hübsch zu sein, dachte sie, wenn ein Mädchen wie ich nicht aufs Gymnasium darf, wohl aber diese ungezogenen Schreihälse?

Im nächsten Augenblick schämte sie sich für ihren Zorn. War es recht, noch mehr vom Leben zu verlangen, wo das Schicksal ihr gerade erst ihren Vater zurückgebracht hatte?

Nachts traf Helga sich weiter mit Konradin. Sie hatte *Schloß Gripsholm* ausgelesen und verblüfft festgestellt, dass dort eine Waisenheim-Leiterin vorkam, die große Ähnlichkeit mit Schwester Jovana hatte. Bloß dass der Ich-Erzähler und seine Freundin das Kind, das im Buch drangsaliert wurde, kurzerhand befreiten.

»Eigentlich müsste man aus dem Kölner Waisenhaus alle Kinder befreien, nicht nur eins«, sinnierte sie, als sie wieder einmal gemeinsam unter der offenen Dachluke saßen und in den Nachthimmel schauten. »Auch wenn ich das Gefühl habe, dass Bärbel es besonders schwer hat, allein wegen ihrer Hautfarbe.«

»Du würdest es fertigbringen.« Konradin lächelte versonnen. »Weil du niemanden leiden sehen kannst.«

»Weil ich selbst einst ein Kind war, das ganz allein dastand«, fiel Helga ihm ins Wort.

»Ja, natürlich, ich weiß.«

Längst hatte sie Konradin ihre Geschichte anvertraut. Er selbst erzählte wenig aus seiner Vergangenheit, doch Helga wusste vom frühen Tod seiner Eltern, von seiner Hoffnung, sein Studium fortsetzen zu können, von seiner Leidenschaft für Trakehner-Pferde, die seine Familie in Ostpreußen gezüchtet hatte. Über die Flucht sprach er wenig, und wenn, dann legte sich ein Schatten über seine Augen.

Helga spürte, dass etwas geschehen sein musste, das ihm schwer auf der Seele lastete. Sie schwieg und drang nicht in ihn. Sie kannte zu viele Geschichten von Flucht und Vertreibung, als dass sie es gewagt hätte, daran zu rühren.

Und obwohl sie spürte, dass auch Konradin manches vor ihr verbarg, war ihr, als sehe sie bis auf den Grund seines Herzens. Der Vater, Meta, Fanny, sogar Jürgen – alle schienen ihre Geheimnisse zu haben, die sie für sich behielten. Konradin und sie jedoch, dessen war Helga sich ganz gewiss, würden sich die großen Dinge, die wichtigen, immer erzählen. Und mit jeder Nacht, die sie nebeneinander vor der Dachluke verbrachten, allein mit dem Mond und den Sternen, wuchs ihr Vertrauen.

An einem Sonntag Mitte Juni, Jürgen hatte am Tag zuvor Geburtstag gehabt, und Helga war dabei, stiekum zwei Stücke Torte für Konradin und Auguste beiseitezuschaffen, kam Fanny in die Küche gestürmt.

»Bitte, Helga, du musst mir helfen! Ich muss dringend weg, und das Mädchen, das sonntags immer hilft, ist nicht erschienen …«

Fanny war vollkommen derangiert. Das hübsche gepunktete Band, das sie um den Kopf trug, hatte sich gelöst, ihr Haar hing ihr in wilden Strähnen ins Gesicht. Auf ihrem selbst geschneiderten Kleid zeichneten sich unter den Achseln Schweißflecken ab, die weiße Schürze hatte ebenfalls Flecken, die kostbaren Nylons eine Laufmasche.

»Natürlich helfe ich dir«, murmelte Helga, schob den Teller mit den beiden Stücken Kuchen geschwind ganz hinten in den Kühlschrank und lief neben Fanny die Treppe hinab. Kurz dachte sie daran, dass der Vater es nicht gern sehen würde, wenn sie in die Milchbar ging. Aber dies hier war ein Notfall, oder?

»Leihst du mir dein Rad? Wenn ich auf die Bahn warte, wird es noch später.«

»Selbstverständlich«, antwortete Helga. »Warte, ich richte dir noch kurz dein Kleid, es ist ein bisschen zerknittert …«

Aber Fanny düste schon, so, wie sie war, zur Haustür hinaus. Helga sah ihr einen Moment hinterher und fragte sich, was sie so Dringendes vorhatte. Dann straffte sie die Schultern und betrat durch den kleinen Raum, in dem die Eismaschine rotierte, die Milchbar.

Wie herrlich es hier roch! Fanny musste bis gerade eben Waffeln für die Eishörnchen gebacken haben, der Duft schwebte Helga entgegen. Die Jukebox spielte ein Lied, das Helga nicht kannte, aber augenblicklich dafür sorgte, dass sie begann, sich ein wenig in den Hüften zu wiegen. Auf den hohen Stühlen an der Theke posierten drei Mädchen in Petticoats, die Beine elegant übereinandergeschlagen, sodass man ihre Nylons sehen konnte. An einem der Tische saß ein Paar, das verliebt die Köpfe zusammensteckte und nichts und niemanden wahrzunehmen schien. Und vor dem Zigarettenautomaten, den Fanny wohl erst kürzlich aufgehängt hatte, lungerten zwei Halbwüchsige in engen Hosen. Einer von beiden, das erkannte Helga sofort, war Peter. Der Junge, der die Erdbeermilch von ihrer Hand gesaugt hatte.

»Guten Tag«, sagte sie höflich zu den Mädchen an der Bar und machte sich sogleich daran, hinter der Theke Ordnung zu schaffen. Fanny hatte ein heilloses Durcheinander hinterlassen, was überhaupt nicht zu ihr passte. Da standen benutzte Gläser, die dringend gespült werden mussten, die Klappen zu den Eisfächern waren weit offen, und von den silbernen Schälchen, in denen die Eiskugeln serviert wurden, war kein einziges mehr sauber. Helga ließ Wasser in das Spülbecken laufen, schnappte sich Schwamm und Geschirrtuch und machte sich an die Arbeit.

Peter versuchte sie zu ignorieren. Was nicht ganz einfach war, denn immer, wenn sie unauffällig zu ihm hinüberschaute, schaute er geradewegs zurück, lässig einen Kaugummi kauend. Außerdem war er das einzige Gesprächsthema der drei Mädchen, die an der Bar saßen. Wobei sie ihn nicht beim Namen nannten, sondern Riesentyp, Bomber, Superboy oder auch Reißer. Sie verglichen ihn sogar mit einem Schauspieler, dessen Gesicht Helga aus den Zeitschriften am Büdchen kannte, James Dean. Ständig schauten die Mädchen in Peters Richtung, stupsten sich gegenseitig in die Hüften und kicherten so albern, dass Helga sich alle Mühe geben musste, nicht die Augen zu verdrehen. Aber es gelang ihr auch nicht, wegzuhören.

Und so erfuhr sie, dass Peter bald in die Oberprima ging, ein Motorrad von BMW fuhr und zu Hause eine so umfangreiche Plattensammlung besaß, dass alle anderen Jungen ihn darum beneideten. Angeblich lud er manchmal junge Frauen zu sich ein, was die Mädchen an der Bar ungeheuerlich fanden und zugleich höchst aufregend.

So einer ist das also, dachte Helga bei sich. Auf den falle ich ganz bestimmt nicht herein.

»Bedienung!«, rief da eines der Mädchen unnötig laut. »Ich hätte gern noch eine Erdbeermilch!«

»Selbstverständlich«, antwortete Helga, nahm ein frisch gespültes hohes Glas und platzierte es unter dem Hahn, aus dem die Milch kam. Zum allerersten Mal drehte sie ihn auf, und als die weiße Flüssigkeit herausrann, spürte sie, wie ihr ganz feierlich zumute wurde.

»Sensationell«, flüsterte sie leise vor sich hin.

»Geht's ein bisschen schneller?«, blaffte das Mädchen. Es hatte zu seinem blassgelben Kleid korallenfarbenen Lippenstift aufgelegt und trug den hochmütigen Gesichtsausdruck der Töchter aus bessergestellten Elternhäusern zur Schau. Helga kannte diese Art von Mädchen gut, ihre Mitschülerinnen in Frankreich waren fast alle so gewesen. Und sie hatten sie immer kolossal eingeschüchtert.

Jetzt aber dalli, schalt sich Helga, holte aus einem der zahlreichen Kühlfächer eine Handvoll Erdbeeren hervor, löffelte sie in den gläsernen Standmixer, gab die Milch dazu und drückte den roten Einschaltknopf. Sofort begannen sich die kleinen, scharfen Messer am Boden des Mixers zu drehen – und im nächsten Moment schoss eine rosafarbene Milchsalve oben aus dem Gefäß heraus.

»Verdammt!« Sie hatte vergessen, den Deckel draufzumachen. Noch bevor sie das Gerät wieder ausschalten konnte, war die rosa Flüssigkeit über die gesamte blau-gelb gestreifte Theke gespritzt, sie spürte sie im Gesicht und in ihrem Haar und sah zu ihrem Entsetzen, dass das Kleid des Mädchens auch etwas abbekommen hatte.

»O nein!«, schrie sie erschrocken. *»Deux mains gauches!«*

»Was soll das heißen, dö mein gosch!«, keifte das Mädchen. »Kannst du nicht aufpassen?«

»Ent ... Entschuldigung«, stotterte Helga. »Es tut mir so leid! Warte, ich wasche es aus –«

»Gar nichts tust du, du dumme Pute!«, tobte das Mädchen. »Da ist ein Riesenklecks auf meinem Kleid! Kapierst du das nicht? Vater doof, Mutter doof, Kind ballaballa, oder was? Du bezahlst mir die Reinigung, ach was, das ganze Kleid wirst du bezahlen! Weißt du überhaupt, was so etwas kostet, du Trampel?«

Helga wurde es heiß und kalt. Sie hatte tatsächlich keine Ahnung, was so ein Kleid kostete. Sie besaß keins mit einem solch hübschen Petticoat, wagte nicht einmal, davon zu träumen. Woher sollte sie das Geld nehmen? Sie verdiente doch nichts im Waisenhaus. Ihr brach der Schweiß aus. Beinahe hätte sie angefangen zu weinen. Reiß dich zusammen, schalt sie sich, es gibt bestimmt eine Lösung.

»Ich hätte auch gern eine Erdbeermilch«, ließ sich da eine Stimme aus der Tiefe des Raums vernehmen. »Aber bitte mit Klecks!«

»Bitte was?«

Helga glaubte, sich verhört zu haben. Sie sah Peter gemächlich heranschlendern, immer noch lässig Kaugummi kauend. Das Grübchen an seinem Kinn hüpfte vergnügt auf und ab. Wehe, wenn der sich jetzt auch noch einen bösen Scherz mit ihr erlaubte!

»Mit Klecks«, wiederholte er und fixierte die Mädchen an der Bar mit seinen Augen, moosgrün wie die Fische auf dem Gemälde an der Wand. Gleichzeitig hielt er Helga seinen Arm hin.

»Wenn es dir nichts ausmacht, direkt hier unterhalb der Ellenbeuge. Da mag ich Kleckse am liebsten.«

»Nein«, erwiderte Helga, »nein, das mache ich nicht.«

Der Gedanke, Erdbeermilch über Peters weißes Hemd zu kippen, schien ihr völlig irrsinnig. Wie konnte man Lebensmittel nur so verschwenden! Solange sie zu denken vermochte, hatte sie niemals etwas weggeworfen, was essbar war. Die Sache mit dem Petticoat-Kleid war ein furchtbares Missgeschick. Sie würde nicht absichtlich einen Klecks auf das Hemd dieses Frauenhelden machen, auf keinen Fall.

Da begann das Mädchen eine neue Schimpftirade.

»Du Trampeltier, verrate mir mal gefälligst, wie du das

wiedergutmachen willst! Ich sage es meinen Eltern, und die gehen zu deinen Eltern und machen ihnen Feuer unter dem Hintern, dass du es nur weißt!«

»Recht so«, fielen die anderen Mädchen ein. »Was für eine volldoofe Bedienung –«

»Zier dich nicht so!«, zischte Peter und krempelte seinen Ärmel hoch. Hervor kam ein sehr muskulöser, sehniger Arm. »Hierhin, nun mach schon.«

Helga überlegte nicht mehr. Blitzschnell steckte sie den Deckel auf den Mixer und betätigte erneut den Einschaltknopf. Der Mixer war so laut, dass er das Gekeife der Mädchen übertönte. Im Nu war die Erdbeermilch fertig. Helga tauchte einen sauberen Löffel hinein, holte einmal tief Luft und tupfte eine winzige Menge davon auf Peters nackten Unterarm.

Sofort verstummten die Mädchen. Es war, als hielten sie den Atem an. Und als Peter seinen Arm hob, lässig seinen Kaugummi in einen der gläsernen Aschenbecher auf der Theke drückte, ganz langsam die Zunge herausstreckte und sehr genüsslich die Erdbeermilch von seinem Arm schleckte, kam es Helga so vor, als leckten sich auch die Mädchen über die Lippen.

»Köstlich«, verkündete Peter und schloss verzückt die Augen. »Erdbeermilch mit Klecks. Ich glaube, ich will nichts anderes mehr.«

Das Paar, das die ganze Zeit mit zusammengesteckten Köpfen am Tisch gesessen hatte, begann leise zu kichern. Die Mädchen holten ohne ein weiteres Wort ihre Börsen heraus und legten so viel Geld auf die Theke, dass sogar noch ein kleines Trinkgeld dabei heraussprang. Mit einem Mal hatten sie es sehr eilig, die Milchbar zu verlassen.

Helga spürte ein Glucksen in sich aufsteigen. Und als ihre Augen sich mit Peters trafen, moosgrün mit einem schalkhaften Glitzern darin, musste sie laut loslachen.

»Danke«, japste sie, während das Lachen begann, sie von Kopf bis Fuß durchzuschütteln. »Vielen Dank.«

Peter zwinkerte ihr zu und schlenderte lässig zur Tür hinaus.

Helga lachte immer noch, als Fanny zurückkam. Fanny schien viel gelöster als vorher, wenn auch immer noch ein wenig derangiert.

»Stell dir vor«, kicherte Helga, nachdem sie ihr von dem Vorfall erzählt hatte, »und dann krempelt er sich das Hemd hoch, guck mal, so …«

Sie fasste Fanny am Arm, schob ihren Ärmel hoch und erstarrte. Denn für einen Sekundenbruchteil erschien auf Fannys Unterarm ein bläulicher, lang gezogener Fleck. Im nächsten Moment hatte Fanny sich ihr entwunden und den Ärmel blitzschnell wieder heruntergezogen.

»Das war bestimmt sehr lustig«, sagte sie, als sei nichts geschehen.

»Ja«, antwortete Helga und wusste nicht, wo sie hingucken sollte. »Das war es.«

»Fanny hat eine Nummer.«

»Sie hat was?«, fragte Konradin. Sie saßen im Dunkeln vor der Dachluke, wie so häufig in der Nacht. Dicht nebeneinander, doch ohne sich zu berühren. Auguste schlief, von einer Frau namens Oksana hatte sie nicht mehr gesprochen.

»Fanny hat eine Nummer«, wiederholte Helga leise. »Auf dem Unterarm. Tätowiert, wie es aussah.«

»Du meinst …?«

»Ich weiß es nicht. Ich habe so etwas noch nie zuvor gesehen. Aber ich habe davon gehört, in Frankreich, in der Schule. Himmel, was sollte es sonst sein?«

»Das hieße, sie war in einem Konzentrationslager.«

»Ja. Das hieße es.«

Lange sagte keiner von beiden ein Wort. Helga spürte, wie das Entsetzen an sie herankroch und in sie hinein. Wie es ihr das Atmen schwer machte, sich auf ihre Brust kniete wie ein hässlicher Alb. Ihre liebe, vergnügte Freundin Fanny. Das durfte doch wohl nicht wahr sein!

Da nahm Konradin ihre Hand und drückte sie zart.

»Wir wollen hoffen«, raunte er in die Dunkelheit, »dass es nicht stimmt.«

15. Kapitel

Als Helga am nächsten Abend ihre Nachtschicht im Kinderheim antrat, war Bärbel nicht da. Die Mädchen zogen sich wie immer unter ihren weiten, verwaschenen Nachthemden aus, beteten kniend vor den eisernen Stockbetten und legten sich zum Schlafen. Bärbels Bett jedoch blieb leer, nur der kleine Stoffhase mit den rot funkelnden Augen hing schlaff über dem Seitengitter.

Helga merkte, wie sich eine kalte Hand um ihr Herz legte. Während sie Renate zudeckte, erkundigte sie sich leise, wo Bärbel sei.

»Im Wichskeller«, antwortete das Mädchen mit den vielen Sommersprossen.

»Was? Wieso?«

»Weil sie Schwester Jovana Widerworte gegeben hat.«

Die kalte Hand um Helgas Herz verwandelte sich in eine Faust. Für einen Moment glaubte sie, vor Empörung keine Luft mehr zu bekommen. Nur mit Mühe gelang es ihr, die anderen Mädchen zu Bett zu bringen. Und während sie hier ein Laken glatt zog und dort ein Kissen noch einmal aufschüttelte, einem Kind zärtlich über den Kopf strich und einem anderen die Nase putzte, begann die Wut in ihr hell zu lodern.

»Diese schreckliche Schwester Jovana«, zischte sie zwischen zusammengebissenen Zähnen, als sie die Tür zum Schlafsaal hinter sich zuzog, »ist ein Teufel.« Dann rannte sie geradewegs den Gang hinab und die Treppe hinunter in den Keller.

Die Tür zum Wichsraum war abgeschlossen, was Helga kein bisschen wunderte und zugleich ihre Wut noch weiter anstachelte. Am liebsten hätte sie die Tür eingetreten. Doch sie war aus massivem Stahl, und sosehr sie auch daran rüttelte, sie gab kein bisschen nach.

»Bärbel?«, rief sie leise. »Kannst du mich hören?«

Keine Antwort.

»Bärbel!«, rief Helga noch einmal. Doch im Keller blieb es still.

»Bitte, bitte sag doch etwas! Ich bin furchtbar in Sorge deinetwegen.«

Helga flehte und bettelte, doch aus dem verschlossenen Keller drang kein Mucks. Zeit verging. Ihre Wut verwandelte sich in Angst.

»Ich hole dich da raus«, sagte sie schließlich mehr zu sich selbst als zu der stummen Kellertür. »Ich gehe und zwinge Schwester Jovana, die Tür aufzuschließen. Oder den Portier. Oder den Direktor. Ich hole dich da raus, koste es, was es wolle.«

»Nein!«

Eine Stimme, dünn und verzweifelt.

»Bärbel, endlich!«

»Nein!«, brüllte das Mädchen, nun schon lauter. »Geh weg! Hörst du, Fräulein Helga? Geh weg!«

»Aber warum denn?«

Helga presste ihr Ohr an die stählerne Tür.

»Du machst alles nur viel schlimmer! Ich bin ein Neger-Balg. Von Grund auf dumm und verdorben! Da muss man hart durchgreifen. Ich bleibe hier drin, bis ich das eingesehen habe. Bitte, Fräulein Helga, wenn du jetzt Schwester Jovana weckst, wird sie nur noch böser.«

Bärbels verzweifeltes Schreien ging über in ein Schluchzen.

»Geh weg!«, rief sie noch einmal. Dann verstummte sie.

Die Stille, die sich nun ausbreitete, dröhnte in Helgas Ohren. Wie grausam musste Schwester Jovana mit Bärbel getobt haben, dass sie so über sich selbst sprach. Und das wegen ein paar Widerworten!

Am liebsten wäre Helga schnurstracks zu Schwester Jovana gerannt und hätte sie zur Rede gestellt. Ach was, zur Rede gestellt. Helga hatte noch nie jemanden gehauen, nicht einmal im Spaß. Doch nun war ihr danach, die Bosheit aus Jovana herauszuprügeln.

Damit wäre ich kein bisschen besser als sie, wurde ihr mit schneidender Klarheit bewusst. Denn genau das tat man in diesem Waisenhaus: das, was nicht erwünscht war, aus den Kindern herausprügeln. Und sie über Nacht in einen dunklen Keller sperren.

Mit einem Mal knickten Helga die Beine weg. Sie rutschte an der Stahltür entlang auf den Boden und fühlte sich so schlapp wie Bärbels Stoffhase, der oben im Schlafsaal ohne seine Besitzerin auf dem leeren Bett lag.

Der Boden bestand aus nacktem Beton und war eisig kalt. Helga merkte es kaum. Wie mochte Bärbel zumute sein!

Sie lauschte. Schloss die Augen. Richtete all ihre Sinne auf das stumme Kind hinter der verschlossenen Tür.

Und dann begann sie zu sprechen.

»Du bist nicht dumm und verdorben«, sagte sie. »Kein bisschen. Du bist ein gutes Mädchen, ein kluges, du bist lustig und liebenswert. Und ja, du bist anders als andere. Glaub mir, ich weiß genau, wie sich das anfühlt. Ich war auch immer das Mädchen, das anders war. In meiner Schule in Frankreich ...«

Helga erzählte. Sie erzählte ihr Leben, wie sie es noch nie jemandem erzählt hatte, nicht einmal Konradin. Die Stunden mit Konradin waren kostbar und kurz. Diese Nacht aber lag lang und dunkel vor ihr, der nächste Tag in weiter Ferne.

In den frühen Morgenstunden, die sie bislang mit Bärbel verbracht hatte, hatte Helga sich zurückgeträumt in ihr Leben in Frankreich. Sie hatte das Mädchen entführt in die Idylle ihrer schönsten Erinnerungen. In dieser Nacht aber schilderte sie ihre Angst in der Zeit nach dem Krieg, ihre Scham, ein Findelmädchen zu sein, ohne Familie, ohne Vergangenheit. Und sie erzählte von ihrer Sehnsucht nach ihrer Mutter, jener unbekannten Frau, über deren Verbleib niemand etwas zu wissen schien.

Helga ließ nichts aus. Sie beschönigte nichts. Sie sprach

mit Bärbel, als sei sie bereits ein großes Mädchen. Und obwohl es still blieb auf der anderen Seite der Tür, war sie sich ganz gewiss, dass Bärbel lauschte. Und dass sie sie verstand.

Helga schlief nicht in dieser Nacht. Als sie in der Frühe oben im Gang die Schritte von Schwester Jovana vernahm, das Knistern ihres Schleiers, das Klimpern des blechernen Rosenkranzes, rappelte sie sich auf und ging ihr entgegen. Ihre Beine schmerzten, sie schwankte vor Müdigkeit. Doch in ihr zischte die Wut wie ein züngelndes Feuer. Und als sie Jovana erreichte, richtete sie sich zu ihrer vollen Größe auf und sagte nur ein einziges Wort.

»Aufschließen.«

Die Schwester murmelte etwas, Helga sah, dass ihr ein Tadel, eine Beschimpfung auf der Zunge lag. Doch als ihre Blicke sich trafen, da zuckte die Schwester zusammen wie unter einem Hieb.

Sie ging ihr voraus und öffnete die Tür zum Wichsraum.

Aus dem Dunkel löste sich eine kleine Gestalt. Trat vor in den Flur, die Bewegungen eckig, den Kopf abgewandt.

Helga ging in die Knie, wollte Bärbel an sich drücken. Doch das Mädchen wich ihr aus und rannte davon. Kurz nur sah Helga Bärbels Gesicht. Und prallte vor Schreck zurück.

Quer über das Antlitz der Kleinen zog sich ein blutiger Striemen. Er begann unterhalb ihres Kinns, verlief quer zur Unterlippe, die Wange hinauf bis hinter ihr rechtes Ohr. Bärbel sah aus, als habe man sie mit einer Peitsche gezüchtigt.

»Nein!« Helga entfuhr ein Schrei, entsetzt fasste sie sich in das eigene Gesicht. Fuhr die imaginäre Linie nach, als sei sie diejenige, die so gezeichnet war.

»Nein«, schluchzte sie. »Schwester Jovana, das dürfen Sie nicht!«

Doch die Nonne erwiderte ihren Blick kühl.

»Du«, sagte sie, »hast mir gar nichts zu sagen.«

Und damit ging sie davon, mit dem Rosenkranz klimpernd. Ein Geräusch, so grauslich, dass Helga sich die Fäuste auf die Ohren presste.

Blind vor Tränen, machte sie sich auf den Heimweg. Dass Menschen Kindern so etwas antun konnten! Und dann ausgerechnet eine Nonne!

In Frankreich war Helga zur ersten Kommunion gegangen, hatte sonntags die Kirche besucht und an manchem Abend mit Tante Claire gebetet. Doch der Gott, den die Tante um Schutz für die Familie bat, konnte unmöglich derselbe sein wie der, zu dem Schwester Jovana betete. Dieser Gott, beschloss Helga und strampelte so wütend in die Pedale, dass sie am Rudolfplatz die Zeichen des Schutzpolizisten übersah, der dort immer den Verkehr regelte, konnte ihr gestohlen bleiben. Da ertönte ein schrilles Pfeifen, der Polizist fiel beinahe von seinem Podest, so hektisch wedelte er mit den Armen, und direkt vor Helga kam eine Straßenbahn mit quietschenden Bremsen zum Stehen. Himmel, beinahe wäre sie mit dem Fahrrad mitten hineingerast.

Zitternd vor Schreck, die wütende Schelte des Polizisten im Ohr, fuhr sie weiter. Sie musste dringend mit jemandem reden.

Obwohl die Sonne längst aufgegangen war, brannte im Büdchen des Vaters die Lampe und verbreitete ihren honigfarbenen Schein. Schon von Weitem konnte Helga den Duft des Kaffees erschnuppern. Die Kunden standen wie so häufig Schlange.

Der Vater sah müde aus. Tag für Tag war er im Büdchen, sogar sonntags. Und seit sie im Waisenhaus arbeitete, hatte er niemanden mehr, der ihm regelmäßig half. Doch als er Helga erblickte, hellte sich sein Gesicht auf, und er reichte ihr sogleich eine Tasse dampfenden Kaffee.

»Du musst erschöpft sein, mein Mädchen.«

»Ein wenig.«

Helga sank auf den niedrigen Schemel und trank. Sie spürte die vertraute Nähe des Vaters, doch an diesem Morgen war es, als stünde er gar nicht direkt neben ihr. Es fühlte sich an, als sei er weit weg. Der kleine Ofen bullerte leise, denn dafür, dass der Juni bereits begonnen hatte, war es zu nass und zu kalt. Helga legte die Hände um den eisernen Korpus, doch die Kälte, die sie in ihrem Innern spürte, blieb. Selbst der Duft der Druckerschwärze, den sie eigentlich so liebte, konnte sie nicht trösten. Keinen Augenblick konnte sie vergessen, was der kleinen Bärbel geschehen war.

Rastlos stand sie auf und begann, die Zeitschriften zu ordnen. Die *Neue Illustrierte* zeigte auf ihrem Titelbild zwei Mannequins, die zu ihren rosafarbenen und blauen Blusen Motorradhelme in denselben Farben trugen. »Neu auf deutschen Straßen: Babyrosa und Babyblau«, stand darunter geschrieben. »Auch Sturzhelme werden jetzt in den beliebten Modefarben geliefert.«

Helga gab den Heften einen so heftigen Stups, dass sie

beinahe aus der Auslage rutschten. Was war das denn für ein bescheuertes Titelbild?

Kurz blätterte sie im *Kölner Stadt-Anzeiger* und überflog die Schlagzeilen. In Hannover war Rot-Weiß Essen Deutscher Fußballmeister geworden, und in Südfrankreich galt ab sofort ein Hupverbot für Autofahrer. Helga legte den *Kölner Stadt-Anzeiger* wieder weg. Mit einem Mal fühlte sie sich entsetzlich müde.

Da hörte sie jemanden ihren Namen sagen. Es war Gerti, die Chauffeurin vom »Dom-Hotel«.

»Mein Kind, wie geht es dir?«, fragte sie und leckte genüsslich an einem Kreisellutscher. »Du siehst ein bisschen blass um die Nase aus.«

»Das sind die Nachtwachen«, erklärte der Vater schnell. »Helga arbeitet doch jetzt im Waisenhaus.«

»Soso«, meinte Gerti und legte ihren Kopf mit dem Käppi schief. »Und wie gefällt es dir da?«

»Sie sind sehr streng«, antwortete Helga vorsichtig.

»Ja, man hört so einiges.« Gerti betrachtete Helga forschend. »Man weiß nicht, was stimmt und was nicht.«

»Sie sind wirklich sehr streng«, wiederholte Helga und sah Gerti geradeheraus an. »Dort geschehen Dinge –«

»Es ist schwer, sich eine Meinung zu bilden, wenn man das Gesamte nicht kennt«, unterbrach der Vater sie. »Nicht wahr, Helga? Über andere Menschen zu urteilen, mag leichtfallen, aber was, wenn man damit jemandem unrecht tut?«

Helga erstarrte. Sie spürte, dass der Vater in einer Weise erregt war, wie sie es gar nicht kannte.

»Ich muss auch weiter!«, rief Gerti, plötzlich schien sie

es eilig zu haben. Sie lief zu ihrem Wagen, diesmal fuhr sie den Opel Kapitän, schlug die Fahrertür hinter sich zu und reihte sich zügig in den Verkehr auf den Ringen ein.

»Ich …«, stammelte Helga, »ich wollte doch nur –«

»Kein Getratsche«, zischte der Vater, sodass nur sie es hören konnte. »Und erst recht nicht vor der Kundschaft.«

Helga schnappte nach Luft. Das Büdchen schien zu schrumpfen. Die Nähe des Vaters wurde ihr unangenehm, der Duft nach Druckerschwärze viel zu streng. Sogar der Kaffee roch mit einem Mal bitter.

Sie zerrte an der schmalen Tür, durch die sie so oft frohgemut ins Büdchen geschlüpft war, sie schien zu klemmen. Dann, endlich, war sie draußen. Der Verkehr brandete, es stank nach Benzin, ein kalter Nieselregen setzte ein.

Helga schnappte sich ihr Fahrrad und fuhr davon, so schnell sie konnte.

Zu Hause wankte ihr auf der Treppe Tante Meta entgegen. Sie mühte sich sichtlich, auf ihren hohen Absätzen die Stufen hinabzubalancieren, ohne zu stürzen, und hielt sich krampfhaft am Geländer fest. Wenn ihr das Gehen auf diesen Schuhen so schwerfiel, fragte Helga sich, warum zog sie sie dann an?

Laut sagte sie »Guten Morgen«, doch Meta nestelte lediglich an dem Schleier, der ihr Gesicht verdeckte, und wankte grußlos an ihr vorbei.

Meta auf dem Fuß folgte Jürgen, der bereits seinen blauen Monteuranzug trug. Ganz bestimmt hatte er schon vor Tagesanbruch mit der Renovierung der Räume im ersten

Stock weitergemacht. Um seinen Hals hatte er viele Male den dicken Schal gewickelt, den Tante Claire ihm zu Weihnachten gestrickt hatte.

»Um Himmels willen«, rief Helga. »Darunter wirst du ersticken! Es regnet, aber so kalt ist es dann auch nicht –«

Sie stellte sich auf die Zehenspitzen und begann, am Schal des Bruders zu ziehen, doch er packte ihr Handgelenk.

»Nicht, Helgalein, lass das –«

Aber es war zu spät. Helga hatte es schon entdeckt. Ein rotes Mal, daumengroß, prangte auf Jürgens Hals. Sie hatte so etwas noch nie gesehen, aber die Mädchen in der Haushaltungsschule hatten so oft kichernd davon erzählt, dass Helga auch so wusste, was es war. Ein Knutschfleck.

»Oh«, murmelte sie und wickelte den Schal schnell wieder um Jürgens Hals. »Entschuldige bitte.«

Jürgens Kopf wurde so rot wie der Fleck.

»Nichts für ungut.«

Verlegen tätschelte er ihre Schulter und rannte zur Haustür hinaus.

Helga ließ sich seufzend auf den Treppenstufen nieder. Was, fragte sie sich, sind wir bloß für eine Familie? Vater benimmt sich seltsam, Tante Meta sowieso, und Jürgen, ja, Jürgen, gestand sie sich ein, führte ein Leben, von dem sie nichts wusste.

Wem sollte sie von ihren Erlebnissen im Waisenhaus berichten?

Unten im Erdgeschoss hörte sie Fanny mit Geschirr klappern. Gleich würde sie die Milchbar aufschließen. Siedend heiß fiel Helga die tätowierte Nummer ein, die sie meinte auf Fannys Arm gesehen zu haben. Fanny, ausgerechnet die liebe, immer freundliche Fanny, trug womöglich das grauenvollste aller Geheimnisse mit sich. Nein, Fanny würde sie auf keinen Fall mit dem behelligen, was im Waisenhaus geschah.

»Ich werde«, murmelte Helga vor sich hin und rappelte sich auf, »mit Konradin reden.«

Oben auf der Schwelle zu der niedrigen Tür, die auf den Dachstuhl führte, hielt sie inne.

»Auguste? Konradin?«, rief Helga leise. »Darf ich hereinkommen?«

Keine Antwort. Ob die beiden noch schliefen? Wohl kaum, es war ja bald acht. Helga beugte sich ein wenig vor, lauschte kurz und wollte gerade ein zweites Mal klopfen, als sie eine Stimme vernahm.

»Du musst damit aufhören, ich bitte dich«, rief Auguste und klang dabei gar nicht so sanft, wie Helga sie kannte, sondern äußerst unwirsch.

»Aber Großmutter, weißt du denn nicht mehr, wie es dazu gekommen ist?«, hörte sie Konradin. »Wenn es nach mir gegangen wäre, hätte es das alles nicht gegeben. Ich wollte nur etwas Gutes tun, ich wollte helfen. Wir waren doch aufeinander angewiesen!«

»Ich weiß nicht, wovon du redest«, antwortete Auguste in einem so scharfen Ton, dass Helga zusammenzuckte. »Und ich weiß sehr wohl, dass mein Gedächtnis mich ab und zu im Stich lässt. Aber daran erinnere ich mich sehr genau. Wie kannst du so tun, als hättest du es vergessen?

»Aber das habe ich doch gar nicht.« Konradins Stimme war mit einem Mal so leise, dass Helga unwillkürlich die Ohren spitzte. »Ich finde eine Lösung, Großmutter, glaub mir. Es lässt sich bestimmt etwas regeln …«

Er brach ab, und Helga war, als hörte sie ihn weinen.

»Das ist nichts, was sich regeln lässt«, sagte Auguste, und ihre Stimme war so viel klarer, als Helga sie kannte, dass sie sich einen Moment lang fragte, ob Auguste die Vergangenheit, in der sie lebte, hinter sich gelassen hatte und in der Gegenwart angekommen war. »Junge«, sagte sie nun mit großer Bestimmtheit, »komm zur Vernunft.«

»Ja.«

Helga fuhr zusammen. Jetzt war es ganz deutlich zu hören, Konradin schluchzte.

»Mach dir keine Sorgen. Ich wünschte nur …« Der Rest ging unter in seinem Weinen.

Helga trat leise einen Schritt zurück und schlich die Treppe hinab. Sie spürte, wie ihre Wangen glühten. Was immer Konradin so sehr bedrückte, es musste etwas Entsetzliches sein. Und sie schämte sich in Grund und Boden, weil sie die beiden belauscht hatte.

Die Wohnung im ersten Stock war leer und still, und so, wie Helga an diesem Morgen das Büdchen zu eng geworden war, so war ihr nun, als bekomme sie in der Küche kaum Luft. Die Wände schienen ihr enger, die Decke niedriger als noch vor wenigen Stunden. Wieder tauchte Bärbels Antlitz vor ihr auf, der hässliche rote Striemen, der das Mädchen auf eine so barbarische Weise entstellte. Sie musste der Kleinen helfen! Aber wie? Wem konnte sie sich anvertrauen?

Nach Atem ringend, stolperte Helga aus der Wohnung und die Treppe hinab. Nun war sie es, die sich am Geländer festhielt, um nicht zu stürzen. Vor der Tür lehnte sie sich gegen die Hauswand, die Fanny und Jürgen so hübsch blau gestrichen hatten. Erschöpft schloss sie die Augen. Der Regen hatte zugenommen, er fiel auf ihr Haar, ihre Schultern, ihr Gesicht. Helga ließ es geschehen.

Auch wenn ich ganz allein bin, dachte sie und holte tief Luft, werde ich Bärbel helfen. Ich muss nur einen Weg finden, wie.

Plötzlich stoppte der Regen. Etwas roch fremd und aufregend zugleich. Ein Duft wie nach Holz und Gewürzen. Helga schlug die Augen auf. Sie stand unter einem Regenschirm, gehalten von einem jungen Mann, frisch rasiert, das Haar fiel ihm in einer Tolle über die Stirn.

»Du siehst aus, als könntest du eine Cola vertragen«, sagte Peter.

»Oh.« Helga blinzelte. Und dann hörte sie sich zu ihrer eigenen Überraschung sagen: »Ich glaube, ich hätte tatsächlich gern eine Cola.«

12. Juni 1945, fünf Uhr in der Frühe

Mein Liebster, wenn Du mich sehen könntest, Du würdest Dich erschrecken. Mein Rücken ist krumm. Meine Füße sind so geschwollen, dass sie selbst in Vaters Schuhe, die einzigen, die mir geblieben sind, nicht mehr hineinpassen. Und meine Hände sind voller offener Wunden. Von dem Zementstaub, der sich in den Haaren verfängt, obwohl wir Frauen uns Tücher um den Kopf geknotet haben, der in den Augen brennt und sogar zwischen den Zähnen knirscht, will ich erst gar nicht schreiben. Aber es wird schon gehen. Wenn ich nur unsere Kleinen und Meta durchbringe.

Ich habe mich freiwillig zum Entschutten gemeldet. Denn wer entschuttet, bekommt Lebensmittelmarken mit Schwerarbeiterzulage. Kostbare Kalorien, die wir alle dringend brauchen.

Stell Dir vor, neben mir arbeitet ein Kürschner, der die ganze Zeit jammert, seine Hände seien nicht geschaffen fürs Steineklopfen. Ich bin mir sicher, er ist einer von denen, die die Amis zwangsverpflichtet haben, auch wenn darüber nicht gesprochen wird. Doch ich habe Augen und Ohren und ahne, wer diese Arbeit macht, um zu überleben, und wer hierherbeordert wurde, weil er, wie es so schön heißt, politisch belastet ist. Die Frau in den Fünfzigern, die am Anfang unserer Kolonne steht und mit der Spitzhacke die Steine aus den Trümmern herausbricht, hat zu Hause vier Kinder und einen invaliden Mann. Das alte Mütterchen, das mit dem Kürschner und mir die Steine von Mörtelresten befreit, hat niemanden mehr. Und die beiden Fünfzehnjährigen, Zwillinge, die die Lore, so-

bald wir sie vollgepackt haben, über provisorisch verlegte Schienen bis zum nächsten Sammelplatz schieben, können nur mit Mühe ihre anschwellenden Bäuche unter den Lumpen, die sie tragen, verbergen. Sie sind beide schwanger, ich mag nicht darüber nachdenken, wie es dazu kam.

Der Kürschner aber stiehlt sich davon, sobald der Soldat, der uns beaufsichtigt, einmal kurz abgelenkt ist. Er hat mir lederne Handschuhe versprochen, wenn ich ihn decke. Sein Haus in der Altstadt ist abgebrannt, doch er hat, wie er mir anvertraute, bereits ein neues Grundstück im Auge, gleich neben dem Neumarkt. Dort will er ein Geschäft errichten, funkelnder und luxuriöser als zuvor.

Ich wage es nicht, ihn zu verurteilen. Kaum jemand ist ohne Schuld, nicht wahr, mein Liebster?

Nun muss ich mich sputen. Meta wird nach den Kindern sehen, solange ich weg bin. Es geht ihr schon ein bisschen besser. Helga sah ich gestern mit ihr kuscheln. Die Kinder scheinen die Angst vor ihrer unbekannten Tante zu verlieren, endlich.

16. Kapitel

»Das wundert mich überhaupt nicht«, erklärte Peter und fingerte eine Packung Zigaretten aus der Brusttasche seines Hemdes hervor. »Das Waisenhaus hatte immer schon einen schlechten Ruf. Die Nonnen müssen wahre Xanthippen sein. Während der Nazizeit ist eine ganze Reihe Kinder von dort verschwunden. Auf direktem Weg ins KZ, wie es heißt.«

»Ins KZ?«, wisperte Helga und bemühte sich, nicht zu Fanny hinüberzuschauen. Peter hatte sie in die Nische gleich neben dem Eingang geführt. Auf der einen Seite des Tisches stand die Jukebox, auf der anderen versperrte die Garderobe, die Jürgen aus gebogenen Moniereisen und bunten Seilen gebaut hatte, den Blick in den Gastraum.

»Klar doch«, gab Peter zurück, zündete sich eine Zigarette an, kniff die Augen zusammen und nahm einen tiefen Zug. »Bloß dass da heute keiner mehr drüber spricht. Die mögen im Waisenhaus keine Juden, keine Zigeuner und keine Mischlingskinder, glaub mir.«

»Aber die Nazizeit ist vorbei!«, rief Helga entrüstet.

»Ja und?« Peter nahm noch einen Zug. »Die Leute sind dieselben. Wie überall in Köln. Wer damals das Sagen hatte, hat es auch jetzt wieder. Sie sind alle auf die Füße gefallen. Ich weiß, wovon ich rede. Mein Alter ist auch einer von denen.«

»Dein Alter?«

»Mein Vater«, antwortete Peter und zwinkerte ihr zu. »Du bist niedlich. Wo hast du die letzten Jahre gesteckt?«

»Im Ausland«, antwortete Helga ausweichend und trank noch einen Schluck Coca-Cola. Sie hatte noch nie Coca-Cola getrunken. Sie hatte auch noch nie als Gast in Fannys Milchbar gesessen. Und dann noch mit Peter als Gesellschaft! Sie musste verrückt gewesen sein, seine Einladung anzunehmen.

»Soso, im Ausland.« Peter zwinkerte ihr schon wieder zu. »Wo denn genau?«

»In Frankreich.« Helga sog angestrengt an ihrem Strohhalm. Dass Augen so grün sein konnten!

»Na, so was aber auch«, hatte Peter gesagt, nachdem sie sich gesetzt hatten. »Da schwänzt man einmal die ersten beiden Stunden, und prompt steht das hübscheste Mädchen vom Eigelstein mit geschlossenen Augen mitten im Regen auf dem Bürgersteig. Was ist los? Erzähl schon!«

Helga war erst dunkelrot geworden. Und dann hatte sie erzählt. Von ihrer Sorge um Bärbel, von den Grausamkeiten im Waisenhaus. Die Worte waren nur so aus ihr herausgepurzelt. Es gab kein vorsichtiges Abwägen, wie sie es mit Konradin kannte, keine stummen Blicke, keine ungesagten Worte. Was vielleicht daran lag, dachte sie nun, dass Peter mit seinen eins achtzig und den breiten Schultern einen so robusten Eindruck machte, als könne ihn nichts umhauen.

Über sich selbst hatte sie wenig gesagt. Wer war sie denn schon! Mit den Mädchen in Petticoats und Seidenstrümpfen, die Peter sonst in der Milchbar umschwärmten, konnte sie eh nicht mithalten.

Und doch. Helga entging nicht, dass Peter sie keinen Moment aus den Augen ließ. Es fiel ihr allerdings schwer, seinen Blick zu deuten. In einem Augenblick guckte er so lieb und verständnisvoll, wie sie es von Jürgen kannte. Im nächsten schien es ihr, als fletsche er die Zähne wie ein Raubtier.

Jetzt stand er auf und warf einen Groschen in die Jukebox.

»Frankreich«, hörte Helga ihn leise vor sich hin sprechen, während er einen Titel auswählte, »dann müsste dir das gefallen, Fräulein Klecks.«

Die Jukebox gab ein leises Surren von sich, während der Ständer mit den Schallplatten zu rotieren begann. Er stoppte, mit einem metallischen Klack fuhr ein eiserner Arm aus, packte eine der Platten und platzierte sie auf der Drehscheibe. Und schon begann eine Frau glockenhell zu singen.

»Ganz Paris träumt von der Liebe«, sang die Frau, »denn dort ist sie ja zu Haus ...«

War das diese italienische Sängerin, von der die Zeitungen schrieben? Deren Lied seit Wochen ganz oben in der Hitparade stand? Wie hieß sie noch?

»Caterina Valente«, murmelte Peter und drückte seine Zigarette in dem wuchtigen Kristallaschenbecher aus, der mitten auf dem eierschalenfarbenen Tisch stand. »Ich habe sie im Februar im Messesaal gesehen. Ein Floh, der über die Bühne hüpfte. Du hingegen, Klecks –« Er brach ab, musterte Helga, streifte sich seine Lederjacke über. »Ich muss los, die Penne ruft. Aber morgen sehen wir uns wieder, ja? Gleiche Zeit, gleicher Ort?«

»Ich weiß nicht«, murmelte Helga, »ich –«

»Also, dann ist es abgemacht«, fiel Peter ihr ins Wort, beugte sich über sie, und für den Moment eines Wimpernschlags streiften seine Lippen ihre Wange. Er duftete immer noch nach Holz und nach Gewürzen, darunter hatte sich der Geruch der Zigaretten gemischt. Helga zuckte zusammen und fasste sich wie betäubt ins Gesicht. Wenn das bloß niemand gesehen hatte!

»Natürlich bist du in meiner Milchbar willkommen«, erklärte Fanny. »Dass dein Vater dich hier nicht gerne sieht, kann ich verstehen, scheint mir aber viel zu streng. Eine Milchbar ist ja eine Milchbar, damit junge Leute hier einkehren können. Meine Güte, ich schenke noch nicht einmal Bier aus!« Kopfschüttelnd beugte sie sich über die Eismaschine, tauchte vorsichtig einen orangefarbenen Plastiklöffel in die cremige Masse und prüfte die Konsistenz. »Aber eines musst du wissen: Nichts ist für ein Mädchen schlimmer, als seinen Ruf zu verlieren. Deshalb werde ich ab jetzt ein Auge auf dich haben. Und herumgeknutscht wird nicht, verstanden?«

»Ich wollte das nicht«, flüsterte Helga. »Wirklich nicht.«

»Das ist ja das Schlimme«, seufzte Fanny. »Die Mädchen

wollen es meistens nicht. Aber sie zahlen den Preis, und zwar sie ganz allein.«

Am nächsten und auch an allen folgenden Tagen blieb Helga der Milchbar fern. Sie hörte oben in der Küche die Musik und das Lachen, doch sie ging nicht hinunter. Was auch immer sich da unten abspielen mochte, es hatte nichts mit ihr zu tun. Was fiel diesem Peter ein, sie einfach zu küssen?

Doch heimlich, wenn niemand sie sah, tanzte sie durch die Küche.

Nachts saß sie auf der Bank vor dem Schlafsaal der Mädchen und wartete auf Bärbel. Doch die Kleine kam nicht. Eine Nacht verging, eine weitere. Als Helga in der dritten Nacht die Kinder zu Bett brachte, strich sie einen Moment länger als nötig Bärbels Decke glatt und beugte sich über sie.

»Wie geht es dir?«, raunte sie so leise, dass die anderen Mädchen es hoffentlich nicht hörten. Doch Bärbel, auf deren Gesicht der rote Striemen noch immer gut sichtbar war, schaute an ihr vorbei.

In der vierten Nacht schließlich, als Helga schon nicht mehr daran geglaubt hatte, tapsten um halb fünf in der Frühe zwei kleine nackte Füße über den Flur.

»Du wirst dich erkälten!«, entfuhr es Helga.

»Vielleicht«, gab Bärbel zurück und kletterte neben ihr auf die Bank. »Aber du, Fräulein Helga, kriegst ganz hässliche Falten, wenn du weiter ein so betrübtes Gesicht machst, sobald du mich anguckst.«

»Bitte, was?«

»Hör auf, dir solche Sorgen um mich zu machen. Meine

Mama arbeitet wie verrückt, damit sie mich ganz bald hier rausholen kann. Du wirst schon sehen, eines Tages kommst du vorbei, und ich bin nicht mehr da.«

»Wenn du meinst.«

Bei dem Gedanken, dass Bärbel aus ihrem Leben verschwinden könnte, wurde Helga ganz flau im Magen. Wenn sie sich vorstellte, dass ihre Mutter besonders viel arbeitete, um sie zu sich zu holen, wurde ihr beinahe übel. Hatten die anderen Kinder nicht gesagt, Bärbels Mutter sei eine Prostituierte? Sie konnte nur hoffen, dass das nicht stimmte.

»Magst du eine Geschichte hören?«, fragte sie laut.

»Ja, gern«, antwortete Bärbel und lehnte sich vorsichtig gegen die Lehne der Bank.

Irgendetwas war seltsam an dem Mädchen, dachte Helga. Es bewegte sich nicht so wie sonst.

Dann begann sie zu erzählen. Hauptsache, Bärbel sprach wieder mit ihr.

»Ich habe eine Arbeit gefunden!«, verkündete Konradin wenige Tage später. Und obwohl es beinahe stockdunkel war auf dem obersten Treppenabsatz, glaubte Helga ihn vor Freude erröten zu sehen.

»Wo denn?«, flüsterte sie.

»Als Pförtner beim neugegründeten Westdeutschen Rundfunk!«, raunte Konradin, und Helga hörte den Stolz in seiner Stimme.

Sie saßen nach dem Waschen nicht mehr nebeneinander vor der Luke auf dem Dachboden. Auguste fühle sich gestört, hatte Konradin ihr erklärt. Helga konnte sich das nicht recht vorstellen. Außerdem fand sie es viel zu gefährlich, sich im Treppenhaus zu treffen. Wenn Meta sie dort erwischte! Aber Konradin hatte darauf bestanden.

»Das Funkhaus steht unmittelbar im Schatten des Doms«, sagte er nun ganz leise in Helgas Ohr, »aufgebaut auf den Trümmerresten des ›Hotels Monopol‹. Es gilt als das schönste und modernste Funkhaus Europas. Stell dir vor, es hat einen Konzertsaal mit Platz für achthundert Zuschauer und hundertdreißig Musiker! Die Akustik dort, sagt man, ist atemberaubend. Und in der Eingangshalle, neben einer kühn sich emporreckenden Freitreppe, ist ein Fenster ganz und gar aus buntem Glas, das sich über sage und schreibe vier Stockwerke erstreckt. Helga, kannst du dir das vorstellen?«

Helga schüttelte stumm den Kopf. Nein, das konnte sie nicht. Aber sowieso war sie voll und ganz damit beschäftigt, den wohligen Schauer auszukosten, den Konradins Lippen an ihrem Ohr in ihr auslösten.

Bald darauf wuschen sie nicht mehr miteinander. Konradin hatte eine Frau in der Ritterstraße gefunden, die ihm diese Arbeit für einen geringen Lohn abnahm.

»Kommst du trotzdem noch zu mir herauf?«, fragte er Helga.

»Soll ich denn?«

»Bitte.«

Helga nickte stumm. Ihr war danach, sich an seine Schulter zu schmiegen, aber das wagte sie nicht.

»Ich wünschte, ich könnte eine Wohnung für Großmutter

und mich finden«, sagte Konradin, als sie in einer der ersten warmen Sommernächte dicht nebeneinander auf der Treppe saßen, sorgsam darauf bedacht, niemanden zu wecken.

»Ja, das verstehe ich«, antwortete Helga.

Sie konnte die Ärmlichkeit des Dachbodens kaum ertragen. Er erinnerte sie an den Keller, in dem sie als Kind gehaust hatte. Dass zehn Jahre nach dem Krieg Menschen immer noch unter so erbärmlichen Umständen leben mussten, war ihr unerträglich, auch wenn sie den Grund dafür kannte. Aus den Zeitungen im Büdchen des Vaters wusste sie um die große Wohnungsnot in den Städten. Gerade Flüchtlinge aus dem Osten, wie Konradin und Auguste es waren, hatten es schwer, eine einigermaßen anständige Unterkunft zu finden.

»Das wird schon klappen«, versuchte sie Konradin gut zuzureden und bemerkte voller Scham, wie sie zugleich hoffte, dass es noch ein wenig dauern würde.

Ende Juni waren die leeren Zimmer in der Wohnung im ersten Stock fertig renoviert. Jürgen hatte fast seine gesamte Freizeit damit verbracht. Lediglich sonntagmittags verschwand er nach wie vor mit feucht zurückgekämmtem Haar, um sich spätabends mit glänzenden Augen und rosigen Wangen zurück ins Haus zu schleichen.

Helga staunte nicht schlecht, als an einem hellen Sommerabend ein Lieferwagen vor der Eigelsteintorburg hielt. Jürgen und der Vater stiegen aus und begannen sofort damit, das Fahrzeug zu entladen. Wenig später standen auf dem nigelnagelneuen PVC-Fußboden im Wohnzimmer vier niedrige, mit einem hellgelben Stoff bezogene Sessel und in der Mitte ein nierenförmiger Tisch, dessen grafisch gemusterte Platte von einem kupfernen Ring eingefasst war. Außerdem schleppten die beiden ein Buffet in den ersten Stock, neue, dreiteilige Matratzen und Schränke.

In der Küche hängten sie ein Regal an die Wand, das gelbe, rosafarbene und blaue Schiebetüren hatte sowie gläserne Schütten für Zucker, Salz und Mehl. Meta hätte auch gern einen elektrischen Herd gehabt, doch das hatte Fanny, wie Jürgen Helga erzählte, verhindert.

»Sie liebt ihre altmodische Küchenhexe. Wie auch immer Fanny es fertiggebracht hat, diesmal bekam Meta nicht ihren Willen.«

Noch am selben Abend zog Helga um, in ihr eigenes Zimmer ganz am Ende des Flurs. Das schmale Bett aus dem Kabuff neben der Küche stand jetzt darin, außerdem ein kleiner Schrank, eine Frisierkommode mit einer tiefen Schublade und einem aufklappbaren Spiegel sowie ein niedriger Hocker mit einem weichen Kissen, auf dem dieselben hellgrünen Streublümchen prangten wie auf den Vorhängen am Fenster. Beides hatte Fanny genäht.

»Schau, Helgalein, ich habe dir auch ein Bücherregal gebaut«, sagte Jürgen und wies auf ein einzelnes, ebenfalls hellgrün gestrichenes Regalbrett an der Wand.

»Danke«, flüsterte Helga. Sie mochte das neue Zimmer auf Anhieb. Und zugleich wusste sie, dass sie ihr Kabuff neben der Küche schrecklich vermissen würde.

»Es ist unglaublich«, flüsterte Konradin später in der Nacht, als sie auf dem obersten Treppenabsatz saßen. »Die Redakteure beim WDR bekommen von den Verlagen so viele Bücher zur Rezension zugeschickt, dass sie die, die sie nicht mögen oder doppelt haben, einfach vor ihre Redaktionszimmer in den Flur legen.«

»In den Flur?«, staunte Helga.

»Ganz genau. Sie liegen dort auf dem Boden. Und jeder, der will, kann sie mitnehmen.«

»Jeder?«

Konradin nickte. Er schien Luft holen, etwas sagen zu wollen, blieb aber stumm. Helga konnte ihm anmerken, dass er innerlich mit sich rang. Was, um Himmels willen, hatte er vor? Als er wieder sprach, klang seine Stimme rau.

»Schließ die Augen.«

»Es ist doch sowieso stockdunkel hier oben.«

»Tu's trotzdem. Bitte.«

Helga tat wie geheißen und fühlte, wie Konradin ihre Hände in seine nahm. Erst ein einziges Mal zuvor hatte er ihre Hand ergriffen, und sie spürte, wie ein heißer Schauer sie durchlief. Sie musste sich sogar ein bisschen schütteln. Hoffentlich merkte er es nicht!

Konradin platzierte ihre Hände auf ihren Oberschenkeln, was Helga gleich noch ein wenig unruhiger werden ließ. Dann schien er hinter sich zu greifen, und schließlich legte er ihr etwas in den Schoß. Und noch etwas. Und noch etwas. Es nahm gar kein Ende. Und mit jedem Buch, denn es waren Bücher, die Konradin ihr schenkte, raunte er etwas in ihr Ohr.

»Für das Mädchen, das Bücher liebt. Das zwei linke

Hände hat. Das seine Mutter vermisst. Das sich um ein fremdes Kind sorgt. Das lieb und fürsorglich ist. Und hübsch, so hübsch ...«

Konradin stöhnte leise. Helga riss die Augen auf. Und obwohl es so dunkel war, sah sie Konradins Augen schimmern, sie sah eine Sehnsucht darin, die ihr den Atem nahm, und einen Schmerz, der sie fast zerriss.

Blitzschnell presste sie die Augen wieder zusammen.

Im selben Augenblick spürte sie etwas an ihrer Stirn. Konradins schwarzes, dichtes Haar. Er hatte sich ganz nah zu ihr herübergebeugt. Sein Atem strich über ihre Wange, warm und gehetzt zugleich, seine Hand, eiskalt, streichelte ihren Hals.

»Helga«, stöhnte Konradin. Und dann küsste er sie. Er küsste sie scheu auf die Lippen, ein Mal, zwei Mal. Beim dritten Mal erwiderte Helga seinen Kuss. Es fühlte sich an, als berste in ihr ein Feuerball. Und als seine Zunge sich zwischen ihre Lippen schob, als seine Hand, mit einem Mal nicht mehr kalt, sondern glühend heiß, in ihr Haar fuhr, als er sie mit der anderen an sich presste, da ließ sie all die Bücher, die er ihr in den Schoß gelegt hatte, fallen, und schlang die Arme um ihn.

Die Bücher polterten die Treppe hinab. Wie von fern hörte Helga Auguste rufen.

»Konradin!«, rief Auguste erst leise, dann lauter. »Konradin! Komm sofort her zu mir!«

Er musste es auch gehört haben, doch er ließ nicht von ihr ab. Schon küsste er nicht mehr nur Helgas Lippen, er küsste ihren Hals, ihre Schlüsselbeine. Seine Hände waren in ihrem Nacken, auf ihren bloßen Armen, an ihrer Taille. Zögerlich und zugleich entschlossen wanderten sie ein Stückchen hinauf.

Und dann umschloss seine Hand ihre linke Brust. So sanft und zärtlich, dass Helga spürte, wie in ihr etwas zu zerfließen begann. Ihr wurde so schummrig, dass sie glaubte, gleich in Ohnmacht zu fallen. Und als Konradin sich über sie beugte, gab sie seinem Druck nach und ließ sich rücklings auf die oberste Stufe sinken.

»Helga«, hauchte Konradin und küsste sie unentwegt weiter, ganz heiser klang er, »ich wünschte, ich könnte …«

»Ja«, wisperte Helga, sie erkannte ihre eigene Stimme nicht mehr. Doch sie wusste, um was auch immer Konradin sie bitten würde, sie würde es ihm nicht versagen.

»Konradin!«, schrie da Auguste so laut, dass es Helga durch Mark und Bein fuhr. »Komm her, sofort! Ich befehle es dir!«

Im gleichen Augenblick flammte das Flurlicht auf. Konradin schrak hoch, als habe ihn etwas gebissen. War das Auguste? Wie, fragte Helga sich und blinzelte verwirrt, war sie allein aus dem Bett gekommen?

Doch es war nicht Auguste, die vor ihnen stand. Es war Meta. Das Gesicht so rot wie die Rauten auf ihrem Morgenmantel.

»Verbrecher!«, keifte sie, packte Konradin am Kragen und schlug ihm mitten ins Gesicht. »Ins Gefängnis lasse ich dich werfen!«

»Nein!«, rief Helga und wollte Konradin an sich ziehen, doch er drehte sich von ihr weg.

Meta aber griff in Helgas blonde Locken und zerrte sie auf allen vieren die Treppe hinab wie einen ungezogenen Hund. Helga schrie vor Schmerz.

»Halt's Maul!« Metas Stimme schnitt in Helgas Herz wie blanker Stahl. »Elende Hure. Ich setze dich vor die Tür, dich und die ganze elende Bagage.«

17. Kapitel

Behutsam sortierte Helga die Bücher auf ihrem hellgrünen Regalbrett. Ganz an den Rand stellte sie das Kochbuch, das der Vater ihr zum Geburtstag geschenkt hatte, daneben *Bonjour tristesse* und *Schloß Gripsholm*. Und dann ging es weiter mit *Kleiner Mann – was nun?*, *Ich denke oft an Piroschka*, *So weit die Füße tragen* sowie *Bekenntnisse des Hochstaplers Felix Krull*. Vor *So zärtlich war Suleyken* legte sie die drei hölzernen Murmeln. Sie liebte die Bücher schon jetzt, auch wenn sie so manches Eselsohr hatten und die Umschläge ein wenig beschädigt waren. Allein die bunten Titelbilder! Am besten gefiel ihr *Das Dschungelbuch* mit der Abbildung eines dunkelhäutigen Kindes, das unerschrocken in die Ferne schaute, während ein schwarzes Ungeheuer ihm in den Arm biss und eine riesige Schlange sich vor seiner Brust wand. Das würde sie Bärbel vorlesen, wenn sie wieder im Waisenhaus war.

»Hörst du mir überhaupt zu?« Jürgen stand am Fenster, eine sorgenvolle Falte auf der Stirn. »Meta und Papa könnten beide ins Gefängnis kommen. Auf Kuppelei steht bis zu fünf Jahre Haft! Hast du auch nur einen Gedanken daran verschwendet?«

Helga strich ein letztes Mal über die Buchrücken und setzte sich vorsichtig auf die Bettkante. Seit der vergangenen Nacht fühlte sie sich, als sei sie von innen roh. Sie spürte immer noch Konradins Lippen auf den ihren, seine Hände. Und zugleich schrillten Metas böse Worte in ihrem Kopf.

»Danke, dass du mir die Bücher gebracht hast«, sagte sie leise. »Aber wovon redest du? Was hat das alles mit Kuppelei zu tun?«

»Ach, Helgalein.« Jürgen setzte sich neben sie. »Ein Mädchen wie du sollte davon auch gar nichts wissen. Aber ich erkläre es dir. Es ist nämlich so: Wer erlaubt, dass Jugendliche in seinem Haus Unzucht treiben, der wird wegen Kuppelei angeklagt. Und darauf steht im schlimmsten Fall Gefängnis. Nicht mal Verlobtenbeischlaf ist erlaubt.«

»Unzucht«, murmelte Helga, »Verlobtenbeischlaf. Wir haben uns doch nur geküsst!«

»Ich glaube dir, egal, was Tante Meta erzählt.« Jürgen nahm ihre Hand. »Aber guck, ich mache mir Sorgen um deinen Ruf. Ein Mädchen nämlich, das seinen Ruf verloren hat –«

»Ja, ja, ich weiß«, unterbrach Helga ihn. »Aber ein Junge darf jeden Sonntag verschwinden und mit Knutschflecken nach Hause kommen, nicht wahr?«

Jürgen schlug die Augen nieder. »Du hast ja recht. Wir zwei, wir haben viel zu viele Geheimnisse voreinander gehabt in letzter Zeit. Wann hat das angefangen, Helgalein?«

»An Karneval«, antwortete Helga trocken. »Mit dem Tanzmariechen.«

»Du weißt ...?«

Helga knuffte ihren Bruder in die Seite.

»Ganz so ein Trollo bin ich dann doch nicht, dass ich so was nicht mitkriege. Vergiss nicht, ich kenne dich besser als du dich selbst.«

Auf Jürgens Gesicht stahl sich ein winziges Lächeln.

»Na los«, Helga musste nun auch schmunzeln. »Erzähl schon!«

Und Jürgen erzählte.

Das Tanzmariechen hieß Christa und war schon neunzehn. Christa arbeitete als Krankenschwester und war, wie Jürgen errötend erklärte, ein Mädchen von Format, hübsch und tüchtig. Aber sie konnte ihn immer nur sonntags treffen, wenn sie angeblich bei einer Freundin war. Denn Christa war die Tochter eines evangelischen Pfarrers.

»Nie im Leben«, seufzte Jürgen, »wird er einen katholischen Schwiegersohn akzeptieren.«

»Ihr wollt heiraten?«, entfuhr es Helga. »Du bist doch noch gar nicht richtig erwachsen! Ich meine«, fügte sie schnell hinzu, als sie sah, wie sehr ihre Worte Jürgen getroffen hatten, »vier Jahre noch, bis du volljährig bist.«

»Das ist mir vollkommen egal«, erklärte Jürgen. »Man kann auch früher heiraten, man braucht nur eine Genehmigung.«

Helga war bass erstaunt. Dass Jürgen sich mit Heiratsplänen trug! Dann aber merkte sie, wie etwas in ihrem Kopf zu rattern begann. Wenn Konradin und sie erst verheiratet wären, würde kein Kuppeleigesetz und keine keifende Meta ihrem Glück im Wege stehen …

»Du magst diesen Flüchtling unterm Dach wirklich gern?«

Jürgen schien wie früher ihre Gedanken zu lesen.

»Ja.« Helga senkte den Kopf, sie merkte, wie sie errötete. »Sehr gern.«

»Alles klar.« Jürgen stand auf. »Dann werde ich den Kerl mal einer genauen Inspektion unterziehen.«

Die nächsten Tage verbrachte Helga in ihrem Zimmer. Der Vater erschien und erklärte ihr, sie solle es so lange nicht verlassen, bis sie zur Vernunft gekommen sei.

»Ich kann gar nicht sagen, wie enttäuscht ich bin. Erst dieser unselige Ehrgeiz, unbedingt aufs Gymnasium gehen zu wollen. Und jetzt führst du dich auf wie eine Dirne.« Er strich sich über das Gesicht. Schrecklich müde sah er aus. »Ich fühle mich so ratlos, was deine Erziehung angeht. Hast du nicht alles, was du brauchst?« Er drehte sich herum, wies auf das Bett, den Schrank, die Frisierkommode. »Und hatten wir nicht ein gutes Verhältnis, von dem Moment an, in dem wir einander wiedersahen? Ich glaubte, dich zu kennen. Meine kleine, so lange verschollene Tochter. Und dann erfahre ich, dass du dich seit Monaten nachts mit einem Mann triffst. Unter meinem Dach! Sozusagen vor meinen Augen!«

Helga war, als schnitte jedes seiner Worte ihr mitten ins Herz.

»Bitte«, flüsterte sie. »Es ist nicht so, wie du denkst.«

Doch der Vater wandte sich von ihr ab. »Ich kenne dich nicht. Das weiß ich nun. Enttäusche mich kein zweites Mal.«

Helga blieb zurück, und ihr war, als verwandelte sich all

die Liebe, die sie für den Vater empfand, in sprachloses Entsetzen.

Als Fanny ihr das Essen brachte, glaubte Helga, keinen Bissen herunterzubekommen. Doch sie täuschte sich. Fanny erschien nämlich mit einer pikanten Creme aus gehackten Ölsardinen, winzigen Stückchen von Zwiebeln und eingelegten Gurken, Kapern und Eigelb, fein abgeschmeckt mit Petersiliengrün, Salz, Paprika, Zitronensaft und Senf.

»Portugiesisches Tatar«, raunte sie, als sie Helga das Tellerchen reichte, »nach einem Rezept von Hans Karl Adam. Alle schwärmen so von diesem Fernsehkoch Wilmenrod, dabei sieht man doch genau, dass der keine Ahnung vom Kochen hat.«

»Du hast Fernsehen geschaut?«, fragte Helga, die vor lauter Verblüffung für einen Moment ihren Kummer vergaß.

»Klar«, lachte Fanny. »Freitagabends, wenn die Milchbar zu hat, putze ich doch immer noch bei Kleinmanns. Da läuft dann alle zwei Wochen ›Clemens Wilmenrod bittet zu Tisch‹, und ich muss nachher noch mal extra aufwischen, weil alle Nachbarinnen vorbeikommen und mitgucken.«

Am nächsten Morgen gab es Joghurt, gemischt mit Pumpernickelkrümeln, Honig und Eigelb, »Joghurt Frühlingsart«, ebenfalls nach einem Rezept von Hans Karl Adam, wie Fanny erklärte, am Abend mit Reis und Fleisch gefüllte Paprikaschoten. Fanny servierte Chicorée, den Helga aus Frankreich kannte und von dem Fanny beteuerte, in Deutschland gebe es ihn nur ganz selten, sowie Labskaus und Petersilienwurzel-Salat mit Gorgonzola.

»Warum machst du das?«, fragte Helga, während sie sich die Lippen leckte. »Papa ist schrecklich enttäuscht von mir, Tante Meta verachtet mich. Du aber verköstigst mich, als sei ich eine Prinzessin.«

»Du bist eine Prinzessin«, antwortete Fanny. »Meine Prinzessin. Glaub mir, ich weiß, wie es ist, ein junges Mädchen zu sein und keine Mutter mehr zu haben. Und ich weiß, wie es ist, verurteilt zu werden. Die Menschen sind so schnell in ihren Meinungen und oftmals dabei so dumm.«

Ihr Gesicht verfinsterte sich, und Helga musste unwillkürlich an den blauen Fleck auf Fannys Arm denken. Sollte es tatsächlich wahr sein ...?

»Man darf nicht aufgeben, niemals«, fügte Fanny hinzu und bemühte sich sichtlich um einen fröhlicheren Gesichtsausdruck, »und man muss aus allem was machen.«

Helga leckte sich noch einmal über die Lippen. Bei all ihrer Verzweiflung ließ Fannys Essen sie wohlig aufseufzen.

Helga las. Sie verschlang die Bücher, die Konradin ihr geschenkt hatte. Und sie schrieb. Sie schrieb sich ihre Wut von der Seele, eingesperrt zu sein wegen etwas, was doch nichts anderes als Liebe sein konnte, oder etwa nicht? Sie beschrieb ihre Angst, was aus Konradin und ihr werden würde. Und ihre Sehnsucht. Wann würde sie Konradin wiedersehen? Eine Kladde nach der nächsten füllte sich. Helga stellte fest, wie sehr das Schreiben ihr half, all ihre widerstreitenden Gefühle zu ordnen. Zwischendurch stahl sich immer wieder der Gedanke in ihren Kopf, wie wundervoll es sein müsste, zur Schule gehen zu dürfen, noch viel mehr zu lesen und zu schreiben. Vor allem aber vermisste sie Konradin. Fand er denn gar keinen Weg, sich bei ihr zu melden? Hatte Meta ihn und Auguste womöglich längst vor die Tür gesetzt?

Endlich, nach ein paar Tagen, stand Jürgen mit einem spitzbübischen Lächeln in ihrem Zimmer. Helga schnappte vor Aufregung nach Luft.

»Du hast ihn gesehen?«

»Scheint ein feiner Kerl zu sein, dein Konradin«, meinte Jürgen und setzte sich auf den Hocker vor der Frisierkommode. »Wenn auch vielleicht ein bisschen weltfremd.«

»Meta hat ihn also nicht hinausgeworfen?«

»Das könnte ihr so passen. Einquartierte wird man so schnell nicht los. Ganz im Gegenteil. Sie hätte den beiden längst einen richtigen Mietvertrag geben müssen. Wenn sie sich jetzt nicht sputet, kriegt sie Ärger. Aber das wird schon, dafür sorge ich.«

»Das heißt, sie dürfen bleiben?«

»Sag ich doch. Konradin und ich, wir werden den Dachboden ein bisschen wohnlicher einrichten. Eine alte Frau, noch dazu eine, die schon ein bisschen wunderlich im Kopf ist, so unterzubringen, das geht gar nicht. Ich wünschte, Helgalein, du hättest mich eingeweiht. Aber ich ärgere mich auch über mich selbst, dass ich nichts bemerkt habe.«

Helga atmete tief aus. Ihr war, als würde eine gewaltige Last von ihren Schultern fallen.

»Und«, flüsterte sie, »hat er was gesagt?«

»Nicht so richtig. Ich glaube, es ist ihm alles überaus peinlich. Aber schau, er hat mir etwas mitgegeben.«

Jürgen holte ein einfaches Briefkuvert hervor, reichte es Helga, stand auf und machte leise die Tür hinter sich zu.

Helga drückte das Kuvert einen Moment lang an ihr Herz. Dann öffnete sie es mit zitternden Fingern.

Liebste Helga, schrieb Konradin, *ich bereue zutiefst, was geschehen ist. Und ich schäme mich. Niemals hätte ich so weit gehen, Dich in eine solch kompromittierende Lage bringen dürfen. Du musst wissen, ich bin nicht der Mann, der auch nur davon träumen darf, Dir nahe zu sein. Eines Tages wirst Du jemandem begegnen, der Dich lieben und auf Händen tragen wird. Ich, liebste Helga, werde es nicht sein. Bitte, vergiss mich. Und werde so glücklich, wie Du es verdienst.*
Dein Konradin

Helga ließ den Brief sinken. Griff sich an den Hals. Auf einmal bekam sie kaum noch Luft. Das, dachte sie, nach Atem ringend, konnte nicht Konradins Ernst sein. Niemals. Sie las den Brief noch einmal. Ein drittes und ein viertes Mal. Sie suchte das dünne Papier nach verborgenen Zeichen ab, nach einer geheimen Chiffre, nur für sie bestimmt. Vielleicht hatte Konradin gefürchtet, dass der Brief Meta in die Hände fallen könnte? Womöglich, dachte sie und biss sich auf die Lippen, bis sie Blut schmeckte, war das nur ein Täuschungsmanöver, weil er ihr keine weitere Unbill bereiten wollte.

Weil er sie liebte.

Doch sie fand keine versteckte Botschaft. Im Gegenteil. Die wenigen Sätze, die Konradin geschrieben hatte, begannen sich aufzulösen. Es waren ihre Tränen, die die Tinte verschmierten. Die die Worte, die ihr das Herz herausrissen, verwandelten in unleserliches Gesudel.

Fanny brachte etwas, was sie »Toast Hawaii« nannte. Auf ein geröstetes und gebuttertes Toastbrot hatte sie eine Scheibe Schinken gelegt, darauf eine Scheibe Ananas aus der Dose und das Ganze mit Schmelzkäse überbacken. Als Verzierung diente eine eingelegte Belegkirsche.

»Ausnahmsweise mal etwas aus der Fernsehküche von diesem Wilmenrod, auch wenn er das ganz bestimmt von jemand anderem geklaut hat. Aber was hilft's? Alle kochen es nach. Und es schmeckt einfach maximal.«

Helga aß den Toast Hawaii, doch sie hätte beim besten Willen nicht sagen können, wie er schmeckte. Ob er heiß war oder kalt, süß oder salzig. Sie weinte so viel, dass sie sich vorkam wie eine leere Hülle.

Sie hörte auf zu lesen.

Der Juli begann heiß und trocken, und als Helga sich das erste Mal wieder auf ihr feuerwehrrotes Fahrrad setzte, war sie schon verschwitzt, bevor sie die Ringe erreichte. Es war nicht allein die Hitze, die ihr zu schaffen machte. Auf der Treppe war ihr Tante Meta begegnet. Schon bei ihrem Anblick hatte Helga sich geduckt, zu grauenhaft war die Erinnerung daran, wie Meta sie an den Haaren die Treppe hinuntergeschleift hatte. Doch Meta hatte nur ein so missbilligendes Schnaufen von sich gegeben, dass Helga sich fragte, wie eine Frau, die die Schwester ihrer Mutter war, derart gemein sein konnte.

»Wieder gesund?«

Jovana beachtete Helga kaum und wies sie an, sämtliche Böden zu wischen. Und so schnappte Helga sich eine Dose *Durinol*, eine Wurzelbürste und einen Eimer heißen Wassers. Auf den Knien schrubbte sie die kleine Spülküche, den Raum, in dem die Kinder aßen und ihre Hausaufgaben machten, den Schlafsaal, den Flur. Als sich der Tag dem Ende neigte, spürte sie jeden einzelnen ihrer Knochen, ihre Hände waren puterrot und voller Risse. Sie wollte sich gerade aufrichten, das Putzzeug wegräumen und nach Hause fahren, als Jovana ihr einen gräulichen Lappen zuwarf.

»Jetzt die Klos.«

Und so putzte Helga auch noch die Toiletten. Sie waren wie immer in einem abscheulichen Zustand. Doch Helga nahm es kaum wahr. Der Schmerz, Konradin verloren zu haben, betäubte alle anderen Gefühle. Nur eine Sache bereitete ihr Unbehagen. Bärbel war nirgendwo zu sehen.

»Sie ist in der Eifel«, flüsterte Renate, als Helga die Kinder am darauffolgenden Abend zu Bett brachte.

»Wo denn da?« Helga musste leise sprechen, Renate war es sichtlich unangenehm, nach Bärbel gefragt zu werden.

»Es gibt dort ein Kloster. Wenn eine von uns allzu ungezogen ist, kommt sie für eine Weile dorthin.«

»Und was geschieht da mit ihr?«, fragte Helga.

Renate gab keine Antwort. Aber Helga meinte zu sehen, dass sie unter ihren Sommersprossen ganz blass geworden war.

24. Juni 1945, am Nachmittag

Liebster, es ist etwas so Entsetzliches passiert, ich weine in einem fort.

Die Frau mit der Spitzhacke, die mit den vier Kindern und dem kranken Mann, ist tot. Es ging ganz schnell. Anfang der Woche fing es an, dass sie das schwere Werkzeug kaum noch halten konnte. Der wachhabende Soldat befahl einem der schwangeren Zwillingsmädchen, an ihrer Stelle die Steine aus den Trümmerresten herauszubrechen, und schickte sie nach Hause. Schon am nächsten Morgen kam sie wieder, die Wangen hohl vor Hunger. Mittags strauchelte sie, als sie einen randvoll mit Schutt gefüllten Eimer zur Lore schleppte. Sie setzte sich kurz, stand wieder auf. So ging es zwei weitere Tage. Gestern Nachmittag dann fiel sie einfach um. Sie starb, wie sie gearbeitet hatte. Leise, ohne Wehklagen. Wir standen alle um sie herum und weinten. Wir sprechen nie miteinander, nur das Nötigste, mit Ausnahme des Kürschners, der sich in einem fort beschwert. Doch nun weinten wir, bedeckten ihren mageren Körper mit Planen. Wir hatten nichts anderes.

Dann arbeiteten wir weiter. Später kam ein Militärjeep und lud den Leichnam auf.

Ich frage mich, ob man ihren Mann, die Kinder verständigt hat. Oder ob sie auf eine Mutter warten, die nie mehr wiederkommt.

18. Kapitel

Helga lauerte. Sie traute sich nicht, zu Konradin auf den Dachboden zu steigen. Aber irgendwann würde er doch zur Arbeit gehen! Sie wollte ihm wie zufällig über den Weg laufen, während er die Treppe herunterkam. Ihr neues Zimmer lag viel zu weit weg vom Treppenhaus, und so lauerte sie frühmorgens in der Küche, lauschte auf die vertrauten Schritte.

Helga bemerkte, wie Fanny sie beobachtete, während die Freundin den Kaffee fürs Büdchen kochte, und ihr entging auch nicht die steile Falte auf Fannys Stirn. Fanny goss Wasser in den hohen Filter, setzte den Kessel ab, trocknete sich ausgiebig die Hände an einem Küchentuch, dabei schienen sie kein bisschen nass zu sein.

Schließlich trat sie an das Küchensofa, auf dem Helga vorgab, *Kleiner Mann – was nun?* zu lesen, und strich ihr sacht eine Locke aus der Stirn.

»Ein Mann, der sich dünnemacht, taugt nichts«, sagte sie leise. »Kommst du mit zum Büdchen?«

Helga schüttelte stumm den Kopf. Sie kam sich schäbig vor, weil sie Fanny nicht half. Doch der Gedanke, einen weiteren Tag durchstehen zu müssen, ohne mit Konradin gesprochen zu haben, ließ ihre Brust ganz eng werden.

»In Ordnung.«

Fanny drehte die Deckel auf die hohen Thermoskannen und machte sich auf den Weg. In der Küchentür wandte sie sich noch einmal zu Helga um.

»Vielleicht kommst du später in die Milchbar? Dein Vater braucht es ja nicht mitzukriegen. Und dieser Junge, wie heißt er noch, Peter, ist fast jeden Abend da. Er mag ein Rowdy sein, aber er bringt dich bestimmt auf andere Gedanken.«

»Ist das dein Ernst? Ich habe diesen ganzen Ärger wegen eines Jungen!«

»Falsch. Du hast Ärger wegen einer kompromittierenden Situation. Bei mir in der Milchbar könntest du dich einfach nur amüsieren, ganz harmlos ein wenig Spaß haben ...«

»Ich will keinen Spaß. Ich will Konradin wiedersehen.«

»Wie du meinst.«

Fanny ging. Die Falte auf ihrer Stirn war noch steiler geworden.

Und dann, endlich, klappte weit oben im Haus eine Tür. Wie von der Tarantel gestochen, sprang Helga auf, *Kleiner Mann – was nun?* landete auf dem Fußboden. Helga achtete nicht darauf. Sie rannte aus der Küche, durch den hohen Flur, riss die Wohnungstür auf, stürzte zum Treppenabsatz und setzte sich blitzschnell auf den zerschlissenen Läufer. Sie hatte sich schick gemacht, trug das gute kunstseidene Kleid aus Frankreich. Es war eigentlich viel zu warm für Mitte Juli, und normalerweise hätte sie sich damit niemals auf den Fußboden gesetzt. Aber in Helgas Leben war nichts mehr normal.

Flink wie ein Eichhörnchen hörte sie Konradin die Treppe herabflitzen. Seine Schritte klangen so leicht, als berührten sie die alten Stufen kaum. Helgas Herz zog sich sehnsuchtsvoll zusammen. Im nächsten Augenblick prallte ein Knie gegen ihren Rücken, Konradin fluchte, strauchelte und wedelte mit den Armen. Er wäre wohl die Treppe hinabgestürzt, wäre Helga nicht aufgesprungen und hätte ihn beherzt um die Hüften gefasst.

»Oh.«

Sie standen sich so dicht gegenüber, dass Helga Konradins heißen Atem in ihrem Gesicht spüren konnte. Er trug einen dunklen Anzug aus einem einfachen, dünnen Stoff, der ein wenig an ihm schlackerte. Das schwarze Haar hatte er ordentlich mit Brillantine zurückgekämmt, seine Augen, nicht braun, nicht grün, waren weit aufgerissen.

»Was tust du hier?«

»Ich habe auf dich gewartet, ich …«

Tagelang hatte Helga überlegt, was sie Konradin sagen würde, was ihn fragen, wenn sie ihn endlich traf. Nun war ihr Kopf vollkommen leer. Alles, was sie wahrnahm, waren seine knochigen Hüften unter ihren Händen. Das schnelle Heben und Senken seiner Brust. Die beiden roten Flecken hoch oben auf seinen Wangenknochen.

Ohne ein weiteres Wort stellte sie sich auf die Zehenspitzen und küsste ihn mitten auf den Mund.

Seine Lippen waren weich wie ein Stück Marzipan, er duftete nach Zedernholz und Jasmin, und für einen Augenblick glaubte Helga davonzuschweben. Hinaus aus dem dunklen Treppenhaus, weg von Meta und den strengen Worten des Vaters, wenn nötig sogar von Fanny und Jürgen, wenn Konradin ihren Kuss nur erwiderte ...

Doch Konradin drehte sich abrupt von ihr weg. Er packte ihre Hände, die immer noch auf seinen Hüften lagen, und schob sie energisch von sich.

»Helga, ich hatte dir geschrieben. Ich dachte, du hättest verstanden ...«

»Du hast das ernst gemeint?« Helga rang ihre Hände, mit einem Mal wusste sie nicht mehr, wohin damit. »Ich habe es für einen geheimen Code gehalten, wir beide, du und ich, wir ...«

»Es gibt kein Wir.« Konradin schob sie noch ein bisschen weiter von sich, es hätte nicht viel gefehlt, und Helga wäre die Treppe hinuntergefallen. »Kein Du und ich. Versteh doch. Und bitte, lauere mir nie wieder auf.«

Er zog seinen Anzug gerade, als hätte Helga ihn verknittert, fuhr sich durchs Haar und ging, ohne sie noch einmal anzusehen, die Treppe hinab. Doch seine Schritte klangen nicht mehr leicht und unbeschwert. Er bewegte sich, als sei er bereits ein sehr alter Mann.

Helga blieb zurück, sprachlos vor Entsetzen. Hätte er mir ins Gesicht geschlagen, dachte sie, es könnte sich nicht schrecklicher anfühlen.

Draußen empfing sie brütende Hitze. Sie war zu spät, sie hätte längst ihren Dienst im Waisenhaus antreten müssen. Es war ihr egal.

Auf dem Rudolfplatz grüßte sie der Verkehrspolizist von seinem Podest aus mit einer kleinen Verbeugung, Helga radelte achtlos an ihm vorbei. Das Kleid klebte ihr auf der Haut, es war für die kalten französischen Winter geschneidert, nicht für den schwülen Sommer in Köln. Helga merkte es kaum. Sie fühlte nichts als blankes Entsetzen. Konradin wollte sie nicht. All die Nächte, das gemeinsame Waschen, die geflüsterten Geheimnisse und, vor allem, der Kuss. Es hatte ihm nichts bedeutet, gar nichts.

Eine Straßenbahn klingelte schrill, ein Auto hupte, jemand schimpfte. War sie gerade über eine rote Ampel gefahren? Überfahrt mich doch, schoss es Helga durch den Kopf, dann fühle ich wenigstens diesen Schmerz nicht mehr, der macht, dass ich kaum noch atmen kann.

Im nächsten Augenblick trat sie so fest auf die Rücktrittbremse, dass ein hinter ihr fahrender Radfahrer beinahe in sie hineingeprallt wäre.

»Kannste nit achjevve, Mädche?«

»Entschuldigung!«, rief Helga. »Entschuldigung!«

Dann begann sie zu weinen. »Wie konnte ich nur«, wimmerte sie, »wie konnte ich nur.«

So viele geliebte Menschen hatte sie verloren. Ihre Freunde Anna und Karl vom Buttermarkt. Hilde, die kühne Anführerin ihrer Kinderbande. Und, nicht zuletzt, ihre unbekannte Mutter. Wie konnte sie sich da wünschen, tot zu sein? Wegen eines Jungen mit dunklem Haar und hektischen Flecken auf den Wangenknochen?

»Konradin«, murmelte Helga und trat wieder in die Pedale, »du kannst mich mal, und zwar kreuzweise.«

Und so fuhr sie weiter. Der Schmerz war noch da. Doch die Wut schickte sich an, seinen Platz einzunehmen.

Im Waisenhaus standen ein paar halbwüchsige Jungen auf dem wüsten, leeren Platz neben der immer noch halb zerbombten Kirche und warfen kleine Päckchen durch die Oberlichter im zweiten Stock des Verwaltungsgebäudes. Erstaunt schaute Helga zu ihnen hinüber. Sie hatte noch nie Jungen einfach so auf dem Platz herumlungern sehen. Und zu ihrer Verblüffung schallte aus dem Gebäude aufgeregtes Gekicher herunter.

»Was tut ihr hier?«

»Wir werfen den eingesperrten Mädchen Kaugummi durchs Fenster.«

»Aber warum –«

»Weil sie sich freuen, blöde Frage.«

»Das meinte ich nicht. Warum sind die Mädchen eingesperrt?«

»Weil sie Babys kriegen.«

»Weil sie Babys kriegen?«

»Fräulein, haben sie dich beim Bettenmachen gefunden? Das sind gefallene Mädchen. Die werden da oben eingesperrt, bis die Babys da sind. Die kommen dann ins Säuglingsheim. Noch Fragen?«

»Nein«, antwortete Helga, während die Jungen feixend von dannen zogen, »keine weiteren Fragen.«

Unwillkürlich musste sie an den Klingelpütz denken, das Stadtgefängnis, in dem Männer einsaßen, weil sie Verbrecher waren, Mörder, Betrüger, Diebe. Hier jedoch wurden Mädchen eingesperrt, die kein Vergehen begangen hatten, sondern ein Kind erwarteten.

Helga merkte, wie ein kaltes Grausen über sie kam. Das Waisenhaus barg noch schrecklichere Geheimnisse, als sie bislang geahnt hatte.

Den Vormittag verbrachte sie wieder einmal damit, auf den Knien den Boden zu schrubben. Die Wurzelbürste, die sie immer wieder in den Eimer mit *Durinol* tauchte, war bereits vollkommen abgenutzt, ihre Hände wieder rot und rissig. Bloß nicht jammern, dachte Helga. Ich lebe. Und ich werde mir dieses Leben von niemandem versauen lassen, selbst von Konradin nicht und erst recht nicht von Schwester Jovana.

Gegen eins kehrten die Kinder aus der Schule zurück. Ein Mädchen nach dem anderen trottete in den Essraum, in dem Helga den Tisch gedeckt hatte. Als Letzte kam, die Füße ein wenig hinter sich herziehend, Bärbel.

»Mein Gott!«, entfuhr es Helga. »Endlich!«

Doch Bärbel würdigte sie keines Blickes und zog sich vorsichtig einen Stuhl heran. Der rote Striemen auf ihrem Gesicht war beinahe verblasst. Doch ihre Bewegungen wirkten wieder einmal seltsam ungelenk.

Das Essen verlief weitgehend schweigend, auch während der Hausaufgaben waren die Mädchen ungewöhnlich still, obwohl Schwester Jovana außer Haus weilte. Der Tag war schon fast vorbei, als Ulrike vorschlug, ein Spiel zu spielen.

Die Kinder versammelten sich sofort um den Tisch. Helga hatte noch nie erlebt, dass eines Ulrike widersprochen hätte.

Ulrike holte ein Kartenset hervor, mischte und verteilte die Karten.

»Fräulein Helga, machst du mit?«, fragte Renate.

»Aber ja doch.«

Die Spielkarten kannte Helga nicht, die Regeln, die die Mädchen ihr erklärten, schon. In Frankreich hatte sie mit Jürgen und den größeren Jungen manchmal *Vieux garçon* gespielt, was im Deutschen wohl so viel hieß wie *Alter Knabe*, und dieses Kartenspiel schien ganz ähnlich zu funktionieren. Es ging darum, Paare zu bilden und auf keinen Fall auf einem einzelnen Buben sitzen zu bleiben, denn dann hatte man verloren. Bloß dass es bei diesem deutschen Kartenspiel keinen einzelnen Buben gab, sondern einen dunkelhäutigen Mann in Frack und Zylinder. Das Spiel hieß *Schwarzer Peter*.

Mit großem Ernst zogen die Mädchen Karten und legten sie ab, einige waren so aufgeregt, dass sie kaum still sitzen konnten. Margot, eine der Jüngsten, blieb auf dem *Schwarzen Peter* sitzen, und zum Vergnügen der anderen malte Ulrike ihr mit einem Stückchen Kohle einen schwarzen Schnurrbart.

»Noch mal!«, kreischte Renate.

Sie spielten und spielten. Bald trug auch Helga einen schwarzen Schnurrbart, Margot verlor so oft, dass ihrer immer breiter wurde. Nur Bärbel verlor kein einziges Mal. Und während die anderen Kinder immer ausgelassener lärmten, schien sie immer stiller zu werden. Als ahne sie ein Unheil, das nur sie ganz allein fürchtete.

Dann, es war beinahe Abendbrotzeit, verlor Bärbel. Mit

zitternden Händen legte sie den *Schwarzen Peter* auf den Tisch, in ihren Augen standen Tränen.

Was, fragte Helga sich, war nur mit ihr los?

Die Kinder verstummten. Ulrike stand auf, verschwand kurz in der kleinen Spülküche und kam zurück, hinter dem Rücken hielt sie etwas verborgen. Noch ehe Helga begriff, was vor sich ging, hatte das große Mädchen sich mit zwei langen Sätzen an Bärbel herangepirscht. In ihrer Hand war plötzlich etwas Scharfes, Glänzendes. Himmel, ein Messer! Helga sprang auf, wollte es Ulrike entreißen, doch es war zu spät. Bärbel schrie. Über ihre Oberlippe rann Blut.

»Bei Negern sieht man die Kohle ja nicht«, erklärte Ulrike, während sie grinsend das Messer an einem Küchentuch abwischte. »Da müssen wir sie anders markieren.«

Helga überlegte nicht. Sie entriss Ulrike das Messer und schlug ihr mitten ins Gesicht. Sie hatte noch nie jemanden geschlagen. Sie hatte keine Ahnung, dass sie dazu überhaupt in der Lage war. Das Mädchen taumelte durch den Raum. Einige der Kinder begannen zu weinen. Ulrike richtete sich auf.

»Das melde ich Schwester Jovana!« Sie grinste immer noch.

»Tu das!«, schrie Helga. Sie sah Spuckefäden durch die Luft fliegen – waren das ihre? »Ich werde dafür sorgen, dass du bestraft wirst! Und wie ich dafür sorgen werde! Du elendes, elendes –«

»Versuch's doch, Fräulein Helga«, äffte Ulrike. »Versuch's doch! Aber glaubst du im Ernst, die Schwester hätte das Negerbalg in die Eifel geschickt, wenn ihr was dran läge? Niemand gibt etwas auf diesen Bastard, niemand!«

»Du … du …«, stammelte Helga. Sie war dabei, erneut auszuholen. Sie würde all die Bosheit aus Ulrike herausprügeln, und wenn es das Letzte war, was sie tun wollte. Sie würde – Erschrocken hielt sie inne. Wo war Bärbel? Das Mädchen war verschwunden.

Helga stürmte hinaus. Immer noch stand die Sonne weit oben am Himmel, der Tag versprach, in einen herrlichen Sommerabend überzugehen. Helga kam es so vor, als verhöhne die Sonne sie. Wie konnte sie so strahlend scheinen, während ein kleines Mädchen derart übel misshandelt wurde?

»Bärbel?«, rief sie leise, sie musste sich zwingen, nicht zu weinen. »Bärbel, wo bist du?«

Helga begann, das Waisenhausgelände abzusuchen. Sie zitterte so sehr, dass sie aufpassen musste, nicht über ihre eigenen Füße zu fallen. Ihr Atem raste. Der Schweiß rann ihr in Strömen Brust und Rücken hinunter. Doch es war kein normaler Schweiß, es war eiskalter, klebriger Angstschweiß.

Bärbel war nirgendwo. Nicht auf dem öden Platz neben der kaputten Kirche, nicht im Schatten des Verwaltungsgebäudes. Sie war auch nicht zum Tor hinausgelaufen, wie der Pförtner Helga versicherte.

»Geht es Ihnen gut, Fräulein van Beek? Soll ich eine der Schwestern rufen?«

»Bloß nicht«, zischte Helga und suchte weiter.

Ganz am Ende des Geländes, dort, wo der Beethovenpark begann, lagen die Schweine hechelnd in der einzigen schattigen Ecke, die ihr Auslauf ihnen bot. Ein paar vor sich hin dösende Hühner schraken gackernd auf, als Helga an ihnen vorbei in den Hühnerstall kroch. Keine Bärbel weit und breit.

Helga begann zu weinen. Wo mochte das Mädchen sein, verletzt und blutend? Und sie hatte zugesehen und es nicht verhindert! Blind vor Tränen, rannte Helga zum Hauptgebäude zurück. Immer noch brannte die Sonne erbarmungslos auf sie herab. Sie musste Bärbel finden, unbedingt.

Sie fand sie im Waschraum. Beinahe hätte sie das winzige Bündel, das zwischen den gekachelten Wänden auf dem rissigen Fußboden hockte, übersehen. Doch aus einer der altertümlichen Brausen rann fortwährend ein Wasserstrahl. Heißes Wasser gab es wie bei Helga zu Hause auch im Waisenhaus nur einmal in der Woche. Jemand musste den Hahn nicht richtig zugedreht haben. Immer noch ganz wirr vor Angst, machte Helga zwei schnelle Schritte in den Waschraum und stellte das Wasser ab. Im selben Moment schrie sie auf vor Schreck.

Zu ihren Füßen hockte Bärbel. Das Mädchen war vollkommen nackt. Es blutete. Aber es blutete nicht nur an der Oberlippe, wo Ulrike es mit dem Messer geritzt hatte. Es blutete an den Armen, am Bauch, an den Beinen. Sogar die Wangen waren aufgerissen, die Stirn. Die Kleine war über und über bedeckt von blutigen Rissen. In der Hand hielt sie die Wurzelbürste, mit der Helga für gewöhnlich den Boden scheuerte. Jetzt fuhr sie sich damit über den Nacken, schrubbte ihn, als gelte es, hartnäckigen Dreck loszuwerden. Vollkommen fassungslos sah Helga, wie sich die zarte Haut rötete, wie sie zu bluten begann.

»Bitte!«, rief sie, gelähmt vor Entsetzen, »bitte, Bärbel, hör auf!«

Doch die Kleine hielt keinen Moment inne in ihrem grausigen Tun. Sie schrubbte ihre Schultern, bis auch sie zu bluten begannen.

»Nein!« Helga fiel mehr auf den nassen, mit Blutschlieren bedeckten Boden, als dass sie in die Knie ging. Mit einem verzweifelten Schrei riss sie Bärbel die Bürste aus der Hand. »Nein! Hör auf! Was tust du?«

»Ich schrubbe das Braune weg«, presste Bärbel hervor. »Ich will kein Neger mehr sein.«

5. Juli 1945, früher Morgen

Liebster, es ist ein Wunder geschehen. Niemals hätte ich zu hoffen gewagt, dass die Dinge sich so gut entwickeln könnten. Meta kommt wieder auf die Beine! Sie bekrabbelt sich! Und wem ist das zu verdanken? Ganz allein unserer kleinen Helga.

Von einem Tag auf den anderen hat sie die Angst vor ihrer fremden Tante verloren. Und seitdem fragt sie ihr von morgens bis abends Löcher in den Bauch.

Wo warst du, als ich klein war? Habt ihr Tiere auf dem Gut in Ostpreußen? Wie heißen sie? Haben sie auch Kinder bekommen? So geht es in einem fort. Am Anfang habe ich versucht, Helga zurückzuhalten, zu groß war meine Angst, ihre Fragen könnten alte Wunden bei Meta aufreißen, die Erinnerung an das, was sie verloren hat, sie zu sehr belasten. Doch das Gegenteil scheint der Fall zu sein. Je mehr sie erzählt, desto mehr scheint Meta aufzublühen. Als schenke die Erinnerung an die vergangenen Jahre ihr neuen Lebenswillen.

Über das, was während der Flucht geschah, haben wir beide den Mantel des Schweigens gebreitet. Was würde es auch bringen, darüber zu sprechen. Wir müssen es vergessen, wie so vieles.

Jürgen hält Meta noch ein wenig auf Abstand. Er scheint ihr immer noch nicht vollkommen zu vertrauen, so, als hege er einen geheimen Vorbehalt.

Aber bald wird er Meta genauso gernhaben, wie Helga es jetzt schon tut. Da bin ich mir ganz sicher. Die beiden lieben einander so sehr, keiner geht einen Schritt ohne den anderen.

Wenn es mir doch nur gelingt, das Haus zurückzubekommen! Dann könnten wir endlich diesen düsteren Bunker verlassen. Und weißt Du was? Nun, wo Meta wieder lächeln kann, halte ich alles für möglich.

19. Kapitel

»Schnell«, wies Helga Renate an, die neugierig ihren Kopf in den Waschraum steckte. »Lauf in die große Küche zu Schwester Regelinda und bitte sie um Ringelblumensalbe. Ich bin mir sicher, dass sie welche hat. Und kein Wort zu niemandem, hörst du?«

Renate nickte, aber Helga konnte sehen, dass sie ihren Blick kaum abwenden konnte von Bärbel. Helga hatte rasch ein Handtuch geholt und Bärbel darin eingewickelt, doch die Verletzungen in ihrem Gesicht waren unübersehbar.

»Nun lauf schon.«

Renate sauste los. Helga sah Bärbel stumm die Schultern heben, als erwartete sie einen Schlag. Schnell ging sie in die Knie, breitete die Arme aus und strich dem Mädchen behutsam über das kurz geschorene Haar.

»Es tut mir leid«, flüsterte sie, »dass ich nicht besser aufgepasst habe. Es tut mir so leid! Niemand darf dir etwas Böses tun, hörst du? Niemand!«

Doch Bärbel antwortete nicht. Stattdessen begann sie, leise zu wimmern.

Sie muss schlimme Schmerzen haben, fuhr es Helga durch den Kopf. Sie gehört ins Bett.

Und so rappelte sie sich auf, nahm Bärbel an der Hand und führte sie, vorsichtig schauend, ob auch niemand sie sah, in den Schlafraum. Hier setzte sie Bärbel auf die untere Koje in dem dreistöckigen Bett, in dem sie schlief, und hockte sich vor sie.

»Ringelblumensalbe«, japste jemand direkt hinter ihr. Renate streckte einen dünnen Arm vor, darin ein Einmachglas, halb voll mit einer gelblichen Creme.

»Ich danke dir, das hast du gut gemacht. Und nun stell dich vor die Tür und ruf, wenn jemand kommt, ja?«

Renate nickte und huschte hinaus.

Helga holte tief Luft. Bärbels Anblick war so herzbrechend, dass sie spürte, wie das Entsetzen durch jede Pore ihres Körpers kroch. Am liebsten wäre sie einfach davongerannt. Doch sie würde Bärbel nicht im Stich lassen, niemals.

Die Kleine hatte lautlos angefangen zu weinen. Ihre Tränen mischten sich mit dem Blut auf ihren Wangen.

Helga holte noch einmal Luft.

»Ich werde dich jetzt verarzten«, erklärte sie und mühte sich, das Beben in ihrer Stimme zu unterdrücken. »Es kann ein bisschen wehtun, aber danach wird es besser, versprochen.«

Vorsichtig tupfte sie mit dem Handtuch, in das Bärbel gewickelt war, die Tränen weg. Dann tauchte sie einen Finger in das Glas mit der Salbe und strich Bärbel damit über die Wange. Das Mädchen zuckte, gab aber keinen Laut von sich. Helga strich die Salbe auch auf die andere Wange, auf die Stirn. Als sie sie auf Bärbels Oberlippe auftrug, wo der Schnitt klaffte, den Ulrike ihr beigefügt hatte, hielt sie erschrocken inne. Neben dem offenen Schnitt befanden sich zig weitere, kaum sichtbare Narben, wie mit einem spitzen Stift gestrichelt. Helga erinnerte sich mit einem Mal an den ersten Tag, an dem sie Bärbel begegnet war, beim Spülen in der Küche. Damals schon waren ihr diese Linien aufgefallen, doch sie hatte sie nicht weiter beachtet. Sie hatte sie nicht einmal als Narben erkannt. Nun packte sie ein eiskalter Schrecken.

Die Verletzung heute war nicht die erste gewesen. Bärbel war schon viele Male zuvor auf diese Weise markiert worden, wie Ulrike es nannte.

Helga hielt sich am eisernen Bettgestell fest. Mühte sich, das Zittern, das sie erfasst hatte, zu verbergen. Blinzelte. Rang nach Luft. Zwang sich, lautlos bis zehn zu zählen. Rang wieder nach Luft.

Dann begann sie, Bärbel vorsichtig aus dem Handtuch zu wickeln.

Das Kind versteifte sich. Mit panischem Blick hielt Bärbel das Handtuch an sich gepresst.

»Nein«, schluchzte sie. »Bitte, Fräulein Helga, bitte, geh weg!«

»Ich gehe nicht weg«, antwortete Helga. »Hab keine Angst. Wir sind ganz allein, wir zwei. Renate hält Wache. Ich muss deine Wunden versorgen, verstehst du das nicht?«

Bärbel schüttelte den Kopf, wieder rannen Tränen ihre Wangen hinab.

Helga wartete.

Schließlich ließ das Mädchen los. Das Handtuch fiel auf das Bett. Bärbel presste die Augen zusammen, als wolle sie nicht sehen, was Helga sah.

Der Körper des Kindes war voller blutiger Striemen. Hätte ich sie doch nur früher gefunden!, dachte Helga. Ich hätte verhindern müssen, dass sie sich selbst verletzt.

Behutsam begann sie, die Wunden zu säubern und mit Salbe zu bestreichen. Tante Claire hatte immer Ringelblumensalbe geholt, wenn Helga oder die größeren Jungen hingefallen waren, sich die Knie aufgeschürft hatten. Helga wusste, dass kleine Wunden auf diese Weise gut heilten. Ob die Salbe auch Bärbel helfen würde? Sie konnte es nur hoffen.

Es war heiß im Schlafraum der Mädchen, beinahe stickig. Helga schwitzte immer noch fürchterlich in ihrem kunstseidenen Kleid. Draußen sank die Sonne ein Stückchen tiefer und schickte ihren goldenen Schein durchs Fenster, als wolle sie Helga noch einmal verhöhnen. Und da, im Licht der Julisonne, sah sie es.

Bärbels Körper war nicht nur voller blutiger Striemen. Er war auch voller seltsamer Flecken. Bärbel hatte Flecken am Rumpf, an den Armen und an den Beinen. Manche waren so groß wie eine Nuss, andere hatten Größe und Form eines Handtellers. Sie glänzten in verschiedenen Schattierungen: dunkelbraun und lila, einige waren beinahe schwarz.

Helga keuchte. Im nächsten Augenblick senkte sich vor ihren Augen ein dunkler Vorhang hinab.

Als sie zu sich kam, lag sie seltsam verrenkt auf dem Boden.

Vor ihr auf dem Bett saß Bärbel. Sie hatte sich wieder in das Handtuch gewickelt.

»Geht es, Fräulein Helga?«

»Ja, ja, natürlich.«

Stöhnend richtete Helga sich auf. Ihr Kopf dröhnte, sie musste sich ihn irgendwo angeschlagen haben. Aber das war egal, vollkommen egal. Das, was sie gerade gesehen hatte, stand vor ihrem inneren Auge wie ein brennendes Fanal.

Vorsichtig setzte sie sich neben Bärbel auf das Bett.

»Wer hat dir das angetan?«, fragte sie leise.

»Wer?«, wiederholte Bärbel die Frage, als habe sie sie nicht verstanden.

»Wer hat dir die Blutergüsse zugefügt?«

»Alle«, antwortete Bärbel.

»Alle?«

»Schwester Jovana. Der Lehrer. Ulrike. Manchmal auch die anderen Kinder. Sie hauen mich alle. Mit Knüppeln und Stöcken, mit Stuhlbeinen und mit der Faust. Schwester Jovana sagt, sie hat eine Hand wie eine Bratpfanne.«

»Aber warum?«, rief Helga und bereute im gleichen Augenblick, gefragt zu haben.

»Weil ich ein Neger bin«, antwortete Bärbel. »Weil es die einzige Sprache ist, die ich verstehe.«

Helga schluckte. Sie hatte geglaubt, ihr Tag habe furchtbar angefangen, nachdem Konradin sie von sich gestoßen hatte. Aber das, was sie nun erfuhr, war so abgrundtief schrecklich, dass sie sich schämte, wegen einer unerwiderten Schwärmerei so betrübt gewesen zu sein. Hier wurde ein Kind misshandelt, immer wieder, von Menschen, die eigentlich für sein Wohlergehen sorgen sollten.

»Und in der Eifel?«, fragte sie, »haben sie dich da auch gehauen?«

»Auch.« Bärbel schlug die Augen nieder.

»Auch?«

»Sie haben noch etwas anderes gemacht«, flüsterte Bärbel mit einer Stimme, so rau, dass Helga spürte, wie sich ihre Nackenhaare aufstellten. Stumm zeigte Bärbel mit einer Hand auf ihren Schoß. Die Hand zitterte so sehr, dass Helga sie schnell ergriff.

»Schon gut«, krächzte sie.

Von Kopf bis Fuß bebend vor Empörung, bestrich Helga weiter Bärbels Wunden mit der Ringelblumensalbe. Nur mit äußerster Mühe zwang sie ihre Wut nieder, die in ihr aufstieg wie ein glutroter Feuerball, bereit, jeden Moment zu explodieren.

Sie konnte nur hoffen, dass die Ringelblumensalbe helfen würde, dass die tiefen Kratzspuren der Wurzelbürste heilten, ohne sich zu entzünden oder Narben zu hinterlassen. Doch was, wenn das Mädchen weitere, auf Anhieb nicht sichtbare Verletzungen hatte? Plötzlich sah sie Bärbel wieder vor sich, wie sie sich immer wieder so seltsam bewegte. Steif, unnatürlich. Die Kleine war die ganze Zeit vor ihren Augen misshandelt worden.

Und ich habe es nicht bemerkt, dachte Helga.

Sie biss sich auf die Lippen. Rang die Tränen nieder.

Ein Arzt musste kommen und Bärbel untersuchen. Aber

wie sollte das gehen? Schwester Jovana würde wohl kaum einen holen.

»Du bist ein Kind wie jedes andere«, flüsterte Helga, während sie Bärbel vorsichtig half, in das übergroße, verwaschene Nachthemd zu schlüpfen. »Wer etwas anderes sagt, ist dumm. Und ja, auch eine Ordensschwester kann dumm sein, sehr sogar, und ein Lehrer offensichtlich auch. Und diese Leute in der Eifel, das sind Verbrecher. Einsperren müsste man sie.«

»Einsperren?«, fragte Bärbel ungläubig.

»Selbstverständlich«, antwortete Helga und mühte sich, überzeugend zu klingen. Sie war absolut der Meinung, dass solche Menschen ins Gefängnis gehörten. Aber sie hatte keine Ahnung, ob so etwas tatsächlich möglich war.

Bärbel schwieg, als glaube sie es auch nicht.

»Und jetzt?«, fragte sie, als sie im Bett lag, den Stoffhasen mit den rot funkelnden Augen im Arm.

»Jetzt«, antwortete Helga, »werde ich mit jemandem sprechen.«

Und damit stürmte sie los.

Vor der Tür stand immer noch Renate, das sommersprossige Gesicht ganz bleich.

»Wird Bärbel wieder gesund?«

»Bestimmt.« Helga versuchte, mehr Zuversicht in ihre Antwort zu legen, als sie empfand. »Aber ihr dürft sie nicht mehr hauen, hörst du?«

Renate senkte beschämt den Kopf.

»Is gut«, flüsterte sie.

Im Essraum hörte Helga Schwester Jovana die Kinder zurechtweisen. Sie war also zurück. Sie wusste ganz bestimmt, was vorgefallen war. Und sie hielt es offensichtlich nicht für nötig, nach Bärbel zu sehen. Nein, von Schwester Jovana war keine Hilfe zu erwarten, ganz im Gegenteil.

Helga straffte die Schultern und lief hinaus in den Hof. An ihrem ersten Tag hatte die Nonne, die sie am Eingang abholte, ihr gesagt, der Direktor würde demnächst eine Wohnung im Waisenheim beziehen. Sie nahm an, dass dies mittlerweile geschehen war.

Die Sonne stand etwas tiefer nun, doch sie knallte immer noch von einem wolkenlosen Himmel herab. Schützend legte Helga die Hand über ihre Augen. Wo konnte die Direktorenwohnung sein?

Im zweiten Stock des Verwaltungsgebäudes greinte ein Säugling. Er greinte ganz leise, wäre es nicht so still im Waisenhaus, Helga hätte es nicht gehört. Eines der eingesperrten Mädchen hat ein Kind bekommen, dachte Helga. Sie werden ihr das Kind wegnehmen und es im Waisenhaus aufziehen, unter der Fuchtel von Nonnen wie Schwester Jovana. Das Greinen des Säuglings wurde lauter, und am liebsten hätte Helga mit ihm geweint.

Da entdeckte sie im zweiten Stock des Eingangsgebäudes eine Flucht von Fenstern, auf deren Simsen Töpfe mit Geranien standen. Dahinter konnte sie Vorhänge ausmachen, nicht grau wie sonst überall, sondern hellrot, dunkelgrün, braun. Das musste die Wohnung sein.

»Fräulein van Beek«, rief der Pförtner, als sie an ihm vorbeistürmte, »da dürfen Sie nicht lang.«

Doch Helga achtete nicht auf ihn, im Gegenteil, sie rannte gleich noch ein bisschen schneller.

Eine Treppe führte hinauf in den ersten Stock. Von einem Absatz ging eine Reihe von Türen ab. »Direktor«, stand darauf, »Sekretariat«, »Arztzimmer«. Helga klopfte an jeder, und als niemand antwortete, drückte sie eine Türklinke nach der anderen hinunter, rüttelte daran. Doch die Türen waren alle verschlossen.

Helga sah sich um. Hinter einer Biegung ging es hoch in den zweiten Stock. Die letzten Stufen der Treppe waren mit einem hübsch gemusterten Teppich belegt.

Hier, dachte Helga, bin ich richtig.

Oben angekommen, stand sie vor einer Wohnungstür mit einem gläsernen Einsatz. Dahinter bewegten sich Schemen. Kleine Schemen, wie Helga auffiel. Es mussten Kinder sein. Doch auch diese Kinder waren eigentümlich still, kein Laut drang aus der Wohnung.

Helga klopfte, leise, zaghaft. So sehr der Zorn in ihr loderte, so heftig schlug ihr Herz.

»Ja, bitte?«

Die junge Frau, die ihr öffnete, trug ein schwarzes, einfaches Kleid mit einer angeknöpften weißen Schürze. Ein Dienstmädchen.

»Ich«, sagte Helga, »möchte zum Herrn Direktor.« Sie straffte die Schultern. »Sofort.«

»Das geht nicht«, erklärte das Mädchen, während es Helga blitzschnell von oben bis unten musterte. »Die Herrschaften sitzen gleich zu Tisch.«

Rums. Noch ehe Helga etwas erwidern konnte, hatte es ihr die Tür vor der Nase zugeknallt.

Helga öffnete den Mund. Schloss ihn wieder. Einen winzigen Augenblick lang fühlte sie sich vollkommen machtlos und mutterseelenallein. Doch dann spürte sie, wie die Wut, die seit dem frühen Morgen in ihr zischte, seit Konradin sie abgewiesen hatte, und die zu einem gigantischen Feuerball geworden war, als sie Bärbels Wunden sah, explodierte. Und plötzlich war ihr, als stehe sie nicht allein vor der verschlossenen Tür zur Direktorenwohnung. Es kam ihr so vor, als stünde Hilde, die Anführerin ihrer Kinderbande, direkt neben ihr. Und Anna und Karl, ihre lieben Freunde vom Buttermarkt. Sie sah wieder Bärbels Tränen vor sich, die Narben über ihrer Lippe. Sie meinte sogar, den Säugling im Nebengebäude schreien zu hören.

Als ich klein war, murmelte sie vor sich hin, herrschten Krieg und Chaos. Wir Kinder hungerten, wurden misshandelt, viele starben. Niemand half uns. Aber das ist jetzt zehn Jahre her. Und ich werde nicht dulden, dass Kinder immer noch Not leiden und gequält werden.

Die Tür zur Direktorenwohnung hatte eine einfache Klinke.

Helga holte tief Luft. Drückte sie herunter. Und als die Tür nachgab, marschierte sie schnurstracks hindurch.

Die Familie des Direktors saß tatsächlich gerade zu Tisch. Eine rundliche Frau mit Dauerwelle war dabei, Suppe auszuschenken. Als sie Helga sah, stieß sie einen spitzen Schrei aus und ließ die Schöpfkelle in die Schüssel fallen, sodass eines der Kinder – es waren insgesamt sechs, wie Helga feststellte, vier Jungen und zwei Mädchen – von oben bis unten bekleckert war. Der Kleine schrak zusammen, doch er verzog keine Miene. Keines der Kinder verzog eine Miene. Sie saßen so still, als seien sie aus Wachs.

Der Direktor war ein erstaunlich kleiner Mann, nahezu zart kam er Helga vor. Der graue Anzug, die Weste und das Hemd, das er trug, sahen aus, als seien sie für ein Kommunionskind geschneidert und nicht für einen Erwachsenen. Seine Frau hatte begonnen, mit einer Stoffserviette hektisch die verschüttete Suppe aufzutupfen, doch als er leise hüstelte, erstarrte sie zur Salzsäule.

»Was tust du hier?«

Auch seine Stimme klang wie die eines Kindes, hoch und dünn.

»Verzeihen Sie«, antwortete Helga. Ihr Herz schlug ihr zum Hals heraus, doch nun gab es kein Zurück mehr. »Ich bin Helga van Beek. Es gibt ein Mädchen in der Gruppe von Schwester Jovana, über das ich dringend mit Ihnen sprechen muss –«

»Das ist mir noch nie vorgekommen«, unterbrach er sie. »Dass ein Zögling einfach so hereinkommt und meint, Beschwerden vortragen zu dürfen!«

»Aber … nein«, stotterte Helga. »Ich bin kein Waisenkind. Ich mache ein Praktikum, ich besuche die Haushaltungsschule, ich …«

Plötzlich wusste sie nicht mehr, wie sie fortfahren sollte. Wie konnte er sie für einen Zögling halten! Sie mochte ein Findelmädchen gewesen sein, vor vielen Jahren, doch nun war sie beinahe erwachsen. Und er musste ihr zuhören, er musste einfach.

»Die kleine Bärbel«, setzte sie neu an, »ist –«

»Ein Bastard, den wir aus reiner Nächstenliebe aufgenommen haben, um daraus einen halbwegs brauchbaren Christenmenschen zu formen«, lispelte es in ihrem Rücken.

Augenblicklich stellten sich Helgas Nackenhaare auf. Schwester Jovana musste ihr gefolgt sein und stand nun direkt hinter ihr. Sie konnte den Schleier knistern hören.

»Verzeihen Sie die Störung«, fuhr Jovana fort, und Helga spürte, wie sich eine Hand unerbittlich wie die Klaue eines Raubtieres um ihren Oberarm schloss. »Ich werde dieses Subjekt sofort entfernen lassen.«

»Nein!«, rief Helga. »Sie müssen mir zuhören! Ich bitte Sie! In diesem Heim geschehen schreckliche Dinge!«

Doch der Direktor schien sie schon gar nicht mehr wahrzunehmen. Er gab seiner Frau einen Wink, mit dem Austeilen der Suppe fortzufahren.

Helga schüttelte Schwester Jovanas Hand ab, doch nun wurden ihr beide Arme mit einer solchen Wucht nach hinten gerissen, dass sie strauchelte. Es war der Pförtner, der sie gepackt hielt, und auf einen weiteren Wink des Direktors schleppte er sie aus der Wohnung.

»Aua«, jammerte Helga, »Sie tun mir weh!«

Doch der Pförtner zerrte sie die Treppe hinab, aus dem Gebäude hinaus, über den Hof, bis vor das Tor. Er ließ erst von ihr ab, als sie auf dem Sülzgürtel standen. Helga wäre beinahe gestürzt, so sehr zitterten ihre Beine.

»Warum tun Sie das?«, keuchte sie. »Sie waren immer freundlich zu mir, und nun …«

»Fünf Kinder, eine kranke Frau«, zischte er, bevor er sich von ihr abwandte. »Tut mir leid, Fräulein van Beek. Ich bin nicht in der Position, Schwester Jovana Paroli zu bieten.«

Helga fand sich mitten auf dem Bürgersteig wieder. Ein Mann mit einem Handkarren wich ihr fluchend aus, eine Dame mit einem Pudel rümpfte bei ihrem Anblick die Nase. Verwirrt sah Helga an sich hinab. Das gute kunstseidene Kleid war vollkommen zerknittert, der Saum nass vom Wasser in der Dusche. Auf ihrer Brust sah sie dunkle Flecken. Das, wurde ihr mit Grauen bewusst, konnte nur Bärbels Blut sein. Der Pony klebte ihr auf der Stirn, ihr Pferdeschwanz hatte sich beinahe aufgelöst. Das Schlimmste aber war der Geruch. Sie stank. Am Ende dieses heißen, grauenvollen Sommertages, an dem sie morgens ihr bestes, wenn auch viel zu warmes Kleid angezogen hatte, um Konradin zu gefallen, stank sie entsetzlich nach Schweiß.

»Sieh dich nur an.« Schwester Jovana stand im Schatten des hohen Zauns, der das Waisenhaus umgab. Nahezu körperlos schwebte ihr Gesicht mit der weißen Haube vor dem Dunkel ihres Gewandes. »Ich hatte gleich Bedenken. Eine Streunerin bleibt nun mal eine Streunerin. Und dann noch diese Jahre in Frankreich, im Schoß unseres Erzfeindes. Daraus konnte nichts Gutes erwachsen. Aber mein Herz war zu weich. Und ich hoffte auf die Weisheit und Güte unseres allmächtigen Gottes.«

Schnell schlug sie ein Kreuzzeichen. Dann reckte sie das Kinn, bleckte die Zähne. Die nächsten Worte spie sie aus.

»Du aber bist von Gott verlassen. Und du wirst dort zugrunde gehen, wo du hergekommen bist – in der Gosse!«

20. Kapitel

»Ich sehe doch, was mit dir ist«, seufzte Fanny. »Seit drei Tagen hast du dein Schlafzimmer nicht mehr verlassen und behauptest, du seist krank. Aber mir machst du nichts vor. Es ist kein körperliches Leid, das dich niederschlägt, nicht wahr? Etwas lastet so schwer auf deiner Seele, dass du kaum noch atmen kannst. Um Himmels willen, Helga, sag mir, was es ist, damit ich dir helfen kann! Ich werde nämlich nicht mit ansehen, wie du weiter nichts isst und von Tag zu Tag dünner und blasser wirst.«

Helga schob die Zwiebelsuppe von sich, in der feine Pfannkuchenstreifen schwammen, auch das ein Rezept des von Fanny so sehr verehrten Hans Karl Adam. Sie kam sich schrecklich undankbar vor, weil sie all die Köstlichkeiten, die Fanny ihr brachte, nicht anrührte, doch sie bekam nichts herunter. Keine Sekunde konnte sie vergessen, was sie gesehen hatte. Der Gedanke, dass die kleine Bärbel weiter misshandelt wurde, Tag für Tag, und dass sie nichts tun konnte, um ihr zu helfen, brachte Helga beinahe um den Verstand.

Am Morgen, nachdem der Pförtner sie vor die Tür gesetzt hatte, war Helga mit zitternden Knien wie immer zur

Arbeit gefahren. Als sie das Waisenhaus erreichte, lief ihr der kalte Angstschweiß den Rücken hinab. Ihre Wut auf Schwester Jovana, den Direktor und sogar auf den Pförtner hatte sich in der Nacht ins Unermessliche gesteigert, doch sie war trotz allem fest entschlossen, das Praktikum fortzusetzen. Auf keinen Fall wollte sie von Bärbel getrennt werden, bloß das nicht.

Aber der Pförtner versperrte das Tor, als er sie sah, und all ihr Betteln und Flehen führte nur dazu, dass er drohte, die Polizei zu rufen. Und so war Helga umgekehrt, auf ihrer Seele ein bleischwerer Schatten.

»Nun sag schon.« Fanny nahm den Teller Suppe, legte den unbenutzten Löffel auf den Rand. »Ist es wegen dieses Jungen, der oben unterm Dach wohnt?«

»Nein, nein.« Helga schüttelte den Kopf. Natürlich hatte sie in den letzten Tagen auch an Konradin gedacht. Wie tröstlich wäre es, wenn es zwischen ihnen noch so wäre wie früher. Wenn sie zu ihm gehen und ihm all ihren Kummer erzählen könnte. Sie war heute sogar, als sie ihn sicher außer Haus wusste, heimlich zu Auguste geschlichen. Doch die alte Frau schien sie nicht zu erkennen und murmelte Unverständliches vor sich hin. Immerhin, der Speicher wirkte viel heller und wohnlicher, all die Kisten und das Gerümpel waren in eine Ecke geräumt, jemand hatte eine zweite Lampe angebracht und die Wände gestrichen. Jürgen hatte also, wie immer, Wort gehalten und diesen unwirtlichen Ort hergerichtet, so gut es eben ging.

»Helga, rede mit mir!«, drängte Fanny.

»Es ist wegen der Arbeit im Waisenhaus«, begann Helga

stockend. »Ich weiß, du kannst es nicht gut aushalten, wenn ich davon erzähle, aber es gibt dort dieses Mädchen, Bärbel, sie …«

Helga schloss die Augen, presste die Handflächen auf ihre Lider. Würde sie die Bilder von Bärbels misshandeltem Körper je wieder loswerden?

Nein, überlegte sie still. Niemals. Und ich will auch gar nicht vergessen, was ihr angetan wurde.

Sie hörte etwas klirren. Fanny schien den Löffel fallen gelassen zu haben.

Helga holte tief Luft. Dachte an die Nummer auf Fannys Arm. Sie wusste so wenig über ihre Vergangenheit. Wenn sie nun nicht ertragen konnte, was Helga zu berichten hatte?

»Was ist mit Bärbel?«, fragte Fanny, und Helga hatte das Gefühl, ihre Stimme komme von ganz weit her. Dabei stand Fanny direkt neben ihr.

Helga holte noch einmal Luft. Schloss erneut die Augen. Spürte, wie ihre Hände sich zu Fäusten ballten, wie ihre Zähne aufeinanderschlugen.

Dann begann sie zu erzählen.

Als sie fertig war, herrschte Totenstille. Fanny stand mitten im Raum, in der Hand immer noch den Teller mit Suppe, zu ihren Füßen lag der Löffel. Sie sagte kein einziges Wort. Sie bückte sich ganz langsam, als falle ihr jede Bewegung schwer. Wie in Zeitlupe stellte sie den Teller mitten auf den Boden. Dann richtete sie sich auf und ging hinaus. Helga hörte ihre Schritte im Flur, ihre Füße schleiften über den Belag, als bereite ihr das Gehen unendliche Mühe. Nun schien sie ins neue Badezimmer zu gehen, eine Tür fiel ins Schloss.

Helga nahm den Teller, den Löffel, eilte ihr hinterher.

»Fanny?«, rief sie, ein Ohr an der Tür zum Badezimmer. »Was ist mit dir?«

Doch von drinnen kam keine Antwort. Ein Rascheln. Ein Geräusch, wie wenn jemand auf die Knie fällt. Dann ein Würgen.

Helga erstarrte.

Fanny erbrach sich.

Als Fanny das Badezimmer verließ, Helga kam es so vor, als habe sie Stunden darin verbracht, war ihr Gesicht weißer als ihre tadellos gestärkte Schürze. Sie ging ganz aufrecht, doch ihre Bewegungen waren eckig. Als sei sie gar kein Mensch, sondern eine Maschine.

»Es tut mir so leid!«, rief Helga. Fannys Anblick ließ sie laut aufschluchzen. »Ich hätte dir das nicht erzählen dürfen, ich hätte wissen müssen, dass es dich zu sehr mitnimmt, ich –«

»Es ist gut«, antwortete Fanny, ihre Stimme viel tiefer als gewöhnlich. »Mach dir keine Gedanken. Aber vor allem: Erzähl niemandem davon. Hörst du? Dein Vater, deine Tante Meta, nicht einmal Jürgen darf jemals von diesem Waisenkind erfahren. Hast du verstanden?«

»Ja, aber … sie haben mich doch hinausgeworfen«, stieß Helga hervor. »Was soll ich denn sagen, warum ich nicht mehr hingehe?«

»Wir behaupten noch ein paar Tage lang, du seist krank. Ich behalte die Post im Auge, falls aus dem Waisenhaus oder von der Haushaltungsschule ein Brief kommt. Und du musst dir eine andere Arbeit suchen. Wir finden schon was, wir erzählen es später. Aber jetzt darf niemand, wirklich niemand wissen, dass es ein Problem mit dem Waisenhaus gibt, versprichst du mir das?«

»Aber –«

»Denk doch nur, wie enttäuscht dein Vater wäre!«

»Ja.« Helga schlug die Augen nieder. Sie hatte es sich kaum eingestehen wollen. Die Sorge um Bärbel war von einer anderen Sorge begleitet worden, einer, die ihr so kleinlich schien, so egoistisch, dass sie sie am liebsten weit von sich gewiesen hätte. Aber es stimmte ja. Sie hatte furchtbar Angst, den Vater zu enttäuschen.

Helga half Fanny in der Küche, spülte ab, polierte die alte Küchenhexe, bis sie glänzte. Bevor der Vater und Jürgen nach Hause kamen, verschwand sie in ihrem Zimmer. Sie wusste einfach nicht, wie sie ihnen gegenübertreten sollte.

Sie las, doch die Wörter strömten an ihr vorbei und hatten nichts mit ihr zu tun. Sie nahm eine ihrer Kladden zur Hand, einen Stift, doch die Seite blieb leer. Wie etwas zu Papier bringen, das so entsetzlich war, dass ihr dafür die Worte fehlten? Am liebsten hätte sie Tante Claire geschrieben, aber das kam überhaupt nicht infrage. Es war schon falsch gewesen, Fanny alles zu erzählen. Nein, dieser Kummer war zu grauenvoll, um ihn mit jemandem zu teilen, den sie gernhatte.

Helga schlief nicht in dieser Nacht. Und so hörte sie die leisen Schritte, die sich, lange nachdem es in der Wohnung still geworden war, ihrem Zimmer näherten, sah im Halbdunkel die Türklinke, die lautlos heruntergedrückt wurde.

Ein Schemen schob sich in den Raum, nahezu unsichtbar und zugleich so vertraut, dass Helgas Herz sofort wie wild zu schlagen begann. Ein bisschen aus Ärger, weil dieser Jemand sich traute, einfach nachts in ihr Zimmer zu spazieren, mehr aber noch aus Freude, wie sie sich widerstrebend eingestand.

»Schläfst du?«, flüsterte Konradin.

»Nein.«

»Verzeih, ich musste nach dir sehen.«

»Meta wird dich teeren und federn, wenn sie dich hier erwischt.«

»Ja.«

Selbst im Dunkeln meinte Helga ein kleines Lächeln über sein Gesicht huschen zu sehen, und ihr Herz schlug gleich noch ein bisschen schneller.

»Großmutter sagt, du seist sehr traurig. Bist du krank?«

Sie hat mich also doch erkannt, dachte Helga.

»Ja«, antwortete Helga. »Und nein.«

»Erzähl.«

»Willst du mitten im Zimmer stehen bleiben?«

»Ja. Ich gehe gleich wieder.«

Helga schluckte. War da plötzlich etwas Abweisendes in Konradins Stimme? Aber wozu schlich er sich dann zu ihr? Und das, wo er sie doch vor wenigen Tagen erst so brüsk abgewiesen hatte? Mit einem Mal mochte sie nichts mehr von sich erzählen.

»Ich brauche eine neue Arbeit«, sagte sie deshalb nur. »Ganz dringend.«

»Dann fang doch beim WDR an«, antwortete Konradin wie aus der Pistole geschossen. »Die suchen händeringend Leute.«

»Spinnst du? Ich kann doch nichts!«

»Wer sagt das?« Konradin trat nun doch näher, für einen Moment machte er den Anschein, als wolle er sich zu ihr aufs Bett setzen, bevor er es sich offensichtlich anders überlegte. »Du hast ein ausgezeichnetes Gespür für Sprache. Du kannst fließend Französisch. Sie werden dich natürlich nicht gleich ans Mikrofon lassen.« Er lachte leise. »Aber eine Arbeit als Assistentin geben sie dir garantiert. Frag nach Herrn Riecken. Das ist ein ganz feiner Redakteur, er spricht immer ein paar Sätze mit mir, wenn er kommt und geht. Ich weiß zufällig, dass seine Mitarbeiterin gekündigt hat. Er gibt dir bestimmt eine Chance.«

»Meinst du wirklich?«

»Aber ja doch.«

Er machte einen Schritt von ihr weg, griff nach der Türklinke, wandte sich noch einmal um.

»Schlaf schön, allerliebste Helga«, flüsterte er und verschwand so leise, wie er gekommen war.

Helga tat danach erst recht kein Auge mehr zu. Konradins zärtliche Worte zum Abschied machten, dass etwas in ihr zu zerfließen begann. Zugleich erzürnten sie sie so sehr, dass sie am liebsten auf den Dachboden gelaufen wäre und ihm die Meinung gesagt hätte. Was fiel ihm ein? Konnte er sich vielleicht einmal entscheiden, ob er sie mochte oder nicht?

Am meisten aber ärgerte sie, dass sie überhaupt über Konradin nachdachte. Sie musste einen Weg finden, Bärbel zu helfen.

»Ich gehe zur Stadtverwaltung«, erklärte sie Fanny am frühen Morgen. »Da muss es jemanden geben, der zuständig ist für das Waisenhaus. Und der muss dann etwas unternehmen!«

Fanny entgegnete nichts, doch als Helga sah, wie sehr ihre Hände zitterten, nahm sie ihr schnell den Kessel mit dem heißen Wasser aus der Hand.

Mit einem erstickten Stöhnen ließ Fanny sich auf das alte Küchensofa fallen. Sie schien ebenfalls kaum geschlafen zu haben. Unter den Augen hatte sie dunkle Ringe, ihre Wangen waren kalkweiß. Sie sah aus, als sei alles Leben aus ihr gewichen.

Helga schüttete heißes Wasser in die bereitstehenden Filter, bemühte sich, nicht zu kleckern, und augenblicklich breitete sich der herrliche Duft frisch aufgebrühten Kaffees in der Küche aus. Bloß dass sie den Duft, den sie so sehr liebte, an diesem Morgen nicht genießen konnte. Sie musste beinahe würgen. Fanny schien es ähnlich zu gehen.

»Wenn du dich beschwerst«, erklang Fannys Stimme, so tonlos, als brauche sie all ihre Kraft, um zu sprechen, »werden sie sie fortbringen in ein anderes Heim. Und was sie dort mit ihr machen ...« Ihre Stimme erstarb.

»Aber ich kann nicht untätig herumsitzen!«, rief Helga. »Ich muss Bärbel helfen, ich muss einfach!«

»Du bist ein gutes Mädchen.« In Fannys Augen sah Helga Tränen schimmern. »Aber Beschwerden helfen nicht, im Gegenteil. Das Kind muss zu seiner Mutter. Du kannst gewiss sein, die Mutter tut alles –«

»Die Mutter ist eine Prostituierte«, unterbrach Helga sie. »Da kann Bärbel auf keinen Fall hin.«

»Was sagst du da?« Fanny griff sich ans Herz.

»Ich weiß nicht, ob es stimmt«, stammelte Helga. »Die anderen Kinder behaupten es …«

»Und du gibst etwas darauf, was diese Kinder erzählen? Diese grausamen, bösen Kinder?«

Fanny war von der Küchenbank aufgestanden, ihre Augen funkelten schwarz.

»Natürlich nicht, natürlich nicht.«

Helga merkte, wie ihr Kopf ganz heiß wurde. Fanny nahm ihr energisch den Wasserkessel aus der Hand.

»Zieh dich an und guck, dass du eine neue Arbeit findest. Ich werde mir Gedanken machen, wie Bärbel geholfen werden kann. Du aber hältst dich ab jetzt heraus, hörst du? Und zu niemandem ein Wort!«

Ich bin ein Mädchen von sechzehn Jahren, schrieb Helga an diesem Vormittag in ihre Kladde. *Ich habe keine Ahnung, wie ich einem Kind helfen kann, das mir ans Herz gewachsen ist. Ich verstehe auch nicht, was mit Fanny los ist. Eines aber weiß ich ganz genau: Ich werde Bärbel nicht aus den Augen lassen. Niemals.*

Sie stand auf und trat an ihr kleines Bücherregal. Die

drei hölzernen Murmeln, die einst ihr Großvater für sie geschnitzt hatte, lagen ordentlich aufgereiht vor *So zärtlich war Suleyken*. Sie nahm eine nach der anderen in die Hand, strich liebevoll darüber, küsste sie. Dann stopfte sie sie in die kleine Seitentasche des karierten Rocks, den Fanny genäht hatte, wie sie fast alle Kleidungsstücke für Helga schneiderte. Vorsichtig steckte Helga ihre Nase aus ihrer Zimmertür, und als sie sah, dass niemand da war, schlich sie leise hinunter.

Schon auf der Treppe stieg ihr ein vertrauter Duft in die Nase. Fanny backte Eiswaffeln. Dazu spielte Musik, Elvis Presley, wie Helga erkannte. Doch an diesem Tag hatte die Milchbar nichts Verführerisches, Helgas Herz war schwer vor Sorge um Bärbel.

Als sie aus dem Haus trat, sah sie einen großen Jungen an der Tür zur Milchbar lehnen, Jeans, Tolle, im Mundwinkel eine Zigarette.

»Klecks!«, rief Peter. »Darf ich dir eine Cola spendieren?«

»Nein, danke.« Helga schob schnell ihr Fahrrad an ihm vorbei. Ging Peter denn schon wieder nicht zur Schule? Wenn ich aufs Gymnasium dürfte, dachte sie, schwang sich in den Sattel und strampelte los, würde ich keinen einzigen Tag schwänzen.

Sich im Beethovenpark zurechtzufinden, war gar nicht so einfach. Helga hatte einen großen Bogen um das Waisenhaus gemacht und näherte sich dem Gebäude nun von der anderen Seite. Der Park war viel größer, als es vom Waisenhaus aus den Anschein hatte. Außerdem schienen erst kürzlich neue, riesige Hügel aufgeschüttet worden zu sein. Bei näherem Hinsehen erkannte Helga, dass sie aus Schutt bestanden. Zwischen Geröll und kaputten Ziegeln wuchsen kleine Bäumchen, Margeriten säumten die behelfsmäßig angelegten Wege. Diese verrückten Kölner, dachte Helga und musste wider Willen schmunzeln, bauen aus Trümmern einen Park. Und für einen winzigen Augenblick spürte sie, wie sehr sie ihre alte und neue Heimat mochte, aller Unbill zum Trotz. Dann besann sie sich wieder darauf, den Weg zum hinteren Gelände des Waisenhauses zu finden.

Schließlich waren es die Hühner, die ihr den Weg wiesen. Helga folgte ihrem aufgeregten Gegacker und stand bald vor ihrem Gehege, daneben die halbhohe Mauer, in deren Schatten die Schweine dösten.

Ganz in der Nähe hatte man einen Rosengarten angelegt, mit üppig blühenden Sträuchern und grün lackierten Bänken. Mütter spazierten mit ihren Kindern an der Hand umher, zwei alte Damen hielten einen Plausch. Was für eine Idylle, dachte Helga, während sie ihr Rad gegen eine der Bänke lehnte und sich niedersetzte, und wie trügerisch, wenn man wusste, was sich direkt hinter der Mauer im Waisenhaus abspielte.

Mit Mühe zwang sie sich, ruhig zu bleiben. Sie war sich sicher, dass Bärbel früher oder später nach den Tieren schauen würde. Sie musste einfach warten.

Es wurde ein glühend heißer Julitag. Am späten Vormittag sah Helga ein paar Jungen in kurzen Hosen über die Mauer in den Beethovenpark klettern. Offensichtlich nutzten sie eine Gelegenheit, den Schwestern für eine Weile zu entkommen.

Stunde um Stunde verging. Helga fuhr sich übers Gesicht, ihre Haut prickelte und fühlte sich ganz rau an. Hatte sie zu viel Sonne abbekommen? Egal. Sie würde ihren Posten nicht verlassen, auf keinen Fall.

Es wurde früher Nachmittag. Da, endlich. Eine kleine Gestalt bewegte sich rasch durch das Gehege.

Helga war sofort auf den Beinen. Als sie sich über die Mauer beugte, sah sie Bärbel, wie sie eines der Schweine zärtlich hinter den Ohren kraulte. Das Tier, über und über mit getrocknetem Schlamm bedeckt, grunzte zufrieden.

»Heiß heute, nicht wahr?«, murmelte Bärbel. »Da bleibt man besser im Schatten.«

»Bärbel«, entfuhr es Helga. »Endlich!«

»Fräulein Helga, was machst du denn hier?« In Bärbels Gesicht, das unnatürlich glänzte, spiegelten sich Freude und Erschrecken. »Schwester Jovana sagt, du hast dich nicht benommen, und wenn du dich hier noch mal blicken lässt, holt sie die Schmier!«

»Ich weiß, ich weiß. Aber ich musste nach dir sehen. Wie geht es dir?«

»Gut.« Bärbel trat von einem Fuß auf den anderen. Helga erkannte nun, dass nicht nur ihr Gesicht, sondern auch ihre nackten Arme und Beine glänzten, weil sie voller Salbe waren. Jemand hatte die Wunden der Kleinen versorgt. Und auch wenn sie immer noch fürchterlich mitgenommen aussah, so schienen die Kratzer zu heilen.

»Ich weiß nicht, wieso«, fuhr Bärbel fort, »aber ich

musste zum Direktor und ganz viele Fragen beantworten. Natürlich habe ich den Mund gehalten, ich bin ja nicht blöd, ich will ja nicht, dass Schwester Jovana böse wird. Aber der Direktor hat trotzdem angeordnet, dass sie mich nicht mehr hauen sollen. Das weiß ich von Ulrike, die deshalb ziemlich sauer ist. Aber sie hält sich dran, auch wenn's ihr, wie sie sagt, in den Fingern juckt.«

Helga merkte, wie ihr ein tiefer Seufzer entschlüpfte. Es war also doch nicht verkehrt gewesen, zum Direktor zu gehen.

»Ich habe etwas für dich.« Sie holte die drei Murmeln aus ihrer Rocktasche. »Als ich klein war, habe ich damit gespielt. Meine Tante Claire sagt, sie haben mir Glück gebracht.« Helga beugte sich über die Mauer, griff nach Bärbels kleiner Hand, legte die Murmeln hinein. »Jetzt gehören sie dir.«

»Mir?« Bärbel bekam ganz große Augen.

»Wenn ich es doch sage! Sie werden dir auch Glück bringen, das weiß ich ganz genau.«

»Danke, Fräulein Helga.« Bärbel steckte die abgewetzten, rissigen Holzmurmeln schnell in die Tasche ihres Kittels. Dann reckte sie sich in die Höhe und flüsterte: »Du darfst aber nicht mehr kommen und hier heimlich auf mich warten. Die anderen Kinder merken das. Und ich möchte kein Kind sein, das eine Extrawurst kriegt. Ich möchte sein ...« Bärbel verstummte.

»Wie alle anderen«, beendete Helga ihren Satz, streckte die Hand über die Mauer zum Schweinegehege und fing vorsichtig mit dem Finger eine Träne auf, die über Bärbels verletzte Wange rann. »Das verstehe ich«, sagte sie leise. »Aber ich möchte so gern wissen, wie es dir geht! Ich will dich nicht im Stich lassen. Ich ...« Helga schluckte, spürte, wie das Weinen in ihrem Hals darauf wartete, hervorzubrechen. Schluckte noch einmal.

»Wir machen es so«, raunte Bärbel. »Wenn es mir gut geht, lege ich eine Murmel auf die Mauer. Guck mal, hier ist ein kleiner Spalt. Da lege ich sie hinein. Und du kommst ab und zu vorbei und siehst, dass alles in Ordnung ist. Wenn es nicht so gut ist, lege ich zwei Murmeln in den Spalt. Und wenn Alarmstufe Rot ist, wenn du mir ganz dringend helfen musst, dann tu ich alle drei rein. Hast du das verstanden, Fräulein Helga?«

»Verstanden.« Helga nickte. Die Tränen lauerten immer noch direkt hinter ihrem mühsamen Lächeln. »So machen wir es.«

»Und du kommst immer und guckst nach mir?«

»Ich komme immer und gucke nach dir.«

»Gut.« Bärbel wandte sich zum Gehen. Sie war schon halb aus dem Schweinegehege hinausgeklettert, als sie sich noch einmal umdrehte. »Mach dir nicht so viele Sorgen. Ich bin eh bald bei meiner Mama.«

Sie lächelte dabei so vertrauensselig, dass es Helga beinahe das Herz brach.

Niemals, dachte Helga still, wird das Heim Bärbel entlassen und zu ihrer Mutter schicken, wenn die tatsächlich eine Prostituierte ist. Doch sie setzte ein fröhliches Gesicht auf und winkte Bärbel noch hinterher, als die Kleine längst auf dem wüsten, leeren Platz verschwunden war, der zwischen den Gebäuden des Waisenhauses lag.

Drei Murmeln bei Alarmstufe Rot. Was, um Himmels willen, sollte sie in einem solchen Fall tun?

Helga spürte, wie schwer das Versprechen wog, das sie dem Mädchen gegeben hatte. Aber sie würde ihm helfen, komme, was wolle. Und immerhin, im Moment schien das Kind sicher.

»Bis bald, kleine Bärbel«, flüsterte Helga.

Dann nahm sie ihr Fahrrad und machte sich auf den Weg Richtung Innenstadt. Was hatte Konradin gesagt? Der nagelneue Westdeutsche Rundfunk lag in unmittelbarer Nähe des Bahnhofs. Das musste doch zu finden sein.

21. Kapitel

Helga stand auf dem Wallrafplatz, legte den Kopf in den Nacken und staunte. Ein so elegantes Gebäude wie das Funkhaus des Westdeutschen Rundfunks hatte sie nie zuvor gesehen. Es war überraschend schlicht, ein rechteckiger Kasten, der einen ganzen Block einnahm, und gleichzeitig unerhört vornehm. Was vor allem an den hellen Steinquadern lag, aus denen es errichtet war und die mit der Sonne um die Wette blitzten, aber auch an der strengen Fassade mit den zig blank geputzten Fenstern, sechs Etagen hoch. Im Erdgeschoss, das eine unerhörte Höhe hatte, schien es links so etwas wie eine Teestube zu geben. Im Schatten einer Markise saßen Herren vor Kaffeegedeck, die Sakkos lässig über die Stuhllehnen geworfen, die Ärmel ihrer Hemden aufgekrempelt, Zeitung lesend, rauchend. Weiter rechts befand sich der Eingang. Drei flache Stufen führten zu nicht weniger als drei gläsernen Doppeltüren, flankiert von riesigen, in den hellen Stein gemeißelten Notenschlüsseln.

Niemals, dachte Helga, traue ich mich da hinein.

Ratlos schaute sie sich um. Mitten auf dem Wallrafplatz stand eine junge Platane, um sie herum brauste der Verkehr, ein Bus hielt mit quietschenden Bremsen. An hohen Masten hingen schlapp ein paar Fahnen. Immer noch stand die Sonne hoch am Himmel. Es war so heiß, dass der lederne Sattel ihres Fahrrads sich ganz weich anfühlte.

Ich fahre nach Hause, dachte Helga. Ich kann ja morgen wieder herkommen, gleich in der Früh.

Da hörte sie, wie jemand ihren Namen rief.

»Helga!«

Konradin kam aus der linken der drei Doppeltüren gestürmt. Er trug den dunklen Anzug aus dünnem Stoff, der ihm zu weit war, und in seinen Augen sah Helga eine solche Freude, dass ihr Herz sogleich zu klopfen begann.

»Die ganze Zeit schon halte ich nach dir Ausschau. Stell dein Fahrrad dort vorn ab, da habe ich es im Auge.«

»Ich, ich weiß nicht …«

»Komm schnell, ich muss wieder hinein, ich darf meinen Platz streng genommen gar nicht verlassen.«

Er wirkte so gehetzt, dass Helga ihre Nervosität bezwang und ihm zügig folgte.

Konradin hielt ihr die gläserne Tür auf und führte sie in eine Halle so hoch wie ein Kirchenschiff. Die gesamte rückwärtige Wand wurde von einem gigantischen Buntglasfenster eingenommen. Helga kannte ähnliche Fenster aus alten Kirchen, doch dieses hier war so überwältigend, dass sie stocksteif stehen blieb. Es stellte keine Heiligenfiguren dar und hatte nicht einmal ein richtiges Muster. Aber es war so bunt, so voller Kreise, Ellipsen und geometrischer Figuren, die es eigentlich gar nicht gab, dass es auf Helga wirkte, als atme es Licht und Farben.

»Magniperb«, flüsterte sie leise und fasste sich ans Herz. Neben dem Fenster schwang sich eine Treppe nach oben, die blauen Stufen festlich erleuchtet von tütenförmigen, gold schimmernden Wandlampen. Der Boden der Halle war mit allerfeinstem Parkett belegt, die Wände waren mit hellem Holz verkleidet, ebenso der brusthohe Tresen links neben der Tür. Konradin verschwand sogleich dahinter und griff zu einem grauen Telefonhörer.

»Lärchenburg hier, vom Empfang. Die junge Dame, von der ich Ihnen erzählt habe, sie ist jetzt hier. Soll ich …? Ja, sofort.«

Hoch oben auf seinen Wangen erschienen zwei rote Flecken, die Helga schmerzlich bekannt vorkamen.

»Herr Riecken erwartet dich. Am besten, du nimmst den Paternosterlift. Zweiter Stock, dann zweimal rechts, Zimmer 219.«

»Den Paternosterlift?«

Ratlos sah Helga sich um. Neben der Treppe entdeckte sie eine Art hölzernen Schacht, in dem sich permanent offene Kabinen auf und ab bewegten, rechts ging es aufwärts, links abwärts. Die Kabinen waren so hoch, dass man darin stehen konnte, aber so schmal, dass nicht mehr als zwei Menschen hineinpassten. Helga sah Köpfe, Oberkörper, Beine und Füße verschwinden und in umgekehrter Reihenfolge wieder auftauchen. Sie hielt die Luft an, als eine Dame in dem winzigen Moment, in dem sich die Kabine und der Fußboden der Eingangshalle auf einer Höhe befanden, hinaustrat, während die Kabine hinter ihr in einen unbekannten Untergrund entschwebte. Himmel, hielten diese Dinger denn niemals an?

»Du kannst auch die Treppe nehmen«, schmunzelte Konradin. »Danke«, hauchte Helga und eilte hinauf.

Das bunte Fenster schien genauso hoch zu sein wie das Treppenhaus. Die Sonne, die Helga den ganzen Tag über so zugesetzt hatte, malte bunte Tupfer, die vor ihr die Treppe hinaufhüpften, auf ihren nackten Armen tanzten, in ihrem Haar. Von ferne hörte sie ein Orchester proben. Bestimmt kam das aus dem formidablen Konzertsaal, von dem Konradin geschwärmt hatte.

Wie schön musste es sein, dachte Helga, morgens hierher zur Arbeit zu kommen! Sie strich verzückt über das geschwungene Treppengeländer.

Hör auf zu träumen, schalt sie sich im selben Moment und machte, dass sie weiterkam.

Hinter der Tür mit der Nummer 219 stand ein Schreibtisch, auf dem sich so hoch Papiere, Bücher und Zeitschriften stapelten, dass von dem Herrn, der dahinter saß, nur der schwarze Steg einer Brille und ein grauer, ziemlich wirrer Schopf zu sehen waren.

»Sie sind also das Fräulein, von dem unser Konradin so schwärmt«, begrüßte er Helga, noch bevor sie ein Wort sagen konnte. »Sie schickt der Himmel. Diese Barbaren haben soeben Ruth Ellis gehängt. Ich brauche die neuesten Agenturen, sofort.«

»Gehängt?«, hauchte Helga. »Agenturen?« Der Duft der vielen Zeitungen, der Druckerschwärze und des Papiers ließ sie schwindeln. Es roch beinahe so gut wie im Büdchen des Vaters.

»Den Gang runter links. Da, wo der Krach herkommt, Sie können es gar nicht verfehlen.«

Helga nickte. Sie hatte keine Ahnung, wovon der Redakteur sprach. Aber die Sache schien dringlich. Also rannte sie los.

Der Raum, aus dem der Krach kam, war ein fensterloses Zimmer, in dem auf einem langen Regal zig Maschinen standen, so groß wie Schuhkartons. Sie sahen aus wie Schreibmaschinen, bloß dass niemand daran saß und tippte. Sie schienen das von ganz allein zu besorgen und spuckten unter lautem Rattern unentwegt dünne Blätter aus, eng beschrieben. Die Blätter waren so lang, dass sie sich bereits auf dem Boden kringelten.

Mittendrin hockte eine Frau und wühlte hektisch in den Papieren, ihr Hals war puterrot.

»Endlich!«, rief sie, als sie Helga erblickte. »Schickt Riecken Sie? Machen Sie sich schleunigst an die Arbeit, sonst fliegt uns hier alles um die Ohren.«

Im nächsten Moment hatte sie eins der langen Papiere an sich genommen und lief damit hinaus.

Ratlos ging Helga in die Knie. *Dortmund Weltmeister im Feldhandball*, stand auf einem der langen Zettel, danach folgte ein kurzer Text, wonach Dortmund die Auswahl der Schweiz mit 25 zu 13 besiegt hatte. Die nächste Überschrift lautete *Documenta kurz vor der Eröffnung*, darunter einige Sätze über eine neue Ausstellung zeitgenössischer Kunst. Es ging weiter mit einem ausführlichen Bericht über ein Treffen von

Nobelpreisträgern auf der Insel Mainau und einer Schilderung eines gewalttätigen Zusammentreffens marokkanischer Einwohner mit Einheiten der französischen Kolonialmacht in der Stadt Rabat.

Helga las und staunte. Alle Nachrichten dieser Welt schienen in diesem kleinen Raum im Bauch des Funkhauses anzukommen. Unaufhörlich ratterten die Maschinen. Doch bis auf die hektische Frau war niemand da, der die Nachrichten entgegennahm, sie sortierte. Helga begann zu ahnen, warum der Redakteur Riecken so dringend eine Mitarbeiterin brauchte.

Was hatte er gesagt? Eine Frau namens Ruth Ellis war hingerichtet worden? Mit fahrigen Fingern durchwühlte Helga die langen Blätter. Auf allen waren die Uhrzeiten abgedruckt, zu denen die Meldungen abgeschickt worden waren. Manche waren schon am Morgen gekommen, andere am Mittag. Dabei war es doch schon Nachmittag! Hier hatte seit Stunden niemand mehr richtig aufgeräumt. Aber wenn die Hinrichtung gerade erst geschehen war, dann mussten die Agenturen, wie der Redakteur sie genannt hatte, jünger sein. Sie lagen womöglich noch gar nicht auf dem Boden, sondern kamen erst frisch an.

Helga richtete sich auf. Ging langsam an dem Regal entlang, las blitzschnell, was die Maschinen in diesem Moment druckten.

Telefonverkehr Moskau – Deutschland aufgenommen, Österreichische Reparationen umstritten, Kongress der Sozialistischen Internationale, Getränkesteuer abgeschafft. Die Schlagzeilen sausten nur so an Helga vorbei. Irgendwo musste doch – da! *Die Mörderin, die ihren Henker anlächelte*, schrieb eine Maschine wie von Zauberhand, *R. Ellis hingerichtet*, eine andere, *Gnadengesuche erfolglos.*

Helga riss die Blätter aus den Maschinen und rannte damit zurück zu Zimmer 219, den Rest der Meldungen wie riesige Papierschlangen hinter sich herziehend.

»Sehr gut, danke«, sagte der Redakteur Riecken und schaute kurz hoch. »Wie heißen Sie eigentlich?«

»Helga, Helga van Beek.«

»Da müssten noch mehr Agenturen kommen. Stellen Sie sich daneben und behalten Sie die Ticker im Auge. Und noch eins.« Er riss die Meldungen über die gehängte Frau von den überlangen Zetteln ab und stopfte den Rest in einen Mülleimer. »Nehmen Sie eine Schere, Fräulein van Beek.«

»Ja«, antwortete Helga, widerstand dem Impuls, einen Knicks zu machen, und lief wieder hinaus.

Es kamen noch fünf weitere Meldungen, die Helga mit einer schweren Schere, die sie in dem fensterlosen Raum fand, ordentlich herausschnitt und pfeilgeschwind dem Redakteur brachte. Der hatte angefangen, mit zwei Fingern auf eine Schreibmaschine einzuhämmern, und quittierte ihr Auftauchen jedes Mal mit einem zufriedenen Brummen.

»Kommen Sie mit?«, hörte sie ihn nach einer Weile rufen, und obwohl sie keine Ahnung hatte, wohin, lief sie ihm schnell hinterher.

Aufregender als bis jetzt, dachte Helga, kann es ja hier kaum noch werden.

Sie korrigierte sich sehr schnell.

Der Redakteur rannte mit fliegenden Rockschößen die

geschwungene Treppe hinab. Helga war heilfroh, dass er nicht diese seltsam schwebenden Kabinen benutzte.

»Der Paternoster dauert zu lang«, rief er ihr über die Schulter hinweg zu, als habe er ihre Gedanken gelesen. »Die Sendung läuft schon!«

Im Erdgeschoss stand eine Frau in einem, wie Helga fand, viel zu engen Kleid am Pförtnertresen und pustete Konradin, der mal wieder rote Flecken hoch oben auf den Wangen hatte, den Rauch ihrer Zigarette ins Gesicht. Helga stoppte mitten im Lauf. Was, fragte sie sich und merkte, wie eine eiskalte Hand nach ihrem Herzen griff, mochte das zu bedeuten haben?

Doch der Redakteur war schon quer durch die hohe Halle gepest, und so nahm Helga die Beine in die Hand und schaute, dass sie ihn nicht verlor.

Durch eine in der holzvertäfelten Wand kaum sichtbare Tür ging es in ein schlichtes, weiß getünchtes Treppenhaus und weiter hinab in den Keller. Unten empfing sie ein enger Flur, von dem mehrere Türen abgingen, in die auf Kopfhöhe dickglasige Fenster eingefügt waren, rund wie die Bullaugen eines Schiffes. Über allen Türen brannten rote Leuchtschilder. »Achtung, Sendung!« stand darauf.

»Keinen Mucks!«, flüsterte der Redakteur und legte einen Finger auf seine Lippen. »Sie hier«, er zeigte auf eine der Türen, dann auf eine andere, »ich da.«

Helga nickte ehrfürchtig. Nicht im Traum wäre sie auf die Idee gekommen, auch nur laut zu atmen. Sie näherten sich, das war ihr sonnenklar, dem Herzstück des Funkhauses, dem Hörfunkstudio, aus dem gesendet wurde.

Sachte öffnete sie die Tür, die Riecken ihr gewiesen hatte, und eine zweite, die sich direkt dahinter befand. Sie gelangte in einen halbdunklen Raum mit dick gepolsterten Wänden und einem weit ausladenden Pult in der Mitte. Helga stellte fest, dass sich ein Tonband darauf drehte, ein weiteres wurde gerade von einem Mann im Anzug aufgelegt. Hinter dem Pult saß ein zweiter Mann, vor sich eine Vielzahl von Reglern. In einer Ecke hockte ein Mädchen, das eifrig etwas schrieb. Niemand nahm Notiz von ihr.

Hinter einer Glasscheibe sah Helga eine Frau mit hochtoupiertem Haar und einem Kopfhörer auf den Ohren vor einem Mikrofon sitzen. »In London ist heute die 28-jährige Ruth Ellis hingerichtet worden«, sagte die Frau, und ihre Stimme klang so glasklar und voll zugleich, dass es sich anfühlte, als fülle sie den gesamten Raum. »Ellis war wegen Mordes an ihrem Liebhaber David Blakely zum Tod durch den Strang verurteilt worden. Gegen ihre Hinrichtung hatte es große Unmutsbekundungen gegeben. Hören Sie dazu unseren Kommentar von Johann Riecken.«

Himmel!, dachte Helga. Herr Riecken! Er war doch gerade erst mit ihr heruntergekommen. Wie konnte er nun im Radio sprechen? Da sah sie, wie der Redakteur sich schlangengleich neben die Frau hinter der Glasscheibe gleiten ließ, sich ebenfalls einen Kopfhörer aufsetzte, das Mikrofon zu sich herüberzog und augenblicklich zu sprechen begann.

»Die Todesstrafe ist ein barbarischer, menschenunwürdiger Akt, der überall auf der Welt abgeschafft gehört«, begann er und klang ein klein wenig atemlos, aber wirklich nur ein klein wenig. »Ruth Ellis war ein Opfer unserer Zeit, eine junge Frau, die Hilfe benötigt hätte. Vergewaltigt und schwanger geworden mit siebzehn, führte sie fortan ein Leben im Abseits als Animierdame und Prostituierte. Immer wieder wurde sie Opfer gewalttätiger Männer, der Schuss auf ihren Liebhaber war ein letzter, verzweifelter Akt des Aufbegehrens. Frauen wie Ruth Ellis brauchen den Schutz der Gesellschaft, stattdessen grenzt man sie aus, das geschieht hierzulande genauso wie im gar nicht so fernen England. Dort hat das erbarmungswürdige Leben von Ruth Ellis heute ein Ende gefunden durch die kalte Hand eines Henkers. Hier müssen wir jungen Frauen, die oft nur deshalb auf die schiefe Bahn geraten, weil sie die falschen Männer lieben, helfen, statt sie zu verurteilen.«

»Sie hörten einen Kommentar von Johann Riecken.« Die Frau hatte das Mikrofon wieder zu sich herübergezogen. »Und nun das Wetter.«

Helga hatte, ohne es zu merken, die ganze Zeit die Luft angehalten. Schnell atmete sie aus und wieder ein. Ihr war, als hätte ein Fieber von ihr Besitz ergriffen. Sie hatte immer gern Radio gehört, in Frankreich schon. Sie hatte den Verlust ihres minzgrünen Kofferradios, das Tante Meta ihr weggenommen hatte, nie verwunden. Doch zu erleben, wie die Stimmen ins Radio kamen, war einfach sensationell.

Darüber hinaus war Herr Riecken ganz offensichtlich ein genauso feiner Mensch, wie Konradin gesagt hatte. Er nahm sogar Prostituierte in Schutz. Das hatte Helga sich bis dahin nicht einmal vorstellen können.

»Kommen Sie?« Der Redakteur hatte die Tür zum Studio ein Stück aufgeschoben.

»Ja, natürlich.«

Wie, hämmerte es in Helgas Kopf, während sie ihm durch das schlichte Treppenhaus folgte, kriege ich ihn dazu, dass er mich einstellt?

Im Foyer blies die Frau im engen Kleid immer noch Rauch in Konradins Richtung, mittlerweile war sein ganzes Gesicht rot. Helga schaute schnell weg, rannte weiter.

»Waren Sie eigentlich schon in der Personalabteilung?«, fragte der Redakteur, als sie wieder oben in seinem Zimmer waren.

»Nein, warum?«

»Einen Moment.«

Er griff zum Telefon.

»Blümchen, Sie sind noch da, ein Glück. Ich schicke Ihnen jemanden vorbei, Fräulein van Beek. Nein, es dauert nicht lange, sie kommt sofort. Danke, Blümchen!«

Er nahm einen Zettel, schrieb etwas darauf, reichte ihn Helga.

»Geben Sie das Frau Blume, Erster Stock, Zimmer 160. Und beeilen Sie sich, sie mag es nicht, wenn man sie so kurz vor Feierabend noch stört.«

»Ja«, antwortete Helga und merkte, wie sie von Kopf bis Fuß zu vibrieren begann.

Wie ein Wirbelwind stürmte sie noch einmal die Treppe hinab. Hätte man nun von ihr verlangt, diesen gefährlichen Paternosterlift zu benutzen, sie hätte keine Minute gezögert. Alles schien ihr in diesem Moment möglich, einfach alles.

Frau Blume war eine schon etwas ältere Dame. Unter dem Tisch trug sie Hausschuhe.

»Soso, die neue Assistentin vom Riecken«, empfing sie Helga. »Mal sehen, wie lange Sie es aushalten, Kindchen.«

Helga stellte sich ganz gerade und streckte ihr Kinn vor. Sie hatte keine Ahnung, was Frau Blume meinen konnte, aber Herr Riecken schien in Ordnung zu sein, und sie würde liebend gern eine Menge aushalten, wenn sie dafür an diesem formidablen Ort arbeiten durfte.

»Können Sie schreiben? Ich meine, Maschine? Wie viele Anschläge in der Minute?«

Plötzlich rann ein feines Bächlein kalten Schweißes Helgas Rücken hinab. Sie hatte manchmal auf Onkel Alberts Schreibmaschine tippen dürfen, aber mehr als eine Spielerei war es nicht gewesen. Und sie hatte nicht die geringste Ahnung, wie viele Anschläge in der Minute man schaffen konnte.

»Fünfhundert«, sagte sie aufs Geratewohl und stellte sich noch ein bisschen gerader hin.

»Soso.« Frau Blume sandte ihr einen erstaunten Blick. »Und dann können Sie sicherlich auch Steno?«

»Selbstverständlich.«

Das Bächlein war dabei, sich in einen reißenden Fluss zu verwandeln.

»Na dann.« Frau Blume erhob sich umständlich, schlurfte zu einem verschlossenen Schrank, nahm einen Bogen Papier heraus, schrieb etwas darauf.

»Hier ist Ihr Vertrag. Sie müssen ihn von Ihrem Vater unterschreiben lassen. Da mag der Herr Riecken noch so für die Frauenrechte sein, wir stellen hier keine ein, deren Vater nicht unterschrieben hat. Oder sind Sie vielleicht schon verheiratet?«

»Nein«, antwortete Helga und wusste nicht, warum sie rot wurde. War es, weil sie an Konradin unten in der Halle dachte? Oder weil der Vater diesen Vertrag niemals unterschreiben würde?

»Danke«, sagte sie laut und nahm Frau Blume den Vertrag aus der Hand. Noch ehe sie das Zimmer verlassen hatte, war Blümchen, wie der Redakteur sie nannte, stöhnend in ihre Straßenschuhe geschlüpft und humpelte an Helga vorbei zum Paternosterlift. Die Schuhe schienen sie sehr zu drücken.

Helga nahm noch einmal die Treppe.

»Wie war es?«, rief Konradin und kam hinter seinem Tresen hervor. Seine Wangen glühten nicht mehr ganz so sehr, waren aber immer noch so rot, dass Helga einen Stich spürte.

Oje, war sie etwa eifersüchtig?

»Ich danke dir«, sagte sie leise, »ich danke dir sehr.«

Konradins Wangen färbten sich schon wieder dunkler, und Helga sah zu, dass sie hinauskam.

Draußen vor den drei gläsernen Türen brandete immer noch der Verkehr. Ein paar Spatzen hüpften über das Pflaster. Die Platane wiegte sich im aufkommenden Abendwind. Helga war, als flüstere sie ihr etwas zu, und das, was sie flüsterte, klang wunderbar und verheißungsvoll.

Sie würde beim Westdeutschen Rundfunk arbeiten, im Funkhaus am Wallrafplatz. Ein Traum, den sie nicht gewagt hatte zu träumen, war in Erfüllung gegangen.

Nur eines war ihr absolut schleierhaft. Wie sollte sie an die Unterschrift des Vaters gelangen?

16. Juli 1945, am Abend

Habe ich Dir erzählt, mein Liebster, wie dickköpfig Meta ist? Du meintest immer, ich sei dickköpfig, aber Du bist ja auch nie meiner großen Schwester begegnet!

Was habe ich ihr gut zugeredet, sie beschworen. Alles umsonst.

»Überleg doch mal«, hat sie gesagt, »wie viel besser wir für die Kinder sorgen könnten, wenn wir zwei Schwerarbeiterzulagen hätten und nicht nur eine.«

»Aber du bist zu schwach, um Steine zu klopfen!«, hielt ich dagegen. »Du wirst dich überanstrengen.«

»Papperlapapp«, war alles, was sie dazu zu sagen hatte. Und so stehen wir seit heute zu zweit auf der Hohe Straße und entschutten gemeinsam. Und was soll ich Dir sagen? Meine Sorgen um ihre Gesundheit haben sich in Luft aufgelöst. Meta scheint wieder ganz die Alte. Sie packt an wie ein Mann. Und ich bin endlich, nach so langer Zeit, nicht mehr allein. Ich habe eine Gefährtin, die mit mir für die Kinder sorgt. Die die schwere Last, die ich trage, mit mir schultert.

Ich hatte vergessen, wie wunderbar es sich anfühlt, jemanden an meiner Seite zu haben.

Natürlich, die Umstände sind elendig. Wo sich auf der Hohe Straße vor dem Krieg ein kleines Geschäft an das nächste reihte, gähnen nun Bombenkrater. Das einst so prächtige Stollwerck-Haus und das vornehme Hotel Monopol am Wallrafplatz sind nur noch Ruinen. Wir können uns beide noch gut daran erinnern, wie Papa uns sonntags hierher aus-

führte. Wir aßen Kuchen unter gestreiften Sonnenschirmen, und die frechen Spatzen stibitzten unsere Krümel.

Eines Tages, sagt Meta, werden wir dort wieder sitzen, lachen und feiern.

So lange glaubte ich mich am Ende meiner Kräfte. Nun fühle ich mich wie beflügelt durch Metas Optimismus.

Die Amis haben Köln verlassen und die Stadt an die Briten übergeben. Ich bin gleich zu unserem Haus gelaufen, in der Hoffnung, es wieder beziehen zu können. Leider musste ich feststellen, dass dort nun britische Offiziere logieren. Ich zeigte ihnen den Grundbucheintrag, der mich als Besitzerin ausweist, und der Diensthabende wägte vorsichtig den Kopf.

»Later«, sagte er, später, und dieses kleine Wort macht mir Hoffnung. Unser Elternhaus, es scheint nicht für immer verloren.

Unsere neue Wache ist ein junger, ziemlich dicker Kerl, er bewacht uns eigentlich gar nicht, er scherzt in einem fort mit den schwangeren Zwillingen. Das Fraternisierungsverbot ist aufgehoben, noch letzte Woche wären sie schwer bestraft worden, hätte man sie erwischt. So aber ertönt in unserer kleinen Gruppe von früh bis spät ein munteres Lachen.

Der Kürschner erscheint nur noch ab und zu. Er hat mir tatsächlich lederne Handschuhe geschenkt, und als er Meta erblickte, holte er stante pede ein zweites Paar. Sie schlug die Augen nieder, und es war an mir, mich zu bedanken, denn sie brachte kein Wort heraus. Ihre Schönheit, die ihr seit Kindertagen die Herzen der Menschen zufliegen lässt, ist zum Fluch geworden nach dem, was sie erleiden musste.

Doch ich bin bei ihr. Niemals werde ich zulassen, dass ihr noch einmal jemand ein Leid antut.

Wir Frauen schlingen die Kopftücher, die uns doch eigentlich vor Staub und Schmutz schützen sollen, enger um uns als nötig, versuchen, unser Haar, unsere Gesichtszüge zu verbergen. In der Stadt herrscht eine aufgeheizte Stimmung. Die vielen Soldaten. Die Heimkehrer. Die früheren Zwangsarbeiter. Überall sind Männer unterwegs, einzeln, in Horden. Man hört so manches.

Meta und ich lassen uns keinen Augenblick aus den Augen.

Im Bunker hat sich die Frau, die für Meta ihre Koje räumen musste, angeboten, auf die Kinder aufzupassen, während wir arbeiten. Mir war erst nicht wohl dabei, doch Meta sagt, ich sähe Gespenster. Tatsächlich scheint die Frau nun viel freundlicher, viel zugänglicher als früher. Es wird schon gutgehen.

Bald können wir zurück nach Hause. Dort werde ich auf Dich warten, mein Liebster, wie lange es auch dauern mag.

22. Kapitel

»Fräulein van Beek, erlauben Sie eine Frage?«

»Selbstverständlich, Herr Riecken.«

»Was würden Sie sagen: Ist es für den Frieden förderlich oder hinderlich, wenn Deutschland eine neue Armee bekommt?«

»Hinderlich natürlich. Wer Frieden will, braucht keine Soldaten«, schoss es aus Helga heraus. »Das weiß doch jedes Kind«, fügte sie leise hinzu.

»Vielen Dank.«

Der Redakteur lächelte, drehte sich auf dem Absatz um und verschwand wieder in seinem Zimmer.

Helga sortierte weiter Agenturmeldungen. Ihre erste Woche beim Westdeutschen Rundfunk neigte sich dem Ende. Sie wusste nun, dass die schuhkartongroßen Maschinen Fernschreiber hießen, oft nannten die Redakteure sie auch einfach Ticker. Sie hatte gelernt, wie man die Rollen mit dem dünnen Papier, das die Ticker in einem fort ausspuckten, auffüllte und dass der Ticker ganz rechts ein besonderes Papier brauchte, mit einem roten Rand. Dort kamen nämlich die Eilmeldungen an, und die mussten sofort in die Hauptabteilung Politik gebracht werden, ein paar Türen den Gang hinunter.

Alle anderen Meldungen schnitt sie fein säuberlich ab, sobald sie aus dem Fernschreiber kamen, und legte sie in flache Drahtkörbchen: eins für die Außenpolitik, eins für Inneres, ein weiteres für Sport und eins für Vermischtes. Die Frau, die Helga am ersten Tag im Tickerraum angetroffen hatte, holte die Meldungen regelmäßig ab. Am Anfang war sie jedes Mal ganz aus dem Häuschen geraten, wenn sie Helgas neue Ordnung sah.

»Wunderbar machen Sie das, ganz wunderbar.«

Helga senkte den Kopf und sagte nichts. Sie konnte es nicht fassen, dass sie für eine so leichte Arbeit gelobt wurde.

Und dass sie überhaupt hier ein und aus ging. Manchmal kniff sie sich, um sich davon zu überzeugen, dass sie nicht träumte.

Der Redakteur Riecken sprach jeden Nachmittag um kurz nach fünf den Kommentar. Oft überlegte er bis zur Mittagszeit, welches Thema er behandeln wollte, manchmal sogar noch ein bisschen länger. Wenn er sich entschieden hatte, begann er, emsig mit zwei Fingern auf seine Schreibmaschine einzuhämmern. Ab und zu verlangte er die jüngsten Meldungen zu einem Thema. Um kurz vor vier brauchte er zwei Tassen Kaffee, ohne Zucker, mit einem ordentlichen Schuss Büchsenmilch.

Helga mühte sich sehr, beim Kaffeekochen nicht allzu schlimm zu kleckern. Und sie wusste stets genau, wo die letzten Meldungen lagen. Wenn sie schon in die Hauptabteilung Politik gebracht worden waren, sagte sie sie auswendig auf. Genau wie schon in der Haushaltungsschule konnte sie sich alles blitzschnell merken.

Diese furchtbare Wiederbewaffnung, dachte sie nun, während sie eine Agentur nach der nächsten über das vom Bundestag beschlossene Freiwilligengesetz in das Körbchen »Inneres« legte. Auch wenn es erst einmal keine Wehrpflicht geben sollte, so konnte sie sich beim besten Willen nicht vorstellen, dass es bei einer Freiwilligenarmee bleiben würde. Zehn Jahre erst war der Krieg vorbei. Immer noch saß ihr die Angst vor Uniformen in den Knochen. Der Gedanke, dass Kinder sich in Zukunft wieder vor Soldaten fürchten mussten, bereitete ihr beinahe Übelkeit.

Sie war immer noch bedrückt, als sie Riecken ins Studio folgte. Die beiden Herren am Pult, die Sendetechniker, mochten es nicht, wenn sie mitkam. Bislang hatten sie nur das Mädchen, das mitstenografierte, geduldet, und das auch nur unter Protest. Doch Riecken bestand darauf, und Helga liebte jede Sekunde, die sie im Studio verbrachte. Wenn sich die schweren Türen mit einem satten Geräusch schlossen, wenn sie eintauchte in die geschäftige Stille, in der es nichts gab außer der etwas abgestandenen Luft und dem lautlosen Hantieren mit Bändern und Reglern, und wenn dann das glasklare, gesprochene Wort der Redakteure hinter der Scheibe erklang, dann hatte Helga das Gefühl, mitten im Zentrum der Welt zu sein.

»Der Protest gegen das Freiwilligengesetz reißt nicht ab«, sagte die Frau mit dem toupierten Haar. »Hören Sie dazu unseren Kommentar von Johann Riecken.«

»Wer Frieden will, braucht keine Soldaten«, begann der Redakteur. »Das weiß doch jedes Kind.«

Helga schnappte nach Luft. Und wurde gleich noch ein bisschen größer.

Wenn sie doch bloß die Unterschrift des Vaters bekäme! Am Abend saß Helga an ihrem Frisiertisch und strich ratlos über den Arbeitsvertrag. Sie hatte gehofft, dass Frau Blume nicht allzu schnell nachfragen würde. Was war schon zu erwarten von einer Frau, die auf der Arbeit Pantoffeln trug. Doch Blümchen hatte sie überrascht. Sie fragte täglich nach. Und sie machte nicht den Eindruck, als würde sie sich länger hinhalten lassen.

Bislang hatte Helga sich nicht getraut, zu Hause von ihrem Rauswurf aus dem Waisenheim zu berichten. Die Haushaltungsschule, das war sonnenklar, konnte sie sich abschminken. Helga ahnte, wie der Vater und vor allem Tante Meta darauf reagieren würden. Und was der Vater dazu sagen würde, dass sie beim Rundfunk arbeitete, wo er es schon missbilligte, wenn sie in ihre Kladden schrieb – nun, auch das konnte sie sich denken. Aber es musste eine Lösung her!

Wenn ich noch einmal mit ihm rede, dachte Helga, vielleicht …

Am nächsten Morgen stand sie zeitig auf und half Fanny mit dem Kaffee. Fanny hatte sich verändert, und Helga fürchtete, es hatte damit zu tun, dass sie ihr von Bärbel erzählt hatte. Hätte sie doch bloß den Mund gehalten! Es schien, als könne Fanny das Unglück dieses ihr doch völlig unbekannten Waisenkindes nicht verwinden. Da konnte Helga noch so oft erzählen, dass es Bärbel nun gut gehe, dass sie nicht mehr geschlagen wurde. Fanny blieb blass und verstockt. Als hätten Helgas Berichte aus dem Waisenhaus etwas in ihrem Innern zerbrechen lassen.

Immer wieder musste Helga an die Nummer auf Fannys Arm denken. Sie hatte sie nie wieder zu Gesicht bekommen. Egal, wie warm es war, Fanny trug stets lange Ärmel. Was in Helga die Sorge wachsen ließ, dass sich dahinter tatsächlich ein schreckliches Geheimnis verbarg.

»Lass mich das machen«, sagte sie, als Fanny die Thermoskannen zum Büdchen tragen wollte. »Du hast in der Milchbar genug zu tun.«

»Musst du denn nicht ins Funkhaus?«

»Nicht vor zehn. Im Gegenteil, wenn ich früher da bin, ist der Redakteur immer ganz erschrocken.«

»Na dann«, antwortete Fanny, und zu Helgas Erleichterung verzog sie ihre blutleeren Lippen zu einem ganz kleinen Lächeln.

Der Vater freute sich wie immer, wenn Helga ihm half.

»Hast du denn gar keine Nachtdienste mehr?«, fragte er verwundert.

»Nein«, flunkerte Helga. »Schwester Jovana sagt, es reicht, wenn ich um zehn da bin.«

»Herrlich«, lachte der Vater. »Die morgendlichen Stunden mit dir, Helgalein, sind für mich die schönsten.«

Helga nickte und wandte sich schnell ab, so sehr

schämte sie sich für ihre Lüge. Sie musste einen Weg finden, damit aufzuhören.

Hand in Hand schenkten sie Kaffee aus, verkauften Zeitungen. Gerti, die Chauffeurin vom »Dom-Hotel«, erzählte von einem Film, den sie gesehen hatte, *Drei Männer im Schnee.*

»Den musst du dir ansehen, Rudi«, sagte sie und zog genüsslich an ihrem Kreisellutscher. »Ich würde glatt ein zweites Mal reingehen.«

Der Vater antwortete nicht, und Helga fragte sich, ob Gerti ein gewisses Interesse an ihm hatte. Bloß nicht, dachte sie im Stillen.

Sie mochte Gerti, sehr sogar. Doch der Gedanke, jemand könne an die Stelle ihrer Mutter treten, jener Unbekannten, nach der sie sich seit Jahren sehnte, ohne das Geringste über ihr Schicksal zu wissen, bereitete ihr Übelkeit.

Es war schon nach neun, als es endlich ein wenig ruhiger wurde. Helga schob den Stapel mit den Ausgaben des *Kölner Stadt-Anzeigers* ordentlich zusammen. *Gesetzliche Grundlage für westdeutsche Streitkräfte geschaffen*, lautete eine der Schlagzeilen. *Weg frei für Integration in die NATO.*

Sie musste dem Vater von ihrer neuen Arbeit erzählen und ihn dazu bringen, dass er den Vertrag mit dem WDR unterschrieb. Wenn er erst erkennt, dachte sie, welche Chancen sich mir damit bieten, sagt er bestimmt nicht Nein.

»Papa«, begann sie zaghaft. »Es gibt etwas, worüber ich mit dir sprechen möchte.«

»Ja?«

»Ich hatte dir ja gesagt, dass ich gern aufs Gymnasium gehen wollte –«

»Fängst du schon wieder damit an?«, unterbrach er sie. »Helgalein, du bist mein Ein und Alles, mein Augenstern. Glaub mir, ich weiß, was gut für dich ist. Und Ehrgeiz ist das Letzte, was dich im Leben weiterbringt. Nimm dir ein Beispiel an Jürgen. Dein Bruder geht voll und ganz auf in seiner Arbeit, in seiner Freizeit renoviert er das Haus, er hilft Fräulein Fanny, wo er nur kann. Das ist es, was ein gutes Leben ausmacht: da zu sein für die Menschen, die einem etwas bedeuten.«

»Aber ich möchte mehr!«, brach es aus Helga heraus. »Ich habe so viel zu sagen! Diese fürchterliche Wiederbewaffnung zum Beispiel.« Sie zeigte auf das Titelblatt des *Kölner Stadt-Anzeigers*. »Man muss den Leuten doch erklären, wie falsch dieser Weg ist. Dass Waffen niemals Frieden bringen. Dass ein Krieg niemals recht sein kann –«

»Soso«, entgegnete der Vater, und mit einem Mal verengten sich seine schönen grünen Augen zu schmalen Schlitzen. »Was du nicht sagst. Und bei welcher Gelegenheit möchtest du deine Weisheiten unter die Leute bringen?«

Die Stimme des Vaters klang plötzlich ganz kalt, und nur mit Mühe erwiderte Helga seinen Blick. Jetzt bloß nicht kneifen, redete sie sich selbst zu. Wenn ich mich nur gut genug erkläre, wird er mich verstehen.

»Tatsächlich«, setzte sie an, »habe ich schon lange den Wunsch, zu schreiben. Ja, vielleicht sogar, Schriftstellerin zu werden. Ich habe mich nur nie getraut, es laut auszusprechen. Aber seit Kurzem –«

»Still!«, fiel der Vater ihr abermals ins Wort. »Sei sofort

still. Schlag dir diese Flausen aus dem Kopf und fang nie wieder davon an, hörst du? Nie wieder!«

»Aber ich ...«, stammelte Helga.

»Ich glaube, du musst los ins Waisenhaus.« Er wandte sich von ihr ab, richtete den Zeitungsstapel, der doch längst ganz ordentlich lag.

»Ja«, antwortete Helga, griff nach ihrer Handtasche, in der fein säuberlich gefaltet der immer noch nicht unterschriebene Vertrag lag, stieg auf ihr Fahrrad und fuhr davon, das Gesicht tränennass.

Kurz vor dem Hauptbahnhof kam ihr eine Horde junger Leute entgegen. Sie trugen eine Art Pappsarg auf den Schultern, auf dem ein verbeulter Stahlhelm lag.

»Verhandeln ist besser als schießen!«, skandierten sie lautstark. Und: »Willst du deinen Bruder töten?«

Vorneweg lief ein großer Junge in Jeans, dem die Haartolle weit ins Gesicht hing, im Mundwinkel eine Zigarette. Als er Helga erblickte, kam er sogleich auf sie zugerannt.

»Klecks!«, rief Peter. »Wir demonstrieren gegen die Wiederbewaffnung! Komm, mach mit!«

»Ich kann nicht, ich muss zur Arbeit.«

»Gar nichts musst du. Wir schwänzen heute alle. Du wirst sehen, das ist ein Riesenspaß.«

»Nein, lass mich.«

Helga entwand sich seinem Griff und fuhr weiter. Die Stimmen der jungen Leute konnte sie noch lange hören, ebenso die wütenden Antworten der Passanten, die sie als Gammler und Rowdys beschimpften.

In Helgas Herz aber stahl sich ein neues Gefühl, es war, wie sie staunend feststellte, Bewunderung.

Peter traut sich was, ging ihr durch den Kopf.

Und im Stillen dachte sie zum ersten Mal darüber nach, die Unterschrift des Vaters zu fälschen.

Der Redakteur Riecken schien an jenem Tag genauso traurig wie Helga. Er hatte tiefe Ränder unter den Augen und wischte sich so häufig mit einem blau karierten Taschentuch die Wangen, dass sein Brillengestell mit dem schwarzen Steg schon ganz verbogen war.

»Ich gehe hinunter in die Teestube«, erklärte er ihr, als es Mittag wurde. »Seien Sie so lieb, Fräulein van Beek, schreiben Sie mir ein paar Ihrer Gedanken auf zur Wahl der Miss Universum übermorgen in Kalifornien. Die Chefredaktion wünscht sich zum Wochenende ein buntes Thema, und Sie haben immer so erfrischende Ideen.«

»Ich?«, fragte Helga.

»Ja, natürlich. Schreibmaschine schreiben können Sie doch. Also, trauen Sie sich!«

Und damit war er zur Tür hinaus.

Helga stand wie zur Salzsäule erstarrt. Sie hatte eine Menge Ideen zu dieser bescheuerten Miss-Universum-Wahl. Aber dass der Redakteur sie hören wollte! Zögernd zog sie sich einen Stuhl heran, niemals hätte sie es gewagt, sich auf den von Herrn Riecken zu setzen, spannte ein Blatt in die Maschine. Einen Moment lang überlegte sie. Und dann floss es wie von selbst aus ihr hinaus.

Ich habe eine Freundin, die ist wunderschön, tippte sie mit zwei

Fingern und dachte dabei an Fanny, an ihr Haar, wie es ihr in weichen Wellen ins Gesicht fiel, an ihre Augen mit den langen Wimpern, ihre zierliche Nase, ihre herzförmig geschwungenen Lippen. *Jeder Mann schaut ihr auf der Straße hinterher. Sie würde garantiert jede Miss-Wahl gewinnen. Man würde sie mit all dem Geld und den Juwelen, die es dort zu gewinnen gibt, überhäufen. Aber meine Freundin würde sich niemals zur Wahl stellen. Weil sie jeden Tag von früh bis spät arbeitet und alles, was sie ihr Eigen nennt, mit ihren Händen erwirtschaftet, mit ihrem klugen Verstand. Miss-Wahlen sind für uns moderne Frauen eine Beleidigung. Man sollte sie tunlichst abschaffen.*

Helga zog das Papier aus der Maschine. Las, was sie geschrieben hatte, bekam einen ganz heißen Kopf, faltete das Papier klein zusammen und steckte es in ihre Rocktasche. Niemals würde sie das dem Redakteur zu lesen geben. Wer war sie denn schon, dass sie sich anmaßte, überhaupt eine Meinung zu haben.

Als Riecken aus der Teestube zurückkam, war es bereits kurz nach vier. Helga saß wie auf heißen Kohlen. So spät hatte er noch nie mit dem Kommentar begonnen. Noch dazu sah er schlimmer aus als zuvor, die Haare noch strubbeliger als sonst, die Nase so rot, als habe er getrunken.

»Was haben Sie für mich, Fräulein van Beek?«

»Nichts, ich –«

»Nun kommen Sie schon, lassen Sie mich nicht hängen.«

Himmel, die Stimme des Redakteurs klang ganz verwaschen. Er ließ sich so schwer auf seinen Stuhl fallen, dass der bedenklich quietschte.

»Wissen Sie, was eine Onkelehe ist?«, fragte er unvermittelt.

»Nein.«

»Das ist, wenn die Kinder der Frau, die man liebt, einen Onkel nennen. Wenn sie niemals Papa sagen werden. Weil die Frau Kriegerwitwe ist. Und damit sie weiter ihre Witwenrente bekommt, wird sie nicht mehr heiraten, nie wieder.«

Er nestelte an seiner Anzugjacke, holte ein ledernes Etui hervor, wenig größer als eine Streichholzschachtel.

Meine Güte, schoss es Helga durch den Kopf, als sie seine fahrigen Bewegungen beobachtete, er ist wirklich betrunken.

Mit Mühe öffnete er das Etui. Ließ das, was darin war, auf den Schreibtisch kullern.

Helga traute ihren Augen kaum. Es war ein goldener Ring mit einem wunderhübschen, hellen Stein, der in allen Farben des Regenbogens glitzerte.

»Da kann man noch so viel auffahren«, murmelte er. »Die Frauen heute haben zu viel erlebt, zu viel gelitten. Sie nehmen lieber die sichere Witwenrente als den neuen Mann. Und so bleibt unsereins der Onkel. Wird niemals der Vater, niemals der Ehemann.«

Er schaute hoch, die Augen so voller Schmerz, dass Helga sich ans Herz griff.

»Es ist, glaube ich, nicht gut«, murmelte sie und holte den klein gefalteten Zettel aus ihrer Rocktasche.

»Hm«, murmelte der Redakteur Riecken und strich über

das Papier. »Hm. Ich glaube, Sie täuschen sich, Fräulein van Beek.«

Es war schon fünf nach fünf, als sie hinunter ins Studio rannten. Am Pförtnertresen stand wie immer um diese Zeit die Frau in den zu engen Kleidern. Helga schenkte ihr und Konradin keine Beachtung. Sie hatte furchtbare Angst, Riecken könnte auf dem blank geputzten Parkett in der Eingangshalle ausrutschen, so wie er torkelte. Als sie das Studio erreichten, kräuselte sich die Nase der Moderatorin mit dem hochtoupierten Haar. Helga konnte sie gut verstehen, auch sie hatte den Schnapsgeruch längst wahrgenommen.

Der Redakteur Riecken aber zog mit sicherer Hand das Mikrofon zu sich herüber.

»Misswahlen sind für die modernen Frauen unserer Zeit eine Beleidigung«, begann er seinen Kommentar. Seine Stimme war vollkommen klar und verständlich. Und durch die Scheibe, die den Regieraum vom Sprecherstudio trennte, sah Helga, wie er ihr verschmitzt zuzwinkerte.

23. Kapitel

»Was machst du denn hier? Samstags gibt es doch gar keinen Kommentar.«

»Verrat mich nicht«, flüsterte Helga und beugte sich so tief über den Pförtnertresen, dass ihre Lippen Konradins dunkles Haar streiften. Für einen Moment begann in ihr etwas zu ziehen, doch sie verbot sich dieses Gefühl sofort. »Ich muss lernen, Schreibmaschine zu schreiben. Ich habe behauptet, ich könnte es, aber das war gelogen. Ich habe Angst, es fällt früher oder später auf.«

»Da habe ich was für dich.« Konradin bückte sich und holte unter dem Tresen ein Heft hervor. *Zehn-Finger-System leicht gemacht* stand darauf.

»Woher hast du das?«

»Ich habe dir doch gesagt, die Redakteure legen alles, was sie nicht mehr haben wollen, einfach vor ihre Türen auf den Boden. Die Sekretärinnen übrigens auch. Ab und zu streife ich nach Feierabend durch die Gänge und nehme mir, was man gebrauchen könnte.«

Konradin senkte den Kopf, auf seinen Wangen waren schon wieder die roten Flecken zu sehen. Helga widerstand dem Impuls, tröstend darüberzustreichen. Sie wusste, was Konradin verloren hatte, welch prächtiges Gut seine Familie in Ostpreußen besessen hatte. Der Gedanke, dass er aufsammelte, was andere wegwarfen, ließ sie innerlich seufzen.

»Danke«, sagte sie laut, nahm das Heft und schlich nach oben.

Sie übte den ganzen Samstag. Am Abend konnte sie einzelne Buchstabenfolgen blind und mit sechs Fingern tippen, doch sie brauchte ewig dafür. Am Sonntag war sie schon ein bisschen schneller, auch wenn ihr die Handgelenke furchtbar wehtaten.

»Du kriegst eine Sehnenscheidenentzündung«, warnte Konradin sie, der in seiner Pause nach ihr gucken kam. »Davon erzählen mir die Aushilfssekretärinnen andauernd.«

Helga dachte an die Frau in den engen Kleidern und tippte unverdrossen weiter.

Am Montag begann sie um vier Uhr in der Frühe. Dem Vater und Jürgen hatte sie erzählt, Schwester Jovana sei krank und brauche ihre Hilfe nicht nur das ganze Wochenende über, sondern auch frühmorgens und spätabends. Tatsächlich hatte Helga sonntags immer frei gehabt. Doch niemand schöpfte Verdacht, allein Fanny wusste Bescheid. Helga schämte sich ihrer Lügen, doch zugleich wuchs in ihr der Trotz. Mochte der Vater sagen, was er wollte. Sie würde sich die Chance, beim Westdeutschen Rundfunk zu arbeiten, nicht nehmen lassen.

Der Redakteur Riecken kam pünktlich um zehn, schrieb seinen Kommentar über den Ausgang der Viermächtekonferenz in Genf und verschwand nach der Sendung. Helga übte weiter bis Mitternacht. Ihre Handgelenke fühlten sich an, als würde sie sie über ein brennendes Feuer halten.

Am Dienstag begann sie um fünf, und am Abend spürte sie ihre Handgelenke kaum noch, doch mittlerweile konnte sie, wenn auch recht langsam, jeden Satz blind tippen, mit allen zehn Fingern.

Am Mittwochmorgen ließ Frau Blume wissen, sie benötige nun dringend die Unterschrift des Vaters.

Riecken hatte Helga gerade nach ihrer Meinung zur drohenden Kohleknappheit gefragt und interessiert genickt, als Helga ihm erzählte, wie sie als Kind nach dem Krieg Kohlen gestohlen hatte, um nicht zu erfrieren.

»Das ist wichtig«, sinnierte er. »Das wollen die Leute am liebsten schnell vergessen. Möchten Sie mir dazu etwas aufschreiben, Fräulein van Beek?«

»Gern«, antwortete Helga und tippte ihre Erinnerungen in die Schreibmaschine, als habe sie nie etwas anderes getan. Den stechenden Schmerz ignorierte sie.

Dann eilte sie, die Handtasche unter den Arm geklemmt, in den Ticker-Raum und schloss leise die Tür hinter sich. Sie zog den Vertrag hervor, strich behutsam mit der Spitze ihres Zeigefingers darüber. Holte einmal tief Luft. Ein zweites Mal. Und dann fälschte sie die Unterschrift des Vaters. Ihre Handgelenke waren so steif, dass die Buchstaben, die sie auf den Vertrag kritzelte, ihr selbst vollkommen fremd vorkamen.

Frau Blume nahm den Vertrag entgegen, strich ihn sorgfältig glatt, warf einen langen Blick auf die Unterschrift, schlurfte dann in ihren Pantoffeln zu dem abschließbaren Schrank und verstaute das Papier darin.

»Herzlich willkommen im Westdeutschen Rundfunk!«

»Das ist ein Klopfer!«, staunte Fanny ein paar Tage später und gab Helga die braune Papiertüte schnell wieder zurück. »Lass das hier draußen bloß keinen sehen. So viel Geld!«

Helga tat wie geheißen und steckte die Tüte in ihre Handtasche. Es war der letzte Samstag im Juli. Fanny hatte im Schatten der engen Häuserzeilen ein paar Tische und Stühle auf den Bürgersteig gestellt und war dabei, zarte, spitzenbesetzte Tischdecken sowie bunte, selbst genähte Kissen darauf zu verteilen. Nach einer Woche voller Wolken und Regen war der Sommer nach Köln zurückgekehrt. Die großen Ferien hatten begonnen. Auf dem schadhaften Pflaster des Eigelsteins spielten ein paar Mädchen Hüpfekästchen, und Helga musste sofort an Bärbel denken. Gestern erst hatte sie wieder nach den Murmeln geschaut und erleichtert aufgeatmet, als sie nur eine einzige in der Mauerritze entdeckte. Der Geheimcode schien zu funktionieren.

Fanny gegenüber erwähnte sie Bärbel mit keinem Wort. Denn die Traurigkeit, die über Fanny gekommen war, seit sie ihr von dem Waisenmädchen erzählt hatte, hatte sich in ihrem Antlitz eingenistet, in ihren Augen, in ihren Mundwinkeln. Selbst die gut gefüllte Lohntüte, die Helga vom Westdeutschen Rundfunk mit nach Hause gebracht hatte, hatte Fanny nur kurz ein Lächeln entlockt. Helga hoffte von ganzem Herzen, dass die Freundin das kleine Mädchen aus dem Waisenhaus bald vergessen möge.

»Vielleicht«, sinnierte Helga, »kann ich Jürgen einen Teil von meinem Lohn abgeben, er spart doch schon so lange auf ein Motorrad. Und wir könnten das Mädchen, das dich sonntags ab und zu ablöst, öfter kommen lassen, dann kannst du dich etwas ausruhen. Du arbeitest wirklich viel zu viel. Den Rest bringe ich zur Bank, für später irgendwann einmal.«

»Papperlapapp«, fiel Fanny ihr ins Wort. »Jürgen verdient doppelt so viel wie du, da bin ich mir ziemlich sicher. Und das Mädchen brauche ich nur alle zwei Wochen sonntags. Sowieso verbiete ich dir, dass du mir unter die Arme greifst! Ich komme ganz gut klar. Das mit dem Sparbuch kannst du übrigens auch vergessen, um eins zu eröffnen, bräuchtest du mal wieder die Unterschrift deines Vaters. Nein, ich sage dir, was du damit machst.«

Sie stellte sich dicht neben Helga und flüsterte ihr ins Ohr: »Versteck das Geld. Wenn du mal in eine Notsituation gerätst, ist es immer gut, ein bisschen was auf der hohen Kante zu haben.«

»In Ordnung«, murmelte Helga. Im nächsten Moment sah sie eine vertraute schmale Gestalt die Gasse entlangkommen. Konradin schien völlig vertieft in einen Brief, den er im Gehen las. Beinahe wäre er gegen einen von Fannys Tischen gelaufen.

»Vorsicht!«, rief Helga und fasste schnell seinen Arm. Dabei fiel ihr auf, dass der Brief ganz eng beschrieben war, so, als habe das Papier für all die Dinge, die jemand berichten wollte, nicht gereicht.

Konradin musste ihren Blick bemerkt haben. Im Nu

hatte er das Blatt zusammengefaltet und in die Brusttasche seines weiten Anzugs geschoben.

»Lass mich, ich habe es eilig.« Damit eilte er weiter.

Helga schluckte. Merkte, wie sie feuerrot wurde. Schlimmer noch, auf einmal traten ihr die Tränen in die Augen. Hatte er nicht in den letzten Tagen im WDR immer lieb und nett mit ihr gesprochen? Was sollte das nun schon wieder bedeuten?

Da spürte sie eine sanfte, aber energische Hand auf ihrem Arm.

»Was ist das denn für ein Graf Rotz von Hohenschnoddern?«, schimpfte Fanny. »So was von selbstgefällig! Aber ich weiß, was wir machen, um dich aufzuheitern. Im Kaufhof haben sie jetzt Stoffe im Sonderangebot. Wir nehmen ein klitzekleines bisschen von deinem Lohn und suchen etwas Hübsches aus. Und dann nähe ich dir ein Petticoat-Kleid.«

»Ein Petticoat-Kleid?«, hauchte Helga.

Fanny nickte. Und als Helga sah, dass in Fannys Augen zum ersten Mal seit Langem wieder das fröhliche Glitzern aufleuchtete, das sie so sehr mochte, beschloss sie, sich keine Sekunde länger über Konradin zu ärgern.

»Jetzt«, flüsterte Helga, »bin ich fast so hübsch wie die anderen Mädchen, die bei dir ein und aus gehen.«

»Du bist hübscher als alle anderen zusammen«, murmelte Fanny, aber Helga war sich nicht sicher, ob sie das tatsächlich so gesagt hatte, denn Fanny hatte den Mund voller Stecknadeln. »Wir machen es noch ein bisschen kürzer.

Lange Petticoats sind was für Mädchen mit dicken Beinen. Deine sind so schlank und wohlgeformt, davon zeigen wir ein bisschen mehr.«

Helga merkte, wie sie rot wurde, und hoffte beinahe, dass Fanny in Wirklichkeit etwas anderes gesagt hatte. Man konnte sie definitiv ganz schlecht verstehen.

Doch als sie von dem Schemel, auf den Fanny sie gestellt hatte, damit sie den Saum abstecken konnte, heruntergeklettert und ins neue Badezimmer gelaufen war, um sich dort vor dem Spiegel zu drehen, stieß sie einen kleinen Entzückensschrei aus.

»Fanny, du bist eine Künstlerin!«

Das Kleid war aus einem meerblau schimmernden Stoff mit weißen Punkten. Der Ausschnitt mit dem runden, angesetzten Kragen ließ Helgas Schlüsselbeine frei, ein schmaler Gürtel betonte ihre Taille. Unter dem weiten Rock bauschte sich ein zweilagiger Petticoat, für mehr hatte der zarte, champagnerfarbene Stoff, den sie dafür erstanden hatten, nicht gereicht. Doch das Ergebnis war, wie Helga fand, sensationell.

»Ach, da ist doch nichts dabei.« Fanny räumte ihre Nähutensilien zusammen, aber Helga sah ganz genau, dass sie sich über das Kompliment freute. »Jetzt musst du dich nur noch trauen, damit zu mir in die Milchbar zu kommen!«

»Ja, gewiss.«

Helga senkte den Kopf. Der Gedanke, sich in diesem Traum von einem Petticoat-Kleid zu zeigen, ließ sie schwindeln.

Sie half weiterhin dem Vater frühmorgens im Büdchen. Er war liebevoll wie immer, und Helga versuchte, jeden Moment an seiner Seite zu genießen. Doch sie quälte ihr schlechtes Gewissen, weil sie seine Unterschrift gefälscht hatte und ihre Arbeit beim Westdeutschen Rundfunk vor ihm geheim hielt. Zugleich wuchs ihr Unmut. Was konnte schlecht daran sein, ehrgeizig zu sein? Der Vater wurde ihr mehr und mehr fremd. Ihr war, als trieben sie beide voneinander weg. Dabei wünschte sie sich nichts sehnlicher, als ihm nahe zu sein.

Wenn Helga noch vor Tagesanbruch im Büdchen die Zeitungen sortierte, prägte sie sich jede Schlagzeile ein und überlegte, was man nachmittags kommentieren könnte. Wenn sie um kurz vor zehn die geschwungene Treppe im Funkhaus hinaufeilte und das bunte Fenster flirrende Lichter auf ihren Weg malte, spürte sie, wie alle Sorgen von ihr abfielen. Und wenn der Redakteur Riecken erschien, präsentierte sie ihm sogleich zwei bis drei Vorschläge für den heutigen Kommentar. Er hörte ihr zu, fragte nach, bestimmte manchmal ein anderes Thema. Dann verschwand er in die Teestube, und wenn er zurückkam, hatte Helga den Text meist schon halb fertig.

Sie wünschte, man würde dem Redakteur in der Teestube nicht so viel Schnaps geben. Es war sogar schon zweimal vorgekommen, dass sie ihn dort hatte abholen müssen. Sie hatte den weiß livrierten Kellner böse angeguckt, was der mit einem blasierten Lächeln gekontert hatte.

Die Traurigkeit des Redakteurs rührte sie. Und obwohl

er schon so alt war, viel älter als ihr Vater, und sie im Grunde nichts miteinander verband, fühlte sie sich ihm nahe. Denn Konradin sprach nur noch das Nötigste mit ihr, und nachmittags, wenn sie ins Studio eilten, stand stets die Frau in dem engen Kleid bei ihm.

Ich ärgere mich nicht mehr über Konradin, sagte Helga ein ums andere Mal lautlos zu sich selbst. Aber dass ein Kummer wie ihrer auf direktem Weg in die Teestube und zu den dort verwahrten Schnapsflaschen führen konnte, das verstand sie gut.

Umso erstaunter war sie, als der Redakteur an einem Tag Mitte August mit frisch geschnittenem Haar und rosigen Wangen erschien. Augenscheinlich war er vollkommen nüchtern. Außerdem war er noch vor der Mittagszeit mit seinem Kommentar fertig, und zum allerersten Mal, seit Helga ihn kannte, nahm er ihn im Studio auf Band auf, sodass er nachmittags in der Sendung eingespielt werden konnte und nicht live gesprochen werden musste.

»Fräulein van Beek«, erklärte er ihr, »ich reise nach Italien. In den Urlaub! Mit Frau und Kindern!« Dabei erhellte ein so glückliches Lächeln sein Gesicht, dass Helga fand, er sähe sogleich zehn Jahre jünger aus. »Nehmen Sie sich in Acht«, fuhr er fort. »Der Kollege Leister wird mich vertreten. Er ist ein bisschen alte Schule. Aber keine Sorge, in vierzehn Tagen bin ich wieder da.«

»Schöne Ferien!«, rief Helga, doch er war schon zur Tür hinaus.

Der Kollege Leister erwies sich als überraschend junger

Mann, nur wenige Jahre älter als Helga. Er erwartete, bei seiner Ankunft eine Tasse frisch aufgebrühten Kaffee auf einem silbernen Tablett vorzufinden, und rümpfte die Nase, wenn Helga auch nur ein bisschen kleckerte. Das Thema für den Kommentar wählte er aus, während er vor sich hin murmelnd das Büro abschritt, um dann seine Meinung aus dem Stand heraus laut vorzutragen.

»Warum schreiben Sie nicht?«, fuhr er Helga an, die gebannt zuhörte.

»Ich? Schreiben?«, gab sie verdutzt zurück.

»Ja, Sie, schreiben«, äffte er sie nach. »Jetzt aber mal dalli!«

Mit zitternden Fingern spannte Helga ein Blatt in die Schreibmaschine und tippte, was der Redakteur ihr diktierte. Dass Herr Riecken seine Texte selbst schrieb, wagte sie nicht zu sagen. Zugleich dankte sie im Stillen dem Schicksal, dass sie das Schreibmaschineschreiben so emsig geübt hatte.

Leister nahm sie auch nicht mit ins Studio, wohin er direkt nach dem Mittagessen für Stunden verschwand. Helga fragte sich, was er so lange dort unten machte, und als sie es nicht mehr aushielt und vorsichtig nach ihm sehen wollte, überraschte sie ihn dabei, wie er sich bei der Aufnahme des Kommentars ein ums andere Mal verhaspelte. Das Gesicht des Studiotechnikers, der, wie Helga wusste, später alle Versprecher aus dem mitlaufenden Band herausschneiden musste, war schon grau vor Ärger.

Helga empfand Mitleid mit dem Redakteur, doch nur bis zu dem Moment, in dem er es sich angewöhnte, sich während des Diktats viel zu dicht hinter sie zu stellen. Sie roch sein Rasierwasser und seinen sauren Schweiß, hörte das trockene Geräusch, das seine Hose machte, wenn er darüberstrich. Helga merkte, wie sich ihr die Nackenhaare aufstellten. Bald fing es an, dass er sie wie zufällig berührte, ihre Arme, ihr Haar. Am liebsten wäre sie aufgesprungen und davongerannt. Doch sie biss die Zähne zusammen. Wer war sie schon, dass sie sich beschweren durfte?

Dann kamen die Bemerkungen.

»Mit Ihren Beinen sollten Sie Strumpfmannequin werden«, sagte er und fügte, als er Helgas Erschrecken sah, hinzu: »Nun sei mal nicht so ein Eisschrank, Mädchen.«

»Ich verbitte mir das!«, fuhr Helga auf.

Doch er lachte nur und rief sie fortan nicht mehr Fräulein van Beek, sondern Fräulein Eisschrank.

Helga ballte die Hände zu Fäusten und versteckte sie zugleich unter dem Tisch. Wenn sie nun morgens zur Arbeit kam, war ihr Herz schwer. Die fröhlich hüpfenden Flecken, die das Fenster auf die Treppe malte, sah sie gar nicht mehr.

Womit, fragte Helga sich, als sie am darauffolgenden Samstag in ihrem Zimmer über einer ihrer Kladden saß, hatte sie Leister provoziert? Warum glaubte er, sich dieses Benehmen erlauben zu können? Mit nichts, gab sie sich selbst zur Antwort. Peter hatte sie ja auch einfach auf die Wange geküsst, obwohl sie sich kaum kannten, und das mitten in der Milchbar, vor aller Augen.

Helga schnaubte. Schlug eine neue Seite in ihrer Kladde auf.

Als ich ein kleines Mädchen war, schrieb sie, *habe ich mir sehnlichst gewünscht, erwachsen zu werden. Damit niemand mehr über mich bestimmen konnte. Damit ich keine Angst mehr haben musste. Nun bin ich sechzehn Jahre alt, beinahe erwachsen, und es scheint, je mehr ich zur Frau werde, desto mehr wird über mich bestimmt. Und desto mehr Angst muss ich haben. Papa und Tante Meta lassen mich nicht einmal in die Milchbar, weil, wie sie sagen, junge Mädchen dort nichts zu suchen haben. Zugleich steigt dieser draufgängerische Redakteur mir hinterher, als sei ich eine Lustmieze. Ich fürchte mich mehr und mehr vor ihm. Und selbst wenn es mir weiterhin gelingt, seinen feuchten Händen zu entwischen, seinem gierigen Blick – allein wenn jemand mitbekommt, wie er mich tagtäglich bedrängt, ist mein Ruf ruiniert. Ich verliere womöglich sogar meine Stelle.* Sie setzte den Kugelschreiber ab, merkte, wie sie vor Wut zu zittern begann. *Das ist so ungerecht,* schrieb sie. *Warum dürfen Männer sich alles herausnehmen, und wir jungen Frauen zahlen den Preis dafür?*

Helga schlug die Kladde zu. Legte sie zu den anderen in die Schublade ihres Frisiertischs. Begann, im Zimmer auf und ab zu laufen. Wie still es hier war! Als habe man sie hier oben eingesperrt und vergessen.

Sie trat hinaus in den Wohnungsflur, hörte rasche Schritte im Treppenhaus. Vorsichtig näherte sie sich der Tür, zog sie einen Spalt auf. Dünne Beine in einer zu weiten Anzughose verschwanden hinter dem einst so prächtig geschnitzten Treppengeländer. Wenig später klappte oben eine Tür. Konradin war nach Hause gekommen.

Selbst wenn es noch gut zwischen uns stünde, dachte Helga voller Ingrimm, dürfte ich nicht zu ihm hinauf. Auch das haben Vater und Meta streng verboten.

Von unten waren nun ebenfalls Geräusche zu hören, Musik. In der Milchbar spielte die Jukebox Caterina Valente, *Ganz Paris träumt von der Liebe*. Helga spürte, wie ein trauriges Lachen ihre Kehle emporstieg. Dort unten wurde getanzt, und hier oben verbrachte sie ihre Nachmittage und Abende allein. Um ihren guten Ruf zu schützen. Einen Ruf, den ein Mann wie Leister in einem einzigen Moment zerstören konnte. Und sie war sich sicher, er würde es tun, wenn sich ihm nur die kleinste Gelegenheit dazu böte.

Helga schrie. Die Wut, die sie ergriffen hatte, explodierte in einem einzigen, kurzen Moment. Sie schrie, bis ihr die Luft ausblieb. Erstarrte. Hatte jemand sie gehört? Alles blieb still. In Metas Wohnung rührte sich nichts. Der Vater war im Büdchen und Jürgen noch nicht zu Hause, dabei hatten sie bei Ford längst Feierabend. Niemand wusste, was er tat, niemand fragte danach.

Wisst ihr was?, dachte Helga. Ihr könnt mir alle mal den Buckel runterrutschen!

Dann lief sie zurück in ihr Zimmer. Im Schrank hing das meerblaue Petticoat-Kleid mit den weißen Punkten. Helga strich darüber. Betastete ihr Haar. Sie musste nur in das Kleid schlüpfen und sich ein bisschen frisch machen. Und dann hinunter in die Milchbar huschen, dorthin, wo getanzt wurde.

27. Juli 1945, in der Nacht

Mein Liebster, Du fehlst mir so!

Die Stadt atmet auf. Gerade in der Innenstadt sind die Kriegsschäden verheerend, keine Straße, die passierbar wäre, kaum ein Haus, das noch steht. Und doch. Es ist, als schüttele das zerstörte Köln den Staub, den die Bombennächte hinterlassen haben, ab, als strecke es sich der Julisonne entgegen. Überall, wirklich überall wird getanzt. Die britischen Soldaten führen auf ihren Armeefahrzeugen tragbare Radiogeräte mit sich, und sie spielen, stell Dir vor, Liebster, den von Dir so heiß geliebten Swing. So verpönt diese Musik in den letzten Jahren war, so zaubert sie nun einem jeden ein Lächeln ins Gesicht, und überall sieht man die Kölner, wie sie innehalten, sich zur Musik wiegen, ein Tänzchen mitten auf den nur notdürftig vom Schutt freigeräumten Bürgersteigen wagen.

Es gibt auch Etablissements, in denen britische Soldaten mit deutschen Mädchen tanzen, Meta und ich kamen letztens auf dem Ring an einem vorbei, die Fenster waren mit Zeitungspapier zugeklebt. Böse Zungen sagen so manches, was dort vor sich geht, aber ich glaube, die jungen Menschen wollen tatsächlich nur miteinander tanzen. Sie holen Luft nach den Jahren des Schreckens.

Der Gedanke, dass auch wir beide uns irgendwann wieder in den Armen halten können, lässt mich durchhalten. Ich zähle die Tage nicht mehr, die ich ohne Nachricht von Dir bin. Ich sehe die Kriegsheimkehrer, die Tag für Tag auf dem Ehrenfelder Bahnhof ankommen, und schöpfe Hoffnung. Meta und ich begegnen ihnen, wenn wir zur Arbeit gehen. Graue, aus-

gemergelte Männer. Und doch. In ihren Gesichtern sehe ich nichts als Glückseligkeit. Glückseligkeit, überlebt zu haben, es bis nach Hause geschafft zu haben. Wie werden erst ihre Frauen und Kinder frohlocken, wenn sie sich wiedersehen!

Liebster, bitte, komm nach Hause. Ich vermisse Dich so sehr. Und ich liebe Dich. Unendlich.

24. Kapitel

Die Eismaschine surrte leise und verströmte einen neuen, unbekannten Duft. Die Schiebetür, die aus dem kleinen Vorraum in die Milchbar führte, stand einen Spalt auf. Dahinter hörte Helga Musik, Gelächter, Gläserklirren. Ihr Herz begann so schnell zu schlagen, dass sie versucht war, auf dem Absatz kehrtzumachen.

Und dann?, schalt sie sich selbst. Soll ich das ganze Wochenende auf meinem Zimmer sitzen bleiben und meinen guten Ruf bewahren, wenn ich ab Montag doch wieder auf der Flucht vor dem Redakteur Leister sein muss? Habe ich nicht auch ein Anrecht auf ein bisschen Vergnügen?

Und so holte sie tief Luft, streckte den Rücken durch und trat durch die Tür.

Sie schaffte es nicht einmal bis zur Theke, hinter der Fanny stand und bunt gemusterte Papierschirme in niedrige Glasschälchen voller Vanilleeis steckte.

»Klecks!«, rief Peter und ließ das Mädchen mit dem kupferfarbenen Haar, das er gerade noch im Arm gehalten hatte, mitten auf der Tanzfläche stehen. »Das ist ein Jitterbug, der wird dir gefallen!«

»Ich …«, begann Helga und wollte sagen, dass sie von einem Tanz mit einem so seltsamen Namen noch nie gehört hatte und erst recht nicht wusste, wie man ihn richtig ausführte. Doch Peter hatte schon ihre Hände gefasst und begann, sie in einem solchen Tempo herumzuwirbeln, dass Helga Hören und Sehen verging.

Himmel, dachte sie in der einen Sekunde, ich werde mich entsetzlich blamieren.

Himmlisch, dachte sie in der nächsten, es fühlt sich an, als würde ich fliegen!

»Das muss man nicht üben!«, brüllte Peter über die Musik hinweg, als würde er ihre Gedanken erraten. »Das hat man im Blut!«

Und so war es. Peter zog Helga dicht an sich heran. Sie schnupperte, erkannte seinen Geruch, er duftete nach Holz und nach Gewürzen und ein bisschen nach Zigaretten. Im nächsten Augenblick stieß er sie von sich, und Helga drehte sich, drehte sich so schnell, dass sie glaubte, ihre Füße könnten gar nicht hinterherkommen. Doch sie konnten. Wieder einen Wimpernschlag später lag sie in Peters Armen, blickte direkt in seine moosgrünen Augen und fragte sich verwirrt, warum sie diesem Jungen so lange ausgewichen war. Wo es sich doch so wundervoll anfühlte, mit ihm zu tanzen, so frei, so beschwingt.

Sie tanzten den ganzen Nachmittag. Nicht ohne einen gewissen Stolz nahm Helga wahr, wie hervorragend ihr meerblaues Kleid mit Peters Bluejeans und seinem weißen, seidig schimmernden Hemd harmonierte. Das Kleid bauschte sich und machte jede Bewegung mit, ganz so, als habe es schon viel zu lange auf diesen großen Auftritt gewartet.

Aus den Augenwinkeln sah Helga das Mädchen mit dem kupferfarbenen Haar, wie es ihr böse Blicke zuwarf. Hatte Peter sie nicht bei ihrer ersten Begegnung seine Perle genannt? Und nun ließ er sie einfach stehen? Helga schluckte. Sie wusste genau, wie die andere sich fühlte. Schließlich hatte auch Konradin sich einfach von ihr abgewandt.

»Zeit für eine Pause«, entschied Peter und führte sie zu einem der eierschalenfarbenen Tische. »Ich wette, jetzt ist auch das Pistazieneis fertig.«

»Pistazieneis?«

»Ja, du wirst Augen machen!«

Schon war er in Richtung Theke verschwunden und gleich darauf wieder da, in jeder Hand eine frisch gebackene Waffel mit einer grünen Kugel Eis.

Helga schleckte vorsichtig. Hmmm. Köstlich. Das war also das Eis, das die Eismaschine gerührt hatte. Mit dem neuen Duft, den sie vorhin noch nicht gekannt hatte.

Wie lange war das her? Zwei Stunden? Drei oder sogar schon vier? Sie lehnte sich zurück. Das neue Kleid klebte ein wenig an ihrem Rücken. Aber das war vollkommen egal. Hier unten, in Fannys Milchbar, schien die Welt eine andere zu sein. Kein Konradin, der sich von ihr abwandte. Kein Redakteur Leister, der sie bedrängte. Stattdessen Jitterbug und Pistazieneis und Peters moosgrüne Augen.

»Fräulein Fanny sagt, sie bezieht die Pistazien direkt aus Italien. Würdest du gern einmal dahin fahren, Klecks?«

»Nach Italien?«

»Ich fahre demnächst. Mit dem Motorrad über die Alpen. Das wird ein Riesenspaß! Wenn du willst, nehme ich dich mit.«

Helga lachte. Der Gedanke, mit Peter nach Italien zu fahren, war vollkommen närrisch. Und zugleich unerhört verheißungsvoll.

»Ja!« Sie lachte voller Übermut. »Ich komme gern mit.«

Das grüne Eis schmolz und tropfte auf ihre Finger. Lustvoll leckte sie sie ab. An diesem Nachmittag schien ihr alles möglich.

Der Redakteur Riecken kam aus dem Urlaub zurück, braun gebrannt und bester Laune.

»Und«, fragte er, »war es schlimm mit dem Kollegen Leister?«

»Kein bisschen«, schwindelte Helga. Sie hätte sich lieber die Zunge abgebissen, als über diesen Rüpel auch nur ein einziges Wort zu verlieren.

»Was halten Sie von der Reise Adenauers nach Moskau?«, fragte Riecken sie am nächsten Morgen.

»Wenn es ihm wirklich gelingt, die letzten Kriegsgefangenen nach Hause zu holen, wäre das ein sensationeller Erfolg«, antwortete Helga. »Ihre Frauen und Kinder warten schon so lange auf die Ehemänner und Väter!«

»Die Frauen und Kinder sind das eine«, entgegnete er. »Aber Sie wissen schon, Fräulein van Beek, dass unter den Deutschen, die jetzt noch in sowjetischer Gefangenschaft sind, Hunderte, wenn nicht gar Tausende Kriegsverbrecher sind? Die Genossen haben ihre Gründe, warum sie so manchen jahrelang festhalten.«

»Davon weiß ich nichts«, flüsterte Helga. War nicht auch ihr Vater vor Kurzem erst heimgekehrt? Der Redakteur, beschloss sie still, konnte sich ja auch einmal täuschen. Sie wusste, dass man im Funkhaus munkelte, Riecken sei Kommunist, wie viele andere Redakteure im WDR auch. Angeblich war er während der Nazizeit deswegen sogar im Gefängnis gewesen. Womöglich war er nur verbittert, dachte Helga und ging los, die neuesten Ticker-Meldungen holen.

Als sie an diesem Abend das Funkhaus verließ, hatte Konradin wieder einmal nicht mehr als ein knappes Nicken für sie übrig. Seit wann, fragte Helga sich, war das so? Seit sie sich vor der Milchbar begegnet waren, gab sie sich selbst zur Antwort. Ob es etwas mit dem Brief zu tun hatte, den er gelesen und schnell vor ihr versteckt hatte? Egal, beschloss sie. Sie wollte sich ein für alle Mal nicht mehr über Konradin ärgern.

Und doch. Während sie grußlos an ihm vorbeiging, spürte sie einen scharfen Schmerz.

Der Schmerz begleitete sie nach Sülz, wo sie wie jeden Tag eine einzige Murmel in der Mauerritze entdeckte. Da wurde der Schmerz etwas weicher. Bärbel ging es gut, Gott sei Dank. Wie sie die Kleine vermisste!

Helga vermisste auch Auguste. Und so schlich sie sich, direkt nachdem sie zu Hause angekommen war, zu ihr hinauf. Seit Wochen war sie nicht mehr auf dem Dachboden gewesen, und als sie leise an die niedrige Tür klopfte, schlug ihr das Herz bis zum Halse.

Sei nicht töricht, schalt sie sich selbst, Konradin hat erst später Feierabend, der Vater ist noch im Büdchen, Meta wird freiwillig nicht hier heraufkommen. Niemand wird dich erwischen. Und Auguste freut sich ganz sicherlich.

Doch Auguste freute sich nicht. Die alte Frau schien Helga seltsam verwandelt. Anders als sonst lag sie nicht in ihrem Bett, sie schlurfte aufgeregt zwischen Bett und Tisch hin und her und schimpfte leise vor sich hin.

»Vorsicht!«, rief Helga und fasste die alte Frau schnell am Arm, sie hatte noch nie erlebt, dass sie sich ohne Hilfe selbstständig bewegte.

»Na endlich!«, fuhr Auguste sie an. »Ich habe schon vor Stunden geklingelt. Was glauben Sie eigentlich, wofür Sie bezahlt werden? Nun sputen Sie sich aber! Hier muss schleunigst Ordnung geschafft werden!«

Helga verstand. Auguste glaubte wieder einmal, zu Hause auf ihrem Gut in Ostpreußen zu sein, und hielt sie offensichtlich für ein Dienstmädchen.

»Selbstverständlich«, beeilte sie sich zu sagen. »Ich räume sogleich alles auf. Zuerst aber bringe ich Sie ins Bett, einverstanden?«

Auguste stieß ein unwilliges Gemurmel aus, ließ sich aber ins Bett helfen.

»Bitte schön«, sagte Helga und deckte sie vorsichtig zu. »So ist es besser.«

Eigentlich durfte man sie gar nicht mehr allein lassen, dachte sie bei sich. Was, wenn sie stürzt und sich verletzt?

Tatsächlich hatte Auguste ein heilloses Durcheinander geschaffen. Der Boden und der Tisch waren übersät mit Gerümpel. Uralte, ausgetretene Schuhe waren darunter, ein arg zerbeulter Topf und eine schäbig abgewetzte Aktentasche. Offensichtlich stammte das alles aus einer Kiste, die Auguste vom unbewohnten Teil des Dachbodens herübergezerrt und ausgeleert hatte.

Helga fragte sich, wie die alte Frau das geschafft hatte, und sortierte rasch alles wieder hinein, während Auguste in einem fort klagte.

»Alles muss man selbst machen! Dabei erwarten wir doch Besuch! Beeilen Sie sich, Fräulein, beeilen Sie sich! Wir brauchen frische Bett- und Tischwäsche und auch Kuchen und Gebäck.«

»Selbstverständlich«, versuchte Helga sie zu beruhigen. Sie wusste, dass jeder Widerspruch Auguste nur noch mehr aufregen würde. Besser schien es ihr, sie in ihrer Fantasiewelt zu belassen.

»Planen Sie denn eine Jagdgesellschaft?«, fragte sie deshalb.

»Eine Jagdgesellschaft?«, gab Auguste zurück. »Sind Sie von allen guten Geistern verlassen? Hier, in der Fremde? Oder wollen Sie mich verhöhnen?«

»Nein, nein.« Helga fluchte innerlich. Auguste schien nicht ganz so abwesend, wie es den Anschein machte. »Entschuldigen Sie, ich dachte nur –«

»Denken Sie nicht und machen Sie lieber voran. Wenn Oksana ankommt, muss alles bereit sein.«

Helga horchte auf. Da war er wieder, dieser geheimnisvolle Name. Wer mochte das sein, diese Oksana? Und erwarteten Auguste und Konradin tatsächlich Besuch?

Im selben Moment ertönte Musik. *Ja grün ist die Heide* erschallte es direkt unter Helgas Füßen. Meta war offensichtlich zu Hause und hatte Helgas Kofferradio angestellt.

Auch das noch. In all den Nächten, in denen Helga sich mit Konradin auf dem Dachboden getroffen hatte, hatte sie nie einen Gedanken daran verschwendet, dass Meta in der Wohnung direkt darunter wohnte und sie womöglich hören konnte. Jetzt aber trieb ihr der Gedanke, von der Tante hier oben erwischt zu werden, den kalten Angstschweiß auf die Stirn. Zu schrecklich war die Erinnerung an die Nacht, in der sie sie an den Haaren die Treppe hinabgezerrt hatte.

Also bloß kein unnötiges Geräusch machen. Blitzschnell stopfte Helga das letzte Teil in die Kiste, es war die alte Aktentasche. Für einen Moment fiel ihr Blick auf ein Schreibheft, das darin steckte, ganz ähnlich denen, die sie selbst verwendete. Nur zu gern hätte sie sich das genauer angesehen, aber dafür war keine Zeit.

»Auf Wiedersehen, liebe Auguste«, flüsterte sie, während sie auf Zehenspitzen zum anderen Ende des Dachbodens schlich und die Kiste dort abstellte. »Ich komme Sie bald wieder besuchen.«

Auguste erwiderte nichts, sie schien wieder seltsam entrückt. Und so stahl Helga sich davon.

Diesmal schien Auguste Konradin nicht erzählt zu haben, dass Helga sie besucht hatte. Vielleicht erinnerte sie sich ja auch gar nicht daran. Tatsache war, dass Konradin Helga weiterhin ignorierte, sie sogar kaum grüßte, wenn er ihr morgens den Schlüssel für das Büro von Herrn Riecken gab. Und nachmittags stand stets die Frau in den engen Kleidern bei ihm.

Helgas Herz war wund vor Schmerz, wenn sie ihn sah. Doch sie hatte einen Weg gefunden, sich abzulenken. Denn mittlerweile traf sie sich fast jeden Abend mit Peter in der Milchbar. Sie tanzten, aßen Pistazieneis. Fanny hielt ein wachsames Auge auf sie, und bevor der Vater aus dem Büdchen heimkam, huschte Helga hinauf in die Wohnung.

»Klecks!«

An diesem Abend war Peter schon da, eilte ihr entgegen.

»Schau her, ich habe es geschafft! Zwei Karten für *Drei Männer im Schnee*. Der Film ist seit Wochen ausverkauft. Morgen gehen wir ins Capitol!«

»Selbstverständlich nimmst du die Einladung an«, meinte Fanny, als Helga sie um Rat fragte. »Der Film soll oberdufte sein. Aber damit wir uns richtig verstehen: kein Händchenhalten, keine Knutscherei. Verstanden?«

»Verstanden«, antwortete Helga. Sie würde Peter schon auf Abstand halten.

Der Film war genauso oberdufte, wie Fanny gesagt hatte. Helga begann schon nach fünf Minuten zu weinen. Die Armut des arbeitslosen Werbefachmanns Hagedorn rührte sie zutiefst, zu vertraut war ihr der Kummer der Hungernden. Dass das Haar des Hauptdarstellers genauso schwarz schimmerte wie das von Konradin, machte die Sache nicht besser.

Einen Augenblick lang ertappte sie sich bei dem Gedanken, wie es wäre, neben Konradin in dem weichen Kinosessel zu sitzen, bei gedämpftem Licht, die Ohren voller Musik. Sie wurde plötzlich so traurig, sie mochte nicht einmal von dem Eiskonfekt kosten, das Peter gekauft hatte. Doch dann begann das Blatt sich zu wenden. Eine irrwitzige Verwechslung führte zur nächsten, bevor sich am Ende das Schicksal Hagedorns und aller Beteiligten ins Wundersame wandelte. Helga hielt die Luft an, schob Peters Hand, die sich auf ihren Schoß verirrt hatte, beiseite, lachte und lachte und konnte gar nicht mehr aufhören zu klatschen. Der ganze Kinosaal applaudierte frenetisch, nur Peter nicht, er hielt das Eiskonfekt von sich weg, das mittlerweile geschmolzen war und drohte auf seine Bluejeans zu tropfen.

»Dieser Film ist des Wahnsinns fette Beute«, seufzte Helga, als das Licht anging, steckte drei Finger gleichzeitig in die Schachtel mit dem aufgeweichten Konfekt und leckte sie genüsslich ab.

Peter antwortete nichts, aber er betrachtete sie auf eine Weise, als wolle auch er die Schokolade von ihren Fingern lecken.

»Morgen, am Samstag, hole ich dich mit dem Motorrad ab«, erklärte er ihr, während sie über die Ringe nach Hause schlenderten, sittsam nebeneinander, mit einem halben Meter Abstand zwischen sich. Nur wenn andere Passanten allzu dicht an ihnen vorbeigingen, nahm Peter kurz ihren Arm.

Helga überlegte, was Fanny dazu sagen würde, und beschloss, dass Motorrad fahren etwas ganz anderes war als Händchen halten oder gar küssen.

»Einverstanden«, sagte sie und zog Peter weg von den Ringen in den Gereonsmühlenwall, wo die Laternen nicht ganz so hell leuchteten. Sie hatte schon von Weitem den honigfarbenen Schein des Büdchens entdeckt, in dem der Vater ein paar späte Kunden bediente. Nicht dass er sie zusammen sah.

Peters Motorrad war eine BMW 25/2, wie er ihr stolz erklärte, nachtschwarz lackiert, der hintere Sattel ein ganzes Stück höher als der vordere. Sie gab ein ziemlich lautes und, wie Helga fand, beunruhigendes Geräusch von sich.

»Hörst du das?«, fragte Peter und strich zärtlich über den Tank. »Sie schnurrt wie ein Kätzchen.«

Helga überlegte noch, ob sie sich wirklich auf dieses Gefährt wagen sollte, als sie Konradin um die Ecke biegen sah. Als er sie bemerkte, blieb er für einen Moment wie angewurzelt stehen, um dann seinen Weg scheinbar unberührt fortzusetzen, den Blick starr auf das Pflaster gerichtet.

»Los geht's!«, rief Helga ein bisschen zu laut und rutschte hinter Peter auf den Sitz. »Auf ins Vergnügen!«

Peter gab Gas, und die Maschine schoss mit so viel Schwung vorwärts, dass Helga schnell ihre Arme um ihn schlang. Sie spürte die Kraft des Motorrads unter sich, Peters breite Schultern an ihrer Brust, sein Haar an ihrer Nase. Schon waren sie aus dem Eigelstein hinausgeflitzt und schossen den Ring hinauf.

Helga schnappte nach Luft. Sensationell war das. Sie

liebte es, auf ihrem feuerwehrroten Fahrrad durch die Stadt zu düsen. Aber das war kein Vergleich hierzu. Ehe sie sich's versah, war ihr ein freudiger Juchzer entschlüpft.

»Hast du gar keine Angst?«, brüllte Peter ihr über die Schulter hinweg zu.

»Wovor?«, brüllte Helga zurück und juchzte noch einmal. Sie hatte in ihrem Leben oft Angst gehabt, Todesangst. Mit Peter Motorrad zu fahren jedoch fühlte sich genauso gut an, wie mit ihm zu tanzen – als würde sie fliegen.

Die Stadt sauste an ihnen vorbei. Auf dem Kaiser-Wilhelm-Ring sprühten die Fontänen des eleganten Wasserbeckens in die Höhe. Eine Straßenbahn klingelte. Auf dem Rudolfplatz tippte der Polizist, der hier auf einem Podest stehend stets den Verkehr regelte, anerkennend an seine Mütze, als sie an ihm vorbeibretterten. Peter wendete so elegant, dass es eine Lust war, sich mit ihm in die Kurve zu legen, und bog dann rechts ab in eine schmale Straße, die Helga vage bekannt vorkam. Im nächsten Augenblick glaubte sie, ihr Herz müsse stehen bleiben. Denn sie kannte die Straße tatsächlich, sehr gut sogar. Doch dort, wo in ihrer Erinnerung Ruinen standen, Häuser, die abgebrochenen Zähnen gleich in einen wüsten Himmel ragten, reihte sich nun ein kleines Geschäft an das nächste. Dazwischen hatten Cafébesitzer bunte Schirme über ihre Terrassen gespannt, damit die Septembersonne ihren Gästen nicht allzu heiß auf den Kopf schien.

»Langsamer«, keuchte Helga, und nachdem Peter sie nicht gehört zu haben schien, noch einmal, diesmal lauter: »Fahr langsamer, ich bitte dich!«

Und da tauchte sie auch schon auf, zu ihrer Linken. Jene Straßenecke, die Helga immer wiedererkennen würde, und mochte sie sich noch so sehr verändern. Denn sie waren in der Ehrenstraße, jenem Ort, wo Helga und Jürgen mit Hilde und den anderen Kindern ihrer Bande nach dem Krieg in einem Keller gehaust hatten.

»Was ist mit dir?«, rief Peter, doch Helga konnte keine Antwort geben. Denn dort, wo einst nichts gewesen war bis auf Trümmer, in deren Tiefen sich der kalte, unwirtliche Keller befand, stand nun ein Buchladen. Eine bunte Markise schützte die Auslage vor zu viel Sonnenschein. In der Tür lehnte eine junge Frau. Und hinter ihr türmten sich, deckenhoch, Bücher über Bücher.

Helga spürte, wie eine Träne ihre Wange hinabrann.

»Wunderbar«, flüsterte sie. Was konnte einem Ort des Schreckens Besseres passieren, als dass man auf seinen Ruinen einen Buchladen errichtete?

»Soll ich anhalten?«

»Nein, fahr weiter.«

Helga schmiegte sich an Peters Rücken. Ihr war plötzlich danach, ihn ganz fest zu umarmen.

25. Kapitel

Sie düsten auch am nächsten Tag mit dem Motorrad durch Köln. Peter zeigte Helga die riesige Baustelle am Gürzenich, jenem spätgotischen Bau, den die Kölner ihre »gute Stube« nannten und der im Krieg fast vollständig zerstört worden war.

»Im Oktober ist Neueröffnung, mein Alter hat Karten. Wenn du willst, Klecks, nehme ich dich mit.«

Helga musste daran denken, was ihr Vater erzählt hatte: Im Gürzenich waren die Eltern sich an Karneval zum ersten Mal begegnet. Dass Peter mit ihr zur Wiedereröffnung gehen wollte, nahm sie als gutes Omen. Blöd nur, dass Konradin sich schon wieder in ihre Gedanken stahl. Sie musste ihn vergessen, endgültig.

Peter fuhr mit Helga auch zur halbfertigen Neuen Oper, die so unerhört neumodisch aussah, dass Helga mit offenem Mund davorstand. Und er ging mit ihr in den Dom, wo immer noch eine hohe Gitterwand den Zutritt zum Langhaus versperrte, denn die Renovierungsarbeiten waren noch lange nicht abgeschlossen.

Vor dem Dom hatte man zu Helgas Erstaunen den riesigen Bunker, der während des Krieges Tausenden und Abertausenden Kölnern Schutz vor den Bombenangriffen geboten hatte, zu einer Tiefgarage umfunktioniert. Schräg gegenüber, vor dem »Dom-Hotel«, lehnte Gerti an einem eleganten, dunklen Wagen und winkte ihr freundlich zu.

»Und jetzt, Klecks?«, fragte Peter.

Helga strich sich den Pony aus der Stirn. In dieser Stadt schien kein Stein auf dem anderen geblieben zu sein. Aber seit sie so unverhofft in der Ehrenstraße gelandet waren, ging ihr eine Sache einfach nicht mehr aus dem Kopf. Vielleicht, dachte sie, gab es doch noch Spuren aus einer Zeit, die lange vorbei schien. Und die in ihren Gedanken höchst lebendig war.

»In Ehrenfeld soll es einen Hochbunker gegeben haben«, setzte sie an. »Ich frage mich –«

»Ob er noch steht?«, fiel Peter ihr ins Wort. »Allerdings. Der steht womöglich noch in hundert Jahren. Ist ja schließlich ein Bunker. Aber glaub mir, da willst du nicht hin.«

»Warum nicht?«

»Wegen der Leute, die da hausen. Ich kann dir sagen …«

»Was? Da leben immer noch Leute?«

»Unfassbarerweise ja. Obdachlose, Versprengte, frühere Zwangsarbeiter. Manche, sagt man, hausen da seit dem Krieg.«

»Lass uns hinfahren, bitte!«

Sie brauchten nur eine Viertelstunde. Der Bunker stand in einer schmalen Straße zwischen halb verfallenen Gründerzeithäusern, an ihren Außenwänden konnte Helga noch Einschusslöcher erkennen. Der Bunker jedoch schien vollkommen unversehrt. Was kein Wunder war, stellte Helga fest, als sie von Peters Motorrad abstieg. Seine Außenwände bestanden aus purem Stahlbeton.

»Klecks, da willst du nicht wirklich rein!«

»Doch.« Helga lief schon auf eine halb offen stehende eiserne Tür zu. »Du kannst ja hier warten.«

»Auf keinen Fall.«

Sie gelangten in einen schmalen Vorraum und von dort aus weiter in einen breiten Flur, der so lang war, dass Helga sein Ende nur erahnen konnte. Kein Fitzelchen Sonnenschein fiel hinein, einzelne Lampen verbreiteten ein diffuses Dämmerlicht. Das Einzige, was leuchtete, waren mit phosphoreszierender Farbe auf den Wänden aufgetragene Linien und Pfeile. Eine Art Wegweiser, erkannte Helga, für den Fall, dass die Stromversorgung ausfiel. Sie griff sich ans Herz. Ein Schauer lief ihr über den Rücken. Kalt war es hier und feucht. Dies war also der Ort, an dem ihre Mutter mit ihr und Jürgen nach dem Krieg Zuflucht gesucht hatte. Er kam ihr vollkommen fremd vor, fremd und fürchterlich.

Helga holte tief Luft, zwang sich, alles ganz genau zu betrachten. Drehte sich langsam im Kreis. Links und rechts vom Flur gingen Türen ab, die meisten mit Decken und Planen verhängt. Dahinter hörte sie es rascheln, jemand hustete. Ein Kind greinte.

»Es gefällt mir hier nicht.« Peters Stimme hallte von den Wänden wider, von der Decke, so hoch, dass auch sie nur zu erahnen war. »Lass uns gehen.«

»Gleich.«

Helga drehte sich noch einmal um sich selbst. Prägte

sich jedes Detail ein. Die nackten Wände. Den rohen Steinfußboden. Sie holte tief Luft, schnüffelte. Es stank in diesem Bunker. Nach ungewaschener Kleidung, nach Unrat, nach Schimmel. Helga zermarterte sich das Gehirn.

Ich muss mich an etwas erinnern!, flehte sie im Stillen. Ich muss einfach!

Doch da war nichts. Als habe sie diesen Bunker nie zuvor betreten.

»So, Klecks, es reicht.« Peter hatte ihren Arm gefasst, zog sie zum Ausgang. »Komm, raus jetzt.«

Helga folgte ihm widerstrebend. In ihrem Hals fühlte sie einen Kloß. Was für ein schrecklicher Ort! Beinahe so schlimm wie der Keller in Ehrenfeld.

»Entschuldige, dass ich dich hierhergeführt habe«, sagte sie leise zu Peter. »Weißt du, meine Mutter soll hier direkt nach dem Krieg mit uns gelebt haben. Seither ist sie verschollen. Jürgen und mich fand unsere Freundin Hilde ganz allein vor dem Bunker sitzend. Und ich kann mich an nichts erinnern, was davor geschah. Ich wünschte mir so sehr, ich wüsste, was damals geschehen ist!«

»Ihr habt hier gelebt?« Peter war stehen geblieben. Jetzt erst schien er den Ort genauer zu betrachten. »Du und dein Bruder? Mit eurer Mutter?«

»Ja. Unsere Tante Meta war auch dabei. Aber sie spricht nicht über diese Zeit. Ich hatte gehofft, vielleicht eine Spur zu finden, jemanden, der sich erinnert –«

»Eine Mark.«

Die Stimme schwang zwischen den dicken Mauern hin und her, schien körperlos.

Helga fuhr herum. Peters Hand krallte sich in ihren Arm.

»Hallo?«, rief er, und seine Stimme klang plötzlich ganz dünn. »Ist da jemand?«

»Eine Mark«, wiederholte die Stimme. Ein Junge trat aus einer der mit Tüchern verhängten Türen, zehn Jahre alt vielleicht. Er war barfuß, die Hose, die er trug, viel zu weit, darüber ein abgeschnittenes Herrenhemd.

Er sieht aus, wie wir aussahen, damals, im Keller, schoss es Helga durch den Kopf. Zehn Jahre ist der Krieg jetzt schon her, und hier, in diesem feuchten, kalten Bunker leben immer noch Trümmerkinder.

»Was willst du?«, fuhr Peter den Jungen an.

»Eine Mark. Dafür führe ich euch zu dem einzigen Menschen, der seit damals hier lebt, seit dem Krieg.«

»Du spinnst doch! Scher dich weg mit deinen Lügen!«

Peter hatte schon die Hand zum Schlag erhoben, doch Helga fiel ihm in den Arm.

»Nicht!« Sie nestelte an ihrer Rocktasche, holte eine Mark hervor. »Kannst du uns wirklich helfen?«

»Klaro.« Blitzschnell hatte der Junge ihr das Geldstück entrissen. In seinen Augen sah sie Hunger. Womöglich war er viel älter, als sie auf den ersten Blick gedacht hatte. Er war nur so dünn und klein.

Helga merkte, wie sein Anblick ihr das Herz abschnürte. Auch sie und Jürgen waren klein und dünn gewesen, als Tante Claire und Onkel Albert sie zu sich holten. Erst in Frankreich waren sie groß und stattlich geworden und sogar ein bisschen rund um die Hüften.

»Nun kommt schon!«

Der Junge flitzte den Gang hinunter und verschwand in einem Treppenhaus. Betonstufen führten hinauf ins Dunkle.

»Nie und nimmer lasse ich zu –«, rief Peter, doch Helga war dem Jungen schon gefolgt.

Er führte sie drei Etagen in die Höhe. Gelblich schimmernde Lampen verbreiteten gerade einmal so viel Licht, dass Helga nicht stolperte. Ihr Atem raste. Würde sie jetzt endlich etwas über ihre Mutter erfahren? An diesem grausigen Ort?

Sie gelangten in einen weiteren Gang. Auch hier gab es links und rechts Türen. Es roch streng, strenger noch als unten.

»Da.«

Der Junge zeigte auf einen gräulichen Sack, der in einer der Türnischen hing. Dann rannte er davon, seine nackten Füße hinterließen ein leises, kaum hörbares Klatschen auf dem rauen Betonboden. Schnell hatten die dicken Wände des Bunkers auch dieses Geräusch verschluckt.

»Guten Tag. Entschuldigung?«

Vorsichtig trat Helga näher und zupfte an dem Sack. Sie wagte nicht, ihn zur Seite zu ziehen. Was würde sie dahinter erwarten? Und wer war sie, einfach in den Wohnbereich eines Fremden einzudringen? Denn auch wenn dieser Ort schäbig war, so war er doch das Heim der Menschen, die hier lebten.

»Mein Name ist Helga«, sagte sie leise ins Halbdunkle hinein. »Helga van Beek. Man hat mir gesagt, ich hätte nach dem Krieg eine Weile hier gelebt. Zusammen mit meinem Bruder. Und mit meiner Mutter und ihrer Schwester. Vielleicht erinnern Sie sich?«

Jetzt kam auch Peter die Treppe herauf. Helga sah, wie er den Kopf schüttelte, als wolle er ihr bedeuten, abzulassen von diesem unsinnigen Vorhaben.

»Der Name meiner Mutter lautete Elisa«, sprach Helga unverdrossen fort. Mochte Peter noch so missbilligend den Kopf schütteln. Und wer wusste, ob hinter diesem Sack überhaupt jemand war, der ihr zuhörte. Doch sie musste es versuchen, sie musste einfach. »Hören Sie? Ihr Name war Elisa. Ihre Schwester, also meine Tante, heißt Meta.«

»Meta«, klang es da hinter dem Sack hervor. »Meta und Elisa. Die schönen Schwestern.«

Helga spürte, wie sich die feinen Härchen auf ihren Unterarmen aufstellten. Da. In der Türnische hatte sich etwas bewegt. Der Sack wurde ein Stückchen zurückgezogen.

Helga sah in ein Gesicht, das kaum mehr eines war, so eingefallen schienen die Wangen, so tief lagen die Augen. Augen, die sie genau fixierten. Darunter eine Nase, so spitz, als könne sie jeden Moment brechen. Und ein zahnloser Mund, der ein leises Schmatzen ausstieß.

»Meta und Elisa«, sagte der zahnlose Mund. »Ich erinnere mich gut an sie. Und an dich, junges Fräulein, und an deinen Bruder. Ein tapferer kleiner Kerl.«

»Sie ... Sie haben uns gekannt?«

Ehe sie überlegen konnte, was sie tat, war Helga vor dem alten Mann auf die Knie gefallen. Zentimeterdick lagen der Staub und der Dreck auf dem Fußboden, sie merkte es nicht.

Sie hing an den zerfurchten Lippen des Alten, sog jedes seiner Worte in sich auf.

»Jeder hat euch gekannt. Zwei junge Frauen, eine hübscher als die andere. Immer freundlich, immer bemüht. Sie haben gemeinsam für euch gesorgt, als wären sie beide eure Mütter. Und so fleißig! Man hat damals nicht viel miteinander gesprochen, nur das Nötigste. Aber man hatte einander im Blick.«

Helga merkte, dass sie aufgehört hatte zu atmen.

»Sie haben sie gekannt!«, brachte sie heraus. »Sie sind der Erste, der mit mir über meine Mutter spricht! Bitte, Sie müssen mir alles erzählen!«

»Alles?«, fragte der Alte.

»Alles!«, rief Helga. »Seit Jahren gibt es kein Lebenszeichen von meiner Mutter. Ich muss wissen, was mit ihr geschehen ist! Bitte!«

Der Alte sah sie lange an. Sein Gesicht, bleich und hohl, wurde im fahlen Dämmerlicht des Bunkers noch bleicher.

»Geh nach Hause, Kindchen«, sagte er. »Da gibt es nichts weiter zu erzählen.«

Der Kopf des Greises verschwand. Der Sack vor der Türnische fiel herab.

»Nein!«, schrie Helga. Sie rappelte sich auf. Schon war sie dabei, den Sack wegzureißen.

»Spinnst du?«, brüllte Peter und fasste sie um die Hüften. »Du gehst da nicht rein! Wer weiß, was für Krankheiten der Alte hat! Du holst dir sonst was!«

»Lass mich!« Helga strampelte mit Armen und Beinen. Doch Peter, groß und stark, wie er war, hielt sie fest umklammert. Da gelang es ihr, seine linke Hand von ihrer Taille zu lösen. Sie riss sie hoch und biss feste hinein.

»Au!« Mit einem Schmerzensschrei ließ er von ihr ab.

Helga achtete nicht auf ihn. Mit einem Satz hatte sie den Sack weggerissen und war in den Raum dahinter gestürmt.

Er war winzig klein, eine fensterlose Nische. Links stand ein dreistöckiges eisernes Bettgestell, rechts hingen an einem Garderobenhaken ein paar Lumpen. Der Boden war mit Unrat übersät, darunter unzählige leere Flaschen.

Der Alte lag zusammengekauert auf der mittleren Koje, in seinem Arm eine Flasche Branntwein. Er schaukelte sie liebevoll hin und her, als sei sie ein Baby.

»Was soll das heißen?«, fragte Helga und bemühte sich, den Würgereiz, der sie befallen hatte, zu unterdrücken. Hier drinnen stank es noch schlimmer als draußen auf dem Gang. »Warum sagen Sie, es gäbe nichts weiter zu erzählen?«

»Weil sie tot sind, alle beide«, antwortete der Alte, nahm einen Schluck aus seiner Flasche und fiel fast augenblicklich in einen tiefen Schlaf.

»Was reden Sie da?«, rief Helga. Sie machte einen weiteren Schritt auf die Koje zu. Ein paar Flaschen stürzten klirrend um. »Meta lebt! Warum tischen Sie mir solche Lügen auf? Nun sagen Sie schon, was ist mit meiner Mutter passiert?«

Doch aus dem Alten war nichts mehr herauszubekommen. Alles, was er noch von sich gab, war ein pfeifendes Geräusch. So, als klatschten seine Lungen bei jedem Atemzug aneinander.

»Ich brauche ein Bier«, sagte Peter, als sie wieder draußen waren. »Was ist mit dir, willst du auch eins?«

Helga schüttelte den Kopf. Sie zitterte am ganzen Körper. Mit flatternden Händen klopfte sie sich den Schmutz von den Beinen. Das Sonnenlicht schien ihr auf einmal so grell, es war, als spalte es ihren Kopf.

»Ich glaube, ich brauche ein bisschen Schatten.«

»Kein Problem.«

Peter machte ihr ein Zeichen aufzusteigen und ließ das Motorrad an. Immer noch von Kopf bis Fuß bebend, kletterte sie auf den hinteren Sitz. Kaum dass sie losgefahren waren, spürte sie, wie ihr stumm die Tränen die Wangen hinabliefen. Für einen kurzen Moment hatte sie Hoffnung geschöpft, doch noch etwas über das Schicksal ihrer Mutter zu erfahren. Aber dieser alte Trunkenbold hatte seinen Verstand offensichtlich längst in Branntwein ertränkt.

Nach wenigen Metern bog Peter rechts ab in die belebte Subbelrather Straße. Helga wagte es kaum, ihm zu nahe zu kommen. Verstohlen schaute sie auf seine linke Hand. Sie schien ihr etwas geschwollen, aber immerhin blutete sie nicht.

Himmel, was hatte sie getan?

Peter hielt an einem Büdchen, und während Helga sich noch fragte, wie er an Bier kommen wollte, er war doch noch keine einundzwanzig, kehrte er schon mit zwei Flaschen zurück.

»Meinst du, du kannst sie unter den Arm nehmen?«

Helga nickte. Nun konnte sie auf seiner linken Hand

deutlich die Abdrücke ihrer Zähne erkennen. Sie schämte sich entsetzlich.

Doch Peter tat, als sei nichts geschehen. Bald schon waren sie im Grüngürtel, wo er das Motorrad im Schatten eines jungen Ahornbaumes abstellte und Helgas Hand ergriff. Helga erinnerte sich an Fannys Worte und beschloss zugleich, dass sie Peters rechte Hand halten durfte, schließlich hatte sie gerade erst in die linke hineingebissen.

Er führte sie über einen Trampelpfad eine Anhöhe hinauf, und Helga konnte sich des Gedankens nicht erwehren, dass er schon oft hier gewesen war – vielleicht mit dem Mädchen mit dem kupferfarbenen Haar? Als er zwischen niedrigen Brombeerbüschen zielstrebig eine kleine Lichtung ansteuerte, war sie sich sogar ziemlich sicher. Doch der Gedanke wurde gleich wieder verscheucht, denn die Worte des Alten hallten in ihrem Kopf nach wie Donnerschläge. Wie konnte er behaupten, ihre Mutter und Meta seien beide tot?

»Willkommen auf dem Mont Klamott, dem höchsten Trümmerberg Kölns!«

Peter ließ sich ins hohe Gras fallen, schnappte sich einen flachen Stein und schnippte damit die Kronkorken von den Flaschen.

»Hier, du kannst auch eins vertragen.«

Vorsichtig ließ Helga sich neben ihm nieder. Ihre Beine waren immer noch voller Schmutz. Hoffentlich bekommt der Rock nicht auch noch Grasflecken, dachte sie wie betäubt. Sie hatte das Gefühl, in ihrem Kopf drehte sich alles, der zahnlose Mund des Alten, seine Worte, das, was er über ihre Mutter gesagt hatte. Wie in Trance nahm sie von Peter die Flasche an.

Helga hatte noch nie Bier getrunken, nur einmal bei Onkel Albert probiert. Es hatte scheußlich geschmeckt.

Es schmeckte auch jetzt scheußlich. Aber es schien gut gegen ihren Durst, den sie vorher gar nicht bemerkt hatte. Und es spülte den Staub weg, der sich in ihrer Kehle festgesetzt hatte.

»Na also«, sagte Peter. »Noch ein Schluck, und du entspannst dich.«

Helga trank. Schüttelte sich wegen des bitteren Geschmacks.

»Dieser alte Mann«, begann sie. »Erst hatte ich den Eindruck, er hat uns tatsächlich gekannt. Aber jetzt frage ich mich, ob er vielleicht nur etwas aufgeschnappt hat? Ob er die Dinge durcheinanderbringt? Du hast ihn ja gesehen ...«

»Eine Schnapsdrossel.« Peter rückte ein bisschen näher an sie heran. »Gib bloß nichts drauf, was der gesagt hat. Ich hätte dich niemals dorthin bringen dürfen.«

Helga fühlte Peters Hand auf ihrem Rücken, an ihrem nackten Hals. Wenn Fanny das sähe, und der Vater erst! Schnell nahm sie noch einen Schluck.

»Ich kann mich an nichts erinnern«, seufzte sie. »Und ich möchte doch nur wissen, was mit meiner Mutter geschehen ist.«

Wieder liefen ihr stumme Tränen übers Gesicht. Sie hatte immer geahnt, dass dieser Bunker in Ehrenfeld ein grauenvoller Ort sein musste. Aber dort zu sein, das Elend zu sehen, es zu riechen, das war noch einmal etwas ganz anderes.

Peters Hand war jetzt an ihrem Kinn. Sanft drehte er ihren Kopf zu sich. Helga wurde schwindelig. Das musste am Bier liegen. Sie hatte fast die ganze Flasche auf einmal ausgetrunken. Die Welt um sie herum wurde ganz weich. Als habe das Licht sich verändert, als verschwimme die Realität.

Weich waren auch Peters Lippen, die nun begannen, ihre Tränen wegzuküssen, eine nach der anderen. Sie fühlte sein Haar an ihrer Stirn, seine Nase in ihrem Gesicht. Als er sie auf den Mund küsste, stieß sie ihn von sich weg.

»Himmel, hör auf damit! Wenn uns jemand sieht!«

Helga sprang auf, doch ihr wurde sofort so schummrig, dass sie zurück ins Gras sank.

»Hoppla«, sagte Peter und legte den Arm um ihre Hüften. »Wer will denn gleich davonlaufen?«

»Das«, stöhnte Helga und wand sich, »gehört sich nicht. Mein Ruf ist ruiniert, wenn –«

»Ach Klecks, mach dir keine Sorgen um deinen Ruf. Nächsten Samstag geben meine Eltern eine Hausparty. Dann stelle ich dich ihnen vor, ganz offiziell. Und dann kann niemand mehr etwas dagegen haben, wenn ich mein Mädchen küsse.«

»Dein was …?«, fragte Helga verblüfft.

»Mein Mädchen«, antwortete Peter und zog sie mit sanfter Bestimmtheit ins Gras.

Auf dem Rückweg sprachen sie kein Wort. Helga war immer noch so schummrig zumute, dass sie fürchtete, vom Motorrad zu rutschen. Und das nach nur einer Flasche Bier! In Frankreich hatte sie durchaus ab und zu trinken dürfen, Wein, Champagner. Schließlich lebten sie auf einem Weingut. Dass so wenig Bier eine solche Wirkung haben konnte!

Es war nicht das Bier, das sie so benommen machte, gestand sie sich ein, als Peter im Schatten der Eigelsteintorburg hielt. Der Tag neigte sich längst dem Ende. Sie konnte nur hoffen, dass der Vater noch nicht zu Hause war.

Es war das, was auf dem Mont Klamott geschehen war, im tiefen Gras, zwischen den Brombeerbüschen. Peter hatte sie geküsst, viele Male, mitten auf den Mund. Und er hatte sie berührt. An Stellen, an denen noch nie jemand sie berührt hatte.

Helga hatte ein ganz kleines Prickeln gespürt. Und ein großes Erschrecken. Als sie jetzt von seinem Motorrad kletterte, waren ihre Knie immer noch ganz weich.

»Gute Nacht, Klecks«, sagte Peter und gab schon wieder Gas. »Und danke schön für den netten Nachmittag.«

Helga blieb die ganze Nacht wach. Ihr Kleid war über und über voller Grasflecken. Sie wusch es heimlich im Badezimmer, als alle anderen schliefen. Und über sie hinweg flutete die Erinnerung an die Nächte mit Konradin. Wie wohl sie sich in seiner Nähe gefühlt hatte! Und wie sehr sie sich nach seiner Berührung gesehnt hatte! Allein die Erinnerung an den Kuss auf der Treppe machte, dass etwas in ihr zu fließen begann.

Das, was Peter getan hatte, fühlte sich anders an. Auch

schön, wie Helga sich eingestehen musste, aber irgendwie auch ein bisschen so, als habe er darin schon Routine.

Niemals, dachte sie, während sie sich ruhelos in ihrem Bett wälzte, hätte ich mit Peter diesen Ausflug machen dürfen.

Sie merkte, wie sich zu der Scham, die sie empfand, ein weiteres Gefühl gesellte. Es war die Wut. Wut auf sich selbst, weil sie es so weit hatte kommen lassen.

Und Wut auf Konradin, der sie von sich gestoßen hatte. Hatte damit nicht alles angefangen?

»Sie scheinen heute ein bisschen unkonzentriert, Fräulein van Beek«, bemerkte der Redakteur Riecken, als sie zum dritten Mal in den Ticker-Raum gelaufen und zum dritten Mal ohne die Agenturmeldungen zurückgekommen war. »Ist alles in Ordnung?«

»Ja, ja«, antwortete Helga und rannte zur Toilette am Ende des Ganges, wo sie sich zitternd gegen die gekachelte Wand lehnte. Sie hatte nämlich immer noch das Gefühl, Peters Lippen zu spüren und seine Hände, überall.

Den ganzen Tag über gelang es ihr nicht, sich zu beruhigen. Als sie am Abend das Funkhaus verließ und an der Pforte den Schlüssel zum Büro des Redakteurs abgab, stand wie immer die Frau in dem zu engen Kleid bei Konradin und redete unentwegt auf ihn ein.

Da reichte es Helga. »Auf Wiedersehen«, sagte sie so laut, dass jeder, der in der Eingangshalle des Westdeutschen Rundfunks unterwegs war, es hören konnte. »Ich wünsche

Ihnen einen angenehmen Abend, Herr und Frau zu Lärchenburg.«

Die Frau in dem engen Kleid verstummte, dann brach sie lauthals in Lachen aus. Es klang wie eine lange nicht geölte Nähmaschine.

Konradin aber wurde so bleich, dass die roten Flecken auf seinen Wangen aussahen wie abgezirkelt. Wie der Blitz schoss er hinter dem Pförtnerpult hervor.

Helga machte, dass sie davonkam, doch sie war kaum durch die Glastür, als er sie einholte.

»Helga!«, rief er und packte ihren Arm. »Warte!«

»Das fehlt mir noch«, keuchte Helga, »dass du mich auch noch festhältst. Lass mich los! Auf der Stelle!«

»Selbstverständlich.« Konradin strich seinen zu weiten Anzug glatt, dabei war darauf nicht die kleinste Falte zu entdecken. »Aber bitte, hör mich an, nur einen Moment!«

Er lotste sie zu einer Bank, die direkt unter der kleinen Platane mitten auf dem Wallrafplatz stand.

Helga ließ sich steif darauf nieder. Sie schämte sich, weil sie sich so ungehörig benommen hatte. Hoffentlich bekam Riecken keinen Wind davon! Gleichzeitig merkte sie, wie sie schon wieder wütend wurde. Sie hatte keine Lust mehr, sich andauernd zu schämen. Konradin und Peter sollten sich schämen! Der eine wegen dem, was er auf dem Mont Klamott mit ihr angestellt hatte, und der andere, dass er vor aller Augen mit einer Frau herumturtelte.

»Hör mir zu, Helga, bitte, nur einen Moment.«

Konradins Augen, nicht braun, nicht grün, hatten einen flehentlichen Ausdruck angenommen.

»Ich kann doch nichts dafür. Ich bin der Pförtner. Und sie ist die Sekretärin des Personalchefs. Soll ich ihr sagen, sie soll mich in Ruhe lassen? Was, meinst du, würde dann passieren? Ich brauche diese Arbeit!«

Helga sah ihn verblüfft an. Auf den Gedanken, dass Konradin es nicht genoss, wenn die Frau in den engen Kleidern bei ihm stand, war sie gar nicht gekommen.

»Das heißt, du bist nicht verliebt in sie?«, platzte es aus ihr heraus. Im selben Moment merkte sie, wie sie puterrot wurde. Was fiel ihr ein, dieses Wort in den Mund zu nehmen? Jetzt schämte sie sich dermaßen, dass sie am liebsten im Erdboden versunken wäre.

»Nein«, sagte Konradin ernst. »Ich bin nicht verliebt in sie. Ich bin verliebt in dich, Helga. So sehr, dass ich kaum noch atmen kann.«

Die kleine Platane begann zu rauschen. Die Sonne fiel durch ihr Blätterdach und malte helle Punkte in Konradins rabenschwarzes Haar, in seine Augen, nicht braun, nicht grün, aber so strahlend, dass Helga nach Luft schnappte.

»Sag das noch mal«, flüsterte sie.

»Ich bin verliebt in dich.« Konradin ergriff ihre Hände, ganz zart hielt er sie und kein bisschen routiniert. »Und ich sterbe, wenn ich nicht bald mit dir sprechen kann. Es gibt da etwas, was du wissen musst. Ich habe alles versucht, um dich zu vergessen, dich kaum mehr angeguckt. Es hilft nicht. Ich muss dir etwas anvertrauen. Und dann werden wir einen Weg finden, ganz gewiss.«

»Ja«, hauchte Helga. Sie hatte keine Ahnung, was Konradin meinen konnte. Aber sie war sich ganz sicher, dass es kein Hindernis gab, das sie nicht gemeinsam überwinden würden. Nun, wo er gesagt hatte, dass er sie liebte.

»Herr Lärchenburg!«, erscholl da eine Stimme. »Sie können doch nicht einfach die Pförtnerloge verlassen!«

»Entschuldigung!« Konradin sprang auf, rannte dem Mann, der vor der gläsernen Tür des Funkhauses stand, entgegen. »Ich komme schon!«

Helga aber nahm ihr feuerwehrrotes Fahrrad und düste nach Hause. Sie hatte das Gefühl, der lauwarme Wind dieses späten Septembertages streichelte ihre Wangen, ihre Stirn, ihr Haar. Die Erinnerungen an die Küsse und die Berührungen des vergangenen Tages waren wie weggeweht. Ihr Herz schien ihr vor Freude aus der Brust zu springen. Denn sie wusste, in diesem Moment spürte sie es ganz genau, dass sie Konradin liebte.

Kurz tauchte Peter in ihren Gedanken auf. Hoffentlich brach sie ihm nicht das Herz.

Die Frau, die vor dem Haus an der Eigelsteintorburg wartete, hätte sie beinahe nicht gesehen. Sie stand im Schatten der von Jürgen und Fanny so hübsch blau gestrichenen Wand, ihr auf Taille geschneidertes Kostüm hatte dieselbe Farbe. In der Hand hielt sie ein kleines Köfferchen.

»Entschuldigen Sie bitte«, sagte sie, als Helga gerade ihr Fahrrad in den Flur schieben wollte. »Könnten Sie mir helfen?«

»Gern«, antwortete Helga. Die Frau hatte ein zartes Gesicht, beinahe alabasterfarben. Sie trug einen kleinen Hut, unter dem sich dunkles Haar wellte, und spitzenbesetzte Handschuhe. Alles an ihr atmete Vornehmheit. Sie roch sogar vornehm, nach einem Parfüm, das duftete wie eine ganze Blumenwiese.

»Ich suche Konradin zu Lärchenburg«, sagte sie. »Ich gehöre zur Familie.«

»Na, so was!«, rief Helga, nahm die spitzenbesetzte Hand und schüttelte sie herzlich. »Ich wusste gar nicht, dass Konradin eine Schwester hat.«

»Schwester?«, fragte die Frau und zog ihre Hand zurück. »Ich bin Oksana zu Lärchenburg, seine Ehefrau.«

26. Kapitel

»Nun halt endlich still, nur einen Moment!«, jammerte Fanny. »Du verschmierst noch alles!«

»Hm.« Widerwillig lehnte Helga sich auf ihrem Bett zurück und streckte beide Beine in die Höhe. Sie trug nichts außer ihrer Unterwäsche und fühlte sich bloß und nackt. Dabei war es doch nur Fanny, die am Fußende des Bettes saß und ihre Beine mit einem feuchten Tuch betupfte, das sie zwischendurch in eine Dose mit brauner Farbe tunkte.

»Wunderhübsch«, murmelte Fanny. »Der Vorteil von flüssigen Strümpfen ist, dass sie nicht nur viel billiger sind als Nylons, sie können auch nicht kaputtgehen. Du musst nur aufpassen, wenn du dich hinsetzt. Auf keinen Fall die Beine übereinanderschlagen! Das gibt hässliche Flecken. Hörst du mir überhaupt zu?«

Helga versuchte eine Antwort, doch heraus kam nur ein Schniefen. Sie weinte seit Tagen und konnte kaum noch damit aufhören. Allein bei der Arbeit, in Anwesenheit des Redakteurs Riecken, gelang es ihr einigermaßen, sich zusammenzureißen. Wenn sie an der Pförtnerloge vorbeikam, starrte sie blind in eine andere Richtung. Sie nahm sehr wohl aus den Augenwinkeln wahr, dass Konradin ihr Zeichen machte, dass er mit ihr sprechen wolle, doch das ignorierte sie. Die Tatsache, dass er verheiratet war, hatte sie bis ins Mark erschüttert.

Wie konnte er nur? Wie konnte er all die Nächte mit ihr verbringen, ohne ihr etwas davon zu sagen? Spätestens als die alte Auguste begann, von dieser geheimnisvollen Oksana zu sprechen, hätte er ihr reinen Wein einschenken müssen. Stattdessen hatte er sie dazu gebracht, sich nicht mehr auf dem Dachboden mit ihr zu treffen, wo Auguste sich hätte verplappern können, sondern auf dem Treppenabsatz. Schlimmer noch, er hatte gewusst, dass seine Frau auf dem Weg zu ihm war! In ihrer Verwirrung hatte Auguste versucht, auf dem Dachboden alles für sie vorzubereiten. Doch statt endlich mit der Wahrheit herauszurücken, hatte Konradin Helga seine Liebe gestanden – was garantiert gelogen war.

Helga schniefte erneut. Wie konnte es sein, dass der Mann, dem sie blind vertraut hatte, ein solcher Schuft war? Wieder begannen die Tränen zu fließen. Sie hatte Konradin nicht nur vertraut. Sie hatte sich in ihn verliebt.

»Guck mich mal an.« Fanny legte die Dose mit der Beinschminke beiseite. »Du wirst jetzt auf der Stelle aufhören, ein so betrübtes Gesicht zu machen und an den jungen Mann vom Dachboden zu denken.«

»Aber –«

»Kein Wort mehr. Ein verheirateter Mann bedeutet für ein junges Mädchen nichts als Unglück. Und heute Abend wirst du tanzen, bis du deine Füße nicht mehr spüren kannst. Versprichst du mir das?«

Fanny versuchte ein verschwörerisches Zwinkern. Doch ihre Augen blitzten dabei nicht wie früher. Seitdem sie gehört hatte, was die kleine Bärbel im Waisenhaus erleiden musste, hatten Fannys Augen nie wieder richtig geblitzt. Etwas war darin erloschen.

Helga senkte den Kopf. Heute war die Hausparty bei Peters Eltern, zu der sie eingeladen war. Aber ihr war nicht nach Tanzen. Angestrengt lauschte sie auf Geräusche aus dem Flur. Sie hatte immer noch nicht herausgefunden, ob Oksana nun auch auf dem Dachboden lebte. Aber wo sollte sie sonst wohnen? Allein der Gedanke ließ Helga erneut wimmern.

»Los jetzt, raus aus dem Bett!«

Fanny half Helga hoch, kniete sich hinter sie und begann, mit einem Augenbrauenstift einen Strich auf die Rückseite ihrer Beine zu malen.

»Eine Party ist die beste Gelegenheit, um auf andere Gedanken zu kommen. Und mach dir keine Sorgen wegen deines Vaters, ich sage ihm einfach, dir sei nicht gut, und du wärst früh schlafen gegangen. Das nimmt er mir ab, so blass, wie du seit Tagen rumläufst. Du musst mir nur eins versprechen: Du gehst mit diesem Peter nicht in sein Zimmer oder sonst wo hin, wo ihr allein seid. Glaub mir, ich weiß, was bei solchen Feiern passieren kann. Da können die Herrschaften noch so vornehm tun.«

Fanny machte Helga ein Zeichen, sich zu drehen.

»Perfekt. Als trügst du Nylons mit Naht. Und jetzt husch, husch, zieh dein Kleid an. Ich muss wieder in die Milchbar.«

Helga sah an sich hinunter. Selbst durch den Schleier ihrer Tränen musste sie anerkennen, dass Fanny erstklassige Arbeit geleistet hatte. Ihre angemalten Beine sahen tatsächlich so aus, als trüge sie Nahtstrümpfe. Mit einer trotzigen Bewegung wischte sie sich über das Gesicht und nahm vorsichtig das meerblaue Petticoat-Kleid mit den weißen Punkten vom Bügel. Fanny hatte es frisch gestärkt und außen an den Schrank gehängt. Der Rock bauschte sich wie eine Wolke am Sommerhimmel. Wie glücklich sie gewesen war, als sie dieses Kleid das erste Mal trug und darin mit Peter Jitterbug tanzte!

Heute war von dieser Freude kaum etwas geblieben. Und trotzdem würde sie nun zu dieser Party gehen. Helga wischte sich noch einmal über das Gesicht. Dieser vermaledeite Konradin. Dass sie sich ausgerechnet in einen Lügner verlieben musste! Sie zwang sich, an Peter zu denken. An seine moosgrünen Augen, an das Grübchen in seinem Kinn. An die Art, wie er sie gehalten hatte, als sie tanzten. Es musste doch leicht sein, sich in einen Jungen wie Peter zu verlieben, oder etwa nicht?

Helga streifte sich das Kleid über den Kopf, begann, es hinten zuzuknöpfen. Bürstete sich die Haare. Sie fielen ihr in Wellen bis weit über die Schultern. Heute würde sie sie ausnahmsweise offen tragen, Fanny hatte gesagt, bei einem so feierlichen Anlass wie einer Hausparty sei das durchaus angemessen.

Ob es ihr je gelingen würde, Peter so sehr zu mögen, wie

sie Konradin mochte? Helga bürstete die Haare so fest, dass es auf der Kopfhaut wehtat. Ich muss, beschloss sie.

Sie nahm die dunkelblaue Handtasche aus Lederimitat, die Fanny ihr für diesen Abend geliehen hatte, und lief hinunter in die Milchbar.

»Warte.« Fanny kam hinter der Theke hervor. »Ich mache dir ein bisschen Lippenstift drauf. An einem Tag wie heute kann das nicht schaden.« Sie zwinkerte, doch ihre Augen blitzten nicht.

»Meinst du wirklich? Ich habe noch nie Lippenstift getragen …«

»Heute fängst du damit an.«

Helga nickte und fasste die Handtasche ein bisschen fester.

Peters Eltern wohnten in Lindenthal, was vom Eigelstein fast so weit entfernt war wie Sülz. Helga hatte gehofft, er würde sie mit dem Motorrad abholen. Dann hätte sie ihn gebeten, eine Extrarunde um die Eigelsteintorburg zu drehen, mit der möglichen Aussicht, dass Konradin zufällig gerade das Haus verließ oder aus dem kleinen Dachfenster schaute und es mitbekam. Doch seit dem Nachmittag auf dem Mont Klamott hatte Peter sich nicht mehr blicken lassen. Lediglich ein Einladungskärtchen mit der Adresse hatte an einem Morgen an der Tür zur Milchbar geklemmt.

Peter hilft bestimmt seiner Mutter mit den Vorbereitungen für die Feier, sagte Helga zu sich selbst, setzte sich auf ihr feuerwehrrotes Fahrrad und machte sich auf den Weg. Unterwegs stoppte sie an einem Blumenstand und kaufte ein sorgfältig gebundenes Bouquet für Peters Mutter. Sie legte es in den kanariengelben Fahrradkorb und strampelte weiter.

Es ist alles genau richtig so, redete sie sich ein. Doch je mehr sie sich Peters Zuhause näherte, desto unruhiger wurde sie.

Vor dem weiß getünchten Bungalow in der Wüllnerstraße parkten blank gewienerte Autos Stoßstange an Stoßstange. Die Frauen und Männer, die ausstiegen, waren alle sehr fein herausgeputzt, die Männer im Abendanzug, die Frauen in festlichen Kleidern. Viele der Damen gingen schulterfrei, einige trugen sogar die neue A-Linie, von der Helga in den Zeitungen am Büdchen gelesen hatte, dass der berühmte Modeschöpfer Christian Dior sie im Frühjahr erstmals in Paris vorgestellt hatte.

Sie schluckte. Wenn sie bloß alles richtig machte! Sie stieg von ihrem Rad, lehnte es vorsichtig an die Hauswand und warf einen kritischen Blick auf ihre Beine. Immerhin, die von Fanny so sorgsam aufgetragenen Flüssigstrümpfe saßen perfekt.

»Guten Tag«, sagte Helga zu der Frau, die ihr die Tür öffnete, und reichte ihr das Bouquet. »Ich bin Helga van Beek und danke Ihnen herzlich für die Einladung.«

»Angenehm, Robel«, antwortete die Frau und reichte ihr eine sorgfältig manikürte Hand. Um den Hals trug sie einen weißen Pelz, und als Helga genauer hinsah, erkannte sie, dass es ein Polarfuchs war, mit gläsernen, blaugelb gesprenkelten Augen. »Gehen Sie nur durch, Fräulein van Beek. Peter ist hinten an der Hausbar.«

Die Hausbar erwies sich als ein mit hellem Leder bezogener, hüfthoher Tresen am Ende eines weitläufigen Wohnzimmers, in dem die Möbel zur Seite geräumt waren. Helga hatte das Gefühl, dass ihr alle Augen folgten, während sie den Raum durchquerte. Wäre ich doch bloß zu Hause geblieben, dachte sie. Ich bin viel zu aufgewühlt, um einen solchen Abend gut zu überstehen.

Peter war gerade dabei, eine Schöpfkelle in ein großes, rundes Glasgefäß zu tauchen, in dem zu Girlanden geschnittene Zitronenschalen schwammen.

»Klecks! Gut, dass du da bist! Paps hat mich dazu verdonnert, die Kalte Ente auszuschenken. Hilfst du mir?«

»Selbstverständlich.«

Helga stellte sich neben ihn, reichte ihm ein bauchiges Glas und betrachtete ihn verstohlen von der Seite. Was war denn bloß mit Peter geschehen? Sie kannte ihn nur in Bluejeans, doch heute trug auch er einen Abendanzug. Der ihm ausgezeichnet stand und wie angegossen saß, offensichtlich war er ihm auf den Leib geschneidert. Peter hatte sogar eine Krawatte umgebunden! Die Tolle, die ihm sonst immer verwegen ins Gesicht fiel, war mit Brillantine zurückgekämmt. Was wiederum seine moosgrünen Augen ganz besonders betonte.

Ich werde mich in dich verlieben, Peter Robel, sagte Helga lautlos zu sich selbst. Ich bin fest dazu entschlossen.

Bald schon wurde getanzt. Ein dicklicher Herr, der Addi gerufen wurde, bediente den Plattenspieler, der in einer niedrigen Musiktruhe verborgen war. Die ersten Paare drehten sich zu Foxtrott und Walzer. Andere belagerten das Buffet am Ende des Raumes, auf dem sich die kalten Platten türmten. Helga sah Schüsseln mit Würsten und Salzbrezeln, gefüllte Tomaten, dick mit Entenbrust und Roquefort belegte Brötchen, Sülzkoteletts, Schinkenrollen mit Spargelspitzen, Hummermayonnaise und Pastetchen. Die Gäste schlangen das Essen herunter, als fürchteten sie, dass bald nichts mehr da sei, dabei war ein Hausmädchen mit weißer Schürze offenbar extra dafür abgestellt, stetig nachzufüllen.

Auch das Getränk, das Peter ausschenkte und das er Kalte Ente nannte, fand reißenden Absatz. Helga wunderte sich. Sie hatte in Frankreich gelernt, alle Nuancen des Weines wahrzunehmen, zwischen Schaumwein und Perlwein zu unterscheiden, allein an der Farbe des Getränks zu erahnen, mit welchem Essen es harmonieren könnte. Hier in Köln legte man, wie Peter ihr erklärte, Zitronenschalen in Moselwein, ließ das Ganze stundenlang ziehen und kippte kurz vor dem Servieren preiswerten Sekt darüber. Und als wäre das nicht schon absonderlich genug, gab man auch noch klein gestoßenes Eis hinein.

Ein Glück, dachte Helga, dass Tante Claire und Onkel Albert das nicht sehen. Ihnen würde sich der Magen umdrehen.

Dann aber probierte sie ein Schlückchen. Und gleich noch eins. Und leckte sich die Lippen. Das absonderliche Getränk schmeckte hervorragend.

»Wie Limonade«, erklärte sie Peter. »Wie Limonade, die fröhlich macht.« Verdutzt lauschte sie ihren eigenen Worten. Und ja, es stimmte. Das lustige Getränk, die Musik, die heitere Stimmung – all das trug dazu bei, dass sich der Schatten, der sich mit dem Auftauchen von Konradins Ehefrau über ihr Leben gelegt hatte, ein wenig verzog.

Peter lachte, ließ die Schöpfkelle im bauchigen Glasbehälter verschwinden und schlang seine Arme so fest um ihre Hüften, dass Helga nach Luft schnappte.

»Du bist niedlich, Klecks«, flüsterte er in ihr offenes Haar und ließ dabei seine Hände ein bisschen tiefer wandern.

»Lass das!«, stieß Helga hervor und entwand sich ihm. »Man kann uns sehen!«

»Na und?«, gab Peter zurück. »Komm, wir tanzen!«

Er ließ die Kalte Ente stehen und führte Helga auf die Tanzfläche. Gerade wurde ein Wiener Walzer gespielt. Und zu Helgas großem Erstaunen bewegte sich Peter, der Rowdy aus der Milchbar, als läge ihm das Walzertanzen im Blut. Er hielt Helga ganz eng und wirbelte sie herum, dass es eine Lust war.

Gleich bin ich zumindest ein bisschen in dich verliebt, beschloss Helga und drehte sich in seinen Armen.

Sie tanzten und tanzten. Der Mann namens Addi legte Caterina Valente auf, *Ganz Paris träumt von der Liebe*, und Peter hielt Helga ganz eng.

»Hörst du, Klecks«, flüsterte er. »Sie spielen unser Lied. Bald fahren wir nach Italien und danach nach Paris und wohin auch immer du willst.«

Helga schlang ihre Arme um seinen Hals, und als sie glaubte, dass niemand hinsah, strich sie ihm schnell über das Grübchen am Kinn. Das hatte sie schon so lange tun wollen, es war einfach zu verlockend.

Nur am Rande nahm sie wahr, dass das Dienstmädchen das weitere Ausschenken der Kalten Ente übernahm, das Buffet war vollständig geplündert. Peter stellte Helga seinem Vater vor, einem stattlichen Mann mit zarten Händen, der sich vorbeugte, sie genau betrachtete und murmelte, »van Beek, van Beek, und dann dieses Gesicht, mir scheint, als wären wir uns schon einmal begegnet«.

Helga hätte ihn gern gefragt, wie er das meinte, doch Peter zog sie nach draußen auf die Terrasse.

»Lass uns ein bisschen allein sein, Klecks.«

Im Garten wiegten sich Papierlampions in den Bäumen. Darüber leuchtete der Mond, satt und rund. Und ganz am Ende des frisch gemähten Rasens stand neben einem Gartenhäuschen eine Hollywoodschaukel.

Helga entfuhr ein leiser Entzückensschrei. Hollywoodschaukeln kannte sie bislang nur aus den Zeitschriften im Büdchen.

»Meinst du, wir könnten uns kurz hineinsetzen?«

»Selbstverständlich.«

Die bunt gemusterten Polster waren herrlich weich. Peter setzte sich dicht neben Helga, stieß sich mit dem Fuß ab, und mit einem leisen Quietschen begann die Schaukel, vor- und zurückzuschwingen. Helga ließ den Kopf nach hinten fallen. Das hier war auf jeden Fall besser, sagte sie sich, als auf einem staubigen Dachboden zu hocken.

»Gefällt es dir?«

»Himmlisch«, seufzte sie. »Einfach nur himmlisch.«

»Warte einen Moment.«

Peter stand kurz auf und war gleich darauf zurück, zwei bauchige Gläser balancierend.

»Hmm, danke!« Jetzt erst merkte Helga, wie durstig sie vom Tanzen war. Die Kalte Ente schmeckte ein bisschen anders als vorher, süßer und voller. Eigentlich schmeckte sie sogar noch ein bisschen besser.

»Paps' Spezialität«, schmunzelte Peter, als Helga sich genussvoll die Lippen leckte. »Je später der Abend, desto gehaltvoller die Bowle. Eine ordentliche Portion Kognak und Zucker, und die Stimmung steigt.«

»Kognak?«, rief Helga und streckte das Glas, aus dem sie gerade getrunken hatte, weit von sich. Doch es war schon leer.

»Ich glaube, Paps mag dich«, fuhr Peter fort. »Er hat dich auf eine Weise angesehen, dass ich fast eifersüchtig wurde.«

»Papperlapapp«, erwiderte Helga lachend. Der Gedanke, dass Peter eifersüchtig war, und dann noch auf seinen eigenen Vater, amüsierte sie. Sowieso war ihr gerade sehr nach Lachen zumute. Dieser Abend war so lustig! Sogar Peters Mutter tat gerade etwas sehr Komisches. Sie trat auf die Terrasse, riss sich mit einem theatralischen Stöhnen den Polarfuchs von den Schultern und feuerte ihn mitten in die Hecke, die den Garten umgab.

»Deine arme Mama«, gluckste Helga. »Sie muss ja ersticken! Mitten im Spätsommer mit diesem Tier um den Hals.«

»Das verlangt Paps von ihr. Er macht ja schließlich in Pelz, da muss seine Frau seine Kollektion tragen, egal, wie warm es ist.«

»Wie meinst du das?«

»Mein Vater ist Kürschner. Er hatte früher ein Geschäft in der Altstadt. Nach dem Krieg hat er eine Weile gebraucht, um wieder hochzukommen. Jetzt hat er ein neues, gleich am Neumarkt.«

»In der ersten Zeit nach dem Krieg haben wir oft furchtbar gefroren«, sinnierte Helga. »Wir hätten es beinahe nicht überlebt. Wer damals einen Pelz hatte …«

»In Zukunft wirst du tausend Pelze haben.« Peter hatte ein neues bauchiges Glas hervorgezaubert, randvoll, und reichte es ihr. »Wenn du mein Mädchen bist, wird Paps dich von Kopf bis Fuß damit behängen wollen.«

Peter lachte leise, und Helga fiel darin ein. Die Idee, mit Pelzen behängt zu werden, war auch ziemlich lustig. Damit sie Peters Mädchen sein konnte, was auch immer er damit meinen mochte, musste sie sich allerdings erst noch ein bisschen mehr in ihn verlieben. Wobei das sicher nicht mehr lange dauern konnte.

Sie nahm noch einen Schluck. Köstlich, wirklich ganz köstlich, diese Kalte Ente.

Als Peter noch näher an Helga heranrückte und den Arm um sie legte, ließ sie es geschehen. Mehr noch. Ihr war plötzlich danach, ihren Kopf auf seine Schulter sinken zu lassen. Wie wunderbar er roch. Nach Holz und nach Gewürzen. Aber komischerweise nicht nach Zigaretten.

»Peter?« Sie hob den Kopf. Er war irgendwie außen ganz schwer und zugleich innen drin wunderbar leicht. »Du rauchst heute gar nicht.«

»Das stimmt.«

»Und warum nicht?«

»Weil ich dich küssen möchte.«

»Du hast mich doch schon geküsst.«

»Ja. Aber nicht so.«

Peter beugte sich vor, und Helga wusste nicht, wie ihr geschah. Da waren Peters Lippen auf ihren, so weich, so zärtlich. Und da war seine Zunge in ihrem Mund. So aufregend. So fordernd.

»Lass das.«

Sie drehte sich von ihm weg.

»Gefällt es dir nicht?«

»Doch, schon. Ich …«

Schon wieder musste Helga an Konradin denken, an seinen Kuss, damals auf der Treppe. Verdammt, hörte das denn niemals auf?

»Erinnerst du dich an Karin?«

»Wer ist das?«

»Die, mit der ich früher in der Milchbar war. Sie hat rote Haare.«

»Was ist mit ihr?« Die Erinnerung an das Mädchen mit den kupferfarbenen Haaren ließ Helga zusammenzucken.

»Ich hatte sie wirklich gern.«

»Warum erzählst du mir das jetzt?«

»Weil sie mich nicht so gernhatte, wie ich sie gernhatte. Und dann bin ich dir begegnet.«

Helga nickte. Ihr Kopf war plötzlich kein bisschen leicht mehr.

»Ich hab dich gern«, flüsterte sie. »Sehr.«

»So sehr?«, fragte Peter und küsste sie erneut. Helga ließ

es zu. Wandte sich ab, trank das bauchige Glas in einem Zug leer. Ließ es noch einmal zu.

Peter schob die Hand unter den Kragen ihres Kleides, streichelte das Muttermal auf ihrem linken Schulterblatt.

»Hast du mich gern genug, um für einen Moment mit mir ins Gartenhäuschen zu gehen?«

Helga nickte. Wie betäubt folgte sie ihm. An Fannys Warnung dachte sie nicht mehr.

1. August 1945, sehr früher Morgen

Ich bin in Sorge, Liebster, ich bin in so großer Sorge!

Meta hustet. Seit ein paar Tagen geht das nun schon so. Sie sagt, es sei nichts. Es komme vom Staub beim Entschutten. Doch ich glaube ihr nicht.

Ich huste auch, wenn wir abends in den Bunker zurückkehren. Ich huste lange, spucke schwarzen Schleim. Doch Metas Husten ist anders. Es klingt, als belle ein Hund.

In den Gängen des Bunkers hört man so manches. Von der Weißen Pest ist die Rede und dass sie aus den anderen Stockwerken täglich Tote tragen. Jeder hat hier jeden im Blick. Ich bin mir sicher, hätten die Menschen in den anderen Verschlägen auch nur den leisesten Verdacht, eine von uns sei krank, sie würden uns auf der Stelle hinausjagen, Meta, die Kinder und mich.

Vielleicht sagt sie deshalb, es sei nichts.

Der Morgen graut. Wieder eine Nacht, in der der Schlaf nicht kam. In der ich wach lag, umherwanderte. Und, immerhin, Dir schreibe.

Es gibt auch Schönes zu berichten, mein Liebster. Stell Dir vor, die Kinder gehen endlich zur Schule! Es ist mir gelungen, sie in der Machabäerstraße anzumelden. Noch ist es ein Fußweg von über einer Stunde durch Trümmer und über Bombenkrater, wir bringen sie jeden Morgen und holen sie später wieder ab, doch wenn wir erst wieder zu Hause sind, wird es ein Katzensprung sein. Die Volksschule ist nur zur Hälfte zerstört. Sie unterrichten schon wieder. Es gibt kein Papier, keine Bücher und keine Stifte, es regnet hinein. Vierzig, fünfzig Kin-

der quetschen sich in einem Klassenraum in die wenigen noch vorhandenen Bänke. Doch mittags gibt es für jedes Kind einen warmen Brei, die Briten verteilen ihn, es ist ein Segen. Und Du solltest unsere Kleinen sehen, wenn sie rauskommen! Sie strahlen über das ganze Gesicht. Jürgen hätte längst zur Schule gehen müssen, der Krieg hat ihm ein ganzes Jahr gestohlen. Er lernt mit einem solchen Feuereifer, dass es eine Freude ist. Und unsere Helga wird in wenigen Wochen lesen und schreiben können, das weiß ich ganz sicher. Jeden Buchstaben, den sie lernt, flüstert sie pausenlos vor sich hin, formt ihn mit ihren Lippen, lässt ihn sich auf der Zunge zergehen, als sei er eine köstliche Speise. Unser Mädchen liebt die Sprache so wie Du, mein Liebster. Eines Tages, wer weiß, tritt sie vielleicht in Deine Fußstapfen.

Sechs Uhr gleich. Eigentlich ist Meta um diese Zeit längst wach. Doch sie wälzt sich in ihrer Koje, als fiebere sie, das Gesicht schweißnass.

Ich habe Angst, mein Liebster. Ich habe solche Angst.

27. Kapitel

O nein, o nein, o nein. Die flüssigen Strümpfe waren vollkommen verschmiert, der champagnerfarbene Petticoat-Unterrock über und über mit brauner Farbe verdreckt. Helga kniff die Augen fest zusammen. Versuchte aufzustehen. Ihr Kleid zu ordnen. Da war etwas Warmes, Klebriges an ihren Beinen. Blut. Und noch etwas anderes.

Das durfte nicht sein. Das durfte alles nicht sein.

Peter lag auf der Liege, die in diesem Gartenhaus stand, als habe jemand sie vorher bereitgestellt, und rauchte eine Zigarette. Sie roch ihn. Den Geruch der Zigarette. Den Geruch von Holz und Gewürzen.

Helga würgte. Sie ging einen Schritt, strauchelte. Fing sich. Ging noch einen Schritt. Da, die Tür, die Klinke. Sie ließ sich einfach hinunterdrücken. So, als hätte sie jederzeit gehen können. Zwei Schritte nur.

Sie sah sich nicht nach ihm um. Sie hatte gebettelt, gefleht, gewimmert. Nun ging sie ohne ein weiteres Wort.

Im Garten schaukelten die Lampions. Der Mond stand satt und rund am Himmel. Aus dem Haus drang Musik, Gläserklirren, Gelächter.

Helga wankte. Niemand durfte sie sehen. Nicht so. Auf keinen Fall. Ein solcher Schmerz! Dass man einen solchen Schmerz fühlen konnte!

Sie fand einen schmalen Weg, der außen am Haus vorbeiführte. Das Letzte, was sie sah, war der Polarfuchs. Er lag immer noch mitten in der Hecke und starrte ihr aus blaugelb gesprenkelten Glasaugen hinterher.

Das Fahrrad stand so an der Hauswand, wie sie es hinterlassen hatte. Schnell, nicht dass jemand kam, stieg sie auf. Und stöhnte vor Schmerzen. Sie konnte nicht fahren, es ging nicht.

Und so schob Helga ihr Rad nach Hause. Jeder Schritt tat ihr weh. Doch das war nichts im Vergleich zu dem Ekel, den sie empfand. Peter, der berückende, gut aussehende Peter, hatte etwas so Verdorbenes, so Hässliches getan!

Noch bis vor einer Stunde hatte Helga sich nicht vorstellen können, was genau geschah, wenn in den Büchern, die sie las, von diesen Dingen die Rede war. Sie dachte an *Bonjour tristesse*, an die Lust und das Glück, von dem die Autorin geschrieben hatte. Das, was im Gartenhäuschen von Peters Eltern passiert war, hatte nichts mit Lust oder gar Glück zu tun, gar nichts.

Beinahe mechanisch setzte sie einen Fuß vor den anderen. Die Bürgersteige waren menschenleer. Selbst auf den Ringen fuhren kaum Autos. Als senke die Stadt schamvoll den Blick.

Helga brauchte fast zwei Stunden, bis sie den Eigelstein erreichte. Vor dem Stavenhof stand eine alte Dirne, die Absätze ganz schief, und musterte Helga von Kopf bis Fuß.

»Geht's dir gut, Liebelein?«, rief sie quer über die Straße.

Helga schüttelte stumm den Kopf und machte, dass sie weiterkam.

Sie hat es mir angesehen, hallte es in ihr, sie hat es mir von Weitem angesehen. Jeder wird wissen, was mit mir passiert ist, jeder.

Sie glaubte, sie müsse schreien vor Entsetzen, toben, weinen. Doch ihr Gesicht, ihr Körper fühlten sich starr an. Wie eingefroren.

Endlich zu Hause angekommen, machte sie kein Licht, schob das Fahrrad in den Hof und schlich leise hinauf. Es war fast vollkommen dunkel im Treppenhaus, nur der Mond schickte durch ein Fenster weiter oben ein bisschen von seinem goldenen Schein.

Ich möchte ein Bad nehmen, dachte Helga. Ich möchte den Heißwasserboiler anheizen und ein glühend heißes Bad nehmen, viele Stunden lang. Aber dann werden sie fragen, was mit mir ist. Doch was kann ich sagen, was denn bloß?

Nun kamen sie doch, die Tränen, begleitet von einem Schluchzen, so tief, so fremd, dass sie es kaum als ihr eigenes erkannte.

»Helga?«

Eine Stimme aus dem Dunkel. Ein Schatten. Rabenschwarzes Haar, Augen, nicht braun, nicht grün, die im Mondlicht zu ihr emporschauten. Mitten auf der Treppe saß Konradin.

»Gott sei Dank, da bist du! Ich warte schon die halbe Nacht. Bitte, setz dich einen Moment zu mir, ich muss dir so viel erklären. Es ist nicht so, wie es aussieht ...«

»Nein.«

Konradin war aufgestanden, Helga hielt ihn mit ausgestrecktem Arm von sich weg. Unter ihrer Hand spürte sie das Pulsieren seines Herzens. Es schlug so schnell, viel schneller noch als das andere Herz, das sie in dieser Nacht gespürt hatte, nah an ihrem eigenen, viel zu nah. Ein Teil von ihr wollte sich an Konradin schmiegen, so wie sie vor Peter zurückgewichen war, sie wollte ihr tränennasses Gesicht an seine Brust drücken, sich alles, alles von der Seele weinen. Doch ein anderer Teil von ihr, und dieser war viel gewaltiger, ekelte sich vor seinem Körper, vor der Stärke, die er ausstrahlte, vor seiner Männlichkeit.

Helga zog ihre Hand schnell zurück.

»Was ist mit dir?«, fragte Konradin. »Meine Güte, du siehst ja vollkommen derangiert aus. Hattest du einen Unfall?«

»Ja«, antwortete Helga. »Nichts Schlimmes. Ich bin nur mit dem Rock in die Speichen gekommen.«

Und damit lief sie an ihm vorbei, erreichte stolpernd die Wohnungstür im ersten Obergeschoss, öffnete sie und schloss sie so schnell hinter sich, dass sie von dem, was Konradin auf der Treppe flüsterte, nichts mehr mitbekam.

Sie stellte den Boiler nicht an. Die Angst, er würde mit seinem Blubbern den Vater wecken oder Jürgen, war zu groß. Und so wusch sie sich mit kaltem Wasser, immer und immer wieder. Die braune Farbe auf ihren Beinen ließ sich kaum entfernen. Schlimmer aber war das, was in ihr war. Sie nahm einen Waschlappen und schrubbte sich, schrubbte sich so verzweifelt, dass immer noch mehr Blut kam.

Sie weinte, Stunde um Stunde. Als sie am frühen Morgen ins Bett kroch, fühlte sie sich so leer, so zerstört, als sei kaum noch etwas von ihr übrig.

»Helgalein?«

Jürgens Lächeln über ihrem Bett.

»Guten Morgen, kleine Schlafmütze. Geht es dir gut? Konradin sagt, du hattest einen Unfall, bist mit dem Kleid in die Speichen geraten. Bist du heile? Und soll ich mal nach dem Rockschutz sehen? Eigentlich hatte ich ihn ja extra deswegen angebracht …«

Blitzschnell zog Helga sich das Laken über das Gesicht.

»Mach dir keine Gedanken.«

Sie konnte ihrem Bruder nicht in die Augen sehen. Vielleicht, dachte sie und spürte, wie das Schluchzen lauerte, werde ich es nie wieder tun können.

»Ich stehe gleich auf«, krächzte sie. »Nur noch einen Moment.«

»Das will ich dir auch raten«, lachte Jürgen. »Wir erwarten nämlich Besuch.«

Der Besuch war ein stämmiges Mädchen mit mittelblondem Bubikopf. Es saß bei Jürgen und dem Vater in der Küche und ließ sich von Fanny frisch aufgebrühten Kaffee servieren. Fanny hatte verweinte Augen, das sah Helga sofort. Jürgen war so aufgeregt, dass seine Ohren feuerrot leuchteten. Der Vater wiederum saß so verschreckt auf der vorderen Stuhlkante, als wäre er bei sich selbst zu Besuch. Nur das Mädchen schien vergnügt und plapperte in einem fort.

»So ein Drama«, sagte sie. »Er war so jung und so talentiert. Ein so außergewöhnlicher Schauspieler! Als ich *Jenseits von Eden* gesehen habe, ging es mir durch Mark und Bein. Weißt du noch, Jockel? Du musstest mich trösten. Und wie du mich trösten musstest!«

Sie kicherte, und Jürgens Ohren verfärbten sich von Rot zu Lila. Fanny eilte hinaus, und der Vater wirkte, als würde er am liebsten ebenfalls davonlaufen.

Helga lehnte sich zitternd gegen den Türrahmen. Ihre Beine trugen sie nicht. Sie hatte keine Ahnung, was hier vor sich ging. Am liebsten wäre sie umgedreht und hätte sich in ihrem Zimmer verkrochen.

»Helga!«, rief der Vater und sprang auf, als habe er ihr Erscheinen sehnlichst erwartet. »Darf ich dir Fräulein Christa vorstellen? Jürgen hat sie mitgebracht. Magst du ihr einen Moment Gesellschaft leisten? Ich muss zurück ins Büdchen. Und ich muss ein Wort mit deinem Bruder sprechen.«

Damit stand er auf und machte Jürgen ein Zeichen, ihm zu folgen.

Zögernd ließ Helga sich am Küchentisch nieder. Christa. Jetzt erinnerte sie sich. Das Tanzmariechen. Was machte sie bei ihnen zu Hause?

»Mochtest du ihn auch so gern?«, fragte Christa.

»Wen?«

»Wen? James Dean natürlich!«

Helga war, als fahre ein elektrischer Blitz durch sie hindurch. Hatten nicht die Mädchen in der Milchbar Peter mit James Dean verglichen? Sie griff sich ans Herz, versuchte zu atmen. Wenn bloß niemand merkte, was mit ihr war!

Doch Christa plauderte munter weiter.

»Er ist letzte Nacht tödlich verunglückt, mit seinem Porsche. Jockel hat mir ja gesagt, dass du deine Nase am liebsten in Bücher steckst, aber sag nicht, du kennst James Dean nicht?«

»Doch, doch. Ich meine, ich kenne keinen seiner Filme. Aber ich habe von ihm gelesen ...«, brachte Helga heraus. Nach all dem Weinen in der vergangenen Nacht kam ihre Stimme ihr fremd vor. Und obwohl sie sich so ausgiebig gewaschen hatte, fühlte sie sich auf eine so eklige Weise schmutzig, dass ihr beinahe schlecht war. Sie hatte das Gefühl, Peters Geruch noch immer in ihrer Nase zu haben, schlimmer, ihr war, als sei er in jede Pore ihres Körpers eingedrungen. Christa hingegen wirkte so frisch, so munter, dass Helga sich in ihrer Gegenwart noch schäbiger vorkam.

»Du bist genauso drollig, wie ich mir dich vorgestellt habe, weißt du das? Und ich freue mich so, dass wir uns endlich kennenlernen! Und dass dein Vater sein Büdchen kurz zugesperrt hat, und das am Samstagmorgen, das weiß ich sehr zu schätzen. Es ist doch jetzt sicher Hochbetrieb?«

»Ja, das stimmt.«

Helga starrte an Christa vorbei in den Verschlag, in dem sie früher geschlafen hatte. Hinter dem Vorhang lagerte Fanny nun Lebensmittel in Büchsen und Gläsern. Wenn sie sich doch bloß verstecken könnte vor dieser fröhlichen Christa, vor allem ...

»Du siehst dich doch vor?«, hörte sie da im Flur den Vater raunen.

»Aber sicher doch!«, rief Jürgen, die Empörung ließ

seine Stimme sich beinahe überschlagen. »Niemals würde ich Christa in eine solche Situation bringen! Ich hab sie doch gern!«

»Gut, gut, mein Junge«, murmelte der Vater, und am Klappen der Wohnungstür hörte Helga, dass er gegangen war.

Eine sanfte Röte hatte Christas Wangen überzogen, was sie aussehen ließ wie einen blank geputzten Apfel. Jürgen kam wieder herein, die Augen verlegen niedergeschlagen.

Helga merkte, dass ihr speiübel wurde.

»Es … es hat mich gefreut«, stotterte sie, dann rannte sie aus der Küche. Aus den Augenwinkeln sah sie gerade noch, wie Jürgen zärtlich Christas Hand ergriff.

Eine Weile stand sie keuchend im Bad. Wusch sich, immer und immer wieder. Im Spiegel über dem Waschbecken sah sie ihr Gesicht, den Schmerz darin. Genau wie bei Fanny. Welcher Schmerz peinigte Fanny bloß? Sie musste nach der Freundin sehen, jetzt, sofort.

Helga fand sie unten im Raum mit der Eismaschine. Fanny war dabei, ein quietschgelbes, nach Zitrone riechendes Eis aus dem Bottich zu kratzen. Als Helga eintrat, wischte sie sich verstohlen mit dem langen Ärmel ihres Kleides ein paar Tränen aus dem Gesicht.

Helga hätte am liebsten mit ihr geweint. Fanny wirkte seit Wochen bedrückt, aber Helga hatte sie nie zuvor weinen gesehen.

»Ist es wegen James Dean? Oder wegen Jürgen?«, fragte sie leise.

»Was redest du da?«

»Nun, der eine ist tot, der andere bringt ein Mädchen mit nach Hause. Falls es wegen Jürgen ist – vielleicht ist das mit Christa gar nicht so ernst. Sie sind ja beide noch so jung.«

»Ach, Helga«, sagte Fanny und begann nun so bitterlich zu weinen, dass Helga gar nicht anders konnte, als sie fest in den Arm zu nehmen, verzweifelt hoffend, dass Fanny den Geruch, der an ihr klebte, nicht bemerkte.

»Du bist ein liebes Mädchen«, schluchzte Fanny. »Du machst dir Gedanken um die Menschen um dich herum, möchtest immer allen helfen. Aber mir kann niemand helfen, wirklich niemand.«

»Dann bist du gar nicht traurig wegen einem der beiden?«

»Aber nein!« In Fannys Weinen mischte sich ein ganz kleines Lachen. »James Dean interessiert mich nicht die Bohne. Und Jürgen habe ich so gern, als wäre ich seine Ersatz-Mama. Genau wie dich.«

Sie strich Helga liebevoll über die Wange, löste sich aus ihren Armen, glättete ihr Kleid.

»Danke, dass du nach mir gesehen hast. Und jetzt musst du das neue Zitroneneis probieren. Mach schon, Mund auf!«

Helga tat wie geheißen. Das Eis schmolz auf ihrer Zunge.

»Sehr lecker«, murmelte sie.

Doch anders als sonst trösteten Fannys Köstlichkeiten sie kein bisschen.

»Und, wie findest du sie?«

Jürgen hatte Christa nach Hause gebracht. Seine Ohren

waren wieder blassrosa, doch seine Wangen hatten wie immer, wenn er von einem Stelldichein kam, die Farbe von überreifen Tomaten angenommen.

»Sie scheint mir ein sehr patentes Mädchen.« Helga holte tief Luft. Jürgen wirkte so glücklich! »Es ist ernst, nicht wahr, Jockel?«, fragte sie und versuchte ein Zwinkern.

»Ich weiß, es klingt im ersten Moment ungewohnt.« Jürgen schlug die Augen nieder. »Aber ich mag es sehr, wenn sie mich so nennt. Ehrlich gesagt, ich mag alles, was sie sagt und tut. Wirklich alles.«

Ehe sie sich's versah, hatte Jürgen die Arme um Helga geschlungen und drückte sie fest an sein Herz.

»Ich bin so verliebt, Helgalein«, raunte er. »Und eines Tages wirst du auch so verliebt sein, wenn erst der Richtige für dich gekommen ist. Das weiß ich ganz genau.«

Helga versuchte, sich aus seiner Umarmung zu entwinden. Gleich, dachte sie voller Panik, merkt er, was mit mir ist. Er wird den Gestank wahrnehmen, den ich nicht weggewaschen bekomme, den Schmutz. Er wird mich von sich stoßen und mich verachten.

Doch Jürgen hielt sie so liebevoll, wie er sie immer gehalten hatte.

Zu Helgas Erstaunen ging das Leben seinen gewohnten Gang. Niemand bemerkte, was ihr zugestoßen war. Allein Meta schien ihr gelegentlich einen argwöhnischen Blick zuzuwerfen. Aber das, versuchte Helga sich selbst zu beruhigen, hatte sie schon vorher getan.

Helgas Wunden begannen zu heilen. Von Peter hörte sie nichts mehr.

Nach wie vor wussten weder der Vater noch Jürgen von ihrer Arbeit beim Westdeutschen Rundfunk. Sie glaubten sogar, Helga habe ihr Praktikum beendet und ginge nun wieder zur Haushaltungsschule. Je mehr Zeit verging, desto ratloser wurde Helga, wie sie diesen Schwindel jemals beichten sollte.

Zum Waisenhaus fuhr sie fast täglich. Jedes Mal, wenn sie sich dem Schweinegehege vom Beethovenpark aus näherte, klopfte ihr das Herz bis zum Hals. Was, wenn es Bärbel nicht gut ging? Und jedes Mal atmete sie erleichtert auf, wenn sie sah, dass weiterhin nur eine einzige Murmel in der Mauerritze steckte.

Oft hockte sie eine Stunde und länger neben der Mauer, still hoffend, einen Blick auf Bärbel erhaschen zu können. Sie wurde manches Mal pitschnass, der kühle Sommer war von einem nassen Herbst abgelöst worden. Doch Bärbel bekam sie nicht zu Gesicht.

Im Oktober berichteten die Zeitungen tagelang von der feierlichen Wiedereröffnung des Kölner Gürzenich. Sogar der Bundeskanzler, der früher Oberbürgermeister in Köln gewesen war, kam zum Festakt. Helga erinnerte sich an Peters Worte, sein Vater habe Karten und er, Peter, würde sie mitnehmen, und hatte sogleich wieder das Bedürfnis, sich zu waschen.

Doch nach einer Weile verzog sich der Geruch, der sie so sehr gepeinigt hatte. Sie fühlte sich nicht mehr schmutzig.

Helga atmete auf.

Sie wusste, dass das, was ihr widerfahren war, nach dem Krieg unzähligen Mädchen und Frauen zugestoßen war. Sie war noch so klein gewesen damals, als sie in dem unwirtlichen Keller hausten, aber sie hatte genau mitbekommen, worüber die Großen sprachen.

Ich werde es überwinden, beschloss sie. Ich werde nicht zulassen, dass ein Schurke wie Peter mir mein Leben verdirbt.

28. Kapitel

Helga saß im zweiten Stock des Funkhauses vor der Schreibmaschine und kämpfte gegen die Müdigkeit. Mittlerweile bewegte sie sich mit einer Selbstverständlichkeit durch die Flure des Westdeutschen Rundfunks, als arbeitete sie hier schon jahrelang. Alles, was sie tat, ging ihr normalerweise leicht von der Hand, und der Redakteur Riecken ließ sie immer häufiger den täglichen Kommentar vorschreiben. Oft änderte er dann nur noch Kleinigkeiten.

Helga liebte diese Arbeit. Wenn sie schrieb, war ihr, als flöge sie. Und wenn sie später hörte, wie der Redakteur ihre Worte im Rundfunk vorlas, platzte sie beinahe vor Stolz.

Heute aber klappte rein gar nichts. Riecken hatte sie gebeten, ihm ein paar Gedanken zu dem Thema aufzuschreiben, das in diesen ersten Novembertagen in aller Munde war. Die britische Prinzessin Margaret hatte dem Druck des Königshauses nachgegeben und sich von ihrem Geliebten, dem geschiedenen Fliegeroberst Townsend, getrennt. Eine Hochzeit mit einem geschiedenen Mann hätte das britische Empire in eine Krise gestürzt. Alle Zeitungen brachten Fotos der Prinzessin, das Antlitz in Gram erstarrt.

Von oben aus dem vierten Stock, wo die Chefredaktion saß, hieß es, man wolle einen Kommentar dazu. Riecken hatte sich daraufhin stöhnend in die Teestube verabschiedet.

»Ihnen fällt etwas ein, Fräulein van Beek, nicht wahr? Ich verlasse mich auf Sie.«

Helga wusste genau, dass ihr normalerweise eine ganze Menge dazu eingefallen wäre. Eine junge Frau, die sich entscheiden musste zwischen dem, was ihr Herz begehrte, und dem, was ihre Familie von ihr erwartete. Dies war ein Problem, das beileibe nicht nur Prinzessinnen betraf und zu dem sie durchaus etwas zu sagen hatte.

Wenn sie bloß nicht so müde gewesen wäre! Seit Tagen schlief sie schlecht und fühlte sich morgens vollkommen gerädert. Mit Mühe schaffte sie den Weg zur Arbeit. Ihr Kopf war so schwer, sie musste regelrecht aufpassen, dass er nicht auf die Tischplatte sank.

»Nanu, Fräulein van Beek? Heute keine Idee?«

Helga zuckte zusammen. Sie hatte den Redakteur gar nicht hereinkommen gehört.

»Noch nicht«, sagte sie hastig. »Aber ich hab's gleich, einen Moment bitte.«

»Ist schon in Ordnung. Sie sind, wenn ich das sagen darf, ein wenig blass um die Nase. Wir machen es so: Ich schreibe den Kommentar allein, dafür werde ich ja eigentlich auch bezahlt. Und Sie könnten die Hörerpost beantworten, einverstanden? Hier, bitte schön. Antworten Sie höflich und versuchen Sie, auf jeden einzugehen.«

»Selbstverständlich.«

Mit gesenktem Kopf nahm Helga den Stapel Briefe entgegen, den der Redakteur aus den Tiefen seines Schreibtisches hervorgeholt hatte. Zum allerersten Mal hatte sie eine ihr gestellte Aufgabe nicht erfüllt. Ihr wurde fast ein bisschen übel.

Manche der Schreiben waren seitenlang, mit Hand oder mit Schreibmaschine geschrieben. Die Hörer schienen von früh bis spät dem Westdeutschen Rundfunk zu lauschen, zu jeder Sendung, zu jeder Nachricht hatten sie etwas beizutragen. Einige schimpften mit unflätigen Worten auf das, was sie »Rotfunk« nannten, andere baten um ein Autogramm und hatten sogar frankierte Rückumschläge beigelegt. Eine allem Anschein nach schon ältere Dame schickte ein Gedicht ihres Sohnes mit der Bitte, es im Radio vorzutragen. Ein anderer Zuhörer deutete an, über wichtiges Geheimwissen zu verfügen, das er gegen Zahlung eines bestimmten Geldbetrages preiszugeben bereit sei.

Ganz zuunterst fanden sich zwei Briefe, die allein durch ihre Aufmachung von den anderen abwichen. Sie waren auf feinem Papier gedruckt, trugen offizielle Siegel und bemerkenswerte Absenderadressen.

»Der Oberbürgermeister hat uns geschrieben!«, entfuhr es Helga. »Und der Ministerpräsident!«

»Das kommt ab und zu vor.« Auf dem Gesicht des Redakteurs zeichnete sich ein Schmunzeln ab.

»Sie hören unsere Sendung?«

»Aber ja doch. Das ganze Land hört unsere Sendung. Und besonders den Kommentar. Viele ärgern sich, wollen uns erklären, was wir sagen dürfen und was nicht. Aber die

Zeiten, in denen Journalisten Erfüllungsgehilfen der Herrschenden waren, sind zum Glück vorbei. Wir sagen und schreiben, was wir für richtig halten. Und oft hat das, was unsereins sagt, unmittelbare Wirkung.«

»Zum Beispiel?«

»Letztens erst, nach meinem Kommentar über die steigenden Milchpreise, hat in der Woche darauf der Landtag darüber debattiert. Ich wurde sogar wörtlich zitiert.«

Helga sah, dass eine feine Röte die Wangen des Redakteurs überzog. Meine Güte, dachte sie, er ist genauso verlegen wie Jürgen manchmal. Sie mochte den Redakteur Riecken, sehr sogar.

»Und was ist danach geschehen?«, fragte sie.

»Der Bundestag hat sich ebenfalls damit beschäftigt. Nun werden die Milchpreise nicht weiter erhöht. Stattdessen bekommen die Bauern zusätzliches Geld vom Staat, man nennt es Subvention.«

Helga staunte. Wieder einmal musste sie an die Zeit direkt nach dem Krieg denken. Sie konnte sich nicht erinnern, damals ein einziges Mal Milch getrunken zu haben. Heute schien alles geordneter. Und es gab Menschen wie Riecken. Fürsprecher für die, die wenig oder nichts hatten.

»Sie verändern die Welt«, flüsterte sie.

»Wir verändern die Welt, Fräulein van Beek«, antwortete der Redakteur und wies mit dem Finger auf sie. »Sie haben auch das Zeug dazu. Das weiß ich genau.«

Nun war es Helga, die rot wurde. Und für einen Moment war sogar die bleierne Müdigkeit, die ihr so zu schaffen machte, wie weggeblasen.

Noch auf dem Heimweg dachte sie über die Worte des Redakteurs nach. Dass ein Kommentar, gesprochen im Radio, eine solche Wirkung haben konnte!

»Helga!«, rief jemand von Weitem und riss sie aus ihren Gedanken. Es war Gerti, sie stand vor dem »Dom-Hotel« und lehnte sich lässig gegen eine der dunklen Limousinen. »Huhu! Geht es dir gut?«

»Ja, danke, bestens!« Helga winkte zurück. Wenn ihr bloß nicht so übel wäre.

Die Übelkeit blieb. Schlimmer noch. Sie trieb Helga morgens aus dem Bett ins Badezimmer, wo sie sich im Minutentakt übergab. Würgend hing sie über der neuen Kloschüssel, das Gesicht tränennass.

Nein, nein, nein, hämmerte es in ihrem Kopf. Das durfte nicht sein. Das durfte auf keinen Fall wahr sein!

Doch mit jedem weiteren Tag wuchs die Furcht, dass es vielleicht doch wahr sein könnte.

Helga rechnete. Sie hatte spät ihre erste Monatsblutung bekommen, erst im vergangenen Jahr.

»Womöglich liegt es daran, dass du als kleines Mädchen so sehr gehungert hast«, hatte Tante Claire gemutmaßt. »Das hört man hin und wieder. Wollen wir hoffen, dass es sich nun regelmäßig einpendelt.«

Es hatte sich eingependelt. Fast auf den Tag genau alle vier Wochen blutete Helga. Das letzte Mal, wie sie voller Angst feststellte, Mitte September. Und nun war es bereits November. Himmel, was sollte sie bloß tun?

Sie musste sich Fanny anvertrauen. Sie wusste niemand

anderes. Am Abend, wenn die Milchbar geschlossen hatte, würde sie sich zu ihr hinunterschleichen.

Fanny verlor vollkommen die Fassung.

»Habe ich dich nicht gewarnt?«, tobte sie und feuerte das Tuch, mit dem sie gerade noch hinter der Theke Gläser poliert hatte, in die Ecke. »Immer und immer wieder! Sag mir, wie konntest du!«

»Ich wollte das nicht«, weinte Helga. »Ich hab ja nicht geahnt –«

»Dass er über dich herfällt, wenn du mit ihm in dieses verdammte Gartenhaus gehst? Was hast du denn geglaubt, was er vorhatte?«

»Ich weiß. Ich weiß, Fanny. Es tut mir so leid!«

»Mir tut es auch leid.« Fanny zog Helga an sich, fuhr sich mit einer wütenden Bewegung über das Gesicht. Sie weinte nun auch. »Ich hätte besser auf dich aufpassen müssen. Und ich hätte es besser wissen müssen. Ach, verflucht!«

»Aber was, um Himmels willen, soll ich denn jetzt nur tun?«

»Als Erstes brauchen wir Gewissheit. Wie lange bist du schon überfällig?«

»Etwa einen Monat.«

»Dann könnte es für den Frosch-Test reichen.«

»Für den was?«

»Den Frosch-Test. Sie spritzen das Morgenpipi der Frau in einen Frosch, und wenn er nach ein paar Stunden anfängt zu laichen, es muss natürlich ein Frosch-Weibchen sein, dann ist die Frau schwanger.«

»Sie spritzen Pipi in einen lebendigen Frosch? Wer macht denn so was?«

»Apotheken. Ich weiß eine, die es anbietet. Aber wenn ich dort als ledige Frau erscheine und Morgenpipi abgebe ... ach, Helga, das wird fürchterlich.«

»Ich mache es selbst«, sagte Helga schnell. »Du brauchst das nicht für mich zu tun.«

»Du bist minderjährig! Sie werden womöglich die Sitte rufen!«

»Aber ich bin schuld! Ich kann dir das nicht aufhalsen ...«

»Du bist nicht schuld, Helgalein.«

Die Schiebetür zum Vorraum mit der Eismaschine öffnete sich. Jürgen trat ein. Als Helga ihn erblickte, glaubte sie, ihr Herz müsse aufhören zu schlagen. So viel hatten sie miteinander durchgestanden. Aber nie zuvor hatte sie Jürgen in einem solchen Zustand gesehen. Er war vollkommen aufgelöst. Das Gesicht leichenblass, zitterte er am ganzen Körper.

»Verzeiht«, flüsterte er. »Verzeiht, dass ich euch belauscht habe. Aber ich spüre doch, was mit dir ist, Helgalein. Christa ist schließlich Krankenschwester auf der Wöchnerinnen-Station, sie hat mir viel erzählt. Ich habe es nicht fertiggebracht, dich darauf anzusprechen. Aber als ich mitbekam, dass du zu Fanny hinuntergegangen bist, ganz leise, da bin ich dir gefolgt.« Er zog Helga an sich, vergrub sein Gesicht in ihrem Haar. »Ich gehe zur Apotheke. Einem Mann wird man keine Probleme bereiten. Und dann sehen wir weiter.«

Drei Abende später hatten sie Gewissheit. Jürgen legte das Papier mit dem Testergebnis auf den blau-gelb gestreiften Tresen. Er brachte kein Wort heraus. Fanny tat einen Schrei. Helga aber spürte, dass sie keine Tränen mehr hatte, keine Worte. Sie fühlte sich nicht mehr. Es war, als löse sie sich auf.

»Was jetzt?«, flüsterte Fanny.

»Er wird sie heiraten«, antwortete Jürgen. »Dafür sorge ich.«

In der Nacht hörte Helga, wie jemand behutsam die Wohnungstür aufschob. Der Vater musste vergessen haben, sie abzuschließen. Schritte näherten sich, stoppten vor ihrem Zimmer. Ein leises Schaben. Die Schritte entfernten sich wieder, die Wohnungstür wurde leise zugezogen.

Helga hatte noch kein Auge zugemacht. Sie hatte gleich erkannt, wer dort herumschlich. Jetzt stand sie auf, fand im Halbdunkeln den Brief, den Konradin unter ihrer Zimmertür durchgeschoben hatte. Lange saß sie auf ihrem Bett, strich mit der Hand über das Papier.

Sie war versucht, den Brief ungeöffnet wegzulegen. Was konnte Konradin ihr zu sagen haben, was jetzt noch eine Rolle spielte? Dann aber siegte die Neugier. Helga riss den Umschlag auf, mit fliegenden Fingern. Im nächsten Augenblick glaubte sie, ihr Herz müsse stillstehen.

Liebste Helga, schrieb Konradin. *Verzeih. Verzeih, wenn Du kannst, mein langes Schweigen, verzeih meine Lügen. Es war die pure Selbstsucht, die mich dazu brachte, Dir nichts von Oksana zu erzählen.*

Die mich dazu trieb, die Nächte mit Dir zu genießen, als sei ich frei und ungebunden. Als dürfe ich das, was ich fühle, empfinden.

Das ging so lange, bis Großmutter mir gehörig den Kopf wusch. Sie verwechselt Gestern und Heute, doch sie vergisst niemals jemanden, den sie liebt. Und so, wie sie mich liebt und wie sie Dich in ihr Herz geschlossen hat, so liebt sie auch Oksana. Was kein Wunder ist, sie hat sie genau wie mich aufgezogen, als sei sie ihr eigenes Kind.

Du musst wissen, Oksana ist meine Cousine zweiten Grades. Ihre Eltern starben gemeinsam mit meinen bei einem Schiffsunglück. Und so nahm Großmutter uns beide zu sich. Wir wuchsen auf wie Bruder und Schwester, und das ist es auch, was wir bis heute füreinander empfinden, geschwisterliche Zuneigung.

Als das Leben in Ostpreußen unerträglich wurde und wir beschlossen, im Westen Zuflucht zu suchen, erhielten Großmutter und ich sogleich Papiere, wir sind Deutsche von unserer Abstammung her. Oksana jedoch ist Russin. Wir hätten sie zurücklassen müssen. Und was einer Russin in der heutigen UdSSR droht, die den Großteil ihres Lebens im Haus von Deutschen verbracht hat, das vermagst Du Dir nicht vorzustellen.

So verfielen wir auf die Idee mit der Heirat, und zunächst schien alles gutzugehen. Oksana kam als meine Ehefrau mit uns, doch an der deutsch-deutschen Grenze wurde sie unter einem Vorwand verhaftet. Den Moment, in dem sie von den Wachhabenden fortgezerrt wurde, während man Großmutter und mich barsch anwies, die Grenze zu passieren, werde ich niemals vergessen.

Monatelang waren wir ohne Nachricht und voller quälender Angst. Dann, endlich, kam ein Brief. Die Bundesregierung hatte Oksana mit anderen Gefangenen freigekauft, sie war auf dem Weg *nach Köln. Du kannst Dir nicht vorstellen, was dieser Brief in mir auslöste. Oksana lebte. Doch ich würde Dich, Helga, auf ewig verlieren.*

Nun ist sie hier. Und sie möchte nichts dringlicher, als unsere Ehe zu annullieren. Denn sie hat sich in einen Bonner Diplomaten verliebt, der maßgeblich an ihrer Befreiung beteiligt war und der ihr bereits eine kleine Wohnung besorgt hat.

Helga, ich erwarte nicht, dass Du Dich noch ein einziges Mal mir zuwendest. Ich habe Dein Vertrauen verspielt, und das werde ich mir niemals verzeihen. Doch Du sollst wissen, dass alles, was ich Dir sagte, wahr ist. Ich bin unendlich verliebt in Dich, und ich glaube, ich werde es immer sein.

Dein Konradin

Helga las den Brief ein zweites Mal, ein drittes. Konradins Worte ließen sie von Kopf bis Fuß erbeben. Sie spürte: Nichts hatte sich geändert an ihren Gefühlen für ihn, gar nichts. Doch sein Brief kam zu spät. Denn sie trug das Kind eines anderen unter ihrem Herzen.

Am nächsten Morgen mussten weder Helga noch Jürgen zur Arbeit, es war Buß- und Bettag. »Wir gehen gleich nach dem Frühstück zu Peters Eltern«, hatte Jürgen Helga erklärt. »Ich habe uns angemeldet, dann sind sie zu Hause.«

Helga hatte nur genickt. Am liebsten hätte sie das Haus in der Wüllnerstraße nie wieder betreten. Aber was blieb ihr übrig?

Sie hatte Jürgen gestanden, dass sie seit Monaten nicht mehr im Waisenhaus arbeitete. Er war erschrocken, dass sie ihm nicht früher davon erzählt hatte. Nun aber, das hatten sie einander versprochen, sollte es keine Geheimnisse mehr zwischen ihnen geben.

Der Weg nach Lindenthal kam Helga lange nicht so weit vor wie in jener Nacht Ende September, als sie ihr Fahrrad zu Fuß nach Hause geschoben hatte. Was daran liegen mochte, dass Jürgen so schnell ging. Und obwohl ihre Beine beinahe so lang waren wie seine, kam sie kaum hinterher.

»Hab keine Angst, Helgalein«, sagte er. »Das sind vernünftige Leute, sie werden wissen, was sich gehört.«

Helga nickte. Sie hatte fürchterliche Angst. Und sie wusste nicht, welcher Gedanke schlimmer war: der, Peter zu heiraten und mit ihm ein Kind zu haben, oder der, ihn nicht zu heiraten und allein ein Kind zu haben.

Letzterer, beschloss sie. Denn was mit Kindern geschah, deren Mütter nicht verheiratet waren, das hatte sie im Waisenhaus aufs Grausamste erfahren.

Gestern erst, noch bevor Jürgen mit dem Testergebnis aus der Apotheke nach Hause gekommen war, hatte sie nach Bärbel gesehen. Eine einzelne Murmel steckte in der Mauerritze, genau dort, wo sie seit Wochen steckte. Helga hatte aufgeatmet. Bärbel ging es gut.

»Helgalein? Bereit?«

Jürgen betrachtete sie prüfend.

Helga nickte. Sie waren da.

Das Mädchen, das die Tür öffnete, war dasselbe, das am Abend der Party bedient hatte.

»Die Herrschaften erwarten Sie.«

Helgas Herz begann so schnell zu pumpen, dass sie

kaum noch mit dem Atmen hinterherkam. Mit einem Mal war alles wieder da. Die Musik. Das Lachen. Die Bowle. Das Gartenhaus. Das, was dort geschehen war.

»Einen Moment bitte«, hauchte sie und hielt sich am Türrahmen fest. »Ich bin gleich so weit.«

»Du wartest eh hier«, beschied das Hausmädchen und hielt Jürgen die Tür zum Wohnzimmer auf. »Man zieht es vor, mit dem Herrn zu reden.«

Helga wollte widersprechen, doch aus ihrem Mund kam nur Gestammel. Die Knie knickten ihr weg.

»Lass gut sein«, flüsterte Jürgen und führte sie zu einem Stuhl gleich neben dem Eingang. »Setz dich. Ich regele das, versprochen.«

Im nächsten Augenblick war er verschwunden. Das Hausmädchen zog die Tür zum Wohnzimmer fest zu.

Helga blieb zurück, allein. Doch sie konnte jedes Wort hören, das im Wohnzimmer gesprochen wurde.

Sie konnte hören, wie Jürgen sich vorstellte, das Anliegen, wie er es nannte, zur Sprache brachte. Wie ruhig er klang, wie bedächtig! Helga spürte, dass das Zittern nachließ. Mehr noch, dass ihr ein wenig warm ums Herz wurde. Sie wusste genau, welche Nöte ihr Bruder in diesem Moment ausstand, wie wütend er war. Und doch blieb er höflich, beherrscht. Ihr wunderbarer Bruder. Auf ihn hatte sie sich immer verlassen können.

Jürgen war fertig. Eine Pause entstand. Niemand sprach.

Peters Eltern müssen fürchterlich erschrocken sein, dachte Helga. Welche Eltern wären das nicht?

Dann aber erklang ein Geräusch, das Helga das Blut in

den Adern gefrieren ließ. Es war ein Lachen, laut und schrill. Das Lachen einer Frau. Peters Mutter lachte. Und sie schien gar nicht mehr damit aufhören zu wollen.

»Sind Sie von Sinnen?«, hörte Helga sie japsen. »Eine Heirat? Mit unserem Sohn? Das können Sie vergessen!«

»Er hat meine Schwester entehrt!«, rief Jürgen. »Es ist etwas Kleines unterwegs!«

»Und wer sagt uns, dass es von Peter ist?«, gab die Frau zurück. »So, wie das Mädchen sich hier aufgeführt hat? Wie eine Lustmieze! Der Braten, den sie in der Röhre hat, kann ja von sonst wem sein.«

»Ich verbitte mir –!«, brüllte Jürgen, doch Peters Vater fiel ihm ins Wort.

»Wie sie schon hier ankam«, tönte er. »Die Haare offen, Lippenstift. Alkohol hat sie getrunken, so was ist mir noch nicht untergekommen. Und wie sie getanzt hat! Als käme sie direkt von den Hottentotten. Ich habe meinen Jungen noch gewarnt. Pass auf, hab ich gesagt, das ist eine Geldkatze, eine Beischlafdiebin. Doch als sie sich ihm auf der Hollywoodschaukel an den Hals geworfen hat, da hat er nicht mehr anders gekonnt. Er ist schließlich ein junger Mann im besten Alter! Wir sind nur froh, dass nichts weggekommen ist.«

Helga war, als sei jedes Wort, das dort drinnen gesprochen wurde, ein Schlag, der sie mitten ins Gesicht traf. Sie spürte, wie sie feuerrot wurde und gleich darauf leichenblass. Ihr Puls raste. Sie ballte die Fäuste. Wollte aufspringen, in das Zimmer stürmen, diesen schrecklichen Leuten die Meinung sagen. Doch ihre Beine knickten ihr abermals weg. Von Kopf bis Fuß bebend, hielt sie sich an dem Stuhl fest, auf dem sie saß.

»Sie geben also zu«, hörte sie Jürgen sagen, »dass es in Ihrem Haus zum Beischlaf mit einem minderjährigen Mädchen gekommen ist. Sie wissen, das ist strafbar. Ich könnte Sie anzeigen.«

»Tun Sie das!«, dröhnte der Vater. »Tun Sie das! Was glauben Sie wohl, wem man Glauben schenken wird: dem Sohn eines angesehenen Geschäftsmannes oder einem dahergelaufenen Flittchen, das nicht einmal seine eigene Mutter kennt?«

»Jetzt reicht es!«

Helga hörte etwas poltern. Es klang, als sei Jürgen aufgesprungen und habe dabei etwas umgestoßen.

»Damit kommen Sie nicht durch!«, brüllte er. »Nicht mit mir!«

Die Tür wurde aufgerissen, Jürgen stürmte heraus, riss Helga vom Stuhl und zerrte sie mit sich.

»Komm, Helgalein, komm schnell, bevor ich mich vergesse.«

»Es gibt Mittel und Wege«, erklärte Fanny. »Mit heißen Bädern. Und Tee. Die Frauen im Stavenhof wissen, wie man an so was rankommt. Ich könnte hingehen und sie um Rat fragen …«

»Du meinst, wir töten das Kind?«

Helga hatte immer noch die schrecklichen Worte im Ohr, die Peters Eltern gebrüllt hatten. Doch das, was Fanny sagte, klang noch viel schrecklicher. Auch Jürgen war kreidebleich geworden.

Sie saßen an einem der eierschalenfarbenen Tische in der Milchbar. Es war längst geschlossen, sicherheitshalber hatte Fanny die bunten Vorhänge zugezogen.

»Was für ein Leben erwartet dieses Kind denn?«, rief Fanny und klang dabei vollkommen verzweifelt. »Sie werden es, kaum, dass es geboren ist, in ein Heim stecken. Willst du das? Sag mir, Helga, willst du das?«

Helga schüttelte den Kopf. Er dröhnte. Ohne recht zu wissen, warum, hatte sie eine Hand auf ihren Bauch gelegt. Sie wusste, dass sie dort noch nichts spüren konnte. Sie hatte all das, was dazu führte, dass sie nun schwanger war, nicht gewollt. Hätte sie in der Zeit zurückreisen und alles ungeschehen machen können, sie hätte keine Sekunde gezögert. Und doch. In ihr wuchs ein Kind heran. Ein kleiner Mensch, ihr ganz und gar ausgeliefert. Seiner Mutter.

Und Fanny wollte es töten.

»Komm.« Sie stand auf, griff nach Jürgens Hand, zog ihn mit sich. In der Tür zum Eisraum drehte sie sich noch einmal um.

»Ich weiß nicht, was mit unserer Mutter passiert ist«, sagte sie zu Fanny. »Ob ihr etwas zugestoßen ist oder ob sie sich von uns abgewandt hat. Aber eines weiß ich ganz genau: Ich werde dieses Kind bekommen und es lieben und umsorgen, solange ich lebe.«

Jürgen war immer noch kreidebleich, doch er nickte ihr ernst zu.

Nebeneinander stiegen sie die Treppe hinauf. Als Fanny

unten zu brüllen begann, presste Helga beide Hände auf ihre Ohren.

»Sie werden es dir wegnehmen!«, brüllte Fanny. »Glaub mir, ich weiß, wovon ich rede!«

4. August 1945, am Nachmittag

Es ist mir gelungen, einen Arzt zu holen. Die schwangeren Zwillingsmädchen führten mich zu ihm. Er logiert im Hinterzimmer eines Kiosks am Hohenzollernring und verlangte, im Voraus bezahlt zu werden. Ich gab ihm Vaters goldene Uhr, und als ich sie ihm reichte, mit zitternden Händen, sah ich, dass seine Finger ganz fleckig waren von einem krustigen Ausschlag. Meine Verzweiflung wuchs, als er mir folgte und dabei so sehr wankte, dass ich fürchtete, er würde stürzen. Er war entweder sehr krank oder vollkommen betrunken, ich weiß es nicht.

Endlich im Bunker angekommen, fühlte er Metas Puls und ihre Stirn, verlangte, dass sie die Zunge herausstreckte und ein paar einfache Fragen beantwortete.

»Wollen Sie sie nicht abhören?«, fragte ich ihn. Da ging er auf die Knie und legte sein schwartiges Ohr auf Metas Brust. Ich sah, wie sie trotz des Fiebers und der Schwäche versuchte, von ihm wegzurücken.

»Es ist gleich vorbei«, flüsterte ich und half dem Mann hoch.

»Wird Tante Meta wieder gesund?«, fragte Helga, die alles genau beobachtet hatte.

»Aber natürlich, kleines Fräulein, natürlich«, murmelte er und fügte, an mich gewandt, hinzu: »Es ist ein harmloser Infekt. Achten Sie darauf, dass sie genug trinkt. Und besorgen Sie ihr ein paar Vitamine, Orangen, so etwas, Sie wissen schon.«

Himmel, woher soll ich Orangen bekommen? Wir Frauen,

die wir entschutten, dürfen uns einmal in der Woche von dem, was am Großmarkt übrig bleibt, die Taschen vollmachen. Doch das Gemüse und das Obst sind faul und stinkig. Wir schneiden klitzekleine Stückchen heraus, die gerade noch genießbar sind. Es gibt keine Orangen, keine Vitamine. Die Kinder bräuchten sie auch dringend, sie werden blasser von Tag zu Tag, ihre Haut ist rau, ihre Mundwinkel eingerissen.

Ich habe keine Orangen. Ich habe nichts. Und das Letzte, was von Wert war, Vaters Uhr, ist nun auch weg.

Meine große, starke Schwester. Sie liegt darnieder, so dünn, dass ihr Körper sich kaum abzeichnet unter den Lumpen, mit denen ich sie bedecke.

Entschuldige, Liebster, jemand kommt ...

Die Frau, die für Meta ihre Koje räumen musste und die nun nebenan untergebracht ist, steckte ihren Kopf herein.

»Ist es was Ernstes?«, fragte sie. »Sie wissen, wenn es eine Seuche ist, hole ich die Aufsicht.«

»Nein, nein«, beeilte ich mich zu sagen. »Der Arzt war gerade hier, er sagt, es ist ein harmloser Infekt.«

Sie schien mir kaum zu glauben.

Ich aber, mein Liebster, klammere mich an die Hoffnung, dass dieser seltsame Arzt recht behält.

Nun ist Meta erwacht.

»Lass mich gehen«, flüstert sie. »Lass mich gehen, Elisa. Unternimm keine Anstrengungen, um mich zu retten. Rette dich und die Kinder.«

Oh, Liebster, was soll ich bloß tun?

29. Kapitel

Als Helga an einem Abend Ende November die blaue Treppe herunterkam, stand zum ersten Mal, seit sie beim Westdeutschen Rundfunk arbeitete, nicht die Frau in den zu engen Kleidern am Pförtnertresen, sondern jemand anders. Sie erkannte die Dame in dem vornehmen Kostüm sofort. Einen Moment lang war sie versucht, stehen zu bleiben und Oksana zu begrüßen. Sie hatte auf Konradins Brief nicht geantwortet, und als sie nun den Schlüssel zum Redaktionsbüro auf die Ablage legte, sah sie seinen flehentlichen Blick. Doch auch wenn sie ihm längst alles verziehen hatte, so wusste sie doch nicht, was sie ihm hätte sagen können. Und so huschte sie hinaus, als seien sie einander fremd.

Sie brauchte all ihre Kraft, um nicht von morgens bis abends zu weinen. Mit Fanny hatte sie kein Wort mehr gewechselt. Jürgen war so bedrückt, dass sie ihn kaum ansehen konnte. Und der Vater wusste von nichts. Wie sollte sie ihm erklären, dass sie ein Kind erwartete? Wie nur?

Ganz zu schweigen davon, was Tante Meta sagen würde.

Helga war immer noch ständig übel. Hinzu kam der Heißhunger. Es widerstrebte ihr, in einem fort Essen in sich hineinzustopfen. Sie fand, dass Nahrungsmittel dazu viel zu kostbar waren. Aber wenn sie auch nur eine Stunde nichts aß, wurde ihr so schummrig, dass sie fürchtete, ohnmächtig zu werden.

Im Haus an der Eigelsteintorburg angekommen, führte ihr erster Weg sie in die Küche an den Kühlschrank. In einer abgedeckten Schüssel fand sie eine große Portion Kartoffelsalat. Dankbar, aber auch mit einem schlechten Gewissen, setzte sie sich damit auf das alte Küchensofa und begann, direkt aus der Schüssel zu essen. Fanny sprach nicht mit ihr, aber sie sorgte Tag für Tag dafür, dass Helga immer etwas Leckeres zu essen hatte.

Wir müssen Frieden miteinander schließen, dachte Helga und wischte sich eine Träne aus dem Gesicht. Fanny hatte es bestimmt nur gut gemeint, als sie vorschlug, die Schwangerschaft abzubrechen. So, wie Fanny es immer gut mit ihr meinte.

Plötzlich musste sie so sehr weinen, dass ihr die Schüssel aus der Hand glitt und auf dem Fußboden zerschellte.

»O nein!«, jammerte Helga. »Der gute Kartoffelsalat!«

»Der gute Kartoffelsalat«, äffte da eine Stimme sie nach, die machte, dass Helgas feine Haare im Nacken sich augenblicklich aufstellten. »Als hättest du keine anderen Sorgen!«

Meta war hereingekommen. Sie trug, wie immer, wenn sie ausging, die hohen Schuhe und den dunklen Schleier. Jetzt riss sie sich ihn vom Kopf. Ihre Haare hatten den für sie typischen metallischen Glanz. Im Licht der Küchenlampe sahen sie vollkommen unnatürlich aus.

»Sitzt hier und stopfst Essen in dich hinein. Rennst jede

Nacht zig Mal ins Badezimmer. Übergibst dich, dass man es bis oben hört. Und glaubst allen Ernstes, du kämest damit durch? Deinen Vater magst du täuschen, diesen Jämmerling. Mir aber machst du nichts vor!«

»Ich …«, stammelte Helga, »ich …«

»Halt's Maul, elendes Drecksbalg. Ist das der Dank dafür, dass ich euch hier aufgenommen habe, in meinem Haus? Dass du mich zum Gerede machst mit einem Bastard? Sag schon, ist es von dem Polacken unterm Dach?«

»Nein«, presste Helga zwischen den Zähnen hervor. »Es ist nicht von Konradin.«

»Du lügst doch, sobald du den Mund aufmachst. Aber wen interessiert's. Das Balg muss weg.«

»Wie bitte?«

»Sag nicht, du willst es behalten!«

»Doch«, antwortete Helga und merkte, wie der Trotz in ihrer Stimme die Augen der Tante vor Wut ganz schmal werden ließen. Sie holte tief Luft, straffte den Rücken und schaute Meta geradeheraus an. Mochte ihr noch so elend zumute sein, sie würde der Tante die Stirn bieten. »Ich bin fest entschlossen, das Kind zu behalten und es großzuziehen. Ich werde ihm eine gute Mutter sein.«

Einen Moment sah es so aus, als wollte Meta sie schlagen. Sie hatte den Arm schon erhoben. Doch dann ließ sie ihn sinken, sackte schwer neben Helga auf das Küchensofa und begann so unvermittelt zu lachen, dass Helga angst und bange wurde. Sofort musste sie an das Lachen von Peters Mutter denken, das so fürchterlich geklungen hatte. Metas

Lachen aber kam ihr vor, als lache gar kein menschliches Wesen, sondern ein Höllenhund.

»Behalten!«, bellte Meta und klatschte sich auf die Schenkel. »Großziehen! Eine gute Mutter!«

Helga rückte schnell ein Stück von ihr weg. Die Tante schien vollkommen übergeschnappt zu sein. Im nächsten Augenblick verstummte Meta. Ein Schweigen machte sich in der Küche breit, so eisig, dass Helga zu frösteln begann. Und als Meta wieder sprach, hatte Helga das Gefühl, mit jedem ihrer Worte bisse sie ein Stück aus ihrem Herz.

»Du kommst ganz nach deiner Mutter. Vertrauensselig bis zum Gehtnichtmehr. Aber bring ihn nur zur Welt, den Bastard. Tu das. Und bring Schande über die ganze Familie. Was meinst du, welches Mädchen deinen Bruder noch will, bei einer solchen Schwester? Die Tochter des evangelischen Pfarrers, mit der er herumpoussiert, ganz bestimmt nicht. Es wird auch niemand mehr seine Kinder in dieses Etablissement im Erdgeschoss gehen lassen, diese Milchbar, da kann deine Freundin Fanny sich noch so aufplustern. Mir soll's recht sein, soll sie wieder putzen gehen und von der Hand in den Mund leben. Und dein Vater? Nun ja, deinen Vater wird es zerstören. Sein Goldlöckchen eine Hure. Das überlebt er nicht.«

»Nein«, hauchte Helga. »Nein, das ist nicht wahr.«

Doch tief in ihrem Herzen ahnte sie, dass Metas düstere Prophezeiungen sich alle erfüllen würden, eine nach der anderen.

»Um dich soll's nicht schade sein.« Meta wuchtete sich vom Sofa hoch. Wie immer saß das Kleid, das sie trug, zu eng um ihre Hüften, außerdem war es deutlich zu lang. »Aber das Kind tut mir leid. Ein Leben im Heim, in der Obhut von Nonnen? Nun ja, manchen bekommt's gut, anderen weniger.«

Meta stieß ein so dreckiges Lachen aus, dass Helga das Blut in den Adern gefror. Ihr war, als könne sie keine Minute länger zuhören. Sie fiel auf die Knie und begann mit hochrotem Kopf, die Scherben der zerbrochenen Schüssel aufzusammeln. Wenn Meta doch bloß gehen würde! Sie wollte das alles nicht hören. Vor allem, weil Fanny das Gleiche gesagt hatte, wenn auch nicht so brutal.

»Wenn ich morgen früh an deine Zimmertür klopfe, folgst du mir ohne Widerworte.« Meta stand jetzt in der Küchentür und sah auf Helga herab, riesengroß schien sie. »Wasch dich gründlich und iss jetzt nichts mehr. Du machst mich nicht zum Gerede, du nicht.«

»Nein!«, schrie Helga. Eine Scherbe schnitt ihr in die Hand. Das Blut tropfte auf ihr Kleid, auf den Boden, mischte sich mit dem Kartoffelsalat. Helga tat nichts, um es zu stoppen. Sie weinte und weinte.

In der Nacht holte sie ihre Kladden hervor und saß lange darübergebeugt. Seit Wochen hatte sie nichts mehr hineingeschrieben, und auch jetzt brachte sie keinen einzigen Buchstaben zu Papier. Alles, was sie schrieb, war eine kurze Nachricht an Konradin, die sie ihm zitternd unter der Tür zum Dachgeschoss durchschob. *Bitte entschuldige mich beim Redakteur Riecken,* stand darauf. *Ich bin krank.*

Am Morgen um kurz nach sechs klopfte es an die Tür.

Ganz leise, doch es dröhnte so sehr in Helgas Ohren, sie wusste, sie würde dieses Klopfen niemals vergessen.

Das kleine Haus befand sich auf der anderen Rheinseite, in Köln-Deutz. Es war mehr eine Hütte, die sich in einem Hinterhof an eine verlassene Werkstatt schmiegte. Sie hatten zu Fuß und mit verschiedenen Bahnen mehr als eine Stunde gebraucht. Als sie eintraten, warteten bereits ein Mädchen und eine ältere Frau auf einer einfachen Bank. Die Frau hielt die Hand des Mädchens, und als Meta sich grußlos neben sie fallen ließ, rückten sie sogleich ein Stück von ihr ab. Es gab keinen weiteren Sitzplatz. Und so blieb Helga nichts anderes übrig, als sich mit zitternden Knien gegen die Wand zu lehnen.

Niemand sprach ein Wort. Hinter einem Vorhang schien sich ein weiterer Raum zu befinden. Helga hörte eine Frau wimmern, eine andere redete beruhigend auf sie ein.

»Nur einen Moment noch, gleich ist es überstanden.«

Dann das Geräusch von platschendem Wasser, ein Schrei. Stille.

Der Vorhang wurde beiseitegezogen. Als die beiden Frauen heraustraten, die eine auf die andere gestützt, wandte Helga sich ab. Und als das Mädchen hineinging, begleitet von der Alten, riss sie die Arme hoch und presste beide Hände auf ihre Ohren.

Bald darauf setzte neues Wimmern ein, lauter und verzweifelter als das Wimmern zuvor. Doch Helga hörte es nicht. Sie träumte sich weg aus der Hütte, aus Köln, aus Deutschland. In Gedanken kehrte sie zurück nach Frankreich, zu Tante Claire und Onkel Albert. Das Wimmern wurde zum Ruf der Eule, die nachts um das alte Gut flog. Es wurde zum Läuten der Glocken, die aus dem Dorf heraufschallten, zum Knattern des uralten Traktors. Helga stand nicht mehr zitternd an eine Wand gelehnt, sie saß mit Tante Claire in der Küche und buk einen *Bûche de Noël*. Sie sehnte sich so inständig fort, dass sie fast glaubte, sie könne den Weihnachtsbaumstammkuchen riechen, ihn schmecken.

»Wird's bald?«

Das Traumbild zerstob. Tante Meta zerrte sie hinter den Vorhang.

Die Frau, die sie erwartete, war klein und vollkommen weißhaarig. Sie trug eine Schürze, die ihr vom Kinn bis zu den Füßen reichte. Ihre Augen schauten freundlich, waren jedoch ohne jeden Glanz.

Meta gab ihr ein paar Scheine und wandte sich zum Gehen.

»Sie bleiben nicht? Sie müssen das Mädchen beruhigen, es festhalten. Sie wäre nicht die Erste, die im letzten Moment davonrennt.«

»Dazu fehlt ihr der Mumm.« Meta bedachte Helga mit einem letzten, vernichtenden Blick, dann rauschte sie hinaus.

»Deine Mutter?«

»Meine Tante«, flüsterte Helga.

»Ich kenne diese Art von Frauen. Ihre größte Sorge ist, zum Gerede zu werden. Meist haben sie selbst etwas zu verbergen. Weißt du, in der wievielten Woche du bist?«

»In der achten, glaube ich.«

»Und der Kindsvater?«

Helga schüttelte stumm den Kopf. Der Gedanke an Peter bereitete ihr nach wie vor Übelkeit.

»Zieh den Rock aus und die Unterhose und leg dich dort drüben auf den Tisch. Und nimm das hier zwischen die Zähne.«

Die Frau rieb ein Stück Holz an ihrer Kittelschürze trocken und reichte es Helga. Es war voller Bissspuren.

Helga würgte. Doch als die Frau mit der langen, spitzen Zange kam, nahm sie das Holz in den Mund. Und als die Zange tief in sie hineinfuhr, da biss sie darauf und ächzte nur ganz leise.

»Sei unbesorgt. Du bist noch so jung, du wirst später noch Kinder bekommen. Kinder, die du lieben kannst.«

Helga wollte etwas erwidern, doch das Stück Holz in ihrem Mund hinderte sie daran. Die Frau bückte sich und nahm ein längliches Teil in die Hand, das Helga an einen aufgebogenen Kleiderbügel erinnerte. Sie machte etwas damit. Im ersten Moment fühlte es sich nur kalt an.

»Eine Mutter«, sagte die Frau, »kann nicht jedes Kind lieben. Manchmal sind die Umstände dagegen. Da ist es besser, man bereitet ein Ende.«

Im nächsten Augenblick kam ein Schmerz über Helga, der sie beinahe ohnmächtig werden ließ. Alles um sie herum wurde glühend rot. Sie hatte das Gefühl, ihr Bauch, ihr ganzer Körper stünde in Flammen. Sie brannte. Sie verbrannte bei lebendigem Leib!

»Das reißt ein bisschen«, sagte die Frau. »Aber gleich ist das Kind tot.«

Helga spürte einen Krampf, so gewaltig, sie biss das

Holz mitten entzwei. Es flog aus ihrem Mund, blutige Spuckefäden hingen daran. Sie rang nach Luft, doch da war keine. Da waren nur Feuer und Schmerz.

Wie von fern hörte sie die Frau etwas rufen. Hände, die nach ihr griffen, Arme, die sie niederrangen, ein Knie auf ihrem Bein.

Helga schnappte noch einmal nach Luft. Und dann schrie sie. Sie schrie, wie sie nie zuvor in ihrem Leben geschrien hatte. Der Schrei kam von ganz unten, aus ihrem Bauch, in dem das Feuer sie zerfraß. Er kam aus ihrem Herzen. Und er kam aus ihrer Seele. Sie schrie, riss den Mund weit auf, schrie weiter. Und plötzlich spürte sie eine Kraft in sich, von der sie nicht geahnt hatte, dass sie sie besaß.

Die Frau versuchte immer noch, Helga festzuhalten, doch Helga stieß sie fort, richtete sich auf. Zwischen ihren Beinen ragte die Zange hervor, das Längliche. Es war tatsächlich ein Kleiderbügel. Helga riss beides heraus. Der Schmerz war gewaltig, das Feuer vor ihren Augen wurde schwarz. Für einen Moment glaubte sie, doch noch die Besinnung zu verlieren. Dann war es vorbei. Der Schmerz zerriss sie. Und doch sah sie vollkommen klar.

»Nein«, sagte sie.

Helga versuchte, vom Tisch zu klettern, stürzte. Auf allen vieren suchte sie ihre Anziehsachen zusammen. Die Frau tat nichts, um sie aufzuhalten.

»Nein«, keuchte Helga. »Nein. Ich war selbst ein Findelmädchen. Ich kann kein Kind wegmachen lassen, ich kann es einfach nicht.«

Dann schleppte sie sich hinaus.

30. Kapitel

Draußen umfing sie eisige Kälte. Der Himmel war schwarz vor Wolken. Es nieselte.

Ich muss zum Rhein, dachte Helga. Wenn ich den Rhein finde, finde ich nach Hause.

Sie folgte den Möwen und dem Geruch von Tang und Wasser. Bei jedem Schritt fühlte es sich an, als würden tausend Messer in ihr wüten. Sie stolperte, wurde angerempelt, beschimpft. Helga nahm es kaum wahr. Alles, was sie spürte, waren Schmerz und Verzweiflung.

Als sie den Rhein erreichte, floss der Strom so still und sanft dahin, dass Helga eine eigentümliche Sehnsucht überkam. Eine weit geschwungene Brücke führte über das Wasser. Auf den Gleisen in ihrer Mitte fuhren Züge in den nahen Hauptbahnhof ein, auf Gehwegen rechts und links strömten die Menschen in die Innenstadt. Helga wurde mitgerissen, die meisten Fußgänger schienen es eilig zu haben. Doch je weiter Helga auf die Mitte der Brücke zukam, desto langsamer setzte sie ihre Füße voreinander, desto verzagter wurden ihre Schritte. Und als neben ihr die Lichter eines Zuges erschienen, der tiefrot lackiert war, der letzte Waggon so rund, als sei es ein Eierkopf, da blieb sie abrupt stehen. Der *Paris-Ruhr-Express* glitt an ihr vorbei. Beinahe war ihr, als rieche sie den Kaffee, der in der Bordküche gekocht wurde, als höre sie das Mädchen im Zugsekretariat eilig Briefe tippen.

Kein Jahr war es her, dass sie und Jürgen an Bord dieses Zuges zurück nach Köln kamen, das Herz voller Hoffnung, den Kopf voller Träume.

Nun jedoch war alles verloren.

Helga lehnte sich weit über das Geländer der Brücke. Ein schneidender Wind kam auf und fuhr ihr in die Kleidung. Unter ihr plätscherten die schwarzen Wellen des Rheins. Sie war durchgefroren bis auf die Knochen. Ihr Leben lang hatte sie sich vor der Kälte gefürchtet. Jetzt aber schien die Kälte plötzlich eine Freundin, mehr noch, eine Verbündete. Helga war, als locke sie sie aus der Tiefe. Als flüsterte das kühle Bett des Rheins: Komm.

Sie wusste, sie konnte das Kind in ihrem Bauch nicht abtreiben, sie brachte es nicht über sich. Doch was, wenn sie es gebar? Metas böse Worte zischten durch ihren Kopf. Der Vater würde nie mehr froh werden. Jürgen wäre für alle Zeiten gebrandmarkt als Bruder einer unverheirateten Mutter. Und Fanny könnte ihren Lebenstraum, die Milchbar, für immer schließen.

Nein, sie konnte dieses Kind nicht zur Welt bringen. Sie würde das Leben all jener zerstören, die sie liebte. Und dem Waisenhaus einen weiteren Zögling bescheren.

Helga sah Schwester Jovana vor sich. Das Kreischen der bremsenden Züge mischte sich mit dem unheimlichen Klirren des Rosenkranzes, den die Nonne stets bei sich trug.

Beinahe meinte Helga, ihren Schleier knistern zu hören. Sie roch das Erbrochene, das die kleine Bärbel aufessen musste. Erinnerte sich an die demütigenden Szenen im Schlafsaal, wenn die Mädchen ihre schmutzigen Unterhosen ins Gesicht gerieben bekamen. Erinnerte sich an die Schläge. An das, was Bärbel im Waisenhaus in der Eifel widerfahren war.

Nein. Niemals würde sie ein Kind in die Welt setzen, auf das ein solches Leben wartete.

Eine eigentümliche Ruhe kam über sie. Eine eiskalte Ruhe.

Langsam stellte Helga einen Fuß auf den unteren Teil des Geländers. Zog sich hoch.

Komm, flüsterte der mächtige Strom. Komm.

Helga dachte an den Vater, an Jürgen und Fanny. Der Gedanke, sie zu verlassen, zerriss ihr das Herz. Wie sollten sie das jemals überwinden? Wie sollten Tante Claire und Onkel Albert je wieder froh werden? Sie dachte an ihre ferne Mutter. War ihr etwas zugestoßen? Oder war womöglich auch sie der Verlockung gefolgt, das Leben, so, wie sie es führte, hinter sich zu lassen? Sie dachte an Anna und Karl, ihre lieben Freunde vom Buttermarkt. Gestorben an der Weißen Pest.

Und dann dachte sie an Bärbel. Wer würde nach der Kleinen sehen, wenn sie nicht mehr da war? Wohl kaum die Mutter, von der es hieß, sie sei eine Prostituierte.

Wann war sie selbst das letzte Mal zum Waisenhaus gefahren? Helga rechnete, und im nächsten Augenblick spürte sie, wie ihr glühend heiß wurde und dann wieder eiskalt. Zwei Wochen war es her, dass sie zuletzt nach den Murmeln geschaut hatte. Zwei Wochen! Was konnte in dieser Zeit alles geschehen sein!

Am Tag darauf war sie mit Jürgen zu Peters Eltern gegangen und auf so entsetzliche Weise gedemütigt worden. Seither war keine Stunde vergangen, in der die Verzweiflung sie nicht beinahe in den Wahnsinn trieb.

Sie hatte vergessen, nach Bärbel zu schauen. Vor lauter Kummer hatte sie das Waisenkind aus den Augen verloren.

»Ich habe Bärbel versprochen, sie niemals im Stich zu lassen«, schluchzte Helga leise. »Ich habe mein Versprechen gebrochen.«

Der Wind legte sich. Das Wasser des Rheins floss sanft und ruhig dahin, als ginge es das alles nichts an. Das Pochen in Helgas Bauch wurde so heftig, dass sie in die Knie sank. Ihre Hände umkrampften das eiserne Geländer.

»Ich will nicht sterben«, flüsterte sie unter Tränen. »Und ich will kein Kind im Stich lassen, das auf mich angewiesen ist.«

Dann richtete sie sich auf, kehrte der dunklen Flut des Rheins den Rücken, biss die Zähne zusammen und marschierte los.

Am anderen Ende der Brücke tauchte Helga ein in das Martinsviertel. Hier, in der Altstadt, waren die Gassen so eng, standen die Häuser so dicht beieinander, dass man fast nur die Arme ausstrecken musste, um sie links und rechts zu berühren. Das Kopfsteinpflaster war so schadhaft, wie sie es aus der Zeit nach dem Krieg erinnerte, doch die Häuser waren fast alle nach altem Vorbild neu errichtet. Nur das Stapelhaus war noch so kaputt wie nach dem Krieg, es bestand aus dem Rest einer einzigen Mauer und einem zerschossenen Turm.

Der schneidende Schmerz in Helgas Bauch hatte sich verwandelt in ein dumpfes Pochen, vermengte sich mit dem bangen Schlag ihres Herzens. Gleich hier um die Ecke hatten ihre Kinderfreunde Karl und Anna gelebt, in einer vom Krieg fast vollkommen zerstörten Bäckerei. Sie erinnerte sich an Fannys Worte, dass sie tot waren, gestorben an der Weißen Pest, und beschloss, einen großen Bogen um den Buttermarkt zu machen. Sie musste nach Bärbel sehen, das war alles, was zählte. Doch ehe sie sich's versah, stand sie vor einem Haus, das ihr schmerzlich bekannt vorkam, auch wenn sie es noch nie in einer solchen Pracht gesehen hatte.

Karls Elternhaus, einst abgebrannt bis auf das unterste Stockwerk, war vollkommen wieder aufgebaut. Es schmückte das alte Viertel, als sei nie ein Krieg darüber hinweggefegt. Eine prächtige Tür führte in den Laden, sie sah beinahe aus wie eine Kirchentür. Für einen Moment rissen die Wolken auf, ein einzelner Sonnenstrahl brach hindurch und brachte die Auslage, die voller feiner Küchlein war, zum Funkeln. Es war fast, als lächle die kleine Bäckerei Helga zu.

Und doch zog sich Helgas Herz zusammen. Denn über der Tür stand in goldenen Lettern *Bäckerei Nowak*. Der gleiche Schriftzug prangte auf einem Lieferwagen, der direkt neben dem Haus stand. Unter dem Wagen schien ein junger Mann zu liegen und ihn zu reparieren, nur ein Paar Beine in Arbeitshosen schauten heraus.

Anna und Karl hießen mit Nachnamen Odenthal.

Hier erinnerte nichts mehr an ihre Freunde von einst. Am liebsten wäre sie zurück zum Rhein gerannt, zum nahen Ufer. Ihr war, als könnte sie erneut den Lockruf der eisigen Flut vernehmen, bis hierher. Der Schmerz in ihrem Unterleib loderte auf, jäh und verbissen. Helga krümmte sich, vergrub ihre Zähne in ihrer rechten Faust, schmeckte Blut.

Dann drückte sie mühsam den Rücken durch und lief weiter, humpelnd.

Sie brauchte lange. Den Weg vom Eigelstein zum Waisenhaus kannte sie im Schlaf, nicht aber den vom Martinsviertel dorthin. Die Stadt hatte sich sehr verändert in den letzten Jahren, sie schien Helga vollkommen fremd. Erst als sie sich auf den Ringen wiederfand, gewann sie ein wenig Orientierung. Die Ringe führten sie bis zum Barbarossaplatz und von dort zur Luxemburger Straße, zur Berrenrather. Ein kleines Geschäft reihte sich hier an das nächste, dazwischen gab es Handwerksbetriebe, wurden Wohnhäuser gebaut. Je weiter sie kam, desto schneller lief Helga. In ihr war eine Unruhe, die sie vorwärtstrieb. Längst spürte sie den Schmerz kaum mehr, eine diffuse Angst hatte die Oberhand gewonnen.

Eine Murmel, hämmerte es in ihrem Kopf, und es ist alles in Ordnung. Zwei, es geht Bärbel nicht so gut. Drei Murmeln bedeuten Alarmstufe Rot, Bärbel braucht dringend Hilfe.

Als sie endlich den Beethovenpark erreichte, dämmerte es bereits. Keine Laterne erhellte die unebenen Wege. Helga stolperte, fing sich im letzten Moment. Mit Grausen dachte sie daran, dass der Park auf Trümmern errichtet worden war. All die Häuser, die der Krieg in diesem Stadtteil zerstört hatte, waren hier als Geröll abgeladen worden. Nun wuchs dorniges Gebüsch darauf, das mit scharfen Krallen nach ihr zu greifen schien. Selbst der Rosengarten, der ihr im hellen Sonnenschein so idyllisch erschienen war, wirkte an diesem späten Novembernachmittag abweisend und grau.

Da, ein leises Quieken. Hinter der Mauer, die den Beethovenpark vom Gelände des Waisenhauses trennte, erkannte Helga die Umrisse eines einzelnen Ferkels. Es zitterte so sehr in der winterlichen Kälte, sein Schatten zuckte durch das öde Gehege. Die beiden großen Schweine, die Bärbel stets so liebevoll gestreichelt hatte, waren fort. Geschlachtet, durchfuhr es Helga.

Über dem Hühnerstall daneben lag eine eigentümliche Stille. Entweder schlief das Federvieh, oder es war ebenfalls im Kochtopf gelandet.

Nahezu blind in der aufziehenden Abenddämmerung tastete Helga nach der Furche in der Mauer. Suchte mit fliegenden Fingern. Erspürte eine Murmel. Zog scharf die Luft ein und zog sie heraus. Sie fühlte sich weich an, ein feiner Belag aus Moos hatte sich über das alte, rissige Holz gelegt.

Helga tastete weiter. Fand eine zweite Murmel. Und gleich daneben eine dritte. Die dritte löste sich beinahe auf, so sehr hatten Regen und Feuchtigkeit ihr zugesetzt. An ihrer Unterseite spürte Helga einen schmierigen Belag. Das war kein Moos, das war ein Pilz oder gar Schimmel.

»O nein, o nein, o nein«, jammerte Helga. Drei Murmeln. Das bedeutete Alarmstufe Rot. Und sie lagen schon so lange hier, dass sie ganz verwittert waren.

Wie oft war Bärbel hergekommen und hatte zusehen müssen, wie die Murmeln sich in Wind und Nässe auflösten? Hatte sie überhaupt noch Hoffnung, dass Helga kommen und nach ihr sehen würde?

Mit bebenden Händen drückte Helga die Murmeln an ihr Herz. Sie hatte ein Versprechen gegeben. Sie musste Bärbel zu Hilfe eilen. Aber wie bloß?

Da sah sie in der rasch voranschreitenden Dunkelheit etwas blinken. In der Mauerritze steckten noch zwei Murmeln! Aber das konnte nicht sein. Sie hatte Bärbel nur drei Murmeln gegeben. Und warum leuchteten diese?

Helga bückte sich. Griff nach dem Blinkenden. Ertastete zwei Mal etwas Rundliches, doch eins nach dem anderen glitt ihr aus der Hand und verschwand im Dunkel. Helga fiel auf die Knie, langte ins nasse Gras, ein Mal, zwei Mal, viele Male. Endlich. Was sie fand, waren zwei kleine Kugeln, feuerrot. Es waren keine Murmeln, es waren Knöpfe. Und sie funkelten, als seien es echte Rubine.

In der einen Hand hielt Helga die alten, rissigen Murmeln und die rot funkelnden Knöpfe, die andere presste sie auf ihren Mund. Sie hätte schreien mögen vor Entsetzen. Bärbel hatte in ihrer Verzweiflung die Augen ihres Stoffhäschens ausgerissen und neben die drei Murmeln gelegt. Es war mehr als Alarmstufe Rot.

»Ich hole dich da raus«, flüsterte Helga. »Wie auch immer ich es anstelle, Bärbel, ich hole dich raus.«

Mühsam zog sie sich an der Mauer hoch, ignorierte das

Wüten in ihrem Bauch. Schob die Murmeln und die Knöpfe in die Tasche ihres Mantels. Erstarrte. Zog sie wieder hervor, betrachtete die Knöpfe noch einmal ganz genau. Schnappte nach Luft.

Es gab keinen Zweifel. Sie hatte diese Knöpfe schon woanders gesehen.

Und mit einem Mal wusste sie, wer Bärbels Mutter war.

5. August 1945, am Abend

Liebster, weißt Du noch? Vater sagte immer, wenn man glaubt, es gäbe gar keine Hoffnung mehr, sei das Tröstende nicht weit. Unser lieber, guter Vater. Heute hat er wieder einmal recht behalten.

Ich hatte ein solch dringendes Bedürfnis, nach unserem Haus zu sehen, dass ich Meta allein ließ. Sie schien mir wacher als gestern und sogar ein bisschen rosiger. Helga kümmert sich rührend um sie, und Jürgen lässt die beiden keinen Moment aus den Augen. Als ich jedoch am Eigelstein ankam, wurde mir so schwer ums Herz, dass ich am liebsten gleich wieder umgekehrt wäre. Die Engländer residieren in unserem Zuhause, als wäre es ihres. Ich musste all meinen Mut zusammennehmen, um den Wachhabenden anzusprechen.

»When will you leave?«, fragte ich ihn. »Wann werden Sie gehen?«

»Soon«, antwortete er zu meiner Überraschung. »Bald.«

Ich bedrängte ihn mit Fragen, doch viel mehr, als dass die in unserem Haus untergebrachten Offiziere demnächst woanders logieren würden, bekam ich nicht aus ihm heraus.

Du ahnst gar nicht, mein Liebster, wie leicht mir dennoch ums Herz wurde.

Ich machte mich frohgemut auf den Rückweg, als plötzlich jemand meinen Namen rief. Es war die alte Nieß, Du erinnerst Dich bestimmt, unsere Nachbarin von schräg gegenüber. Sie stand mit einem verstaubten Koffer im Eingang ihres halb zerbombten Hauses und gab mir zwinkernd zu verstehen, ich solle ihn öffnen. Ich konnte kaum glauben, was ich darin fand! Der Koffer war randvoll mit meinen alten Kleidern, sogar Stücke von Meta fanden sich noch darunter!

»Das habe ich gerettet, bevor die Plünderer kamen«, sagte die Nieß. »Sie konnten ja kaum etwas mitnehmen, als Sie flüchteten, und ich dachte, wenn Sie eines Tages heimkommen, werden Sie sich darüber freuen.«

Du ahnst, mein Liebster, wie lieb ich die Nieß gehalten habe.

Ich schleppte den Koffer zum Bunker, und dort holte ich jedes Kleidungsstück hervor und zeigte es Meta. Sie sind allesamt von sehr guter Qualität, sie haben die Zeit hervorragend überstanden.

»Schau«, sagte ich, »wenn du wieder gesund bist, kleiden wir uns wie damals, als wir noch etwas darstellten.«

Ich holte sogar die Besitzurkunde unseres Hauses hervor, die ich klein zusammengerollt stets in einem ledernen Beutel an meiner Brust trage, und hielt sie so, dass Meta einen Blick darauf werfen konnte.

»Behalte den Mut«, redete ich ihr gut zu. »Wir sind immer noch im Besitz unseres Hauses. Bald gehen wir dorthin zurück.«

Meta lächelte, und sogar die Frau aus der Koje neben unserer, die immer so unfreundlich schien, kam herüber und bewunderte die Kleider. Sie scheint mir nun viel umgänglicher, vielleicht habe ich ihr unrecht getan, als ich so schlecht über sie dachte.

Meta betastete die Urkunde, die Stoffe, dann fiel sie in einen tiefen Schlaf. Ich habe versucht, sie zu wecken, damit sie *etwas isst, es ist mir nicht gelungen. Möge sie sich gesund schlafen und morgen erfrischt und munter erwachen.*

31. Kapitel

Es war früher Abend, als Helga endlich am Eigelstein ankam. Sie spürte keine Erschöpfung mehr, keinen Schmerz. Ihr Körper war taub, ihr Kopf so heiß, als habe ein Fieber von ihr Besitz ergriffen.

Die Milchbar war verrammelt. »Geschlossen wegen Krankheit«, verkündete ein Schild auf der blauen Hauswand. Die Eismaschine im Hinterzimmer stand still. Doch als Helga leise die Schiebetür zum Gastraum aufschob, sah sie Fanny an einem der eierschalenfarbenen Tische sitzen, reglos, als sei sie vollkommen erstarrt, das Gesicht kalkweiß, die Augen rot verweint. Sachte, wie um sie nicht zu stören, zog Helga einen Stuhl heran und setzte sich zu ihr. Fanny schien sie gar nicht wahrzunehmen.

Sie hatten kein Wort miteinander gewechselt in den letzten Tagen. Helga war sich ziemlich sicher, dass Fanny nicht wusste, dass Meta sie zu einer Engelmacherin geschleppt hatte. In dem Moment, als sie die Freundin sah, das Gesicht versteinert, beschloss sie, ihr davon auch nichts zu erzählen. Das musste warten. Fanny hatte immer für sie gesorgt. Nun musste sie für Fanny da sein, auch wenn dieser Tag sie bereits fast all ihre Kraft gekostet hatte.

Helga griff in ihre Manteltasche, holte die Murmeln hervor, die beiden Knöpfe. Strich sanft mit der Spitze ihres Zeigefingers über Fannys Ärmel. Fanny trug das hübsche rote Kleid, das sie selbst geschneidert und am Eröffnungstag der Milchbar getragen hatte. Langsam legte Helga die Murmeln auf den Tisch, eine nach der anderen, daneben die rot funkelnden Knöpfe. Sie funkelten, als seien sie echte Rubine. Und es waren haargenau die gleichen wie an Fannys Kleid.

»Du hast das Häschen genäht«, sagte Helga leise. »Du bist Bärbels Mutter.«

»Du hast es also herausbekommen.«

Fanny klang kein bisschen überrascht, sondern vielmehr so, als sei jedes Leben aus ihr entwichen. Ihr Gesicht blieb vollkommen unbewegt.

»Ich hätte es schon viel früher merken müssen«, entgegnete Helga. »Es tut mir leid, Fanny, ich war viel zu sehr mit mir selbst beschäftigt! Allein deine Verzweiflung, nachdem ich dir erzählt hatte, was Bärbel im Waisenhaus erleiden muss – ich habe es nicht verstanden. Verzeih mir, bitte!«

»Ich habe geglaubt, man sorge dort gut für sie.« Immer noch war Fannys Stimme ohne jedes Leben. »Ich hatte keine Ahnung …« Ihre Stimme erstarb.

»Warum hast du nie etwas gesagt?«

»Lass mich allein, bitte.«

In Fannys Augen sah Helga einen Kummer, der ihr das Herz abschnitt.

»Ich lasse dich nicht allein.« Helga rückte ein bisschen

näher und strich noch einmal über Fannys Arm. »Nie und nimmer. Warum lebt Bärbel im Heim? Warum ist sie nicht bei dir?«

»Das fragst du?« Mit einem Mal sprang Fanny auf und begann, in der Milchbar auf und ab zu rennen. Sie sprach leise, abgehackt und dabei so schnell, als habe sie ihr Geheimnis bereits viel zu lange allein mit sich herumgetragen. Sie war kaum zu verstehen. Und doch brannte sich jedes ihrer Worte in Helgas Seele.

»Ich habe alles getan, um meine Vergangenheit hinter mir zu lassen, alles! Ich habe mich hochgearbeitet, von ganz unten. Direkt nach Bärbels Geburt habe ich angefangen, aus einem Bauchladen heraus kleine Speisen zu verkaufen. Die Zutaten habe ich mir erbettelt, im Müll zusammengeklaubt. Ich konnte immer schon aus dem Allereinfachsten etwas Besonderes machen. Es war kurz nach der Währungsunion, es ging aufwärts, die Leute gönnten sich etwas. Ein Jahr später tauschte ich den Bauchladen gegen einen Handkarren. Ich selbst aß nur altes, trockenes Brot, jeden Pfennig habe ich mir vom Munde abgespart. Ich schlief in Ruinen, zwischen anderen Obdachlosen, man hat mir mehr als einmal Gewalt angetan. Doch ich hielt durch, denn ich hatte einen Traum: einen Ort zu schaffen, wo Milch und Honig fließen und wo ich mit meiner Tochter in Sicherheit leben kann.«

»Du hast diesen Ort erschaffen.« Helga wies auf die Theke, auf den Hahn, aus dem tatsächlich Milch floss.

Fanny nickte, setzte sich kurz, rang die Hände, sprang wieder auf.

»Ich wurde auf deine Tante aufmerksam. Eine Kriegerwitwe, die plötzlich ihren doch noch heimgekehrten Schwager aufnehmen musste. Von der es hieß, sie lebe vollkommen zurückgezogen, gehe nur ungern vor die Tür. Und die dieses hochherrschaftliche Haus besaß, heruntergekommen zwar, doch als ich es sah, wusste ich sofort, dies war der richtige Ort für meine Milchbar. Meta zu überzeugen war nicht schwer, sie fürchtete, dass man ihr noch mehr Flüchtlinge zuweisen würde, wenn das Erdgeschoss länger leer stünde, du weißt, wie groß die Wohnungsnot ist. Dann doch lieber eine junge Frau hier wohnen lassen und eine horrende Miete verlangen. Mich bekam sie als kostenlose Arbeitskraft dazu. Seither nehme ich ihr fast alle Gänge ab, sie muss das Haus kaum noch verlassen. Nur dein Vater war nicht begeistert von der Milchbar, er erwartete eure Rückkehr aus Frankreich und sorgte sich um das Seelenheil seiner Tochter.«

Fanny hielt inne.

»Er ist ein guter Vater«, sagte sie dann. »Er mag still und verstockt sein, aber er sorgt für dich und Jürgen.«

Sie machte eine unbestimmte Handbewegung, wies auf Helgas Bauch. »Es wird Zeit, dass du es ihm sagst.«

Helga zuckte zusammen. Jetzt bloß nicht über das Kind sprechen oder gar über den Vater.

»Und deine Familie?«, fragte sie schnell. »Was ist mit deinen Eltern?«

Ein Schatten fiel über Fannys Gesicht. Sie ließ sich auf einen Stuhl fallen, doch sie drehte sich weg, und als sie weitersprach, war es, als spreche sie gar nicht zu Helga, sondern zur Wand.

»Sie sind alle tot«, sagte sie leise. »Ermordet.«

»Nein!«

Helga musste an die Nummer denken, die sie meinte auf Fannys Arm gesehen zu haben, an die Tätowierung. Sollte es wirklich wahr sein?

Sie spürte, wie ihr entsetzlich übel wurde. Die Angst vor dem, was Fanny nun womöglich berichten würde, trieb ihr den kalten Schweiß auf die Stirn. Am liebsten wäre sie hinausgerannt. Doch das kam nicht infrage. Fanny war ihre Freundin.

»Bitte«, sagte sie deshalb. »Bitte, erzähl es mir.«

Fanny schwieg eine lange Weile. Als sie wieder zu sprechen begann, war ihre Stimme so leise und gleichtönig, als rede da gar kein Mensch, sondern eine Maschine.

»Wir waren Fahrende«, sagte Fanny, immer noch mit dem Gesicht zur Wand. »Unser Zuhause war ein hölzerner Karren, unser kostbarster Besitz das Pferd, das davorgespannt war. Wir zogen über das Land. Mein Vater verdingte sich als Kesselflicker, als Hausierer, meine Mutter verkaufte Kräuter und Tee, besserte für andere Leute deren Kleider aus. Wir Kinder arbeiteten von klein auf mit. Oft hat man uns davongejagt, uns verlacht, bespuckt. Wir waren immer Anfeindungen ausgesetzt. Aber wir hatten einander, wir kamen zurecht. Doch als ich elf Jahre alt war, änderte sich plötzlich alles. Man zwang uns, in ein Lager im Norden von Köln zu ziehen, nach Bickendorf. Es war furchtbar dort, ein hoher Maschendrahtzaun war rund um das Gelände gezogen. Die Nazi-Schergen kontrollierten uns ständig, drangsalierten uns, wo sie nur konnten. Als sie anfingen, uns zu vermessen, glaubte ich, es könne nicht mehr schlimmer kommen. Sie untersuchten unsere Köpfe, machten Abdrücke von unseren Händen und Füßen, nahmen uns sogar Blut ab. Ich lernte, dass ich minderwertig war, asozial.«

»Aber das bist du nicht!«, brachte Helga heraus.

Fanny schien sie gar nicht zu hören.

»Es war nicht das Schlimmste«, fuhr sie fort. Ganz langsam stand sie auf, machte ein paar Schritte durch den Raum, hinter die blau-gelb gestreifte Theke, begann im Zeitlupentempo, die Ablage abzuwischen, dabei war sie bereits blitzsauber.

»Ich war dreizehn, als man uns in ein Lager an der Messe brachte, wochenlang hielt man uns dort fest, pferchte uns schließlich in Züge und verschleppte uns in den Osten. Zwei Jahre lang habe ich in Polen in einem Lager gelebt, Straßen gebaut, Grenzbefestigungen, neue Lager. Mein kleiner Bruder starb als Erster. Er war krank seit seiner Geburt, die harte Arbeit, der Hunger, es ging schnell. Vater und Mutter folgten ihm bald, ebenso meine älteren Brüder. Als sie uns schließlich nach Birkenau brachten, waren nur noch meine Schwester und ich übrig.«

Fanny ging zur Spüle, drehte den Wasserhahn auf, wrang den Lappen aus, mit dem sie über die Theke gewischt hatte. Immer und immer wieder. Helga verfolgte mit Grausen ihr Tun. Die liebe, tüchtige Fanny, der immer alles so leicht von der Hand ging, bewegte sich vollkommen ungelenk. Als sei sie eine Aufziehpuppe.

»Ich habe schnell verstanden, was vor sich ging.« Fanny sprach weiterhin so leise, über das rauschende Wasser hinweg war sie kaum zu hören. »Einer der Bewacher fand Gefallen an meiner Schwester, doch sie wehrte sich und weinte. Am nächsten Tag schickte man sie ins Gas. Als er nach mir griff, weinte ich nicht. Ich war fünfzehn, ich wusste von nichts. Aber ich wusste, dass ich leben wollte. Und ich habe das Lager lebend verlassen, als Einzige meiner Familie.«

Fanny drehte das Wasser ab. Wrang ein letztes Mal den Lappen aus. Lehnte die Stirn gegen das Wandgemälde mit der Unterwasserlandschaft.

»Ich wollte nicht zurück nach Köln, ich irrte durch halb Europa, wie so viele damals. Aber letzten Endes, nach über einem Jahr, landete ich doch hier. Der Krieg war vorbei, aber die Stadt war vollkommen zerstört, Zehntausende immer noch ohne Obdach. Der Winter kam, die Menschen litten Hunger. Ich hatte nichts und niemanden mehr. Ich traf einen jungen Mann, Willibald, eine Ausgeburt des Bösen. Er wurde mein Zuhälter. Ich tat, was ich auch zuvor getan hatte, um zu überleben.«

Fanny stieß sich von der Wand ab, drehte sich zu Helga um. Kam sehr langsam zurück zum Tisch, setzte sich. Und sah ihr geradewegs in die Augen.

»Damit ist es heraus«, sagte sie. »Ich war eine Hure. Und Bärbel ist das Kind eines der vielen britischen Soldaten, die hier in Köln nach dem Krieg stationiert waren und deren Namen ich in dem Moment vergaß, in dem sie von mir ablie-ßen. Jetzt weißt du es.«

Helga war, als müsse sie schreien vor Entsetzen. Doch sie saß wie vom Donner gerührt da. Was Fanny ihr gerade erzählt hatte, nahm ihr den Atem. Wie, fragte sie sich, hatte

Fanny das alles überlebt? Wie konnte sie weiterhin so fröhlich sein, so den Menschen zugewandt? Helga rang nach Luft. Suchte nach Worten. Schließlich ergriff sie Fannys Hände und zog sie an sich.

»Ich weiß vor allem«, krächzte sie, »dass du meine allerliebste Freundin bist. Und dass ich Bärbel liebe, als sei sie meine kleine Schwester. Und dass nichts und niemand daran jemals etwas ändern wird.«

Da war es, als zerreiße etwas in Fanny. Sie sackte in sich zusammen und begann bitterlich zu weinen. Helga aber hielt sie und wiegte sie in ihren Armen.

»Was ist geschehen?«, fragte sie später, als sie sich voneinander lösten. »Ich habe mit Bärbel einen geheimen Code vereinbart, und als ich heute im Waisenhaus war, hatte ich den Eindruck, es ist etwas Schreckliches passiert.«

Wieder legte sich über Fannys Gesicht ein Schatten, noch dunkler als zuvor.

»Sie haben sie weggebracht«, flüsterte sie. »In ein Waisenhaus in Norddeutschland. Dort gibt es eine Gruppe nur für Mischlingskinder. Sie sollen unter sich bleiben. Ich darf sie dort nicht besuchen.«

»Nein!«, rief Helga. »Du bist ihre Mutter! Bärbel gehört zu dir!«

»Du weißt jetzt, was ich bin. Keine ledige Mutter bekommt das Sorgerecht für ihr Kind. Ich aber bin nicht einmal das, ich bin eine Hure.«

Wieder begann Fanny zu weinen, und wieder hielt Helga sie und wiegte sie hin und her. Fannys Kummer drohte auch sie zu überwältigen. Doch sie kämpfte ihr eigenes Schluchzen nieder.

»Man hat dir immer wieder Gewalt angetan«, flüsterte sie. »Du kannst nichts dafür.«

»Sag das denen, die sie mir weggenommen haben«, schluchzte Fanny. »Wir hatten nur wenige Tage miteinander im Wöchnerinnenheim. Ich hatte gedacht, dass ich Bärbel nicht lieben könnte, doch als ich sie in den Armen hielt, wusste ich, dass ich es tat. Ich setzte Himmel und Hölle in Bewegung, um sie im Waisenhaus besuchen zu dürfen. Seither haben wir jeden zweiten Sonntag zwei Stunden miteinander. Zwei Stunden, in denen sie, je älter sie wird, mehr mich tröstet als ich sie. Nie hat sie mir anvertraut, was ihr im Heim Schlimmes widerfährt. Als ich nach den Narben in ihrem Gesicht fragte, erklärte mir Schwester Jovana, das sei eine Hautkrankheit, wie sie bei Mischlingskindern oft vorkäme. Diese Verbrecher!«

Fannys Gesicht verzog sich zu einer schmerzerfüllten Grimasse. Mit beiden Händen griff sie sich plötzlich in die Haare, wäre Helga nicht dazwischengegangen, sie hätte sie sich büschelweise ausgerissen. »Verstehst du?«, kreischte Fanny. »Ich vermisste sie jeden Tag, jede Minute! Aber ich glaubte wirklich, sie sei dort gut versorgt. Bis du kamst und mir von ihr erzähltest. Seither –«

Fanny brach ab. Suchte nach Worten. »Ich war beim Direktor des Waisenhauses, ich war bei der Stadtverwaltung. Man behandelte mich wie den letzten Dreck. Ich zeigte ihnen die Umsätze der Milchbar, rechnete ihnen bis auf den Pfennig genau vor, dass ich nun in der Lage bin, für Bärbel und mich zu sorgen, und zwar mehr als ausreichend. Es half mir alles nichts. All die Jahre habe ich gehofft, Bärbel zu mir nehmen zu können, wenn ich erst auf eigenen Füßen stehe, wenn ich etwas darstelle. Doch in den Augen der zuständigen Ämter bleibe ich die Prostituierte, die ich einst war. Und Bärbel ist für sie nichts als ein Bastard, der unter seinesgleichen aufwachsen soll.«

Fanny sackte in sich zusammen. Es war, als sei jede Lebensenergie aus ihr entwichen.

Helga aber merkte, dass die Verzweiflung über sie kam wie eine heiße Welle. Sie erfasste sie von den Füßen bis zu den Haarspitzen.

»Das ist so unfassbar ungerecht!«, rief sie und sprang auf. »Da muss man doch etwas tun können!«

»Da kann man nichts tun«, gab Fanny stumpf zurück. »Frauen wie ich und Kinder wie meine Bärbel haben niemanden, der für sie eintritt. Wer sollte das auch sein?«

Helga brachte Fanny zu Bett, wie sie früher die Kinder im Waisenhaus zu Bett gebracht hatte, deckte die Freundin zärtlich zu und küsste ihre Stirn.

»Wir finden einen Weg«, murmelte sie. »Es muss einen geben.«

Fanny sagte kein einziges Wort mehr. Ihre Augen waren die einer Toten.

Als Helga schließlich hinaufschlich in den ersten Stock, hatte sie das Gefühl, bei jeder Stufe, die sie nahm, zerreiße etwas in ihrem Unterleib. Sie fasste sich an den Bauch, versuchte, ein Stöhnen zu unterdrücken. Da kam ihr auf halber Treppe Meta entgegen.

»Da bist du ja endlich«, zischte sie. »Zu niemandem ein Wort! Und das Geld, das ich deinetwegen ausgeben musste, das verlange ich zurück, damit du es nur weißt.«

Helga biss sich auf die Zunge und entgegnete nichts. Offensichtlich hatte Meta nicht erfahren, dass sie der Engelmacherin davongerannt war. Gut so. Diese böse Frau. Dass sie die Schwester ihrer Mutter sein sollte, war einfach nicht zu fassen.

Oben saßen der Vater und Jürgen beim Abendessen. Helga merkte, dass Jürgen bei ihrem Anblick sofort aufspringen wollte, sie musste fürchterlich aussehen. Der Vater begann sogleich, ihr ein Brot zu schmieren.

»Du siehst blass aus, Helgalein, du musst mehr essen. Was magst du – Schinken oder Fleischwurst?«

Beinahe wäre Helga in Tränen ausgebrochen. Der Vater verwöhnte sie immerzu, aber ein Butterbrot hatte er ihr noch nie geschmiert. Und doch war das so typisch für ihn! Er sorgt für mich, dachte Helga, aber er fragt nie, was mit mir ist.

»Danke. Ich bin müde, ich gehe ins Bett.«

Jürgen machte Anstalten, sie zu ihrem Zimmer zu begleiten, doch Helga schüttelte kaum merklich den Kopf. Sie musste allein sein, nachdenken. Und versuchen, diesen wahnsinnigen Schmerz auszuhalten.

Die Nacht hatte sich über Köln gesenkt, als habe ein Riese ein schwarzes Tuch über die Stadt geworfen. Beinahe undurchdringlich schien Helga die Dunkelheit vor ihrem

Fenster. Nur schwach ahnte sie die Lichter der Nachbarhäuser, der Straßenlaternen.

Leise, ohne die Lampe einzuschalten, schleppte sie sich zu ihrem Bett. Ließ sich darauf nieder. Ein Schmerzenslaut entfuhr ihr, so tief, als sei es gar nicht sie selbst, die da aufstöhnte, sondern ein verwundetes Tier.

Schnell schlug sie sich die Hand vor den Mund. Nicht dass Jürgen oder der Vater sie hörten.

Das Reißen in ihrem Unterleib verwandelte sich erneut in ein Pochen. Als befinde sich direkt unter ihrem Bauchnabel ein Blasebalg, auf dem jemand in einem irrwitzigen Tempo herumtrampelte. Helga war, als blähe ihr Bauch sich bis zum Zerreißen, um sich im nächsten Moment zusammenzuziehen und so hart zu werden wie eine eiserne Kugel.

Einen Moment lang legte sie die Hand darauf. Fanny liebte Bärbel, obwohl sie unter so grausamen Umständen gezeugt worden war. Und auch sie würde ihr Kind lieben können, mit einem Mal war Helga sich ganz sicher.

Bitte, flüsterte sie still, bitte, beruhige dich!

Sie rollte sich so, wie sie war, zusammen, umschlang ihre Knie mit den Armen. Atmete tief ein und aus. Es würde gleich besser werden, bestimmt.

Helga starrte ins Dunkle, atmete. Bis zu dem Moment, als Peter sie in der Gartenhütte auf die Liege zwang, hatte sie kaum etwas gewusst über das, was zwischen einem Mann und einer Frau geschehen konnte. »Wir sprechen darüber, wenn du älter bist«, hatte Tante Claire gesagt, als sie zum ersten Mal ihre Regel bekam. Doch dazu war es nicht mehr gekommen.

Helga wusste auch jetzt kaum etwas über das werdende Kind in ihrem Bauch. In der Schule in Frankreich war das kein Thema gewesen, und in der Haushaltungsschule hatte sie Babypuppen gewaschen, aber wie es war, ein Baby zu erwarten, das hatte sie nicht erfahren.

Was, fragte Helga sich, hatte die Frau mit dem aufgebogenen Kleiderbügel getan? Hatte das Kind in ihr es unbeschadet überstanden? Sie meinte, einmal gelesen zu haben, dass Frauen bluteten, wenn sie ein Kind verloren. Helga kniff die Augen zusammen, tastete, ob Blut in ihrer Unterhose war. Nein, da war nichts.

Die Erinnerungen an den Tag stürmten auf sie ein, an das, was geschehen war, an das, was sie erfahren hatte. Die alte Frau mit dem Kleiderbügel. Das schwarze Wasser des Rheins. Die Murmeln in der Mauerritze, die rot funkelnden Knöpfe. Fanny.

In ihrem Kopf ein Gewitter. In ihrem Bauch ein bestialischer Schmerz.

Helga stöhnte. Und rechnete. Fanny konnte nur wenig älter gewesen sein als sie jetzt, als sie mit Bärbel schwanger wurde. Wie verzweifelt musste sie gewesen sein! Wie sehr hatte sie gekämpft! Und nun schien es so, als habe sie ihre Tochter allen Anstrengungen zum Trotz endgültig verloren.

Der Gedanke an Bärbel in einem Heim für Mischlingskinder, weit weg von Köln, der Willkür fremder Leute schutzlos ausgeliefert, ließ Helga zusammenfahren.

Sie atmete. Ein. Und aus. Der Schmerz und die Verzweiflung drohten sie zu überwältigen.

Dann begann sie zu weinen. Lautlos rannen ihr die Tränen über das Gesicht. So lag sie, Stunde um Stunde.

Es war längst tiefe Nacht, als sie bemerkte, wie sich etwas veränderte. Ein Gefühl, das sie gut kannte, begann in ihr zu brodeln. Es war die Wut. Die Wut, die sie so oft empfunden hatte in den letzten Monaten, wenn sie sah, wie schlecht die Kinder im Waisenhaus behandelt wurden, was Bärbel erleiden musste. Die Wut darüber, was Peter ihr angetan hatte, in welcher Situation sie seinetwegen war. Und es war die Wut darüber, was Mädchen wie Fanny und sie aushalten mussten. Von Männern benutzt und zurückgelassen wie ein Stück Müll, würden sie für den Rest ihres Lebens gesellschaftlich geächtet sein.

Helga presste die Fäuste aufeinander, biss in ihre Fingerknöchel. So oft schon hatte sie diese Wut gespürt, und nie, nie war es ihr gelungen, etwas zu verändern.

Wer würde schon auf sie hören, wer?

»Ich wollte das alles nicht«, schluchzte sie. »Alles, was ich wollte, war, aufs Gymnasium zu gehen. Jemand werden. Schreiben.«

Im nächsten Moment erstarrte sie. In ihrem Kopf nahm ein Gedanke Gestalt an, so kühn, so berückend, dass sie spürte, wie sie von oben bis unten zu vibrieren begann. Könnte das klappen? Könnte das womöglich klappen?

Helga betastete ihren Bauch. Er fühlte sich ganz hart an. Aber der Schmerz war weg.

Sie fuhr hoch. Schnappte nach Luft, als sei sie sehr lange unter Wasser gewesen und beinahe erstickt. Schnappte noch einmal nach Luft. Dann sprang sie aus dem Bett, war in einem einzigen Satz an ihrer Frisierkommode, griff noch im Dunkeln nach einer der Kladden, die dort immer in der Schublade bereitlagen, nach ihrem Füllfederhalter. Knipste das Licht an. Betrachtete einen winzigen Augenblick lang ihr Antlitz im Spiegel auf der Kommode. Ihre Augen schauten so entschlossen, wie Helga es an sich selbst noch nie gesehen hatte.

Sie spürte, wie ein Lächeln sich auf ihr Gesicht stahl. Dann schlug sie die Kladde auf, legte ein Löschblatt fein säuberlich zwischen die Seiten und begann zu schreiben.

6. August 1945, um die Mittagszeit

Kein Wort. Kein. Einziges. Wort.

Meine Hand weigert sich zu schreiben. Mein Mund zu sprechen. Mein Kopf zu denken.

Schmerz. Da ist nichts als Schmerz. Ein Ungeheuer, rabenschwarz, das nach mir greift, mich verschlingt.

Kein Wort. Liebster, ich kann nicht. Wie soll ich das aufschreiben? Das!

Meta ist tot. Ich wusste es gleich, als ich erwachte. Nicht, weil sie so regungslos lag. Auch nicht wegen des wächsernen Ausdrucks in ihrem Gesicht. Es war die Ruhe, die sie umgab, beinahe möchte ich sagen, die Heiterkeit. Nichts, was sie mehr bedrückte. Meta ist gegangen, heimlich und still, während ich schlief und noch glaubte, es ginge ihr bald besser.

Helga kämmt ihr das Haar. Jürgen drückt ihr eine der Murmeln in die schon steife Hand. Erinnerst Du Dich, Liebster, an die hölzernen Murmeln, die Vater für die Kinder geschnitzt hatte? Sie haben nur noch ganz wenige, sie hüten sie wie einen Schatz. Eine geht mit Meta.

Die Frau nebenan hat die Aufsicht gerufen. Ich höre sie den Gang herunterkommen, sie sind gleich da. Sie werden Meta mitnehmen, wie sie schon so viele Leichname aus diesem elenden Bunker entfernt haben, effizient, ohne großes Aufheben.

Meta. Meine Meta ist tot. Keine Worte. Nur Schmerz, grausamer, tödlicher Schmerz.

32. Kapitel

Helga schrieb. Sie füllte Seite um Seite, las, strich einzelne Wörter, ganze Sätze, mehrfach sogar den gesamten Text. Sie seufzte, raufte sich die Haare. Das, was ihr in einem Moment gelungen schien, kam ihr im nächsten banal und dumm vor. Mehr als einmal legte sie den Füllfederhalter nieder, schraubte die Kappe darauf, sackte in sich zusammen.

Das konnte nicht klappen. Niemals. Wer war sie denn schon?

Die Mutlosigkeit kam über sie wie ein düsterer Schemen, der ihr die Kraft raubte und die Zuversicht. Doch tief in ihrem Innern brodelte ihre Wut, stärker als jede Düsterkeit. Sie glühte wie ein kleiner roter Feuerball und wurde größer, je weiter die Nacht hinüberglitt in den frühen Morgen.

So vertraut war Helga diese Wut. Und so oft hatte sie sie von sich geschoben, weil sie nichts damit anzufangen wusste.

In dieser Nacht beschloss sie, die Wut willkommen zu heißen. Und die Wut wuchs und wuchs und führte ihr die Hand.

Helga schrieb und las, strich, begann von vorn.

Gegen halb sechs, draußen vor dem Fenster herrschte immer noch tiefe Dunkelheit, hörte sie Jürgen und den Vater hintereinander ins Bad schleichen, sich in der Küche ein schnelles Frühstück zubereiten, bald klappte die Wohnungstür. Der Gedanke an den Vater, der von früh bis spät im Büdchen stand, um Jürgen und ihr ein gutes Leben zu bieten, ließ Helga für einen Moment wieder mutlos werden. Er würde niemals gutheißen, was sie vorhatte, ganz im Gegenteil. Dann aber kam Fanny leise von unten herauf und rumorte in der Küche. An der Art, wie sie sich bewegte, konnte Helga spüren, wie traurig sie war. Die junge Frau, die nebenan ungelenk die Küchenhexe anstocherte, immer wieder seufzte und kaum ihr Schluchzen unterdrücken konnte, war nicht mehr ihre lebenslustige Freundin Fanny. Diese Fanny gab es nicht mehr.

Da loderte die Wut in Helga so hell auf, dass sie den Gedanken an den Vater weit beiseiteschob. Mit fliegenden Fingern schlug sie eine neue Seite in ihrer Kladde auf. Das Löschblatt segelte zu Boden, sie ließ es liegen. Wie von Zauberhand flossen die Worte aus dem Füller auf das Papier, eins nach dem anderen, es nahm kein Ende. Helga schrieb und schrieb, und sie wusste, dass sie von diesen Wörtern kein einziges durchstreichen und ersetzen würde. Dass jedes einzelne genau so richtig war. Wieder war ihr, als könne sie, nachdem sie monatelang die Luft angehalten hatte, endlich frei atmen.

Zarter Kaffeeduft schwebte durch die Wohnung. Die Wohnungstür klappte noch einmal, Fanny machte sich auf den Weg zum Büdchen. Draußen vor dem Fenster sandte der neue Tag einen ersten hellen Schein.

Helga war fertig. Sie atmete noch einmal tief durch. Und als sie las, was sie geschrieben hatte, war ihr, als liefen kleine Tiere über ihre Arme und ihren Nacken, so sehr kribbelte es. Sie hob den Blick. Noch einmal betrachtete sie ihr Gesicht im Spiegel. Der entschlossene Ausdruck war noch da. Und er gefiel ihr ausnehmend gut.

Sie riss die Seiten, die sie vollgeschrieben hatte, aus der Kladde, faltete sie ganz klein zusammen und schob sie in ihre Handtasche.

Und da spürte sie es. Ein Ziehen in ihrem Bauch. Als habe sich etwas gelöst und auch wieder nicht. Als dränge etwas hinaus und werde zugleich gehalten.

»Bitte«, flüsterte Helga. »Bitte nicht.« Dann legte sie sich für einen Moment auf ihr Bett.

Sie musste eingenickt sein, denn als sie nach einer Weile aufschrak und auf die Uhr schaute, war es schon kurz nach neun. Himmel, sie würde zum ersten Mal zu spät kommen! Helga sprang auf und eilte ins Bad, doch schon in der Tür musste sie sich am Rahmen festhalten, so schwindelig wurde ihr. Das Ziehen in ihrem Bauch war stärker geworden, es fühlte sich nun an, als wühle eine eiserne Faust in ihren Eingeweiden. Helga biss die Zähne zusammen. Blitzschnell wusch sie sich und schlüpfte in frische Kleider, dann machte sie sich auf den Weg.

»Wie schön, dass du wieder gesund bist«, begrüßte Konradin sie freundlich. »Riecken ist schon da, heute brauchst du keinen Schlüssel mitzunehmen.«

Helga brachte trotz der Schmerzen in ihrem Bauch ein klitzekleines Lächeln zustande, was Konradins Gesicht sogleich leuchten ließ.

Langsam stieg sie die blaue, geschwungene Treppe hinauf. Ihr war, als flösse mit jedem Schritt etwas aus ihr hinaus. Helga versuchte, nicht darauf zu achten. Sie schaute auf die leuchtenden Kringel, die die Novembersonne und das große bunte Fenster gemeinsam auf die Stufen malten. Auf die golden schimmernden Lampen. Lauschte auf die Geräusche aus dem nahen Konzertsaal, in dem die Musiker probten. Sie versuchte, sich jedes Detail einzuprägen. Wenn das, was sie vorhatte, gelang, würde sie nie wieder einen Fuß in das Funkhaus setzen dürfen. Aber das, redete sie sich selbst gut zu, war es wert.

Oben im zweiten Stock saß der Redakteur so frisch und ausgeruht an seinem Schreibtisch, dass Helga bang ums Herz wurde. Sie hatte, musste sie sich schamvoll eingestehen, darauf gehofft, dass er den Tag mal wieder mit einigen Gläsern Schnaps in der Teestube verbringen würde.

»Sie sind zurück, wunderbar! Haben Sie das schon gesehen?« Riecken hielt eine Tageszeitung hoch. »In den USA hat sich eine Negerin geweigert, in einem Bus ihren Sitzplatz für einen Weißen frei zu machen. Sie wurde verhaftet. Und nun organisieren farbige Bürgerrechtlerinnen Protestmärsche im ganzen Land. Ich sage Ihnen, Fräulein van Beek, das ist der Beginn von etwas ganz Großem!«

Helga nickte zerstreut. Weil sie an diesem Morgen nicht

beim Vater im Büdchen gewesen war und deshalb auch noch keine Zeitungen gelesen hatte, hatte sie keine Ahnung, wovon der Redakteur sprach. Schnell legte sie Mantel und Handtasche ab und eilte in den Tickerraum. Für einen Moment überkam sie eine bange Angst, Riecken könne in ihre Tasche schauen und die eng beschriebenen Zettel darin entdecken. Doch das war natürlich Blödsinn, außerdem hörte sie ihn bereits emsig tippen.

Die Nachrichtenagenturen überschlugen sich mit Meldungen über das, was die einen eine mutige Tat nannten und die anderen ein sinnloses Aufbegehren. Kopfschüttelnd las Helga, dass in der Stadt, von der nun alle berichteten, in Montgomery in den Südstaaten Amerikas, Menschen mit schwarzer Hautfarbe in den Bussen woanders Platz nehmen mussten als Weiße. Die Weißen saßen vorn, die Schwarzen hinten. In der Mitte gab es wohl einige Reihen mit Sitzplätzen, die auch Menschen mit schwarzer Hautfarbe nutzen durften. Doch wenn ein Weißer dort sitzen wollte, mussten sie aufstehen. Und genau das hatte Rosa Parks, eine 42-jährige Schneiderin, nicht getan. Als der Busfahrer sie aufforderte, ihren Platz für einen Weißen frei zu machen, war sie sitzen geblieben.

Helga hätte der unbekannten schwarzen Frau im fernen Amerika am liebsten laut applaudiert. Im nächsten Moment hielt sie sich erschrocken die Hand vor den Mund. Rosa Parks war verhaftet worden. In der kommenden Woche würde sie vor Gericht stehen.

»Das ist eine Story, was?«, rief Riecken, als sie ihm die Meldungen brachte. »Nicht böse sein, Fräulein van Beek, aber heute beantworten Sie bitte noch einmal Hörerpost, ja? Ich habe sie Ihnen dort vorn hingelegt. Sosehr ich Ihre Anmerkungen schätze, heute schreibe ich den Kommentar allein. Es juckt mir einfach in den Fingern. So eine mutige Frau! Nächste Woche, so heißt es, wird in Montgomery kein einziger Schwarzer mehr mit dem Bus fahren. Sie planen einen gigantischen Boykott. Und wissen Sie was? Ich sage es freiheraus: Ich bin mir sicher, sie zwingen die Regierung in die Knie. Das ist der Anfang vom Ende dieser vermaledeiten Rassentrennung. Hach, was für ein Tag!«

Helga nickte, setzte sich und griff nach der Hörerpost. So energiegeladen hatte sie den Redakteur Riecken selten gesehen. Ich kann mein Vorhaben nicht umsetzen, dachte sie still, nicht heute. Nicht, wo er so voller Freude ist.

Dabei fühlte sie sich, als breche sie ein unausgesprochenes Versprechen, das sie sich selbst gegeben hatte. Sich, Fanny, Bärbel. Und während sie den ersten Brief öffnete, wischte sie sich verstohlen ein paar Tränen aus dem Gesicht.

Die eiserne Faust in ihrem Bauch drehte sich weiter.

Riecken war voll und ganz in seine Arbeit versunken. Unentwegt hämmerte er auf seine Schreibmaschine ein. Wie Helga in der vergangenen Nacht beschrieb er ein Blatt nach dem anderen, riss es heraus, zerknüllte es, begann von vorn.

»Das wird mein Meisterwerk«, murmelte er.

Es wurde Mittag, es wurde früher Nachmittag, es wurde vier Uhr. Der Redakteur schrieb immer noch. Helga hatte solche Schmerzen, zwischendurch glaubte sie, kaum noch atmen zu können. Doch sie arbeitete weiter, still und effizient, wie es ihre Art war. Bald hatte sie fast alle Hörerbriefe beantwortet. Der letzte kam, wieder einmal, vom Ministerpräsidenten. Zu einem Kommentar über die ersten deutschen Soldaten, die nach dem Krieg wieder Uniform trugen, hatte er verschiedene Anmerkungen. Helga überlegte gerade, was sie antworten könnte, als die eiserne Faust in ihrem Unterleib sich mit einer solch unerbittlichen Härte schloss, dass sie laut aufstöhnte.

»Geht es Ihnen noch immer nicht gut?« Zum ersten Mal seit Stunden sah Riecken zu ihr herüber. »Meine Güte, Fräulein van Beek, Sie sehen furchtbar blass aus! Wollen Sie sich ein Glas Wasser holen?«

»Ja«, presste Helga heraus. Die Faust war plötzlich nicht nur eisern, sie war auch glühend heiß. Nur mit Mühe schaffte sie es, aufzustehen, zwei unsichere Schritte zu gehen. In der Tür wandte sie sich noch einmal um.

»Ist es wirklich wahr?«, fragte sie. »Der Ministerpräsident hört uns jeden Tag?«

»Ja, ja.« Der Redakteur hatte schon wieder zu tippen begonnen. »Und wenn er selbst keine Zeit hat, lässt er die Sendung aufnehmen. Keines meiner Worte verhallt ungehört.«

Helga schaffte ein knappes Nicken, dann schleppte sie sich zur Toilette.

Und hier sah sie es. Ihre Unterhose war voller Blut. Es war so viel, es troff bereits durch ihre wollene Strumpfhose. Mit einem erstickten Schrei ließ Helga sich auf die Toilettenschüssel fallen.

Der Besuch bei der Frau mit dem Kleiderbügel war doch

nicht ohne Folgen geblieben. Sie war dabei, das Kind zu verlieren.

Helga weinte lautlos. Sie hatte dieses Kind nicht gewollt. Doch zu wissen, dass es in diesem Moment starb, riss ihr das Herz heraus. Hatte nicht jedes Kind es verdient, dass man es gebar, es liebte und umsorgte, bis es groß war? Welch bittere Ironie des Schicksals, dass ausgerechnet sie, das Findelmädchen von einst, ihr Kind verlor, noch bevor es geboren wurde! Würde sie jemals in der Lage sein, für ein anderes Wesen, das ihr anvertraut war, zu sorgen?

Die Krämpfe wurden schlimmer. Helga griff nach der kalten Türklinke, hielt sich daran fest. Dann aber kam ein Schmerz, der sie die Türklinke loslassen ließ. Sie sackte, ganz langsam, von der Toilettenschüssel. Fand sich zusammengekrümmt auf dem Boden wieder, die Wange an die kühlen Fliesen gepresst.

Plötzlich stand sie wieder auf der Brücke über dem Rhein, unter ihr die schwarzen Wellen. Komm, flüsterten die Wellen, komm.

»Nein«, schluchzte Helga. Ein anderes Bild tauchte vor ihrem inneren Auge auf. Die kleine Bärbel, mit der Wurzelbürste in der Hand, über und über voller blutiger Striemen. Auch Bärbel hatte auf einem kalten Boden gehockt, vor wenigen Monaten erst, im Duschraum des Waisenhauses, als sie versucht hatte, das Dunkle ihrer Haut wegzuschrubben.

Der Gedanke an Bärbel ließ Helga laut aufschluchzen. Noch am Morgen war sie mit einem Plan zur Arbeit erschienen. Einem Plan, wie sie Bärbel und Fanny helfen konnte. Nun jedoch war alles vorbei.

Und warum? Weil dieser Schuft von Peter mich vergewaltigt hat, gab Helga sich selbst zur Antwort. Weil man mich hier gleich finden wird, ein minderjähriges Mädchen, das auf der Toilette des Westdeutschen Rundfunks eine Fehlgeburt erleidet. Schon in wenigen Minuten werde ich nicht mehr Helga van Beek, die tüchtige Sekretärin sein, die für den Redakteur Riecken sogar die Kommentare vorschreibt. Ich werde eine Dirne sein, Abschaum, über den man die Nase rümpft.

Und da war er wieder, der kleine rote Feuerball. Helga spürte ihn, wie er in Sekundenschnelle an Größe gewann, wie er immer leuchtender wurde, um dann in einem einzigen Knall zu explodieren. Helga sah nichts mehr. Alles um sie herum war rot. Aber es war nicht mehr das Rot ihres Blutes, es war das Rot ihrer Wut.

Die Wut war so gewaltig, sie verlieh ihr erneut ungeheure Kräfte. Sie half ihr aufzustehen, ihre Kleider zu ordnen, einen großen Streifen Klopapier abzuziehen, zusammenzuknüllen und in ihre Unterhose zu stopfen. Die Wut führte sie ans Handwaschbecken, wo Helga sich das Gesicht wusch, und als sie aufblickte, sah sie, dass die Wut ihre Augen erreicht hatte. Kurz erschrak Helga vor der Härte darin. Dann straffte sie den Rücken, ignorierte den Schmerz in ihrem Unterleib und marschierte schnurstracks zurück ins Büro. Noch war Zeit, ihren Plan in die Tat umzusetzen.

»Wunderbar, da sind Sie ja wieder. Es ist schon gleich fünf.« Der Redakteur raffte seine Papiere zusammen. »Merken Sie sich meine Worte, Fräulein van Beek: Den Namen Rosa Parks wird man in zehn, zwanzig, wahrscheinlich sogar in hundert Jahren noch kennen. Diese Frau schreibt gerade Geschichte!«

Wieder sah Helga den Elan, den sie an dem Redakteur so oft vermisste, und wieder wurde ihr Herz weich. Konnte sie ihm das, was sie vorhatte, wirklich antun? Vielleicht sollte sie bis morgen warten? Da überkam sie abermals ein solcher Schmerz, dass sie ahnte, sie würde schon in einer Stunde zu nichts mehr in der Lage sein, noch viel weniger in den nächsten Tagen. Und der Redakteur sprach weiter.

»Ich weiß zufällig von einem amerikanischen Freund, dass die Bürgerrechtsbewegung seit Langem auf eine Frau wie Rosa Parks wartet. Sie müssen wissen, Fräulein van Beek, sie ist gar nicht die Erste, die sich weigert, ihren Sitzplatz für einen Weißen zu räumen. Vor ein paar Monaten hat das bereits ein ganz junges Mädchen gewagt, ich habe ihren Namen vergessen, Claudette Soundso. Das Problem war, dieses Mädchen war minderjährig und schwanger, es taugte nicht zur Heldin. Also haben die Bürgerrechtler es nicht groß publik gemacht. Aber mit Rosa Parks, einer verheirateten Frau, einer gläubigen Christin noch dazu, die sich nie eines Vergehens schuldig gemacht hat, haben sie nun eine echte Galionsfigur. Ich sage Ihnen, diese Frau wird man in ferner Zukunft mit Ruhm und Ehre überschütten. Die kleine Claudette, nun, die leider nicht. So, ich wäre bereit. Gehen wir?«

Plötzlich war Helga, als sei das ganze Zimmer ein einziger roter Feuerball.

»Es tut mir leid«, sagte sie. »Es tut mir unsagbar leid. Ich verdanke Ihnen so viel. Aber heute gehen Sie nicht ins Studio, Herr Riecken. Ich gehe allein.«

Und damit schnappte sie sich ihre Handtasche, stieß, noch ehe der Redakteur auch nur ein Wort sagen konnte, von außen die Bürotür zu, drehte zweimal den Schlüssel herum, steckte ihn ein und machte sich auf den Weg.

33. Kapitel

Helga hatte nicht einmal das Ende des Flurs erreicht, als sie glaubte, zusammenbrechen zu müssen. Der Schmerz war so gewaltig, dass sie sich vornüberkrümmte. Japsend lehnte sie sich an die Wand, presste eine Hand auf ihren Unterleib. Da sah sie, dass das Blut ihr bereits die Beine hinunterlief. Ihre Strumpfhose war schon ganz verschmiert.

Nur wenige Schritte von ihr entfernt schwang sich die elegante blaue Treppe hinunter ins Erdgeschoss. Wie viele Male war sie glücklich diese Treppe hinauf- und hinabgerannt, nie, ohne das bunte Glasfenster dahinter zu bestaunen. Heute jedoch würde sie es nicht schaffen, sie zu benutzen. Niemals.

Daneben rumpelte der Paternosterlift. Helga überlegte nicht. Sie biss die Zähne zusammen und schleppte sich zu den unheimlich in die Höhe und in die Tiefe verschwindenden hölzernen Kabinen, wartete, bis eine auf ihrer Höhe war, und stieg ein. Es klappte auf Anhieb, und für einen Moment wurde Helga ein wenig leichter ums Herz. Wenn sie mit dem Paternosterlift fahren konnte, würde sie auch alles andere schaffen.

Doch als sie unten im Keller des Funkhauses ankam, wo sich die Hörfunkstudios befanden, hatte der Mut sie schon fast wieder verlassen. Die Schmerzen raubten ihr jede Kraft, Helga zitterte am ganzen Körper. Am liebsten wäre sie mit dem Paternosterlift weitergefahren, tief in den Bauch des Funkhauses, und nie wieder hervorgekommen. Da musste sie an den Redakteur Riecken denken, den sie oben im zweiten Stock in seinem Büro eingeschlossen hatte. Sie war bereits so weit gegangen. Sie würde auch alles andere genau so machen, wie sie es sich in der Nacht zuvor überlegt hatte.

Und so stieg Helga aus dem Paternosterlift, als habe sie dies schon unzählige Male zuvor getan. Obwohl ihre Beine unter ihr wegknickten, schaffte sie es bis zu der gepolsterten Tür mit dem dickglasigen Fenster. Das Schild darüber, auf dem »Achtung, Sendung« stand, leuchtete so rot wie das Blut an ihren Beinen.

Unwillkürlich tauchte eine andere Tür in Helgas Gedanken auf. Es war, wie sie entsetzt feststellte, die Tür zum Gartenhäuschen bei Peters Eltern. Wäre sie damals nicht hindurchgegangen, ihr Leben wäre anders verlaufen. Sie wusste, wenn sie nun die Tür zum Sendestudio des Funkhauses öffnete, würde ihr Leben abermals eine Wendung vollführen. Eine Wendung, die ein fürchterliches Ende nehmen konnte. Oder ein wundervolles.

Ich muss es versuchen, dachte Helga, ignorierte den scharfen Schmerz in ihrem Bauch und ging hindurch.

Zig Male war sie in der Senderegie nebenan gewesen, wo die Techniker die Mikrofone auf- und zuzogen, die vorproduzierten Bänder abspielten. Nun aber betrat sie zum allerersten Mal das Studio, in dem sonst Riecken Platz nahm, um seinen Kommentar zu sprechen.

Es roch ein wenig abgestanden hier und auch ein bisschen staubig. Die Wände waren so dick gepolstert, wie Helga es von nebenan kannte. Eine einzelne Lampe warf einen hellen Kreis auf den mit Stoff bespannten Tisch in der Mitte des Raums. Darauf befanden sich einige Tasten, Helga wusste, dass man sich so zwischen den Studios verständigen konnte, ohne dass das Gesprochene über den Sender ging. Daneben standen zwei Mikrofone, vor einem saß die Frau mit dem hochtoupierten Haar. Sie warf Helga einen kurzen Blick zu, dann sprach sie weiter, als sei nichts geschehen.

»In Westberlin hat der US-amerikanische Botschafter in Berlin, James B. Conant, bekräftigt, die amerikanische Regierung halte am Viermächtestatus von Berlin fest. Er reagierte damit auf Bestrebungen der UdSSR, den sowjetischen Sektor Berlins in die Sowjetzone einzugliedern.«

Helga setzte sich schnell, ihre Beine zitterten so sehr, sie hätte nicht zu sagen gewusst, ob aus Schwäche oder aus Angst. Jetzt, dachte sie, bin ich im Zentrum der Welt. Dort, wo gesendet wird.

Unter dem Tisch, an ihren Knien, spürte sie etwas baumeln. Es war ein Kopfhörer, der dort an einem Haken hing. Helga erinnerte sich, dass der Redakteur Riecken sich stets einen Kopfhörer aufgesetzt hatte, auch die Frau neben ihr trug einen. Also tat sie es ihr nach und schrak sogleich zusammen.

»Was soll das?«, hörte sie eine männliche Stimme. »Wo ist Riecken?«

Irritiert sah Helga sich um. Durch die Glasscheibe, die das Sendestudio vom Regieraum trennte, konnte sie den Sendetechniker wütend zu ihr herüberblicken sehen. Er sprach über den Kopfhörer zu ihr. Die Moderatorin mit dem hochtoupierten Haar hatte es wohl auch gehört, denn sie machte ihm ein Zeichen, still zu sein, und redete unverdrossen weiter.

»In den Vereinigten Staaten von Amerika sorgt seit gestern eine Frau für Aufsehen. Die Farbige Rosa Parks weigerte sich, ihren Sitzplatz im Bus für einen Weißen frei zu machen. Hören Sie dazu unseren Kommentar.«

Helga zuckte erneut zusammen. Sie war keine Minute zu früh erschienen.

Mit bebenden Händen griff sie in ihre Handtasche, holte die fein säuberlich zusammengefalteten Blätter hervor, die sie in der vergangenen Nacht beschrieben hatte, holte tief Luft. Setzte an zu sprechen. Doch kein Laut kam über ihre Lippen. Ihr Kopf war mit einem Mal vollkommen leer. Ihr Bauch ein einziger Schmerz. Ich werde ohnmächtig, dachte sie, ich verliere das Bewusstsein.

Da stupste die Moderatorin sie sanft in die Seite.

»Keine Angst«, flüsterte sie, während sie gleichzeitig auf eine Taste in der Mitte des Tisches drückte, auf der »Stummschaltung« stand. »Er hat Ihnen doch etwas diktiert?«

Sie wies auf Helgas beschriebene Zettel, und Helga verstand. Die Moderatorin glaubte, Riecken habe sie an seiner Stelle geschickt.

Helga versuchte ein Nicken. Jetzt, sagte sie sich. Jetzt oder nie.

»Rosa Parks ist eine Heldin«, begann sie und verstummte sofort wieder. Über den Kopfhörer hörte sie sich selbst sprechen, aber ihre Stimme klang ganz anders, als sie sie kannte, dünn und fremd. Vorsichtig, wie um sich zu vergewissern, dass es auch wirklich ihre Stimme war, die sie vernahm, sprach sie weiter.

»Noch in zehn, zwanzig, womöglich sogar in hundert Jahren wird man sich an Rosa Parks erinnern, man wird sie mit Ruhm und Ehre überhäufen. Denn ihre mutige Tat könnte der Anfang vom Ende der Rassentrennung sein.«

Beinahe hätte Helga »vermaledeite Rassentrennung« gesagt. Sie versuchte zu improvisieren, plapperte nach, was der Redakteur gesagt hatte. Mit fahrigen Bewegungen strich sie ihre Notizen glatt. Sie musste eine Überleitung finden zu dem, was sie eigentlich vortragen wollte. Aber wie sollte ihr das gelingen?

»Dummes Ding, was faselst du«, hörte sie da über den Kopfhörer den Sendetechniker schimpfen. »Sollen die Neger doch unter sich bleiben. Ich zieh jetzt dein Mikro zu.«

Da schnellte neben Helga ein Arm nach vorn und drückte auf die Taste mit der Stummschaltung.

»Wehe«, zischte die Moderatorin und nickte Helga aufmunternd zu.

Helga schluckte. Sie sah, wie der Sendetechniker die Arme in die Luft warf und eine obszöne Geste in ihre Richtung machte.

In dem Moment war er zurück. Der kleine rote Feuerball. Er ließ sie ihre Angst vergessen, den Schmerz.

»Manchmal«, sagte Helga und zog das Mikrofon ein

bisschen näher heran, »muss man seine Stimme erheben. Auch in Deutschland. Für die, die nicht für sich selbst sprechen können.«

Geschafft. Das war der Übergang. Helga strich erneut über die Blätter, die sie am frühen Morgen aus ihrer Kladde gerissen hatte. Sie zog das Mikrofon noch näher an sich heran, berührte es beinahe mit ihren Lippen. Und sprach weiter.

»Ich habe eine Freundin, sie ist die beste Freundin, die man sich nur denken kann. Sie sorgt von früh bis spät für mich und meine Familie, sie hat sogar eine eigene Milchbar. Sie zaubert aus den allereinfachsten Zutaten die köstlichsten Speisen und Getränke, sie näht wunderhübsche Kleidung, und zugleich ist sie sich für keine Arbeit zu schade. Diese Freundin trägt ein großes Leid mit sich, denn man hat ihr ihr Kind weggenommen, gleich nach der Geburt. Dabei wäre sie eine wundervolle Mutter. Doch sie darf ihr Kind nicht bei sich haben, weil sie keinen Ehemann hat. Der Vater der Kleinen war ein britischer Soldat, ein Farbiger, der sich zunutze machte, dass sie in den Jahren nach dem Krieg hungrig war und ohne Obdach. Hungrig und ohne Obdach war sie allein deshalb, weil die Nazis ihre gesamte Familie ermordet hatten, den Vater, die Mutter, die Brüder, die Schwester. Alle.«

Helga hielt einen Moment inne. Die Stimme, die sie auf ihrem Kopfhörer hörte, war nicht mehr dünn. Es war die Stimme einer erwachsenen Frau, einer sehr wütenden erwachsenen Frau. Einer, die etwas zu sagen hatte. Es war, wie sie erkannte, ihre eigene.

»Zehn Jahre ist der Krieg nun her, und die meisten Menschen tun so, als betreffe uns diese Zeit nicht mehr«, fuhr Helga fort. Sie kostete jedes Wort auf ihrer Zunge, jeden Buchstaben. Sie konnte schmecken und fühlen, was sie sagte. Sie spürte keinen Schmerz mehr, keine Angst. Alles, was sie spürte, war das übermächtige Verlangen, die Ungerechtigkeiten, von denen sie wusste, anzuprangern. Ihre Stimme zu erheben, endlich.

»Aber diese Zeit setzt sich fort, in unseren Erinnerungen, in dem, wie wir heute leben. Die Frauen, denen damals Gewalt angetan wurde, werden heute noch geächtet. Und die Kinder, die man diesen Müttern wegnahm, fristen ein erbarmungswürdiges Dasein in Waisenhäusern, wo sie geschlagen werden, misshandelt, wo sie nicht genug zu essen bekommen. Schlimmer noch, wo sie ihr eigenes Erbrochenes aufessen müssen.«

Plötzlich sah Helga wieder die gelblichen Reste vor sich, die an ihrem ersten Tag im Waisenhaus auf einem der Teller geklebt hatten, nahm den Geruch wahr. Sie musste würgen, rang nach Atem.

Jetzt bloß nicht schlappmachen, auf keinen Fall.

Und so sprach sie weiter.

»Das Kind meiner Freundin hat man nun in ein weit entferntes Waisenhaus zu anderen sogenannten Mischlingskindern gesteckt. Mutter und Tochter sollen sich nie wiedersehen. Denn die Tochter muss, so heißt es von offizieller Seite, unter ihresgleichen aufwachsen.«

Die letzten Worte spuckte Helga beinahe aus, so wütend machten sie sie. Sie warf einen letzten Blick auf ihre Notizen, dann schob sie sie beiseite. Das Ende, das sie sich ausgedacht hatte, war längst nicht so passend wie das, das ihr just in diesem Moment einfiel.

»Ich weiß nicht, ob die kleine Bärbel, deren Haut die Farbe von Milchschokolade hat, in einem deutschen Bus unbehelligt sitzen dürfte. Oder ob man sie davonscheuchen würde, so, wie man es mit Rosa Parks versucht hat. Ich weiß aber gewiss, dass die kleine Bärbel das liebste, klügste und hübscheste Mädchen ist, das ich kenne. Und dass sie zu ihrer Mutter gehört. Und wenn der« – sie machte eine Pause, den Trick kannte sie von Riecken, der sich auch immer kurz unterbrach, bevor er etwas besonders Wichtiges sagte –, »wenn der Herr Ministerpräsident unseres Landes Nordrhein-Westfalen diesen Kommentar hört, dann sollte er schleunigst dafür sorgen, dass Mutter und Kind endlich vereint sind. Damit ein Unrecht, das vor vielen Jahren seinen Anfang nahm, endlich beendet wird.«

Helga atmete aus. Neben ihr zog die Frau mit dem hochtoupierten Haar scharf die Luft ein.

»Sie hörten unseren heutigen Kommentar«, sagte sie ins Mikrofon und gab dem Techniker ein Zeichen, Musik abzufahren. Dann wandte sie sich zu Helga um.

»Sie haben mich getäuscht«, sagte sie ernst. »Der alte Riecken hat sie gar nicht geschickt.«

Helga nickte. Sie war mit einem Mal furchtbar erschöpft, hatte das Gefühl, sich kaum noch auf dem Stuhl halten zu können. Plötzlich war auch der Schmerz wieder da, unerbittlich, scharf. Zwischen ihren Beinen war es nass.

»Ent ..., Entschuldigung«, stotterte sie, doch die Moderatorin begann so unvermittelt zu lachen, dass Helga vor Überraschung der Mund offen stehen blieb.

»Das war ein starkes Stück«, sagte die Moderatorin, »holla, die Waldfee, Sie trauen sich was! Jetzt aber raus mit Ihnen, bevor der Intendant persönlich hier auftaucht. Ich wette, er ist schon auf dem Weg.«

»Der Intendant?«, flüsterte Helga, riss sich den Kopfhörer herunter und wankte hinaus.

Es war nicht der Intendant, der Helga in der Eingangshalle entgegenkam, kaum dass sie den Paternosterlift mehr kriechend als gehend verlassen hatte. Es war Konradin, und bei ihm war Riecken. In Konradins Hand klirrte ein riesiger Schlüsselbund, er hatte den Redakteur wohl aus seinem Büro befreit. Die Flecken auf Konradins Wangen waren dunkellila.

»Helga!«, rief er. »Was ist denn bloß in dich gefahren?«

Helga gab ihm keine Antwort. Der Anblick des Redakteurs ließ ihr wie irre schlagendes Herz beinahe stillstehen. Wie traurig er aussah! Trauriger, als sie ihn je zuvor gesehen hatte.

Sie wandte sich ab, mühte sich, nicht vor Schmerzen zu stöhnen.

Ich muss hier raus, hämmerte es in ihrem Kopf, ich muss dringend hier raus.

Sie ahnte, dass der Rock, den sie trug, mittlerweile voller Blut war. Jeder, dem sie begegnete, musste sofort merken, was mit ihr war. Sie zog ja beinahe eine Blutspur hinter sich her.

Mit letzter Kraft stieß sie eine der drei großen Flügeltüren auf. Die Tür leistete erbitterten Widerstand, Helga war es beinahe, als wäre sie abgeschlossen. Aber das konnte doch nicht sein, mitten am Tag?

Dann stand sie draußen, auf dem Wallrafplatz. Was war denn hier los? Was machten die Riesen dort vorn? Helga blinzelte. Die Riesen verwandelten sich in Fahnen, dann änderten sie wieder ihre Gestalt, und riesige Vögel schlugen krächzend mit ihren Flügeln.

Helga war, als drehe sich alles um sie. Sie stolperte weiter, stieß beinahe mit einem anderen seltsamen Tier zusammen, es war so blau wie der Himmel und gab ein empörtes Hupen von sich. War das ein Auto? Die Welt, wie Helga sie kannte, verschwand. Eine andere schob sich davor. Wie von fern hörte sie eine vertraute Stimme nach ihr rufen. Aber sie hätte nicht sagen können, zu wem diese Stimme gehörte. Sowieso spielte es keine Rolle mehr. Denn sie würde sich jetzt ein bisschen ausruhen, gleich hier. Helga spürte, wie sie zu Boden sank. Herrlich, wie sich das anfühlte. Ausruhen, endlich.

Wenn nur nicht diese Stimme so laut nach ihr rufen würde! Jemand zerrte an ihr, versuchte, sie vom Boden aufzuheben.

»Lass mich«, wimmerte Helga, »bitte, lass mich.«

»Niemals«, antwortete die Stimme, und da erkannte sie sie.

Konradin. Er zerrte sie hoch, und zu Helgas Erstaunen hatte er auf einmal vier Arme. Nein, doch nicht. Zwei der Arme gehörten zu jemand anderem. Eine Frau mit einem

Käppi auf dem Kopf. Ein Gesicht, das sie kannte. Meistens hatte es einen Kreisellutscher im Mund. Gerti, die Chauffeurin vom »Dom-Hotel«.

Die vier Arme schoben Helga in ein anderes seltsames Tier hinein, in ein schwarz glänzendes, es handelte sich bei diesen Wesen wohl tatsächlich um Autos. Gut roch es hier, nach Leder und nach Parfüm, Letzteres lag wahrscheinlich an dem Engel, der bereits auf dem Rücksitz saß. Ein Engel, so anmutig, wie Helga nie zuvor einen gesehen hatte. Oder doch? Irgendetwas an diesem überirdisch schönen Wesen schien ihr ebenfalls vage bekannt.

»Entschuldigung, Frau Schneider«, hörte Helga Gerti rufen, »das geht jetzt vor.«

Der Engel lächelte und strich Helga übers Haar.

»Selbstverständlich«, sagte er.

11. August 1945, früher Morgen

Mein Liebster, ich bin so wütend auf Dich! Wärest Du nicht so verblendet gewesen, so vom Ehrgeiz zerfressen, ich bin mir sicher, wir wären von all dem, was uns nun heimsucht, verschont geblieben. Vielleicht aber büßen wir auch, die Kinder und ich, für das, was Du getan hast. Für Deine Dummheit. Für Deine Sucht nach Ruhm und Anerkennung.

Du sollst wissen, was immer Meta den Tod gebracht hat, es hat nun auch mich in seinen Krallen. Seit dem Tag, an dem man sie fortbrachte, fiebere ich, ich huste, fühle, wie meine Kräfte schwinden. Mir ist, als strecke der Tod schon wieder seine hässliche Fratze zu uns herein.

Helga und Jürgen haben ihn auch gesehen. Sie sagen es nicht, doch ich merke es ihnen an. Sie sind so verstockt, sie sprechen kein Wort mehr, schmiegen sich an mich, einer links, einer rechts. Am liebsten würde ich sie von mir stoßen. Wenn ich sie nun anstecke! Aber ich kann sie nicht loslassen, meine geliebten Kinder, ich kann es nicht.

Du aber hast uns verlassen. Bist freiwillig in diesen unsinnigen, verheerenden Krieg gezogen. Du, ein Holländer, an der Seite der Deutschen! Und das nur wegen Deiner Sucht nach der großen Schlagzeile, nach Deinem Namen ganz oben über dem Leitartikel.

Du hättest bei uns bleiben können. Du hättest bei uns bleiben müssen, uns beschützen müssen! Ich habe alles versucht, um unsere Kinder durch diese grausame Zeit zu bringen. Ich habe Vater verloren. Und Meta. Ich habe gekämpft und gehofft. Nun aber streckt der Tod seine Klauen nach mir aus. Ich ahne, dass ich Dich niemals wiedersehen werde. Dich niemals mehr in meinen Armen halten, mit der Hand durch Deine blonden Locken fahren werde, Dich küssen, lieben.

Und weißt Du was? Ich würde auf all das verzichten, mit einem Fingerschnippen! Wenn ich nur meine Kinder nicht allein zurücklassen müsste. Meine über alles geliebten Kinder!

Was soll aus ihnen werden, ohne Mutter, ohne Vater, sag mir, was?

Oh, mein Liebster, ich verfluche Dich. Und dass Du es nur weißt: Ich verfluche Dich auf alle Zeiten!

34. Kapitel

Ein Gesicht wie ein blank geputzter Apfel. Es schwebte direkt über ihr.

»Willkommen zurück«, sagte das Gesicht, dann schwebte es davon.

Als Helga das nächste Mal die Augen aufschlug, schien alles um sie herum dunkel bis auf einen bläulich flackernden Schein. Sie lag in einem Bett hinter Vorhängen, der Schein drang hindurch. Etwas weiter weg hörte sie jemanden leise reden. Ein Baby greinte. Sie brauchte einen Moment, um zu verstehen. Dann erkannte sie, dass es ein Krankenhausbett war, in dem sie lag. Ihr rechter Arm war an dem Bett festgebunden, eine dunkle Flüssigkeit rann durch einen Schlauch in ihre Armvene. Und so betastete Helga mit links ihren Bauch, spürte die dicke Zellstoffwindel zwischen ihren Beinen. Noch während sie sich fragte, was das zu bedeuten hatte, wurden ihre Lider wieder schwer, und der Schlaf nahm sie mit sich wie ein wohlmeinender Freund.

»Na also«, sagte das Gesicht, als es das nächste Mal auftauchte. Mittlerweile war es hell. »Jetzt kriegst du allmählich wieder Farbe. Die Transfusion tut ihren Dienst. Was für ein

Glück, dass die Chauffeurin vom »Dom-Hotel« zufällig vorbeikam und dich direkt hierhergebracht hat. Ein bisschen später, und der Blutverlust wäre zu hoch gewesen. Jetzt machen wir dich ein wenig frisch, einverstanden?«

Helga blinzelte. Dieses Gesicht kannte sie. Und dann erinnerte sie sich. Der Morgen nach der Party bei Peters Eltern. In ihrer Küche hatte eine junge Frau gesessen, Jürgen hatte sie eingeladen. Christa.

»Komm, ich helfe dir, dich ein bisschen aufzurichten.«

Christa begann, sie mit einem feuchten Waschlappen abzureiben.

»Danke«, flüsterte Helga. So gerne hätte sie Christa gefragt, was mit dem Kind war. Aber es kam ihr nicht über die Lippen.

»Nicht doch«, erwiderte Christa lächelnd. »Ich würde dich genauso gut versorgen, wenn du nicht Jockels Schwester wärst. Die anderen Schwestern sind da anders, aber da geben wir nichts drauf, hörst du?«

»Wie meinst du das?«

Statt einer Antwort wandte Christa sich ab, verschwand hinter dem Vorhang und sprach mit jemandem, der davor zu warten schien.

»Sie ist jetzt wach.«

Der Vorhang wurde zurückgezogen. Zwei Gestalten traten ein, so blass und die Augen so voller Schrecken, dass Helga sich ans Herz fasste.

»Helgalein!«, rief Jürgen, und im nächsten Moment war er an ihrem Bett, drückte sie an sich und weinte so hemmungslos, wie Helga ihn seit Jahren nicht mehr hatte weinen sehen.

Der Vater trat hinter ihn, legte dem Sohn die eine Hand auf die Schulter und streichelte mit der anderen Helgas Locken, ihre Stirn. Er presste die Augen fest zusammen, wie um die Tränen darin zu verbergen. Seine Lippen, das sah Helga genau, formten ein stummes »Danke«.

»Ich habe Papa erzählt, was passiert ist«, flüsterte Jürgen an Helgas Hals. Er stockte. »Also das mit Peter. Er ist nicht böse.«

»Wie könnte ich«, murmelte der Vater. »Ich mache mir schreckliche Vorwürfe, dass ich von alldem nichts mitbekommen habe. Und diesem Peter, dem werde ich …«

Er nahm die Hand von Jürgens Schulter, machte eine Faust und bewegte sie, als wolle er jemanden am Kragen packen.

»Nun ja«, murmelte er dann. »Immerhin, das eine, das hat sich ja nun erledigt.«

Helga suchte Jürgens Blick, stellte stumm die Frage, die sie sich bislang nicht getraut hatte zu stellen.

Jürgen schüttelte kaum merklich den Kopf.

Da war Helga, als reiße in ihr etwas entzwei. Sie fühlte tiefen, echten Schmerz. Das kleine Wesen, das in ihr gewachsen war, war tot. Gleichzeitig überkam sie grenzenlose Erleichterung. Sie war keine minderjährige, unverheiratete Schwangere mehr. Es war vorbei.

»Helga, mein Kind«, begann der Vater. »Wir müssen über so vieles sprechen. Ich weiß nicht, wo ich beginnen soll, aber –«

»So, das reicht fürs Erste.«

Christa war wieder da.

»Morgen, am Sonntag, ist die Besuchszeit von zwei bis halb vier. Und so gern ich eine Ausnahme machen würde, es darf immer nur einer kommen, schon aus Rücksicht auf die anderen Patientinnen.«

Sie hatte, während sie sprach, den Vorhang aufgezogen, und da erst begriff Helga, dass sie nicht allein waren. Ihr Bett stand in einem Saal voller Krankenhausbetten, darin lagen andere Frauen, viele waren schwanger, neben anderen standen kleine Wägelchen, in denen Säuglinge schlummerten. Einige starrten unverhohlen zu ihnen herüber.

Jürgen zog den Vorhang schnell wieder zu, bevor er dem Vater hinausfolgte. Doch die Blicke der Frauen hatten sich bereits in Helga eingebrannt, so kalt, als hätten sie für sie, das junge Mädchen auf der Wöchnerinnenstation, nichts als Verachtung übrig.

Bald begriff Helga auch, was Christa über die anderen Krankenschwestern angedeutet hatte. Sie begegneten ihr mit offener Abscheu und behandelten sie so grob, dass Helga sich sehr zusammenreißen musste, um nicht in Tränen auszubrechen. Dies hier war offensichtlich kein Ort, an dem es für jemanden wie sie auch nur ein Quäntchen Mitgefühl gab.

Noch schlimmer wurde es, als am nächsten Tag zur Besuchszeit die Ehemänner der anderen Frauen erschienen, einige mit Blumensträußen und Schachteln voller Pralinen, andere sichtlich schlecht gelaunt, zwei sogar vollkommen betrunken. Aber das schien den Frauen kaum etwas auszumachen. Sie gurrten ihren Männern entgegen und warfen Helga triumphierende Blicke zu, und Helga verstand. Wenn man hier lag, war ein Ehemann, und sei er bucklig, böse und betrunken, das höchste Gut.

Wie mochte Fanny sich damals gefühlt haben, als sie Bärbel frisch entbunden hatte? Ob man sie ebenfalls so schlecht behandelt hatte? Garantiert, gab Helga sich selbst zur Antwort, sehr wahrscheinlich war es Fanny sogar noch erheblich schlechter ergangen.

Ob ihr Kommentar tatsächlich etwas bewirken würde? Helga wagte es kaum, darüber nachzudenken. Was, wenn der Ministerpräsident ausgerechnet an diesem Tag den Kommentar doch verpasst hatte? Oder wenn der Sendetechniker das Mikrofon zugezogen hatte, ohne dass sie etwas davon bemerkt hatte?

Womöglich war alles vergebens gewesen.

Wenn doch bloß jemand den Vorhang um ihr Bett zuziehen würde! Aufzustehen war ihr strengstens verboten. Doch Christa war nicht da, und die diensthabende Schwester schien ein teuflisches Vergnügen dabei zu empfinden, Helga den Blicken der anderen auszusetzen.

Nun begann einer der Männer, immer wieder zu ihr herüberzuschauen und sich dabei über die Lippen zu lecken. Während seine Frau sich über ihr Neugeborenes beugte, machte er sogar obszöne Gesten in Helgas Richtung.

Helga war nahe daran, das Essgeschirr, das noch neben ihrem Bett stand, weil die Schwestern es mal wieder nicht abgeräumt hatten, nach ihm zu werfen.

»Helgalein, wie geht es dir?«

Endlich, der Vater war da.

»Danke, schon viel besser.«

So erleichtert Helga über das Auftauchen des Vaters war, so traute sie sich doch kaum, ihm in die Augen zu sehen. Ganz gewiss wusste er mittlerweile, dass sie ihn monatelang angelogen hatte, als er sie beim Praktikum im Waisenhaus wähnte, sie aber stattdessen heimlich beim Westdeutschen Rundfunk gearbeitet hatte. Gestern hatte er kein Wort darüber verloren. Aber das ließ sich nun kaum noch aufschieben.

»Ich ziehe den Vorhang zu, wenn es dir recht ist. Wir beide müssen dringend miteinander reden.«

Helga nickte still und starrte auf die Falten auf ihrer Bettdecke. Sie war bereit für die Standpauke, sie hatte sie redlich verdient.

Doch der Vater blieb stumm. Er räusperte sich. Einmal, zweimal.

»Meinst du«, sagte er schließlich, »ich kann mich zu dir aufs Bett setzen? Hier scheint es weit und breit keinen freien Stuhl zu geben, und mir schlottern so die Knie, ich vermag mich kaum auf den Beinen zu halten.«

Erschrocken sah Helga auf. Der Vater war ganz blass, und ja, er schien zu wanken. Schnell klopfte sie neben sich auf die Bettdecke.

»Sei nicht böse, Papa, bitte! Ich hätte mit dir sprechen müssen, ich –«

»Nicht doch, Helgalein.« Der Vater ließ sich schwer aufs Bett sinken. »Ich bin schuld. Wäre ich dir ein besserer Vater gewesen, wäre das alles nicht passiert.«

»Aber du bist ein guter Vater«, flüsterte Helga, »der beste! Ich habe dich hintergangen, ich –«

»Nein«, fiel er ihr erneut ins Wort. »Ich hätte dich fördern müssen, dich begleiten auf deinem Weg hinaus ins Leben. Stattdessen habe ich versucht, dich in die kleine Welt zu zwingen, die ich mir geschaffen hatte.«

Was redete der Vater da? Seine Stimme hatte einen ganz rauen Klang bekommen. Vorsichtig strich Helga ihm über den Arm, er hatte nicht einmal seinen Mantel ausgezogen.

»Was ist mit dir, Papa?«

»Fanny hat mir alles erzählt. Und ich schäme mich so! Ich wollte nichts hören über die Zustände im Waisenhaus, und so musstest du ganz allein einen Weg finden, damit zurechtzukommen. Ich war blind, verstrickt in meine eigene Schuld. Ich schäme mich so sehr, Helgalein, dass ich kaum weiß, wie ich zu dir sprechen soll.«

»Aber –«

»Still, lass mich ausreden. Bitte.«

Er ergriff ihre Hände. Seine waren eiskalt.

»Vor vielen Monaten hast du mich gefragt, wie ich mein Geld verdient habe, vor dem Krieg. Ich habe dir geantwortet, ich hätte auch damals geholfen, Zeitungen zu verkaufen. Weißt du noch?«

Helga nickte. Sie erinnerte sich genau an den Tag. Sie hatten im Büdchen gestanden, und wie so oft hatte der Vater ausweichend geantwortet. Und sie hatte nicht gewagt nachzufragen.

»Es war eine dumme Ausrede. Ich war zu feige, dir die Wahrheit zu sagen. Denn die Wahrheit ist, dass ich als Journalist gearbeitet habe. So habe ich geholfen, Zeitungen zu verkaufen.« Ein bitteres Lachen. »Ich habe Geschichten geschrieben, die die Leute lesen wollten.«

»Du ein Journalist? Aber warum hast du das nie gesagt?«

»Ja, warum?«

Der Blick des Vaters verlor sich, und Helga sah den Kummer darin, den sie oft schon gesehen hatte. Nie hatte sie sich erklären können, was den Vater so sehr bedrückte. Nun, das spürte sie, würde sie es erfahren. Unwillkürlich hielt sie die Luft an.

»Ich hasse mich für das, was ich getan habe. Du musst wissen, ich hatte schon während meines Studiums für Zeitungen geschrieben, in Holland. Nichts Großes, aber ich träumte davon, berühmt zu werden. Dann kam ich nach Köln, wegen deiner Mutter, und schrieb meine ersten Artikel auf Deutsch. Ich konnte die Sprache fließend, du weißt, meine Mutter war Deutsche. Was soll ich sagen? Die Verleger rissen mir alles, was ich schrieb, aus den Händen. Am Anfang mochten sie den frischen Blick, den ich auf die Dinge warf, ein Holländer in Deutschland. Wie stolz ich war! Wie beseelt! Und als sie mich mehr oder weniger unverhohlen aufforderten, dies und jenes mehr zu betonen, mich lobend zu äußern über die Machthaber und das politische System, da machte ich mit. Es war der pure Ehrgeiz, der mich trieb. Die Lust daran, meinen Namen über den großen Leitartikeln zu sehen. In einer Zeit, in der die Menschheit sich abwandte von Deutschland, wurde ich, der Holländer, ihr Feigenblatt, ihr Instrument.«

Atemlos lauschte Helga den Worten des Vaters. Sie verstand, was er sagte, und doch schien ihr, sie verstünde es nicht. In ihrem Kopf ratterte es. Was genau wollte er ihr damit sagen?

»Verstehst du, Helga? Es war die Zeit des Nationalsozialismus! Anständige, denkende Menschen gingen in den Widerstand oder ins Exil. Die Zeitungen waren längst gleichgeschaltet, schrieben Hitler und Konsorten nach dem Mund. Und ich machte mit.«

»Aber du warst kein Nazi!«

Helga hatte die Worte laut gerufen, jetzt hielt sie sich die Hand vor den Mund. Nicht dass die anderen Frauen und ihre schrecklichen Männer sie hörten!

»Natürlich nicht. Das hätte ich dir damals gesagt, und das sage ich dir heute. Ich redete mir ein, vieles von dem, was die Herrschenden von sich gaben, sei nicht mehr als heiße Luft. Ich mochte mir nicht vorstellen, dass sie alles, wirklich alles ernst meinten. Ich war zu vernarrt in das, was ich tat. Und so kam es, dass ich einer von ihnen wurde. Teil der Maschinerie, die am Ende Millionen und Abermillionen Menschen das Leben gekostet hat.«

Der Vater verstummte. Helga spürte seine Nähe, seinen schweren Körper auf der Matratze. Nur wenige Zentimeter trennten sie voneinander. Und doch schien er ihr so fern wie nie.

Das, dachte sie still, darf nicht wahr sein, bitte. Doch zugleich wusste sie, dass dies die Wahrheit war, die der Vater so lange verborgen hatte. Instinktiv hatte sie es nicht gewagt, daran zu rühren.

»Eure Mutter«, fuhr der Vater fort, »hat mich bekniet,

von meiner Arbeit abzulassen. Sie wollte, dass wir in meine Heimat gehen, nach Holland, sie konnte ja nicht ahnen, dass Holland bald von den Deutschen besetzt sein würde. Ich aber hörte nicht auf sie. Und als der Krieg begann, als man mir anbot, mich den deutschen Truppen anzuschließen, als Kriegsberichterstatter, als man mir zusagte, meine Reportagen auf den vorderen Seiten zu drucken, da ging ich mit. Blind und selbstverliebt, verließ ich die Menschen, die ich am meisten liebte. Euch und eure Mutter.«

Helga starrte auf die Bettdecke. Auf die feuchten Flecken, die sich dort bildeten. Tränen des Vaters, den sie nicht mehr ansehen konnte.

»Als ich begriff, welch schrecklichen Fehler ich begangen hatte, war es zu spät. Ich hatte mich verpflichtet. Später geriet ich in Gefangenschaft, und weil die Russen herausfanden, wer ich war, behielten sie mich zwölf lange Jahre. Viele der Kriegsheimkehrer, die Adenauer jetzt nach Hause geholt hat, sind Männer wie ich. Männer mit Dreck am Stecken.«

Die Worte des Redakteurs Riecken kamen Helga in den Sinn. Genau so etwas hatte er gesagt. Sie hatte sich nicht vorstellen können, dass das auch für ihren Vater gelten könnte. Es war unvorstellbar. Alles.

Sie wünschte sich, der Vater würde gehen. Die Besuchszeit war doch bestimmt bald vorbei. Sie wollte nicht länger zuhören.

Aber er sprach weiter.

»Verstehst du, Helga? Mein Ehrgeiz hat all das Leid über dich und deinen Bruder gebracht. Und deine Mutter hat er, das spüre ich tief in mir, das Leben gekostet. Niemals hätte sie euch im Stich gelassen. Ihr muss etwas zugestoßen sein. Wäre ich nicht gegangen, sie hätte sich nicht mit ihrem alten Vater und euch Kindern auf die Flucht begeben müssen. Wir hätten in Holland die Besatzungszeit aussitzen können. Wir wären zusammengeblieben. Und Elisa wäre am Leben.«

In Helgas Kopf barst etwas. Als würden all die Worte, die der Vater gesagt hatte, zerspringen in tausend Teile, in einzelne Silben, Buchstaben, Fetzen. Nichts davon bekam sie zu fassen.

Da, ein Schatten hinter dem Vorhang. Beinahe mit Erleichterung sah Helga eine der unfreundlichen Schwestern auftauchen.

»Besuchszeit ist um. Verabschieden Sie sich jetzt.«

Doch der Vater sprach immer noch weiter. Die Worte stürzten nur so aus ihm heraus.

»Als ich euch wiederfand, glaubte ich, das Schicksal habe mir völlig unverdient eine zweite Chance geschenkt. Ich beschloss, das, was war, tief in meinem Innern zu vergraben und euch, dich und Jürgen, vor allen Gefahren zu beschützen. Doch als du mir zeigtest, was du geschrieben hattest, Helga, da packte mich die blanke Angst. Ich sah sofort, welches Talent in dir steckt, und ich fürchtete nichts mehr, als dass dich der gleiche blinde Ehrgeiz erfassen würde, der mich ins Verderben geführt hatte. Und so tat ich alles, um dich von dem, was ich für gefährlich hielt, fernzuhalten. Ich verbot dir das Gymnasium und schickte dich auf die Haushaltungsschule, ich verbot dir sogar zu schreiben. Ich wollte ein einfaches, sicheres Leben für dich. Ich war so dumm! Ich habe nicht erkannt, dass du ganz anders bist als ich, Helga. Du kennst keinen blinden Ehrgeiz. Im Gegenteil, du bist wie deine Mutter. Lieb und rechtschaffen. Und so klug! Du musst wissen, die Kölner Sonntagszeitungen haben heute alle deinen Kommentar abgedruckt, wirklich alle!«

»Was sagst du da?«

Helga sah zum ersten Mal auf. Und im Gesicht des Vaters, der ihr in den letzten Minuten so fremd geworden war, sah sie etwas, was ihr Herz wärmte, obwohl sie sich dagegen wehrte. »Dein Kommentar ist phänomenal«, sagte der Vater. »Und wäre ich nicht so voller Scham, ich würde platzen vor Stolz.«

»Jetzt reicht es. Raus. Die Patientinnen brauchen Ruhe.«

Die unfreundliche Schwester war wieder da und zerrte am Ärmel des Vaters. Sie verfuhr mit ihm wie mit einem ungezogenen Jungen, und er ließ es geschehen.

Helga aber blieb zurück, um Atem ringend. Unvermittelt musste sie an den Abend zurückdenken, an dem Fanny ihr in der Milchbar berichtet hatte, wie sie zur Prostituierten wurde. Und nun dieses Geständnis des Vaters. Innerhalb weniger Tage hatten ihr zwei Menschen, die sie liebte, Geheimnisse enthüllt, wie sie schlimmer kaum sein konnten. Doch während sie Fanny, seit sie wusste, was der Freundin widerfahren war, nur noch mehr in ihr Herz geschlossen hatte, war ihr der Vater mit einem Mal unendlich fremd.

Erschöpft ließ Helga sich in ihr Kissen fallen. Würde sie den Vater je wieder so lieben können wie zuvor?

35. Kapitel

»Bist du sicher, dass du ihn richtig verstanden hast?«

»Aber ja! Und es ergibt alles einen Sinn. Sein Reden, man müsse die Vergangenheit ruhen lassen. Dass er sich so quält, wenn wir mehr über das Schicksal unserer Mutter wissen wollen. Dass er so gut für uns sorgt, aber zugleich so wenig mit uns spricht.«

»Hm.« Jürgen nickte. Er saß auf Helgas Krankenhausbett, genau dort, wo der Vater gesessen hatte. »Aber es passt trotzdem nicht. Es passt nicht zu dem Vater, den ich kenne. Weißt du, was ich meine?«

»Ja«, antwortete Helga. »Zu dem Vater, den ich kenne, passt es auch nicht.«

Die Besuchszeit war lange vorbei an diesem Montagabend, aber Christa hatte Jürgen, als er von der Arbeit kam, zu Helga hineingeschmuggelt. Vorsichtig, flüsternd, hatte Helga ihm erzählt, was sie vom Vater erfahren hatte. Nun saßen sie still beieinander, ein jeder tief in Gedanken versunken. Das Wissen um das, was der Vater getan hatte, raubte ihnen die Worte.

Nach einer Weile senkte Jürgen den Kopf, und Helga

lehnte ihre Stirn an seine. Da war noch etwas, was ihr unter den Nägeln brannte.

»Sag mir, wie geht es Fanny?«

»Gut, gut, mach dir keine Sorgen.«

»Hat mein Kommentar ... nun, wie soll ich es ausdrücken ... hat er etwas bewirkt?«

»Ich weiß nicht, wie ich es sagen soll«, begann Jürgen, als er von der anderen Seite des Vorhangs lautstark unterbrochen wurde.

»Hat die Schlampe immer noch Besuch?«, tönte es aus einem der Nebenbetten. »Ausgerechnet für eine wie die gelten die Besuchszeiten nicht, oder was?«

Helga zuckte zusammen wie unter einem Schlag. Immer noch überschütteten die anderen Frauen sie mit Gehässigkeiten. Es schien sogar von Tag zu Tag schlimmer zu werden.

»Diese niederträchtigen Weiber«, zischte Jürgen. »Aber ich gehe ja schon.«

Er küsste sie sanft auf die Wange und schlich leise hinaus.

Helga blieb zurück mit einem bangen Gefühl. Was hatte er über Fanny sagen wollen?

Der nächste Besucher kam pünktlich während der Besuchszeit und zog sogleich alle Blicke auf sich. Der junge Mann war nicht sonderlich gut gekleidet, er trug einen dünnen Anzug, der ihm deutlich zu weit war. Aber sein schwarzes, mit Brillantine zurückgekämmtes Haar schimmerte wie das eines Schauspielers. Und obwohl er frisch rasiert schien, gab ihm sein dunkler Bartschatten etwas Verwegenes. Was wiederum in reizvollem Kontrast stand zu den jungenhaften roten Flecken, die sich hoch auf seinen Wangenknochen abzeichneten. Mehr als eine Wöchnerin richtete schnell ihre Frisur, während der Blick des jungen Mannes suchend über die Betten glitt. Aber seine Augen, nicht braun, nicht grün, sondern irgendetwas dazwischen, leuchteten erst auf, als er Helga erblickte.

»Konradin«, flüsterte Helga.

»Darf ich?«

Ganz vorsichtig, als habe er Angst, er könne ihr zu schwer werden, legte Konradin einen Strauß gebundener Blumen auf ihre Bettdecke.

»Danke.«

Helga schlug die Augen nieder. Konradin zu sehen ließ ihr Herz ganz warm werden. Zugleich genierte sie sich fürchterlich. Er hatte sie in diesem erbarmungswürdigen Zustand gesehen. Und jetzt besuchte er sie auf der Wöchnerinnenstation! Mit einem Mal fühlte sie sich wieder so schmutzig wie direkt nach der Vergewaltigung.

»Ich mag gar nicht fragen, wie es dir geht«, murmelte Konradin. »Ich bin nur so froh, dass du lebst! Glaub mir, ich hatte solche Angst um dich, ich hätte ...«

Er verstummte, suchte ihren Blick. Und als Helga aufsah, wusste sie, dass sich zwischen ihnen nichts geändert hatte.

»Bitte schön.« Eine der Schwestern war herbeigeeilt und brachte einen Stuhl. »Sie können sich gern setzen. Und für die Blumen hole ich rasch eine Vase. Einen Moment nur.«

Sie griff nach dem Strauß und zwinkerte Konradin zu, beinahe, so schien es Helga, hätte sie einen Knicks gemacht.

Konradin schien es gar nicht zu merken.

»Ich soll dich herzlich von Großmutter grüßen, sie sagt, sie hofft bald auf deinen Besuch.«

»Weiß sie denn, ich meine, versteht sie, was passiert ist?«, fragte Helga und biss sich sogleich auf die Lippen. Auf keinen Fall wollte sie mit Konradin darüber sprechen, warum sie hier lag.

»Natürlich«, gab er zurück und klang dabei ganz unbekümmert. »Sie weiß, dass du im Krankenhaus bist. In letzter Zeit hat sie erstaunlich viele helle Momente. Sie ist auch viel aktiver geworden, verlässt eigenständig das Bett, was mir gar nicht recht ist. Seit sie dachte, Oksana zieht zu uns, ist sie dabei, den Speicher aufzuräumen. Was sie schon alles aus den Ecken hervorgeholt hat! Jede Menge Plunder, der sogar den Krieg überstanden hat. Großmutter untersucht alles genau, oft ist sie abends, wenn ich heimkomme, vollkommen mit Staub und Spinnweben bedeckt. Ich kann ihr wieder und wieder sagen, dass Oksana nicht einziehen wird, dass ich sowieso versuche, eine bessere Wohnung für uns zu bekommen, sie ist nicht zu stoppen.«

Helga nickte. Der Gedanke, Konradin und Auguste könnten ausziehen, behagte ihr ganz und gar nicht. Ganz abgesehen davon, dass die Erwähnung von Konradins Ehefrau ihr immer noch Kummer bereitete.

Konradin schien es gleich zu merken.

»Unsere Ehe wird annulliert, ganz bald. Du musst wissen, wir hatten ja nie vor, sie zu vollziehen, du weißt schon.«

Oje. Die roten Flecken auf Konradins Wangen begannen zu glühen. Und auch Helga merkte, wie ihr Gesicht ganz heiß wurde.

»Ich wollte das alles nicht«, raunte sie. »Er hat mich gezwungen. Ich hätte niemals –«

»Pscht.« Konradin hatte einen Finger auf seine Lippen gelegt. »Kein Wort. Ich soll dich außerdem vom Redakteur Riecken grüßen und dir ausrichten, dass er dir nur ein bisschen böse ist, weil du ihn nicht eingeweiht hast.«

»Und es gab keine Konsequenzen?«

»Doch, schon.« Konradin wand sich ein wenig. »Sie haben ihn suspendiert, aber das war schon länger zu erwarten, er trank einfach zu viel. Die Sekretärin vom Personalchef sagt, sie schicken ihn zur Kur und holen ihn danach zurück.«

Helga musste an die Frau in den zu engen Kleidern denken. Sie stand also immer noch bei Konradin am Pförtnertresen. Doch zu ihrer eigenen Verwunderung war Helga kein bisschen eifersüchtig mehr. Alles, was sie fühlte, war Scham. Himmel, Riecken war suspendiert!

»Und du?«, fragte sie bang. »Ich hoffe, ich habe dir nicht auch Unannehmlichkeiten bereitet, du warst es schließlich, der mich empfohlen hat.«

»Daran denkt keiner mehr«, antwortete Konradin und nahm der Schwester, die wieder herbeigeeilt war, die Blumenvase ab. »Und wenn schon.« Er stand auf, zog hinter der Schwester die Vorhänge zu und setzte sich wieder. »Was du getan hast, war sensationell. Weißt du, dass alle Kölner Zeitungen über dich berichtet haben? Viele haben deinen Kommentar sogar abgedruckt! Eine Sekretärin, die das Hörfunkstudio kapert, das hat es noch nie gegeben. Und du hast so recht mit allem, was du gesagt hast! Ich wusste ja, wie klug du bist und wie lieb. Aber dass du so talentiert bist und so mutig, das wusste ich noch nicht.«

Seine Augen hatten einen ganz eigentümlichen Glanz bekommen, und Helga merkte, wie ihr Herz zu hämmern begann. Hör auf damit, schalt sie sich selbst. Und dann stellte sie die Frage, die ihr seit Tagen auf der Seele brannte und auf die sie noch keine Antwort erhalten hatte.

»Hat der Kommentar etwas bewirkt? Kommt Bärbel nach Hause?«

»Das müssen wir abwarten«, sagte Konradin schnell. »Weißt du was, bevor ich gehe, frage ich die Schwester, ob du einen Tee bekommen kannst. Du siehst aus, als könntest du etwas Warmes vertragen.«

Damit stand er auf und eilte hinaus.

Helga aber merkte, wie ihr Herz immer schneller hämmerte, und nun war es nicht mehr aus Verlegenheit. Mit Fanny war etwas geschehen. Und niemand wollte ihr sagen, was.

Am nächsten Tag wurde Helga entlassen. Sie saß fertig angezogen im Flur, die Schwestern hatten ihr gesagt, sie bräuchten dringend das Bett. Mit ihr verließen zwei weitere Frauen die Wöchnerinnenstation. Helga konnte hören, wie sie von den anderen Patientinnen herzlich verabschiedet wurden. Nun kamen sie heraus, eine jede trug ein rosiges Neugeborenes im Arm. Helga vermochte kaum hinzusehen. Wie stolz und glücklich diese jungen Mütter aussahen!

Alles, was sie mitnehmen würde, war ein Bündel blutverschmierter Kleider.

Sie spürte, wie ihr die Tränen kamen, und verfluchte sich dafür. Bloß nicht weinen, bloß nicht hier.

»Zieh nicht so ein Gesicht«, blaffte da eine der Schwestern, es war die, die für Konradin einen Stuhl geholt hatte. »Kannst froh sein, dass das Balg weg ist!«

Da stand Helga auf und ging hinaus. Eigentlich hätte sie auf Jürgen warten sollen, er wollte den Vorarbeiter bitten, ihn früher gehen zu lassen. Aber Helga konnte nicht mehr. Keine Minute länger würde sie in diesem Krankenhaus verbringen.

Draußen empfing sie ein scharfer Wind. Der Dezember hatte sich über Köln gelegt wie ein kalter, feuchter Lappen. Suchend sah Helga sich um. Zu ihrer Linken ragten die Zwillingstürme des Doms in den niedrigen Himmel, in ihrem Rücken ahnte sie das dunkle Wasser des Rheins. Für einen Moment kam sie wieder über sie, die Sehnsucht nach der kalten Flut. Doch dann schüttelte sie sich, knöpfte rasch den guten alten Mantel zu, den einst Tante Claire genäht hatte – Jürgen hatte ihn ihr ins Krankenhaus gebracht –, und machte sich auf den Weg.

Es wurde Zeit, dass sie nach Fanny sah.

Der Eigelstein schien beinahe menschenleer an diesem späten Mittag. Selbst vor dem Stavenhof standen nur zwei Männer, die Hände tief in den Taschen ihrer Anoraks vergraben, die Köpfe gesenkt. Zum ersten Mal, seit ihr Weg sie beinahe täglich hier vorbeiführte, blieb Helga stehen und betrachtete den kleinen Platz genau. Eine abschüssige Gasse führte zu ein paar windschiefen Häusern. Bei dem Gedanken, dass die Frauen, die hier arbeiteten, tagtäglich erleiden mussten, was sie im Gartenhäuschen von Peters Eltern erlitten hatte, wurde Helga zum Spucken übel. Oder empfanden sie diese Vorgänge womöglich anders? Sie konnte es sich nicht vorstellen. Warum, dachte sie still, schloss man diese Häuser nicht, gab den Frauen eine andere Arbeit und jagte die Männer, die hierherkamen, davon? Wie konnte es sein, dass dieser Ort existierte, als gäbe es immer noch Elend und bittere Not wie nach dem Krieg, als ein Mädchen wie Fanny sich prostituieren musste, um zu überleben?

Sie merkte, dass sie zu schwanken begann, so schwindelig wurde ihr plötzlich. Kurz lehnte sie sich an eine Hauswand, dann eilte sie weiter. Fanny hatte bestimmt in der Milchbar zu tun. Hoffentlich hatte sie einen Moment Zeit.

Doch die Milchbar war geschlossen. Schon von Weitem sah Helga, dass die Vorhänge hinter den Fenstern zugezogen waren, auch die Tür schien fest verrammelt.

Was, fragte sie sich, mochte das zu bedeuten haben?

Als sie näher kam, fiel ihr auf, dass die von Fanny und Jürgen so hübsch blau gestrichene Hauswand gar nicht mehr richtig blau war. Sie hatte lauter Flecken, und jemand hatte etwas darauf geschrieben. Das bange Gefühl, das sie schon so lange ergriffen hatte, wurde stärker. Helga beschleunigte ihren Schritt und merkte, wie ihr wieder schlecht wurde. Der Blutverlust, schoss es ihr durch den Kopf. Christa hatte ihr geraten, sich am Anfang nicht zu überanstrengen. Und so zwang sie sich, langsamer zu gehen. Doch mit jedem Schritt, den sie sich dem Haus näherte, wurde ihr übler. Und als sie nahe genug herangekommen war, um zu erkennen, was die Hauswand verunstaltete, begann sie zu würgen. Denn die Worte, die, mit weißer Farbe ungelenk aufgetragen, links und rechts von der Tür prangten, waren einfach zu schrecklich.

»Hure«, stand auf der einen Seite, auf der anderen: »Negerflittchen«. Das Schlimmste jedoch war das Zeichen, das jemand auf eines der Fenster gemalt hatte. Es war, wie Helga mit Grausen erkannte, ein Hakenkreuz.

Helga presste sich die Hand auf den Mund. Jetzt erkannte sie auch, woher die Flecken stammten. Jemand hatte faule Eier auf das Haus geworfen und noch etwas anderes, was Kot sein musste, so entsetzlich stank es.

Helga brauchte all ihre Kraft, um sich die letzten Meter ins Haus zu schleppen. Dort schlug sie die Tür hinter sich zu und sank auf die unterste Treppenstufe.

Zitternd lehnte sie den Kopf gegen die Wand. Was, um Himmels willen, war hier geschehen?

Still war es im Treppenhaus, beängstigend still. Kein Geräusch drang aus der Milchbar. Helga zog sich langsam am Geländer hoch. Eine innere Unruhe trieb sie. Sie konnte nicht hier sitzen bleiben – und noch viel weniger hinaufgehen in die Wohnung. Sie musste nach Fanny sehen, dringend.

Vorsichtig schob sie die Tür zum Vorraum auf.

Die Eismaschine stand wie erstarrt, der riesige Rührlöffel hing halb in der Luft, als habe man ihn mitten im Lauf gestoppt. An seinem Ende sah Helga eine grünliche Masse, zu einem festen Klumpen geronnen. Es war verschimmeltes Eis, wie sie feststellte, als sie näher trat, der ganze Bottich war voll davon.

Schnell ging sie weiter in den Gastraum. Sofort schlug ihr ein fauliger Geruch entgegen. Die Gläser standen auf den Tischen, als seien die Gäste nur kurz hinausgegangen, doch die Reste darin waren eingetrocknet und ebenfalls schimmlig. Die Jukebox blinkte, aber niemand hatte eine Platte ausgewählt. Hinter der Theke war noch Wasser im Spülbecken, schmutzige Eisschälchen lagen darin. Der Schaum des Spülmittels hatte sich längst aufgelöst.

Helga konnte nicht anders, sie drehte an dem Hahn, aus dem Milch floss. Was herauskam, war keine Milch, sondern eine gelbe, widerlich stinkende Masse.

Was war hier geschehen? Und wo war Fanny? Suchend sah sie sich um.

Sie fand Fanny in der fensterlosen Kammer neben dem Raum mit der Eismaschine. Ein Hinterkopf, braunes, verknotetes Haar. Schmale Schultern unter einer zerknitterten Decke.

Helga kniete sich neben die schmale Bettstatt, streckte eine Hand aus. Streichelte Fannys Haar, ihren Rücken. Ihre Schulterblätter stachen hervor wie kleine Flügelchen. Sofort musste Helga an Bärbel denken. Auch Fannys Tochter hatte sich so zart angefühlt, so zerbrechlich.

»Was ist mit dir?«, flüsterte sie leise. »Was ist geschehen?«

Doch Fanny gab keinen Laut von sich, sie lag vollkommen starr.

Helga streichelte vorsichtig ihre Arme, zog ihre rechte Hand unter der Decke hervor. Wie kalt sie war! Helga rieb sie, hauchte hinein. Immer noch drehte Fanny ihr den Rücken zu. Das wenige Licht, das in die Kammer fiel, schwand. Helga merkte, wie die Unruhe, die sie hierhergetrieben hatte, weiter zunahm. Warum bewegte Fanny sich nicht, sagte kein einziges Wort? Sie beugte sich tiefer über die Freundin, strich ihr, so gut es ging, das verklebte Haar aus der Stirn.

»Fanny!«, rief sie leise, »bitte, sprich mit mir!«

»Lass mich in Ruhe.«

Eine Stimme, so dünn, als stamme sie von einem Kind.

Wieder musste Helga an Bärbel denken. Ihr hatte sie damals im Waisenhaus nicht helfen können. Nun war sie weit weg, und wie es schien, hatte ihr, Helgas, Kommentar rein gar nichts bewirkt. Fanny würde sie nicht sich selbst überlassen, niemals.

»Komm, stütz dich auf mich, dann bringe ich dich zu uns hinauf.«

»Wozu?«, wimmerte Fanny.

»Damit ich mich um dich kümmern kann! Ich lasse dir ein Bad ein und mache dir etwas zu essen. Und dann erzählst du mir, was passiert ist.«

»Ich bitte dich, lass es.«

»Nein!«

Helga sprang auf und versuchte, Fanny hochzuziehen. Zu ihrer großen Erleichterung richtete Fanny sich auf und folgte ihr. Sie schlurfte mehr, als dass sie ging, den Kopf hielt sie gesenkt, die Arme hingen schlaff an ihr herab. Helga riss es schier das Herz heraus, die Freundin so zu sehen. Aber wie erschrak sie erst, als sie im Flur das Licht anknipste und sie Fannys Gesicht sah! Ihre wunderschönen braunen Augen, in denen stets goldene Sprengsel getanzt hatten, hatten jeden Glanz verloren. Fanny sah aus, als sei sie innerlich tot.

»Um Himmels willen«, jammerte Helga. »Nun sag mir doch, was geschehen ist!«

»Du fragst das wirklich im Ernst?«

Fanny blieb mitten auf der Treppe stehen und schaute so verständnislos, dass Helga nur nicken konnte.

»Ach, Helga.« Fanny ließ sich auf den Treppenabsatz sinken, als sei sie furchtbar müde. »Du hast im Radio erzählt, dass meine Familie im Konzentrationslager ermordet wurde. Dass ich eine Prostituierte war. Und dass ich ein Kind von einem Neger habe. Was, hast du geglaubt, würde anschließend passieren?«

Helga stand wie vom Donner gerührt.

»Ich ... ich wollte helfen«, stammelte sie. »Ich wollte, dass Bärbel nach Hause kommt, zu dir, zu uns. Ich weiß«, fügte sie schnell hinzu, »dass der Ministerpräsident den Kommentar hört, jeden Tag. Ich habe gehofft, er unternimmt etwas!« Hektisch suchte sie Fannys Blick, ein Zeichen des Einverständnisses, des Verstehens. Doch Fanny schaute sie an, als zweifele sie an Helgas Verstand. »Ich habe keine Namen genannt«, beeilte sie sich deshalb, hinzuzufügen. »Niemand konnte wissen, dass du gemeint bist!«

»Nun ja, wie auch immer«, murmelte Fanny. »Sie wussten es noch am selben Tag.«

»Wer?«

»Nachbarn, Leute aus dem Veedel, was weiß ich.«

Helga spürte, wie ihre Beine sie nun endgültig nicht mehr trugen. Zitternd sank sie neben Fanny auf die Stufen. »Das da draußen«, sie machte eine vage Bewegung mit der Hand, »das ist passiert, nachdem die Leute meinen Kommentar gehört haben?«

»Ja.« Fanny sah aus, als bereite es ihr Schmerzen, es Helga gegenüber auszusprechen. »Du hast es gut gemeint, das weiß ich. Aber sie kamen und pöbelten, verunstalteten die Hauswand, bedrohten mich und meine Gäste. Jetzt kann ich dichtmachen. Niemand wird mehr in die Milchbar kommen. Wobei ich selbst das überstehen würde. Wenn ich nur Bärbel bei mir haben könnte. Aber das ist nun noch aussichtsloser als zuvor.«

Fanny verbarg ihr Gesicht in ihren Armen, und als Helga sie umarmen wollte, stieß sie sie von sich.

Helga war, als täte sich der Erdboden unter ihr auf. Es war ihre Schuld. Sie hatte nicht nur Fannys Existenz vernichtet. Sie hatte auch dafür gesorgt, dass Mutter und Tochter sich nie wiedersehen würden.

Unten an der Haustür war jemand, sie achtete nicht darauf.

»Aber warum?«, weinte sie, »warum tun Menschen das?«

»Warum?«, äffte Fanny sie nach. »Das fragst du? Zehn Jahre ist es erst her, dass Menschen wie ich ins Lager kamen, als Asoziale galten, als unwertes Leben. Niemand hat gefragt, ob das recht ist oder nicht, niemand. Die werden schon selbst dran schuld sein, hieß es. Und weißt du, was die Nazis gemacht haben mit Kindern, die einen Neger zum Vater hatten? Zwangssterilisiert haben sie sie! Hat da einer aufbegehrt? Nein! Noch heute beschimpfen sie meine Bärbel als Bastard, noch heute sorgen sie dafür, dass sie ausgesondert wird. Verstehst du nicht? Es ist alles noch da! Die Verachtung für eine wie mich. Eine aus dem fahrenden Volk. Eine Prostituierte. Die Mutter eines Bastards. Da genügt ein Fingerschnippen, und der Hass bricht wieder hervor. Dafür haben sie gesorgt, die Nazis und ihre Propagandaleute. Dass der Hass in den Seelen bleibt, dass er immer weiter wächst, dass es nie zu Ende ist!«

Helga hätte sich am liebsten die Ohren zugehalten. Sie wollte nicht hören, was Fanny durch das Treppenhaus schrie. Doch zugleich wusste sie, dass jedes Wort davon wahr war. Und dass sie, Helga, diese unheilvolle Spirale erneut in Gang gesetzt hatte. Eine Spirale, aus der es keinen Ausweg zu geben schien.

Und dann passierten zwei Dinge auf einmal. Jürgen und der Vater standen plötzlich neben ihr. Ganz bleich sahen sie aus.

»Helgalein«, raunte Jürgen, »wir haben dich gesucht. Wir waren so in Sorge!«

Der Vater aber sagte nichts. Er starrte auf den Boden, und Helga war sich sicher, er hatte jedes von Fannys Worten gehört. Sie konnte ihm förmlich ansehen, wie die Scham ihn schüttelte. War auch er einer der Propagandaleute gewesen, die den Hass, der nun Fanny traf, einst mit gesät hatten?

Als er zu ihr aufblickte und fragend die Hand nach ihr ausstreckte, da wandte Helga sich von ihm ab.

Beinahe zeitgleich wurde oben im zweiten Stock eine Tür aufgerissen. Meta erschien, wie immer in ihren hohen Schuhen und in einem Kleid, das ihr um die Hüften zu eng saß und unten zu lang war.

»Ihr wagt es?«, keifte sie. »Ihr wagt es, hier immer noch herumzulungern? Das Flittchen und die Zigeunerin, die Schlampe! Raus aus meinem Haus, und zwar alle beide! Noch heute Nacht!«

»Das ... das können Sie nicht tun«, hörte Helga Jürgen stottern, doch seine Worte gingen unter im Gebrüll Metas.

»Und wie ich das kann! Das ist mein Haus! Ihr seid nichts als Ungeziefer, das ausgerottet gehört! Raus mit euch!«

Meta schrie jetzt, sie spuckte weiße Fäden, und fast machte es den Eindruck, als wolle sie sich auf Helga und Fanny stürzen. Da trat Jürgen rasch einen Schritt vor.

»Dann gehe ich auch!«, rief er. Kaum hatte er ausgesprochen, sprang der Vater ihm zur Seite.

»Wir gehen alle!«, brüllte er. »Niemals lasse ich meine Kinder noch einmal im Stich! Und auch nicht Fräulein Fanny!«

Wieder griff er nach Helgas Hand, wieder wich sie ihm aus.

Ihr Herz fühlte sich an, als gefriere es zu Eis. Jahrelang war sie ein Findelmädchen gewesen. Und nun, wo sie ihren Vater wiedergefunden hatte, wusste sie nicht, ob sie noch seine Tochter sein wollte.

Fanny aber starrte auf etwas, was weit über ihnen war. Als Helga ihrem Blick folgte, stieß sie einen spitzen Schrei aus.

Ganz oben an der Treppe, vor der niedrigen Tür, die zum Dachboden führte, stand schwankend, als habe sie Schwierigkeiten, das Gleichgewicht zu halten, Auguste. Sie trug ein helles, über und über mit Rüschen besetztes Nachthemd. Das dichte weiße Haar fiel ihr in sanften Wellen offen auf die Schultern. Ihr Gesicht, ganz zart und überzogen mit einem Netz feiner Falten, schaute streng, auf ihrer alabasterfarbenen Stirn hatte sich eine steile Falte gebildet. Und ihre Augen funkelten vor Zorn.

»Entschuldigen Sie bitte, wenn ich mich einmische«, sagte die alte Frau. »Einige von Ihnen sind mir noch nicht vorgestellt worden. Mein Name ist Auguste zu Lärchenburg. Ich logiere hier oben mit meinem Enkel Konradin. Er ist außer Haus, ich erwarte ihn bald zurück. Leider ließ es sich nicht vermeiden, Ihren Streit mitanzuhören, und dazu möchte ich gern beitragen, dass diese Frau, die vorgibt, die Tante Meta meiner lieben Freundin Helga zu sein – nun, dass sie nicht Ihre Tante Meta ist. Denn diese ist seit Langem tot. Genau genommen seit dem 6. August 1945. Es steht alles hier drin.«

Helga sah, wie Auguste ihre Hand ausstreckte, darin ein Schreibheft, ganz ähnlich den Kladden, in die sie immer schrieb. Moment, hatte sie dieses Heft nicht schon einmal oben bei Auguste gesehen, in einer alten Aktentasche?

»Dumme alte Gans!«, hörte sie da Meta keifen. »Was fällt dir ein, solche Lügen zu verbreiten!«

Auguste aber schlug das Heft auf und begann zu lesen. Von oben schallte ihre Stimme zu ihnen herab, so hell wie eine Glocke und so klar, dass sie das ganze Treppenhaus erfüllte.

»Meta ist tot. Ich wusste es gleich, als ich erwachte. Nicht, weil sie so regungslos lag. Auch nicht wegen des wächsernen Ausdrucks in ihrem Gesicht. Es war die Ruhe, die sie umgab, beinahe möchte ich sagen, die Heiterkeit. Nichts, was sie mehr bedrückte. Meta ist gegangen, heimlich und still, während ich schlief und noch glaubte, es ginge ihr bald besser.«

Helga spürte, wie ein Zittern sie erfasste, von den Haarspitzen bis in die Zehen. Sie musste keinen Moment überlegen, wer dort zu ihr sprach. Sie wusste es sofort. Eine Hand schob sich in ihre. Jürgens. Sie schnappten beide gleichzeitig nach Luft. Und als Auguste weiterlas, hörten sie auf zu atmen.

»Helga kämmt ihr das Haar. Jürgen drückt ihr eine der Murmeln in die schon steife Hand. Erinnerst Du Dich, Liebster, an die hölzernen Murmeln, die Vater für die Kinder geschnitzt hatte? Sie haben nur noch ganz wenige, sie hüten sie wie einen Schatz. Eine geht mit Meta.«

Auguste schlug das Heft zu. Helga spürte, wie ein Weinen in ihrer Kehle aufstieg, schmerzhafter und glücklicher, als sie es je empfunden hatte. An ihrer Seite begann Jürgen zu schluchzen.

»Mutter«, schluchzte er, »Mutter!«

Ein gellender Schrei. Fanny wies mit schreckgeweiteten Augen nach oben.

Und da sah Helga es. Meta war losgerannt, die Treppe hinauf.

»Nicht!«, schrie Helga. Meta würde Auguste etwas tun, dessen war sie sich ganz gewiss. Wie von Sinnen stürzte sie nun auch die Treppe hinauf, Jürgen war direkt hinter ihr.

Doch sie waren zu spät.

Meta war schon fast auf Augenhöhe mit Auguste, nur der oberste Treppenabsatz trennte sie noch. Mit Grauen sah Helga, wie Meta sich weit über das Geländer beugte. Mit der einen Hand griff sie Auguste ins Haar, zog die alte Frau brutal zu sich herüber, mit der anderen versuchte sie, ihr das Heft zu entreißen. Es war ein so ungleicher Kampf, dass Helga sich am liebsten die Augen zugehalten hätte. Meta war so viel stärker. Nur einen Moment noch, und Auguste würde über das Geländer viele Meter in die Tiefe stürzen.

Und dann geschah es. Ein Geräusch, wie wenn ein altes Stück Stoff riss. Metas Kleid platzte mitten entzwei, auf der Höhe der Taille, und enthüllte ein hautfarbenes Korsett.

»Was zum Teufel ...!«, schimpfte Meta. Sie ließ Auguste los und versuchte, ihre Blöße zu bedecken. Gleichzeitig mühte sie sich um die Biegung des Treppenhauses zum Dachboden hinauf. Doch das Kleid, eh schon zu lang, verfing sich in ihren hohen Schuhen. Noch ein reißendes Geräusch. Meta war auf ihren eigenen Saum getreten.

Sie stolperte. Sie drehte sich einmal um sich selbst. Ihr Gesicht hatte die Farbe einer reifen Pflaume angenommen.

»Das wirst du alte Vettel mir nicht verderben, du elendes Weibsstück!«, keuchte sie.

Da schnellte ein alabasterfarbener Arm vor. Es war nur

eine kleine Bewegung. Beinahe anmutig kam sie Helga vor, was auch an den vielen Rüschen lag, aus denen der Arm hervorlugte. Der Arm stupste Meta ganz leicht an. Doch es reichte, damit sie endgültig das Gleichgewicht verlor. Erst hing nur ihr Oberkörper über dem einst so reich verzierten Geländer, dann rutschte der Rest ihres Körpers nach, und im nächsten Moment fiel Meta wie ein großer, schwerer Sack hinab. Das Letzte, was Helga von ihr hörte, war das satte Klatschen, mit dem sie im Erdgeschoss aufschlug.

12. August 1945, nachmittags

Mein Liebster, ich kann es kaum glauben, ich bin in unserem Zuhause. Ich könnte schreien vor Schmerz und vor Sehnsucht, doch ich hocke ganz still hier oben auf dem Dachboden. Aus der kleinen Luke kann ich direkt in den Himmel sehen, himmelblau ist er heute, keine Wolke weit und breit. Was für ein strahlender Tag! Es ist, ich spüre es, einer meiner letzten.

Ich bin noch einmal zum Eigelstein gegangen, es hat mich all meine Kraft gekostet. Ich wollte der alten Nieß mein Tagebuch anvertrauen, auf dass sie es Dir gibt, wenn Du heimkommst. Doch die Nieß ist gestern gestorben. Als ich vor ihrer Tür stand, kam ein anderer Nachbar, den ich flüchtig kenne, und sagte es mir.

Und so ging ich noch einmal zu unserem Haus. Als ich sah, dass kein Wachmann davorstand und die Tür nur angelehnt war, da nahm ich all meinen Mut zusammen und schlich hinein. Ich kann Dir nicht sagen, wie es sich anfühlte, plötzlich in unserem Treppenhaus zu stehen! Es ist fürchterlich heruntergekommen, und doch sah ich sogleich vor meinem inneren Auge die Kinder auf den Stufen spielen und Vater aus seiner Werkstatt kommen. Von weiter oben hörte ich Stimmen, doch nun, wo ich einmal drin war, stieg ich, so schnell es ging, die Treppe hinauf. Das Herz klopfte mir bis zum Halse, weniger aus Angst, denn ich habe nichts mehr zu verlieren, sondern aus Schwäche. Ich kann kaum noch ein paar Meter gehen, ohne um Luft zu ringen. Die Treppe forderte mir das Letzte ab.

Im ersten und im zweiten Stock standen die Türen zu den

Wohnräumen halb offen, es ist kaum zu glauben, dass man mich nicht erwischt hat. Ich sah flüchtig Teile unserer Möbel, die britischen Offiziere nutzen sie wohl, als seien es ihre eigenen, ich meinte sogar, unsere gute alte Küchenhexe röcheln zu hören. Wohin, fragte ich mich unentwegt, mit meinem Tagebuch? Wo kann ich es deponieren, damit Du es findest?

Nun weiß ich es. Hier oben auf dem Speicher, wo die britischen Offiziere offenbar nie einen Fuß hineinsetzen, fand ich Deine Aktentasche. Sie lag neben einem Paar alter Schuhe mitten im Raum, ich kann nur vermuten, dass Plünderer bei ihrem Tun überrascht wurden und einen Teil ihrer Beute zurücklassen mussten. Anders ist es kaum zu erklären, dass sie noch da ist. Sie mag zerschlissen sein, doch sie ist aus feinstem Schweinsleder, ganz weich hat sie sich einmal angefühlt. Ich erinnere mich genau an den Tag, an dem ich sie Dir schenkte. Du hattest Deine ersten Aufträge von der Zeitung bekommen, und ich hätte nicht stolzer auf Dich sein können.

O mein Liebster, ich bin froh, dass wir beide damals noch nicht wussten, wohin Dich Deine Liebe zum Schreiben führen würde. Und ich bin mir sicher, wenn Du heimkommst, wirst Du sogleich neu anfangen. Du wirst schreiben, denn es gibt nichts, was Du lieber tust. Du wirst Dir keine scheinbaren Wahrheiten mehr aufzwingen lassen, die nicht Deine sind. Du wirst wieder der rechtschaffene Mann sein, den ich liebe.

Der Arm wird mir schwer. Jeder Muskel schmerzt. Meine Kraft verlässt mich, von Minute zu Minute. Liebster, Du musst wissen, ich werde Helga und Jürgen der Frau anvertrauen, die im Bunker neben uns wohnt. Sie schien mir erst unsympathisch, doch je schlechter es mir geht, desto freundlicher wird sie. Ich gebe ihr alles, was ich noch besitze, vor allem die Abschrift des Grundbucheintrages. So kann sie, sobald die Briten das Haus räumen, es mit Helga und Jürgen beziehen. Unsere Kinder werden wieder in ihrem Elternhaus leben. Sie werden es warm haben, wenn der Winter kommt. Sie werden genügend zu essen haben, das hat die Frau mir fest versprochen. Sie werden sicher sein. Sie werden Dich hier erwarten.

Ich muss mich beeilen. Nicht, dass doch noch jemand kommt. Ich lege mein Tagebuch gleich in Deine Aktentasche und deponiere sie in einer Kiste ganz in der Ecke des Speichers. Du hast diese Aktentasche so sehr geliebt, ich bin mir sicher, Du wirst nach ihr suchen.

Nur eins noch, Liebster. Manchmal beschleicht mich ein ungutes Gefühl. Ich kenne die Frau ja kaum. Und gestern erwischte ich sie dabei, wie sie heimlich eins von Metas Kleidern anprobierte, dabei ist sie viel kleiner und dicker als Meta. Sie tat, als wäre es ihres. Dies ist der Grund, warum ich mein Tagebuch hier oben verstecke. Wenn etwas schiefgeht, wenn Du die Kinder nicht hier antriffst, dann suche nach dieser Frau. Sie heißt mit Nachnamen Weyer und kommt aus Köln-Deutz, wo sie ausgebombt wurde.

Aber sicher sehe ich Gespenster, wo keine sind. Frau Weyer ist mir wirklich sehr zugetan. Und all das Misstrauen, das zwischen den Menschen gewachsen ist in den letzten Jahren, es muss einmal ein Ende nehmen. Denn das ist es doch, was bleibt, mein Liebster, nach allem: Liebe und Hoffnung.

Dich inniglich küssend, Deine Elisa

TEIL 3

Dezember 1955 – Januar 1956

36. Kapitel

Helga las. Sie wusste nicht mehr, ob es Tag war oder Nacht, ob sie zwischendurch geschlafen hatte oder etwas gegessen. Sie las. Sie verschlang das Tagebuch ihrer Mutter, wie im Fieber schlug sie die Seiten um, lachte, weinte, drückte es an ihr Herz. Als sie es ausgelesen hatte, begann sie von vorn. Sie las es jetzt ganz langsam, Wort für Wort, Buchstabe für Buchstabe. Sie roch daran, strich immer wieder voller Zärtlichkeit über die Schrift. Die Schrift ihrer Mutter. Jedes Detail sog Helga in sich auf, jedes Strichelchen, jeden Punkt. Bald schon konnte sie die Augen schließen und jede einzelne Seite dieses wundervollen Heftes in ihrem Gedächtnis nachzeichnen.

Dieses Heftes, das ihr die Mutter zurückbrachte.

Es klopfte leise an der Tür. Jürgen. War es vor Tagesanbruch, oder kam er von der Arbeit? Helga wusste es nicht. Er hatte genau wie der Vater das Tagebuch ebenfalls längst verschlungen, doch auch er konnte nicht genug davon bekommen.

»Komm.« Helga zeigte auf das Fußende ihres Bettes. Jürgen setzte sich, und dann taten sie, was sie schon so oft getan hatten in den letzten Stunden: Sie lasen sich das Tagebuch gegenseitig vor, immer und immer wieder.

Und Helga spürte, wie all die Sehnsucht, die sie so lange begleitet hatte, gestillt wurde. Die Schwere, die in ihrem Herzen war, solange sie sich erinnern konnte, löste sich auf. Jürgen ging es genauso, sie sah es an seinem Antlitz, das zu leuchten begann, während er las. All die quälenden Fragen, sie wurden endlich beantwortet. Ihre Mutter hatte sie nicht im Stich gelassen. Sie war tot, dies war nun ganz gewiss. Und sie hatte sie einer Frau anvertraut, die sie getäuscht hatte.

Die Polizei war gekommen und hatte den Körper der falschen Tante Meta abtransportieren lassen, das hatte Helga nur wie im Nebel mitbekommen.

»Sie haben uns geglaubt, dass es ein Unfall war«, hatte Jürgen anschließend erzählt. »Papa und ich haben beschlossen, ihre falsche Identität nicht aufzudecken, allein schon wegen Auguste. Wenn bekannt wird, was diese Frau auf dem Kerbholz hatte, gibt es womöglich doch noch eine Untersuchung.«

Helga hatte genickt. Für Auguste war es besser so. Und dass die Frau, die sie so grausam betrogen hatte, für ihre Bosheit mit dem Leben bezahlt hatte, schien ihr mehr als gerecht.

Jetzt aber begann sie, unruhig in ihrem Bett hin und her zu rutschen. Es gab etwas, was sie Jürgen noch nicht anvertraut hatte. Etwas, was sie ängstigte. Das beinahe zu unheimlich war, um es auszusprechen.

Jürgen sah auf. Sah sie an. Legte das Tagebuch zur Seite.

»Dir geht es also auch so«, sagte er leise.

Helga nickte. Natürlich, er wusste, was mit ihr war. Immer.

»Ich hätte es nicht für möglich gehalten, dass Erinnerungen zurückkommen können«, fuhr Jürgen fort. »Ich dachte, was die Seele verdrängt, verdrängt sie für alle Zeiten. Aber es scheint anders zu sein, nicht wahr?«

Helga nickte noch einmal. Und während sie noch nach Worten suchte für das, was sie erlebte, sprach Jürgen es aus.

»Zuerst waren es nur einzelne Bilder, dann Bruchstücke von Szenen. Schließlich kamen Geräusche hinzu, Gerüche. Es fing in dem Moment an, in dem ich begann, Mamas Tagebuch zu lesen. Und es wird jeden Tag mehr.«

Helga nickte noch heftiger. Ganz genau so erging es ihr auch.

»Ich glaube, dass wir dabei waren, als Mama starb. Ich sehe mich selbst, wie ich eine unserer Murmeln in eine Hand drücke, immer und immer wieder. Doch die Hand ist ganz weiß und schlaff, sie schließt sich nicht darum. Dann kommt eine andere Hand, sie ist böse, sie zerrt mich weg. Ich schreie, schlage um mich. Du bist neben mir, Helgalein, du sagst kein einziges Wort, du bist so weiß und schlaff wie die Hand, die die Murmel nicht halten konnte. Dann sitzen wir auf einem Bürgersteig, weinen. Wir sehen einer Frau hinterher, diese Frau schleppt einen Koffer, sie trägt ein Kleid, das mir vertraut vorkommt. Aber etwas passt nicht zueinander, es passt einfach nicht. Wir weinen, wir rufen dieser Frau hinterher, doch sie dreht sich nicht nach uns um. Sie verschwindet einfach.«

Helga nickte ein letztes Mal. Die Erinnerungen, die Jürgen beschrieb, waren genau die gleichen, die sie heimsuchten.

»Sie hat uns ausgesetzt«, flüsterte sie. »Diese böse, böse Frau hat sich Mamas letzte Besitztümer unter den Nagel gerissen und uns vor dem Bunker ausgesetzt.«

»Und dann hat sie sich als unsere Tante Meta ausgegeben. Papa war gestern beim Standesamt. Er wollte herausfinden, wo man Mama begraben hat. Aber es gibt keinerlei Unterlagen. All die Menschen, die damals im Bunker starben, wurden in Massengräbern verscharrt, niemand notierte sich ihre Namen. Das muss diese Frau Weyer, wenn sie überhaupt so hieß, gewusst haben. Und das hat sie sich zunutze gemacht, als sie sich als die aus Ostpreußen zurückgekehrte Hauserbin ausgab, genauso wie die Tatsache, dass Meta schon vor so langer Zeit weggeheiratet hatte. Sie hoffte, dass von den alten Nachbarn sich niemand so genau an sie erinnerte.«

»Und wenn sie das Haus verließ, trug sie einen Schleier und hohe Schuhe«, ergänzte Helga. »Konradin sagte einmal zu mir, sie sehe aus, als verkleide sie sich, aber ich habe nicht eins und eins zusammengezählt. Wer kann sich denn vorstellen, dass jemand zu so etwas imstande ist?«

»Niemand. Weißt du, Helgalein, dass sie nicht nur Metas alte Kleider aufgetragen hat? Die Wohnung im zweiten Stock, die wir nie betreten durften, ist voller Möbel! Papa sagt, er erkennt sie wieder, es sind die Möbel unserer Familie. Sie hat sich wirklich alles unter den Nagel gerissen.«

»Nur auf den Speicher ist sie nicht gegangen. Wahrscheinlich war ihr das zu beschwerlich.« Helga strich zärtlich über das Tagebuch. »Ich frage mich, warum Vater nicht nach der Aktentasche gesucht hat. Mama schien sich so sicher!«

»Das fragst du dich wirklich?« Jürgen hob verwundert die Augenbrauen. »Er schämt sich doch in Grund und Boden für das, was er als Journalist getan hat. Ich bin mir sicher, er wird sein Lebtag nichts mehr schreiben. Also braucht er auch keine Aktentasche. Er fragt übrigens ständig nach dir. Er traut sich nicht zu dir rein, aber ich sehe, wie sehr er sich nach dir sehnt. Ach, Helgalein, meinst du nicht, du könntest ihm die Hand reichen?«

»Ich wünsche mir nichts dringender!«, brach es aus Helga heraus. »Wenn ich lese, wie sehr Mama ihn geliebt hat, dann fällt es mir so schwer, ihn nicht auch weiter zu lieben. Aber sag mir, wie gehst du mit dem um, was er getan hat?«

»Ich verzeihe ihm«, antwortete Jürgen mit einer Bestimmtheit, die Helga überraschte. »So wie Mama ihm verziehen hat. Und das solltest du auch tun, Helga. Kannst du es nicht wenigstens versuchen?«

Als es das nächste Mal hell wurde, stand Helga auf. Sie war so hungrig und durstig, sie trank in der Küche direkt aus dem Hahn und schmierte sich geschwind ein Brot. Der Kühlschrank war gut gefüllt, die Küchenhexe funkelte, so sauber hatte jemand sie geschrubbt. Das konnte nur Fanny gewesen sein. Jürgen hatte sie mit keinem Wort erwähnt, und Helga ahnte, dass das nichts Gutes zu bedeuten hatte.

Und so zog sie sich rasch an und lief hinunter, um nach Fanny zu sehen.

Sie fand sie in der Milchbar. Fanny stand wie immer hinter der Theke. Sie trug eines ihrer selbst genähten Kleider, das Haar hatte sie frisch gewaschen und locker aufgesteckt. Auf den ersten Blick wirkte sie, als sei nichts geschehen. Auch die Milchbar selbst war sauber und aufgeräumt, auf den Tischen standen sogar kleine Gestecke mit Tannenzweigen und Sternen aus Stanniolpapier, schließlich war bald Weihnachten. Doch als Helga sich ihr näherte, sah sie um Fannys Mund einen bitteren Zug, der gar nicht zu ihr passte.

»Es kommt keiner mehr.« Fanny wies auf die leeren Stühle, tatsächlich war kein einziger Gast zu sehen. »Jürgen hat die Hauswand neu gestrichen, die Schmiererei vom Fenster entfernt – es hilft nichts. Ich bin gebrandmarkt für alle Zeiten.«

Helga fühlte sich, als kralle sich eine kalte Hand um ihr Herz. Außer einem Nicken brachte sie nichts zustande. Dann schlich sie hinaus.

Ich bin schuld, hämmerte es in ihrem Kopf, es ist alles meine Schuld.

Daran, wie es Bärbel ergehen mochte, die nun schon so lange fort war, wagte sie kaum zu denken.

Oben unter dem Dach lag Auguste in ihrem Bett und winkte Helga, als sie sie erblickte, sogleich zu sich heran.

»Wie schön, dass Sie es zu uns heraus geschafft haben, meine Teuerste. Wir erwarten die anderen Gäste auch in Kürze. Vielleicht möchten Sie sich ein wenig frisch machen?

Das Mädchen wird Ihnen Ihr Zimmer zeigen. Wir treffen uns dann um sechs in der großen Halle, Abendkleidung ist nicht nötig, wir geben uns heute zwanglos. Schließlich heißt es morgen früh rechtzeitig aufstehen! Der Jagdaufseher sagt, er hat einen kapitalen Bock gesichtet. Wollen wir doch mal sehen, wer ihn vor die Flinte bekommt!«

»Aber Auguste.« Helga strich vorsichtig die Decke glatt, unter der die alte Frau lag. »Erkennst du mich denn nicht? Ich bin es, deine Freundin Helga.«

»Selbstverständlich erkenne ich Sie!« Auguste lachte. »Sie sind die Gräfin Walchenberg. Und bitte foppen Sie mich nicht, ich bin eine alte Frau.«

»Ja, natürlich«, flüsterte Helga. »Bitte entschuldigen Sie.«

Auguste war wieder in ihrer eigenen Welt. Was, wenn Helga bedachte, was die alte Frau alles überstanden hatte, vielleicht nicht das Allerschlimmste war.

Auf halber Treppe kam ihr der Vater entgegen.

»Du bist auf? Geht es dir denn schon wieder gut genug?«

»Ja, natürlich.« Helga merkte, wie sie ganz beklommen wurde. Es gab so viel, was zwischen ihnen stand. Worüber sie sprechen mussten. Aber wann? Und wie?

»Helga ...«, begann der Vater zögernd.

»Ja?«

»Ich habe das Büdchen zugesperrt.«

»Wie, zugesperrt? Mitten am Tag?«

»Ich muss mich dringend um etwas kümmern.«

»Dann gehe ich hin.«

»Das würdest du tun?«

»Selbstverständlich. Gib mir den Schlüssel.«

Zehn Minuten später war sie auf dem Weg. Der Vater hatte nicht gesagt, was er so dringend zu tun hatte. Doch sie hatte ihm angesehen, wie wichtig es ihm war. Sie mochten nicht im Frieden miteinander sein, aber sie konnten sich aufeinander verlassen.

Während sie durch die engen Gassen des Eigelsteins lief, dachte Helga an das Funkhaus am Wallrafplatz. An die geschwungene Treppe, an das Licht, das das bunte Fenster zauberte. An den Redakteur Riecken. Er hatte ihr eine Karte geschickt, eine Hochzeitsanzeige. Bei dem Gedanken, dass Riecken heiraten würde, wurde Helga ganz warm ums Herz. Zu wissen, dass er ihr offensichtlich verziehen hatte, ließ ihre Bewunderung für den Redakteur weiterwachsen. Vielleicht, hoffte sie, würden sie sich eines Tages wiedersehen.

Das Büdchen empfing Helga herrlich nach Druckerschwärze duftend. Sie stocherte den kleinen Ofen an, und bald verbreitete sich eine behagliche Wärme. Wie sie diesen Ort liebte! Und wie sehr sie es geliebt hatte, neben dem Vater hier zu stehen.

Womöglich finden wir ja doch wieder zueinander, dachte Helga.

Als sie am Abend nach Hause kam, sah sie, was der Vater zu tun hatte. Er saß, im Mantel, mit Mütze und Handschuhen, an einem kleinen Tisch vor der Milchbar. Es war viel zu kalt, um draußen zu sitzen. Seinem Gesicht nach zu schließen, das puterrot war, saß er schon seit Stunden dort. Helga verstand sofort, was er im Sinn hatte, zog sich einen Stuhl heran und setzte sich daneben. Als Jürgen kam, tat er es ihnen gleich. Doch sie blieben die einzigen Gäste, niemand folgte ihrem Beispiel.

Der Vater saß auch am nächsten Abend allein vor der Milchbar und am übernächsten. Am Tag darauf, immerhin, saß ein Mann bei ihm, Helga erkannte in ihm einen Kunden vom Büdchen. Noch einen Tag später waren es schon drei. Aber von drei Kunden würde Fanny nicht leben können.

»Hallo und guten Tag! Das ist ja schön, dich hier zu sehen!« Gerti schob ihr Käppi gerade und steckte sich einen Kreisellutscher in den Mund. »Alles gut überstanden?«

»Ja, ja, danke.« Helga merkte, wie sie rot wurde. Sie hatte sich noch gar nicht bei Gerti bedankt. »Entschuldigen Sie bitte, dass ich noch nicht bei Ihnen war«, sagte sie verlegen, »es war alles ein bisschen viel, und ich ...«

»Schon gut.« Gerti winkte ab. »Man hilft, wo man kann. Aber sag, wo ist dein Vater?«

»Er ist nur noch morgens hier, ab mittags sitzt er bei uns zu Hause vor der Milchbar.«

»Wie bitte? In der Eiseskälte?«

»Ja. Ich mache mir auch Sorgen, dass er krank wird.«

»Und warum sitzt er da?«

»Ich glaube«, begann Helga vorsichtig, »um ein Zeichen zu setzen.«

»Was für ein Zeichen?«

»Nun ja.« Helga suchte nach den richtigen Worten. »Das, was ich im Radio gesagt habe, war ja eigentlich dafür gedacht, meiner Freundin Fanny zu helfen. Leider ist das Gegenteil passiert. Sie hat ihre Tochter immer noch nicht bei sich, es scheint sogar aussichtsloser als zuvor. Noch dazu kommt jetzt keiner mehr in die Milchbar. Die Leute schneiden sie, als wäre sie eine Aussätzige.«

»Und deshalb sitzt dein Vater vor Fannys Milchbar? Um diesen Bann zu brechen?«

»Ja.« Helga seufzte. »So kann man es wohl bezeichnen.«

»Dein Vater«, erklärte Gerti und seufzte auch, »ist ein toller Kerl.«

»Irgendwie schon«, musste Helga zugeben. »Er meint es zumindest gut.«

»Er bräuchte vielleicht ein bisschen Unterstützung.« Gerti hatte jetzt einen ganz träumerischen Gesichtsausdruck. »Sag mal, hast du eigentlich mitbekommen, wer da in meinem Auto saß, als ich dich eingeladen und ins Krankenhaus gefahren habe?«

»Nicht so richtig. Da war eine Frau, aber sie war so wunderschön, sie schien mir beinahe ein Engel«, stotterte Helga und kam sich reichlich dumm dabei vor.

»Wunderschön ist sie tatsächlich«, lachte Gerti. »Und als am nächsten Tag in allen Zeitungen stand, was du getan hast, war sie schwer beeindruckt. Ob sie ein Engel ist – nun ja, das werden wir sehen.«

Sie warf Helga eine Kusshand zu und lief mit wiegenden Hüften zu ihrem Auto. Einen Moment noch fragte Helga sich, wie Gerti das gemeint hatte, dann jedoch stürmten die Jungen vom Hansa-Gymnasium das Büdchen und verlangten weiße Mäuse und süße Ketten. Sie drängelten und lärmten wie eh und je, und Helga ärgerte sich zum hundertsten Mal, dass solche Lausejungs das Gymnasium besuchen durften und sie nicht.

Am nächsten Vormittag, als Helga sich gerade fertig machte, um den Vater im Büdchen abzulösen, hörte sie aus der engen Gasse vor dem Haus aufgeregte Rufe und das Schlagen von Autotüren. Ein kurzer Blick aus dem Küchenfenster ließ ihr beinahe das Blut in den Adern gefrieren. Mehrere Autos parkten direkt vor der Milchbar, Männer sprangen heraus.

Um Himmels willen!, dachte Helga, sie werden doch nicht noch einmal Fannys Milchbar attackieren!

Wie der Blitz rannte sie aus der Wohnung und schoss die Treppe hinab, geradewegs in die Milchbar.

»Ich helfe dir!«, brüllte sie Fanny zu, die vollkommen fassungslos hinter der blau-gelb gestreiften Theke stand. »Wir verrammeln alles! Schnell!«

Fanny aber rührte sich nicht. Wie gebannt blickte sie aus dem Fenster und formte mit den Lippen lautlose Worte. Da war Helga schon an der Tür und wollte sie gerade mit Schwung ins Schloss knallen, als sie wie vom Schlag getroffen mitten in der Bewegung erstarrte. Durch die Milchglasscheibe in der Tür sah ihr eine Frau entgegen, die Helga seltsam bekannt vorkam.

»Guten Tag«, sagte die Frau und lächelte ein Lächeln, das Helga dazu brachte, die Tür so weit aufzureißen, wie es nur ging. »Ich habe gehört, hier gibt es die besten Milchshakes der Stadt.«

Und schon hatte sie sich an einem der eierschalenfarbenen Tische niedergelassen, und zwar mit einer solchen Anmut, dass die Männer, die ihr auf dem Fuße folgten, gar nicht hinterherkamen mit dem Fotografieren. Es waren nämlich allesamt Fotografen.

Helga starrte auf die Frau, starrte auf Fanny, die schnell wie der Wind einen Milchshake gemixt hatte und ihn der Frau an den Tisch brachte.

»Frau Schneider!«, riefen die Fotografen, »könnten Sie bitte einmal hierherschauen? Und hierher!«

Die Frau trank, lächelte, drehte den Kopf einmal nach links, einmal nach rechts. Dann stand sie auf und entschwand so geschwind, wie sie gekommen war.

Draußen wartete ein großer schwarzer Wagen auf sie. Hinter dem Steuer saß niemand anders als Gerti, zwischen den Lippen einen Kreisellutscher, in den Augen ein vergnügtes Blitzen. Sie hupte einmal kurz, denn all die Fotografen versperrten ihr den Weg, dann gab sie Gas und düste davon.

»Das, das war –«, stotterte Fanny.

»Ein Engel«, antwortete Helga und schloss die Freundin fest in ihre Arme.

37. Kapitel

Es dauerte genau zwei Stunden, bis die ersten Gäste wieder in der Milchbar saßen. Das Gerücht, wer hier gewesen war, verbreitete sich am Eigelstein wie ein Lauffeuer. Am Tag darauf, als die Zeitungen Bilder der Schauspielerin Romy Schneider brachten, wie sie genüsslich einen von Fannys Milchshakes trank, strömten bereits Besucher aus der ganzen Stadt herbei. Manche kamen sogar aus Bonn und aus Düsseldorf. Niemand sprach mehr über Fannys Vergangenheit. Und am Wochenende schallte die Musik aus der Milchbar wie früher bis zu Helga in den ersten Stock hinauf.

Gerade sang Dean Martin *Memories are made of this*, und Helga begann wie von selbst, sich auf dem niedrigen Schemel vor ihrem Frisiertisch hin und her zu wiegen. Sie liebte dieses Lied. Es kam aus Amerika und war neu in der Jukebox, Fanny hatte dafür *Ganz Paris träumt von der Liebe* herausgenommen. Und diese Platte, die Peter für sie gespielt hatte, konnte Helga nun wirklich nicht mehr hören.

In der Milchbar munkelte man, Peter sei von seinen Eltern auf ein weit entferntes Internat geschickt worden. Jürgen hatte angekündigt, ihn windelweich zu prügeln, sollte er es wagen, auch nur eine Fußspitze in den Eigelstein zu setzen. Helga hoffte, dass es dazu nicht kommen würde. Alles, was sie wollte, war vergessen.

Vorsichtig drückte sie das Löschblatt auf das veilchenblaue Briefpapier, das vor ihr lag. Die Weihnachtspost an Tante Claire und Onkel Albert war beinahe fertig. Was auch dringend Zeit wurde, morgen war schließlich schon der dritte Advent, und man konnte von Glück sagen, wenn der Brief noch rechtzeitig in Frankreich ankam. Doch Helga hatte sich schwergetan damit. Was von dem, was sich in den letzten Wochen ereignet hatte, konnte sie schreiben?

Sie hatte kein Wort verloren über das, was Peter ihr angetan hatte, und was die Folgen gewesen waren. Sie wusste, Tante Claire würde nicht mehr froh werden, wenn sie davon erführe, ebenso wenig Onkel Albert. Sie hatte auch nicht geschrieben, dass sie sowohl aus der Haushaltungsschule als auch aus dem Praktikum im Waisenhaus hinausgeflogen war, ganz zu schweigen von dem Skandal, den sie beim Westdeutschen Rundfunk ausgelöst hatte.

Aber natürlich hatte sie von Fanny berichtet, nämlich dass sie zwei neue Bedienungen eingestellt hatte, um des Ansturms in der Milchbar Herr zu werden, und dass sie ihre Gäste mit ihrem Charme verzückte.

Helga faltete vorsichtig einen der vielen Artikel, die sie fein säuberlich ausgeschnitten hatte, zusammen. Dieser hier brachte sogar ein Foto von Fanny und ihr, etwas mehr als daumennagelgroß, wie sie Arm in Arm Romy Schneider hinterherblickten. Den würde sie mit in den Briefumschlag stecken, auch wenn in Frankreich niemand diese junge Schauspielerin kannte.

Dass Fanny immer dünner und immer blasser wurde und Helga in ihren Augen einen Schmerz sah, der ihr den Atem raubte – auch das hatte Helga nicht geschrieben.

Nachdenklich nahm sie den Brief zur Hand, der aus Frankreich gekommen war. Zum ersten Mal seit Monaten hatte Tante Claire ihr berichtet, dass sie sehr krank gewesen war. Nach einer Operation ging es ihr nun besser. Sie hatte die ganze Zeit darüber geschwiegen, um Helga nicht zu beunruhigen.

Ihre liebe Tante Claire. Helga würde den Teufel tun und wiederum sie beunruhigen. Zum Glück gab es auch so viel Schönes zu berichten!

Helga hatte mühelos viele, viele Seiten gefüllt über das Tagebuch der Mutter. Über die Vielzahl von Gefühlen, die es in ihr auslöste. Und über die Erinnerungen, die über sie kamen, seit sie es gelesen hatte. Denn tatsächlich wurden es jeden Tag mehr. Sie erinnerte sich mittlerweile nicht nur an die Zeit im Bunker, an die Enge, die Dunkelheit, die Angst und die Zeit unmittelbar davor, als sie auf der Flucht waren. Nein, zu diesen verstörenden, beängstigenden Bildern kamen andere voller Heiterkeit und Liebe. Fast täglich fielen ihr Begebenheiten ein, die sich hier, im Haus am Eigelstein, zugetragen hatten, als sie selbst noch ganz klein gewesen war. Sie sah sich und Jürgen durch die Zimmer flitzen, dem Großvater in der Werkstatt über die Schulter schauen. Vor allem aber erinnerte sie sich an ihre Mutter. Immer noch hatte sie kein genaues Bild vor Augen, aber sie hörte ihr

Lachen, sie hörte, wie sie ihnen ein Schlaflied vorsang, sie spürte ihre zärtliche Hand in ihrem Haar. Und neben der Mutter ahnte sie den Vater, genauso heiter, genauso zärtlich. Helga war, als wandele sie zwischen gestern und heute, als beschenke ihr Gedächtnis sie Tag für Tag aufs Neue. Nichts schien mehr endgültig verloren, alles konnte in ihrer Erinnerung wieder lebendig werden.

Könnt ihr euch das vorstellen, liebste Tante, liebster Onkel, schrieb sie, *ich, das Findelmädchen, bekomme meine Vergangenheit zurück, Stückchen für Stückchen.*

Und obwohl der Schmerz um die Mutter und das, was sie erleiden musste, Helga unerträglich vorkam, so spürte sie zugleich eine Dankbarkeit, größer als alles, was sie bislang empfunden hatte.

Rums. Jetzt hätte sie vor Schreck beinahe das Tintenfass umgeworfen. Über ihr im zweiten Stock war etwas zu Bruch gegangen. Ob sie schnell hochlaufen sollte, nach Jürgen und Konradin sehen? Nein, jetzt hörte sie sie lachen. Es schien nichts Schlimmes passiert zu sein.

Die beiden renovierten die Wohnung, in der die falsche Tante Meta gelebt hatte. Noch vor Weihnachten sollten Auguste und Konradin dort einziehen, und spätestens zu Ostern, das hatte Jürgen fest versprochen, sollten sie sogar ihr eigenes Badezimmer haben. Bis dahin benutzten sie das im ersten Stock.

Helga konnte immer noch kaum fassen, dass der Vater alldem zugestimmt hatte.

»Soll ich diese Flüchtlinge etwa vor die Tür setzen?«, hatte er gefragt, als er ihre Verblüffung bemerkte. »Das würde ich niemals über mich bringen. Außerdem habe ich mit Konradin ein ernstes Wort gesprochen. Er wird sich dir nicht mehr nähern, nicht auf mehr als anderthalb Meter. Ich weiß, dass er sich daran hält. Er ist im Grunde ein anständiger junger Mann, das sehe ich doch.«

Tatsächlich hielt Konradin sich so streng an diese Vorschrift des Vaters, dass er sogar die Treppe rückwärts wieder hinauflief, wenn Helga ihm von unten entgegenkam. Dabei glühten die roten Flecken auf seinen Wangen so sehr, dass es augenblicklich in Helgas Bauch zu kribbeln begann, daran änderten auch die anderthalb Meter Abstand nichts.

Helga hatte auch über Konradin kein Wort in ihrem Weihnachtsbrief verloren. Aber sie sehnte sich danach, Tante Claire von ihm zu erzählen. Im Frühjahr, vielleicht, würde sie nach Frankreich fahren und die Tante besuchen. Und dann würde sie ihr all das, was zu zart war, um es schwarz auf weiß aufzuschreiben, ins Ohr flüstern.

Und es gab noch jemanden, über den Helga nichts geschrieben hatte, außer, dass er schön grüßen lasse. Der Vater. Auch er war an diesem Samstagabend zu Hause, und sie ahnte, was er tat, auch wenn er dabei keinen Mucks von sich gab. Er saß in seinem Zimmer, über das Tagebuch der Mutter gebeugt, und weinte lautlos vor sich hin. Helga hatte ihn mehr als einmal so überrascht, und es tat ihr in der Seele weh. Doch sie fand auch keinen Zugang zu ihm. Immer noch hatten sie nicht miteinander über seine Vergangenheit als Journalist gesprochen. Sie stand zwischen ihnen wie eine Wand.

Und doch, redete sie sich gut zu, einer muss doch mal den Anfang machen!

Und als sie hörte, dass der Vater aus seinem Zimmer kam, da drückte sie ein letztes Mal das Löschblatt auf das Briefpapier, schob energisch ihren Hocker zurück, machte ein paar entschiedene Schritte Richtung Zimmertür und riss sie so schwungvoll auf, als wolle sie sich selbst Mut machen.

Im nächsten Moment prallte sie überrascht zurück. Direkt vor der Tür stand der Vater, unter dem Arm trug er einen kleinen Koffer.

»Was …«, stammelte Helga, »was machst du da?«

»Ich wollte gerade klopfen. Ich möchte dich gern um deine Hilfe bitten.«

»Wobei?«

»Magst du dich zu mir in die Küche setzen?«

In der Küche stellte der Vater den Koffer auf den Tisch und hob eine Art Deckel ab. Darunter kam eine kleine Schreibmaschine zum Vorschein.

»Die hat mir ein Kunde geliehen. Sie ist schon ein bisschen älter, aber voll funktionstüchtig.« Er legte einen Stapel Papier daneben und eine dünne Durchschlagfolie. »Du kannst doch Schreibmaschine tippen?«

Helga vermochte nur zu nicken. Sie musste an Jürgens Worte denken, der geglaubt hatte, der Vater würde nie wieder etwas zu Papier bringen. Was, um Himmels willen, hatte er vor?

»Bevor wir anfangen, will ich dir etwas versprechen.« Der Vater stellte sich hinter die Schreibmaschine und sah Helga so offen an, dass sie in seinen Augen all den Schmerz sah, den er so lange vor ihr verborgen hatte. Aber auch eine Entschiedenheit, die ihr neu war.

»Ich verspreche dir«, sagte der Vater, »dass ich dir Rede und Antwort stehen werde. Was immer du mich fragen wirst, was meine Vergangenheit angeht, ich werde dir alles sagen. Ich werde nicht ausweichen, nichts beschönigen. Wenn du mich hassen willst, werde ich das aushalten, wenn du mich verachtest. Ich aber werde dich lieben, egal, was kommt. Ich werde versuchen, dich zu beschützen. Dir ein Wegweiser sein, so gut ich kann. Heute, morgen, solange ich lebe.« Er hielt kurz inne. »Glaubst du mir das?«

Helga nickte. Sie glaubte ihm jedes Wort.

Der Vater atmete tief aus, und am liebsten wäre sie ihm um den Hals gefallen. Doch sie spürte, dafür war die Zeit noch nicht gekommen.

»Danke. Ich danke dir sehr.« Er wischte sich über die Stirn, sie war schweißnass. »Dann lass uns jetzt anfangen. Sie werden Fanny nicht das Sorgerecht für ihr Kind geben, niemals. Aber sie geben es vielleicht einem Witwer, der schon zwei etwas ältere Kinder hat. Und es wäre ja nur pro forma. Du weißt über alles Bescheid, was im Waisenhaus geschehen ist, was Fanny widerfahren ist, und ich weiß, was bei einem solchen Schreiben hilfreich ist und was eher nicht. Was man betonen muss, was verschweigen. Ich schlage vor, wir schreiben als Erstes an den Direktor des Waisenhauses in Köln, dann an den in Norddeutschland, es ist mir nämlich gelungen, herauszufinden, wo Bärbel ist. Außerdem schreiben wir ans Familiengericht, ans Jugendamt, an den Oberbürgermeister und natürlich an den Ministerpräsidenten. Du hast ja keine Ahnung, was du mit deinem Kommentar in Gang gesetzt hast. Jetzt gilt es, dranzubleiben, ordentlich Druck zu machen. Und? Bist du dabei, Helgalein?«

Helga starrte den Vater an. Sie hatte keine Worte. Aber sie fand, dies war nun genau der richtige Zeitpunkt, um ihm um den Hals zu fallen.

Dann setzte sie sich an die Schreibmaschine und spannte das Papier ein.

38. Kapitel

Der 24. Dezember war ein Samstag, und als Helga am Morgen erwachte, fuhr ihr ein Duft in die Nase, so köstlich, dass ihr sogleich das Wasser im Munde zusammenlief. Im Nu war sie aus dem Bett und in ihren hellblauen Hausmantel geschlüpft. In der Küche fand sie Fanny über die Küchenhexe gebeugt, aus deren rot glühendem Bauch sie gerade ein Blech allerfeinsten Biskuitbodens herauszog.

»Hm, darf ich ein Stückchen probieren?«

»Untersteh dich!« Fanny balancierte das glühende Blech zum Küchentisch, löste rasch mit einem scharfen Messer den Boden und stürzte ihn auf ein ausgebreitetes Tuch. »Aber wenn du magst, darfst du gleich von der Schokoladenfüllung kosten.«

»Schokoladenfüllung?«, fragte Helga verblüfft. »Sag nicht, du backst einen *Bûche de Noël*!«

»Einen Weihnachtsbaumstammkuchen, ganz genau, wobei dieses französische Wort dafür, auch wenn ich es nicht aussprechen kann, viel hübscher klingt. Deine Tante hat mir das Rezept geschickt, offensichtlich hast du ihr von mir geschrieben.«

»Ein *Bûche de Noël!*« Helga seufzte. »Das ist ja fantastisch!«

»Warten wir es ab«, schmunzelte Fanny. »Auf jeden Fall musst du mir später helfen, die Marzipanpilze zu formen, von denen deine Tante schreibt, dass sie als Dekoration unbedingt dazugehören.«

»Das mache ich.« Helga betrachtete Fanny, die schon wieder am Herd stand und in einem heißen Wasserbad Schokolade auflöste. Sie sah besser aus als in den vergangenen Wochen, nicht mehr ganz so blass. Doch zugleich war es Helga, als sei die Traurigkeit auf Fannys Stirn geschrieben, als niste sie in ihren Augen, in ihren Mundwinkeln.

»Ist es dir denn auch nicht zu viel?«, fragte sie leise. »Du weißt, du musst dir diese ganze Arbeit nicht aufhalsen. Papa, Jürgen und ich, wir kommen klar. Und wenn du Weihnachten dieses Jahr nicht feiern möchtest, haben alle dafür Verständnis.«

»Ach, Helga.« Fanny strich sich eine Strähne aus der Stirn. Selbst ihr Haar schien seinen Schimmer verloren zu haben. »Natürlich möchte ich mit euch Weihnachten feiern. Ihr seid doch längst so etwas wie meine Familie. Und lass mich bloß für euch kochen und backen. Über die Feiertage kommt niemand in die Milchbar, deshalb habe ich geschlossen. Aber wenn ich gar nichts zu tun habe, werde ich verrückt.«

»Ich möchte nichts lieber, als mit dir Weihnachten zu feiern«, sagte Helga leise. »Papa und Jürgen geht es genauso, das weiß ich.«

»Ach, Helga«, seufzte Fanny noch einmal. »Es gibt etwas, was ich dir sagen muss. Du bist ein so liebes Mädchen, und mich plagt schon so lange ein schlechtes Gewissen.«

»Wieso denn das?«

»Du erinnerst dich sicherlich, was ich gesagt habe, als es um deine Kinderfreunde ging?«

»Anna und Karl?« Helga spürte sofort einen Kloß im Hals. Die Erinnerung an ihre Freunde, mit denen sie und Jürgen in der Zeit nach dem Krieg so viele gefährliche Abenteuer gemeistert hatten, erfüllte sie nach wie vor mit Kummer.

»Ja, genau.« Fanny nestelte an ihrer Schürze. »Ich schäme mich so.«

»Aber warum denn?«

»Nun, weil ...« Fanny beugte sich so weit über den Topf mit der Schokolade, als wolle sie ihr Gesicht vor Helga verbergen. »Als ich Anna begegnete, damals, nach dem Krieg, habe ich gearbeitet als ... du weißt schon.«

Helga nickte schnell, obwohl Fanny das gar nicht sehen konnte.

»Ich hatte solche Angst, dass du erfahren würdest, was ich damals getan habe! Wie ich gelebt habe. Und als mir klar wurde, dass deine Freundin Anna sich womöglich an mich erinnert, da habe ich ...«

Fanny verstummte.

»Nun sprich schon, bitte!«

»Ich habe dich angelogen, als ich behauptete, Anna und Karl seien beide an der Weißen Pest gestorben. Tatsächlich habe ich keine Ahnung, was aus ihnen geworden ist. Ich weiß nur, dass der kleine Karl damals sehr krank war, Anna hat verzweifelt versucht, an Penizillin zu gelangen. Aber vielleicht hat er überlebt? Vielleicht leben sie beide? Ich frage mich immer wieder, ob die Dinge anders gekommen wären, wenn du deine vertrauten Freunde wiedergefunden hättest. Womöglich hättest du dich nie auf Peter eingelassen, und all das Schlimme wäre nicht passiert!«

Fanny begann zu weinen, Helga sah es an ihren zuckenden Schultern und nahm sie schnell in den Arm.

»Nicht doch, bitte, weine nicht. Ich war an der alten Bäckerei, es steht ein anderer Name daran. Ich weiß genau, sie hätten ihre Bäckerei niemals aufgegeben. Sie müssen tot sein, es gibt keine andere Erklärung.«

Helga reichte Fanny ein sauberes Taschentuch, sie selbst wischte sich die Tränen mit dem Handrücken aus dem Gesicht.

»Und du bist mir nicht böse?«, flüsterte Fanny.

»Aber nein! Ich kann dir doch gar nicht böse sein.« Helga wischte sich noch einmal über das Gesicht. Sie wusste, nie, niemals würde sie aufhören, um ihre Freunde Anna und Karl zu trauern. Aber auf keinen Fall wollte sie Fanny mit ihrem Schmerz belasten. »Ich gehe zum Büdchen, Papa hat mich gebeten, ihn später abzulösen. Kommst du hier klar?«

»Natürlich, lauf schon.«

Helga trat auf die Straße und schlang die Arme um sich, dabei war es gar nicht kalt. Im Gegenteil, dieser Dezember war außergewöhnlich mild, beinahe, als stünde der Frühling schon vor der Tür. Und doch, sie fröstelte.

So viele Verluste, so viel Kummer. Und immer noch keine Nachricht von Bärbel.

»Wie kann es sein, dass wir nicht einmal eine Antwort auf unsere Briefe erhalten?«, fragte sie den Vater, als sie das Büdchen erreichte. »Haben diese Menschen denn gar kein Herz? Ich bin nur froh, dass wir Fanny nichts davon erzählt haben. Diese Enttäuschung immerhin haben wir ihr erspart.«

»Lass uns geduldig noch ein wenig warten, Helgalein, ja?«

»Wenn du meinst …«

Helga ließ sich auf dem kleinen Höckerchen nieder. Der Vater hatte den Ofen gestochert. Eigentlich war es auch dafür fast zu warm. Sie ahnte, dass er das Feuer allein ihretwegen entzündete. Weil sie die Kälte so sehr fürchtete, immer noch. Vorsichtig lehnte sie sich gegen die unebene Bretterwand und begann mit ihrer Zeitungslektüre. Im nächsten Jahr wollte Jürgen das Büdchen auf Vordermann bringen, und Helga wusste schon jetzt, dass sie das Provisorium, mit dem der Vater sich eine neue Existenz aufgebaut hatte, vermissen würde.

Der Rhein führte Niedrigwasser, Hunderte Schiffe waren auf Grund gelaufen. Gegen den deutsch-deutschen Spion Otto John war Anklage wegen Landesverrat erhoben worden. Und in Wien hatte der neue Romy-Schneider-Film Premiere gefeiert. Er hieß Sissi und versetzte Kritiker wie Zuschauer gleichermaßen in Entzücken. Die meisten Zeitungen brachten großformatige Bilder, die die Schauspielerin als Kaiserin Elisabeth von Österreich zeigten, in einer prachtvollen Robe und mit schimmernden Edelweißblüten im Haar. Andächtig strich Helga darüber. Sie war wirklich schön wie ein Engel. Und sie hatte Fanny Glück gebracht, auch wenn ihre Freundin noch viel mehr Glück gebrauchen konnte.

Der Vater verkaufte Zeitungen und Kaffee, aber nicht viel. Die meisten Menschen hasteten vorbei, selbst die Autos auf den Ringen düsten noch schneller als sonst. Als habe jeder es heute eilig, nach Hause zu kommen, zu seinen Liebsten.

Als sich am Nachmittag die Dämmerung auf den Eigelstein senkte, war kaum noch jemand unterwegs. Ein einzelner Kriegsversehrter humpelte Richtung Weidengasse, sich mühsam auf eine Krücke stützend.

»Helgalein, was meinst du, kann ich dich allein lassen? Ich müsste noch etwas erledigen.«

»Klar doch.«

»Fein. Schließ bald ab und komm nach Hause, ja?«

Der Vater griff nach Hut und Mantel und eilte davon. Helga sah ihm hinterher. Sie hatten noch nicht damit begonnen, über seine Vergangenheit zu sprechen. Doch sie merkte, wie gut ihr allein das Wissen tat, dass er ihr nicht mehr ausweichen würde. Im nächsten Moment war seine Silhouette im Schatten der hohen Häuser verschwunden.

Und da spürte sie es. Ein Gefühl, das sie gut kannte. Warm und zärtlich. Genau so hatte Helga vom ersten Moment an für den Vater empfunden, als sie sich vor beinahe einem Jahr auf dem Hauptbahnhof gegenübergestanden hatten. Zwischendurch war dieses Gefühl verloren gegangen. Jetzt war es zurück.

Wie auf ein geheimes Kommando erklang von fern erstes Glockengeläut. Bald fielen weitere Glocken darin ein. Durch ein Fenster der nahen Häuser konnte Helga sehen, wie ein Mann im dunklen Anzug die Kerzen eines Christbaums entzündete. Zeit, nach Hause zu gehen.

Sie räumte gerade die benutzten Kaffeetassen zusammen, als in ihrem Rücken aufgeregte Stimmen laut wurden. Helga wusste sofort, wer da so lärmte. Die Lausejungs vom Hansa-Gymnasium.

»Also gut«, sagte sie, während sie sich zu ihnen herumdrehte, »weiße Mäuse, süße Ketten, wer kriegt was?«

Doch mit einem Mal war es mucksmäuschenstill. Helga sah in ein halbes Dutzend Gesichter, die alle mit offenem Mund auf einen Jungen in ihrer Mitte starrten.

»Du, du bist es tatsächlich«, japste der Junge. Er war ein bisschen jünger als sie, in der Hand hielt er einen arg zerfledderten Zeitungsartikel. Helga sah, dass es der war, den sie auch Tante Claire geschickt hatte. Der mit dem Foto von ihr und Fanny, nicht viel mehr als daumennagelgroß. »Ich habe ja gar nichts drauf gegeben«, fuhr der Junge fort. Er trug eine dicke Mütze, die ihm bis weit über die Ohren reichte. Helga war sich sicher, dass sie ihn noch nie am Büdchen gesehen hatte. Warum aber kam er ihr dann so bekannt vor? »Diese Heinis hier aus meiner Klasse behaupten seit Tagen, das Mädchen aus der Zeitung sei dasselbe wie das, das zu tollpatschig ist, um eine gemischte Tüte zu drehen. Aber was interessiert mich das? Und was interessiert mich Romy Schneider! Aber heute meinte Anna, ich soll den Karpfen ausnehmen, weil ich ja Arzt werden will, genauer gesagt, Chirurg. Sie zieht mich gern damit auf, aber das macht nichts. Ich finde nämlich, wir haben schon genug Bäcker in der Familie.« Der Junge hielt nur so lange inne, dass er einmal tief Luft holen konnte. »Und jetzt schau, worin der Karpfen eingewickelt war! In dem Artikel, über den alle sprechen. Ich wollte ihn schon in den Ascheeimer stopfen, als mein Blick daran hängen blieb. Anna meinte, man könne nicht mit Sicherheit sagen, ob du es wirklich bist. Aber ich wusste es. Ich wusste es sofort!«

Der Junge hatte immer schneller geredet, immer lauter, und Helga war, als beginne alles um sie herum zu verschwimmen.

Das kann nicht sein, sagte sie zu sich selbst, das bilde ich mir nur ein, weil wir heute Morgen erst über ihn gesprochen haben, Fanny und ich.

Doch ihr Blick hing an seinen Lippen, saugte sich fest an seinen Augen, leuchtend grün, suchte in dem zart geschnittenen Antlitz nach dem Lächeln, das sie nach all den Jahren noch so gut in Erinnerung hatte.

Und da war es. Der Junge verzog sein Gesicht zu einem so spitzbübischen Lächeln, dass Helga keinen Zweifel mehr hatte.

Und als er sich endlich die Mütze vom Kopf riss, als die kupferroten Haare darunter zum Vorschein kamen, als er gerade seinen Namen sagen wollte, da hatte sie sich schon so weit über die Auslage geworfen, dass die Zeitungen darauf ins Rutschen gerieten, sie rutschten auf den Bürgersteig, den Lausejungs vom Hansa-Gymnasium vor die Füße, aber das war egal, vollkommen egal.

»Karl!«, rief Helga und fiel ihrem alten Kinderfreund um den Hals. »Karl!«

Sie sammelten die hinuntergerutschten Zeitungen ein, scheuchten Karls Klassenkameraden davon, verrammelten das Büdchen und hockten sich darin dicht nebeneinander auf den Boden. Der kleine Ofen glomm vor sich hin, die einzelne Lampe tauchte den Raum in ihren honigfarbenen Schein.

»Du lebst«, flüsterte Helga ein ums andere Mal. »Du lebst! Ich war bei eurer Bäckerei, es stand ein anderer Name an der Tür.«

»Das ist der Name von Annas Mann, sie hat geheiratet.«

»Und Anna geht es gut?«

»Hervorragend. Sie erwartet ihr erstes Kind, ihr Bauch ist schon so rund, bald passt sie nicht mehr unters Auto.«

»Unters Auto?«

»Sie liebt Maschinen aller Art. Unseren alten Lieferwagen repariert sie selbst, da darf niemand anders ran.«

Helga musste an den Tag denken, an dem sie der Engelmacherin davongelaufen war. Unter dem Lieferwagen, der vor der kleinen Bäckerei im Martinsviertel stand, hatte ein Paar Beine in Arbeitshosen herausgeschaut. Im Traum wäre sie nicht auf die Idee gekommen, dass die zu ihrer Freundin Anna gehören könnten!

»Dann habe ich Anna womöglich gesehen, als ich bei euch war!«, rief sie aufgeregt.

»Das kann gut sein.«

»Und du?«

»Ich helfe natürlich. Verkaufe belegte Brötchen an die Reisenden im Bahnhof. Und morgens, vor der Schule, beliefere ich unsere größeren Kunden mit dem Lastenfahrrad.«

»Auch das Waisenhaus?«, fragte Helga schnell.

»Das auch. Warum fragst du?«

»Ich kann es kaum glauben! Da war ein Bäckerjunge, als ich dort gearbeitet habe, morgens, am Tor.«

»Das war ich! Ganz bestimmt! Aber was hast du im Waisenhaus gemacht?«

»Das war so ...«, sagte Helga und begann zu erzählen.

Das letzte Holzscheit fiel in sich zusammen, der Ofen erlosch. Das frühlingshafte Wetter wich einem feuchten Wind, der durch die vielen Ritzen des Büdchens zog. Helga bemerkte es nicht. Alles, was sie wahrnahm, war Karl neben ihr. So vertraut. Einst hatten sie gemeinsam in dem Keller in der Ehrenstraße gehockt, verdreckt, verlaust, halb verhungert. Ihr einziges Spielzeug waren die Murmeln gewesen, die, wie sie heute wusste, ihr Großvater für sie geschnitzt hatte. Sie waren noch so klein gewesen damals, Karl sogar der Allerkleinste. Mit schreckgeweiteten Augen hörte Helga, wie er und Anna die Nachkriegszeit nur knapp überlebt hatten. Doch nun saß er hier bei ihr im Büdchen, war mit seinen dreizehn Jahren beinahe so groß wie sie und wollte Arzt werden!

»Das schaffst du«, sagte sie. »Wer hinter sich hat, was du hinter dir hast, der schafft alles.«

»Aber klar doch«, gab Karl zurück. »Und du, Helga? Was liebst du am meisten?«

»Das hier«, antwortete sie, ohne zu zögern, und wies auf die Zeitungen, die sie vom Bürgersteig aufgeklaubt hatten.

»Tatsächlich? Du willst dein Leben damit verbringen, Zeitungen zu verkaufen?«

»Aber nein!« Helga lachte. »Ich will sie schreiben, also die Artikel darin. Vielleicht will ich auch lieber im Radio sprechen. Oder ich werde Schriftstellerin und schreibe dicke Bücher, das weiß ich noch nicht so genau. Aber eins weiß ich ganz gewiss: Ich will schreiben und die Welt verändern!«

»Mach das«, gab Karl zurück. »Verändere die Welt.«

Als sie das Büdchen verließen, war es schon beinahe Abend und längst stockdunkel.

»Ich muss mich sputen«, sagte Helga. »Nicht dass Papa und Jürgen sich Sorgen machen.«

»Ich begleite dich ein Stück«, bot Karl an. »Dann weiß ich, wo du wohnst, und kann dich morgen abholen. Anna wird darauf bestehen, dass ihr zum Essen kommt, du und Jürgen. Das wird ein Fest!«

»Das wird es«, lächelte Helga und legte ihre Hand in seine.

Als Helga die Tür zum Haus am Eigelstein öffnete, war sie so von Freude erfüllt, dass sie die ersten Treppenstufen wie der Blitz hinaufjagte, begierig, Jürgen von ihrem Wiedersehen mit Karl zu erzählen. Dann aber schlängelte sich aus dem ersten Stock ein Duft zu ihr herab, so betörend, dass sie verharrte und für einen Moment verzückt die Augen schloss. Hmmm. Fanny hatte offensichtlich nicht nur einen *Bûche de Noël* gebacken, sondern auch einen Braten ins Rohr der Küchenhexe geschoben. Außerdem roch es nach Punsch, nach Kerzenwachs und Tannengrün.

Die liebe Fanny, dachte Helga und strich über das alte Treppengeländer. Trotz ihres Kummers hatte sie sich offensichtlich ordentlich ins Zeug gelegt, um ihnen allen ein schönes Weihnachtsfest zu bereiten. Wenn das Leben es nur endlich auch einmal gut mit ihr meinen würde!

Langsam stieg Helga weiter die Treppe hinauf. Dass Fanny und die kleine Bärbel an diesem Weihnachten weiter voneinander entfernt waren als je zuvor, ließ ihre eigene Freude gleich ein wenig kleiner werden. Dann aber glaubte sie etwas zu hören, das sie erneut innehalten ließ, diesmal angestrengt die Ohren spitzend. Jemand sang *O du fröhliche*. Es war eine Frau, und sie sang fürchterlich schief. Helga erkannte die Stimme sofort, und tatsächlich gab es in diesem Haus nur eine weibliche Person, die so schlecht sang. Das letzte Mal war ihr das an ihrem Geburtstag aufgefallen. Aber das konnte doch nicht sein, oder?

Ganz leise, als habe sie Angst, zu stören, nahm Helga die nächsten Stufen. Nein, sie täuschte sich nicht. Es war Fanny, die sie singen hörte. Die stille, sanfte Fanny, die seit Wochen nur noch ein Schatten ihrer selbst war, sang voller Inbrunst und vollkommen schief *O du fröhliche*.

Nun fielen weitere Stimmen darin ein. Helga erkannte die des Vaters, jeden Ton treffend, die von Jürgen, genauso schief wie Fannys. Aber da waren noch mehr. Eine dunkle, volle Stimme, wie eine altmodische Glocke klang sie, so schön. Auguste. Und unter alldem, ganz akkurat und zugleich so leise, als habe er Angst, sich zu sehr hervorzutun, die Stimme von Konradin.

Helga lief es kalt den Rücken hinunter. Es mochte Heiligabend sein. Überall in dieser Stadt wurde in diesen Stunden gesungen. Aber doch nicht so! Fanny musste vor Kummer verrückt geworden sein. Und warum machten die anderen dabei mit? Hier konnte etwas nicht mit rechten Dingen zugehen.

Vorsichtig nahm sie noch eine Stufe und zuckte eine Sekunde später zusammen, als habe man sie geschlagen. Fanny stimmte *Fröhliche Weihnacht überall* an, und sofort fielen die anderen ein. So laut, so ausgelassen, als seien sie wie von Sinnen.

Der Punsch, schoss es Helga durch den Kopf. Man riecht ihn ja bis ins Treppenhaus. Sie haben zu viel davon getrunken. Am besten ging sie als Erstes in die Küche und setzte eine große Kanne Kaffee auf.

Aus dem Wohnzimmer drang nun *Kling, Glöckchen, klingelingeling*. Noch lauter, noch ausgelassener. Helga spürte, wie sich ihr mittlerweile die feinen Nackenhärchen aufstellten und die auf ihren Unterarmen. Am liebsten hätte sie sich die Ohren zugehalten. Was war nur in alle gefahren?

Leise schob sie die Wohnungstür auf und schlich in die Küche. Ein Glück, hier war es so sauber und aufgeräumt, wie Helga es kannte. Im Rohr der Küchenhexe blubberte der Braten, den sie schon beim Betreten des Hauses gerochen hatte, auf den eisernen Ringen standen Töpfe mit Kartoffeln und Blumenkohl. Auch Geschirr und Besteck hatte Fanny bereitgelegt. Und mitten auf dem Küchentisch thronte, fertig verziert, der *Bûche de Noël*. Fanny hatte sich wieder einmal selbst übertroffen. Die Schokoladencreme, die die Biskuitrolle umhüllte, war so fein gemustert, dass sie tatsächlich aussah wie die Rinde eines Baumstammes. Mit einem schlechten Gewissen erinnerte Helga sich daran, dass Fanny sie gebeten hatte, die Marzipanpilze zu formen, die traditionsgemäß neben die Biskuitrolle gesetzt wurden. Aber natürlich hatte Fanny auch die Dekoration längst fertig.

Rasch stellte Helga den Wasserkessel auf den Herd, entzündete die Flamme und griff mit der einen Hand nach einer der hohen Kannen, die sie sonst mit zum Büdchen nahmen, mit der anderen nach einem Porzellanfilter. Sie konnten den Kaffee trinken, während sie den *Bûche de Noël* aßen und von den Marzipanpilzen kosteten.

Moment. Helga erstarrte. Fuhr herum. Betrachtete noch einmal den Weihnachtsbaumstammkuchen, die Dekoration. Ein kleines weißes Figürchen lehnte sich an die Biskuitrolle. Es war aus allerfeinstem Marzipan, aber es war kein Pilz. Es war ein Häschen. Das Häschen schien sie geradeheraus anzugucken aus Augen, geformt aus den Schnipseln einer Belegkirsche, feuerrot.

Helga ließ Filter und Kaffeekanne fallen. Beides ging mit einem Riesenradau zu Bruch. Der Gesang im Wohnzimmer verstummte. Jemand kam herbeigelaufen.

»Fräulein Helga!«, rief dieser Jemand. »Kommst du auch endlich mal nach Hause!«

In der Küchentür stand, mit leuchtenden Augen, Bärbel.

39. Kapitel

Das neue Jahr begann mit winterlicher Kälte, und als Helga an diesem 3. Januar die Augen aufschlug, hatte sich auf der Scheibe ihres Fensters eine feine Schicht Eis gebildet. Der Mond schien hindurch, silbrig glänzend und beinahe rund, und tauchte ihr Zimmer in ein zauberisches Licht, beinahe so, als sei sie in einem Fabelland erwacht. Helga lächelte und rekelte sich. Auch wenn dieser Tag märchenhaft begann, so wusste sie doch ganz genau, dass heute Wirklichkeit werden würde, wovon sie einst nur geträumt hatte.

Auf dem Flur waren Schritte zu hören, leicht und schnell. Im nächsten Moment wurde sachte die Türklinke heruntergedrückt, und eine kleine Gestalt schob sich ins Zimmer. Bärbel war bereits fix und fertig angezogen, dabei war es noch nicht einmal fünf Uhr. Die Kleine hatte ihre Gewohnheit, früh aufzustehen, beibehalten.

»Fräulein Helga, bist du wach?«

»Ja.«

»Mama hat nämlich gesagt, ich darf dich nicht wecken.«

»Hast du nicht. Magst du dich zu mir setzen?«

»Klar.« Bärbel kletterte auf das Fußende von Helgas Bett. »Darf ich dich etwas fragen?«

»Selbstverständlich.«

»Was bedeutet auf Probe?«

»Wie meinst du das?«

»Der Direktor von dem Waisenhaus, in dem ich zuletzt war, hat gesagt, ich komme nur auf Probe hierhin. Immer wenn ich Mama frage, was das bedeutet, sagt sie, das bedeute gar nichts. Aber sie macht ein ganz komisches Gesicht dabei, sie lächelt, obwohl sie gar nicht lächeln will.«

Helga fluchte innerlich. Der Vater hatte ihr erzählt, dass der Direktor des Waisenhauses in Norddeutschland bis zum Schluss gezögert hatte, Bärbel in den Zug zu setzen. Dabei hatten in Köln alle zuständigen Stellen längst der Reise zugestimmt, was wohl auch daran lag, dass der Ministerpräsident persönlich sich für das Adoptionsverfahren eingesetzt und angeregt hatte, die Kleine recht bald für einen Probezeitraum nach Köln zu schicken. Doch als der Vater an Heiligabend zum Bahnhof lief, wusste er nicht, ob er Bärbel dort auch wirklich in Empfang nehmen konnte. Deshalb hatte er vorher weder Helga noch Fanny etwas davon gesagt, er wollte ihnen die Enttäuschung ersparen. Trotzdem hatte der norddeutsche Direktor recht. Dass der Vater Bärbel tatsächlich adoptieren konnte, war noch gar nicht sicher.

Helga wusste, dass es keinen Sinn machte, Bärbel etwas vorzuflunkern. Sie würde sie eh durchschauen.

»Auf Probe«, sagte sie deshalb laut, »bedeutet, dass in den nächsten Wochen immer wieder Leute vom Jugendamt vorbeikommen werden, um zu gucken, wie es dir hier bei uns geht. Und dass erst in einigen Monaten entschieden wird, ob du bleiben kannst.«

»Und was, wenn nicht?«, hauchte Bärbel.

»Dann machen Papa und ich ihnen die Hölle heiß, da kannst du Gift drauf nehmen«, entfuhr es Helga. »Wir lassen nämlich auf gar keinen Fall zu, dass sie dich noch mal ins Waisenhaus stecken.«

»Gut. Dann gehe ich jetzt Jürgen wecken.«

Bärbel sprang aus dem Bett und hüpfte aus dem Zimmer, als tanze sie zu einer Melodie, die nur sie hören konnte.

Helga lächelte still in sich hinein. Ihr sonniges Gemüt und die Fähigkeit, Schlimmes hinter sich zu lassen, hatte Bärbel ganz offensichtlich von ihrer Mutter geerbt.

Wohlig seufzend sank Helga noch einmal in ihr Kissen. Sie brannte darauf, aus dem Bett zu springen und diesen Tag zu beginnen. Aber einen Moment noch würde sie die Vorfreude genießen.

Da war schon wieder jemand an der Tür. Jürgen steckte seinen Kopf ins Zimmer.

»Guten Morgen, Helgalein! Bärbel sagt, du bist wach?«

»Ja. Komm ruhig rein!«

»Ich muss gleich los. Aber vorher will ich dir noch etwas geben.« Jürgen trug schon seinen Arbeitsanzug, jetzt nestelte er etwas aus seiner Brusttasche hervor. »Ich war so frei, sie ein bisschen abzuschmirgeln. Das Moos und die Feuchtigkeit hatten ihnen doch sehr zugesetzt. Christa hat sie neu bemalt, ich soll dich lieb grüßen. Zugegeben, sie sind jetzt etwas kleiner als vorher, und sie sehen auch etwas anders aus, aber es sind immer noch dieselben.«

Er trat zu ihr, kniete sich hin und legte nacheinander drei winzig kleine, bunt lackierte Kugeln auf die Bettdecke.

»Unsere Murmeln!«, rief Helga.

»Unsere Murmeln, genau. Sie sollen dir auch heute Glück bringen. Und irgendwie sind sie ja auch ein Gruß von Mama. Ich bin mir sicher, sie wäre sehr stolz auf dich.«

»Danke!«

Helga schlang die Arme um den Hals des Bruders, legte ihre Stirn an seine, und so verharrten sie für eine kleine Weile. In ihr Lächeln stahl sich ein Weinen, gespeist aus einem Schmerz, von dem sie wussten, dass er sie ihr Leben lang begleiten würde.

Jürgen ging. Der Mond war verschwunden. Aus der Wohnung im zweiten Stock war nun ein ganz leises Scharren zu vernehmen. Noch jemand war erwacht. Helga lag augenblicklich mucksmäuschenstill. Sie spitzte die Ohren. Hielt beinahe den Atem an. Im nächsten Moment schloss sie verzückt die Augen.

Denn direkt über ihr begann jemand zu singen. So leise, dass es nur in Helgas Zimmer zu hören war. Die Töne tropften wie süßer Honig zu ihr herab, sie kostete sie auf ihren Lippen, ließ sie auf ihrer Zunge perlen, sog sie begierig in sich auf. Es war Konradin, der im Zimmer über ihr sang. Helga hatte ihm an Heiligabend, als sie alle gemeinsam glückselig Weihnachtslieder trällerten, gestanden, wie sehr sie seine Singstimme mochte. Seither sang Konradin jeden Morgen für sie. Fremde Weisen aus seiner Heimat, die Helga nicht kannte, deren Texte sie hier unten nicht verstand und die ihr dennoch nach nur wenigen Tagen so vertraut waren, als habe sie sie schon ihr Leben lang gehört. Und wenn sie ganz tief in sich hineinlauschte, dann hoffte sie sehnlichst, dass Konradin auch ihr restliches Leben für sie singen möge. Was er ihr am Weihnachtsabend bereits fest versprochen hatte, mit flammend roten Wangen.

Der Gesang verstummte. Stattdessen erklang nun aus der Küche gedämpfte Musik. Fanny hatte das minzgrüne Kofferradio angeknipst. Und obwohl es nur ganz leise spielte, meinte Helga, das Lied zu erkennen. Elvis sang *Good rocking' tonight*.

Jetzt, befand Helga, war der richtige Augenblick, um diesen besonderen Tag zu beginnen. Wie von einem unsichtbaren Gummiband gezogen, sprang sie aus dem Bett und sauste zu ihrem Frisiertisch, ließ sich auf dem Höckerchen davor nieder und streckte zum wohl hundertsten Mal beide Hände aus nach dem, was sich darauf befand. Es war eine Tasche, aus echtem Schweinsleder, so weich, dass Helga gar nicht anders konnte, als sie immerfort zu streicheln. Sie beugte sich darüber, saugte den Geruch ein. Die Tasche war von einem satten Ockergelb, besaß einen breiten Schulterriemen und glänzende Schnallen. Etwas so Prächtiges hatte Helga nie zuvor besessen. Ein wenig Ähnlichkeit hatte die Tasche mit der Aktentasche des Vaters, in der Auguste das Tagebuch der Mutter gefunden hatte. Doch abgesehen davon, dass die Tasche des Vaters alt und zerfleddert war und diese nagelneu, war sie auch keine gewöhnliche Aktentasche.

Es war eine für Bücher und Hefte. Es war eine Schultasche.

Der Vater hatte sie Helga zu Weihnachten geschenkt.

Und heute würde sie sie zum ersten Mal benutzen.

Mit fliegenden Fingern kontrollierte Helga, ob auch wirklich alles an seinem Platz war. Stifte, Hefte, Löschpapier. Ihr geliebter Füller. Noch besaß sie kein einziges Schulbuch, die Klassenlehrerin, hatte der Vater ihr erklärt, würde ihr eine Liste machen.

Helga lief zurück zum Bett, nahm die drei Murmeln und steckte sie in das vordere Fach. Sie würden ihr auch weiterhin Glück bringen, dessen war sie sich ganz gewiss.

»Na, du Schlafmütze? Du wirst doch nicht an deinem ersten Tag zu spät kommen?«

Fanny stand im Zimmer, Helga hatte sie gar nicht kommen hören. In der Hand hielt sie eine Tasse dampfenden Kaffee.

»Ich bin schon lange wach, ich habe doch nur …«

»Die Zeit vertrödelt.« Fanny lachte. »Komm, trink das, und dann helfe ich dir in das neue Kleid.«

Das Kleid, das Fanny genäht hatte, war ein schlichtes Hemdblusenkleid aus Popeline, jadegrün mit einem feinen Schimmer. Helga hatte einen Schrei des Entzückens ausgestoßen, als sie es das erste Mal erblickte. Sie fand, dass sie darin wunderbar erwachsen aussah. Jetzt aber, wo sie es tatsächlich tragen würde, wurde sie auf einmal ganz zittrig.

»Was«, murmelte sie, »was tue ich, wenn die anderen Mädchen mich nicht leiden können? Du musst wissen, in Frankreich hatte ich in der Schule keine einzige Freundin.«

»Das wird hier anders sein«, antwortete Fanny und half

ihr mit den Knöpfen. »Sie werden dich sofort in ihr Herz schließen, sie werden gar nicht anders können.«

»Und wenn ich den Unterrichtsstoff nicht schaffe? Wenn ich doch nicht klug genug bin?«

»Papperlapapp!«, schnitt Fanny ihr das Wort ab. »Sie haben doch nur deshalb zugestimmt, dich mitten im Schuljahr aufzunehmen, weil dein Vater dieses Empfehlungsschreiben von deinen Lehrern in Frankreich besorgt hat. Sie werden schon wissen, was sie tun. Und nun setz dich, damit ich dir die Haare machen kann.«

Im Spiegel des Frisiertisches beobachtete Helga, wie Fanny ihr den Pferdeschwanz band. Ihre Berührungen waren so liebevoll, dass Helga gleich ein wenig ruhiger wurde. Jetzt zauberte Fanny ein Tuch hervor, das von einem hinreißenden Blau war, und knotete es ihr um den Hals. Herrlich seidig und warm fühlte es sich an.

»Das ist ein Nickituch, das trägt man jetzt so«, flüsterte Fanny. »Ich habe es heute Morgen noch schnell gesäumt. Und damit bist du fertig für deinen großen Tag, liebste Freundin.«

Sie schlang von hinten ihre Arme um Helgas Schultern und schmiegte sich an sie, ganz weich war ihre Wange an Helgas, viel weicher noch als das Nickituch. Ihre Blicke fanden einander im Spiegel, und Helga sah, dass alle Spuren des Kummers aus Fannys Gesicht verschwunden waren. Mehr noch, ihre Augen funkelten wie tausend Sterne.

Als Helga wenig später aus dem Haus trat, hob ganz vorsichtig die Dämmerung über dem Eigelstein an. Sie lugte hinter den Dächern der schmalen Häuser hervor, von denen immer noch viele nur notdürftig geflickt waren. Sie waberte wie Nebel über die verwaisten Trümmergrundstücke, sie tapste wie ein junger Hund über das unebene Kopfsteinpflaster. Das Viertel war dabei, zu erwachen. Der Kohlehändler startete zu seiner Rundfahrt. Der Scherenschleifer empfing eine erste Kundin. Und aus der kleinen Bäckerei strömten Frauen, die Arme voller frisch gebackenem Brot. Helga schnupperte und dachte mit Wonne an das Weihnachtsessen bei Karl und Anna. Anna hatte tatsächlich einen kugelrunden Babybauch, und Helga hatte sich von Herzen mit ihr freuen können. Irgendwann, das hoffte sie fest, würde sie auch Mutter werden. Aber zuerst hatte sie etwas anderes vor.

Helga packte die neue Ledertasche etwas fester und wandte sich zum Gehen, als sie aus den Augenwinkeln eine hohe Gestalt auftauchen sah. Sie kam geradewegs vom Hansaring den Gereonswall entlanggerannt und direkt auf sie zu, den Mantel offen, die grauen Locken ganz zerzaust.

»Hab ich dich noch erwischt!«, keuchte der Vater. »Ich hatte schon Angst, du wärest ohne mich losgegangen.«

»Was tust du hier? Was ist mit dem Büdchen?«

»Zugesperrt«, antwortete der Vater grinsend und sah aus wie ein Junge, der sich über einen gelungenen Streich freut. »Ich möchte dich so gern begleiten. Darf ich?«

Helga konnte nur nicken. Und so gingen sie gemeinsam den Eigelstein hinab, vorbei an den kleinen Geschäften, dem Uhrmachermeister, dem Laden für Radiogeräte, der Apotheke. Vor dem Brauhaus wurden mächtige Fässer voller Bier auf einen Wagen geladen, in der Gastwirtschaft »Beim

Mäus« kochte man bereits, es duftete nach Mett und Grünkohl. Im Stavenhof kehrte eine alte Frau den Bürgersteig.

Helga packte ihre Schultasche ein bisschen fester. Den Anblick dieses Ortes würde sie niemals ertragen können.

»Weißt du«, sagte da der Vater, »ich erinnere mich genau an den Tag, an dem ich das erste Mal mit meiner neuen Tasche das Haus verließ und in die Redaktion ging. Ich erinnere mich, als wäre es erst gestern gewesen. Du musst wissen, Helgalein, deine Mutter hat mich damals auch ein Stück begleitet. Wie stolz sie auf mich war! Ich sehe sie noch vor mir, ihr strahlendes Lächeln. Und was habe ich getan? Ich habe all ihre Hoffnungen enttäuscht.«

Er verstummte, und in seinen Augen sah Helga den Schmerz, der ihr so vertraut war.

»Heute«, fuhr er fort und räusperte sich, »könnte ich nicht stolzer sein. Denn ich habe eine Tochter, die klug ist und talentiert und, vor allem, rechtschaffen. Und mir ist fast so, als wäre deine Mutter jetzt, in diesem Moment, bei uns und als lächelte sie ihr strahlendstes Lächeln.«

Der Vater blieb stehen, und als Helga die Tränen in seinen Augen sah, drückte sie fest seine Hand.

»Schau«, sagte er und wies eine Straße hinab, die links von ihnen zum Rhein führte. »Wir sind beinahe da. Den Rest des Weges lasse ich dich allein gehen.«

Helga erblickte ein elegantes weißes Gemäuer mit einer prächtigen Fassade. Darüber streckte sich ein halbrundes Dach dem Himmel entgegen, beschützt von zwei kühn aufragenden Türmen. Dies also war die Ursulinenschule, das älteste Mädchengymnasium Kölns. Nicht einmal zehn Fußminuten von ihrem Zuhause entfernt.

Helga konnte nicht anders, sie klemmte sich ihre Schultasche unter den Arm, ließ den Vater stehen und lief die letzten Meter, so schnell sie konnte. Vom nahen Rhein kam eine Böe auf, doch Helga spürte keine Kälte. Alles, was sie spürte, war ein herrlich frischer Wind.

ENDE

DANK

Mein großer Dank gilt Monika Huth und Peter Halberkann, zwei Zeitzeugen, die mir in langen Gesprächen aus ihrer Kindheit und Jugend erzählten. Die mich spüren ließen, was es bedeutete, ein Heimkind zu sein – im Guten wie im Schlechten.

Ein Teil ihrer Erfahrungen ist in Bärbels Geschichte eingeflossen. Anderes habe ich in den Berichten weiterer ehemaliger Heimkinder gefunden.

Lilly Bernstein, Frühjahr 2022

Aufbruch in eine neue Zeit

Berlin 1911: Die Waisenschwestern Marlene und Emma Lindow können ihr Glück kaum fassen: Sie arbeiten als Lernschwestern in der Kinderklinik Weißensee. Doch schon bald fühlt sich Emma von ihrer Schwester zurückgesetzt, denn Marlene hat sich gleich doppelt verliebt: in den vornehmen Assistenzarzt Doktor Maximilian von Weilert und in das noch junge Fachgebiet Kinderheilkunde. Sie ist fest entschlossen, selbst Kinderärztin zu werden. Aber der Weg nach oben ist steinig, der in Maximilians Familie erst recht. Emma wird die eigene Schwester immer fremder. Erst als das Leben eines kleinen Jungen am seidenen Faden hängt, erkennen Emma und Marlene, dass ihnen ihre wichtigste Aufgabe nur gemeinsam gelingen kann: kranke Kinder zu retten.

Antonia Blum

Kinderklinik Weißensee - Zeit der Wunder

Klappenbroschur
Auch als E-Book erhältlich
www.ullstein.de

ullstein